Melekler Zamanı

Fatma Erdek

Melekler Zamanı

Yazarı: Fatma Erdek

Genel Yayın Yönetmeni: Mustafa Güneş
Editör: İren Kori
Düzelti: Yakup Şimşek
Sayfa Tasarım: Adem Şenel
Kapak Tasarım: Selim Büyükgüner

Basım yılı: 2013

ISBN: 978-605-5358-41-9

Yayınevi Sertifika No: 20610

Baskı:
Deniz Ofset
Gümüşsuyu Cad. Topkapı Center B Blok
Kat: 2 No: 403 Topkapı/İstanbul
Tel: (0212) 613 30 06 / Faks: (0212) 613 51 97

Cilt:
Yıldız Mücellit
Davutpaşa Cad. Emintaş Kazım Dinçol San. Sitesi 2. Bodrum
No:81/25 Topkapı/İstanbul Tel: 0212 5013117- 6131733

Yayımlayan
Mürekkep Divit Bas. Yay. San. Dış. Tic. Lt. Şti.
Moda Cad. Uşaklıgil Apt. No: 108 Daire: 3
Kadıköy/İstanbul
Tel/Faks: (0216) 550 55 44
www.ephesusyayinlari.com / info@ephesusyayinlari.com

Melekler Zamanı

Fatma Erdek

EPHESUS
YAYINLARI

Sarı otomobilin içinde, bir kez daha kolundaki saate baktı. Ardından, geniş kahverengi deri kordonu çözerek, sırt çantasının yan ceplerinden birine attı. Öylesine boğucu bir sıcak kasıp kavuruyordu ki ortalığı... Üzerinde taşıdığı, fazladan tek bir ağırlığa bile tahammülü kalmamıştı. Arkasına yaslandı. Ağrıyan omuzlarını küçük daireler çizerek oynatmaya ve rahatlamaya çalıştı bir süre. Hafif bir gevşemenin ardından gözlerini kapattı...

"İlk kez mi geliyorsunuz?" dedi bir ses, tam da uykuya dalacağını hissettiği o an.

"Evet" diye mırıldandı.

Bir yandan adamın bu gereksiz ilgisine sinirlenirken, diğer yandan girmek üzere olduğu uyku tünelinden çıkardığı için ona minnettar kalmıştı. Bu ıssız yolda, kiralık bir taksi içinde, tanımadığı bir adamla yol almak zaten yeterince rahatsız ediciydi. Bir de uyuyup kaldığını düşününce tüyleri ürperdi. Gereksiz cesaret, bazen insanın başına olmadık işler açabilirdi. Her zaman temkinli olmakta yarar vardı, ama bugün için yapabileceği başka bir şey kalmamıştı. Arabasını, ürkütücü virajlarla kaplı şu dar yolda kullanacak kadar usta bir şoför değildi. Belli bir yere geldikten sonra, uyarılara kulaklarını kapatamamış ve kalan kısmı bu şekilde tamamlamaya karar vermişti. Bu kıvrım kıvrım bir yanı maviliğe inen dik uçurumlarla, diğer yanı göz alabildiğine sık ve koyu ormanla kaplı yol öylesine tenhalaşmıştı ki... Neredeyse on beş dakikada bir rastladıkları tek tük araçlar da olmasa, ıssız bir adaya düştüğünü sanacaktı.

Şoförün ayna ve kız arasında gidip gelen rahatsız edici varlığına bir de arkalarından gelen korna sesleri eklenmişti. Bu kadar yakın takip altında olmak Nesil'in de dikkatini çekmişti. Yavaşça arkasına döndü. Siyah, Saab marka otomobilin, en az kaportası kadar siyah camlarına baktı. Açık renk deri döşemeleri vardı.

Şoför koltuğunda oturan bir adam görünüyordu. Sabırsızlığını belli eden, uzun parmakları direksiyon üzerinde tempolu hareketlerle inip kalkıyordu durmadan.

"Patladı sanki. Geçsene" diye bağırdı şoför. Bir kolunu camdan dışarıya çıkardı ve arkadaki araca geçmesini işaret etti.

Bu kez o sabırsız parmakların direksiyonu sıkıca kavradığını gördü Nesil. Elinden, koluna doğru yürüdü bakışları. Dirseklerinin hemen altına kadar katlanmış siyah gömlek kollarına, göğsünü boydan boya çapraz bir atkı gibi saran emniyet kemerine, güçlü bir yapıya ait omuzlarına, boynunun yarısını kaplayan siyah saçların dalgalarına, sıkıntıyla gerilmiş çene yapısına, gizemini korumak için özellikle ardına saklanılmış hissi veren koyu renkli güneş gözlüklerinin kapladığı alana kadar, uzun uzun baktı. Belki de sandığı kadar uzun değildi bu süre... Sadece bir iki saniye aralığına sığdırmıştı bunu. Adam hızlanmıştı. Yanlarından geçerken, kaldırdığı toz bulutu görüş alanını bulandırmıştı. Önden gördüğü o belirsiz yüze bir kez de yan taraftan bakmayı aklından geçirmiş, ama buna fırsat bulamamıştı.

"Şu yolda bile adam geçmeye çalışıyorlar ya... Paşaya kelle yetiştirecek sanki. Altı üstü, bizim gittiğimiz yere gider bu yol. Hepsi bu işte."

Büküle büküle sahile inen yol ayırımına geldiklerinde, büyük tabelayı gördü. Büyük bir tepenin sırtına çıktıklarında göz alabildiğine düzlükle karşılaşmışlardı. Gördüğü güzellik resmedilemeyecek, fotoğraf karelerine sığdırılamayacak, görmeden anlatılamayacak kadar eşsizdi. Hayranlık dolu bir gülümseme ile önce yemşeyil ormanlık arazinin içine gömülmüş küçük otele ve hemen önlerinde alçalan tepenin denizle kucaklaştığı yere baktı. Yeşil ve maviyi birbirine bu kadar yakın gördüğü, görebildiği ender yerlerden biriydi burası. Abartıdan uzak, sessiz, huzurlu bir görüntüsü vardı.

"Geçmiş olsun" dedi şoför arabadan inerken.

Yanındaki tek bagaj olan sırt çantasının cebinden cüzdanını çıkardı ve pazarlık ettikleri miktarı şoförün kalın parmaklarının arasına doğru uzattı.

Tepenin ucuna doğru yürüdü. Oradan, deniz kıyısına inen, eşit aralıklarla sıralanmış merdivenler vardı. Bej rengi mermerden yapılmış merdivenlerin kenarlarını, ferforje korkuluklar süslüyordu. Onların bittiği yerden, mermerle aynı renkte, som altın parlaklığında ince kum tanecikleriyle örtülmüş kumsal başlıyordu. Şezlonglar ve deri kaplı minderler, üzerindeki güneşlikler, küçük sehpalar ve denizin görünen kısmının neredeyse ortasına kadar uzayan iskelenin renkleri bile birbirine uyum içinde seçilmişti. Böylesine göz alıcı bir dekor, bu kadar sadelik ve aynı zamanda çarpıcılık, daha önce rastladığı bir şey değildi Nesil'in.

"Geldim ben" dedi hararetle çalan telefonundaki neşeli sese, "Burası muhteşem bir yer Laliş. İnanılmaz bir yer. İnsan kalan ömrünü buraya adayabilir..."

"Ne çabuk" dedi Lal neşeyle. "Ne çabuk vardın bu kanıya?"

"Uzaktan görmek bile yeter" dedi.

Hayranlık dolu bakışlarını küçük otel binasında ve etrafına nizami aralıklarla serpiştirilmiş bungalovlarda dolaştırıyordu. Gördüğü her detay, içinde oluşan coşkuyu biraz daha körüklüyordu. Olabilecek en doğru yere geldiğini düşünüyordu durmadan. Çalışmak için daha bir yer bulamazdı kendine.

"Laliş gel lütfen. Hemen atla ve gel. Bırak işi gücü. Birkaç gün birlikte tatil yapalım seninle. Sonra özgeçmişimi bırakırım ve döneriz. Lütfen gel."

"Sen delirdin mi Nesi?"

"Delirdim sanırım. Sen görsen eminim sen de delirirdin. İnan abartmıyorum Lal. İnan abartmıyorum. Bugüne kadar gittiğimiz o yerlerin hiç birine benzemiyor burası."

Durduğu yerde küçük bir daire oluşturdu, küçük adımlarıyla. Otoparka bakarken, az önce yolda gördüğü arabaya ilişti gözü. Diğer araçlardan ayrı bir yerde duruyordu. İçindeki o yanık tenli adamı görebilecekmiş gibi, kulağındaki telefonla birlikte hafifçe eğildi ve direksiyon tarafına baktı... Boştu...

"Çok güzel" diye mırıldandı.

Gözleri arabanın içindeki siyahlar içindeki adamı arıyordu. Belki güneş gözlükleri olmaksızın onun neye benzediğini de görebilirdi ama çabaları sonuç vermedi. Kendi etrafında çizip durduğu dairelere rağmen adamı göremedi.

"Sen tatile değil, iş başvurusu yapmaya gittin Nesi. Bunu unutma."

Gelirken niyeti hemen o gün, iş başvurusunda bulunmak ve geriye dönmekti. Ama bu karar, o şirin güzelliği görmeden önceydi. Oyalanmadan çift kişilik bir oda ayarladı. Lal geleceğini söylemişti. Hoş gelmese bile, Nesil için değişen bir şey olmayacaktı. Oradan etkilenmişti ve birkaç gün keyfini çıkaracaktı.

Yanından hiçbir zaman ayırmadığı fotoğraf makinesini alarak, odadan çıktığında akşamüzeri olmuştu. Yemek salonunun, gün batımını resmeden manzarasına karşı akşam yemeği hazırlıkları başlamıştı. Portakal rengi güneşin, gümüşi ay ile yer değiştirdiği ana kadar defalarca bastı deklanşöre. Film karelerini eşsiz görüntülerle doldurdu. Tabiatın tek düze sanılan tüm evrelerini sığdırmaya çalıştı küçük kutunun içine.

Hava kararmıştı. Buna rağmen bulunduğu tepeden yukarıya tırmandı. Göz alabildiğine karanlık bir denizle karşılaşamaya hazırlamıştı kendini. Oysa gördüğü farklıydı. İki elini beline dayayarak en uçta görünen eve baktı hayretle. Nasılda gözden saklanmıştı. İhtişamlı bir görüntüsü yoktu. Otele ait bungalovlara da benzemiyordu. Küçük bir de havuz olmalıydı bahçesinde. Çünkü evin dış duvarlarına yansıyan gölgeler görünüyordu. Bunlar ancak bir sudan, ışıklandırılmış bir havuzdan yansıyan dalgalanmalar olabilirdi. Bütün dikkatini özel bir mülkün mahremiyetine verdiğini düşündüğünde, hafifçe gülümsedi ve azarladı kendini.

"Hiç de kibar bir davranış değil bu Nesil Hanım"

Ansızın silkelenerek toparlandı. Evin sürgülü kapılarından biri açılmış, içeriden yarı çıplak bir adam çıkmıştı. Tırmanarak çıktığı tepeden aşağıya sürüklenerek indi. Biraz uzaklaştıktan sonra, evde gördüğü adamı düşünebildi. Uzun boyu, düzgün hatları, yanık teni, esmerliği, saçlarının akşama benzeyen koyu rengi, tanıdık gibiydi.

Sabah erkenden uyandı. Gece, neredeyse kesintisiz uyumuştu. Beyaz örtülerin altında, kollarını açtı ve uzun uzun gerindi.

Örtüyü bacaklarının arasına topladı. Odanın bütün ayrıntılarını incelemeye başladı. Cilasız, ham ahşaptan yapılmış mobilyalara tezat olarak, örtüler, perdeler tümüyle beyazdı. Ahşap doğayı, beyazsa temizliği ifade ediyordu odada.

Dalgaların sesi geldi kulaklarına. Büyük bir duvara vurup giden, az sonra daha da güçlenmiş olarak geriye dönen yüz binlerce ton ağırlığındaki suyun sesini dakikalarca dinledi. Aslında ne bir duvar vardı dalgaların önünde, ne çarpacak başka bir şey. Sadece geceden çıkmış durgun deniz uyanmıştı. Koy sessiz olduğu için, zarif dalgaların sesi bile yankılanmaya, olduğundan daha güçlü duyulmaya başlamıştı.

Çantasının cebindeki saatini çıkardı. Ne kadar erken uyandığını ancak o zaman anladı. Sabahın yedisi bile olmamıştı.

....

Hayat, bir yerde yeni güne uyanırken, başka bir yerde uykuya yeniliyordu.

Genç adam uzun zamandır oturmakta olduğu balkondan, sendeleyerek kalkmaya çalıştı. Emekleyen bir çocuktan daha güçsüz ve dengesizdi hareketleri. Birer mermi kadar ağırlaşmıştı göz kapakları. Birer parça kor yanıyordu uykusuz, geceden kalma, siyah gözbebeklerinin yerinde.

Bulanık zihniyle, birer karartı halini almış eşyaları taradı. Odaya hâkim olan siyah ve beyaz renkten geride, sadece silik gri tonlar kalmıştı. Zaten böyle olmasını istediği için, her gecenin sabahında bu hale geliyordu, bu kadar içiyordu. Kendi sönüp giderken, hiçbir şeyin parlamasına tahammülü yoktu. İçinin karanlığında, aydınlığa ayıracağı zerre kadar yer yoktu.

Çok zaman önce, gündüzler hayatından kaybolmuştu. Geceleri yaşayan, geceleri açan, geceleri solan, siyah bir çiçekti sanki. Kendisi de dâhil kimsenin tanımadığı, bilmediği, özlemediği, isimsiz, sevgisiz, sevgilisiz, geçmişsiz, geleceksiz kara bir çiçek.

Çelişkiler, yıkıntılar üzerine kurulmuştu onun hayatı. Varlığını bir nedene dayandıramıyordu. Ne aradığını bilemiyordu. "Yarın" diye bir şeylere çevirmişti yüzünü. Ancak, yaşadığı kâbus gecelerden sonra doğan günlerin, istediği "yarın" olmadığını bilecek kadar da olgundu. Bu yarınlar değildi hayal ettikleri. Bu sabahlar değildi özledikleri. Hiç sahip olamayacağı bir şeydi mutluluk. Oysa istediği, öylesine küçük ve basitti ki. Onu sadece bir melek mutlu edebilirdi. Olmuyordu. O melek, geceler boyu baktığı semalardan inmiyor ve kollarının arasına girmiyordu. Canına ışıltı, ruhuna sabır getirmiyordu. Geleceğine bir yol çizmiyordu ki, düştüğü bataktan çekip alabilsin kendini. Bir amaç katsın varoluşuna. Bir sebep bulsun ayakta durmak için.

Örtülerin üzerine sere serpe uzandığında, gücünün son kırıntıları da bitmişti. Kulaklarına dalgaların sesini doldurdu ve bir süre bilinçsizce sayıkladı.

"Dayanamıyorum artık" dedi fısıltıyla "Dayanamıyorum artık dayana..."

Dili böyle söylese de, yüreğinden dirhem dirhem çözülüp gelse de çaresizlik ve koy vermişlik, dayanacağını biliyordu. Bilinci kaybolmak üzereyken ona bu sözleri söyletiyordu. Güçsüzlüğünün en baskın olduğu zamanlardı bunlar. Sızmadan önceki son saniyelerde gelen itiraflardı. Ruhundaki çatırdamaların sesini en şiddetli duyduğu ya da hissettiği anlardı o anlar.

Koyu ve ağır çaresizlik örtüsünün altında, uyuyakaldı. Onun adına uyku dediği, başkasına göre sızmaktı. Gecenin bütün ağırlığını, günün omuzlarına yükleyerek, alıp gitmişti varlığını. Başıboş kalmıştı pırıl pırıl bir sabah daha. İçine giremediği, karışamadığı, alışamadığı, tadına varamadığı, yaşayamadığı gülden güzel bir sabah daha, onsuz başlamıştı. Geride, balkona ve odanın her bir yerine savrulmuş boş içki şişeleri ve o şişeler içine gömülmüş olan yoğun bir sessizlik bırakmıştı.

İflah olmayacak kadar bağımlıydı o şişelerle dolu, bulanık gecelere. Daha sıradan, daha varsıl, daha düzenli, daha emin, daha huzurlu, kendine daha insanca bir yaşam kuramamıştı. İnsanların girdiği ve mutlu olduğu kalıplar vardı. O ise; sonradan var etmeye çalıştığı ruhuna söz geçiremiyor, bir kalıp içine sokamıyordu. Her kalıp, boynuna geçirilmiş yağlı iplere benziyordu. Nefesini kesiyordu. Tıpkı eskiden olduğu gibi; elindekilerle yetinemiyor, verilenleri reddediyor, istediklerini ise bulamıyordu.

Giriş kapısının kilidi, her zamanki saatinde çevrildiğinde, dünya ile ilişiği de kesilmişti. Bundan sonrasında, rüyalarla dolacaktı sarhoş bilinci. Kimi zaman karanlık dört duvarlar arasına gidecek, kırk yama giysilerle, kirli bir minder üzerinde oturacaktı, başı önünde. Kimi zaman, kollarında beklediği meleği tutacak, başını göğsüne gömüp uyutacaktı, o dalgalı saçlı, kömür bakışlı, esmer çocuğu. Kalbini çıkarıp koyacaktı önüne; "Bu senin" diyecekti ona.

....

Altmışlı yaşlara yaklaşıyordu Nevhis. Barlas'ın evini çekip çeviriyordu. Her gün olduğu gibi, üst kata çıktı. Balkon kapısı açık bırakılmış, perdeler toplanmıştı. Gün ışığı odaya dolmuş, Barlas'ın sırtına vurmuştu. Yer yer ter tanecikleri oluşmuştu yanık teninin üzerinde. Huzursuz bir uykuda olduğu öylesine belliydi ki. Yüzü, yastığın iki yanına gidip geliyordu. Dudakları kıpırdıyor, ama anlamsız mırıltılardan başka bir şey duyulmuyordu.

İlk iş, boş şişeleri, bardakları ve kül tablasını toparlamak oldu. Pencerenin, açık duran ahşap panjurunu indirdi ve odayı karanlık hale getirdi. Barlas'ın hafiften terlemiş sırtına, ayakucundaki keten örtüyü çekti. Kısa bir an şefkatle baktı adama. Koltuğun üzerindeki kirli giysileri yanına alarak dışarıya çıktı. Oda için yapacak başka bir şey yoktu o an. Ta ki akşamüstüne doğru Barlas uyanıp odayı terk edene kadar.

Barlas'ın yaşadığı hayatı yadırgamıyordu artık. Yaşamını bir kabuk içinde sürdürmesini anlamaya çalışmıyordu. Çalışsa da anlayamıyordu. Yarım yüzyıllık ömründe, kendine bu denli esir olmuş, böylesine işkence eden bir adam daha tanımamıştı. Oysa erkeklerin alfabesini bildiğini sanırdı Nevhis. A'dan Z'ye sıralamasını yapabilecek kadar çok erkeğin bedeni ve ruhuyla tanışmıştı. Hayatının en güzel, en genç, en canlı yirmi yılını, zorla tıkıldığı umuma açık evlerde yaşamıştı. Sonra hastalanmış, güzelliği solduğu an, sokak ortasına atılmıştı. Rana adındaki o kadınla tanıştığında, yeni bir düzen içinde bulmuştu kendini. Yeni bir yaşam için o eve adım atmıştı.

Aşağıya indi. Demirli bahçe kapısından geçerek çöp poşetini bıraktı. Küçük yelkenler gördü ilerdeki koyda. Barlas'ın evinde ölüm sessizliği hüküm sürerken, sahip olduğu otelden hayat dolu sesler geliyordu.

İşlerini bitirdiğinde, Barlas'ın odasından kıpırtılar duyulmaya başlamıştı. Genç adam uyuduğu o ağır uykudan uyanmıştı. Mutfağa geçti. Büyükçe bir tabağa, kahvaltı için bir şeyler hazırladı. Daha önce yıkayıp hazırladığı, karışık mevsim meyvelerini sıkmadan önce yukarıya çıkan merdivenlerin başından seslendi.

"Barlas Bey, iniyor musunuz? Meyve suyunuzu hazırlayayım mı?"

"Evet" dedi adam.

Ayak seslerinden onun arkasında olduğunu anlamıştı Nevhis. Başını çevirdiğinde ne göreceğini biliyordu. Gözleri yerde, kaşları çatık, çizgiler içinde kırıştırılmış bir alın. Tıraş olmuş temiz ve taze bir cilt. Buna rağmen ifadesiz bir yüz. Dirseklerine kadar kıvrılmış koyu renkli bir gömlek. İşte Barlas Kutay'ı anlatan bütün cümleler bu kadardı. Yıllar geçmiş olmasına rağmen, genç adamı anlat dediklerinde kullanabileceği bütün sözcükler bundan ibaretti.

"Güzel bir gün olsun" dedi kadın usulca.

"Size de" dedi genç adam.

Amerikan servisinin takımı olan, şık bardakaltlığına, yeni sıkılmış meyve suyunu bırakarak geriye çekildi.

"Afiyet olsun" dedikten sonra, önlüğünü çıkardı. Üst kata çıkacak ve Barlas'ın odasında kalan işlerini toparlayacaktı.

"Nevhis Hanım."

Yolu yarılamışken, ardından gelen sesle birlikte durdu kadın.

"Buyrun."

"Emekliliğiniz dolmuş" dedi başını tabağından kaldırmadan.

"Biliyorum" dedi kadın usulca.

"Ayrılmayı düşünüyor musunuz?"

Arkasına yaslandı Barlas. Kadının ona baktığını biliyor buna rağmen kafasını kaldırmıyordu. Elindeki çatalı bırakıp bardağına uzandı.

"Sizin için de bir sakıncası yoksa çalışmaya devam etmek istiyorum Barlas Bey."

Garip bir şeyler gördü kadın onun eğik yüzünde. Sanki sıkılı çenesinde hafif bir gevşeme olmuştu. Sanki beklediği bir şey duymuş gibi, gizli bir rahatlama yayılmıştı alnına.

"O zaman, emeklilik işlemlerinizi yaptıralım. Hem oradan maaş alın, hem de buradaki hizmetlerinizin karşılığını. Sanırım bu sizi oldukça rahatlatacaktır."

Otele inen patika yola adımını attığı an, güneş solmuştu. Yerini hafif bir pembeliğe bırakarak batıyordu. Yolu ağır adımlarla geçerken eğilip koyun gizli köşesine baktı. Beklediği balıkçı teknesi henüz yoktu.

Barlas tam bir işletme adamıydı. Zamanının tümünü otelde geçirmiyor olsa bile, kurduğu ve tıkır tıkır işletmeyi başardığı düzen, o olmadan da sürüyordu. Sadece akşamları iniyordu otele. Gecenin ilerleyen zamanlarına kadar kalıyor, kimi zaman bir konuk gibi kuytu bir köşede akışı izliyor, aklına notlar alıyor; kimi zaman barmenlik yapıyordu.

"Bana bir kahve getir" dedi en yakındaki adama.

"Hemen efendim" dedi garson

Terasta küçük bir masaya oturdu, paketinden koyu renkli, tütüne sarılmış sigaralarından birini çıkardı. Yoğun kokusuyla, onu ayıltacak olan, acı kahvesi de gelmişti. Bir yudum aldı fincandan. Sigarasını, dudaklarının arasına yerleştirdi, bir elini hafifçe esen rüzgâra kalkan yaparak çakmağını ateşledi. Derin bir nefes çekti. Günün ilk sigarası ciğerlerinden içeriye süzülürken, gözlerini ve dudaklarını aldığı zevkle kapattı. Onun için artık gece başlamıştı. Artık tümüyle ayılmış ya da başkalarının sabah yaptığı gibi, güne uyanmıştı.

Kahvesini bitirdiğinde. İkinci sigarası da bitmişti. Yerinden kalkmadan önce, gecenin ilerleyen saatleri için, telefonun kalabalık rehberinden, kiralık bir isim seçti ve aradı.

"Özledim seni" dedi işveli kadın sesi kulağından içeriye kızgın bir demir gibi akarak.

"Boş musun bu gece?"

Randevusu tamamdı. Kimliksiz bir kadını daha ruhsuz bir şekilde koynuna almaya hazırdı. Lobideki barın kapı işlevi gören ahşap parçasını kaldırdı ve içeriye süzüldü. Açılmak üzere bekleyen, içkileri teker teker elden geçirmeye başladı. Kalitesiz bir şeylerin insanlara sunulmasına izin veremezdi. Uyguladıkları fiyat politikası, her şeyin kalitelisini sunmak için yeterdi.

"Bu nasıl Barlas Bey?" dedi işinin ehli, azimli ve güler yüzlü barmen.

Barlas o genç çocuğu seviyordu. Nadir zamanlarda mimiklerini ziyaret eden gülümsemesini, bu delikanlı için sık sık harekete geçiriyordu.

"Ver bakalım" dedi gencin uzattığı şişeyi eline alarak. Markaya, yıla ve üzümlerin türlerine dikkatle göz gezdirdi.

"Yeni keşfettim bunu" dedi haklı bir gururla genç. Çünkü Barlas beğeni dolu bakışlarını şişenin üzerinden ayıramıyordu. "Gece sohbetleri için çok uygun bir tat."

Barlas elindeki şişeyi sert bir tavırla gence uzattı ve sırtına dokundu yine sertçe; "Haydi bakalım. Göreyim seni."

Bardan ayrılmak üzere döndüğünde, tezgâhın önündeki yüksek taburelerden birine yerleşmek için çabalayan genç bir kızla karşılaştı. Elini uzatarak, oturmasına yardımcı oldu. Ardından, teşekkür bile beklemeden, kuru bir şekilde; "İyi eğlenceler" diyerek yanından ayrıldı.

Gündüzler ölü geçiyor olsa da, geceyi bin parçaya ayırmayı biliyordu. Tecrübeliydi artık. İnanılmaz bir enerji içinde, her parçaya yetişiyor ve hepsinin hakkını veriyordu.

Otelden çıktığında saat gece yarısına geliyordu. Elinde bir şişe rakıyla birlikte, gizli koya doğru yürürken, gömleğinin cebinden bir sigara daha çıkardı. Beklediği tekne gelmişti. Koyun iç kısmında, her zamanki yerinde duruyordu. Aşağıya inen dik yolda, dikkatle ilerlerken, tekneden bir kandilin yukarıya doğru kalktığını gördü. Vural Kaptan'ın kırmızı yüzünü seçebiliyordu artık.

"Geç kaldın delikanlı" dediğini duydu yaşlı adamın.

"İş, güç. Giderken de baktım, ama gelmemiştin daha. Sen de geç kaldın ihtiyar."

Alışkanlıkla, kıvrak bir şekilde tekneye atladı. Ortalığı, iğreti bir mangalın üzerinde pişen balıkların kokusu sarmıştı. Ters çevrilerek masa haline getirilmiş tahta kasanın üzerinde duran iki çay bardağını yarısına kadar rakıyla doldurdu.

"Sağlığa" dedi Vural Kaptan bir eline sek rakısını diğer eline su dolu bardağını alıp kaldırdıktan sonra. Barlas'ta aynı şeyi yaptı. İki küçük çay bardağının tiz tokuşmasının sesinin ardından, ilk yudumlar alındı. Elleriyle ayıkladıkları balıklarını, birbiri ardına içtikleri kadehlerle birlikte bitirdiler. Şişenin dibi göründüğünde, ikisi de her zamanki duygusal, ön sarhoşluk zamanına gelmişlerdi.

"Bir gün bile terk etmedim onu" dedi Vural Kaptan karanlık sığ sulara bakarak. "Terk etmeyeceğim de."

Elini uzattı yaşlı adam. Denizi usulca okşadı. Sevdiğini okşar gibi yumuşak dokunuşlarla ve gözünde beliren tomurcuk, kavruk yaşlarla birlikte baktı sonsuz karanlığın içine.

"Asla terk etmeyeceğim. Karaya adımımı bile atmayacağım Barlas. Sence o beni duyabiliyor mudur? Ya da görebiliyor mudur?"

Islak gözlerini Barlas'a çevirdi adam. Barlas başını kaldırmış gökyüzüne bakıyordu. Sessizliğin içinde adama verecek bir yanıt bulamıyordu.

"Ha?" dedi adam ısrarla.

Barlas ağır ağır indirdi bakışlarını. Doğru nedir o da bilmiyordu, ama böylesine bir sevda hikâyesi daha duymamıştı. Böylesine seven ve kendini yıllar yılı bir ölüye adayan başka bir aşk adamı daha tanımamıştı. Aşk dedikleri şey varsa eğer, bunu bir tek Vural Kaptan yaşamış olmalıydı. Hakkını vererek, hâlâ değerini bilerek, koruyarak ve özleyerek hem de. O halde, bu kadar avutulmayı da hak ediyordu bu karalarla yazgılı hayat. Bu seven yürek, bu kadar avuntuyu fazlasıyla hak ediyordu.

"Eğer, sen böyle hissediyorsan, Ersegül de eminim aynı şeyleri hissediyor ve görüyordur Kaptan."

Cep telefonuna gelen mesaj sinyaliyle oturduğu yerden doğruldu. Mesajın kimden geldiğini, daha doğrusu kimin geldiğini biliyordu.

"Ben artık kalkıyorum kaptan. Bir misafirim geldi."

Kaptan, görmüş geçirmiş bir ifadeyle bıyık altından süzüyordu genç adamı.

"Eee bekletme o zaman misafirini."

Oturduğu tabureden kalktı Barlas. Pantolonunu kemerinden çekiştirerek düzeltti. İkinci kadehten sonra açtığı gömlek düğmelerinin bir kaçını ilikledi.

"Her şey için teşekkürler kaptan" dedi tekneden inerken.

"Sana rastgele."

"Sana da" dedi adam alaycı tavırlarla.

Arkası dönük, elinin iki parmağını alnına götürerek selam verdi adama.

"Göreceksin" dedi kendinden emin bir ifadeyle; "benden kaçamayacak."

Gözüne kestirmişti bir kere Nesil. Günün birinde yaşanması muhtemel, ihtimal olan o an gelmişti ona göre. Kafasındaki denklem, o adamı gördüğünden beri, bir sürü şekil almış ve en sonunda, en çok istediği formülle tamamlanmıştı. Aşk bir hastalık olmuş ve Nesil'e bulaşmıştı.

Adama yakın olmanın yollarını arıyordu. İnce hesaplarla, planlar yapıyordu. İlk hedef, ilk gösteri, ilk farkındalığı yaratma... Minik bir tuzakla kurulmuş, göze batmayacak bir karşılaşma... Hem, hep erkekler mi koşacaktı beğendiği kadının peşinde?

"Sen delirdin mi?" dedi Lal kınayan tavırlarıyla.

"Hayır. Aksine akıllandım. Beni bu adamdan daha çok heyecanlandıran, çeken, başka bir erkek daha görmedim."

"Tanımıyorsun bile. Belki de katilin biridir. Karanlık biridir."

"Karanlık birine benziyor zaten. Baksana bakışlarının koyuluğuna. Adam şafağı olmayan bir gece kadar siyah bakıyor."

Yine gözünün önündeydi işte. Kendisi yoktu ama hayalini bırakmıştı ardında. Hem de bu kadar kısa süre içinde. Yüzünü döndüğü rüzgarın karşısında, sigarasının dumanıyla oynaşan saçları, nasıl parlak bir siyahtı öyle. Daha gençken, genç kızlığa adım atarken, odasını süsleyen afişlerin birinden çıkıp gelmiş gibiydi. O uzak erkeklerle, genç yıllarının gecelerini geçirmişti Nesil, çoğuyla yakınlık içinde düşlemişti kendini. Pek çoğunun kâğıt yüzlerinin üzerinde dudaklarının izi bile vardı. Kalbini sıklıkla o kâğıttan adamlara kaptırırdı. Onların da pek çoğuna âşıktı vaktiyle. Ama bu adam... Barlas, çok farklıydı. Onlardan daha yakışıklı, daha gerçek ve daha yakındı.

"Yeter artık Nesil. Adam yok işte."

Gecenin geç saatiydi artık. Nesil, sonunda sus pus olmuştu. Gözleri, tanımadığı, tanışamadığı bir adamı aramaktan yorulmuştu.

Gece boyu peşinden koştuğu, her fırsatta karşısına çıktığı, gözlerinin içine baktığı halde bir türlü dikkatini çekmeyi başaramamıştı. Yine de içindeki heyecana dur demek yerine, durmadan körüklüyordu. Nefesi sığmıyordu göğsüne. Sık sık, derin derin soluyordu. Mevsime, hatta düne göre bile, daha çok terliyordu bu akşam. Avuçlarının içi su dolmuş gibi ıslaktı. Yüzü pembe, kulakları ise sımsıcaktı. Sürekli hafif bir uğultu geliyordu göğüs kafesinden kulaklarına kadar. Aynı uğultu, adamı gördüğü anda, şiddetleniyor ve artıyordu. O ki; bir kez bile dönüp bakmamış, elini tutup oturmasına yardım ettiği halde, başını kaldırmak, yüzüne bakmak zahmetine katlanmamıştı.

Gecenin geri kalanında, Nesil bir daha Barlas'la ilgili tek laf etmedi. Ama içindeki gerçek bu değildi. Aklından çıkaramıyordu bir türlü. Bahçede, kahvelerini içerken bile, seramikten yapılmış beyaz kandiller içinde aydınlanan her kuytu köşede Barlas'ı arıyordu. Ama yoktu. İnanılmaz bir enerjiyle, saatlerce ortalarda dolaşıp durmuş, sonra, ansızın buhar olup uçmuştu. Geriye döneceğe de benzemiyordu.

"Yatalım artık" dedi Nesil.

Uyku tutmamıştı. Ahşap tuvalet masasının üzerinde duran aynanın önünde kendini seyrediyordu. Bir eksik ya da bir kusur arıyordu dikkatle. Yüz hatları, pek çok kadından çok daha muntazamdı. Teni berrak ve parlaktı. Kaşları biçimli, kirpikleri uzun ve sıktı. Parmağının ucuyla burnunun üzerinden geçti. Kusursuzdu. Göğüslerine indi bakışları. Beli ince, karnı düzdü. Gözleri de bir orman kadar koyu, ya da denizin derinliği kadar yeşildi. Sonuç olarak güzel bir kızdı.

O halde, neden o adamın ilgisini çekmeyi beceremiyordu?

Yüzündeki gerginliği, parıltısını yitirmeye başlayan gözlerindeki sönüşü görüyordu. İçi, hızlı bir ölüme gidiyordu sanki. Hırsla ayrıldı aynanın önünden. Bu kadar mı kendinden geçmişti? Bu kadar mı etkilenmişti? Delilikti bu. Kötü bir şeydi başına gelen. Sadece uzaktan birkaç kez gördüğü bir adama tutulmuştu.

Uyumak ne mümkündü Nesil için? Onu göremediği yerlere sığamaz olmuştu.

Lal ile aralarında duran komodinin üst çekmecesini açtı. Not için bırakılmış küçük bir defter ve küçük bir kalem vardı orada. Aceleyle bir şeyler yazdı.

"Çok sıkıldım. Biraz hava alıp, birkaç fotoğraf çekip geleceğim. Uyanırsan merak etme."

Sahile inen merdivenlerin başına geldiğinde, aşağıdaki eğlenceyi izlemeye koyuldu. İki yerde kontrollü ateşler yakılmıştı. Ateşlerin etrafı kalabalıktı. Oturanlar, dans edenler... Aşağıya inmeyi, onların arasına karışmayı geçirdi bir an aklından. Hemen ardından bir gün önce fotoğraf çektiği yöne çevirdi bakışlarını. Tabii ki niyeti fotoğraf çekmek değildi. Aklını meşgul eden bir tek şey vardı artık. O tepe, tepenin ardındaki ev ve o evin içindeki o adam...

Yolun yarısına geldiğinde, bir arabanın ışıkları, karanlığa alışmış olan gözlerini kamaştırmıştı. Evin olduğu taraftan geliyordu. Olduğu yerde durarak farları takip etti. Taksimetre ışığı yanan araç, arka taraftan otelin otoparkına girdi. Oradan da anayola giden yokuştan aşağıya inerek gözden kayboldu.

Kalan mesafeyi de geçerek, evi görebileceği tepeye çıktı. Gözünü eve dikti. Belki bu kez o adamın kim olduğuna, kimlerle olduğuna dair ipuçları bulabilirdi.

Çok beklemişti. Hiçbir hareket görünmüyordu. İçeride ya da dışarıda hiçbir şey yerinden oynamıyordu. Tam artık herkesin uykuda olabileceği gibi mantıklı bir sonuca varmak üzereyken, havuz tarafında olduğunu düşündüğü bir karartı gördü. Gölgesi, evin duvarına vuruyordu. Gölge, duvarın üzerinde giderek büyüyordu.

Barlas'tı. Arkası dönüktü. Yüzünü görmesine bile gerek yoktu Nesil'in. Adam içeriye girinceye kadar nefesini tuttu. Barlas elinde dolu bir şişeyle birlikte geriye döndü. Sendeleyerek kapıya tutundu. Birkaç saniye bekledi ve yeniden yürümeye başladı.

"Hayır, hayır" dedi genç kız fısıldayarak.

Onun, yeniden göremediği o kuytu köşeye çekilmesinden korkuyordu. Adam sanki Nesil'in isteğini duymuş gibi, kapıya en yakın şezlonga bıraktı kendini. Elindeki şişeyi yanındaki sehpanın üzerine koydu. Ayaklarını uzattı, başını arkaya yasladı ve sırt üstü uzandı. Bir kolunu kaldırdı ve yüzünü koluyla kapattı. Hareketsiz kaldı bir süre. Sonra yavaşça doğruldu. Az önce bıraktığı şişeye uzandı. Yanındaki bardağı eline alarak doldurdu. Yeniden arkasına yaslandı, ama bu kez ayaklarını dizlerinden kırarak göğsüne doğru çekti. Kadehin tümünü bir dikişte içtikten sonra, kollarını bir çember gibi dizlerinin çevresine doladı. Elindeki boş kadeh, iki elinin parmak uçlarının arasında boşluğa asılmış gibi sallanıp dururken, başını eğdi ve dizlerinin üzerine kapattı. Küçük bir çocuk gibiydi bu hali. O devasa adam gitmiş, yerine insanın içini şefkatle dolduran savunmasız minik bir erkek çocuğu gelmişti sanki.

Kahvaltıdan kalktıklarında, geceden kalan uykusuzluk bir türlü genç kızın yakasını bırakmıyordu. Etrafında Barlas'ı da aramıyordu. Çünkü onun sabaha karşı, şafak vakti içeriye girdiğinde ne kadar kötü göründüğünü hatırlıyordu. Bu yüzden etraf Nesil'e son derece boş ve anlamsız geliyordu. Yine de Lal'e belli etmeden, onunla birlikte kumsala inmeyi kabul etti. Biraz yüzecek, güneşlenecek, sonra belki şezlongların birinde biraz uyuyarak, Barlas'ın ortaya çıkmasını bekleyecekti.

Saatler geçiyor, ama değil unutmak, göz ardı edebilmek, içindeki sabırsızlık elini ayağını buz kesiyordu.

"Barlas" dedi belli belirsiz duyulacak bir sesle. Şezlonguna yüzüstü uzanan Lal bile onu duyamazdı. Bu bir çeşit çağrıydı. "Çık artık ortaya. Lütfen."

"Acıktım" dedi Lal, Nesil'e dönerek; "Bir şeyler isteyelim. Soğuk sandviç falan ne dersin?"

Oysa Nesil'in aklına ne açlık ne de tokluk geliyordu. Hayatında bir ilk yaşıyordu genç kız. Çaresizliğin ne demek olduğunu öğreniyordu. O adam, o uğursuz, kibirli adam, çaresizliğin ne demek olduğunu öğretiyordu. Hem de, yokluğuyla. Kızın elini kolunu, kontrolünü, güvenini, kalbini, her şeyini. Nasıl da bağlıyordu.

Uzandığı yerden yavaşça doğruldu. Ayağa kalktı. Türkuaz rengi havlusunu şezlongun üzerinden alarak, özenle katladı ve bir koluna attı.

"Nereye?" dedi Lal yarı uykulu bir halde.

"Yukarıya çıkıp, yiyecek bir şeyler bulayım. Acıktım dedin ya."

Lal bir gözünün kapağını açarak arkadaşına baktı. Ama yerinden kıpırdama gereği bile duymadı.

"Sen bilirsin. Geriye dönecek misin?"

"Belki" dedi Nesil.

Yukarıya çıkınca neyle karşılaşacağını bilmiyordu. Bildiği bir tek şey vardı o an. Biraz dolaşması gerekiyordu. İş başvurusu da, tatil de anlamını yitirmişti. Eğlence olarak düşünebileceği her şey, deniz, kum, güneş... Karanlık bakışlı bir adamın uğruna yitip gitmişti. Bu nasıl bir histi böyle? O muhteşem manzaradan bile, ilk gün onu deliye döndüren farklılıktan, şıklıktan ve sadelikten bile zevk alamıyordu. Alamıyordu, çünkü artık baktığı hiçbir şeyi göremiyordu.

Ani bir kararla elindeki havluyu sertçe fırlatıp attı. Hızlı adımlarla, insanların arasından geçerek iskelenin üzerine çıktı. Uca geldiğinde, gözlerini sımsıkı yumdu. Gözlerinin önünden gitmeyen o adamı, az sonra dalacağı suda boğmayı arzuluyordu. Ustaca suya daldı. Girebildiği kadar derine girdi. Suyun altında, nefesini tutabildiği kadar yüzdü, yüzdü. Ciğerlerindeki sancıyı hissedene kadar başını çıkarmadı. Kulaklarına delice basınç yapan, tonlarca ağırlığın ürkütücü uğultusu içinde, bedeninin işaretlerini dinledi. Birkaç saniyelik nefesi kalmıştı. Ayağını yere vurarak hızla yüzeye doğru uzandı. Bedeninin şiddetle titrediğini hissetti. Sınırda bir yerlerdeydi artık. Amansız bir soluk alma ihtiyacıyla ağzını açtığında, tam zamanında suyun üstünde olduğunu anladı. Sesli birkaç haykırıştan sonra, soluğunu düzenledi. Havayı depoladı. Sırt üstü uzanarak gözlerini kapattı ve az önceki o sarsıntının bütün etkilerinden kurtulmaya çalıştı. Bir süre sonra dinlenmiş kulaçlarıyla, dönüp geldiği yere baktı. Bu onun rekoru olabilirdi. Dalmayı hep severdi. Ama bu kadar uzun mesafeyi ilk kez, üstelik hiçbir destek olmadan, tek başına gelmişti.

Kahkahalarla gülmeye başladı. Kendini daha iyi hissediyordu. İçindeki o öfkeyle dolu boşluk, az önce yaşadığı çılgınlıkla birlikte azalmıştı. Gözlerinin önüne alarak daldığı adamı, bir süreliğine, yaşadığı o korku ve tehlike dolu serüven içinde bırakmıştı. Çivi çiviyi söker mantıksızlığıyla hareket edip, kendini, bu güne kadar cesaret edemeyeceği kadar büyük bir riske atmıştı. Dinlenecek, dinginleşecek, zarif kulaçlar atarken, girdiği koydan da uzaklaşmıştı. Güvenli mesafeyi gösteren hattı fazlasıyla geçmişti. Kıyıya çıkabileceği daha yakın bir yer kestirdi gözüne. Sol tarafta küçük bir burun uzanıyordu denize doğru. Orası, atladığı iskeleden daha yakındı. Kendini fazla yormamaya çalışarak, ağır ağır yüzdü. Sırt üstü döndüğünde, kendini hareketsiz bir şekilde yüzeyde tutuyor, kızıllaşan güneşi seyrediyordu. Akşam oluyordu artık.

Birden, başını eğdi. Göz hizasına kadar suya gömüldü. Kulaçlarını suyun altına çekti. Ellerini, kollarını, bacaklarını hareket ettirerek sessizce suyun üzerinde kalmaya çalışıyordu. Koyun iç kısmını görebiliyordu baktığı yerden. Bir adam, denizden çıkıyordu. Pırıl pırıl parlıyordu adamın yanık teni. Batmaya yüz tutmuş olan güneş, ensesindeki, sırtındaki su taneciklerinin üzerinde dolaşıyordu. Neye uğradığını şaşırmış bir şekilde, gözlerini sımsıkı yumdu ve kendini suyun altına gömdü Nesil. Gördüklerinden utanıyordu. Çünkü izlediği adamın üzerinde hiçbir şey yoktu.

Kalabileceği kadar kaldı öylece. Ama artık nefesi tükeniyordu. Başını yavaşça sudan çıkardığında, adam az önceki gibi çırılçıplak değildi. Hem ne fark ederdi ki. Artık eli kolu tutmuyordu. Bir tek kulaç dahi atacak hali yoktu. Ayaklarına bir ağırlık bağlanmış gibiydi. Suyun altına doğru çekiliyordu.

"Yardım edin lütfen" diye inledi.

Bilinci gidip geliyordu. Artık, güç duvarının en gizli köşesine saklanmış olan enerjinin sonunu kullanıyordu. Bir kez daha suyun üzerine çıkmayı başardı. Bu kez, kalan bütün gücünü, çığlık atmak için kullandı. Sonrasındaysa, ağzından içeriye dolmaya başlayan, bir türlü sonu gelmeyen tuzlu suları, kulaklarını sağır eden basıncı ve bedeninin bir beton kadar ağırlaşarak dibe battığını hatırlıyordu.

Ara ara gözlerini açmaya çalıştığında, etrafını kaplayan karanlığı görüyordu. Giderek daha da koyulaşan, yoğunlaşan bir çamura giriyordu. Ölürken insanın gözlerini kör eden bir ışıktan söz ediliyordu hep. O halde neden o ışığı göremiyordu? Çırpınmayı bırakmıştı. Saçları suyun üzerine dağılmış, kadife bir örtü gibi duruyordu. Kulaklarındaki uğultu kayboluyor, basıncın yarattığı o şiddetli sesi işitemiyordu artık. Çok korkuyordu. Sertleşmişti bedeni, kaskatı kesilmişti. Bir şeye çarptığını anladığında, yolun sonuna geldiğini de biliyordu. En dipte olmalıydı. Kendini bıraktı. Yapabileceği hiçbir şey kalmamıştı.

....

"Başka bir şey yoksa..." dedi genç adam.

Cümlesi yarım kaldı genç adamın. Resepsiyonun önünde duran kız dikkatini çekmişti. Kız, ayak bileklerine kadar uzanan, beyaz, askılı bir elbise giymişti. Bu haliyle, denizden çıkardığı, neredeyse çıplak olan o kadına çok fazla benzemiyordu. Yine de o olduğunu biliyordu.

Sanki ortak bir geçmişin iki tanığı gibi, kısa bir süre yaşanan o korku dolu ana dönmüş gibi bakıştılar. Nesil'e kalsa bu alışveriş, asırlarca sürebilirdi. Ama Barlas için süre dolmuştu. Kız o kızdı. Yüzünü görmüş ve ikna olmuştu. O beyaz elbisenin içinde, çok genç ve oldukça iyi görünüyordu. Ve çok şanslıydı ki, hâlâ yaşıyordu.

"Seni küçük aptal" dedi genç adam.

Kısılmış dudaklarının arasında kurtardığı kıza öfkesi yatıyordu. Kelimeler dökülürken, kızın çığlığını duyduğu anı düşünüyordu. Yetişememe telaşını, ölüme uzandığını bile bile, nefesini sonuna kadar kullanarak suyun derinliklerinde, kızın vücudunu aradığını hatırlıyordu. Seslenemiyordu. Ses alamıyordu. Yüzey ne kadar hareketliyse, derinlikler de o kadar ölüydü. Ne bir hareket, ne bir çığlık, ne de bir işaret. Hiçbir şey duyabilmenin imkânı yoktu.

Kıyıya taşıdığında, ilk yardım için hızlı hareketlerle işe koyulduğunda, kızın ne kadar genç olduğunu anlayarak öfkelenmişti. Yorgunluktan, korkudan, göğsünü delip çıkan kalbinin atışlarına rağmen, ne kadar çok kızmış ve küfretmişti. Neden kalkıp oralara kadar gelmişti ki sanki. Amaç yüzmekse, deniz her yerde aynı deniz değil miydi? Ya o an orada olmasaydı? Ya o akşamüzeri uyandığında, duşa girmek yerine, kendini koyun en gizli köşesinden denize atmasaydı? Ya yetişemeseydi kıza, bulamasaydı o karanlığın içinde?

"Aptal" dedi bir kez daha, gergin yüzünden düşen bin parçayla.

Artık, bir an önce oradan ayrılmanın telaşı içindeydi. Yorulmuştu. Sıkılmıştı. Ardına bakmadan, koyun yolunu tutmuştu hızlı bir şekilde.

"Barlas Bey."

Dalgalı saçları Datça yükseklerinin, o ünlü esintisinin altında, yüzüne vurdu. Bir elinde kâğıda sarılmış bir şekilde Vural Kaptan'ın rakısını taşıyordu. Dolu elini hafifçe kalçasının ardına sakladı. Boşta kalan eliyle yüzüne düşmüş saçlarını geriye doğru taradı. Arkasına dönmeden önce, yüzünde taşımaya alışık olmadığı o yavan gülümsemeyi takındı. Birkaç dakika daha idare edebilirdi. İş işti sonuçta.

Seslenen kişiyi görebilmek için, ay ışığına meydan okuyan, yok sayan kopkoyu gözlerini kıstı. Kadının arkasından vuran ışık, kim olduğunu gizliyordu. Tanımaya çalıştı, ama birkaç adım daha yaklaşması gerekiyordu.

Nesil ilk kez bu kadar yakından bakıyordu genç adama. Çok daha yakın olmuştu elbette. Kollarının arasına da girmişti. Kucağında çıkarmıştı sudan. Taşımıştı Barlas onu. Evine kadar götürmüş, doktoru ve görevlileri oraya çağırmıştı. Hepsini dinlemişti Nesil. Sık sık ziyaretine gelen, otel yetkililerinden her şeyi öğrenmişti. Hatta günlerdir gölgesine bile pervane olduğu adamın, otelin sahibi olduğunu da öğrenmişti. Ama bölük pörçük saniyelik görüntülerden başka hiçbir şey hatırlayamıyordu. Genç adama yakın olduğu o bilinçsiz anları hatırlayamadığı için kızıyordu zihnine.

"Ben" dedi kız.

Barlas dikkatle ona bakarken, o nereden başlayacağını bilemiyor, bir yanlarını boydan boya saran akasya ağaçlarının dalları gibi sallanıyordu. Aslında elini kaldırıp kalbinin üzerine dayamak ve biraz sakin olmasını, daha yavaş vurmasını söylemek istiyordu. Barlas, bir sihirbaz gibi büyülüyordu onu. Yakalandığının, bir yaz meltemi olmadığının farkındaydı Nesil. Barlas'ı her gördüğünde, yalnızca düşündüğünde bile, bunun bir meltem kadar nazlı ve ılık bir esinti olmadığını hissediyordu.

"Teşekkür edecek bir şey yok" dedi genç adam.

Kızın bir türlü söze başlayamamasını, heyecanlanmış olmasına bağlıyordu. Yeniden o anı hatırladığını ve aynı korkuyu yaşadığını sanıyordu. İşin doğrusu, Barlas'ta konuyu bir an önce kısa yoldan işlemek ve çekip gitmek istiyordu. İkisinin de konuşacak bundan öte bir şeyi yoktu.

"Uzaktaydınız" dedi Nesil. "Yetişebilmenize çok şaşırdım. Ben, sizi görmüştüm..."

Kızın koyu renkli, hilal şeklindeki kaşlarından biri hafifçe yukarıya kalkarken, dudağının bir yanı da kıvrılmıştı. Bu kez suskunluk ve şaşkınlık ifadesini taşıyan Barlas'tı. Kısılmış gözlerinin üzerinde alnı kırıştı ve bir iki saniye için kapadı gözlerini genç adam. Ne düşündüğünü, ikisi de biliyordu. Kızın ne görmüş olabileceği ortadaydı. Denizden çıktığı an çırılçıplaktı.

Orası otel arazisi içindeki koylardan biri olsa da, herkese açıktı. Sadece kullanılmadığında emindi genç adam. Orada yıllardır kendisinden başka biriyle karşılaşmamıştı. Hem, iskeleden atlayıp oraya kadar yüzmek akıl işi değildi. O güne kadar, buna cesaret edebilecek, bu kızdan başka bir deli daha çıkmamıştı. Koyların, akşam dalgaları herkes tarafından bilinirdi. Zaten güvenlik şeritleri de bunun içindi.

"Aslında biraz da siz suçlusunuz. Siz o halde olduğunuz için, -sanırım ne demek istediğimi anladınız- karaya çıkmak yerine, başımı suya gömdüm. Kalan son gücümü, oksijenimi de orada harcamak zorunda kaldım."

Karşısına geçmiş ve birer ok gibi kırpıştırdığı siyah kirpiklerini, genç adama doğrultmuştu. Sanki alay ediyordu. Bile bile kışkırtıyor, sinirlenmesi için çabalıyordu. Teşekkür edeceğine, açık açık onu suçluyordu. Barlas, "Hayatımı kurtardınız" çığlıklarıyla dolu bir konuşma bekliyorken, sebep olmakla suçlanıyordu.

"Bu kadar yeter" dedi genç adam.

Sözünü tamamladığı an arkasını döndü. Aslında teşekkür de istemiyordu. Böyle törenlere ne ilgisi vardı ne de tahammülü. Yine de, bu kadarını hak etmediğini düşünüyordu.

"Ne o? Sizi bir kahraman gibi omuzlarımın üzerinde taşımadığım için fazlaca bozulmuşa benziyorsunuz."

Artık sabrını fazlasıyla zorluyordu kız. Başı çatlıyor, uykusuzluk dengesini şiddetle sarsarken, öfke yayılıyordu damarlarına. Bir an önce rahatlayabilmek, gevşeyebilmek için, az sonra alkole bulayacağı kanından medet umarken, orada durmuş, hatta durdurulmuş, ukala bir kadının zırvalarını dinliyordu.

"Özür dilerim, tamam mı?" dedi dönmeden. Çenesi birbirine kilitlenmek üzereydi. Zor çıkıyordu sesi. Bundan daha büyük bir saçmalık görmemişti, saçmalıklarla örülü ömründe. Yine de bir şeyler söylemek istiyordu. Kıza sürekli "aptal" derken, hayatını göz göre göre tehlikeye attığı için kızarken, şimdi kendini tam bir "aptal" gibi hissediyordu. Kızın haklı olabileceğini düşünerek özür diliyordu, ama bir yandan da onun canını yakmak istiyordu.

"Ama... Siz de, bir daha boyunuzdan büyük işlere kalkışmadan önce, aklınızı önünüze alıp düşünün. Sizi önce ölüme sürükleyecek, sonra da ölümü göze alıp kurtaracak başka bir aptal daha bulamayabilirsiniz."

Dolunay tam tepelerinde duruyor, durdukları tepeyi ışığıyla sarıyordu. Kız sessiz kaldı. Barlas ise bir kez daha durmamak üzere yürümeye başladı.

"Gel evlat. Ne o? Yüzün yine çok şirin."

"Bırak ihtiyar" dedi Barlas birbirine geçmiş dişlerinin arasından. Ağır bir küfrü tutmak için çabalıyordu. "İyilik yap. Hahh şu çivisi çıkmış dünya var ya."

"Şişşş" dedi kaptan usulca. Sesinin tonu, öyle derinden geliyordu ki. O sesle Barlas'ı sarıp sakinleştirmek istiyordu yaşlı adam. Onun "deli karası" yine burnundan soluyordu.

"Her neyse buraya kadar getirdiğin, götür at şu suların içine. Boğ gitsin. Sonra ağız tadıyla laflayalım."

"O kendini boğacaktı zaten, ben boğulmaktan kurtardım."

"Kimi?"

"Boş ver."

Genç adam, teknenin suya en yakın yerine oturdu. Ayakkabılarını ve çoraplarını çıkardı. Kumaş pantolonunun paçalarını kıvırmak için uğraşmadı bile. Bacaklarını dizlerine kadar suyun içine indirdi. Başını arkaya attı, yüzünü gökyüzüne kaldırdı. Yıldızlar o gece görünmüyordu. Ay kocamandı. Gözlerini yumdu. Bu geceki yalnızlık saatlerinin başındaydı artık. Huzur, Barlas için, Vural Kaptan'ın gelip geçici varlığında saklıydı.

Vural Kaptan o dakikaya kadar tek laf etmemiş, sadece sürekli boşalan bardaklarını doldurarak Barlas'ın daldığı çukurdan dönmesini beklemişti.

"Otele balıkları bıraktım. O adama söyle de her seferinde bana para vermeye kalkmasın."

"Ama o senin hakkın. Zengin bir adam olduğunun farkında mısın Kaptan? İçerde bekleyen paran, seni zengin bir ihtiyar yapacak kadar çoğaldı."

Yaşlı adam başını eğerek gülümsedi. Beyaz sakalını okşadıktan sonra, güneş ve denizden yarıklar açılmış, ağ çekmekten nasır tutmuş elini bardağına uzattı.

"Sence parayı ne yapacağım ben? Denizde alışveriş yok ki."

Barlas, önce adamın yarın kaygısı taşımayan, bir geleceği ve programı olmayan, ama insanca ve dostça bakan gözlerine takıldı. Sonra adamın yıllardır gece gündüz içinde yaşadığı tekneyi işaret etti.

"Bunun yenisini alabiliriz sana. Çok yaşlandı bu."

"Ben de öyle" dedi Kaptan. "Ben de, Ersegül de, teknemiz de. Hepimiz yaşlandık be Barlas. Hepimiz yaşlandık. Genç bir kızı idare edemem artık."

"Tekne dedim" dedi Barlas alayla. İyice gevşemişti. Vural Kaptan'ın Onu yormayan, üzmeyen, sormayan, sorgulamayan sohbeti ve ard arda devirdiği kadehler, etkisini göstermişti. "Kız demedim ihtiyar."

"Ha yeni bir tekne, ha bir kız. İkisi de aynı şey evlat. İkisi de beni yorar. Biz bu ihtiyarla aynı dili konuşuyoruz. O da benim kadar iyi tanıyor Erse'mi. Şimdi yeni bir tekneye onu nasıl anlatırım ben?"

Genç adam, elindeki bardağı sesli bir şekilde masaya bıraktı ve ayağa kalktı, yaşlı adama yüzünü dönmeden.

"Söylediğin o çam yeşili gözlerden gördüm bu gece" dedi. "Otelde bir kız..."

Ne devam etti sözlerine, ne cümlesini bitirdi. Ne de Vural Kaptan'ın söyleyeceklerini merak etti. Bunun yerine, başladığı yokuşu çıkmaya devam etti. Kaptandan yıllardır dinlediği o göz rengini görmüş olmak, çok mu önemliydi sanki.

"Barlas" dedi yaşlı Kaptan.

Barlas bir kez daha durdu. O eğimde ayakta durmakta zorlanmıştı, ama bunu yaptı ve yaşlı adama döndü.

"O dediğim renk. Çam yeşili değildi evlat. Çam gölgesi vurmuş denizin yeşiliydi. Sen ancak o kadarını görebilmişsin. Çünkü o kadar bakabiliyorsun. Bir daha gördüğünde..."

Yaşlı adamın sözlerine hâlâ devam ettiğini bildiği halde, adımlarını hızlandırdı. Çıktığı yerde, dalgaların sesi, adamın sesini de bastırmıştı. Pek sık olmasa da Vural Kaptan ona, ruhunun üşüyen yanlarını, boş kalmış kuyularını gösteriyordu. Barlas onu dinlemek istemiyordu böyle anlarda. Ne de olsa adam âşıktı. Aşkından delirmiş, kıyılardan karalara çıkamayan bir divane gibi dolaşıyordu. Her ne yaşıyorsa, denizde bıraktığı kadının hayaliyle yaşıyordu.

Evinin ışıklarını gördüğünde, yüzündeki gülümsem hâlâ kaybolmamıştı. Karanlığın içinde bir kıpırtı gördü. Ardından, beyaz bir gölge çıktı karşısına. Genç adam, uçuşan beyaz eteklere baktı. Gözleri ağır ağır gölge üzerinde dolaştı ve yüzüne kadar çıktı.

Yine o kızdı.

"Otel diğer tarafta" dedi Barlas ifadesiz bir sesle. Eliyle kıza, gitmesi gereken yolu işaret ederek yürümeye başladı.

Nesil, Barlas'ın gösterdiği yöne baktı önce. Elbette otelin o tarafta olduğunu biliyordu. Uzun zamandır o kapının önünde bekliyordu onu. Adamın aşağıda, koyun gizli bir yerinde, yaşlı bir balıkçıyla geçirdiği süre boyunca kaç kez otele dönmeyi geçirmişti aklından. Ne o zaman vazgeçmişti yapmak üzere olduğundan, ne de şimdi. Mağrur çenesini düştüğü yerden kaldırdı ve Barlas'ın ardından onu takip etmeye başladı. Ayaklarının altındaki toprak bastıkça tıpkı bir kâğıt gibi hışırdıyordu. Kurumuş ve biçilmiş otlardan geliyordu bu sesler. Gece çok sessizdi. Arka arkaya atılan ayak sesleri duyuluyordu. Genç adam alışkanlıkla takip edildiğini hissetmişti. Yavaşça döndü.

"Burası özel bir arazi, otel müşterilerine açık değil" dedi.

Ellerini gömleğinin cebine atarak bir sigara ve çakmak çıkardı. Konuya yeterince açıklık getirdiğini düşünmüş olmalı ki, başını eğerek tembel tavırlarla sigarasını yaktı. Derin bir iki nefes çekti arka arkaya. Dumanını esen rüzgâra savurdu. Şimdi daha önceki karşılaşmalarında olduğu kadar gergin değildi. Kıza hiddetiyle kısa sürede, fazlasıyla alkol tüketmişti. Bu gece, her gece olduğundan daha erken saatte, sarhoşluk eşiğine gelmişti. İçkinin, ruhunu iflasa götürmeden önce kazandırdığı, geçici rahatlık ve suni mutluluğun etkisindeydi.

"Ben de öyle olduğunu düşünmüştüm" dedi Nesil.

"İyi. Parasını ödediğin sınırların içine geriye dön o zaman."

"Özür dilerim" dedi Nesil masum, duygulu ve içten. "Aslında, öyle demek istememiştim."

"Bayılırım böyle muhabbetlere" dedi Barlas alaycı, ezici bir sitemle. Elindeki sigarayı yere attı ve ayakkabısının burnuyla iyice bastırarak toprağa gömdü. "Şımarıklığa hiç tahammülüm yok. Uzatmayalım."

Nesil başını bir yana eğdi. O an öncelikli amacı barış sağlayabilmekti. Barlas'ı incittiğini biliyordu. Her tavrına, kızgınlığına, kırgınlığına hazırlıklı olarak bekliyordu orada. Elinden geldiğince yumuşak bir şekilde kuruyordu cümlelerini.

"Yeniden başlayalım mı? Konuşalım mı biraz?"

"Neyi?" dedi genç adam zoraki bir gülümsemeyle. Kollarını iki yana açmış ve hayretle bakmıştı kıza. "Ne var ki konuşacak?"

Kızın bir cevap vermesini beklerken, gözleri kısılmış, yüzü gülümsüyor gibi görünse de, rahatsızlığını anlatır olmuştu. Gecenin o vaktinde ne yapacaklardı? Köşe kapmaca mı oynayacaktı genç bir kızla? Sohbet mi edecekti boş boş? Özürlerini mi dinleyecekti? Neyi neden yaptığını, niye öyle dediğini, neden suçladığını... Buna benzer bir sürü saçmalığı mı? Sonra kız konuşmasını bitirince, Barlas'mı başlayacaktı? Hayatını mı anlatacaktı ona? Bitirmediği okulları, yaşamadığı yılları, oynayamadığı oyunları, kuramadığı dostlukları, yakalayamadığı mutlulukları... Ne anlatacaktı, kızın gözleri birer yaprak gibi yemyeşil ve capcanlı bakarken ona? Ne paylaşabilirdi ki böyle biriyle? Hangi ortak yönünü koyabilirdi ortaya? Yine sıkıntı sarmıştı dört bir yanını. Herkesten uzak durmasının, o kaba tavırların, öfkeli yaradılışın ardında bu yatıyordu. Kimseyle konuşacak bir şeyi yoktu.

"Özellikle mi böyle davranıyorsun?" dedi Nesil. "Hayatını kurtardığın birinin sana teşekkür etmesi için bile durup, bir iki dakika dinleyemiyor musun?"

"Dinlemeyi denemiştim" dedi bezgin bir ifadeyle.

"Hayır" dedi Nesil gülümseyerek. "Hayır istemedin, dürüst ol. Sadece mecbur kalmıştın ve bir an önce beni başından atmaya çalışıyordun."

Yüzüne tatlı bir ifade yerleşmişti. Utangaç. Hayır hayır, son derece cesur diye düşündü Barlas. Her ne olursa olsun, güzeldi işte. Yakışıyordu bu ifade kıza. Kafa tutan tavrı, inadı, çileden çıkarıyor olsa da, o ufak tefek bedene zıt duruyorsa da yakışıyordu ona.

Beğeni dolu bakışları kızın üzerinde dolaşıyordu. Sarhoşluğun eşiğinde olması hafızasını köreltmemişti. Aksine, onu kurtardığı anın detayları gözlerinin önündeydi. Nerdeyse çıplak halini hatırlıyordu. Üzerindeki o beyaz elbisenin altında neler sakladığını biliyordu. Hatırladıkları yalnızca kızın çıplaklığı, bedeni ve teni değildi. Dahası da vardı. Kız kendine geldiğinde, nefesleri düzene girdiğinde, gözlerini belli belirsiz açtığında güvenle sokulmuştu genç adama. Barlas'ta ona sarılmıştı. Islak saçlarını okşarken, korkmamasını söylemişti defalarca. Sanki yıllardır birbirlerini tanıyormuş gibi kucaklaşmışlardı. O gizli koyda, ölümden dönmüş iki çıplak ruh ve bedeni, korkularını dindirmek için paylaşmışlardı.

Durum tümüyle değişik bir seyre giriyor, genç adamın gözleri Nesil'e, çoğalan bir istekle bakıyordu. Nesil hayatını kurtardığı kız olmaktan çıkıyor, çekici, çarpıcı, arzu uyandıran bir kadın oluyordu.

"Git buradan" dedi aceleyle. "Teşekkür ettin say. Ben de kabul ettim. Bitti gitti. Sen de git şimdi."

Barlas'ın kayıtsız tavırları, sert mizacı, emir verir gibi konuşması Nesil'i kör bir inadın içine sürüklüyor, sinirlerini bozuyordu. Tarafını çok önceden belirlediği ürkütücü bir ikilemin arasında gidip geliyordu. Bir yanı kendini koruması gerektiğini söylerken, diğer yanı korkunun üzerine gidiyordu.

Yavaş ve kararsız adımlarla yakınına sokuldu. "Daha teşekkür etmedim" dedi fısıldayarak. Barlas'ın ceplerine gömülü ellerinin üzerinden, bileklerine dokundu. Ayakuçlarında yükselerek yüzüne yaklaştığında, keskin ve etkiyici bir koku duydu. Gözlerini kısarak kokuyu içine çekti. Burnundan içeriye sızan, yalnızca bir koku değildi. Bir kimlik, bir varlık, olağanüstü bir erkeğin cazibesiydi. Usulca çenesine dokundu, parmaklarını dudaklarının üzerinde gezdirirken, sıcak nefesini hissediyordu. Karanlığın ortasında durmuş, içini aydınlatan adamı keşfediyordu ve hiç acelesi yoktu. Nihayet ağırlaşmış kirpiklerini kaldırıp Barlas'a baktığında, onun gözlerinde kendini görüyordu.

Daha birkaç dakika önce Vural Kaptan'ın yaptığı benzetmeyi düşünüyordu Barlas. Çam gölgesi vurmuş denizin yeşili... Öylesine derin ve öylesine davetkârdı ki Nesil'in gözleri. Tıpkı iki gün önce o koyda yakalandıkları ölümün derinliği gibi. Onu kurtarmak için girdiği sulara girmek gibiydi bu. Orada yaptığı gibi, yine düşünmedi. Başını eğdi. Sıcak bir dokunuş hissetti dudaklarında. Bir gezinti, tatlı, ılık bir ürperti dolaştı sırtında. Kanına, içkinin etkisini daha da keskinleştiren bir sarhoşluk yayılıyordu. Bu duygu son derece tanıdıktı. Bu, alışkanlığı olmuş uyanışların başlangıcıydı.

Hareketsiz bir şekilde duruyor, ona yardım etmiyordu. Kızın, giderek dengesi bozulan, güveni azalan, karşılık arayan öpüşünü tadıyordu. Dudakları yumuşak ve dolgundu, ama bir erkeği ikna etmekten habersizdi. Hoştu, ama baştan çıkarmıyordu. Tatlıydı, ama çıldırtmıyordu. Bu tek kişilik gösteride, varılabilecek en uç nokta belli olmuştu. Ama ya bu oyun, iki kişilik olursa? Ya kızın bu öpücükleri, usta bir dile dokunursa? İşte o zaman, denge kurulur, tutuşacak olan alevin rengi de değişirdi.

Birden bire büyük bir boşlukta buldu kendini. Nesil ondan uzaklaşmıştı. Sitem dolu, küskün gözlerle bakıyordu genç adama.

"Daha önce" dedi titrek ve cılız bir ses, rüzgârın arasına karışıp daha da silikleşerek; "kâğıtları da öpmüştüm. Posterlerimi yani, ama ilk kez bir betonu öptüm. Çok... Çok..."

Nesil'in sesi giderek daha büyük bir hayal kırıklığının içinde yankılanıyor ve giderek daha çok kırılıyordu. Barlas kıpırdamadan ona bakıyor, bahsettiği kâğıtları, betonları, ya da her ne demek istiyorsa, onları anlamaya çalışıyordu. Bu sırada kıza; "Biraz aklın varsa kaç ve git" dememek için zor tutuyordu kendini. Çünkü dudaklarının üzerindeki tadı hâlâ hissediyor, ardında bıraktığı nemli kokuyu hâlâ duyabiliyordu.

"...gurur kırıcıymış bu. Çok gurur kırıcıymış."

Nesil'in gözlerinde parlayıp yanan, sönen, açan, solan bir sürü parıltı gördü Barlas. Ancak ne olduğunu tam olarak bulamıyordu. Düşünecek vakti de yoktu. Nesil gözlerinde sakladığı her şeyle birlikte arkasını dönmüştü ve gidiyordu. Kolunu uzattı ve bileğinden yakaladı.

"Gitmeliydin" dedi. "Sana 'git' dediğimde gitmeliydin."

Nesil de bunu düşünüyordu o an. Evet. Belki de "git" dediğinde gitmeliydi. Hatta bu tepeyi daha geldiği ya da Lal'in gittiği gün terk etmeliydi. Ama olmamıştı. Yapamamıştı. Şimdi bir fırsat geçse eline, adam yeniden "git" dese... Asırların açlığını dindirmek ister gibi öpmese onu, az da olsa tereddüt etse... Bıraksa Nesil'i kollarının arasından, çıkmasına, kaçmasına izin verse...

Gidecek miydi?

"Hayır" dedi içsesi Nesil'e. "Hayır. Gitmedin. Gitmeyeceksin."

Barlas'ın kucağına sokuldu iyice. Avuçlarını gömleğinin üzerinden göğsüne dayadı. Genç adamın hızlanmış kalbinin sesini avucunda hissettiği an, onun üzerinde sonsuz bir gücü olduğuna inanmak istedi. Bir sevinç dalgası yayıldı yüreğine. Sonunda ona yakın olmayı başarmıştı. Gizli saklı planları, işe yaramıştı. Bilerek, isteyerek bıraktı kendini. Gitgide daha da arzuyla dolup taşıyordu. İçinde uyanan o farklı ve yeni duygulara kapılmış, durmaksızın titriyordu. Yabancısı olduğu, ama kolayca alışabileceğini hissettiği inanılmaz bir zevk dalgası yayılıyordu tenine. Alevler dudaklarından başlamıştı yakmaya. İçten içe, diline, dişine, boğazına doluyordu. Kaynar bir sıvı gibi akıyordu içine. Bunu nasıl başarıyordu? O karşısında kaskatı durmayı, kayıtsız olmayı becerebilmişken, Nesil neden bu kadar sarsılıyordu? Neden ellerinin, ağırlığının, varlığının altında, titreyip duruyordu su gibi?

O, bu güne kadar öptüğü bütün erkeklerden başkaydı. Buna şaşırmıyordu. Bunu bekliyordu. Barlas'a yaklaşmak onun tutkusu olmuştu. Geceleri uyumayı, gündüzleri yaşamayı unutacak kadar çok düşünmüştü onu. Hayatı boyunca böyle hissedeceği bir aşka hazırlamıştı kalbini. Öyle bir aşk olmalıydı ki, ayaklarını yerden kesmeli, düşlerden beslenmeliydi. Şimdi o düşlerin içinde bulmuştu kendini. Ayakları da kesilmişti yerden. Aklını da salıvermişti tepenin rüzgârlarına. Yarın ne olacağına, nasıl uyanacağına, neler hissedeceğine aldırmıyordu. Düşler öylesine kaplamıştı ki benliğini, gözlerinin önünde apaçık duran gerçekleri bile göremiyordu. Öncesinde habersiz olduğu bu yabancı ateşi, "aşk" sanıyordu.

Birden, üşüdüğünü hissetti. Yeniden dünyaya, o tepenin üzerine döndü allak bullak olmuş zihni. Eteklerini havalandıran rüzgârın varlığını ancak o an hatırlayabildi. Aynı rüzgâr, Barlas'ın sıcaklığına kolayca alışmış yüzüne, dudaklarına buz gibi vuruyordu. Gözlerini açamıyor, yeniden aynı sıcaklığın gelip onu bulmasını bekliyordu. Genç adamın kollarının hâlâ bedeninde olduğunu, dolandığı yerlerde durduğunu hissetmek bile iyi geliyordu Nesil'e. Ensesinde kilitlenmiş kollarını, yavaşça Barlas'ın gömleğinin yakalarından aşağıya kaydırdı. Gerilmiş, yorulmuş boynunu dinlendirmek için başını eğdi, yanağını göğsüne yasladı. Sessizlik içinde, yoldan çıkmış gibi vuran kalbinin durulmasını beklerken, gözlerini yummuştu. Genç adamın varlığını, gücünü dinliyordu.

Ne olacaktı şimdi?

Çok fazla düşünmesi gerekmedi Nesil'in? Barlas, yalnızca kısa bir süre dinlenmesine izin verdiğini anlatan bir dokunuşla, çenesinden tutarak başını kaldırdı. Yeni bir rüzgâr daha başladı. İkisi de bu kez daha istekli daha hazırlıklıydı. Bu kez genç adamın ağzının arayışları, öncekinden çok daha şiddetli, çok daha ihtiraslıydı.

"Gel benimle" dedi Barlas.

Ruhunun derinliklerini ele geçiriyordu o ses. O Nesil'in varlığına muhtaç vurgu... Artık ne bir tedirginlik kalmıştı, ne iç hesaplaşma, ne doğru yanlış sorgusu. Hiçbir şeyle yüzleşecek gücü yoktu. Eski Nesil, böyle bir durumda ne yapardı, bilemiyordu. Kendini o an bulmuş gibiydi. Kaybedeceklerine aldırmıyordu. Baştan çıkmış bir umursamazlık taşıyordu kanında. Hayatında ilk kez, aynı anda, böylesi bir yıkım ve böylesine yeniden varoluş hissediyordu.

Kendinden emin bakıyordu adamın yüzüne. Gözleri hülyalardan açılmış, adamın koyu zindanlarına kapanmıştı. Uzanan eline uzattı elini. Narinliğini, kocaman bir güç tarlasının ortasına bıraktı. Barlas'ın avucu sımsıkı kapandığında, aklına vuran son şüphe dalgaları da dışarıda kalmıştı.

Barlas'ın elini sımsıkı tutmuş, gösterdiği yol üzerinden, adımlarına uyum sağlayarak yürüyordu. Gözlerini yummuş ve uykuya dalmış gibiydi. Dudaklarına yerleşmiş hoş gülümseme sessizdi. Konuşmuyordu. Soru sormuyordu. Yeni bir hayata adım atıyordu. Sonunun ne olacağını bir kez bile düşünmeden hem de. Tuhaftı. Varlığını garip bir rahatlama sarıyordu. Hatta eğik yüzünü kaldırmış, genç adamın omuzlarına, boynuna, yandan görebildiği yüzüne bakıyordu. Etrafını bile görebiliyordu. Uzaktan uzağa, gizlice izlediği o havuz, şimdi bir adım ötesindeydi. Evin dışarıdan görebildiği haline hiç de yabancı değildi. İçeriye girmeye hazırlandıkları o sürgülü kapıdan, kaç kez Barlas'ın girip çıktığını izlemişti.

"Seni burada görmüştüm" dedi yavaşça.

Genç adam şaşkınlık içinde ona bakarken, ağzı bir şey söyleyecekmiş gibi aralandı. Hemen ardından tebessümle kıvrıldı.

"Eminim görmüşsündür" dedi başını iki yana sallayarak.

Loş bir salona girdiler. Dışarıdan gelen, bahçeden vuran ışıkların aydınlığında gölgelere baktı Nesil. Beyazdı gölgelerin çoğu. Aralarına siyahlar karışmıştı. Kimi yerlerde loş ışığı kendine çekmiş olan küçük kırmızılıklar vardı. Hiçbir şeyi tam olarak birbirinden ayıramamıştı. Zaten mümkün değildi bu. Eli, hâlâ Barlas'ın elinin içindeydi. Ve o hâlâ hareket halindeydi.

Küçük bir hole girdi genç adam. Nesil de takip etti onu. Az önce yaşadığı tatlı anları düşünürken, elini tuttuğu adamı özlüyordu. Onun yaklaşmasını, aynı hazları, tadına bakmasını sağladığı o gizemli tutkuyu yeniden ve bu kez sonuna kadar yaşatmasını bekliyordu. Utanmalıydı belki, ama utanmıyordu. Bunu ilk kez yaşayacak olmak bile ürkütmüyordu onu. Bir gün olacağını bilmenin gerçekliğini telkin ediyordu kendine. Ve o günün geldiğine inanıyordu. Yalnızca, hafif bir telaş sarıyordu içini. Onu da gizlemeyi başarıyordu. Gözlerini açıp yeniden Barlas'a baktığında, en az onun kadar sakin görünüyordu.

Barlas'ın gördüğü de buydu. Sakin, ne yaptığından emin, kararlı ve hatta fazlasıyla gönüllü bir kadınla birlikteydi. Her şeyi planlamış gibiydi hatta. En ince ayrıntılarıyla bu geceyi kafasında kurarak çıkmıştı karşısına. Adamın bir itirazı yoktu. Çünkü bu tatlı başlangıçtan sonra bedeni, uzun zevk saatlerini arzuluyordu. Küçük bir davette bulunmuştu. Kız da istiyordu.

Merdivenlerin başında; "Kalmak istediğinden emin misin?" diye sordu. Nesil tebessümle başını salladı.

"Daha rahat bir yere ihtiyacımız var o zaman" dedi dudaklarını parmaklarıyla okşarken. Kabarmış pembelikler aklını başından almıştı. Bu görüntü Barlas için çok farklıydı. Çok baştan çıkarıcıydı. Yanaklarından başlayan koyu pembe bir örtü kaplamıştı kızın tenini. Temiz bir koku hissetmişti Barlas o tenden kaynayan. Temiz ve sersemletici... Kışkırtan bir parfüm gibi değil, daha çok kırçiçeği... Kadınsı değil ama fazlasıyla çekici... Bir şeyler vardı o kızda, yarı sarhoş bilinciyle ne olduğunu tam olarak bilemediği...

Elindeki eli daha sıkı kavradı ve merdivenlerden çıkmaya başladı. Bir odanın açık kapısından içeriye süzüldü genç adam. Açık perdelerden içeriye dolunayın ışıltıları vuruyordu. Nesil'in siyah olduğunu tahmin ettiği yatak örtüsünün üzerine, gümüş rengi pırıltılar ve gölgeler iniyordu.

Utanmaz bir arzuyla, ayışığı vurmuş, çıplak tenini seyrediyordu. Nesil bakışlarından kaçmak ister gibi ona sokulduğunda engel oldu. Karşıdan görmek de, heyecan veriyordu. Fırından yeni çıkmış, sıcak, beyaz, buğday kokulu bir ekmek gibiydi kızın bedeni. Açlık hissettiriyordu, kadına doygun olması gereken bir zamanda. Daha dün gece, uzun, upuzun bir ziyafet çekmemiş miydi arzularına?

"Olsun" dedi içinden kaygısızca. "Ha bir eksik, ha bir fazla. Onlarda bu ateş, ben de günaha bu kadar yakınlık olduktan sonra"

"Şaşırtıyorsun beni" dedi Barlas. "Anlayamıyorum. Melek misin, yoksa şeytan mı?"

Bu bir sorudan çok, Nesil'in değişken tepkilerine bir açıklama aramaktı. Barlas'a göre daha çok bir oyuna benziyordu kızın tavırları. Ya da acemilik üzerine kurulmuş bir fantezi. Gerçek bir acemi olsa buraya kadar, böyle rahat gelemezdi. Daha birbirlerine isimleri ile hitap etmeden, kim olduklarını bilmeden, konuşmadan, duygularını paylaşmadan bu kadar ileri gidemezdi. Kesinlikle bu bir oyundu. Kız bunu kurgulamış ve bunu oynuyordu.

"Sence?"

Çok konuşmak istemiyordu Nesil. Daha doğrusu beceremiyordu. Kah usta bir aşık, kah toy bir sevgili... Acemi tepkilerine, sesindeki heyecanı eklemekten, açık vermekten korkuyordu.

"Benim için fark etmez" dedi Barlas. Kızı kucağına aldı, yatağın ortasına yatırdı ve ayağa kalktı. "İkisi de olabilirsin, hiçbiri de. Ama senin için önemi varsa eğer, birini seç ve kararını hemen ver. Birazdan geç olacak."

Kızdan gözlerini ayırmıyor, soyunurken izlenmekten rahatsızlık duymuyordu. Artık çok uzatmak ya da oynamak istemiyordu. O dakikaya kadar gösterdiği ev sahibi nezaketi, sınırlarını zorlamaya başlayan ihtirasın, tutkunun ihtiyaçlarını karşılamaya yetmiyordu.

Sert yatağın, Barlas'ın ağırlığıyla sarsıldığını anladığında yavaşça döndü. Son olarak, genç adamın ihtirasına ayak uydurmaya çalışırken hatırlıyordu kendini. Geçmişi kapatmış, yeni bir sayfa açmıştı kaderine. Kendi iradesi ve kendi seçimiyle, hiç tereddütsüz, koşulsuz bir sözleşme yapmıştı Barlas ile. Sadece o an ya da o gece üzerine. Yine de, bütün o kararlılığa rağmen, içinde yeni yeni oluşan başka bir özlemle yüzleşiyordu. O ana kadar aklına gelmeyen bir istekti bu. Barlas'ın, onu zevkten uçuran ateşli ağzından, şehvet dolu fısıltılar dökülürken, o, adını duymayı bekliyordu. İkisinin de özgür bıraktığı o arsız inlemelerin geldiği yerden, yine kendiliğinden gelmesini istiyordu.

"Barlas" dedi ilk defa. Barlas, bedenindeki son kilidi kırıp, hayatına girmeden, sadece bir nefes önce.

Kehribar rengi bir içki şişesi ve geniş ağızlı, kalın tabanlı bir bardak çıkardı. Şişenin kapağını hırsla çevirirken, parmaklarının eklem yerlerindeki beyazlıklar seçiliyordu. Bardağı ağzına kadar doldurdu, ara vermeden, iki büyük yudumda içti.

Göğsü hiddetle inip kalkıyordu Barlas'ın. Susmaya çalışıyor, konuşmaya korkuyordu. Şaşkınlığı, sersemliği başını almış gitmişti. Durduğu yerde duramıyor, sakinlik kaplarına sığamıyordu. Ellerini yüzüne kapattı ve ağır ağır tenini kazırcasına ovaladı. Saçlarını, iki elinin parmakları arasına sıkıştırıp avuçladı. Canını yaka yaka ensesine kadar indi ve öylece durdu. Başını, ensesinde kenetlenmiş ellerinden destek alarak, arkaya attı. Derin bir soluğu burnundan içeriye doldurdu. Sesli bir iniltiyle birlikte dışarıya verdi.

Dişlerini sıktıkça, kasılmış çenesi öfkeyle titriyordu. Amansız bir oyuna getirildiğini, hiçbir tecrübesi olmayan şu küçük kadın tarafından, sebebini anlayamadığı bir tuzak içine çekildiğini düşündükçe, yeri göğü yıkmak geliyordu içinden ama...

"Yalan söyledin" dedi sakinliğini korumak için gösterdiği azami gayretle, "yalan söyledin bana."

Tabii ki, kızın davranış biçiminden, sevişmeye acemi tavırlarından, fazla tecrübeli olmadığını anlamıştı. Ama "ilk" olacağına ihtimal vermemişti. Hangi deli ya da akıllı böyle bir ihtimalin varlığını aklına getirebilirdi ki? Ya da hangi genç kız, böylesine özel bir durumu, birkaç kez uzaktan gördüğü bir adamla yaşamak isteyebilirdi?

Deli duygularını, sorularını gözlerinde taşıyarak döndü. Yatak örtüsünü kollarının altına sıkıca yerleştirmiş, başını önüne eğmiş, yüzünü iç içe geçirdiği parmaklarından kaldırmadan oturan kıza baktı. Gidip onu sarsmamak ya da canını yakmamak için zor tutuyordu kendini. Hayat yeterince kötü değil miydi zaten?

Yetmez miydi onun getirdikleri? Biri, neden kendine böyle bir kötülük yapar ya da yapılmasına izin verirdi?

"Neden? Bana mantıklı bir sebep göster. Beni ikna et."

Nesil onu duymuyormuş gibi, bütün dikkatini ellerine vermiş, susuyordu. Eğik başı, bir türlü kalkmak bilmiyordu. Kız susmaya devam ettikçe Barlas'ın sabrı da sabun köpüğü gibi yok olup gidiyordu.

"Konuş benimle. Kaldır başını ve bak yüzüme." derken, öfkesi sesine düşmüştü.

"Kızma bana" dedi boğazını saran sızıyla Nesil.

Titreyen dudaklarının arasından tek bir fısıltı bile gelse, gözlerinde birikmiş yaşlar da dökülecekti Nesil'in. Bunu bildiği için susuyordu. Bunu istemediği için, Barlas'ın sessiz olmaya zorladığı hiddetinin önünde, başını eğmiş bekliyordu. Barlas'tan korktuğu için değil, o dakikaya kadar ortaya koyduğu yürekliliği, gözyaşlarıyla mahvetmek istemiyordu.

"Kızma artık."

O an, görüşüne engel olmaya başlamış olan ıslaklığın, kirpiklerini de sardığını anladı. Göz kapaklarını iyice açarak, aldığı nefesleri tutarak, kendine engel olmaya çalıştı. Ne kadar süre öyle kalabilirdi ki? Yola çıkmış yaşları nasıl geri alabilirdi ki? Odaya dolan ay ışığının altında, gri birer inci tanesi döküldü yanaklarından aşağıya. Kirpiklerini her indirip kaldırdığında bir daha, bir daha, bir daha...

Nesil ağladıkça, Barlas için durum gitgide daha da zorlaşıyordu. En nefret ettiği şey, bir kadının, gerçek mi yoksa yalan mı olduğunu hiçbir zaman anlayamadığı gözyaşlarıydı. Ne kadar da kolay akıtılıyordu öyle. İstedikleri an, istedikleri dakika. Ne kadar kolay dökülüyordu o yaşlar. Ne zaman zorda kalsalar, sıkışsalar, konuyu örtbas etmek için, suç bastırmak ya da üste çıkmak için hep bu yolu kullanırdı kadınlar. Birazdan olacakları da biliyordu genç adam. Sessizce akıtılan yaşların arasına kimi zaman "çok pişmanım" yakarışları karışırdı. Kimi zaman da nefretle kusulan; "senin yüzünden" çığlıkları.

"Pişman olmak için geç değil mi?" dedi içini kaplayan, dünden gelen, tanıdık huzursuzlukla.

Kıza baktı önce. Kollarını bir halka şeklinde bacaklarına sarmış, alnını dizlerinin üzerine kapatmıştı. Saçları omuzlarını ve sırtını örtmüş, çıplak vücudunda, görünen bir yer kalmamıştı.

Arkasını döndü. İstediği tek şey, bu sahneyi, hatta mümkünse bütün bu olanları, kızı ve onunla yaşadıklarını unutmak, az önce bıraktığı şişeyle bir an önce buluşmaktı. Artık sıklıkla gerçeklerle yüzleşecek güç bulamıyordu kendinde. Artık, eskisi kadar kuvveti yoktu. Elini yarım kalmış bardağa uzattığı an, bu geceyi aklından tümüyle silmekten başka bir şey düşünmüyordu.

"Ben pişman falan değilim."

Gözlerini sımsıkı yumdu genç adam. Kızın o derinden gelen, inatçı sesi, bu kâbusun hâlâ devam ettiğini söylüyordu. Oysa o, o an, kızın bir an önce toparlanmasını ve gitmesini istiyordu. Anlayamıyordu neler olduğunu? Kızın ne yapmaya çalıştığını anlayamıyordu. Nasıl davranması gerektiğini bilemiyordu. Bir yanı kolundan tutup, kapıya kadar sürüklemek istiyordu. Bir yanı...

Başka bir yanı yoktu ki bu işin.

Onu hiç duymamış gibi, bardağını aldı, üzerini doldurdu. Aynı şeyi arka arkaya birkaç kez daha tekrarladıktan sonra, dolu bir bardağı eline aldı ve varlığını yeni fark ediyormuş gibi kıza döndü.

"O halde benim yüzümden" dedi iyice gevşemiş bir şekilde. "'Çok pişmanım' demiyorsan, 'senin yüzünden' diyeceksin."

Nesil'in gözlerindeki yaşlar birden bire durmuştu. Sessizce, ama bu kez biraz tedirginlikle genç adamın ardı ardına sıraladığı kadehleri izliyordu. Onu ne zaman görse, gizlice izlediği gecelerde de, bu akşam koydaki balıkçıyla hep aynı şeyle karşılaşıyordu. Hep mi içiyordu böyle?

"Senin yüzünden değil" dedi inatla.

Az önce gözyaşı döken kızın yaralı görüntüsünden sonra, güzel gözlerini bir silah gibi kullanan kadını görünce biraz rahatlamıştı Barlas. Kimseye acı olmak istemiyordu çünkü. Kimseyi kendi karanlığına çekmeye niyeti yoktu. Sırf bu yüzden geçmişi, geldiği gibi giden, ardına bakmayan, geride kalanı unutan, unutulmuş kadınlarla doluydu.

Ağırlaşmış adımlarla yatağa yaklaşırken, gözü yerde duran gömleğine takıldı. Aklına gelenle birlikte, yolunu değiştirdi. Oda, mum ışığı sayesinde aydınlanmıştı ve Barlas'ın vücudunda, kimsenin görmesinden hoşlanmadığı izler, yara izi olmuş sırlar vardı. Banyonun yanındaki odaya girdi. Bir iki çekmece ve dolap kapağının açılıp kapanma sesini dinledi Nesil. Birkaç dakika sonra, genç adam odaya döndüğünde, bir kot pantolon giymişti. Ayakları gittiği gibi çıplaktı ve elinde beyaz bir gömlek vardı.

Yatağa, Nesil'in yanına oturdu. Az öncekine kıyasla daha sakin görünüyordu. İçtiği içkilerin etkisi kendini gösteriyor, deli bozuk öfkesi, duruluyordu. Başını kaldırıp, kızın nemli gözlerine baktı.

"Bana çocuk muamelesi yapma" dedi Nesil fısıldayarak. "Ne pişmanım ne de seni suçluyorum. Neden ille de acı duymam ya da birilerini suçlamam gerekiyormuş gibi davranıyorsun?"

"Doğru değil mi bu?" dedi genç adam. Az önceki hiddetini yitirmiş, sesi yorgun düşmüş gibiydi.

"Ne doğru değil mi?" dedi Nesil.

Bütün olumsuzluklara rağmen genç kızın yüreği, dalga dalga hislerle kabarıyordu. Elini uzatıp ona dokunmamak için zorlanıyordu. O an bile düşündüğü tek şey vardı. Barlas'ın kollarının arasına sokulmak, saçlarını okşamasını, onu rahatlatmasını istemek ve biraz, az da olsa uyumak. Öylesine bitkin hissediyordu ki kendini. Bir süre her şeyi unutup uyusalar. Sonra uyandıklarında yeniden kaldıkları yerden başlasalar... Sorular, kızgınlıklar... Hepsi sonra olsa, olmaz mıydı?

"Pişman değil misin?"

"Hayır, tabii ki hayır."

"Neden ağladın o zaman?"

"Senin yüzünden."

"İşte bu" dedi genç adam başını ağır ağır sallayıp, acı acı gülümseyerek. "O değilse diğeridir. Hep aynı şey olur."

"Barlas" dedi Nesil.

Elini tedirginlikle uzattı ve Barlas'ın elindeki boş bardağı aldı. Gözlerini ondan ayırmadan yan tarafta bir yerlere bıraktı. Genç adamın elini, iki elinin arasına alarak oturduğu yerden hafifçe doğruldu. Yaklaştı biraz daha. Barlas'ın gözlerinin dalgın sarhoşluğuna cesaretle bakıyordu. Adamın akşam karası gözlerinde, suçluluk duygusu gibi bir şeyler vardı. Ya da bir şeylerin acısı.

"Bunda senin suçun yok. Bunu ben istedim."

"Neden Nesil? Neden şimdi. Neden ben?"

Adını söylemişti nihayet. İlk kez adıyla hitap etmişti ona. Gecenin bütün ağırlığına, bütün yorgunluğuna rağmen, gözleri bir anda yıldızlar gibi ışıldamaya başladı Nesil'in. Solgun dudakları birden canlandı. Hafifçe yana kaydı ağzı. Gizli bir gülümseme yansıdı yüzüne.

"Çünkü seni istedim" dedi yumuşacık bir ifadeyle. "Çok istedim hem de."

Gülsün mü? Kızsın mı? Karar veremiyordu Barlas. Sanki çok tecrübesi varmış gibi, istemenin, arzulamanın, ya da sadece fiziksel dürtüler yüzünden, karşı cinse ihtiyaç duymanın ne olduğunu biliyormuş gibi konuşuyordu Nesil. Öylesine kendinden emin cevaplar veriyordu ki hem de.

"Birden canın çekti öyle mi?" dedi gülerek. İlk kez bu kadar derin ve samimi bir gülümseme görüyordu Nesil onun yüzünde. "Sen daha sevişmenin ne olduğunu bile bilmiyordun. Bunu hiç denememiştin. İlkler böyle olmaz. Böyle yaşanmaz."

"Senin de bir ilkin olmuştu değil mi? Dünyaya şimdi olduğun gibi gelmedin."

Bir kaşı, bilgiç bir ifadeyle yukarıya kalmıştı Nesil'in. Düşündüğünü söylüyor, doğru bildiğini savunuyordu.

"Aynı şey mi bu?" dedi Barlas kaşlarını çatarak. "İkisi, aynı şey mi? Nasıl böyle bir savunman olabilir ki?"

"Neden Barlas? Sen erkek, ben de kadın olduğum için mi?"

Çam gölgesindeki deniz bile, kızın gözlerinin o anki halini anlatmak için yeterli bir benzetme değildi. Daha yakından bakıyordu Barlas. Öylesine yakından ki,gözbebeklerinin içindeki en küçük bir çizginin bile, yol yol daha derinlere gittiğini görebiliyordu. O gözler, mum ışığının bütün kırılmalarını toplayıp alıyordu odadan. Bakana veriyordu yine.

"Evet. Ben erkek, sen de kadın olduğun için."

"Ne fark var?"

"Çok fark var. Hem de o kadar çok fark var ki. Bir kadın, bunu ancak, çok özel bir erkekle yaşamalı."

"Neden?"

"Nedeni yok. Öyle olmalı."

"Saçmalık."

"Değil"

"Sen de özelsin Barlas"

Kız mı güzeldi yoksa Barlas mı bu gece daha güzel bakıyordu? Çünkü baktığı kızın, bu geceki her haliyle, fazlasıyla ilgilenir olmuştu. Etkilenir olmuştu. Fazlasıyla zaman ayırmıştı ona ve herkesle olduğundan daha ince davranıyordu. Belki de ondan aldıklarının payı vardı bu zaafın temelinde. İstemeden yaşanmış olsa da, artık geriye dönüşün mümkünü yoktu. Kız için biraz daha kolaylaştırabilirdi belki durumu. Biraz daha hatırlanabilir bir anı olmasını sağlayabilirdi. Bu yüzden "git" diyemiyordu kolayca. Duygusuzluğunu örtbas etmeye çalışıyordu. Nesil'in hayallerini bir iki ruhsuz kelimeyle, aceleyle yıkmak yerine, kendiliğinden yıkılmasını bekliyordu. Olacak olan buydu çünkü.

"Bana en başında söylemeliydin" dedi Barlas.

Dalgın gözleri, içtiklerinin etkisiyle hafifçe bulutlanmıştı. Nesil durdurmadı kendini. Elini uzatıp genç adamın yanağını okşadı. Bu gece, Nesil'in kendini gerçek anlamda unuttuğu ya da yitirdiği geceydi. Nesil'e göre, her şey olması gerektiği gibiydi. Barlas artık, çok daha fazla anlam ifade ediyordu genç kız için. Başladıkları yerden, o ana kadar çok daha büyümüştü ona olan tutkusu. Artık Barlas'ın iki dudağının arasındaydı kaderi, mutluluğu.

"Söyleseydim, benimle olmayı ister miydin?"

"Hayır" dedi genç adam çok kesin bir tavırla.

"İşte bu yüzden sakladım, söylemedim."

"Şimdi ne geçti eline peki?"

"Bu durumda hiçbir şey" dedi gözlerini genç adamdan kaçırarak; "Her şey yarım kaldı, sen bana kızdın."

"Ya kaybettiklerin? Bu maceraya değdi mi Nesil?"

Beklediği sözler bunlar değildi. Bu kadar gerçekçi olmak zorunda değildi Barlas. Hiç değilse, geceyi sabahına tatlı ve sıcak sözlerle götürebilirdi. Nesil gibi mutlu olmasa da öyleymiş gibi davranabilirdi. Barlas'ın kendiliğinden gelmesini beklediği hayal kırıklığı, Nesil'in sınırlarına girmişti. Yine de, hissettiklerini dürüstçe dile getirmeye devam etti.

"Ben kaybettiklerimi düşünmüyorum bile. Aksi olsaydı, zaten buraya gelmezdim. Ben asıl bana böyle davranmandan incindim. Ben seni görünceye kadar, bunu yapabileceğimi aklımdan bile geçirmemiştim. Ama itiraf ediyorum, sonrasının böyle olacağını hayal etmemiştim."

Barlas'ı yeni bir şaşkınlık daha sarmıştı. Kendiliğinden gelişen bu olayın ardına bir de hayaller mi eklemişti kız? Amacı, sonucu, başlamadan belli olan bir yakınlık için, nasıl bu tür beklentiler içine girilebilirdi ki?

Belki de girilebilirdi. O, his yoksunu bir adam olabilirdi ama kız henüz bütün yolların başında ve çok gençti. Korkusuz bir maceraperestti. En azından bu kadar incelik gösterebilir, kızın, hiç ilgisini çekmeyen hayallerini biraz daha dinleyebilirdi.

"Ne hayal etmiştin?"

"Bana kızmak yerine, böyle hiddetle her şeyi yarım bırakıp, delirmek yerine bana güzel şeyler söyleyerek devam etmeni isterdim. Sadece bu gece için bile olsa, bunu isterdim. Az önce de o yüzden ağladım işte. Bana suç işlemişim gibi kızmanı, bana acıyarak bakmanı sindiremedim. Ben kocaman bir kadınım. Senden hiçbir şey beklemiyorum. Seni hiçbir şey için zorlamıyorum. Yarından korkmana, tedirgin olmana gerek yok Barlas. Ben, başına bela olmaya gelmedim."

Konuşurken başıyla birlikte hareket eden saçları, koyu renkli, yumuşak dalgalar halinde, kar beyazı çıplak omuzlarının üzerinde oynaşıyordu. Barlas'ın parmakları kıpırdadı istem dışı. Dokunma dürtüsünü güçlükle bastırdı. Nesil'in bu hali, sanki uzun zamandır böyle anlar yaşıyorlarmış gibi, sakin, durgun bakışı, yatağının içinde kıpırdadıkça uçuşan, ten kokusu... Barlas'ın gitgide artan sarhoşluğu... Her şey bulanıklaştıkça, doğruyu kontrolünde tutmak da zorlaşıyor, aklı büsbütün karışıyordu. Oturduğu yerden kalktı. Amacı bir an önce o kızdan ve bu tuhaf yakınlıktan uzaklaşmaktı. Nesil'in yerdeki elbisesini eline aldı.

"Ben gitmeli miyim artık? Yani şimdi ne olmalı. Bilmiyorum."

Sadece yerden kaldırmak için eline almış olduğu elbiseye baktı genç adam. Başını kaldırıp kızın gözleriyle karşılaşmakta zorlandı. Gitmesi gerektiğini düşünüyor, ama verecek bir yanıt bulamıyordu. Gitmeli miydi? Kalmalı mı?

"Sen bilirsin."

"Git artık" diyememişti. Ancak dudaklarından dökülen o içi boş kelimeler, Nesil'i incitmeye yetmişti. Genç adam, onun için bir şey ifade etmediğini, konuyu özetleyip, iki kelimeye sığdırarak anlatmıştı. "Git" ya da "gitme" ikisi de sonuçta bir düşünceye bağlanan kararlardı. İkisinin de bir nedeni vardı. Ama böylesi. Tam bir umursamazlıktı. Yaş dolan gözlerini, genç adamın kalıp gibi duran bedeninde acıyla dolaştırdı. Bu da olması ihtimal sonuçlardan biriydi Nesil'e göre. Bu gece için böyle bir son da bekliyordu gelirken. Yine de diğer türlü olacağına inancı çok daha fazlaydı. Nesil'e göre, Barlas'a olan hislerinin adı "ilk görüşte aşktı." Hiç değilse, bunun bir anlamı olmalıydı aralarında.

Küçük adımlarıyla genç adama yaklaştı ve elindeki elbiseyi çekerek aldı. Yüzüne bile bakmadı. Loş odanın içinde giysilerinin diğer parçalarını aradı yanan, nemli gözleri. Dik omuzlarını indirmeden, banyoya girdi ve kapıyı kapattı. Kör olmuş gibiydi. El yordamıyla her şeyi yerine oturttu. Hayatında hiç bu kadar hızlı giyindiğini hatırlamıyordu. Aynaya baktı. Derin derin soluklar inerken göğsüne, dudaklarını birbirinin üzerine sımsıkı bastırdı. Ellerini kaldırdı, dağınık, kabarmış saçlarını parmaklarıyla toparladıktan sonra, banyodan çıktı.

Barlas odada yoktu. Balkonun kapısı ve ince perdesi açılmıştı. Burnuna yanık bir sigaranın kokusu geliyordu. Eğilip yerde duran ayakkabılarını aldı. Çıplak ayaklarıyla, kendini odadan dışarıya attı.

Genç adam, bir eliyle, sigarasını tutuyor, derin nefeslerle içiyor, bir eliyle, balkon demirini kıracakmış gibi sıkıyordu. Bu gece, bu sıkıntı başladığından beri, yapmak istemediği şeyi sonunda yapmıştı. Bir iki duyarsız kelimeyle kızın dünyasını başına yıkmıştı. Ne yapabilirdi ki başka? Onun hayallerini süslemeye ne kadar süreyle devam edebilirdi? Aldıklarına karşılık olarak ne verebilirdi ona? Aşk mı, bağlılık mı, yoksa evlilik mi? Bunların hiç birini istemiyordu hayatında. Sırf, sorumsuz bir kızın canını yakmamak, hayallerini yıkmamak adına, olmadığı biri gibi davranacak değildi ya?

Bunların hiç biri olacak şeyler değildi. Kız onun için vazgeçilmez değildi. Hatta yarın bu sarhoşluk uykusundan uyandığında, onu hatırlayacağından bile emin değildi Barlas. O halde, neden böyle kötü hissediyordu kendini?

Çünkü o, bu geceki varlığıyla, ruhunun kara deliklerine sızan küçük bir ışık olmuştu. O küçük kadının sesi, evin, odanın, genç adamın çeliğe dönmüş ıssızlığının içine karıştıkça, konuştukça, karşılıksız bir sıcaklıkla baktıkça, başına gelenin bir önemi yokmuş gibi, kendini unutup, genç adamı savundukça, Barlas ona bilerek zarar vermekten korkar olmuştu.

Hiç değilse, bir gece dayanamaz mıydı? "Ben başına bela olmaya gelmedim" diyen bir kızın varlığına, birkaç saat daha katlanamaz mıydı? Kendininkiler gibi bir kâbus bırakmıştı kızın bundan sonraki hayatına. Hem de birkaç uğursuz saati, amansız yalnızlığının hizmetine sunmak uğruna. Birkaç kadeh fazladan içmek, sızmak uğruna.

Birkaç saniye içinde, hem haklı bulmuş, hem lanetler okumuştu kendine. Sigarasını ayaklı kül tablasının içine attı ve bir rüzgâr gibi, odaya geçti. Bütün kapalı kapılar açıktı ve kız ortada yoktu. Merdivenlerin başına geldiğinde, onun alnını dış kapıya yaslamış bir halde durduğunu gördü.

"Nesil" dedi yavaşça.

Onun sesini duyduğu an, başını ve çökmüş omuzlarını kaldırdı Nesil. Kapı kolunu kavradı ve hızla açtı. Barlas koşarak indi basamakları. Kapının dışında yakaladı ve beline sarıldı. Kendine çevirdi aceleyle. Yüzünü ellerinin arasına aldı. Bir kez daha kızın gözyaşlarıyla karşılaştığında onların, sebep olduğu gerçek yaşlar olduğunu biliyordu.

"Özür dilerim" dedi. Ne için özür dilediğini tam olarak bilmiyor olsa da içinden gelen tek şey buydu. "Özür dilerim." Hayatında ilk kez, bir kadın ya da bir erkekten, herhangi birinden, böylesine yürekten özür diliyordu.

"Bırak, bırak dedim."

"Özür diledim Nesil."

Sarmaşık dalları sarmış duvarlar, bahçeyi dışarıdan gizliyor olsa da, giriş kapısının kubbeli çatısına yerleştirilmiş lambanın altında, gecenin sessizliğinde, apaçık bir savaş yaşanıyordu. Nesil, sevişme konusunda acemi olabilirdi, ama böyle bir savaşta Barlas'ı zorluyordu. Kimsenin peşinden gitmemişti Barlas, kimseden özür dilememişti. Gidene kal dememişti o güne kadar. Bu yüzden, kızın haklı sitemlerine doğru ve yerinde yanıtlar vermekte zorlanıyordu. Çünkü aralarında geçen bütün bu olaylar, hiçbir mantık kalıbına girmiyordu. Barlas'ta, başlangıçtaki Nesil gibiydi şimdi. Hatta o kadar iyi durumda bile değildi. Nesil, gelirken ne istediğini biliyordu. Barlas ise kızın peşinden apar topar koşarken, sebebinden emin değildi. Bu gece, kaybedenin Nesil olduğunu düşünürken, asıl kendisi dengesini, katı iradesini ve uzun zaman önce duygularının üzerine çektiği gücünün kontrolünü yitirmişti.

"Çok genç olabilirim, akılsız, hayalci, hatta aptalın teki. Sana göre bütün bunlar olabilirim. Ama bu benim. Ben böyle biriyim. Sana söylemiştim. Başına bela olmaya gelmedim Barlas. Geldiğim gibi gitmesini de bilirim."

"Biliyorum" dedi neşesiz bir alayla Barlas. "Gitmek istersen seni durduramayacağımı biliyorum. Kafana koyduğunu yapacağını biliyorum."

Avuçlarıyla yanaklarını kavramış, başparmaklarıyla kızın yaşlarını tutmaya çalışıyordu. Başaramıyordu. Kurutamıyordu. Okşayarak sildikçe, yerine yenileri doluyordu. Tanımadığı bir şekilde sızlıyordu yüreği. İlk kez bir kadının, sadece onun için akan, kırgın yaşlarını görüyordu. Hatırlayıp sayamayacağı kadar çok kadının yaşlarına tanıklık etmişti o güne kadar. Hepsinde çıkarlar söz konusuydu. Bütün o yaşlar, samimiyetsiz, planlı, amaçlı tezgâhlar üzerine dökülmüştü. Oysa şimdi, Nesil'inkiler, tıpkı göründüğü gibi. Çıkarsız, hesapsız, dupduru akıyordu. Başa çıkamayacağını anladığında, daha fazla görmeye de dayanamadı. Kızın başını göğsüne bastırdı. Bedenini kollarının kilitleri altına aldı. Yüzünü saçlarına gömmek için eğildiğinde, daha dokunmadan, Nesil'in tanımaya başladığı kokusunu almıştı.

"Bunu sevmiyorum" dedi kızın saçlarının arasında boğulmuş bir fısıltıyla, "ağlama."

Nesil'in ağlaması yavaşladığında, kendini çekmeye başladığında, hafifçe gevşetti kollarını. Ama bütünüyle özgür bırakmadı. Onun bir kuş gibi uçup gideceğini anlamıştı.

"Nesil ikimiz de çok yorulduk. Lütfen, yukarıya çıkıp uyuyalım."

"Beni umursamıyorsun bile."

"Yanılıyorsun. Umursamıyor olsam, çoktan kurtulmuştum senden. İnan bana böyle olurdu. Peşinden gelmezdim. Özür dilemezdim. Asla yapmazdım bunu. Bu da "benim" işte Nesil. Ben, doğru dürüst laflar etmeyi beceremiyorum."

Bakışmalara yoğunlaşmış, uzun, derin bir sessizlik oluştu aralarında. Dudaklar kıpırdamıyor, söz sırasını, sakin sakin kıyıya vuran dalgaların, yatışmış sesleri alıyordu. Rüzgâr da yoktu o saatte. Onun yerine sabaha yakın yaz serinliği vuruyordu. Otelin olduğu yamaç da sessizdi, üzerinde bulundukları tepe de. Sanki gece bile, o vakitten sonra, dinlenmeye çekilmişti. Öylesine bir huzur vardı ki etraflarında. O huzur, en sıkıntılı ruhların bile, göğün yıldızlı çarşaflarına uzanmasını sağlayabilirdi.

"Gitmeni istemiyorum" dedi genç adam. Hayata öfkesinin yarattığı kalın kabuklarından birini daha kırarak.

Nesil aradığını bulmuştu Barlas'ın geceye eş bakışlarının içinde. Bu kadarı bile, toy heveslerle kıvranan kalbini onarmaya yetmişti. Peşinden gelmişti, özür dilemişti, umursamıyor görünse de, öyle değildi. Sürekli genç adam için, iyi şeyler düşünmeye çeliyordu aklını. Çünkü duyguları bunu istiyordu. Aklı özgürlüğünün tehlikede olduğunu söyleyip dururken, duyguları kısa sürede kapıldığı esareti seviyordu. Barlas yokken neyle avunduğunu bile bilmiyordu şimdi. Buradan ayrıldığında nereye döneceğini ve aynaya baktığında ne göreceğini düşünmek bile istemiyor, yarını sürekli erteliyordu.

Ondan gelecek en küçük bir çağrıya bile kulak kesilmiş kalbini, avuçlarının arasına koydu ve Barlas'a uzattı. Yine peşine düştü genç adamın. Yine adımlarını onun güçlü ve sert adımlarının arkasından attı. Koşarak indiği merdivenlerden yukarıya doğru çıkarken, bu kez gözlerini ayırmayan, sürekli kızı izleyen Barlas'tı.

"O elbiseyi sadece yerden kaldırmak için elime almıştım"dedi yavaşça.

Genç adamın sesinde, duruşunda, yüzünde görmeye alıştığı o kibirli çizgilerde, başkalık vardı. Kurduğu bu cümle, zamanlama olarak, Nesil'i ikna etmekten uzaktı. Çünkü kız zaten geriye dönmüştü. İlk bakışta görünen amacından farklı bir anlamı vardı söylediklerinin. Barlas'ın yaptığı, kızı ikna etmekten çok, kendini affettirmeye çalışmaktı.

İki yastığı üst üste koyarak, giysileriyle birlikte uzandı genç adam. Nesil'i bileğinden tutarak yanına çekti. Sırtüstü yerleşti ve kızın başını göğsüne aldı. Artık konuşmak istemiyordu. Bu geceyi tamamlamak ve bitirmekten başka hiçbir şeyde gözü yoktu.

Her biri birbirinden ağır geçen dakikaları saymaya, kızı geriye getirmek için girdiği o iç savaştan pişmanlık duymaya başlamıştı. Birilerine sahip olmuş ya da sorumluluk almış gibi algılamış, kısıldığı şu dört duvardan kısa sürede bunalmıştı. Uyuyamıyordu. Kalkamıyordu. Bedeninin incecik damarlarındaki susuzluğu hissediyor, içemiyordu. Alışkanlıklarını bozmuş olmaktan rahatsızdı. Gözlerini yumup çabaladıkça, dalmak istediği uykudan gitgide uzaklaşmıştı. Zaten çok fazla tedirgin etmişti kızın varlığı onu. Şimdi de birlikte uyumak... Bu da nereden çıkmıştı? Nesil mi istemişti yoksa kendisi mi bulmuştu bu parlak fikri? Ne saçmalıktı bu böyle? Ne yapıyordu? Ne kadar da garip davranıyordu. Böyle, normal bir adam gibi, sırtüstü yatmak, göğsünün üzerinde, bir kızı uyutmak, saçlarını, tenini okşamak...

Oysa zaman geçtikçe, kızın varlığı ateşlerde yanan yalnız ruhuna iyi geliyordu. Bu kız, karşılaştıkları ilk andan beri, hem kızdırıyordu genç adamı, hem şaşırtıyor, hem de hükmediyordu. Öyleyse, neden direniyordu? Kız bir ışık gibi, kendi aydınlığıyla, kendi ayaklarıyla gelmişti karanlığına. O ise, bir gece için bile olsa, ona sımsıkı sarılacağına, bir gecesini bulandığı katrandan çıkaracağına, bir gece bedenini, temiz bir ruhun yanına koyup yatacağına, eliyle, diliyle yaralayıp gönderiyordu. Sabah olmasını bekleyemiyor, bedelini ödediği bir alışverişi bitirmiş gibi, gecenin o vaktinde kızı kapı dışarı ediyordu. Sanki hayatındaki her şey, o ana kadar, düzgün ve kuralına göre işlemiş biri gibi davranıyordu. Oysa ardında bıraktığı yıllara baktığında, gördüğü o çamurun yanında, Nesil henüz pınarında bir su gibi kalıyordu. Ne ucuz bir kahramanlıktı yaptığı. Ne sahte, ne ikiyüzlü bir dürüstlüktü bu. Gerçekte nasıl da muhtaçtı bir parça lekesiz huzura.

Yastıklara dayadığı başını hafifçe kaldırdığında kızın yüzünü görebildi. Gözleri kapalı, göz kapakları sabitti. "Uyumuş olmalı" diye düşündü. Yatağa uzandıklarından beri hiç sesi çıkmamıştı. Kendini içine attığı bu geceki fırtınaya, daha fazla dayanamamıştı. Yanında küçük bir çocuk gibi duran varlığını dikkatle inceledi genç adam. Güzeldi Nesil. Kararlı ve yürekliydi. Keşke böyle bir maceraya girmeden önce, biraz düşünebilseydi. Keşke kendi kadar aydınlık bir erkeğe uzansaydı zarif elleri. Çam rengi gözleri, kendi gibi birini görebilseydi keşke.

Uzun, beyaz elbisesi, kıvrılmış bacaklarını, sımsıkı örtüyordu. İki elini birbirine dayamış ve çenesinin altına koymuştu. Kollarını açıp sarılmamıştı genç adama. Yanındaydı, kollarındaydı ama eğreti, sığıntı bir hali vardı. Doğaldı bu. Barlas'ın bir sürü değişken haliyle karşılaşmıştı bu gece. Öncesinde sevişmeyi göze alabildiği adama, sonrasında belki de korkmuş, sarılamamıştı. Kiminle birlikte olduğunu anlayacak zamanı, fırsatı bile olmamıştı.

"İyi ki olmamış" diye fısıldadı Barlas. "İyi ki olmayacak."

Kızı seyretmekten hoşlanmıştı, ama boynu da ağrımaya başlamıştı. Göğsündeki başını yavaşça kaldırdı ve yastığa taşıdı. İyice yakınına uzandı. Alnını alnına, yüzünü yüzüne dayayarak gözlerini kapattı. Kızın soluğunu hissediyordu. Evet. Kız çok ağır bir bedel ödeyerek, dikkatini çekmeyi başarmıştı. Daha şimdiden Barlas'ın bir ömür hatırlayacağı kadar anı bırakmıştı ardında. Onu ölümden kurtarmıştı, onunla böylesi tuhaf bir gece yaşamıştı. Ancak, daha fazlası olmayacaktı. Kız düşsel bir dünyada yaz mevsimi yaşıyordu. Sevmek ve sevilmek istiyordu. Barlas'ın yüreğiyse karlı dağlar kadar soğuktu. Birini sevebilmek için insanın önce kendini sevmesi gerekiyordu. Birine yürekten gülümseyebilmek için, gülmeyi biliyor olması gerekiyordu.

Kızın uyurken bile etrafına yaymayı başardığı tuhaf bir enerjinin ortasında kalmıştı genç adam. Kendiyle kavgası bitmiyordu bu gece. Uzun zamandır unuttuğu şeyleri hatırlıyordu. Ruhsuzluğunun, yılgınlığının, huzursuzluğunun, bitiremediği sorgularını yapıyor, kız yanında bembeyaz bir sayfa gibi uzanırken o, bir gece sonra içkiyle sileceği duygularını yazıyordu.

"Barlas."

Tatlı bir nefes ilişti, kıza dokunduğunun bile farkında olmayan dudaklarına. Adını fısıldayan bir melek, girdi rüyalarına. Gözlerini tereddütle açtığında, kirpikleri Nesil'in kırpışan kirpiklerine karıştı. Kızı görebilecek kadar geriye çekti yüzünü.

"Biliyor musun? Bu sabah Lal gitti" dedi Nesil. Elini kaldırdı, işaret parmağının ucuyla, ürkek bir şekilde, genç adamın çenesini okşadı. "Arkadaşım. Bu sabah döndü, ama ben dönemedim. Gidemedim Barlas. Seninle bir şeyler yaşayacağımızdan öylesine emindim ki. Artık bana kızma. Kendine de kızma. Hak etmiyorsun. Sen şu ana kadar ki tepkilerle bile bana, beni önemsediğini gösterdin. Boş verebilirdin."

Sanki rüyasında gördüğü bir şeyleri anlatmak için uyanmış, gözlerini uykudan isteyerek açmıştı Nesil. Böyle yüz yüze ve bu kadar yakınken, henüz vakit varken, gitmeden, ona dair ne varsa söylemek istiyordu. Aceleyle tutulduğu ve adını "aşk" koyduğu o karmaşanın, bir gün, sonsuz bir sevgiye ve şefkate dönüşeceğine dair, umutlar taşıyordu.

"Dün bitti Barlas, yarın çok uzak. Benim için bu günden, bu geceden daha değerli hiçbir şey yok."

Kısık, istemdışı bir inlemeyle kıza sarıldı genç adam. Dudaklarına dokunduğu an, bu kez sonuna kadar gideceğinden emindi. Sanki bunun için girmişti o suların içine. Sanki bunun için kurtarmıştı onu. Bunun için gelmişti bu gece Nesil. Artık ne eğrisine kafa yoracaktı Barlas, ne doğrusuna. Çünkü bütün bu olup bitenin akla uyabilecek hiçbir açıklaması yoktu. Gecenin başından beri süregelen medcezir, beklenen sona götürüyordu ikisini de. Bundan kaçış yoktu.

Az öncesine kadar kendini durgun bir deniz olduğuna inandırmaya çalışırken, bir anda altından geçen güçlü bir akıntıya kapıldığını hissediyordu. Her dokunuş, her öpüş olağan bir isteğin, tepkinin çok önüne geçiyor, zevkten çok yabancı bir acıyla yüzleşiyordu. Sanki hayatına anlam katan bir düş görüyor, az sonra uyanacağını bilmenin telaşıyla, daha sıkı sarılıyordu kıza. Nesil'i bedenine bastırırken, sanki kayıp gidecek bir yıldızı tutmaya çalışıyordu. Kız tutkuyla sokulurken, o daha fazlasını istiyordu. Bütün duyguları aklının kontrolünden çıkmıştı.. Hiç olmadığı biri gibiydi o an. Tam bir baş dönmesiyle sarsılan bedeni, ilk kez bir kadının bedenine böylesine uymuştu. Nesil'in acemi titreyişlerinin içinde, kendi ruhu da titriyordu. Kız terledikçe, o ıslanıyor, sanki ince ince yağan, temiz, berrak bir yağmurun altında yıkanıyordu. Kendini bir kadının rahminin içinde, hem çok güçlü bir erkek, hem dünyaya gelmek için bekleyen bir tohum kadar masum ve güvende hissediyordu. Daha önce böyle bir doyum anı yaşadığını hatırlamıyordu. Damarlarından kanını çeken, bacaklarını uyuşturan...

Bundan daha yoğun bir tatmin duygusu tanımıyordu.

Yaldız boyalı, eski teneke sobanın ısıttığı odada, duvar kenarına serilmiş yer yatağının içinde, yorganı başıma kadar çekmiş, sıcaktan ve havasızlıktan nefes bile alamıyordum. Babam sımsıkı tembihlemişti. Yerimden kalkmayacaktım. Ortalıkta dolaşmayacak, o çok kıymetli kişi önünde konuşmayacak, babamı güç duruma sokacak herhangi bir şımarıklıkta bulunmayacaktım.

Vakit çok erkendi henüz. Uyku yoktu gözlerimde. Uyuyamıyordum. Evimizi ilk kez ziyaret eden, babamın deyimiyle varlığıyla bizi onurlandıran o mübarek zatın kim olduğunu merak ediyor, görmek istiyor, ama korkudan yorganın ucunu bile kaldıramıyordum. Adamın gür ve baskın sesinden, babamın kasten fısıltıya dönüştürdüğü konuşmasını duyamıyordum. Çocuksu merakım, babamın tembihlerinin önüne geçti bir an. Yorganın ucunu hafifçe kaldırdım. Yine altındaydım, başımı çıkarmamıştım, ama bir göz büyüklüğünde küçük bir pencere açmıştım. Artık, hem daha rahat nefes alıyor, hem odanın diğer ucundaki sedirin üzerine yayılmış olan adamı ve aynı sedirin altında, yerde dizlerinin üzerinde oturmuş, avuçlarını açık bir şekilde dizlerinin üzerine koymuş, yüzünü kaldırmadan adamın sorularını yanıtlayan babamı görüyordum.

Sevinçten çok, itaatkâr bir saygıyla şekilden şekle giriyor, kapı gibi heybetli bir erkek olmasına rağmen, eğilmiş boynu ve bedeniyle, onun önünde gitgide küçülüyor, ufacık bir takdir almak için çabalayan güçsüz bir çocuk gibi gözüne girmeye çalışırken, çok farklı görünüyordu babam.

Sık sık eğilip adamın dizlerini örten uzun giysisinin etek uçlarını öpüyordu. Adamsa, itiraz edecekmiş gibi hafiften kıpırdasa da, bundan keyif alıyor gibi görünüyordu. Babam başını kaldırmadığı zaman, yüzünü gururla kasıyor, sakallarının içinde kaybolmuş olan iki ince çizgiden oluşan dudakları bir yana kayıyor ve sırıtıyordu. Gülümsemek gibi gelmemişti bana o ifade. Gülümseme içten olurdu, insanı mutlu ederdi. Bu adamınkiyse; ürkütüyordu.

Adam o kadar çok ilgimi çekmişti ki; o kadar tuhaf ve değişik biriydi ki; başıma çekmemi istedikleri yorganın altından onlara belli etmeden, sadece benim minik gözümün görebileceği o küçücük delikten. Ona ait bütün detayları aklıma kazıyacak kadar dikkatle seyrediyordum.

Kara bir kalemle kirpik diplerine çizgiler çekilmişti sanki. Sert yüz hatlarını, o gözler daha da sertleştiriyordu. İri ve kemerli burnu, uzun sivri çenesini saran ve göğsünün ortasına kadar inen, alaca renkli sakalları vardı. Konuşurken daha çok buyurgandı. Kesin otoritenin o olduğunu anlatan bir tavır ve tonlamayla, dosdoğru insanın iki kaşının ortasına bakıyordu. Göz bebeklerinin içinde acımasız kıvılcımlar oynarken, karşısındaki kişi, başını kaldıramıyor, adamın yüzüne bakamıyordu.

Bir elini dizinin üzerinden boşluğa sallamış, kirli bir ipe dizilmiş, iri hurma çekirdeklerinden oluşan tespihini durmaksızın, ritmik bir düzenle çeviriyordu. Konuşurken, diğer elinin işaret parmağını sık sık kaldırıyor, tehdit eder gibi gösteriyor ve bu hareket, ifadesine daha kararlı ve tartışılmaz bir hava katıyordu.

Annemse o akşam, yoksul evimizin, zemheri zamanı soğuğunun insanın iliklerine vurduğu avludan içeriye giremiyordu. Sık sık kapıyı açıyor, ama kendini göstermiyordu. Aralıktan, getirdiği tepsileri babama uzatıyor ve geriye dönüyordu. O günlerde, otuzlu yaşlarının başındaydı annem. Uzun boylu ve yapılı bir kadındı. Balkanlara uzanan kökleri vardı anne tarafımın. Beyaz tenli, pembe yüzlüydü. Görebildiğim ender zamanlardan hatırladığım kadarıyla başak rengi saçları vardı. Çekik gözlerinin rengiyse uçuk maviydi. Kaşları ve kirpikleri de açık renkliydi. Bana göre annem, dünyanın en güzel kadınıydı. Tabii ablam Yesra'dan sonra. Yesra'ya olan tutkum, ne anne sevgisine benziyordu ne de henüz hiç tatmadığım sevgili aşkına.

Yesra. O neredeydi bu akşam?

Yesra'nın çok üşüdüğü düşmüştü aklıma o an. Sobanın önünde otururken bile, ısınmak için uzattığı ellerini farkında olmadığı için yakardı. Annemle birlikte o avluda bekliyorsa, mutfağa gidip geliyorsa üstü açık bahçeden, yarın yine hasta olacaktı. Ateşler içinde yanacak ve öksürükten boğulacaktı. Gözlerime yaşlar doluyordu. Sıkıyordum kendimi. O an kaçacak bir hıçkırık sesi, uyanık olduğumu haber verecekti onlara. Ağlamamak için alt dudağımı dişlerimin arasına sıkıştırdım. Yesra'yı düşünmemeye ve onun için üzülmemeye çalışıyordum.

Yeniden adamı izlemeye koyuldum. Bir anlığına Yesra'ya kayan ilgim, yeniden odanın içinde odaklanmıştı. Çünkü annemin kapı aralığından babama uzattığı yeni tepsi gözlerimi alıyordu. Daha önce bizim sofralarımızda hiç görmediğim güzellikte ve zenginlikte yemek ve ikramlar, taş yüzlü o adamın önüne bir bir sıralandıkça içim gidiyordu. Babam her şeyi adamın önüne yerleştirdikten sonra, çöktüğü dizlerinin üzerinde sürünerek biraz geriye gitti. Eliyle adama tabakları işaret ederken, boynu yine eğikti. Hem bir sürü yiyecek ikram ediyor, hem de suç işlemiş gibi tedirginlik ve korku içinde adamın önünde bekliyordu. Tuhaf davranıyordu babam. Benim görmeye alıştığım o katı adam değildi bu gece. Cezalandırdığı zaman, ben nasıl ondan korkuyorsam, o da sanki o adamdan korkuyor ve yaptığı hizmete karşılık olarak, affedilmeyi bekliyordu.

Adam sıra sıra bakır tepsiler içinden, gözünün kestiğini seçiyor, alıyor, büyük bir açgözlülükle yedikten sonra, kirli parmaklarını, uzun, tuhaf giysisinin eteğine siliyordu.

Birden bire adamın kim olduğunu kavrayıvermiştim sanki. O kesinlikle bir "günahkârdı." Önündeki yiyecekler, sofralarda olması gerekenden daha fazla ve iştah kabartıcıydı. Bu kadar çok olması bu kanıya varmama neden olmuştu. İnsanın amacı sadece karnını doyuracak kadarına sahip olmak olmalıydı. Adamın önünde, bir sokak dolusu insanı doyuracak kadar çok yemek vardı. Yani, bu adamın yaptığı günahtı.

"Sobaya odun at" dedi birden bire.

Sesi yerimden sıçramama neden olmuştu. Babam büzüldüğü yerden, fırlayarak kalktı. Normal zamanlarda babamın bu kadar çevik olduğunu görmemiştim hiç. Onun evde herhangi bir işin ucundan tuttuğunu, anneme yardım ettiğini, birine bu akşam olduğu gibi hizmet ettiğini hiç görmemiştim. Kapıyı azıcık araladı. Bedenini o aralığa kalkan yaptı. Annem ve Yesra dışarıda donarken o, kapıdan gelecek olan soğuğun, kıymetli misafirini üşütmesini önlemeye çalışıyordu. Başını dışarıya çıkardı ve anneme bağırdı.

"Odun getirin çabuk."

Bir iki dakika içinde yeni bir kova dolusu odun getirdi annem. Yine içeriye görünmeden babama verdi ve soğukta beklemeye devam etti. Babam içerinin sıcağı yetmezmiş gibi, sobayı yeniden odunla doldurmuş ve alevleri azdırmıştı. Adam miskin bir ifadeyle gözlerini kapattı ve sırtını arkasındaki sert, hasır yastığa bıraktı. Kuru alnının kırış kırış olmuş kaba yüzeyinde, ter damlacıkları oluşmaya başlamıştı.

"Başka bir emriniz var mı efendimiz?" dedi babam, gereğinden fazla eğdiği başı, neredeyse altındaki kıl kilime değecek şekilde.

"Benim değil" diye gürledi adam, "ben emirlere aracıyım sadece."

Sırtını dayadığı yastıktan hafifçe öne doğruldu. Tepsiler içindeki yiyecekleri yeniden gözden geçiriyor, tatmadığı bir şeyler arıyordu. O ikramlara bakarken, ben de bakıyordum. Nar gibi kızarmış bir kuzu budunun parlak derisi, bol tavuk etiyle yapılmış keşkek, safranlı pilav, vişne hoşafı. Diğer tepsideki, çeşit çeşit kuru yemiş ve meyveler, sakızlı sütlaç ağzımın suları akıyordu. Yutkundukça, boğazımdan aşağıya sular iniyordu. Hiç öylesine güzel bir sofraya oturmamıştım. Buna sahip olabilmek için, acaba günahkâr mı olmalıydım? Ben tepsi için hayaller kurup, aklımı dağıtmışken, adamın bir kere daha yükselen, gürleyen sesiyle toparlandım.

"Emirlerin bir tek sahibi vardır ey fani. Bilmez misin, o da yaratandır."

Babamın adamın karşısında utanç içinde kıvrım kıvrım kıvrandığını gördüğümde bu kez ona acıdım. Bu kadar ceza yetmez miydi? Babam, bu kadar saat boyunca adamın merhametini kazanmak için neler yapmıştı? Evimize hiç girmemiş olan yiyecekleri bile alıp getirmişti. O günahkâr adamın gözüne girebilmek için o baldan tatlı kuruyemişleri, evimize sokmuş ve günah işlemişti. Sırf o adam Onu affetsin diye. Peki, babamın suçu neydi? Ne yapmıştı? Top oynayarak, ayakkabılarının burnunu vaktinden önce mi açmıştı? Ağzından ayıp bir kelime ya da küfür mü kaçmıştı? Yoksa bilyesine, gazoz kapağına oyunlar kurup, sokakta bir çeşit kumar mı oynamıştı?

Yataktan fırlayıp, adamın karşısına dikilmek ve babamı korumak istedim. Çocuk aklımla bile, babamın o adamdan, benim babamdan korktuğumdan daha çok, hatta ölesiye korktuğunu anlayabilmiştim. Ancak, neden o durumda olduğunu. O siyah boyalı gözleri olan adamın kim olduğunu, evimiz içindeki varlığının neden bu kadar önemli olduğunu, en önemlisi de; bizim; yani Yesra ve benim, bir kez bile tadına bakamadığımız bütün o güzel yemeklerin, neden o adama sunulduğunu anlayamıyordum.

O korkunç suratına rağmen, bir yabancı olmasına rağmen; annem ve babam için, benden ve ablamdan daha önemli ve daha değerli biriydi. Durumdan o anlaşılıyordu. Bize yasak olan şeyler, onun için yapılıyordu. O yaştaki aklımla, onu kıskanıyor, annem ve babama kırılıyor, hatta bu garip eziklik duygusuyla, gözlerimin dolduğunu, içlendiğimi, dökmekten korktuğum yaşlarımın göğsümü ölesiye doldurduğunu hissediyordum.

Sevmemiştim onu. Evimize bir daha gelmesini istemiyordum. O adamın gölgesinden bile ürküyordum. Erkek adam olduğumu hatırlatsam da kendime, bir işe yaramıyordu. Gerçek şuydu ki; ben de tıpkı babam gibi, o adamdan korkuyordum.

Sürekli konuşuyor olmalarına rağmen ne konuştuklarını tam olarak anlayamıyordum. Çok fazla bilmediğim kelime kullanıyorlardı. Neden bahsettiklerini çözemiyor, neden bize geldiğini de öğrenemiyordum. Babamın, adamın ağzından çıkan her kelimede, gözlerini ibadet eder gibi yumduğunu, yüzünün gevşediğini, zaman zaman elini, göğsünün üzerine koyarak öne ve arkaya doğru belli bir ritim içinde hareket ettiğini görüyordum.

Adamın babam üzerinde inanılmaz bir gücü vardı. Ne söylerse, ne isterse kabul ediyordu. Sebebini anlayamasam da, bu durum beni daha çok ürkütüyordu. Neredeyse, adam isterse, babamın beni ona vereceğini bile düşünüyordum. Ya da sadece benimle bile sınırlı kalmayabilirdi adamın istekleri. Babama ait ne varsa, hepsini alabilirdi. Annemi, Yesra'yı, beni. Şu ev denecek hali olmayan kulübemizi, içindeki eski püskü ama bizim olan her şeyi.

Korku o gece öylesine girmişti ki kanıma. Hızlanan soluklarımda, titreme sesimi duyabiliyordum. O gece, gerçek bir korkuyla tanışıyordum. Kapalı yorganın altından kendime açtığım küçük aralığın bir faydası olmuyordu. Terlemiştim. Suya kesmişti, yüzüm, bedenim.

"Oğlanın adı ne?"

"Yusuf."

"Kaç yaşında?"

Birden bire adamın beni fark ettiğini hissettim. Anlamış mıydı uyumadığımı? Şimdi de beni mi cezalandıracaktı yoksa?

"Dokuzunda" dedi babam; "Dokuzunda Allah'ın izniyle."

Nefesimi tuttum. Biliyordum işte, biliyordum. Adamın beni sorduğunu anladığım an gözlerimi de sımsıkı yumdum. Öylesine kalıcı işlemişim ki, gözlerinin etrafını siyah bir çembere alan siyah boyalı bakışlarını benliğime. Bu adamı yaşadığım sürece bir daha aklımdan, gözlerimin önünden, bende bıraktığı izlerden, temelli olarak silemeyeceğimi hissediyordum.

"Ya kız?"

İşte bunu da biliyordum. Şimdi de ablamı soruyordu. Daha az önce aklımdan geçirdiklerim bir bir gerçek oluyordu. Babamın nesi var nesi yoksa almaya kararlıydı. Belki bu gece götürecekti bizi.

Babamdan gizlice gittiğim arkadaşımın evinde seyrettiğim, döndüğüm zaman adam akıllı dayak yediğim, üstelik geceler boyu her aklıma geldiğinde korktuğum filme benziyordu, aklımın ürettikleri. Bir adam geliyordu filmde. Çok ama çok güçlüydü. İnsanüstü, doğaüstü güçleri vardı. "İstediğimi verin gideyim" diyordu sürekli kasabanın insanlarına. Kimse onun güçleriyle baş edemiyordu. Çocuklardan birini istiyordu adam. Kendi rızasıyla verilecek bir çocuk. Varisi yapacaktı ve ölümsüz olacaktı o çocuk, ama bir daha annesi ve babasının göremeyecek ve hatırlamayacaktı. Hiçbir anne ve baba bunu kabul etmiyordu haklı olarak.

Kimse kendi çocuğundan vazgeçmek istemiyordu. Sonunda adam, bütün çocukların bilincini kapatmış ve yanına almıştı. Kararı ailelere bırakmıştı. Ya hepsinin çocuğu birden uyuduğu o bilinçsizlik uykusunda okyanusun dibini boylayıp ölecekti, ya da aralarından sadece biri seçilecek ve adama verilecekti.

Bu gece hissettiklerim, o filmi hatırlatmıştı bana. Neden bilmiyorum, ama evimizdeki adam da bizden birini alıp gidecekmiş gibi gelmişti.

"Kız, on ikisinde."

"Artık ergen olmuş" dedi adam.

"Annesi her şeyi öğretti, bildiği kadarıyla hak yolunun doğrularını gösterdi. Kendini bilen, emirleri bilen bir evlattır. Hayırlıdır."

"Ala" dedi adam. "Gelsin bir öpsün elimizi. Duamızı alsın o yaşta. Baki ömrü boyunca, yol olacaktır elimiz ona."

Babam kapıya seslendi. Annemin seğirten ayak seslerini işitiyordum. Bir şeyler mırıldandı babam anneme. Yesra'yı getirmesini söylüyordu. Kapı açıldı. Yesra, yere bakan yüzünü çevreleyen soluk siyah başörtüsünü, iyice kaşlarının üzerine indirerek içeriye girdi. Babamın gözlerine baktı kısa bir an. Babam yavaşça başını salladı ve adamın oturduğu tarafı işaret etti. Yesra yerde duran yüzünü kaldırmadan, iki adımda adamın önüne vardı. Adamın dizinin üzerinden sarkan eline uzanabilmek için eğildi. Öpmedi elini. Dudaklarıyla dokunmadı. Sadece alnını değdirdi ve kalktı. Geri geri yürüyerek yeniden kapıya kadar gitti.

Yesra çıkmak için babamın işaretini beklerken, adamın gözleri ablamın üzerindeydi. Uzun, hesaplı, gizli bir bakıştı o. O an bunun farkına varamayacak kadar saf ve küçüktüm. Sonradan, o bakışların altındaki iğrenç planları anlayacaktım.

"Oğlan zorunlu mektebi bitirsin. Dikkatleri üzerimize çekmeyelim" dedi. "Adı hayırlıdır. Yusuf, inşallah bize ve davasına da hayırlı bir nefer olur."

Adam benimle ilgili planlar yapıyordu. Ve babam da kabul ediyordu. Korktuklarım gerçek oluyordu. Benden başlamıştı almaya. Hangi dava uğruna bilemiyordum. Bildiğim tek şey vardı, babam adamın sözünden çıkamıyordu, çıkamayacaktı. Çünkü babam ona, değer verdiği her şeyden daha çok inanıyordu.

"Kıza gelince. Adı ne demiştin?"

"Yesra" dedi babam yutkunarak. Bu kez babamın sesi yokluk ötesiydi. Genizde tıkanmış kalmıştı. Yesra'nın adının ilk hecesi gelmiş. İkincisi zar zor tamamlanmıştı.

"Yesra."

Adamın sesi midemi bulandırıyordu. Yesra'nın adı, o adamın diline, nefesine, o kötülük dolu varlığına hiç yakışmıyordu.

"Yesra için uygun bir mürşit bulununcaya kadar, kimselere ayan etmeyesin kızı. Benim kelamım dışında, kimseye söz vermeyesin. Sonra..."

"Haşa" dedi babam titrek bir zayıflıkla. "Haşa siz nasıl buyurursanız öyle."

Anlatmaya neden o geceden başladığımı düşünüyorum da. Sanırım şuydu beni o soğuk aralık gecesine götüren neden. O gece, o adam gittikten sonra, annem ve babamın konuşmalarından, benim için bir gelecek planlandığını anlamıştım. Bir okula göndereceklerdi beni. Uzakta, başka bir şehirde, başka bir okula. Ertesi gün anneme sormuştum. Bana demişti ki;

"O okuldan pilot olamazsın Yusuf'um. Ama hayırlı bir evlat, hayırlı bir insan olacaksın. Şeyh Hazretleri, seni himayesine alacak. Bu her insana nasip olacak bir şey değildir oğlum."

"Ya Yesra. O da gelecek mi benimle?"

"Hayır. Kız çocuğunun orada ne işi var oğlum?"

O geceye kadar, bir çocuktum. Büyümek için gün sayıyor, çok daha güzel bir yaşam hayal ediyordum. Ben bir pilot olacaktım. Askeri pilot. Resmi üniforma giyecek, şapkama ve omuzlarımın üzerine altın işlemeli rütbeler takacaktım. Annemi ve Yesra'yı mutlu edecek her şeyi yapacaktım. Yesra'yı göklere kadar çıkaracak, gittiğim her yere onu da uçuracak, ona hiçbir ablanın sahip olamayacağı kadar iyi bir kardeş olacaktım. Ne isterse alacaktım ona. Üşümeyeceği, bütün odaları sıcak bir evle başlayacaktım ilk olarak. Bir de televizyon.

O gece, o adam evimize geldikten sonra, henüz olgunlaşmamış olan çocuksu hayallerim bile elimden alınmıştı. Bana göre, hayatımdaki yıkım, o gece başlamıştı.

"Bu, sabahki genç hanımın sanırım Barlas Bey."

Sabah erkenden evden çıkan kızı görmüştü Nevhis. Doğruca soramayacağı şeylere, alacağı küçük işaretler üzerinden yanıt arıyordu. Her zaman olduğu gibi, Barlas dilsiz bir gizliliğin ardına saklamıştı kendini. Hatta bu gün, önceki günlerden bile daha keyifsizdi. Nevhis'in günlük sıradan, kısıtlı sohbetini ve sorularını, kimi zaman duyduğu halde yanıtsız bırakıyor, kimi zaman gerçekten daldığı için duymuyordu.

Yatağında gözlerini açtığından beri, pişmanlık içinde kıvranıyordu. Hislerine ve arzularına yenildiği için kendine kızıyordu. Kızın, taşıdığı o garip akımla birlikte, genç adamın sadece çok zayıf olduğu bir anda, küçük bir sızıntı olarak düşüncelerine girdiğinden ve şimdi bütün o zayıflığın geçip gittiğinden, Barlas'ın normale döndüğünden haberi bile yoktu.

"Barlas Bey, şuraya koysam, eğer ararsanız."

"Ne?"

"Küpe. Sabah giden hanımın. Değerli bir şeye benziyor. Arayacaktır."

Masada daha fazla oturamayacağını anladı genç adam. Sıkıntıyla kalktı. Arabasının yanına geldiğinde kararı ansızın değişmişti. Otele gitmeyecekti. Kızla karşılaşmak istemiyordu. Nesil, hayatındaki diğer kadınlar gibi değildi. Hayallerinin peşinde sürüklenerek, Barlas'ın hayatına girmiş, şimdiden sonrası için de yine hayaller kurabilecek masum bir melekti. Gece, o şekilde kırgın gitmesine izin vermek, şimdi karşılaştıklarında, hiçbir şey olmamış gibi davranmaktan daha iyi bile olabilirdi. Kendinden çok kızı düşündüğünü söylüyordu iç sesi. Gözlerinin içine baka baka yokmuş gibi davranmak zalimlikti.

Arabasına atladı ve Datça'nın merkezine kadar gitti. Orada küçük bir kahvehane işleten en eski arkadaşının yanında, akşamın geç saatine kadar vakit geçirdi. Sıkıntılıydı. Vakit geçtikçe, kaçtığı şeyi yanında götürdüğünü anlıyordu. Kızın ne halde olduğunu düşünüyor, yüzündeki o neşeli ifadenin, küskün ve umutsuz değişimini görüyordu. O kadar uzaklaşmış olmasına rağmen, aklını saran o tuhaf sıkıntıyı silemiyordu. Yadırgadığı bir ikilim yaşıyordu genç adam. Kız, dün gece varlığıyla huzursuz etmişti onu. Bu gece de yokluğuyla ediyordu.

"Artık kızma bana. Kendine de kızma. Hak etmiyorsun."

Böyle demişti genç adama. Ya Nesil. Nesil hak ediyor muydu bunu? O bütün cesaretiyle karşısına çıkmış, sonuna kadar aynı yürekliliği ve açıklığı göstermişken, Barlas ondan kaçıyordu. Doğru dürüst bir açıklama yapıp, bundan sonrasının olamayacağını söylemek yerine, kilometrelerce uzakta saklanıyordu.

Çünkü korkaktı. Kızdan değil, kendine yabancı bütün o duygulardan korkuyordu. Şimdi bile, vakit geceye yaklaştığı sırada, sadece bedeni değil, aç ruhu da kızın yaşattığı o doygunluğu arıyordu. Bütün hayatı boyunca yaşadığı o en sarsıcı ve en huzur dolu tatmini bir kez daha yaşayabilmek için ölüyordu. İçi gidiyordu aklına geldikçe. Bir kez daha, aynı bilinç kaybıyla sevişmek ve aynı şiddeti ve güveni bulup bulamayacağını görmek için deliriyordu.

"Biraz daha kalsaydın ya, kapatınca doğru dürüst laflardık seninle" dedi arkadaşı yolcu ederken.

"Başka sefere" dedi genç adam.

Masanın üzerinde saatlerdir duran kâğıdı eline aldı. Gittiği gibi geriye dönmüş bir posta çekiydi bu. Avucunun içinde buruşturup, kül tablasının içine, küllerin arasına bırakırken, birileri için kavruluyordu ciğerleri.

"Yollama artık istersen. Yıllardır geriye dönüyor. İstemiyorlar belli ki."

Yine geriye döneceğini düşünmek bile istemiyordu Barlas. Bile bile umut etmekten alamıyordu kendini. Bir bağ, bir yakınlık, küçük bir varlık belirtisi ya da varlığının kabul edilmesi... Bütün bunlardan kopmak, vazgeçmek istemiyordu.

"Sana zahmet oluyor biliyorum, ama yarın yeniden yolla Cemil."

"Zahmet olur mu hiç? Yanlış anlama beni. O çek, geriye her döndüğünde, senin biraz daha çürüdüğünü görüyorum. Zor be kardeş, zor işte seni böyle görmek."

"Yarın" dedi Barlas yeni bir gönderinin ardına bağladığı yeni bir umutsuz umutla. "Yarın yeniden yolla."

İşlek sokaklardan birinden geçip, arabasını bıraktığı yere doğru yürüyordu. Geceleri kurulan tezgâhların önünden geçerken, çeşit çeşit el işlemeleri çarpıyordu gözüne. Takılar, örtüler, giysiler... Tezgâhlardan birinin önünde durdu. Zarif taşlardan, mercanlardan, deniz kabuklarından yapılmış, iç içe üç sıradan oluşan bir bileklik görmüştü. Bir sürü renk taşıyordu, ama en ağırlıklı olanı yeşildi. Koyu yeşil.

"Şunu verir misin?" dedi satıcı gence.

Otele dönmüş, resepsiyonun önünde duruyordu. Dirseklerini yasladığı bankodan destekle, başını ellerinin arasına sıkıştırdı, kasılmış yüz hatlarını, alnını ovaladı. Gittikçe daralan, demir bir mengene içinde hissediyordu beynini. Ani bir şekilde, nasıl yaman bir açmaz içine girmişti böyle? Dayanağı her ne olursa olsun, ölüm treninin önünden çektiği genç bir kızın masumiyetini almıştı. Hayatını mı kurtarmıştı kızın, yoksa tümden mi karartmıştı? Şimdi olması gereken neydi? Kız ne olmasını istiyordu? Kendi yalnızlığıyla yüzleşmekten bile vazgeçmiş kronik bir yalnızdan, geçmişi olmayan bir acizden, ne bekliyordu?

Olmayacaktı bu böyle. Kendi kendine vereceği kararların hiç biri, vicdanının yarasını saramayacaktı. Bir hata yapmıştı, hem de telafisi olmayan büyük bir hata. Kaçmakla, saklanmakla, soğukluğun ardından ifadesiz gözlerle bakmakla, kurtaramazdı kendini. Bedelini ödemek zorundaydı. Gerekirse, kız isterse, bu, kızın durumunu biraz olsun düzeltecekse, bir kez daha garip bir anlaşmaya imza atabilirdi. Bir kez daha evlenip, bir süre sonra kızın istediği şartlarda boşanmaya razı olabilirdi.

"Nesil Hanım otelden ne zaman ayrılıyor?" dedi resepsiyon görevlisine.

"Nesil Hanım yarın ayrılıyor Barlas Bey. Yarım saat önce hesabını kapattı. Bir de, arabasını yolda bırakmış gelirken. Oraya kadar gidebilmek için güvenli bir taksi ayarlamamızı rica etti."

"Daha önceki rezervasyon tarihi nasıldı?"

"Değişiklik yok Barlas Bey. En başta da aynı tarihi bildirmişti."

Biraz daha sessiz kalabilse, birkaç geceyarısı saatini daha onu düşünmeden geçirebilse, yarın herşey kökünden, kendiliğinden çözülecekti. Kız söylediği gibi, başına bela olmaya gelmemişti. Barlas'la yaşadığı duruma rağmen, planlarını ve dönüş tarihini değiştirmemişti. Buna rağmen bir rahatlama hissetmemişti genç adam. Aksine, riskli olduğu kadar hızlı bir karar vermişti.

"Bana çocuklardan birini çağır."

Komando yeşili, yazlık pantolonunun yan cebine elini attı. Taşlı bilekliği avucunun arasına alarak sıktı. Kıza ait bir şey taşıyordu üzerinde. Veremeyeceğini bildiği halde, satın almıştı. Bu, cesaret edemeyeceği, kaçındığı, kendini sırt çevirmeye alıştırdığı gerçeklerin, bir nesneye yüklenmiş sahte sahipliğiydi. Tıpkı bir oyun gibi. O bileklik ona, kızı hatırlatıyordu. Kızı yanında, bedeninde bir yerlerde taşıyor, varlığını yine onunla sarıp sarmalanmış gibi hissediyordu. Maddi anlamda her şeye sahip insanların, zaman içinde, doyumsuz, arsız, uç istekleriyle, düştüğü o dipsiz kuyuda, tutunacak bir yer araması gibiydi bu. Ve Barlas da bu gece bunu yaşıyordu.

Aynı çatı altına girdiği andan beri sabırsızlığıyla birlikte huzursuzluğu da artıyor, iradesi, kıza karşı içinde gitgide büyüyen ihtiyaca dur diyemiyordu. Aklını saçma gerekçelerle bulandırmaya çalışsa da, onun, o toy haliyle bile, kanında uyandırdığı ateşli arzularla baş edemiyordu. Tehlikeli bir biçimde, şefkat sularına yaklaştığını fark ediyor, kıza, bugüne kadar hiç kimseye beslemediği duygularla çekildiğini hissediyordu. Az önce lütuf gibi değerlendirdiği evlilik önerisinin altında da işte bütün bu zayıflıklar yatıyordu. Bir bahane arıyordu. Kıza verecek bir şeyi olmadığını bile bile, bencilce, ondan alacaklarının peşinde dolanıyordu. Hiç kimsenin yanında, kendini dün gece yaptığı gibi kolayca kandıramamıştı. Kendine sevgisizliğini kısa bir an için bile olsa unutamamıştı. O güne kadar birlikte olduğu sayısız kadının, ne kadar işinin ehli, güzel ya da çekici olduğu hiç önemli değildi. Hiç birinin gücü, etkisi ya da büyüsüne kapıldığını hatırlamıyordu. Ama bu kızı, sadece bedenine sahip olmak için değil, kendi ruhunun kayıp sesini bir kez daha duyabilmek için istiyordu.

"Buyurun Barlas Bey."

Koşarak yanına gelen garsonun omzuna elini koydu ve hafifçe eğildi genç adam.

"Birini bulmanı istiyorum" dedi çocuğa. "Odasına, etrafa, sahile bak gerekirse. Onu bul ve ona de ki..."

Saatine baktı. Kısa bir süre, aklındaki çelişkileri bir kenara bırakarak, sahibi olduğu sorunlulukları taşımak üzere işe koyuldu. Nesil'den gelecek haberi beklerken, ilgilenmesi gereken başka insanlara yoğunlaşmalı, her gece yaşanan rutin içinde yerini almalıydı. Süregelen bu tekrarlar işinin bir parçasıydı. Küçük bir otel olsa bile, "Dream"in, taşıdığı yıldızları aşan bir kalitesi vardı.

Denize tepeden hâkim olan, en kuytu köşeden bile mehtaplı gecelerin yakamozlarını konuklarının hayranlık dolu bakışlarına sunan ön terasa çıktı. Her gece kendini gösteren rüzgâra aşina bedenine bir serinlik vurdu. Gömleğinin etekleriyle birlikte, saçları da havalandı. Kalabalık grubun düzeyli eğlencesinin içine doğru yürürken, yanından geçtiği bütün masalarla birkaç satırlık sohbetler yaptı. Titiz kimliğinin, dikkatli işletmeciliğinin getirdiği alışkanlıkla, geçtiği yerlerde yolunda giden ya da aksayan her şeyi kolayca görebiliyordu. Davet edildiği gruba karışmadan önce, garsonlardan birini bir baş işaretiyle yanına çağırdı.

"Kandillerdeki mumları, yenileriyle değiştirin. Bitmek üzere olduklarını görmüyor musunuz?"

Bir koltuk çekerek, çakırkeyiflikten aşmış insanların arasındaki yerini aldı. Oturur oturmaz, adamlarından biri, Barlas'ın sürekli içkisini getirip masaya bıraktı. Temizlenmiş kanı, alkol sırrına karışmak için can atarken, küçük yudumlarla sadece dudaklarını ıslatıyordu. Çünkü o sadece yalnız olduğunda, yalnızlığını anlayabilecek yalnız insanların yanında istediği sınırsızlık ve rahatlık içinde içebiliyordu.

"Biz seneye yine aynı tarihte buradayız Barlas Bey. Ona göre şimdiden yerimizi ayarlayın."

Kadehini kaldırdı Barlas. Gülümsemeye çalıştı. O ana kadar ne Nesil'i görebilmiş, ne de gönderdiği mesaja bir yanıt almıştı. Çok zaman geçmemişti oysa.Yine de cevapsız kalmak canını sıkmaya başlamıştı. Tam bu sırada, gönderdiği ulak geriye gelmişti. Barlas'ın kulağına eğilmiş, çok gizli bir sır verir gibi elini dudaklarına kapatmıştı.

"Nesil Hanım alt terastaymış Barlas Bey. Notunuzu ilettim kendisine. Dedi ki: Barlas Bey'e bunun mümkün olamayacağını söyleyin. Sabah buradan ayrılıyorum. Erkenden odama çekilip toparlanacağım"

Demek görüşmek istemiyordu. Bitirmişti her şeyi ve gidiyordu. Gerçekten de, beklediği ya da istediği, zorladığı hiçbir şey yok gibi görünüyordu. Ya da başka bir mesajı daha vardı kızın bu tavrının. Dün geceki, olduğu gibi görünen, entrikasız, içten kız, bu gece; tipik kadın kaprislerine kapılmış, daha ilk gecenin ardından Barlas'ın kaldıramayacağı nazlara başlamıştı.

Geceye bakan gözlerini kıstı ve o ana kadar dudaklarını ıslatmakla yetindiği içkisinin kadehte kalan kısmını bir yudumda bitirdi. Başını önüne eğerek, gülümsedi genç adam. Aklından geçenlere gülümserken son derece içtendi. Rol yapmıyordu. İçinden gülmek geliyordu. Sebepsiz, tutarsız kahkahalarla sarmak istiyordu geceyi ve içindekileri. Ama en çok da Nesil'i.

Bu kız şaşırtmaya programlamıştı kendini. Barlas'tan bile daha dengesizdi. Giderken bile, genç adamın hayatına bir ilk daha işlemişti. Bir kadın tarafından bir buluşmanın ardından terkedilmişti. Dün gece onun için ömrünün bir dönemini kapatıp, yeni bir başlangıç yapmışken, hem de deli cesaretiyle Barlas'ı buna yüreklendirmiş ve hatta zorlamışken, bu gece bütün bunlar hiç olmamış gibi davranıyordu. Görüşmemek için son derece saçma bir mazeret gösteriyor, eşyalarını toplayacağını söylüyordu.

Böylesi çok daha doğru görünüyordu genç adama. Bir gece için yeterince pişmanlık yaşamıştı. Bir yığın çelişki düşmüştü aklına. Bir kez daha aynı şeyleri yaşamanın, bilinen sonu birkaç saat ötelemenin anlamı yoktu.

"Tamam" dedi kendi kendine. Dudaklarının tek düze, hissiz kıpırtısıyla; "Bu kadar sıkıntı yeter. Herkes kendi yoluna."

Nesil'in bu kararı, Barlas'ın ikilemine en kolay çözüm oluyordu aslında. Gerçekten istemiyordu ya da naz yapıyordu. Her iki şekilde de genç adamı içinde bulunduğu çelişkili durumdan kurtarıyordu. Sorunsuz, sitemsiz, çekip gidiyordu işte. Barlas'ta bunu istiyordu.

O halde neden rahatlamış hissetmiyordu? Neden yeni bir kayıp ardından bakarken buluyordu kendini? Neden içinde süregelenlerin yanına, yeni bir huzursuzluk daha ekleniyordu? Kızı tanıdığından beri yaşadığı sarsıntıların yerini derin bir uyuşukluk alıyordu. Neden?

Artık bir buluşma olmayacağına göre, ofise çekilip, birkaç günlük kontrollerini yapabilir, kızı ve beraberinde getirdiği sorunları o dakikadan başlayarak unutabilirdi. Öyle de yaptı genç adam. Kendini, açtığı içki şişesiyle birlikte, ofisin küçük abajurunun ışığına sakladı. İçtiği kadehler etkisini gösterinceye kadar kâğıtlarla ve sayılarla uğraştı. Artık dikkati dağılmaya, bağımlısı olduğu o tatlı uyuşukluk bedenini sarmaya başladığında, geniş arkalıklı koltuğuna yaslandı ve gözlerini yumdu.

Bir sürü puslu resim yürüyordu gözlerinin önündeki dar geçit içinden. Çocukluğu, gençliği, şimdiki hali... Ona bütün bu uzun yolculuk boyunca eşlik eden insanların yüzleri... Kendi yüzünün ardında saklanan hüznün kokusu... Bu gece, o kesif kokuyu da duyuyordu. Sıklıkla olmuyordu bu. Kendine nefreti izin vermiyordu buna. Çünkü taşıdığı maskenin ardında kalan hüzünle yüzleşmek, en büyük korkusuydu. O anlarda kendini okyanus ortasında dibe batmış, kayıp bir enkaza benzetiyordu. O geminin, yıllar önce gömüldüğü derinlikten, yeniden parlak ve sarı güneşi görmesi ne kadar imkânsızsa, o da sürdürdüğü hayatı öyle görüyordu. Hüzün geldiği zaman, gücü tükeniyor, kendini yanlışa daha yakın hissediyordu. Daha fazla baş başa kalamazdı onunla. Bu gece her gece olduğundan daha hızlı gelmişti ve daha derine giriyordu. Bunda, bugün bir kez daha geriye dönen o posta çekinin rolü vardı. Bir kez daha genç adama, yaşamadığını hatırlatmışlardı.

Hızla masadan kalktı. Hafifçe sendeledi ve cam masanın kenarına tutunarak soluklandı. Sık sık yoklayan sırt ağrılarından biri daha saplanmıştı. Eliyle göğsünü ovmaya, alabildiği kadar düzenli nefesler almaya çalıştı. Kalbinin sancısını durdurmaya çalışırken, yalnızlığın acısı canını yakmıştı. Bir gün, diye düşündü genç adam. Bir gün ölüm geldiğinde, şimdi olduğundan daha yalnız olmayacaktı.

....

Üstüne üstüne gelen eşyalardan, boğulacağını hissediyordu Nesil. Geldiği ilk günün sabahında içine ferahlık katan ahşap ve beyazın uyumu şimdi onu boğuyordu. Kapalı bir yerde, kapana kısılmış ve üzerine toprak atılmış gibi hissediyordu.

Dün gece ona kendi ayaklarıyla gitmişti, ama şimdi durum çok değişmişti. O, bir adımdan çok daha büyüğünü çok daha fazlasını atmıştı. Bu sabah Barlas'ın evinden ayrılırken, bugünü yeni baştan yaratması ve şekillendirmesi için, bütün kontrolü Barlas'a bırakmıştı. İstediği buydu çünkü Nesil'in. Ama aldığı davet, aklının değerlendirmelerine uymamıştı. İçine sinmemişti. Yaşadıklarından sonra bu kadarını istemeye hakkı olduğunu düşünüyordu. Birini gönderdiyse, kendisi de gelebilirdi. Gelecekti. İnanmıştı, beklemişti ama, Barlas gelmemişti.

Üzerindeki elbiseleri, takılarını, saçlarının özenle toplanmış topuzunu, yüzündeki makyajın kalıntılarını, bir bir kazıyarak çıkarıp attı. Yolculuk kıyafeti olan kot pantolonunu ve askılı siyah atletini giydi. Saçlarını darmadağınık bir halde bıraktı. Aynaya bakmaya yüzü yoktu. Kendini gördüğü an, içindeki yıkımın yüzüne vuran tozlarını göreceğini biliyordu. Ayrılık başlamıştı Nesil için, kendini bu büyük acıya hazırlarken içinde bir şeyler ölüyordu.

Titreyen adımlarla kumsala kadar koştu. Şafak yakındı. Gök parlak, deniz durgun, etraf sakindi. Belki de bütün bu sükûnet daha iyiydi. Böylece, içindeki çığlıkları herkes duyabilirdi. Gözlerinde biriktirdiği, cıva kadar ağır, zehir kadar keskin sızıyı herkes görebilirdi. Ağlayabilirdi bağıra bağıra. Ya da bir taş gibi susabilirdi. Bu onun ilk gerçek acısıydı. Canı nasıl isterse, öyle yaşabilir, ister şiddetli, isterse dingin taşıyabilirdi. Yaşlarını, tırnaklarını bastırdığı avuçlarından dökülen kana katabilir, ya da her şeyi içine atabilirdi. Kim karışabilirdi ki? Kim kınayabilir, kim ayıplayabilirdi onu? Kim kızabilirdi hatalarına? Kime kızabilirdi ki kendinden başka? Barlas ile yarattığı o maket mutluluğun mimarı, kendisiydi. Onun için sıradan bir gecenin her dakikasını, kendisi için beyaz bulutlara sarıp, beyaz hayaller kuran, en kötüyü bile bile, en iyiyi uman kendisiydi. Şimdi de gidebilirdi ona. Sana âşık oldum diyebilirdi. Dün gece yaptığı çılgınlığı bir kez daha yaparsa, kim ne diyebilirdi?

Dün çılgın, aç bir iştahla, kazanacağından zerre kadar şüphe etmeyen bir kumarbaz gibiydi. Bugünse Barlas'la birlikte, onun üzerine oynadığı her şeyi yitirmişti. Dün gece, şımarık bir çocuk gibiydi. Öylesine rahat, öylesine aldırmaz ve öylesine kendinden emindi ki. İstediği erkeği elde edebileceğine dair güveni tamdı. Barlas onun seçtiği adamdı.

Oysa bu gece... Aynı güven, aynı haylaz çocuk, aynı cesur kız neredeydi?

Herşeyin bir zamanı var diyorlardı ya. İşte "o zaman" bitirme zamanıydı. Yürek başka söylerken, gurur başka söylüyordu. Ruh özgürlük verirken, akıl esir ediyordu kendine. Kim örüyorsa ağları, ilmekler yalan yanlış geçiyordu dizgiye. Kim yazıyorsa yazıyı, harfler yalan yanlış düşüyordu satırlara.

Televizyonu, hatta radyosu bile olmayan evimizin, sonradan ilave edilmiş çıkma odasında, sözüm ona "eşyalarımı" topluyordum. Ne eşya ama... Gideceğim için diğerlerinden biraz daha hallice olanlar zaten üzerimdeydi. Yedek olarak annemin hazırladıklarıysa, kimi yerleri yamalı, kimi yerlerinden ters yüz edilmiş kumaşlarıyla, üzerimdekilerden daha eskiydiler. Neden o kadar yokluk içinde olduğumuzu anlayamıyordum. Oturduğumuz semtin dışına hiç çıkmadığım için, başka yerlerde çocukların nasıl yaşadığını bilemiyordum elbette. Ama kendi muhitimizdeki diğer çocuklarla kendimi sık sık kıyaslıyordum. Sokaktaki arkadaşlarıma özeniyordum. Onlar da varlıklı insanlar değillerdi. Buna rağmen benden ve Yesra'dan çok daha fazla olanaklara sahiptiler. Aslında babamın nalbur dükkânı vardı. Para kazanıyordu. Artık bunu anlayabilecek yaşa gelmiştim. Annemin zaman zaman, yüklükteki yatakların arasına, desteler halinde para sakladığını görüyordum. Nedense, biz o paraları kullanamazdık. Hele üst baş ya da ayakkabılar için, fazladan bir kuruş bile harcayamazdık. Bayramlar da bile, elimizdekilerle yetinmek zorunda kalırdık. Yesra benden üç yaş büyüktü. Artık genç kız sınıfına adım atmıştı. Ona da benden fazla bir şey alınmazdı. O da, annemden kalma etekleri giyer, saçlarını eski örtülerle kapatmak zorunda kalırdı. Babama göre, örtünecek kadarı varken, yeni bir giysi almak israftı. İsrafsa günahtı.

Sonbahardı. Annemin formika başlıklı, eski yatağının üstüne atladım. Camın perdesini aralayarak sokağa baktım. Gitmeden önce, arkadaşlarımla son bir kez oynamak için can atıyordum. Hava rüzgârın ardından yağmura dönmüştü. Sokakta tek bir çocuk kalmamıştı. Ağzımı kocaman açtım ve dudaklarımı cama dayadım. Güçlü bir nefes verdim ve camda büyük, yuvarlak, buhardan bir alan yarattım. Adımı yazdım işaret parmağımın ucuyla buhardan dairemin içine. O evdeki son çocukluk günümdü o. Kendimi bir yerlere kazımaya, kendimden izler bırakmaya çalışıyordum.

"Yapma oğlum" dedi annem. "Daha dün sildim camları."

El örgüsü kazağımın kolunu aşağıya çektim ve camdaki adımı sildim. Perdeyi kapattım, yatağa oturdum ve annemi izlemeye başladım. Annem, gideceğim yerin, benim için devlet kuşu olduğunu söyleyip dursa da, günlerdir gözünden akıttığı yaşlar tükenmek bilmiyordu. Gidenin ardından ağlanır diyordu, yüzüne bakıp dudaklarımı büzdüğüm hali çok dokunuyordu bana. Hem gEnderiyordu hem ağlıyordu. Eşyalarımı, sokaktaki bakkal dükkânından getirdiğim naylon çuvalın içine doldururken önce iki elinin arasına alarak göğsüne bastırıyor, sonra burnuna götürüp uzun uzun kokluyordu. En çok o an hızlanıyordu göğsünün inip kalkması, en çok o an hıçkırıyordu. Gözyaşıyla ıslanmış dudaklarının arasından, cansız sesinin yakarışları dökülüyordu.

"Rabbim, o sana emanet. Benden çok senin, koru Yusuf'umu."

Annemi, bir daha hiç göremeyecekmişim gibi uzun uzun hafızama kazımaya çalışıyordum. Onlar aksini söyleseler de, ben bir daha oraya, doğduğum eve, ailemin yanına dönmeyeceğimi biliyordum. Arkadaşlarıma da söylemiştim bunu. Daha o sabah sokakta oynarken, hepsine tek tek sarılmış, vedalaşmıştım. Ben seyrettiğim o filmin gerçek olacağını uzun zaman önce anlamıştım. Neden böyle hissettiğimi kimse sormuyordu bana ve ben kimseye anlatamıyordum. Çoktandır, gözleri siyah halkalar içine esir o adamın gelip beni almasını bekliyordum. Bir yandan aynı korkuyu, tıpkı o gece olduğu kadar şiddetle yaşıyor, bir yandan Yesra'yı değil de, beni aldığı için şükrediyordum. Ben Yesra'dan küçük olsam bile, erkektim. Hem Yesra kadar üşümez, hem uzaklığa, hasrete dayanabilirdim. Kendimi koruyabilirdim. Kimse dövemezdi beni. Herkese karşı durabilir, savunabilirdim kendimi. Çocuk değildim artık. Babam erkek olduğumu söylüyordu. Sık sık bana, dudaklarımın üst kısmında koyulaşan tüyleri gösteriyordu. Bunlar erkek olmanın işaretleri diyordu.

"Anne, bunlar da kurumuş."

Yesra odaya girince, annemi izlerken sulanmış gözlerim birden bire ışıldamaya başladı. Kısa bir andı bu. Onu her gördüğümde içimi bir ferahlık kaplardı. Artık o ferahlığı hissedemeyeceğim aklıma geldi ve gözlerim ışıltısını yitirdi. Ablama bakarken, en çok kimi özleyeceğimi düşünmeme gerek bile yoktu. Yesra benim için, dünyadaki hiç kimse ile kıyaslanamayacak kadar ayrıydı. Tuhaf bir bağdı aramızdaki. Belki de, yaşadığımız yokluk içinde, tek varlığımız, sahip olduğumuz tek şey, birbirimizi sevmek ve birbirimize tutunmaktı.

Elindeki iki parça iç çamaşırını anneme uzattı, terliklerini çıkardı ve uzun eteğini toplayarak yatağın üzerine çıktı. Yanıma sokuldu ve beni kolunun altına çekti. Başımı ellerinin arasına alarak göğsüne bastırdı. İçten içe bir kaynama sesi geliyordu göğsünün altından. Kalbi ritimsiz, düzensiz, ama çok hızlı atıyordu. Çok sürmedi de zaten bu dengesizliğin dışa vurması. Birden bire, sessiz çığlıklarla feryat etmeye, deli gibi ağlamaya başladı. Kemiklerimi kırıp, içine almak ister gibi, sımsıkı sarılıyordu bana.

"Yusuf'um" diyordu yalnızca. "Yusuf'um... Yusuf'um..."

Başka da ne bir söz, ne figan. Sadece adımı inliyor, sesiyle adımı yazıyordu odanın badanası solmuş duvarlarına.

Yesra o an, dünyanın sadece benim üzerime yıkıldığını düşünerek ağıtlarını bana yakıyordu. Kendi adına yazılmış, hileli kaderden haberi yoktu.

İki kadın, ağlama duvarından aşıp geçtiler. Ben de onlara katıldım. Ben zaten, ne olacağını onlardan daha iyi biliyordum. Kötüydü bu. Çok kötüydü. Çocuk denecek yaşta, geleceğimi görmüştüm. Sanki bir kitap açmışlardı önüme ve ben ne olacağımı okumuştum. Bu gidişin bir daha dönüşü olmayacağını ben herkesten önce anlamıştım. Onlar neye ağladığını bilmiyordu belki, ama ben biliyordum. Belki her şey çok güzel olacaktı. Belki dedikleri gibi bu bir şanstı. Öyle hissedebilmek için neler vermezdim. Nasıl da inanmak isterdim buna, ama yapamıyordum. Bizim evden birinin gitmesi gerekiyordu. O adam birimizi istiyordu. Ben dururken Yesra'nın gitmesi olmazdı, çünkü Yesra hem kızdı, hem benim yüreğimin güzeli ablamdı.

"Yesra" diye bir inlemenin de benim boğazımı yara yara çıktığını işittiğimde, parmaklarımı, bir daha kopmamak üzere, Yesra'nın kollarına mühürlemiştim. Ne erkeklik ne delikanlılık. O an hiç biri gözümde değildi. Korkuyordum. Ayrılmak, gitmek istemiyordum.

Ben daha bir çocuktum.

Ablama, anneme, doğduğum yere, sokağıma, okuluma, arkadaşlarıma, oyunlarıma, hatta evimin içindeki o yokluğa bile doyamamıştım. İlk kez o an, avazım çıktığı kadar bağırmak ve babama karşı çıkmak istiyordum. "Daha bir erkek değilim ben" diye haykırmak, dudaklarımın üzerindeki o tüyleri kazımak istiyordum.

"Gitmesin anne gitmesin kurbanın olayım. Konuş babamla."

Benden önce Yesra isyan etmişti. Babam duyarsa, bu kez o cezalandırılacaktı. Anaya, babaya karşı çıkmak, emirlerini sorgulamak, isyankâr olmak, itaatsizlik etmek günahtı. Hemen doğruldum yerimden. Dış kapının sürtünen menteşesinin sesi geliyordu. Babamın Yesra'yı duymasından korkmuştum. Elimi Yesra'nın dudaklarına kapattım. O ise sürekli aynı şey için yalvarıyordu anneme.

"Anne, o daha küçük. Anne çok küçük daha. Nasıl annesin sen, hiç mi..."

İki elimi de açtım ve iyice kapattım dudaklarını. Yaşa doymuş gözleri, yanakları, yüzü, sırılsıklamdı. Annem gibi açık maviş bakışlarını çatılmış kaşlarıma dikti. Babamın sesi iç avluda yükselmeye başladığında, onu uyarmaya, korumaya çalıştığımı anlamıştı.

"Küçüksün" dedi dudaklarının üzerinde hafifçe gevşeyen ellerimi nefesiyle öpüp okşayarak. "Küçüksün Yusuf'um."

Bir yanım erkek, bir yanım oyun çocuğu. Hangisi olduğu tam olarak belli değildi. Demek ki o yaşlar böyle yaşanıyor ve böyle değişken duygularla ifade ediliyordu. Az önce onlardan ayrılacağım için tuzağa düşmüş bir kuş gibi çırpınıp dururken, gözüm o an, dışarıda açan güneşi kesiyordu. Son bir oyun vakti daha olabilirdi bu. Son bir "elim sende" ya da "saklambaç" saati. Top oynayamazdım artık. Üzerimdeki eskiden yenilerle bunu yapamazdım. Onlar birkaç saat sonra çıkacağım yolun ağır esvaplarıydı. Üzerlerine kir, çamur bulaştıramazdım.

"Ben sokağa çıkıyorum" diyerek koşuverdiğimi hatırlıyorum. Babamın yanından bir rüzgâr gibi geçmiştim. Azıcık ağırdan alırsam yakalanacağımı biliyordum. Bir sürü ezber yaptıracaktı yine bana. Ben hepsini öğrenmiştim, daha fazlasını duymak istemiyordum. Kime başımı eğeceğimi, kimin önünde eğileceğimi, kime nasıl hitap edeceğimi, kimin canını kendimden önde tutacağımı, hangi saat hangi duayı okuyacağımı, nasıl oturacağımı, nasıl kalkacağımı, aylardır ezber ediyordum. O an gidişe birkaç kısa zaman kala, bütün bunları unutmak ve çocuk Yusuf'u yaşamak istiyordum. Babam arkamdan sesleniyordu. Duyuyordum duymasına, ama jet hızıyla kendimi attığım bahçeden geriye dönmedim. Artık beni cezalandıramazdı. Eve döndüğümde gidecektim zaten. Tren bileti alınmıştı. Benimle birlikte gelecek olanlarla bağlantılar kurulmuş, garda buluşmak üzere planlar yapılmıştı.

....

Akşam ezanı okunmaya başladı. Bu benim için eve dönüşün en kesin çağrısıydı. Sokağa çıkarken, oyun derdindeydim ama dışarıya çıkınca kendimde o enerjiyi, gücü ve hevesi bulamamıştım. Arkadaşlarımla, itişip kakışmak yerine bir köşede oturup onları seyrettim. Gideceğim yerde yeni arkadaşlarım olacak mıydı? Onları da bu kadar sevecek miydim? Oyun oynayabilecek miydim bir daha? Yoksa babamın dediği gibi, bir yetişkin olmayı mı öğrenecektim? Öylesine değişiyordu ki ruh halim. Bir an içim kıpır kıpır ediyor, oturduğum taş eşiğin üzerinden kalkıp, deli gibi kaçasım geliyor, bir an çöken akşam gibi karanlık bir sis elimi, kolumu, gözümü bağlıyordu. Bir yanım hep çocuk kalmak, bir yanım bir an önce yetişkin olmak ve içimi kaplayan korkulardan kurtulmak istiyordu. Ne olacaksa olsun. Bir an önce olsun yeter ki diyordu bir yanım.

O gece, Yesra'nın sofraya getirdiği bulgur pilavının tadı, bugün bile damağımda duruyor. Gidiyorum diye, annem bir istisna yapmış ve bahçede beslediği, gözünün içine baktığı iki yumurta tavuğundan birini kesmişti. Bulgur pilavı her zamanki gibi yavan değildi. Tavuğun suyu, o bulgur pilavının kokusunu bile değiştirmişti. Yanında kese yoğurdundan ablamın çırptığı ayran da vardı. Arkadaşlarımın evlerinde sık sık yapılan doğum günü kutlamalarına benziyordu. O gece evde yediğim yemek bir veda yemeğiydi ama sofranın içeriğine bakınca bana bir kutlama gibi gelmişti. Yesra sürekli tabağıma ilave yapıyordu. O bir kaşık bile yemeden beni seyrediyor, sık sık elini saçlarımın üzerinden geçirip, okşuyordu. Gözleri doluyordu sürekli. Başını eğerek, gözlerini babamdan saklıyordu.

"Doydun mu ablam. Tıka basa doyurdun mu karnını? Az daha katayım mı?"

Tahtadan yapılmış, ayaklı sofradan kalktığımda, Yesra'nın istediği gibi tıka basa doymuştum. Karnım doymuştu, ama geride kalan tavuk etine gözüm hâlâ açtı. Keşke onları da yiyebilsem diye düşünürken, demir kapının gıcırtısını duydum. Ayakta olduğum için, en önce ben atılmıştım. Odanın kapısını aralayınca, avluda teyzemi gördüm. Elinde parlak naylondan yapılma çarşı torbaları vardı. Teyzemi çok seviyordum. O bana, babamın gazabına aldırmadan yeni giysiler alıyordu. Kimi zaman babam ihtiyaç sahiplerine yolluyordu onları, daha ben giymeden, sanki benim ihtiyacım yokmuş gibi bir yerlere gönderiyordu.

"Yusufçuk. Nasılsın benim yakışıklı oğlum?"

"Deme öyle."

Annem gibi, yapılı, endamlı bir kadındı teyzem. Ama saçları, kolları, hatta yaz gelince bacakları açık dolaşırdı. Zengindi teyzem. Evlerinde televizyonları bile vardı. Kocası, Rasim eniştem Almanya'da çalışır, senede bir kez, yaz tatiline gelirdi. Teyzemin çocuğu yoktu. Yesra'yı ve beni sevmek, bize sahip çıkmak istiyordu, ama annem ve babam yüzünden fazla yaklaşamıyordu. Babam aslında onun bize gelmesini de istemiyordu. Selime teyzem bize gelip gittiğinde babam anneme bağırıyordu. Onun gibi birinin bizim evimizin bereketini kaçıracağını, uğursuzluk getireceğini söylüyordu. O zamanlar ne demek istediğini anlamıyordum.

Ben sadece teyzemin bize gelmesini ve bize güzel ve yeni şeyler getirmesini istiyordum.

"Niye ki? Yusuf'um değil misin sen?"

Bembeyaz, dolgun kollarının arasına alıverdi beni. O gece teyzem de, hep bildiğim teyzem gibi değildi. Şen şakrak kahkahalarının yerini, fısır fısır, uyurgezer sesi almıştı. Sanki boğazı acıyormuş gibi, kalınlaşmıştı.

"Kurban olsun teyzesi. Gidiyor muşsun?"

"Evet" dedim kucağından sıyrılıp elindeki torbalara bakarak. "Onlar ne?"

"Sana getirdim teyzem. Üst baş işte. Bir de çikolata falan yolda yersin diye."

"Çikolata mı?"

Gözlerim yuvalarından fırlayacaktı sanki. Tavuklu bulgur pilavının üzerine bir de çikolata gelmişti. Aklımdaki bütün o korkular, gidişler, endişeler, hepsinin yerini yalancı bir mutluluk almıştı. Tabii o da çok sürmemişti. Çikolataların bir kısmı mideme indikten sonra, yine her şey eskisi gibi olmuştu. Üstelik artık vakit de tükenmişti. Eşyalarımı taşıyan çuval kapının önüne çıkmıştı. Annem teyzemin getirdiği birkaç takım giysiyi, çuvalımın içine tıkmıştı. Babam teyzemi görünce, gidip arabayı getireceğini söyleyerek evden dışarıya atmıştı kendini.

Yesra sürekli, başındaki yazmanın ucuyla gözlerini silip duruyor, beni hep yakınında, hatta kucağında tutuyordu.

"Niye yolluyorsun çocuğu? El kadar çocuk, hangi okula gidermiş? Kocan olacak o mendeburun bu akılsız fikir değil mi? Niye karşı çıkmıyorsun Saliha? İnsan bir kocaya feda eder mi bebesini?"

Teyzem sürekli kızıyordu anneme. Annemse, taş gibiydi. Evin içinde, bir şeyleri topluyor, bir şeyleri bozuyor, ne yaptığını bilmeden dönüp duruyordu. Teyzeme bir kelimelik bile olsa yanıt vermiyordu.

Kapı önünde, bir araba motorunun sesi durduğunda, Ablamın sesi yükseldi. İçinde demlemeye çabaladığı bütün sızı bir anda boşalıvermişti. Artık yaşlarından korkmuyor saklamıyordu.

Babam içeriye girdiğinde bile, devam ediyordu ağlamaya. Birden bire kendini yere, babamın ayaklarının önüne bıraktı. Bedeni kemiklerinden ayrılmış gibi, yumuşamıştı. Teyzem kucakladı ablamı. Yüzüne birkaç tokat attı. Yesra'ya atılan tokatlar benim canımı yakmıştı.

"Vurma ona... Vurma dedim... Vurma..."

O güne kadar benim için en sevdiğim insanlardan biri olan Selime teyzem bir anda, en büyük düşmanım olmuştu sanki. Çöktüğü yerde ablamın başını kucağına almış ve onu uyandırmaya çalışıyordu. Bense sürekli yumrukluyordum teyzemi. O küçük bedenime aldırmadan, koca bir kartalın savaşçılığıyla tepesine çökmüştüm kadının.

"Dur oğlum. Yusuf'um vurmuyorum ablana. Fenalaştı garibim. Uyandırmaya çalışıyorum."

"Yatıralım şuraya. Uyanınca, fenalığı geçer. Vurma bir daha Yesra'ya, bir daha vurma."

....

"Yesra'ya bir daha vurma."

Bir el dokundu tenime, bir itiş, usulca salladı beni biri. Gözlerimi açtığımda, gecenin siyahını gördüm ilk önce. Bir de nemden, yol yol su süzülen küçük kompartıman penceresinin camını.

"Sayıklıyorsun küçük."

"Ne?"

Yanımda oturan adam ve karşımda bir kadın. Kimdi bunlar? Neredeydim ben? Sayıklıyor muydum? Uykuda mıydım? Ya o an? O an uyanık mıydım? Tanımadığım o insanlarla, o dolap kadar yer içinde ne yapıyordum o halde?

Başımı arkaya yasladım. Kadın, ayağının dibindeki torbadan cam şişe çıkardı. İçindeki sudan, bir bardağın içine dökerek bana uzattı. Aldım. Dudaklarımın ve ağzımın içinin kupkuru olduğunu hissediyordum. Bir iki solukta suyun tamamını bitirdim ve boş bardağı kadına uzattım. Artık etrafımı daha net bir şekilde görebiliyordum. Gördüğüm bir rüya değildi. Yola çıkmıştım. Trene binmiştim bilmem kaç saat önce. Merakla dolaşmaya başlamıştım trenin içinde. İlk kez yaşadığım sokağın dışına adım atıyor ve trene biniyordum. Birlikte yola çıktığım diğer iki çocuğu ve oturduğumuz yeri kaybetmiştim. Boş yer olduğunu gördüğüm o bölüme girmiş, biraz dinlenmek istemiş ve öylece uyuyakalmıştım.

"Esra kim küçük?" dedi kadın bardağı torbasının içine koyarken...

"Ablam" dedim. Kulaklarım uğulduyor, gözlerim nemleniyordu. Ablama özlemim, daha evden çıktığım an bıçak gibi saplanmıştı körpe yüreğime. O yarayı nasıl iyi edeceğimi bilemiyordum.

"Esra değil, Yesra onun adı."

Hâlâ iyi edemiyorum. Hâlâ, Yesra'yı sayıklayan yüreğimde, aynı bıçak yarasının acısını duyuyorum. Büyüdüm. Yıllar geçti o trenin sallandığı rayların üzerinden. Ama... İçimdeki çocuk Yusuf'a "Yesra artık yok" diyemiyorum.

Her şeyin bir zamanı vardı elbette. Aşkın, acının, mutluluğun, umudun, umutsuzluğun... Hepsi vakit geldiğinde yaşanırdı. Çoğu zaman aşklar ilkbaharda doğardı. Sinmiş, soğumuş duygular kıştan çıkar, uyanır uyanmaz etrafındaki buza kafa tutardı. Baharın dirilişine kapılır, eğriyi doğruyu görmeden, aceleyle, düşüncesizce, erimiş kar suları gibi akardı. Etrafındaki tazelik aklını başından alırdı aşığın. Yürek, kendi sesine karşı çıkamaz, kulak tıkayamazdı. Hüznün sesiyse, bahar olunca duyulmazdı. Çünkü baharın ardından beklenen, gelecek olan yazdı. Yaz, aşka tutkuyu, yaz güneşi tutkuya ateş katardı. Ayrılığın acısı bile, yaz aydınlığında hafifler, azalırdı. Ta ki... Güz gelinceye kadar...

Artık, mevsime de, yüreğe de güz gelmişti. Eylül ayının ortasında, yazdan çıkmış ılık-serin rüzgârların geçişleri tenine vuruyordu Nesil'in. Gündüzleri vaktinin tümünü Lal'in evinde geçiriyor, yalnızlığın sükûnu içinde kendini dinliyordu. Akşam olunca evine dönüyor, ailesine, gün boyu Lal'in bürosunda çalıştığını söylüyordu. Her sabah işe gider gibi kaçıyordu evinden. Geceleri kesik kesik uykuların içinde yorgun düşüyor, Lal'in evine girdiği an, uykuya benzer bir huzur içine bırakıyordu kendini.

Hâlâ yaz yağmurları gibi birden bire sinsice gelip boşalıveriyordu gözyaşları, ama hıçkırıkları eskisi kadar sarsmıyordu bedenini. Artık ağladığı için kızmıyordu kendine. Acıya akan her damla yaş, insana yaşadığını hatırlatırdı. Ve Nesil'in her şeye rağmen, istediği tek şey; Barlas'ı unutmak değil, hatırlamaktı. Genç adamı o tepede bırakıp, eskiye dönebileceğini düşünmekle, ne kadar da yanılmıştı.

"Barlas."

Binlerce kez yalnızlığına tekrarlamıştı bunu. Dilindeki, hayalindeki tek isimdi. O isim, birkaç hafta içinde, birkaç yaş birden büyütmüştü onu. Hâlâ eskisi kadar dingin değildi ruhu ama olgunlaşmayı öğrenmişti. Yaşarken güzel gelmişti bütün o mevsim sancıları, doğumları, ama bir daha, öyle acele bir bahara kapılıp gitmeyeceğinden emindi. Aşk dediği o şey, bütün enerjisini sonuna kadar çekmiş, almıştı. Sonrasında tam bir karışıklık içinde bulmuştu kendini. Kaçarken daha çok bağlanmıştı. Kırgınken daha çok özlemişti. Asıl, ayrılık başladıktan sonra, ona kendinden ne çok şey verdiğini anlamıştı. Öylesine büyük bir parçası kalmıştı ki orada Barlas'la birlikte... Sanki genç adam, Nesil'in varlığının bir kısmını elinden almış, aldıklarının yerine kendinden bir şeyler bırakmıştı. Fiziksel gibi görünen bu alışverişe, iki taraf için de ruhsal dengeler karışmıştı.

"Öldüm bugün. Ayaklarımın acısını hafifletmek için ne yapmalıyım bilmiyorum."

Yine kendi dünyasına dalmış, kapının açıldığını bile duymamıştı. Göğsünde kavuşturduğu kollarını çözmeden, öylesine bir baktı arkadaşına. Ağrıdığını söylediği ayaklarına inen ilgisiz bakışlarını yeniden bahçeye çevirdi.

"O kadar yüksek topuklu ayakkabılara, kendine eziyet etmek için para ödemekten vazgeçersen, böyle bir sorunun da olmaz" dedi usulca.

"Haklısın galiba" diyerek kıkırdadı Lal.

Yüksek ökçeli ayakkabılarının üzerinden indiğinde, Lal'in boyu bir karış kısalmıştı, ama yürüyüşüne, duruşuna rahatlık yerleşmişti. Elindeki anahtarlığı ve çantasını, küçük yemek masasının üzerine bırakarak Nesil'in yanına yürüdü. Genç kızın yanağından küçük bir öpücük aldı. Karşısına geçerek pencerenin diğer pervazına yaslandı. Nesil'in, parıltısını yitirmiş, donuk gözlerini sımsıkı sarmış olan uzun kirpikleri, yine ıslak ve parlaktı.

"Sen nasılsın bugün?" dedi, endişeli bir sesle Lal.

Artık, ne kızabiliyor, ne akıl verebiliyordu can yoldaşına. Çünkü Nesil'in durumuna, sadece kendisi çözüm bulabilirdi. Hayatını kökünden değiştirmek üzere olan bir kararın öncesindeydi genç kadın. Aslında bu yeni bir şey değildi. Bunu yapmaya çok önce başlamıştı. Datça sırtlarındaki o hayal dünyasına adım attığı an dengesini kaybetmişti. Belki bunu isteyerek yapmamıştı

Nesil... Belki "şafağı olmayan gece kadar siyah bakan" adamın da, o güne kadar anı defterine işlediği diğer erkeklerden biri olacağını sanmıştı. Ama ters yüz olmuştu dünyası. Nesil bundan böyle, Barlas denen o adamı, istese bile... Ki, şimdilik istemiyordu... Kolay kolay unutamazdı.

"Daha iyi. Hayır daha kötü. Hayır hayır. Aslında daha 'ne' olduğumu bilmiyorum."

Omzunun birini kaldırıp indirdi Nesil. Yüreği de verdiği yanıtlar kadar karışıktı. Kendini nasıl hissettiğini bilmiyordu. İyileşiyor muydu? Gitgide daha mı kötüye gidiyordu?

"Zaman daralıyor Nesi..."

"Biliyorum..."

Genç kızın sesine yeni bir kırıklık sinmeye başlamıştı. Rüzgâr öncesi hafif duyulan ıslık, yağmur öncesi bulanıklık... Yine ve yeni, sessiz bir ağlama öncesi, göğüste kopan sızı karmaşası...

Lal hemen konuyu değiştirmek için gayrete düşse de, iş işten geçmişti. Gözyaşları yine sükûnetle dökülüyordu. Garip bir ayrılık acısı çekiyordu genç kadın. Hatalarını sıradan aşk söylemlerinin içine karıştırıp, aşktan mazeretler yaratmıyordu. Pişmanlık dolu lanetler yağdırmıyordu kendine ya da Barlas'a. Kahır dolu serzenişleri yoktu. Kime ne anlatacağını bilemiyor, içindeki boşluğu dolduramıyor, susuyor, sadece ağlıyordu günlerdir. Ağladıkça kapanacağına daha çok büyüyordu o boşluk.

Hamile olduğunu anlayalı bir hafta olmuştu. En çok ihtiyacı olan şey, bir parça umuttu. Karnında büyüyen bir bahar vardı. Her yeni gelenin, beraberinde getirdiği o umudu, Nesil de taşımak, yaşamak istiyordu. Kendisi güz ortasında kalmış olsa da, bedeninin içinde canlı bir renk büyüyordu. Ama onu hissetmeye, alışmaya, bağlanmaya korkuyordu.

"Ona da sormam gerekmiyor mu Lal? Bilmek onun da hakkı değil mi?"

Gün boyu bunu düşünmüştü. Böyle bir sürprizle nasıl karşısına çıkabilirdi ki? Yarın sözü vermemiş bir adamın yarınına nasıl ipotek koyabilirdi?

"Bu konuda karar senin Nesi. Bu sonradan telafi edilecek bir şey değil. Bunun sorumluluğunu alamam. Sen hangi kararı alırsan, ben sana destek olurum. Ama ne olur bu konuda, benim ne düşündüğümü sorma. Bu senin... yani sizin çocuğunuz."

Nesil'in sessizliğinden, onun yine o tepenin üstünde dolaşıp durduğunu, yine o çok kıymetli Barlas'ının yanında olduğunu anlamıştı Lal.

"Yemek hazırlayayım ben. Ne istiyor canın?"

"Beni düşünme" dedi hafiften bir sesle Nesil. "Annem aradı, eve gitmem gerek."

"Neden?"

"Amcamlar yemeğe geliyorlarmış bu akşam. Hem annemler yarından sonra İskoçya'ya geziye gidiyorlar. Yanlarında olayım."

Akılsızca bir maceradan edinmiş olabilirdi bebeği, ama bundan sonrası başka bir macera için fazlasıyla ciddiydi. Ömrünün sonuna kadar koruyabilecek miydi onu? Tek başına bakabilecek miydi ona? Her şeyden çekecek miydi elini eteğini? Daha hayata yeni başlarken, bitirecek miydi hayallerini? Bir işi bile yoktu daha... Kendine ait bir düzeni, geliri... Nasıl söyleyecekti bunu anne ve babasına? Annesinin, bundan sonra sürekli dinleyeceğini bildiği; "ben söylemiştim"lerini kaldırabilecek miydi?

"Seni götüreyim mi eve?"

Kapıdan çıkmak üzereyken, Lal'in sesiyle irkildi bir an. Son zamanlarda bu da yerleşik bir hal almıştı Nesil'in duyularında. Sık sık kopuyordu içinde bulunduğu ortamdan. Sık sık etrafına dikkatle bakmadan, nerede ve kiminle olduğunu hatırlamakta zorlanıyordu.

"Niye?"

"Araba kullanma diye demiştim, ama..."

Çantasının ön cebine koyduğunu sandığı araba anahtarını arıyor, ama bulamıyordu. Eşiğin önünde yere çömeldi. Çantasını kucağına koydu ve bütün fermuarlarını açtı. Sinirli, tezcanlı hareketlerle anahtarını nihayet buldu ve ayağa kalktı.

"İki gün sonra aldıracağımız çocuğu korumak gülünç değil mi?"

"Henüz karar vermedin."

"Vereceğim karar belli değil mi?"

"Her an herşey değişebilir Nesil."

"Ne olabilir? Barlas, kim olduğumu, yerimi yurdumu bilmezken, çıkıp gelebilir mi ansızın?"

"Sen gidebilirsin?"

Karşılıklı, hızlı, acele kurulan cümleler birbirini izliyor, iki kadın da, bir sonraki tepkiyi ölçmeye çalışır gibi, dosdoğru diğerinin yüzüne bakıyordu.

"Sen mi söylüyorsun bunu? Hani bana demediğini, etmediğini bırakmayan, o ayağına gelmeden sen gitme diyen kiz.Benim en yakın arkadaşım, sırdaşım, Lal. Sen mi söylüyorsun bunu?"

Nesil biraz yardım istiyordu Lal'den. Kurduğu o sataşma cümlesiyle bile buna zorluyordu genç kadını. Yüreklendirecek birkaç söz, küçük bir ışık yolu arıyordu. Sanki öyle bir aralık hissetmişti Nesil o an. Sanki Lal, tarafsızlığına yeni bir taraf belirlemişti. Sanki Nesil'e bir şeyler ima ediyordu. Hatta ima bile değildi bu, düz bir çizgi ile Barlas'a giden yolu gösteriyordu.

"Şimdi durum çok farklı Nesil. Olan oldu artık. Şimdi asıl derdimiz, senin bu çocuğu aldırmak konusunda gönüllü olmaman. Bir türlü karar veremiyor olman."

Lal'in sözleri genç kıza umut vermeye başlıyordu. Bu da tehlikeliydi. Barlas'a gitmek demek, büyük bir ihtimalle daha derinden sarsacak yeni bir hayal kırıklığıyla geriye dönmek demekti.

"Önümüzdeki hafta bu iş bitsin Lal" dedi ansızın.

Daha fazla düşünürse, aklının sesini yitirecekti. Barlas'ı bir daha görme arzusu, her şeyi silip geçecek kadar yoğundu. Hamileliğin fiziksel ağırlığı ortaya çıkmamıştı henüz, ama duygusal baskısını hissediyordu. Artık çok uzakta olsa bile, daha yakındı Barlas. Kendini, o ikiliye ait hissediyordu.

"Doktorunu ara ve bunu nasıl halledeceğimizi sor. Annemler bir hafta yoklar. O süre içinde her şeyin bitmesini istiyorum. Düşündükçe batağa saplanıyor ve çıkamıyorum. Düşündükçe, vazgeçemiyorum Lal."

Sabah olduğunda anne ve babasının çıkacakları geziyi düşünüyordu. Annesinden sakladığı sır genç kıza korkunç bir sıkıntı yüklüyordu. Bir an, bir nefeste gerçeği söylemek istiyor, bir an henüz kendi kararını bile vermediğini düşünerek engel oluyordu bu ikileme.

Cama dayadığı alnını kaldırdı. Yavaş bir iki adımın ardından, annesinin karşısında duran koltuğa oturdu. Annesinin evlenmeden ona hamile kaldığını biliyordu. Aynı şeyi kendisi yaşıyordu şimdi.

"Bana hamile olmasaydın yine evlenir miydiniz babamla" diye sordu. Annesi sevgi dolu gözlerle baktı ona.

"Sen olmasaydın da belki evlenirdik" dedi. "Sanırım bu bizim yazgımızdı. Bak, sen de görüyorsun işte, ne kadar mutlu ve güzel bir evliliğimiz var babanla."

"Peki babam sana âşık mıydı? Sence babam, ben olmasaydım yine de seninle evlenir miydi?"

Kadın boş fincanı sehpanın üzerine bıraktı ve camdan dışarıya baktı bir an. Söyleyeceklerini, toparlamaya çalışıyordu. Doğru cümleleri arıyordu. Nesil artık yetişkin bir kadındı. Bir kadın olarak gerçek duygularını onunla paylaşabilirdi. Karşısında, küçük bir kız oturmuyordu artık. Anlatacaklarını anlayabilirdi. Kızının aşkları olmuştu, ilişkileri olduğunu da düşünüyordu. Çünkü Nesil erkeklerin etrafında sürekli dönüp durduğu, güzel, çekici, hayat dolu, özgür ruhlu bir kızdı.

"Artık beni anlayacak kadar büyüdüğünü sanıyorum Nesil. Bu yüzden sana karşı dürüst olmak istiyorum kızım. Babanla çok mutlu oldum ben. Güzel bir evlilikti bizimki... Hâlâ öyle devam ediyor. Yalnız, sorduğun şu sorunun cevabını bunca yıl geçmiş olmasına rağmen ben de hâlâ bilmiyorum. Çok düşündüm bunu. Acaba, sen olmasaydın yine de benimle evlenir miydi? Bana âşık olduğu için mi evlendik biz, yoksa sebep sadece sana hamile olmam mıydı? İnan bilmiyorum. Bunu hiçbir zaman anlayamadım."

"Babama sordun mu hiç?"

"Defalarca, defalarca sordum bunu ona."

"Ne dedi peki?"

"Bildiğin şeyler işte. Evet. Bana âşıkmış, sen olmasan da benimle evlenirmiş. Ama erkekler... Bazıları sorumluluk duygusuna hiç sahip olmamışlardır. Bazıları da sorumlulukları altında ezilirler. Baban bu ikinci kısma girenlerden. Babanın ne kadar vicdan sahibi bir adam olduğunu bilmesem, söylediklerine daha kolay inanabilirdim, ama biliyorum ki. O, o durumda kendinden çok beni ve seni düşündü kızım. Önceleri aklından benimle evlenmeyi geçirmiyor olsa da, sonradan, bizi korumak için böyle bir karar vermiş olabilir. Baban böyle biri."

"Peki, sen bunu nasıl, yani bu şekilde nasıl..."

Nesil'in çok açık kelimelerle ifade etmekten kaçındığı sorunun ne olduğunu anlamıştı annesi. Sonuçta ikisi de kadındı. İkisi de aynı taraftan bakıyorlardı hayata ve getirdiklerine. Söz konusu aşk olunca, her kadın fazlasıyla hayalci olabiliyordu. Aşkı, şüphelerle değil, apaçık yaşamak istiyordu.

"Nasıl mı mutlu oldum?"

"Bu belirsizlik seni çok üzmüş olmalı."

"Çok üzdü Nesil. Saklayacak değilim. Bu, mutluluğumu gölgeleyen, içten içe kemiren tek şeydi. Hayatım boyunca sürüp gitti böylece. Hâlâ doğrusunun ne olduğunu bilmiyorum, hiçbir zaman da öğrenemeyeceğim. Yine de, senden ve babandan, ikinizden de vazgeçmek istemedim. Bu benim kolayıma geldi sanırım. İçimdeki şüpheye rağmen, asıl istediğimi seçtim."

"Zor olmalı" dedi Nesil.

Annesini ilk kez bu kadar iyi anlıyordu. Aynı hüzün dolu, aynı hatalı yollardan geçiyordu şimdi o da. Yıllar sonra, bir noktada, annesinin kaderiyle kendisininkinin kesiştiğini görüyordu.

"Peki" dedi sesinin titrememesine gayret ederek. "Hiç beni aldırmayı düşündün mü? Aklından geçirdin mi bunu?"

Nurcan'ın kaşları hafifçe çatıldı.

"Hayır" dedi kadın kızını inceleyen bakışlarıyla.

Nesil'in bu hali, bu ardı arkası gelmeyen sorular, içinde şüpheler yaratmıştı. Garip bir şeyler olduğunu hissediyordu.

"Bu en son çare olmalı Nesil. Bir çare varsa mutlaka denenmeli, zorlanmalı... Pek çok kadın, bir hata olduğunu düşünerek aldırmayı geçirir aklından. Asıl hatanın, o bebekten kurtulmak olduğunu ancak iş işten geçtikten sonra anlarlar. Şimdi özgürlükler de genişledi. Bazı kesim için her şey eski kalıplara göre işliyor olsa da, bazıları için bu sınırlar çok genişledi kızım. Hiçbir şey ölüm kadar çaresiz değildir. Benimki gibi şüphe üzerine kurulmuş bir hayat olsa bile, bazı şeyler buna değer. Sen mesela Nesil, benim için her şeye değersin kızım."

....

Yatağın yanındaki küçük komodinin çekmecelerini sessizce boşaltıyor, genç adamın özel eşyalarını çantanın içine yerleştiriyordu. Bir kol saati, kemer, cüzdan, kapalı halde duran telefonu, birkaç kutu kâğıt mendil, bir tane kartvizit...

Eline aldığı kartın üzerini okudu Nevhis. Barlas'ı bundan böyle takip edecek olan doktorun adı yazıyordu.

"Küçük bir not kâğıdı ve bir kalem alabilir miyim lütfen?"

"Elbette."

Hemşirenin uzattığı kâğıda, kartta gördüklerini yavaş bir el yazısıyla geçirmeye başladı. Barlas'tan sağlık durumuyla ilgili hiçbir şey öğrenemeyeceğinden emindi Nevhis. Belki böylece bir yolunu bulabilir, doktorundan bilgi alabilirdi. Tabii eğer Barlas inatçı bir çocuk gibi davranıp, hiçbir şeyi olmadığı yalanına kendini ve etrafındakileri inandırmaya kalkışmaz ve doktor kontrollerini ihmal etmezse.

Toparladığı çantayı dolaba kaldırdı, evden o gün getirdiği temiz giysileri, elbise kılıflarından çıkararak askılara astı. Her şey sabah hastaneden çıkmak için hazırdı. Bir de Barlas olabilseydi. Bir aksilik çıkmadan evine dönebilseydi.

"Nevhis Hanım."

Cam kenarındaki oturma grubuna yaklaşmıştı ki, Barlas'ın sesini duydu.

"Efendim."

"Siz gidin artık."

"Hayır" dedi Nevhis ters bir şekilde. Hemen ardından, sesinin tonunu ayarladı ve daha yumuşak bir tonla...

"Bana ihtiyacınız olabilir. Biliyorsunuz, gidecek bir yerim, beni bekleyenim yok Barlas Bey. Siz burada olduğunuz için evde ortalığı dağıtan da yok. Yani beni bekleyen bir işim de yok" dedi.

"Gece boş yere uykusuz kalacaksınız burada. Sabah çıkacağım nasıl olsa."

"İyi ya" dedi kadın içten sıcak bir gülümsemeyle. "Bir sabah olsun birbirimize 'günaydın' deriz Barlas Bey."

Buruk bir gülümseme gelip geçti Barlas'ın yüzünden. Nevhis'in de ondan bir farkı yoktu. Onu da bekleyen biri yoktu. Zaten sıklıkla, onları kaderin bir araya getirdiğini düşünüyordu. Bu bir tesadüf müydü? Yoksa zincirleme bir yazgı kazası mıydı? Geçmişiyle anılarından öte herhangi bir bağ taşımayan, yanında çocukluğuna ya da ilk gençlik dönemlerine ait birini bulamayan bu kadar insan, nasıl olmuştu da bir araya gelmişti?

Aslında bu tümüyle tesadüf sayılmazdı. Soğuk ve sert kalıbı, kendine sakladıklarının önünde bir kalkan gibi duruyordu Barlas'ın. Onunla ortak bir yanı olmayan hiç kimsenin, o kalkanı aşmasına izin vermiyordu. Yakınındaki insan manzaralarına baktığında; sadece kendine benzeyenleri görüyordu. Yitik suretlerdi hepsi, ya da en çok değer verdiklerini yitirmişlerdi.

Vural Kaptan... Bir balıkçı teknesinin tayfalığını yaparken görmüştü Ersegül'ünü. O sabah mezatta tuttuğu balıkları satarken, annesinin yanından gülümseyivermişti kız ona. O zamanlar, Vural Kaptan on dokuz, Ersegül ise on yedi yaşında. "İlk görüşte beni alıp yerden yere vurdu o gözler" diyordu Barlas'a Erse'sini anlatırken. "Çam gölgesi vurmuş denizin yeşili gibi engin ve derindi. Gördüm, sevdim. Gördüm ve sevdim. Hepsi bu kadardı işte." İkinci görüşme yine uzaktan uzağa, biri teknenin içinde, diğeri kıyıda. Ersegül'ü kaçırdığı gece, yeni bir hayata yelken açtığını sanırken, fırtınaya yakalanmış ve sevdiği kadını denize vermişti. Bir daha ne kendi doğduğu büyüdüğü denizlere geri dönmüş, ne denizden çıkabilmişti. Yıllardır, Ersegül'ü yitirdiği kıyılar içine hapsetmişti kendini. Dönüp duruyordu amaçsız bir balık gibi.

Nevhis... Gerçeği olmayan bir yalana acımasızca, sorgusuz, sualsiz kurban edilmişti. Kocasının ailesi tarafından, sadece şüpheler üzerine kurulmuş bir yargının terazisinden geçmiş ve suçlu bulunmuştu. Cezası çok ağır olmuştu Nevhis'in. Bebeği kollarından alınmış, bir yetimhaneye verilmiş, Nevhis, kocası tarafından ölmüş umutlarıyla, cansız bir şekilde, başka bir şehirdeki umum bir eve gönderilmişti. Suçunu hâlâ bilemiyordu. Hatta kimin oyununa geldiğini de. Kendinden çok, kimlerle ve nerede olduğundan habersiz olduğu oğlu için yaşıyordu. Bir gün uzaktan bile olsa oğlunu görebilmek için, hayatla olan bağlarını sımsıkı tutuyordu. Uzaktan görmek konusunda kararlıydı. Çünkü eğer bir gün bulabilirse, oğlunun karşısına çıkmaya cesareti yoktu. Yalnızca, onun sağ olduğunu, büyüdüğünü görmek istiyordu.

Rana... Artık yoktu Rana. Ama o da geçmişini unutmak zorunda kalanlardandı. O da varlık savaşı verip, fazladan yarattığı yılları kâr sayanlardandı. Her dakika ölümle burun buruna yaşayanlardandı. Sırtlanlarla dolu bir sürünün ortasına atılmıştı Rana. Seçim şansı olmamıştı. Zamanla o da bir sırtlan gibi düşünmeye ve bir sırtlan gibi yaşamaya başlamıştı. Barlas'la da can pazarı bir arenada karşılaşmıştı.

Cemil içlerinde en şanslı olandı. Onun geçmişinde unutmak istediği bir sürü şey olmasına rağmen, geleceği yakalayanlardandı. Barlas'ın desteğiyle, bir düzen kurmuş, yaşadığı yeri, çevresini, içindekileri değiştirmişti. Güzel bir ailesi ve mutlu bir hayatı vardı. Zaman zaman geçmişin tozlu yollarında dolaşırken, anılarını ortaya döküp bakarken, kapanıp gidiyordu iç dünyasına, ama hasarsız geriye dönüyordu her seferinde. Çünkü etrafını çevreleyen çocukları ve Cemil'i her koşulda sevip, koruyan bir karısı vardı.

Ve Barlas. Yaşadığı hayat, sağlam bir kökten yoksun, gelip geçici duygular kavgasıydı. Onun sorunu, geçmişten kopamıyor olmasıydı. Ne etrafındaki bugüne uyum sağlayabilmiş, ne geçmişe geri dönebilmişti. Karanlığa sakladığı ruhunu, aydınlık ve varlık içinde yaşayan bedeniyle birleştiremiyordu. Bir tür benlik sıkışması ya da ayrılması yaşıyordu. Kendini yeryüzünde sahipsiz kalmış gibi görüyordu. Bu diğer bütün duyguların üzerine bir gölge gibi çökeli yıllar olmuştu ve çok ağırdı. Altından kalkamıyordu. Yaşamaktan korkuyordu. Belki de bu yüzden, ölümle eğlenebiliyor, ölüme gülümseyebiliyordu.

Yerinden doğrulmaya çalışırken rahatsızlığı yüzünden okunuyordu genç adamın. Rengi solmuş, geçirdiği o sancı, bütün gücünü yitirmesine neden olmuştu. Biçimli karakaşları, sıkıntıyla çatıldı hafifçe. Buna rağmen, siyah gözleri, birer parlak ışık gibi yanıyordu. Solgun teninde daha çok dikkat çekiyordu koyu renk bakışları. Genç adamı seyrederken, iri zeytin tanelerine benzetiyordu Nevhis onları. Rana da öyle severdi o gözleri diye düşünüyordu. "Allah özenmişte yaratmış" dediği günleri hatırlıyordu.

"Saat kaç?" diye sordu Barlas.

Doğrulmak ve oturmak istiyordu. Artık kıpırdayabiliyor ve kendini daha iyi hissediyordu. Sırtına saplanıp kalmış olan o şiddetli ağrıdan eser yoktu. Sadece halsizlik vardı. Onu da böyle uyuşuk uyuşuk yatmaya bağlıyordu.

"Ona on var."

"Boş bir oda varsa, size orayı açsınlar Nevhis Hanım. Gidip uyuyun bari. Ben iyiyim."

"Sizi rahatsız mı ediyorum?"

"Hayır. Ben zaten sürekli uyuyorum. Kimseyi gördüğüm yok ki."

İçten içe, Nevhis'in varlığından memnundu Barlas. Özellikle bu kadar güçsüzken kendini daha kötü hissediyordu. Hep güçlü ve sert görünmeye çabalayan, aşılmaz bir duvar gibi duran bütün erkeklerin bir gün böyle ilmek ilmek çözüleceğini, ilginin, sevginin, şefkatin sadece çocukların ihtiyaç duyduğu çocukça istekler olmadığını bilmiyordu. Hissettiği şeyin yalnızlık korkusu oluğunu sanıyor ve etrafında yakın birilerini görmek istiyordu. Nevhis yabancı değildi onun için.

Son iki günü özel bir hastanede geçirmişti. Bir akşam vakti, otelin lobisinde, daha önce birkaç kez yoklamış olan hafif sancıların en şiddetlisiyle karşılaşmıştı. Çalışanları tarafından hastaneye kaldırılmış ve gözlem altına alınmıştı. Kalp ve damarlarla ilgili bir sürü tetkik yapılmış, o sancılara sebep olacak kadar ciddi bir sorun bulunamamıştı. Yine de kontrol altında tutulması, düzenli olarak takip edilmesi ve yok etmeye hevesli olduğu yaşamının kalitesini yükseltmesi gerekiyordu. Bunlar doktorların öncelikli önerileriydi ama genç adam için asıl öncelik oradan çıkabilmekti. Geldiği gibi gidecekti hayat, değiştirecek bir şey yoktu Barlas için.

Kapı aralandı. Loş koridordan uzanan, çekingen bir erkek yüzü göründü. Başını uzattı ve içeriyi kontrol etti önce.

"Girsene" dedi Barlas tedirginliğini görünce.

"Uyuyor musun diye baktımdı" dedi Cemil aksanlı bir şekilde. O da Barlas gibi Denizli doğumluydu. Barlas çoktan unutmuştu doğduğu şehrin konuştuğu dilin kaymalarını. Ama Cemil sık sık alışkanlıklarına takılıyordu.

"Yıllardır uyumadığım kadar çok uyudum" dedi Barlas şakayla.

"İsabet olmuş arkadaş" dedi Cemil. "Uyumaktan zarar gelmez. Daha çabuk iyi olursun."

Cemil'i görünce, elleriyle yataktan destek alarak, iyice doğruldu. Nevhis yardım etmek için yerinden kalkarken, elini uzatarak ona durmasını işaret etti. Saçlarını parmaklarıyla tarayarak düzeltti ve başını yeniden yastığa bıraktı.

Nevhis yine de kalkmıştı yerinden. Genç adamın ziyaretçisine oturması için yer açmıştı.

Kadın çıkınca, Cemil tekli koltuğu Barlas'ın yatağının yanına çekti. İyice yakınına yerleşti ve oturdu. Birden telaşla ayağa kalktı. Ceketinin ceplerinden bir şeyler aradı ve buldu. Bir defter kâğıdı, dörde katlanmış ve ortasına küçük sarı bir kurdele oturtulmuştu. Gülerek Barlas'a uzattı Cemil kâğıdı.

"Bu sana" dedi utangaç tavırlarla."Elif'ten Barlas amcasına."

Barlas elindeki kâğıdın küçük fiyongunu okşadı önce. Açmaya, o süsü bozmaya kıyamıyor gibi bekledi bir süre. Yumuşadı bakışları...

"Bana mı gönderdi?" dedi şaşkın bir sevinçle.

"Evet. Bugün uğraşmış yapmış... Aslında gelmek de istedi, ama ben kahvehaneyi kapatıp gelesiye, o çoktan uyumuş oluyor."

"Eve getir" dedi Barlas birden bire heyecanla. "Bir gün yengeyi ve çocukları alıp, benim eve getir."

"Yengen gelmez be oğlum. Öyle yerler benimkine göre değil. Otel, motel, sosyetik yerler oraları..."

"Çocukları getir o zaman."

"Olur. Hele sen bir toparlan da. Ha, sahi ne dedi doktor. İçki, sigara mıgara artık yok değil mi?"

"Hiçbir şey bulamadılar... Taş gibiyim, ölmeyecekmişim daha" diyerek gülmeye başladı Barlas.

Avucunda ona yazılmış bir mektubun sıcaklığı tüterken, açmadan bekliyor, o küçük hediyenin içinde yarattığı mutluluğun ve o mutluluğun getirdiği hüznün tadını alıyordu. Değeri öyle büyüktü ki o dört kat olmuş kâğıttan hediyenin... Küçük bir çocuktan geliyordu. Bir çocuktan.

"Niye ölesin? Aslan gibisin daha. Daha evlendireceğiz seni. Dur bakalım. Nereye öyle?

"Bir daha mı?"

"Bir daha tabii ya. Bulamadın kendine şöyle doğru dürüst bir kız..."

Artık bu sadece şakalara konu olabilecek bir konuydu Barlas için. O da sadece o gece için. Elindeki hediyenin verdiği sarhoşluk hatırına gevşemişti sımsıkı düğümlediği duyguları. Kalbi o konudan bahsederken bir geceliğine yumuşamıştı. Bütün bunların ardından, o kız gelmişti gözlerinin önüne. Gözlerini kapattı ve yaşandığı günlerde kalmış olan o kızı düşünmek için özgür bıraktı kendini. "Bir yıldız kaydı" demişti o gece Vural Kaptan'a Barlas. Nesil'in hayatına girmesini ve çıkmasını, öyle tanımlamıştı. Ve bir daha dönüp, ne gökyüzünde kalan boşluk izine, ne düştüğü çam yeşili denize bakmıştı.

Doğrusu da oydu. O gece yapmak istediği gibi, kızın kapısına dayanıp; "Benden ne istiyorsun" diye sorsaydı... Ve kız yine bir gece önceki gibi, tereddütsüz baksaydı yüzüne, yumuşacık bir kumaş gibi sarılsaydı bedenine, temiz kokusunu sürseydi tenine.

Engel olacak mıydı kendine? Hayır, olamayacaktı. Gözlerini bir kez daha yumacak ve Nesil'in taşıdığı yağmurların altında bir kez daha yıkanacaktı. Çünkü sevişmeye farklı bir tat ve anlam katmıştı o kız. Ve Barlas, kız ona bunu verebildiği sürece almaya hazırdı. Ve ona alışırsa, başkalarıyla yaşadığı tatmin Barlas'ı doyuramazdı. Nesil gibi bir kızı sonsuza kadar kendi esaretinin içine hapsedemezdi de. Ondan öncekiler, Barlas'ın görünen yüzüyle nasıl yetinemedilerse, Nesil de çeker giderdi günün birinde. O da yetinemezdi. Hem kendi acı çeker, hem Barlas'a yeni bir vicdan azabı bırakarak ayrılırdı yanından.

Yumduğu gözlerini açtı Barlas. Sımsıkı tutunduğu kâğıdı açmaya başladı. Sayfanın dört bir yanına çizilmiş olan çiçek ve kalp resimlerine bakarken, yüz ifadesi çocuklaştı. Pembeli kalpler, sarılı yeşilli çiçekler içine "B" harfleri nakışlanmıştı.

"Seni çok seviyorum Barlas amca... Çabuk iyileş diye dua ediyorum. Bir de seni çok özledim. İyileşince bize gel olur mu?"

O gün yola koyulduğunda, neden gittiğini sormuyordu kendine. Ne bulmak için düşmüştü bir kez daha Datça'nın, günlerdir üzerinde oturmakta olduğu uçuruma benzeyen, ürkütücü yollarına?

Bir kez daha Barlas'ı görmek zorunda hissediyordu kendini. Onun da bir şansı olmalıydı. Belki ilk, belki son kez... Bilsin ya da bilmesin, vereceği karar öncesinde, bebeğini babasıyla buluşturmalıydı, ancak onu bir kez daha gördükten sonra emin olacaktı duygularından. Belki aşkının bir hayal olmadığını ispatlayacaktı kendine ve sımsıkı sarılacaktı ondan geriye kalan tek ize. Belki de... Diğer olasılık aklından geçerken bile yüreğinin içi yangın yerine dönüyordu

Gözlerini kapattı ve gergin omuzlarını, yorgun bir nefesle birlikte arkasına bıraktı. Boşluktaydı. İçinde onlarca duygu, birbirine girmişti. Kör bir dövüştü sanki içindeki karmaşa, istemeden çekildiği bir savaştı. Yorgundu. Ölesiye yorgun.

Şakağını cama yasladı. Ön taraftan gelen rüzgârla, omuzlarına dökülen koyu renk saçları uçuşmaya başlamıştı. Rüzgârın serinliği tam da istediği ferahlığı taşıyordu. Zihnine çöreklenmiş olan o kalıcı rüyayı, kendine has bir yumuşaklık içinde azar azar dağıtıyordu.

Gitgide yaklaşıyordu o büyülü tepenin yamacına. Oraya has ağaçlar, yolun iki tarafını koyu renkli bir ormanın, gizemine bırakıyordu. Araba sallandıkça, genç kadın da değişken bir sürü duyguyla sallanıyor, yapmakta olduğu bu yolculuğun geriye dönüşünü, kayıplarını, kazançlarını hesaplıyordu. Telefonun sesini duyuncaya kadar, dilsiz, düşünce sesleri arasında gidip geliyordu.

Annesinin aradığını görünce, açıp açmamakta kararsız kaldı bir anlığına. Nerede olduğunu sorduğunda ne diyecekti? Belki de en doğrusu geçiştirmek, duymazlıktan gelmek olabilirdi sorularını.

"Vardınız mı anne?" dedi annesinden önce davranıp, konuşmayı kendi istediği diyaloglar içinde sürdürme gayretiyle.

"Yok yavrum. Bak şimdi dinle beni. Endişelenecek bir şey yok Nesil, ama biz dün akşam İstanbul'dan hareket edemedik kızım. Telaşlanma diye gece seni aramadım. Aslında kesinleştiğinde arayacaktım, ama haber beklersin diye şimdi söylüyorum. Bu akşam gideceğiz. Bir sorun olmuş uçakta, yerine yenisini de koyamadılar. Burada kıyamet kopuyor dün akşamdan beri."

"Aaaa" dedi Nesil hayretle. "Peki, siz iyi misiniz? Babam nasıl?"

"Biz iyiyiz kızım, canımızı sıkmıyoruz. Sonuçta bu bir gezi. Tatsız başlamak ve gerilmek istemiyoruz. O yüzden babanla oyalıyoruz kendimizi."

Bir an hattın kesildiğini sandı Nesil. Annesinin sesini duyamıyordu. Başını kaldırdığında, etrafını çevreleyen ağaçların neredeyse beyaz bulutların arasına girecek kadar yükseldiğini gördü. Bir virajı döndüler o anda ve ses geriye geldi yeniden.

"Duyuyor musun Nesil? Seni seviyorum kızım."

"Evet" dedi aceleyle. Konuşmanın kesilmesinden korkarak aceleyle; "Evet" dedi bir kez daha Nesil. "Ben de seni seviyorum anne."

"Seni seviyorum kızım" dedi bu kez babası tok ve sevecen bir tonla. "Duydun mu Nesil?"

"Evet"dedi, bu kez sesi titriyordu Nesil'in. Gözünden düşen bir damla yaş, yanağından aşağıya doğru beyaz tenini ağır ağır okşayarak iniyordu. "Ben de sizi çok seviyorum."

"Varınca arayacağız seni."

Yine iki orman arasına girmişti kıvrımlı yol. Yine koyu bir gölgenin altına sinmişti gün.

Nedense, bir sürü değişiklik olacağını düşünmüştü yol boyu. Kendi hayatındaki değişiklikler öylesine köklü ve öylesine sarsıcıydı ki, geride bıraktıklarının da aynı şekilde yıkılmış ya da en azından rengini yitirmiş olmasını bekliyordu Nesil. Kendi neşesinin solduğu gibi, her şeyin solduğunu görmek acısını biraz olsun hafifletecekti. Gözle görülebilecek bir farklılık bulacağını sanıyordu dikkatle dolaştırırken gözlerini. Maviden griye dönmüş bir deniz, yeşilden sarıya dönmüş bir tepe, beyazdan siyaha dönmüş binalar, insanların matlaşmış buz beyazı tenleri, gülümsemesi sönmüş fersiz gözleri...

Azalmış insanlardan başka hiçbir değişiklik yoktu oysa. O tepede her şey yerli yerinde, aynı zarif ve canlı renklerle, uyumla, sükunetle, aynı göz alıcı sadelik ve duruluk içinde duruyordu. Deniz aynı denizdi. Güneş aynı ufuk çizgisinde aynı kızıl çemberin içindeydi. Yer, gök, tıpkı o sabah bıraktığı gibiydi. Hatta burada, kendi evinden baktığı sonbaharı bile göremiyordu. Yoksa bu da ruhunun aşkla ve özlemle kavrulan yanının yarattığı düşlerin oynadığı, parlak sabah sisine benzeyen, temiz ve masum bir gölge oyunu muydu? Sadece Barlas'a yaklaşmış olmak mıydı içindeki hüznü birden bire yerle bir eden sevince sebep?

Çok mu kötümser bir tablo çiziyordu yoksa hayatına? O büyülü rüzgarın sersemlettiği küçük kadına çok mu eziyet ediyordu?

Birden bire bütün olumsuz duygulardan arınmıştı sanki. Bir çeşit boşluktu bu. Oradan ayrılırken yanında götürdüğü bütün kederleri bir kenara kaldırmıştı aceleyle. Yeni bir umut bulutuna yer açmıştı o boşlukta. Azalmıştı sıkıntıları, hatta yapay mı gerçek mi olduğunu bilemediği beyaz bir ışığın altında aydınlanmıştı. Sanki günlerdir ya da haftalardır, üzülmemişti, kızmamıştı, kararsızlıkların, terk edilmişliğin, değersizliğin içinde savaşmamıştı kendisiyle. Bir anda, üzüldüğü her şey kabuk değiştirmiş ya da hiç olmamış gibi kaybolup gitmişti zihninden.

Kendini kandırmanın tam ortasında olduğundan habersizdi. Gerçek kırılmaların böylesine hızla silinmeyeceğini, o an hissettiklerinin, hissetmek istedikleri olduğunun farkına varamıyordu. Oraya adım attığı andan itibaren, bir süredir devrilmiş olan umut cümleleri, gizlemek zorunda kaldığı öznesine kavuşuyordu. Gördüğü, işittiği, kokladığı, dokunduğu ne varsa, Barlas oluyordu. Barlas'ın orada olduğunu bilmek hızla kanına yayılıyor, bu da içini kırılgan ama coşkulu bir sevinçle dolduruyordu.

Henüz, tam olarak hiçbir şeyin farkında değildi Nesil. Yaşadıklarının yalnızca kayıplardan ibaret olduğunu sanıyor, sadece sahip olamadıklarını görerek sonuca varıyordu. Tecrübelerin sadece kazançlarda olmadığını, aslında, kayıpların insanı büyütüp, yeniden yarattığını bilemeyecek kadar taraflı bakıyordu. O, sadece âşık olmakla kalmamıştı. Sadece Barlas'a bağlanmamıştı o tepede. Kendini bulmaya, o güne kadar yalnızca özgürlük ve neşeden ibaret hamurunu biraz daha farklı olgularla yoğurmaya başlamıştı. Acıyı tanımıştı. Ayrılığı... Çaresizliği...

Küçük çantasını açmaya gerek bile duymadan yatağın yanına bıraktı. Zaten içinde, yalnızca bir takım iç çamaşırı, bir gecelik ve kişisel bakım eşyaları vardı.

"Barlas" dedi aynada gördüğü kadına.

Aynalar ona hem düşler hem kâbuslar gördürüyordu. Kendiyle yüzleştikçe, daha çok acı çekiyor, daha çok korkuya kapılıyordu.

"Ben bu kez yalnız değilim Barlas"

....

Otelin tadilatıyla ilgili yapılan küçük toplantıya katılmıştı. İşleri ihale edecekleri firma belli olmuş ve anlaşma imzalanmıştı. Lobiden geçerken, barda çalışan ve Barlas'a kendi delikanlılığını anımsatan o sevimli gençle karşılaştı.

"Ender Bey nerede?" diye sordu.

"Konuklardan biriyle kahve içiyor efendim... Hani, bu yaz sizin boğulmaktan kurtardığınız bir hanım vardı ya..."

"İşi bittiğinde ofise gelmesini söyle..."

"Peki, Barlas Bey..."

İki adım attı ve durdu genç adam. Çocuğun ne dediğini ilk anda anlayamamış, daha doğrusu, fazla da ilgi göstermemişti. Ama...

"Nerede?" dedi şaşkınlıkla.

"İşte şurada"

Çocuğun işaret ettiği yere baktığında, sırtı dönük oturan Nesil'i gördü. Kalakalmıştı yerinde. Şaşırmıştı. Tuhaf bir perde inmişti hareket etme yeteneğinin üzerine.

Ender yerinden kalkıp, dikkatle onlara bakmakta olan patronun yanına doğru yürürken, Nesil de yavaşça arkasına dönerek neler olduğunu anlamaya çalışıyordu.

"Bir şey mi oldu Barlas Bey? Bana mı bakıyordunuz? Nesil Hanım da bugün geldi. Kendisine bir kahve ikram etmek istemiştim. O da sizi soruyordu."

"Beni mi?"

Genç kadın daha fazla öyle ifadesiz kalmayı beceremedi. Gülümsedi Barlas'a, aynı gülümseme aradaki mesafeye rağmen hızla gelip genç adamın yüzünde de yerini aldı.

"Burada olup olmadığınızı sordu bana..."

Geriye dönüp gidemezdi artık genç adam. Hem gitmek istediğinden de emin değildi. O kısa sürede, Nesil'in gülümsemesinin içinde, o gece yaşananların hayal meyal izlerini görüyordu. O gece başından sonuna, hayatının en anlaşılmaz gecesi olmuştu. Nesil onun bütün düzenini alt üst etmiş ve kendini o düzenin tam ortasına sokmuştu. O gecenin her anını sevmişti Barlas. Kızgınlığını, şaşkınlığını, kavgalarını, yüzleşmelerini, sevişmelerini... Her anında o kızla birlikte olmak hoşuna gitmişti. Bir gece içinde körelmiş hislerinin arasından eski yeni bir sürü duygu gelip geçmişti.

Genç adam hareketsiz durdukça Nesil'in yüzündeki gülümseme dağılır gibi oluyordu. Barlas'ın arkasını dönüp gitmesinden korkuyordu. Eğer o an giderse, konuşacak bir şey de kalmayacaktı. Ve bu defter, bu kez bir daha açılmamak üzere kapanacaktı. Başı yavaşça yere eğildi Nesil'in. Tıpkı o sabah olduğu gibi, şimdi de Barlas'tan, ona doğru atılacak birkaç adım bekliyordu. Ama artık yüzüne bakmak ve bakışlarındaki ısrarla, gülümsemesindeki davetle yapmak istemiyordu bunu.

Döndü genç kadın. Sanki bir yerden düşecekmiş gibiydi. Sanki tutunacak bir şeyler arıyordu. Önündeki kahve fincanına sarıldı iki eliyle. Nefes alamıyordu. Onun gitmiş olabileceğini düşünüyor ve acı içinde kahroluyordu. Derken, bir gölge gördü yanı başında...

"Nesil?"

Bu bir tek kelime hasret sancısıyla büzülmüş ruhuna ilaç gibi gelmişti Nesil'in. Hiç uslanmayacaktı ışığa uçan pervane gönlü. Hiç durulmayacak hiç akıllanmayacaktı deli coşkusunun önüne kattığı ruhu. Şimdi yine, o ilk gün nefesini bedeninden kesip alan o adamı görmüştü karşısında. Eskisinden de yakışıklı, eskisinden de etkileyici...

"Merhaba Barlas."

"Nasılsın?" dedi Barlas.

"İyiyim... Ben...Bir ya da iki günlüğüne geldim."

Solgun görünmüştü Barlas'a Nesil. Sanki biraz da zayıflamıştı.

"Sezonu kapatmak üzereydik bizde."

"Biliyorum... Ben... Ben diyorum ki Barlas... Bu akşam... Eğer işin yoksa... Yemeği birlikte yiyebilir miyiz? Hem... Konuşuruz biraz..."

İkisi, birlikte, akşam yemeğinde... Ne başlayacaktı böylece aralarında? Barlas'ın insanlarla arasına çektiği o set birden bire yükselmeye başladı. Bu kez roller değişmişti. Nesil kararlı bir şekilde Barlas'a doğru yürürken, kaçıp gitmek isteyen Barlas'tı. Onun için kadınlar, gecelerinin içine gizlediği, yalnızlık yoldaşlarıydı. Ve Nesil onlara benzemiyordu. O, akşam yemeğinden ve konuşmaktan bahsediyordu. O kız, kendi hayatının sınırlarını, çerçevesini Barlas için değiştirirken, onun alıştığı işleyişi de bozuyordu. Eğer kadınları biraz olsun tanıyorsa, kız Ona tutulmuş görünüyordu. Bakışlarında hayranlıktan çok daha öte ateşler yanıyordu. Onunla yüz yüze olduğu o birkaç dakika içinde bunu görebilmişti Barlas. Konuşurken elleri titriyor, beklenti dolu gözlerle bakıyordu. Barlas'ın verebileceklerinden çok daha fazlasını istiyordu o çam gölgeli derinlikler...

"Affedersin Nesil... Benim bu akşam çalışmam gerekiyor."

"Anlıyorum" dedi Nesil.

Huzursuz başını arkaya doğru attı genç adam. Derin bir nefesle doldurdu içini, sonra sıkıntıyla geriye bıraktı. Öylesine etkilenmişti ki kızın duruşundan. İşte, Barlas'ı tedirgin eden asıl şey de buydu. Bu kız, her türlü hareketiyle, bakışıyla ya da yüz çevirişiyle, gülümsemesi ya da ağlayışıyla, içine giriyor ve sinir uçlarını uyarıyordu. Onun karşısındayken, tanımadığı birinin içseslerini dinlerken buluyordu kendini. Tıpkı o an olduğu gibi, arkasını dönemiyor, başkalarını terk ettiği gibi terk edemiyordu onu.

"Belki" dedi, içindeki tanımadığı o adamın şefkat duygularına bir kez daha teslim olduğunu bile bile. "Yemeğe yetişemem, ama sonra istersen... Oturup bir şeyler içeriz burada. Ne dersin?"

Nesil'den hiçbir ses alamadı. Bunun üzerine karşısındaki sandalyeyi çekti ve oturdu. Kızın birbirine dolanmış olan, beyaz ojeli, bakımlı ellerinin parmaklarına hafifçe dokundu. Yüzünü görmeye çalıştı. Nesil ise, ona bakmamaya kararlıydı. Ellerini çekti, genç adamın tedirgin ve isteksiz olduğunu bildiği dokunuşundan kurtardı kendini.

"Gerek yok Barlas" dedi kırgın bakışlarını, zoraki bir gülümsemeyle örtbas etmeye çalışarak. "Ben, belki sen de beni görmek, konuşmak istersin sanmıştım. Ama cevabımı aldım. İstemediğin bir şey için, sırf kibarlık olsun diye, kendini zorlama."

Nesil'in ellerini çekmesiyle, masanın ortasında boşlukta kalmış elini yumruk yaparak bekledi genç adam. Arkasına yaslandı. Zor bir konuşma olacaktı bu. Hatta Barlas'ın az önce reddettiği yemeğe kadar bekleyecek zamanları da kalmamıştı.

"Benim kibar biri olduğumu mu düşünüyorsun?" Alaycı tebessümüyle yavaşça yana kayan dudaklarının ardından, başını iki yana salladı genç adam.

"Beni hiç tanımıyorsun meleğim. Hiç tanımıyorsun."

"İzin vermiyorsun ki" dedi masaya biraz daha yaklaşarak Nesil. "Kaçıyorsun benden. Önce kaçıyor, sonra sanki pişman olmuş gibi gönlümü almaya çalışıyorsun. Bu kibarlık değil midir?"

"Hayır" dedi Barlas. Sigarasını dudaklarının arasına koydu. Çakmağını ateşlemek üzereyken;

"İçme" dedi Nesil. "Lütfen" diye ekledi ardından.

"Özür dilerim. Rahatsız olmadığını söylemiştin" dedi.

"Artık oluyorum" dedi genç kadın gözlerini kaçırarak.

Kısa bir sessizlik yerleşti aralarına. Nesil etrafındaki insanlara bakıyor, onların kendi saklı iç dünyalarıyla, hareket halindeki bedenlerini oradan oraya taşımalarını seyrediyordu. Barlas ise, bakışlarını genç kadının güzel yüzünden ayırmıyor, yaşadıkları o gece farkına varamadığı bir sürü detayı görüyordu. Berrak bir göl gibiydi Nesil. Dipteki duygularını, değişken, minik dalgalar halinde yansıtıyordu. Yüzünde taşıdığı tek renk, gözlerinin içindekiydi. Böylesine çıplak bir güzelliğin onda ne aradığını ya da ne bulduğunu merak ediyordu genç adam. Beyaz ile siyahın birbirine karıştığı o renksiz rengin, Nesil'de nasıl bir coşku yarattığını anlayamıyordu.

"Sen hiç âşık oldun mu Barlas?" dedi genç kadın ansızın.

"Hayır" dedi genç adam dümdüz, kesin ve duygusuz bir tavırla.

"Peki, evlendin mi hiç?"

Yersiz ve son derece anlamsız sorulardı bunlar Barlas için. Yine de Nesil'in konuyu nereye bağlayacağını merak ediyordu. "Evet" dedi genç adam, "İki kez evlendim ve boşandım"

Ağır bir yumruğun etkisiyle sarsılıyor, duyduklarını sindirmeye, âşık olduğu adamın, geçmişinden getirdiği o minik resimlere tepkisizce bakmaya çalışıyordu Nesil.

"Aşksız evlilikler yani."

"Evet."

"Neden yaptın peki?"

Kendinden bahsetmek, bulanık bir suyun üzerindeki nilüfer çiçeğinden bahsetmek gibi bir şeydi Barlas için. İhtişamlı bir yüz... Her kadının aklını çelecek bir beden... Suskunluğun kadife gibi sarıp sarmaladığı etkileyici bakışlar... İnsanın hayal dünyasına girecek kadar büyüleyici yüzeysel güzellik taşıyordu. Ancak köklerini, kendisi de dahil hiç kimse göremiyordu. Hayat bulduğu, yaşadığı sularla bile üzerinde avare bir şekilde varolmaktan öte hiçbir bağı yoktu. Yaşam da onun için öyleydi. Barlas, çok uzun zamandan beri, sadece görüntüden ibaret bir nilüferdi.

"Bak Nesil" dedi, zamanı tükenmiş bir konuşmanın son anının geldiğini anlatmak ister gibi kararlı bir sesle.

"Ben, bu soruları neden sorduğunu anlamaya çalışıyorum ama... İşin doğrusu Nesil, ben senin hayatına girmek istemiyorum. Hiçbir şekilde girmek istemiyorum hem de. Ne geçici ne kalıcı... Çünkü hiçbir hayat içinde, benim gibi birine yer olamaz. Ve hiç kimse benimle mutlu olamaz."

Anlatabileceği bu kadardı işte. Bunları kendi sesinden duymak bile, genç adamın içindeki umutsuzluk rüzgârlarını baştan çıkarıyordu. Ve o umutsuzluk, ruhunu soğuk ellerinin arasına alıyor, sıkıyor, sıkıyordu.

"Güzel cümleler" dedi genç kadın alayla... Geçen her dakika, Barlas'ın karşısında, idama yol alan bir mahkûma benzetiyordu kendini. Kaçınılmaz olan sonu, korktuğunu belli etmeden karşılamak için elinden geleni yapmaya çalışıyordu.

"Ama bu kadar gizemli görünmeye gerek yok. Ne düşündüğün gayet açık, ne söylemeye çalıştığını gayet iyi anlıyorum. Ben çocuk değilim Barlas. Şimdi hiç değilim. O günden sonra ben eski Nesil de değilim artık. Çok güzel günler geçirdiğimi söyleyemem."

Nesil'in kurduğu o son cümlelere aklı takılmıştı Barlas. Onların ne anlama geldiğini çözmek için artık soruları onun sorması gerekiyordu.

"Buraya neden geldin Nesil?"

Birden bire, derin bir uykudan sarsılarak uyandırılmış gibi oldu genç kadın. Konu birden bire değişmişti.

"Ben..."

Konuşmaya devam edebilmek için daha önce ezber ettiği bir sürü şey geçiyordu aklından. Hiç birini hatırlamıyordu. Hatırladıklarının üstünü çiziyor, doğru cümleler olmadıklarını düşünüyordu. Hem doğru cümleleri bulsa bile o an, genç adamın siyah bulut kümelerine benzeyen bakışlarının odağıyken nasıl söyleyebilirdi ki ona?

"Özel bir sebebi yok" dedi zaman kazanmaya çalışarak.

"Nesil. Sana bir şey soracağım, ama önce bana doğruyu söyleyeceğine söz ver..."

Bir sarsıntı daha geçirdi Nesil. Teni alazlanmıştı, ter damlacıkları vuruyor, yüzü korkuyla kızarıyordu.

"Ta-tamam" dedi.

"O gece olanlar yüzünden... Bu yüzden mi kötü günler geçirdin Nesil? Ne durumda olduğunu bilmek istiyorum. Benim için mi geldin? Eğer bu yüzden geldiysen, konuşmak istediğin şey buysa... Ya da istediğin neyse Nesil... Bundan kaçacak değilim."

Daha önceki kızgınlıklarını bile gölgede bırakan, yaralı bir gülümse kapladı genç kadının yüzünü.

"Öyle mi görünüyorum?" dedi bastırmaya çalıştığı gözyaşlarının alt kirpiklerinin üzerinde oynaşmasına aldırmadan. "Sana öyle çaresiz bir kadın görüntüsü mü çizdim? O halde aptalın tekiyim ben. Senden hiçbir şey istemeye gelmedim. Çaresiz falan da değilim. Seni bir kez daha görmek istemiştim, hepsi bu."

Masadan kalktı. İçindeki acı, günlerdir çektiğine hiç mi hiç benzemiyordu. Zihninden önce, bedeni hareket ediyor, kalkmak için düşünmeyi bile beklemiyordu. Kaçmak istiyordu oradan. Gururu bir daha onarılamayacak kadar kırılmadan önce, kurtulmak istiyordu Barlas'ın aşksız, sevgisiz ama yardımsever bakışlarından...

"Nesil, otur yerine..."

"Oturmayacağım" dedi dişlerinin arasından. Hiçbir zaman Barlas'tan da, Barlas'ın ürküten karanlık gözlerine bakmaktan da korkmamıştı. Korkmayacaktı da. Artık içinde en küçük bir korkunun ya da kararsızlığın barınmasına izin vermeyecekti. Hayatı boyunca bu kadar küçük düşürülmüş hissetmemişti kendini. Bütün o zayıflıklar değil miydi buna sebep? Barlas'la karşılaşıncaya kadar, gururu çelik bir kalkan gibi sapasağlamdı. Yine öyle olması gerekiyordu. Bu kadar güçsüz ve çaresiz kalırsa, bir daha asla gururlu bir kadın olamayacağını biliyordu.

"Sen de işlerinin başına dön Barlas. Yeterince vakit kaybettik birbirimizle..."

Sinirle masaya vurdu genç adam. Onun lobiden çıkmasını ve gözden kaybolmasını öfke ile izliyordu. Yine aynı şeyi yapmıştı Nesil. Birdenbire gelmiş, Barlas'ın durgun akan hayat suyunun yönünü değiştirmiş ve yine kendi istediği zaman çekip gitmişti. Yine bir sürü bilinmez bırakmıştı ardında. Bir sürü şey söylemeye çalışmış ama sonuçta anlaşılır hiçbir şey anlatmamıştı.

Ne demekti "O günden sonra ben eski Nesil değilim artık. Çok güzel günler geçirdiğimi söyleyemem." Ne ima etmişti? Yardım etmek istediğinde neden birden bire delirmişti öyle?

Ona mı kızmıştı Barlas yoksa kendine mi? Sinirliydi. Deli gibi sinirlendirmişti Nesil onu. Tıpkı bir çocuk gibi davranıyordu. O yaşta bir kızla, nasıl baş edeceğini bilmiyordu.

Ofisinin cam masasının üzerini gerekli gereksiz bir sürü evrakla doldurmuş, hiçbir şeye dikkatini veremeden sadece boş gözlerle bakıyordu. Nesil ile yaptığı o görüşmenin tekrar tekrar üzerinden geçerken, kendini bir kez daha suçlu hissediyordu. Onun doğru dürüst bir açıklama yapmasına fırsat vermemişti. Kendinden bahsetme kaygısı ve huzursuzluğuyla aceleyle konunun işlenişini basitleştirmiş, hemen kendi bildiği gibi üstünü örtmeye çalışmıştı sohbetin. Nesil, son derece rahat görünüyor olsa da, bu sadece görüntüye yansıyan yüzü olabilirdi. Nasıl bir hayat yaşadığını ve nasıl bir aile yapısı içinde olduğunu bilmiyordu. Bütün bunları doğru dürüst anlamadan dinlemeden, bir çözüm paketi hazırlamış ta onu kızın önüne koyuyormuş gibi... Sarsılan ekonomiye çare oluyormuş gibi... Basit cümlelerle sorunu çözmeye çalışmıştı.

İyice arkaya yatırdığı koltuğundan doğruldu ve dahili telefonlardan birine uzandı.

"Turuncu'da, cam kenarındaki masaya akşam yemeği için iki kişilik servis hazırlayın. Misafirim ve benim için."

Yaptığına gülmemek için zor tutuyordu kendini. Nesil'i dinlemek için, otelin en şık salonunun, en şık masasını, en şık, en özel manzarasını seçmişti. Belki ancak böyle, yaptığı kabalığı biraz olsun hafifletebilir ve kızın derdini öğrenebilirdi.

Nesil'i odasında yakalamak ve önce orada konuşmak istiyordu. Yan kapılardan birinden içeriye girerek doğruca resepsiyona geçti.

"Nesil Hanım'ın oda numarası kaç?" dedi.

Kız, şaşkın bir şekilde Barlas'a bakıyor, Barlas ise, o sırada kaybettiği zamanı hesaplıyordu.

"Nesil Olcay az önce ayrıldı Barlas Bey..."

"Emin misiniz?"

"Evet efendim."

"Nasıl gitti?"

"Odasından arayıp, çok acil bir taksi istemişti."

"Kim götürdü?"

"Yeşilköşe'den biri geldi."

"Durağı arayıp, şoförün kim olduğunu öğrenir misiniz? Bir de adamın telefon numarasını alıp bana bildirin. Ofisteyim ben..."

Ofisine doğru yürürken, sinema salonundaki kalabalık dikkatini çekmişti. Dev ekranın önünde, bir sürü insan, sessizlik içinde bir şeyler izliyordu. Kimse oturmuyor, kimse izlediğinden keyif alıyormuş gibi davranmıyordu. Bir omzuyla kapıya yaslandı ve ekrana baktı. Film değildi izledikleri. Son dakika bir haber yayınıydı. Eski uçak kazalarına ait görüntülere bakarken, alttan geçen yazıyı okumaya çalışıyordu.

"Kurtulan yokmuş" dedi biri yanından geçerken... "Yazık. Çok yazık..."

Demir bahçe kapısını açtığı an, taksinin farları, gözlerine vurdu. Elini gözlerine siper ederek, adamın arabadan inmesini bekledi.

"Yılmaz mıydı?"

Adam başını salladı.

"Yorgunsun biliyorum Yılmaz. Ama bu gece taşıdığın hanım..."

Ölümden bahseden bütün ölümlüler gibi, saygıyla ağırlaştı tavırları Yılmaz'ın.

"Sizin de başınız sağ olsun. Yakınınız mıydı?"

Kaşları çatıldı genç adamın. Adamın dediklerinden ipe sapa gelir bir anlam çıkaramamış, Nesil'den bahsedecekken, başsağlığı dileğiyle karşılaşmıştı.

"Kolay değil. Allah kimseye vermesin."

"Ne diyorsun sen?" diyebildi.

"Bayanı demediniz mi?"

İki elini kaldırdı, avuçlarını açarak adama susmasını işaret etti. Yüreği hızla çarparken aklını başına toplamaya çalışıyordu.

"Dur" dedi adama. "Dur bir dakika? O bayan, yani kim öldü?"

"Anne ve babası. Bu akşamki uçak kazasında. Eve kadar anlamamış galiba öldüklerini, yaralı maralı demişler. Ama evin kapısına gelince bir feryat bir figan."

Başını inanmak istemeyen bir tavırla iki yana sallıyordu Barlas. Sırtını adama döndü ve ardında duran bahçe duvarına doğru yaklaşarak alnını yasladı. Korkunç bir gerçekle karşı karşıya kalmıştı. Bu akşamki haberleri izlediğinde, kaybedilen herkes için acıyla dağlanmıştı yüreği, ama şimdi o kayıplardan ikisini kendi evinin içinden vermiş gibiydi. Nesil gözünün önünde canlanıyor ve genç adam derinden bir acı hissediyordu. Nesil nasıl taşıyacaktı bunun yükünü? O, küçük bir kızdı hâlâ. Aşk peşinde deli adımlar atan, hayatın bütün tadını yaşadığı bir geceye sığdırmaya çalışan, hâlâ bir koza içinde yaşıyormuş gibi gerçeklerden uzak...

"Affedin. Siz biliyorsunuz sanmıştım."

Adamın sesiyle, görüntüsünü toparlamaya ve acıyı tanıdık bir dost gibi karşılamaya çalışarak arkasını döndü.

"Onu evine kadar götürdün değil mi?"

"Evet" dedi Yılmaz yaptığından memnun bir tavırla.

"Beni oraya götüreceksin Yılmaz" dedi kararlı bir sesle.

"Benim saatim doldu. Gece ben çalışıyorum, sabah başka bir arkadaşım alıyor taksiyi. İsterseniz duraktan başka biriyle..."

"Bu gece kazandığının beş katını vereceğim sana. Taksiyi durağa bırakabilirsin. Benim arabamla gideceğiz. Oraya vardığımızda bana evi gösterir, ilk otobüse atlar ve geriye dönersin. Anlaştık sanırım."

"Anlaştık."

"İyi o zaman. Şimdi git, taksiyi bırak. Ben de giyinip çıkıyorum. Yarım saat sonra, duraktan alıyorum seni."

Kâbuslarla sık sık bölünen, uykuya benzemeyen bir yok oluştu ruhunun uyuduğu. Gittiği yerlerde, bir daha arkasında bıraktığı işaretleri bulamayacakmış gibi korkuya kapılıyordu. Bu korku, alıştığı korkuların hepsinden daha yükseğe çıkıyor, kaçacak en küçük bir çatlak ya da aralık bırakmıyordu geride. Eskiden mutlu ve hayat dolu bir kız olduğunu artık hatırlayamıyordu. Damlalar halinde gelmeye başlayan acı, sonunda bütün hayatını kaplamış, boyunu aşmıştı. Daha içindeki sonbaharı tamamlanmadan kış bastırmış, bir güz çiçeği gibi solmuş, kapanmıştı Nesil.

Anne ve babasını bir daha görmemek üzere kaybettiğini düşündükçe, Lal'e tutunuyor, içindeki acıyı ezebilecekmiş gibi genç kadının elini sıkıyordu. Lal saçlarını okşadıkça göz pınarlarından, bitip tükenmek bilmeyen nehirler boşalıyordu. Yok muydu bunun bir sonu? Acının bir son durağı, bir yas molası... Kendini toplayacak, başını, anıların ve acıların arasından çıkarıp bakacak, hafif bir soluk alacak, küçük bir umut penceresi yok muydu? Her yer daralmış, her yer karanlıktan ibaret dört duvar olmuştu.

"Odayı boşaltın lütfen. Hanımlar, lütfen, doktora izin verin..."

Cem'in gür sesi, fısıltı içindeki kadın kalabalığını susturmuştu. Genç adam Nesil'in oda kapısının önünde durmuş, herkesin orayı boşaltmasını bekliyordu. Doktor çağırmak da Cem'in fikriydi ve Lal onu bu fikirden vazgeçirememişti. Oysa Nesil için en çok endişelenen Lal'di. Nesil'in yaşadığı o ağır dramın içinde, karnında bebeğiyle bir başına kaldığını bilen bir tek o vardı. Onun endişesi diğerlerinden çok daha gerçek ve çok daha fazlaydı. Ama sakladıkları sırrı ele verecek her türlü riskten uzak duruyordu. Arkadaşı kendinde değilken, sırrını korumak da Lal'e kalıyordu.

Cem ise; sonradan edindiği bu varlıklı ailenin oğlu rolüne iyice kaptırmıştı kendini. Çalışkan bir adamdı. Ama hayat yokuşunda başarılı olmak ve zirveye çıkmak için sadece başarının yetmeyeceğini daha ilk gençlik yıllarında kavramıştı. Olcay ailesinin gücünü arkasına aldığında bu tırmanmanın daha kolay ve risksiz olacağının farkındaydı. Nesil'in sahip olduklarıyla, kendi hırslarını birleştirdiğinde, ikisinin de mutlu bir hayatı olacağına inanıyordu. Çoktan beri bunun planlarını yapıyor ve gizli gizli Nesil'in yengesi olan ablasının da desteği ile yolunu açmaya çalışıyordu. Şimdiye kadar Nesil'in amcasının gözdesi olmayı çoktan başarmıştı, ama bunun yeterli olmadığını biliyordu. Aileden biri olmak için, daha sağlam bağlar gerekiyordu. Şimdi Nesil üzerindeki hesaplarına daha fazla yoğunlaşıyor ve içten içe büyük bir fırsat yakalamış gibi heyecanlanıyordu. Artık tek başına kalmıştı Nesil. Babasından kalan iki benzin istasyonunda düzenin sürmesi için birinin sahip çıkması gerekecekti. Ve Nesil babasının işleri ile bugüne kadar bir saatliğine bile olsa ilgilenmemişti. Amcası ise kendi işlerinin bile büyük bir kısmının sorumluluğunu Cem'e devretmişti. Cem, o yas ortamının içinde bile, bütün kontrolü elinde tutuyor, cenaze ve gerekli bütün işlemler hakkında karar veriyor ve uygulamaya geçiyordu. Ne Nesil'in bunları yapmaya gücü vardı… Ne de kardeşini yitirmiş olan Nesil'in amcası Olgun Olcay'ın. Ve Cem bütün bunları titizlikle yürütürken, Nesil ile özel olarak ilgilenmeyi de ihmal etmiyordu.

Odadaki son kişinin çıkmasının ardından Cem doktoru içeriye aldı. Doktoru görür görmez, kıvrıldığı yatağından elini uzatarak sessizce itiraz etmeye ve mırıldanmaya başladı Nesil. Kolunu havada tutamayacak kadar tükenmişti.

"İstemiyorum" dedi; "ilaç istemiyorum."

Cem yatağın yanına oturdu ve iyice yüzüne yaklaştı genç kadının. Şakağının üzerine dudaklarıyla dokundu ve saçlarını bir çocuk gibi okşadı.

"Sadece kontrol Nesil. İyi olmanı istiyoruz."

"Bana ilaç vermesinler."

"Senin kendini daha iyi ve daha güçlü hissetmeni sağlayacaksa, ilacın ne zararı var Nesil?"

Kendine gelebilmeyi o kadar çok arzuluyordu ki Nesil. Kendini toparlayabilmeyi, düşüncelerine, zaman zaman kayıp giden bilincine sahip çıkabilmeyi o kadar çok istiyordu ki. Ama yapamıyordu. Üzerini yağlı, siyah bir sis kaplamış gibiydi. O sis içinde deli gibi koşup duruyor, ama bir türlü aydınlığa çıkamıyordu. Bu kayıp anlarının birinde, bebeğine zarar verecek bir şeyler yapılmasından korkuyordu. Bilincinin en kayıp anlarında bile, bunu görüyor ve içindeki kayıp duygusu daha da ağırlaşıyordu. Artık kaybedecek hiçbir şeyi kalmamıştı genç kadının. Bir kayıp daha veremeyecek kadar çok yaralanmıştı. Bundan sonrasında, bir kendi olacaktı yarınında. Bir de karnında ki can yoldaşı... Ne olursa olsun, onu riske atamazdı.

"Lal" dedi Nesil. Bu kara haberi aldığı andan beri bebek hakkında tek kelime konuşmamışlardı Lal ile. Gözlerinden sicim gibi yaşlar inmeye başlamıştı genç kadının. Lal'in ona doğru eğilmiş yüzüne bakıyor ve titreyen dudaklarının arasındaki fısıltılarla konuşmaya çabalıyordu. Cem o sırada doktorla konuşuyor ve onların fısıldaşmalarını duyamıyordu.

"Bebeğimi koru. Onu koru Lal. Bana yardım et. Senden başka..."

"Şişşş" dedi Lal. Nesil'in elini sımsıkı kavradı. İyice eğildi genç kadına doğru. Göz göze bakıştılar bir an. Kendi çocuğunu nasıl koruyacaksa günün birinde, o an da Nesil'inkini aynı şekilde koruyacağını anlatan kısa, ama öylesine derinden ve duygu yüklü bir bakıştı ki o.

"Kararın buysa Nesi" dedi, avuçlarının içine sımsıkı hapsettiği ellerini öperek. "Ona da sana da kimse zarar veremeyecek. Bunlar geçecek Nesil. İnan bana geçecek. Sen kendini toplayıncaya kadar ben size gözüm gibi bakacağım. Söz veriyorum bebeğim. Söz veriyorum. Şimdi bırak da doktor sana bir baksın. Sadece içimiz rahat etsin diye. Hem bebeğimizin de iyiliği için. Tamam mı?"

Başını salladı Nesil. Artık içi çok daha rahattı. Artık, hangi sisin ortasında olursa olsun... Kendini hangi zamanda kaybedip hangi zamanda bulursa bulsun... Önemli değildi. Lal, bundan böyle meleğini koruyacaktı. Lal hep meleğinin yanında olacaktı, ta ki annesi o dumanlı yas içinden çıkıp gelmeyi başarıncaya ve yüreğindeki acıyla yaşamaya alışıncaya kadar...

....

Nesil'in evinin önüne ara ara uğrayarak tam 24 saat geçirdi genç adam. Bir kez, şehir dışına kadar çıkıp, otobana girmeden önceki ilk sapaktan geriye dönmüş, bir kez Nesil'in evinin bahçe kapısından içeriye girmiş ve sonra vazgeçmişti. Ne Nesil'in bulunduğu şehri terk edebilmiş, ne genç kadının karşısına çıkabilmişti.

Gelmesi, süreği olmayacak gelgeç merakı ve ilgisi... Doğru değildi bütün bunlar. Eğer o kapıdan içeriye adım atarsa, Nesil'in hayatına girmeye hazır ya da gönüllü olduğunu anlatacaktı kıza. Umutlandıracaktı Onu. Oysa istediği en son şey birine umut vermek ya da umut olmaktı. Kendini her şeye feda edebilir, herkes için bir şeyler yapabilir, herkesin acısını kendi üzerine alabilir, başkalarının yerine acı çekebilirdi. Ama birine fazladan acı olacağını bile bile... Olacak şey değildi bu. O eve adım atamaz, Nesil'in karşısına, Nesil'in hayatını paylaştığı insanlarının arasına karışamazdı. Kendi canının sorumluluğundan vazgeçmişken, başkalarınınkini alıp, onlara da sebep olamazdı. Şimdi yanında olduğunu hissettirirse, sonradan bırakması çok daha zor olacaktı. Nesil'i kandıracaktı. Evet. Şimdi içeriye girerse, yapacağı şeyin tam adı kızı geçici bir süre için kandırmak olacaktı. Zor zamanında Onun yanında görünecek ve kendini toparlamaya başladığında ise, yalnızlığına kaçacaktı.

Çünkü başka türlü yaşamayı bilmiyordu. İçindeki boşlukta, çok uzun zamandan beri, hayalsiz, düşsüz bir adam barındırıyor ve başkasına yer veremiyordu. Yalnızlığa bağımlı olmuştu, tıpkı içkiyle aralarında oluşmuş o sinsi bağ gibi, yalnızlığına da bağlanmıştı. En çok sevdiklerine uzak olmaktı yalnızlık. Aynaya her baktığında, gördüğü o yüzden başka hiç kimseye sahip olamamaktı. Çoğunlukla hüzün verse de, huzur da buluyordu aynadaki adamın yalnızlığında. Belki kendine kızdığı için, belki de başkalarına. Belki kendinden kaçıyordu belki de başkalarından. Belki kendinden korkuyordu belki başkalarından. Belki kendinden bıkmıştı belki de başkalarından. Artık neyi neden yaptığını, neden böyle olduğunu ya da neden böyle yaşadığını kendi de bilemiyordu. Ama içindeki o yalnız adama alışmıştı ve artık onsuz yapamıyordu.

O sabah ki hareketlilikten, cenaze töreninin hazırlıklarının yapıldığını anlamıştı. Gitmeden önce, Nesil'i son bir kez uzaktan görmek istiyordu. Genç kadının o evden, ancak cenaze töreni için çıkacağını düşünerek o saatin gelmesini bekliyordu. Yanılmamıştı. Öğle saati yaklaştıkça sokağı dolduran siyah arabaların sayısı da artmıştı. Siyah giysili kadınlar, siyah takım elbiseli erkekler, hepsinin gözlerini büyük siyah camların ardına saklayan gözlüklerle matemin rengi kaplamıştı sokağın dört bir yanını.

Arabasından indi, kapıyı kapattı, eve bakmaya başladı. Üzerinde siyah bir takım elbise, gömlek ve yine siyah bir kravat vardı. Tepeden tırnağa siyahlara bürünmüştü. O haliyle, sadece o gün için o evde ve sokakta görünen bütün erkeklerle tıpatıp aynıydı. Tek fark vardı arada, siyah Barlas'ın hayatına damgasını vurmuş bir renkti, oradaki insanlar içinse, gelip geçici bir yas belirtisiydi.

Sokakta park yeri kalmamıştı. Sadece, evden bir hayli uzakta duran Barlas'ın arabasının yanında tek arabalık bir boşluk vardı. Elindeki paketten bir sigara çıkardığı sırada, yine koyu renkli bir araba yaklaştı yanına. İnen kadınla göz göze gelmekten kaçındı Barlas. Gözlüklerini düzelterek sırtını döndü ve arabasına binmek üzere kapıyı açtı. Tam o sırada adını duydu.

"Barlas Bey."

İrkilmişti genç adam. Burada Nesil'den başka onu tanıyabilecek kim olabilirdi? Arabadan inerken gördüğü kadın kesinlikle Nesil değildi. Tedirgin bir şekilde sese döndü genç adam.

"Beni hatırladınız mı?"

"Ben Lal" dedi hâlâ suskunluğunu koruyan ve hatırlamak için dikkatle yüzüne bakan adama. "Nesil'in arkadaşı. Hani otelde tanışmıştık. Nesil'i kurtardığınızda."

Bir anda bütün kopuk kareler yerine oturdu genç adamın çoktan sildiği o günlerin anılarında.

"Ah, evet hatırladım" dedi son derece resmi bir tavırla. Tedirginliği iyice artmıştı Barlas'ın. Nesil'in insanlarının arasına karışmaktan kaçarken, en yakınlarından birine yakalanmıştı.

"Gidiyor musunuz yoksa geliyor musunuz?"

Genç adamın açık araba kapısına bakarak neler olduğunu anlamaya çalışıyordu Lal.

"Gidiyordum" dedi Barlas sakince.

"Nesil'i görebildiniz mi?"

"Hayır" dedi genç adam. "Ben, ben oteldekilerden duydum. Çok üzüldüm. O iyi mi?"

"Cidden Nesil'i görmeden mi gidiyorsunuz? O halde neden geldiniz?" dedi yanlış anlamış olabileceğini düşünerek.

Barlas bu genç kadının, Nesil ile aralarında geçenlerin ne kadarını bildiğini ve nasıl bir yanıt vermesinin uygun olacağını bilemiyor, susuyordu sadece.

"Aranızda geçenleri biliyorum Barlas Bey" dedi genç kadın usulca.

Eğer hepsini biliyorsa; bu daha da zordu Barlas için. Kendine bile verecek doğru cevapları yokken, başkasına ne söyleyebilirdi ki? Daha önce çekip gitmediği için çok kızgındı kendine. O kızgınlık sesinin tonuna ve yüzünün gergin çizgilerine yansıyordu.

"Gitsem iyi olacak" dedi tekdüze tok bir sesle. "Böylesi daha uygun olacak."

"Kimin için iyi olacak?"

"En çok Nesil için."

"Siz mi karar veriyorsunuz Nesil için neyin iyi neyin daha kötü olacağına? Ona fikrini sormadan?"

"Bakın" dedi genç adam gergin bir tavırla. "Eğer her şeyi biliyorsanız, onun beni hiç tanımadığını da biliyorsunuzdur. O kendi kafasında kurduğu bir hayalin peşinden gidiyor."

"Bu iş hayal olmaktan çıktı Barlas Bey. O da sizinle bunu konuşmaya gelmişti oraya."

"Ne konuşacaktı benimle?"

Nesil'den öğrenemediğini Lal'den öğrenebilecek olmanın heyecanı sarmıştı genç adamı.

"Bu benim üzerime vazife değil, ama anlaşılan o ki, o konuşma Nesil'in beklediği şekilde sonuçlanmamış."

"Biz aslında konuştuk sayılmaz."

Cebinden Nesil'in tek küpesini çıkardı ve Lal'e uzattı genç adam.

"Bu Onun. Sizde kalması daha doğru olacak. İlerde ona verirsiniz. Yani kendini toparladığında..."

Nesil'in haberi ya da onayı olmadan, Lal daha fazla ileri gidemez ve Barlas'a Nesil'in yaşadıklarından bahsedemezdi. Bir kez daha susmak zorunda hissetti kendini genç kadın ve bu ona dayanılmaz bir acı verdi. Genç adamın uzanmış eline ve avucunun içinde duran, arkadaşının küpesine baktı. Acıyla gülümsedi ve Barlas'ın avucunu kapatarak geriye doğru yavaşça itti.

"Bu sizde kalsın Barlas Bey. Onu kendiniz verirsiniz. Bence sizin yollarınız günün birinde, mutlaka bir kez daha kesişecek"

"Lütfen" dedi genç adam sıkıntıyla. "Bu fikirlerinizi, öngörülerinizi, ona da bu şekilde yansıtmayın olur mu? Beni ne kadar çabuk unutursa onun için o kadar iyi olur. Şimdi onu görürsem bu kafasını karıştırmaktan başka bir şeye yaramaz. Eğer bana ihtiyacı olursa, nerede olduğumu biliyor"

"Nesil'in kimseye ihtiyacı yok Barlas Bey"

Başıyla, Nesil'in evini ve sahip olduğu imkânları işaret etti genç kadın. "Kimsenin yardımına da ihtiyacı yok"

"Anlıyorum" dedi genç adam.

Zaten oraya adım attığı andan beri, Nesil'in etrafındaki kalabalığı ve sahip olduğu servetin bir kısmını görmüştü Barlas. Gelirken, nedense, Nesil'in de şu an kendisi gibi yalnız olduğuna ve ona ihtiyaç duyduğuna inandırmıştı kendini. Ama Nesil yalnız değildi. Nesil onun gibi değildi. Bu bile Barlas'ın içinde bulunduğu açmazın ve aralarındaki farkın en büyük göstergesiydi. Nesil'in ona ihtiyacı yoktu. Belki de içten içe onu buraya kadar sürükleyen şey, birinin ona ihtiyaç duyuyor olmasına beslediği açlıktı. Gördüklerinden sonraysa, Nesil'e sunduğu yardım paketlerine gerçekte kimin ihtiyacı olduğu tartışılırdı.

"O sadece duygularının peşinden gelmişti. Onu size getiren şey, size olan hisleriydi."

"Biliyorum" dedi fısıldayarak. Bunu Lal'e değil kendine söylüyordu sanki. Öylesine kısık ve derine gömülmüştü sesi. "Zaten sorun da bu ya"

"Ama siz ona karşı hiçbir şey hissetmiyorsunuz. Sanırım Nesil'e sizi gördüğümü söylememi de istemezsiniz" dedi kırgın bir alayla.

"Sizden bunu istemeye hakkım yok. Ama sanırım bu uygun olur."

"Nesil için en uygun şeyleri bildiğinizi sanıyorsunuz değil mi?"

"Sanırım bu konuşmanın hiç kimseye bir faydası yok Lal. Bitirsek iyi olacak."

"Elbette" dedi genç kadın. "Bitirelim. Yalnız, şu bana cevabını veremediğiniz soru Barlas Bey. Umarım onun cevabını kendinize verebilirsiniz"

Genç adam başını kaldırdı ve Lal'in yüzüne ilk kez dikkatle ve hatta biraz da dostça baktı. Bir sürü soru sormuştu Lal, ama o an bahsettiğinin hangisi olduğunu ayırt edemiyordu.

"Eğer Onu görmeden gidecekseniz, buraya neden geldiniz Barlas Bey? Nesil'i size getiren hisleriydi. Ya sizi buraya getiren neydi?"

Elbette buna verecek bir yanıtı yoktu. Ve Lal de yanıt beklemiyordu. Genç kadın camı sıkıca tutan elini kaldırdı ve yolu işaret etti Barlas'a.

"Güle güle Barlas Bey"

Nesil'in ilk kez Datça yolunda karşılaştığı ve içindeki adamı deli gibi merak ettiği o siyah araba bu kez evinin önündeydi. Geçerken başını çevirip eve baktı Barlas. O insan selinin arasından bir tek yüz büyüdü ve netleşti genç adamın gözlerinde. Bembeyaz, solgun bir yüzdü gördüğü. Boşluğa bakan gözler, eskisi gibi yaprak desenleri ve orman gölgeleri taşımıyordu. Acı bütün gerçeğiyle oturmuştu yüz hatlarının üzerine Nesil'in. Atlas güzelliğini derin çizgilerle bölüyordu. Onu uzun uzun seyretmek istiyordu Barlas. Hatta keşke, o acı yüzünden silinip gidinceye kadar bakabilse, görünmeden görebilseydi onu. Ama mümkün değildi böyle bir şey.

Genç kadının etrafını, tıpkı kendisi gibi kederli görünen bir sürü insan sarmıştı.

"İzin ver Emral..."

Cem, Nesil'e destek olmak için yanında olan ve elini tutan yeğenine geriye çekilmesini işaret etti ve kolunu genç kadının beline sardı. Bir eliyle başını kendi göğsüne yaslayarak evin önündeki basamaklardan yavaş yavaş indirmeye başladı. Bacaklarını bile hissedemiyordu genç kadın. Bir robot gibi, kendisine uzanan her eli tutuyor, sunulan her omuza yaslanıyordu. Bedeni, hiç beklemediği, hiç düşünmediği bir anda, geleceğe dair hayaller kurarken gelip bulan bu acıyı taşıyamıyordu. Kopup giden bir yanı vardı sanki. Ya da doğduğu andan beri üzerinde taşıdığı, onu koruyan bir örtü vardı ve o açılmıştı.

"Dayanacak güç ver bana Allah'ım."

Mırıltılar dökülüyordu dilinden.Töreni tamamlayabilmek, anne ve babasına son bir kez veda edebilmek, kendini kaybetmeden ayakta durabilmek için Cem'e sımsıkı sarılıyor ve dua ediyordu.

"Ben yanındayım Nesil. Haydi, biraz daha gayret. Haydi güzelim."

Genç kadın elinden gelenin gayreti içindeydi, ama hiçbir şey telkinlerle, zorlamayla olmuyordu. Gözleri kararıyor, bedeninin her kası uyuşuyor, hissizleşiyordu. Nesil'in kucağından kayıp gitmek üzere olduğunu anlayan Cem, bir hamlede genç kadının bacaklarının altından kolunu geçirdi ve ayaklarını yerden kesti. Yarı baygın bir haldeydi artık Nesil. Az önce Cem'e sıkıca tutunan kolları iki yanına asılmıştı.

"Arka kapıyı açın" diye bağırdı Cem.

Sonrası tam bir film şeridi gibiydi Nesil için. Bir sinema salonunun koltuklarından birine oturmuş, etrafın zifiri karanlığı içinde sadece perdeden geçip giden karartıları izliyordu. Kimseyi duyamıyor, belirgin bir suret ya da hareket göremiyordu.

Bütün bunları izleyen bir çift kara ve puslu göz daha vardı. Arkalarındaki servi ağaçlarının arasında, tek başına, Nesil'in yüreğini saran yası tutan, biri daha...

"Ağla" dedi kıpırtısız dudakları genç adamın. "Ağla meleğim. Hiç değilse, ardından gözyaşı dökecek kadar sevdiğin bir ailen olmuş"

Suskun taş duvarlar, bana susmayı öğretmişti. Bir de boynumu büküp, gözlerimi devirip, tanıdık bir yüz beklediğim, çöl ortasına bir ip gibi çizilmiş olan o yola, artık bakmamayı...

Büyüyordum. Büyürken, her şeyden daha çok, yalnızlığı öğreniyordum. Artık beni arayacak, soracak hiç kimsem olmadığına alıştırıyordum kendimi. Geldiğimden beri bir kez bile annemi, babamı, Yesra'yı görememiştim. Orada geçirdiğim yılları günlerle çarpmamaya çalışıyordum. Böylesi çok daha kısaymış gibi geliyordu. Şu kadar yıl demek daha az acı veriyordu. Oysa geçirdiğim her gün ve her gece ayrı ayrı yaşanmış ve her biri artık delikanlılığa geçmiş yüreğime ayrı ayrı çizikler atmıştı.

Şaşkındım. Bu şaşkınlık, bir türlü bırakmıyordu yakamı. Neden böyle terk edildiğimi, anlayamıyordum. Sanki eskiden, bir ailenin parçası ya da çocuğu değildim ben. Üstelik sadece ben de değildim bu durumda olan. Biz, küçük bir tümen kadar ergen çocuk. Sanki hepimiz, önce başka bir yerde başlamıştık hayata, sonra o hayatların bize ait olmadığı ya da dağıtımda bir yanlışlık yapıldığı fark edilmişti ve yaşadığımız o dünyalardan köklenerek alınmış, bu çöl ortasına bırakılmıştık. Durum o kadar karışıktı ki; bundan sonra nereye gideceğimiz, kime ait olacağımız da belli değildi. Çözülemeyen bu karmaşık yapı içinde kalan benim gibi bir sürü çocuk, oraya, kimsesizliğe hapsedilmişti...

Hepimizin geçmişten bildiği ve her şeye rağmen hâlâ bizimle kalan bir tek gökyüzü vardı... Güneş, ay ve yıldızlar, mavi-beyaz kümeli bulutlar... Onlar hâlâ yanımızdaydı. Onun dışında kalan bütün gerçekler, bizler ve geçmişlerimizse sanki birer yalan ya da rüyaydı.

Harap ve soğuk evim, yarı aç yarı tok sofralarım, yamalı giysilerime rağmen, eski hayatım meğer bayram yeriymiş de haberim yokmuş. Üç yıldan fazla zaman geçirmiştim yeni "yuvam" olan bu yerde. Yuva sıcaklık demekti, ama biz üşüyorduk. Yuva, doymak demekti ama aç yaşıyorduk. Nefsimizi terbiye etmemiz öğretiliyordu bize. Üşüyerek, aç kalarak, yorularak, çalışarak. En çok da sevgiye hasret kalarak. İnsan denilen, günaha yatkın varlıklar arasından seçilmiş olan bizler, orada günahsız bir yaşamın sırlarını öğreniyorduk. Şimdi ne kadar çok dayanabilirsek, nefsimizle ne kadar mücadele edersek, imanımızın o derece güçleneceğini ve asıl ve ebedi olan hayata göçüp gittiğimizde o imanın ederi kadar değer göreceğimizi öğreniyorduk.

Başlarda okul sandığım o yer, oraya gidinceye kadar öğrendiklerimi de unutturmuştu bana. Eskiden okuduğum yazılar, yazdığım harfler, ezberlediğim marşlar, şarkılar, şiirler. Baktığım resimler, gördüğüm yüzler, oyunlar, itiş kakış şakalar. Hepsi siliniyordu zihnimden. Boşaltıyorlardı içimi. Aklımı, fikrimi yeni bir şeylerle doldururken, eskiler beynimin derinliklerine gömülüyordu. Sadece bununla da kalmıyordu. Yüreğimi de boşaltmamı istiyorlardı. Eski kimliklerimizi, nereden geldiğimizi, sevdiklerimizi, bizi sevenleri. Ya da vaktiyle bizi sevdiğini düşündüklerimizi, unutmamız gerekiyordu.

Kuru bir ekmek ve su, sofralarımızın ziyafetiydi. Bir de sayılı verilen, hemen bitmesin diye birkaç ısırığa pay ettiğimiz küçük siyah zeytin taneleri. Çok soğuk günlerde, sıcak su içine karıştırılmış bir şeyler geliyordu önümüze. Çorba diyorlardı adına. Annemin yaptığı tarhana çorbası düşüyordu o vakit aklıma. Tarhana çorbasının üzerinden tüten duman geliyordu gözlerimin önüne... Açlık değildi o an içimdeki ya da tüten o dumanın sıcağı değildi gözlerimi nemlendiren. Özlemdi. Katıksız, sinsi, kor parçaları gibi yakıcı, küllenmek nedir bilmeyen özlem... O tarhana çorbasının hayali, şekilden şekle, kokudan kokuya bürünüyordu burnumun ucunda. Yesra'yı getiriyordu bana. Yesra'nın saçlarını örten tülbendinden süzülen, içimi ısıtan kokusu oluyordu en çok. Ona çektiğim o masum hasret boşaltmamı bekledikleri yüreğime gelip oturuyordu ansızın. Hazırlıksız yakalanıyordum çocuk Yusuf'un derinlerinde saklamaya mecbur olduğu Yesra sevdasına. Gözlerime dolan yaşları ittikçe itiyordum. Artık ağlayamayacak kadar çok büyümüştüm. Ağladığımı gördüklerinde alay edeceklerdi ve ben bu duruma düşmekten nefret ediyordum.

Nefret...

Yesra'yı hızlıca siliveriyordum hayalimden. Ona hissettiğim hasret öylesine keskin bir biçimde şekil değiştiriyordu ki birden... Babam ve annem, içimde tutuşan nefret meşaleleri gibi yanmaya başlıyordu. Onları sadece o meşalelerin ışığı altında görüyordum. Kırgınlık, zamanla, hissettiğim acıyla birlikte nefrete dönüşmüştü. Onları artık nefretsiz anamaz, hatırlayamaz olmuştum. İçimdeki öfkeyi durduramaz olmuştum. Hiç sevilmemiş olduğumu his ediyordum. Belki onların çocuğu bile değildim. Belki beni bir yerlerden bulmuşlardı ve sonra bıkmışlardı benden. Sürekli bunu düşünüyordum. En çok anneme kızıyordum. En çok anneme güceniyor, en çok da yine annemden nefret ediyordum. Sebebini bilmiyordum, ama bu böyleydi. Benim gitmeme karar veren babam olmasına rağmen, ben annemi suçluyordum. Babamın gelip beni geriye almasına inancım olmadığı için, bütün ümitlerimi annem üzerine kurmuştum ilk aylarda. Belki de, boşa çıkan bütün bu ümitlerim yüzünden, annemi affedemiyordum.

Dergâh dedikleri düzen içinde, tam bir askeri kamp disiplini uygulanıyordu. Her şeyin bir saati vardı ve kurallar asla bozulamazdı. Yokluğun sınırları çizilmişti önümüze. Her türden yokluk, bizlere verilen eğitimin bir parçasıydı.

Yatsı namazından sonra, ışıklar kapatılırdı. O dakikadan itibaren yalnızlığın ağır hükmü başlardı işte. Gece de, koca bir gün kadar uzardı. Normal hayatı olan insanlar için 24 saat süren gün, benim için iki katına çıkardı. Geçmek bilmezdi zaman. Öylesine mutsuz ve umutsuz biri olmuştum ki, yaşadığım her bir gün, benim ruhumun yaşına, iki gün birden katardı. Daha bedenim çocukluktan çıkmadan, büyümeden önce, ruhum yaşlanmaya başlamıştı.

Güne geceden başlardık orada. Sabah namazından iki saat önce uyandırılır ve ibadete hazırlanırdık. Gün doğduğunda, başkaları için henüz sabah olduğunda, biz günahlarımızın affedilmesi için saatlerce yalvarmış ve bundan yorgun düşmüş olurduk. Anlayamıyordum. Biz oraya gidinceye kadar, birer çocuktuk. O kadar çok günahı ne aralık, hangi yaşımızda işlemiştik. Onların anlattıklarına göre bilmeden işlenmiş günahlar vardı. Aslında, farkında olmadan yaptığımız her şeyin bir yanı günahtı. Mesela Yesra'ya yolladığım mektuplar bile. Onlar da daha kapıdan çıkmadan, okunur, kontrol edilir ve bana geriye dönerdi. Çünkü kız kardeşine bile, özlemekle, sevgiyle ilgili cümleler kurulamazdı. Başımı eğip, elime tutuşturulan her mektuba kederle bakardım önce, sonra götürüp ocaktaki ateşin içine atar ve yakardım. Hiçbir zaman başaramadım bunu. Yesra'ya gönderebileceğim bir mektup yazamadım. Her seferinden yeniden başladım. İlk satırlarda, Yesra'ya, sadece orada neler yaptığımı anlatırken, sonunda içime akan gözyaşlarımı tutamaz, kelimelerimi yeniden günaha sokardım. Ona, Onu ne kadar çok sevdiğimi ve özlediğimi yazardım.

Yesra'sız bir dünyanın hiçbir anlamı yoktu benim için. Daha küçücük bir bebekken, gözlerimi açıp, etrafımı algılamaya başladığımda, görmüştüm Onu. Yesra'nın sevgiyle gülümseyen pembe yanakları ve bana ne kadar değerli olduğumu anlatarak bakan açık maviş gözlerini nasıl unutabilirdim ki? O sızlayan burnumun ucunda tüterken, Ona Onu ne kadar çok özlediğimi yazmadan nasıl durabilirdim ki?

O gün de yine yazdığım mektuplardan biri cebimde duruyordu. Yine geriye döneceğini biliyor ve göndermiyordum. Sadece içimi ısıtıyordu Yesra'nın adını yazdığım o kâğıt parçası. Artık karar vermiştim. Yazdıklarımı biriktirecek ve günün birinde buradaki günlerim bittiğinde Ona hepsini götürecek ve kendi ellerimle verecektim.

Vakit ikindiye geliyordu. Öğle namazı ile ikindi arası, okuma saatlerimizdi. İkindi namazından sonra, ağır cübbeleri ve ağır sakalları olan hocalarımız geliyor ve okuduğumuz kitaplardan sorular soruyordu. Artık hepsini ezberlemiştim. Bu yüzden kitabın başında otururken sadece okuyor gibi görünüyordum. Sehpanın önünde bağdaş kurmuştum. Kirli minderin üzerinde oturup, onları okuyarak, temizlenmem gerektiğini söyleyenlere inanmıyordum artık. Aksine günden güne daha çok zehirleniyor ve daha çok öfkeleniyordum. Oraya ait değildim. Diğerleri gibi, benimseyemiyordum... Ne orası vardı benim için. ne de dışarısı... Bunu fark ettiğimden beri, kendimi daha çaresiz ve daha korku içinde hissediyordum.

"Yusuf..."

Adımın fısıldanmasıyla birlikte, başımı kaldırmadan yana döndüm. Cemil, benimle birlikte aynı gece, Denizli'den trene binen çocuklardan biriydi. Bizimle birlikte gelen diğer çocuk iki ay sonra geriye dönmüştü. Bazı çocukların aileleri sonradan gelip çocuklarını geriye almışlardı. Onların annelerinin gözlerindeki yaşları ve çocuklarına nasıl sarıldıklarını görünce, bir gün benim annemin de gelip beni alacağını düşlemiştim hep. Ama zaman geçmiş ve onlardan küçücük bir ses bile alamamıştım.

"Ne var?"

"Yeni çocuklar gelmiş."

"Çok yer var sanki. Onları nerede yatıracaklar ki acaba?"

"Bizim yerimizde. Bizi göndereceklermiş artık."

"Nereye?"

"Büyüklerin gittiği yere."

Oradaki çocukların çoğu fakir ailelerin çocuklarıydı. Bir kısmı ise, kimsesizdi. Hoş, içeriye girdikten sonra, herkesin durumu eşitleniyordu. Ailesi olanlar da kimsesiz kalıyordu. Bu yüzden, oradaki uygulamalar ve cezalar için kimse kimseye hesap vermiyor ya da hesap soran çıkmıyordu. Dayak ve ceza özellikle yeni gelenlerin gözünü korkutmak ve tam itaate alıştırmak için uygulanan en kesin yoldu. Cemil ve ben de bunlardan yeteri kadar payımızı almıştık. Çocukça davrandığımız bahane edilerek, bazen de hiç gerekçesiz olarak, şiddete maruz kalmıştık. Dayak yemiş, ayak tabanlarımızın üzerine günlerce basmakta zorlanmıştık. Ayaklarımızın acısını bastırmak için ısırdığımız dudaklarımızı kanatmıştık. Küçük odalar vardı bir de. Adına "Terbiye Hücreleri" dedikleri, gün ışığı görmeyen, oturunca sırtını duvara yaslayıp, ancak ayaklarını uzatabileceğin kadar dar ve küçük bir yer. Orada açlık ve yalnızlıkla terbiye ediyorlar asi ruhları. Ruhları terbiye ediyorlardı, işkence ederek...

Ben, bir daha dayak yememek ve terbiye odasının kilitlerinin arkasına girmemek için, bir yıl önce susmayı seçmiştim. Bu, tercihlerin en zor olanıydı. Çünkü hiç konuşmamak, insanı deliliğin eşiğine getiriyordu. Duymak ama işitmemek, düşünmek ama konuşmamak... İnsanı yarı deli bir boşluk içine atıyordu. Çocuk Yusuf, meraklıydı, susmayı sevmiyordu. Her konuştuğunda soran, eleştiren, somut açıklamalar bekleyen, anlatılanlara inandırılmak isteyen o hareketli çocuğu, böylece baskılıyordum. Ben o boşluğun içinde kalarak, içimdeki çocuğu, alacağı cezalardan koruyordum. Afyon gibi azar azar emiyordum yalnızlığı, gitgide içime kapanıyor ve o afyon sarhoşluğuna gömülüyordum.

"Bir de Yusuf."

Cemil'in başı eğilmişti, en yakın arkadaşım yüzüme bakamayacak kadar yere eğiliyorsa, bunun içinde bir iş var demekti...

"Ne oldu?"

"Gelen çocuklardan biri, bizim oradan... Azıcık konuştum. Bizimkileri sordum. Onları tanımıyor. Seninkileri sordum. Arka sokağınızda oturuyormuş...

Onca zaman sonra, aklıma düşen yolum, sokağım, evim, ocağım. Duracak bekleyecek sabrım yoktu. Dizlerimin üzerinde, diğerlerini rahatsız etmeden Cemil'in yanına doğru süründüm.

"Annen, baban iyilermiş" dedi başı önünde gözlerini kitabının üzerinden ayırmadan. "Ablanı evlendiriyorlarmış."

"Yesra'yı mı?"

Sesim öylesine acılı bir iniltiyle dökülmüştü ki, herkesin suskun bildiği dudaklarımın arasından... Bütün başlarla birlikte merak dolu kaşlar da kalkmıştı...

"He öyle dedi..."

Yerinden kalktığım gibi Cemil'in omzunu kavradım. O da oyalanmadan doğruldu yerinden. Önümüzde açık duran kitapları, çatal sehpaların üzerinden aldık. Hep yaptığımız gibi, kitapları üçer kez öperek başımızın üzerine kaldırdık. Gereken saygıyı gösterdikten sonra, raflardaki yerine koyduk ve hızla dışarıya, taş avluya yürümeye başladık.

Üzerimizdeki giysiler, hepimizi birbirimize benzer kılıyordu. Saçlarımız üç numaraya vuruluyor, giyecek olarak toprak rengi ince pijamalar ve dizlerimizin üzerine kadar inen, uzun kollu, sıfır yakalı mintanlar veriliyordu. Biraz daha büyüdükten sonra, belimize ve alnımıza sarabileceğimiz siyah kuşaklar süsleyecekti bu giysileri. Ama o ayrıcalığa erişmek için daha yaşımız tutmuyordu. Onları kuşanabilen çocuklara, asker deniliyordu. Ve o süslemeleri alan delikanlılar, dualarla başka bir yere gönderiliyordu. Biz geldikten bir iki gün sonra öyle bir grup gitmişti. Cemil'in söylediğine göre artık gitme sırası bize geliyordu. Böylece, eve dönüş hayallerim de, rüzgâr önünde kalmış bir mum gibi, sönmeye mecbur olduğunu bilerek titriyordu.

Taş avlu, hapishane gibi yüksek duvarlar ve üzerine çekilen tel örgüler arasında kalıyordu. İlk günler ürkütüyordu o taş görüntü beni. Ama artık aldırmıyordum. Sadece bakıyor, görüyor ama nedenleri niçinleri sorgulamıyordum. O tel örgülerin çok yakında bedenime yeni acılar yazacağını bilmiyordum o gün.

"Şu çocuğu göster bana Cemil..."

"Yusuf, sence bize ne olacak?"

Cemil'in sorduğu sorunun yanıtını sonradan o kadar çok düşündüm ki. O siyah kuşakları taktığımız gün, dergâhın askeri kanadına gönderilecektik. Bizim bulunduğumuz yer, dayanıklılık testinden geçiriyordu küçük çocukları. O koşullarda ayakta kalmayı başarabilenler, ondan sonrasında verilecek her şeyi yapacak kadar güç kazanmış oluyordu. Sürekli verilen eğitimler, yeniden yapılanma, bir çeşit hipnoz çalışmasıydı. Çocukların akılları siliniyor ve yerine onların istedikleri yeni hedefler yazılıyordu. Buna, ailelerimize duyduğumuz kırgınlık hisleri, sahipsiz kalmışlığın acısı da eklenince... Hepimizin içine, neye olduğunu bile tam olarak anlayamadığımız öfke ve nefret tohumları ekiliyordu. Bu da güç katıyordu çocuklara. Olması gerekenden çok daha erken olgunlaştırıyor ve her göreve hazır hale getiriyordu. Kimileri bunu seçilmişliğin getirdiği kutsal bir görev gibi kabul ediyor ve hiç anlamadığı bir amacın en gözü kara askeri ilan ediyordu kendini. Kimileri de, tıpkı Cemil ve benim gibi. Akvaryum içine kapatılmış birer balık gibi, esaret içinde hissediyordu. Cemil ve ben, bizi oraya gönderenler ya da kapatanlar arasında paylaştırıyorduk bizde filizlenen nefret duygularını. Sonuç olarak oradaki her çocuğun temelini oluşturan en belirgin şey nefret duygusuydu. Kimileri, tam da bize enjekte edilmeye çalışıldığı gibi, bizim gibi olmayanlara büyütüyordu bu nefretini... Kimileri de, bizim gibi olmayanlarla bizi ayıranlara...

"Bize ne olacaksa olacak Cemil. Bize bundan kötü ne olabilir ki? Ben asıl, Yesra'ya ne olacağını öğrenmek zorundayım. Benden sonra sıra Ona mı geldi öğrenmek zorundayım."

O günden, iki gün sonra, uzun zamandan beri uzak kalmayı başarabildiğim terbiye odasında iki büklüm olmuş yatarken buldum kendimi. Saymaktan korktuğum o kadar günden sonra, babam başımda duruyordu. Nihayet gelmişti, ama yüzünde bana beslediği evlat sevgisi ya da olması gereken özlem yumuşaklığı yerine, kızgınlık ve hatta aşağılayan bakışlar duruyordu:

"Sen ver cezasını efendi. Biz baş edemez olduk bu asi çocukla. Senin gibi bir âlimden, böyle zalim bir evlat olacağını bilsek, kapının önünden geçmez, sana böyle bir paye vermezdik."

Başımın üzerindeki konuşmalar, akbabaların çığlıklarına benziyordu. Etrafım, yüzüm, gözüm, giysilerim... Kurumuş kan lekeleriyle örtülmüştü. Kıpırdamak istediğimde, ellerimin bileklerimden, kollarımın altından geçirilmiş uzun bir değneğe, arkadan bağlandığını fark ettim. Ancak o an neler olduğunu hatırlayabilmiştim. Yesra'nın bizim eve gelen o adama verildiğini öğrendikten sonra, o taş duvarları ve demir kapıları, tel örgüleri, içindekileri ve kendimi parçalamak istemiştim...

Hücrenin ağır kapısı dişlerimi sızlatacak kadar gıcırdadıktan sonra kapandı. Babam ve ben yalnız kalmıştık. Babam yavaşça yanıma yaklaştı. Yere doğru eğildiğinde, burnunun iki kanadının da öfkeden inip kalktığını görebiliyordum. Sıklaşmış, öfkeli soluklarını duyabiliyordum. Sadece bakıyordum yüzüne. Onun ne düşündüğünden çok, benim Onun için ne hissettiğimi anlamaya çalışıyordum. O adam babam mıydı? Yoksa bir yabancı mı? Ne acıydı ki, o an bunu ayırt edemiyordum.

Birden bire geriye doğru hiddetle gerinerek, bütün gücüyle yüzüme bir tokat indirdi babam... Gözlerim karardı. Başım, boynumun üzerinde, kopmuş gibi, dengesizce sallandı uzun uzun. Sonra, acı ve hayal kırıklığı dolu bir ifade bürüdü gözlerimi. Zonklayan alnımı yukarıya kaldırdım ve yüzüne bakmaya başladım.

"Beni utandırdın" dedi...

Kendimi içine soktuğum o durum ya da babama ne hissettirdiğim umurumda bile değildi. Sadece Yesra'ya odaklanmıştı aklıma hükmeden yüreğim.

"Yesra" dedim patlamış dudağımdan sızan ılık kanımı gömleğimin omzuna silerek... "Bana ne yapacaksan yap, ama Yesra..."

Soluğum bile çıkmıyordu. Yine de babamın içindeki merhamet kırıntılarını ya da hiç değilse Yesra'ya olan baba sevgisini harekete geçirmek için yalvarmayı bile göze alıyordum. O an farkına vardım ki; kendimi kaybedecek, yeri göğü birbirine katacak kadar karşı çıktığım şey, Yesra'nın evlenmesi değildi. Yesra'nın evleneceği adamın, o soğuk Aralık gecesi evimize gelen, gözlerine siyah sürmelerle korkunun çizgilerini çekmiş olan, beni korkuyla tanıştıran ve böylesine korkulu bir cehennemin içine bırakan, o adam olmasıydı.

"Yalvarırım baba. Yesra'yı da o adama verme."

"Kes sesini."

Babam çığlığa dönüşmek üzere olan sesimi susturabilmek için, eliyle ağzımı kapattı. Kapının önünde duranların bu konuşmayı duymasından korkuyordu. Yüzüme doğru iyice eğildi.

"O benim kızım. Benim malım. Tıpkı senin gibi. Anladın mı? Tıpkı senin gibi. Ben ne istersem, nasıl istersem öyle olacaksınız. Bir daha beni utandıracak, büyüklerimizin önünde küçük düşürecek olursan, beni bir daha böyle utanç verici sebeplerle buraya getirtecek olursan, seni bu yola kurban ederim haberin olsun Yusuf. Senin cezanı ben veririm. Sadece seni ve Yesra'yı değil... Yüz çocuğum olsa, hepsini bu yola feda ederim."

Babamın söylediklerini duyuyor ama en küçük bir etkilenme belirtisi göstermiyordum. İçim yanıyordu, ama nedeni babamın beni bir solukta, bir iki cümleyle gözden çıkarmış olması değildi. İstenmediğimi biliyordum. Özlenmediğimi biliyordum. Ben bunu zaten kabullenmiştim.

Ben, o an sadece, Yesra'yı düşünüyor, Yesra için korkuyordum. Çünkü içime doldurmaya çalıştıkları bütün o ilahi sevgilerden en büyüğünü Yesra'ya hissediyordum. Tıpkı bir mecnun gibiydim. Başka türlü bir aşktı benimki... Onu kaybettiğimi düşündükçe yaşama gücümü yitiriyordum. Gözlerimden süzülen yaşlar, yüzümü boydan boya yakarak geçiyor, ruhumu besleyen son duygu kırıntılarının sıcaklığı da, ruhumu terbiye ettikleri o hücrenin içine dökülüyordu. En son ne zaman ağladığımı hatırlamak istesem, Yusuf'un ruhunu yitirdiği o karanlık odaya gidiyorum...

Ateşten birer damlaydı ve son yaşlarımdı onlar...

"En aydınlık sabah, en karanlık geceden doğandır."

"Dream" yeni sezona, bir öncekinden çok daha iddialı başlamıştı. Otelde yapılan tadilatlar ve genişletme çalışmaları, görünüş ve işleyişte eski dokuyu bozmamış, yenilikler katmıştı. Bir önceki yaz, Barlas'ın gözüne çarpan olumsuzluklar, aklına yazdığı notlar sayesinde giderilmişti.

Ağaçlar arasına yapılan yeni bungalovlar, yeniden düzenlenen salon ve barlar, odalarda değiştirilen perdeler ve halılar, eklenen oturma köşeleri, genişletilen teraslar... Aylarını almıştı genç adamın ve sıkı çalışan personelinin. Küçük değişiklikler diyerek çıktıkları yolun sonunda, neredeyse tepeden tırnağa yenilenmişlerdi. Bütün bu değişiklikler, park görevlisinden, genel müdürüne kadar her kademeden çalışanın, yeni sezonu heyecanla beklemesine neden olmuştu.

Onlarla aynı heyecanı taşımayan bir tek kişi vardı... O da otelin sahibi olan, bütün detayları kıldan ince bir özenle izleyen ve yorumlayan, yapılan her işte, kalite konusunda kılı kırk yaran adamdı. Barlas'tı... O sadece, otele olan sorumluluğunu yerine getiriyordu. Vaktiyle her bir yerini saran örümcek ağlarını eliyle iterek girdiği o yapıya, her yıl biraz daha itibar ve kalite katıyordu. Bunu yaparak, borcunu ödüyordu Barlas. Bundan öte, ne başarının zevkini yaşıyor ne de heyecanını taşıyordu.

İronik bir şekilde, otelin pırıltısı arttıkça, onun gününün rengi biraz daha soluyor, bu solgunluk, ona yakın olan, yakın bildikleri tarafından da, endişeyle ve solgun gözlerle izleniyordu.

Nevhis'in üzerindeki dar etek, yokuş aşağı mesafeyi inmek için hiç de uygun bir kıyafet değildi. Üstelik daha önce o koya hiç inmemişti. Otelin içinde ve Barlas'ın evinde, kendine ayrılan sınırların dışına çıkmayı hiç denememişti. Nevhis kalın bir kabuk içinde yaşayan, bir canlı gibiydi. Alıştığı kabuğun dışına çıktığında, yeniden eski ve korkulu hayatına geriye döneceğinden tedirgindi.

Yıllar sürmüştü, ruhundaki kirleri arındırması. Artık tümüyle temiz hissediyordu. Temiz yaşıyor ve günlerini temiz insanların arasında geçiriyordu. Yine de dış dünyayla kopuktu. Daha doğrusu dış dünya ile bağlarını koparmak isteyen oydu. Barlas'ın arazisi ve gücünün içinde yaşamak Ona hep güven vermişti. Şimdiyse; günden güne içine sıkıca oturan bir kaygı ile boğuşuyordu. Barlas'ın hızına yetişemiyordu. Dur diyemiyor, önüne geçemiyordu. Hem, en yakını gibi değer görüyordu genç adamdan, hem hiçbir şeyi değilmiş gibi susmak zorunda kalıyordu. Onun kendini yavaş yavaş yok etmesine göz yumuyor olmak, çaresiz bir acı veriyordu kadına.

Barlas, eskisinden çok daha fazla işkence ediyordu kendine. Ölümle yapılmış bir sözleşmesi vardı sanki. Ruhunu, karanlık bir gücün kontrolüne vermiş gibiydi. Hızla tüketiyordu sadece cisimden ibaret kalmış varlığını. Sahip olduğu serveti hergün aynı özen ve disiplinle işledikten, otele ve çalışanlarına sorumluluklarını yerine getirdikten, hiç ölmeyecekmiş gibi işlerinin akarını yoluna koyduktan sonra, aynı dakika ölecekmiş gibi elini eteğini çekiyordu her şeyden. Git gide, daha çok boş şişe topluyordu Nevhis Barlas'ın gecelerinin ardından. Git gide daha çok suskunlaşmasına tanıklık ediyordu. Git gide yok oluyordu genç adam. Bir yıl önceyi, bir ay önceyi, hatta bir gün önceyi bile aratacak kadar çok bastırıyordu kendini yalnızlığa. Diri diri gömülüyordu alkolün sıcak, yakıcı, yok edici hükümdarlığına.

"Vural Kaptan..."

İncecikti Nevhis'in sesi. Yıllar yılı o kadar çok susmuş ve kendini dinlemişti ki; sanki o ses hiç kullanılmamış ve hiç eskimemişti.

Vural Kaptan teknenin ön camının ardından başını kaldırdı. Elindeki ağları bırakmadan, adını işittiği meyilli patika yola baktı. Gelen kadını görünce şaşırmıştı adam. Kadının Barlas'ın yanında çalıştığını biliyordu. Tuttuğu balıkları otele bırakırken, rastlamıştı. Hayat hikâyesini Barlas'tan dinlemişti. Ama kadın ilk kez o yokuştan aşağıya iniyor ve ilk kez Vural Kaptan'ın limanı ve yuvası haline gelmiş olan o koya geliyordu. Yaşlı adamın içini birden bire derin bir tedirginlik duygusu kapladı. Daha çok bir kayıp korkusu diyebilirdi bu duygunun adına.

"Nevhis Hanım, hayırdır?"

Elindeki ağ tomarını bırakmayı bile düşünemeyecek kadar huzursuz olmuş ve onları sürükleyerek teknenin ucuna doğru telaşla yürümüştü adam.

"Biraz vaktinizi alacağım. Eğer uygunsanız."

"Barlas?"

Bir soruydu Vural Kaptan'ın "Barlas" adını telaffuz edişi. Kadının bu alışılmadık ziyareti, hayra alamet değildi.

"Barlas Bey evde, sanırım..."

Sözünü tamamlamak için vakti kestirmeye çalıştı Nevhis. Başını kaldırıp, önce gökyüzüne, ardından, alçalmış olan güneşin yarısının göründüğü yüksek ağaçlıklı tepeye baktı.

"Sanırım daha uyanmaz. Daha doğrusu uyanamaz."

Yazın uzun günlerinden bir daha tükenirken, kadına göre, Barlas'ta tükenmişti. Bu sabah eve girdiğinde, karşılaştığı manzarayla Nevhis'in yüreği de ezilmişti. Kırık dökük eşyalarla karşılaşmıştı. Mutfaktan, salona, yatak odasına, hatta genç adamın yatak odasındaki banyoya kadar... Bütün tezgâhların, sehpaların, dolapların üzerinde ne var ne yoksa yerle bir olmuştu. Ve Barlas'ı, bütün bu viranlığın içinde, yatak odasındaki halının üzerinde bir ölü gibi bulmuştu. Ellerindeki küçük kesiklerin üzerini kaplayan kan lekelerini görmüştü.

"Ne oldu?"

Küçük tahta bir tabure uzattı Vural Kaptan kadına. Bir diğerini alarak Nevhis'in yerleştiği toprağın üzerine çıktı.

"Size geldim... Çünkü başka kimseye gidemem."

"Hayırdır?"

"Barlas Bey. Bu gece evi yerle bir etmiş. Kırıp dökmüş ne varsa. Kaptan, ben çok endişeleniyorum artık onun için. Son zamanlarda, iyice koyverdi kendini. Ne yapıyor bu çocuk?"

"Farkındayım."

"Son aylarda daha kötü olmaya başladı."

"Evet" dedi Kaptan başını öne eğerek.

"Daha çok içiyor. Eskisinin iki üç katı şişe topluyorum evden. Geçen yaz onu sıkıştıran ağrılar son zamanlarda artmaya başladı. Önemsemiyor, doktora gitmiyor. Kendini öldürüyor Kaptan."

İkisi de, bütün bunları biliyor, içten içe üzüntüsünü taşıyor ama ikisi de, Barlas'ı düştüğü uçurumdan yukarıya çekemiyordu.

"Çok arttırdı o mereti farkındayım Nevhis Hanım. Ben de uyarıyorum, ama her seferinde sırıtıp, koca bir kadeh daha yuvarlıyor. Sanki inat ediyor kendine, sağlığına, hayatına, bana..."

"Ne yapacağız Kaptan. İzleyecek miyiz? Siz de benim gibi seversiniz onu..."

"Ne yapabiliriz ki? Barlas, kendine küsmüş herkesten önce. Kendine küs bir adamı, hayatla nasıl barıştırabiliriz?"

"Aslında kaya gibi görünüyor değil mi?" dedi gerçek bir acıyla.

"Öyle gibi. Ne güzel dediniz. Öyle gibi, ama aslında değil. O, o kadar merhametli ve duygusal bir adam ki; başkası olsa, sahip olduğu bu imkânlarla..."

Bir elini kaldırdı, yukarıyı, otel alanını, göz alabildiğine uzanan ormanı ve denizi işaret eden geniş bir daire çizdi Kaptan. Sonra başını yeniden eğdi ve yarım kalan cümlesini bitirdi.

"Anasını satardı dünyanın. Bu çocuğun içindeki umut ölmüş. İnsanın umudu ölünce geriye ne kalır ki?"

İkisi de sustu bir süre. İkisi de çaresizliğin ve eli kolu bağlanmışlığın, içe dökülen gözyaşlarıyla ıslanmıştı.

"Akşam bana geldiğinde ben de azıcık dokundururum Nevhis Hanım. Ama fazlasını yaparsam, onu kendimden uzaklaştırırım. Barlas sorgulanmaktan, akıl almaktan, sıkıştırılmaktan sıkılır bilirsiniz. Bizden de çeker elini eteğini."

Patika yola adım atar atmaz, durdu ve başını sallayarak onayladı Kaptan'ın sözlerini.

"Kaptan" dedi çekimser bir tavırla. Doğruca adamın gözlerine kaldıramıyordu başını. Yıllarca mesleği olan o işten öylesine utanıyor ve nefret ediyordu ki; Barlas'tan başka hiçbir erkeğin yakınına sokulamıyor ve yüzüne bakamıyordu.

"Benim size geldiğimi..."

"Merak etmeyin Nevhis Hanım, onu konuştuğumuzu bilmeyecek."

Yukarıdaki belli belirsiz tıkırtılar, genç adamın nihayet sarhoşluk uykusundan uyandığını işaret ediyordu. Hergün biraz daha uzuyordu genç adamın güne başlama vakti. Gün biterken kendine geliyor, geceyi ise sadece birkaç saatliğine, kendini yeniden kaybetmeye başlayacağı zamana kadar yaşıyordu. Nevhis daha uzun kalıyordu artık orada. Otel mutfağındaki işinden emekli olmasına rağmen orayı bırakmıyor, oteldeki küçük odasını da boşaltmıyordu. Barlas yukarıda uyurken o günün tamamını orada geçiriyor, kaygıyla genç adama göz kulak oluyordu. Sadece geceleri ayrılıyordu yanından.

"Burada mısınız hâlâ Nevhis Hanım?"

"Evet..."

Genç adam, salonun girişinde durmuş etrafı inceliyordu. Gece yaptıklarını hatırlıyor olmalıydı. Geride bıraktığı o savaş alanından sonra salonun ve mutfağın yeniden dünkü düzenine kavuşmuş olmasına bakarken, ne söyleyeceğini de bilemiyormuş gibi duruyordu.

"Gece sinirliydim biraz..."

Yaptığı tek açıklama bu oldu Barlas'ın.

"Buyurun, siz bir şeyler atıştırırken, ben de yukarıyı toparlayayım. Ondan sonra çıkarım Barlas Bey."

Genç adam, karışık hazırlanmış meyve suyunu içine birkaç parça buz atarak, ayaküstü içti. Bu serinlik sıcak yaz akşamı sıkıntısına ve geceden kalma yangına iyi gelmişti. Boş bardağı lavabonun içine bırakırken, tezgâhın üzerindeki küçük çift kanatlı dikdörtgen şeklindeki pencereden dışarıya baktı. Etraf alacakaranlıktı. Artık günü hiç göremez olduğunu düşünürken, içindeki kısa süreli ferahlık da yerini tanıdık huzursuzluğuna bırakmıştı. Hâlâ açıkta duran buzluktan iki küçük kalıp buz aldı ve ağır hareketlerle avuçlarının arasında ovaladı. Erimeye başlayan buzları, ensesine, boynuna ve gömleğinin açık düğmelerinden içeriye, göğsüne doğru sürerek gözlerini kapattı.

Otele gitmeyi düşünmüyordu o gece. Kaptan'ın yanına inmeyi ve tam olarak ayılmadan önce yeniden içmeyi, yeniden uyuşmayı, başıyla birlikte, kalbindeki ağrıyı da unutmayı planlıyordu. Belki kendini bir süre sersemletecek, oyalanabilecek başka bir yol daha deneyebilir, Güneş'i, Mehtap'ı ya da Yıldız'ı çağırabilirdi... Sahi neden böyle isimler buluyordu hayat kadınları kendilerine? Gerçeğini arasan, mutlaka biri Hacer'di, diğeri Fatma, bir başkası ise Zehra ya da Emine. Ama onlar hep böyle renkli isimler takınırlardı. Onlar da bir şeyleri unutmak ya da kaybolmak için yok etmeye, önce isimlerinden başlarlardı.

Yüzeysel bir şekilde kıvrıldı dudakları. Masaya baktı... Sonra telefonunda kayıtlı adlara...

Ne zaman o rehbere baksa ki; son zamanlarda neredeyse elinden düşürmez olmuştu, kendini daha öfkeli ve daha yenik hissediyordu. Bedeni ruhsal açlıklarını, tensel acılara dönüştürüyor, doyumsuzluğa varan boşluklar yaratıyordu. Aynı halka içinde birbirini kovalayan, tükenmek bilmeyen amansız bir takipti bu. Ne sonu geliyordu. Ne kalıcı bir huzur. Ne de bitiyordu. Dönüp duruyordu o halkanın etrafına iliştirilmiş cansız bir cisim gibi.

Artık bundan geriye dönüşü de kurtuluşu da yoktu. Gitgide, alkol batağının biraz daha derinine saplanıyordu.

....

"En zor olan, kendi fısıltılarını susturmaya çalışmaktır..."

Göğsüne sımsıkı bastırdığı bebeğini usul usul sallarken, hem dünyanın en zengin kadını hem en yalnız aşığı gibi hissediyordu kendini. Hem her şeye sahipti, hem hiçbir şeye.

Burnunu hafifçe terlemiş olan bebeğinin nemli saçlarına sürterek, yavaş yavaş okşamaya başladı. O kokunun müptelası olmuştu. Uyurken bile burnunu dayıyor ve onu soluklayarak gözlerini yumabiliyordu ancak. Bebeğinin kokusu, gözleri kapalıyken bile ona babasını hatırlatıyordu.

Gördüğü rüyalar gerçek olmuştu Nesil'in. Korktuğu başına gelmişti. Bilinçaltının oynadığı oyunlar artık bir oyun olmaktan çıkmıştı. Bebeği, ilk günlerde sadece bir bebekti. Gün geçtikçe ise, babasına benzeyen, küçük bir adam oluyordu. Siyah kaşları belirginleşiyor, siyah gözleri buğday tenine, akşam kadar koyu bir tonla yerleşiyordu. Gür saçları yer yer dökülmeye başlamış olsa da, koyu renk bir gölge gibi, kafasının üzerinden kulaklarının altına kadar iniyordu.

Kuvvetliydi. Annesinin parmaklarını, burnunu, yanağını ya da göğsünü yakaladığında, minik ellerinin güçlü parmaklarıyla sıkıyor ya da dişsiz damaklarını geçiriyordu. En çok emzirirken hissediyordu onun varlığını Nesil. Bedenindeki sütü büyük bir iştahla emerken, Nesil'in bütün sevgisini de çekip alıyordu. Şimdi onun için yaptığı bütün o haince planlar için utanıyor ve hatta sıklıkla, vaktiyle aklının neden karıştığına bile bir anlam veremiyordu. Tabii o günkü koşullarda, aralarında böylesine ayrıcalıklı ve özel bir bağ olacağını düşünemezdi. Bunu bilmek ve anlamak için, sadece hamile olmak yetmezdi. Anne olmak ve onun yüzüne bir kez bakmak gerekirdi.

Aylar önce, kısa bir süre tümüyle koptuğunu sandığı yaşama, eskisinden çok daha sağlam bağlanmıştı. Artık kendi adına değil, bebeğinin geleceği adına da ayakta durmak zorundaydı. Karar alırken, önce oğlunun çıkarlarını korumaya çalışıyordu. Her şeyden üstün olan o güce ölesiye tutunuyor ve onu kollarına aldığı ilk andan itibaren kendini hiç olmadığı kadar olgun ve güçlü hissediyordu. O bebeğini büyütürken, o minik bebek de onu büyütüyordu.

Belli belirsiz bir iç çekmesi duydu Nesil. Başını eğdi ve oğlunun yüzüne baktı. Kaşları sert bir ifadeyle çatılmıştı. Rüyasında her ne görüyorsa, gördüğünden memnun olmamıştı. Kollarının arasındaki meleğinin, çıplak, tombul kollarını ve bacaklarını okşadı. Üzerindeki, askılı lacivert tulumunun içinde sadece yarım kollu beyaz bir atlet vardı. Her gün düzenli olarak, oğlunu güneşlenmesi için parka çıkarıyor ve orada onunla birlikte oturarak, çocuklu ailelerin yaşamlarını izliyor, onların arasına karışıyordu. Siteye ait oyun parkında, her gün tanıdık yüzlerle karşılaşıyor ve artık hangi çocuğun kime ait olduğunu, annelerini, babalarını ya da bakıcı teyzelerini biliyordu.

Anne-oğul hayatlarının akışını sonunda düzgün ve sağlam bir raya yerleştirmişlerdi. İlk zamanlardaki telaşın, tedirginliğin ve acemiliğin getirdiği sıkıntıları yenmiş ve düzene girmişlerdi. İkisi olmaya alışmaya çalışıyorlardı. Daha doğrusu iki kişilik bir aile olacaklarını Nesil sürekli kendine ve ona tekrarlayıp duruyordu. Ekin ise henüz bütün bu söylemlerden habersiz, ardındaki acı gerçeği anlamadan, gülüyordu annesine.

Babasından ayrı bir hayatı olacağını anlayacak yaşta olsa, annesinin sırf kendi gururu yüzünden, onu babasından ayrı yaşamaya mecbur ettiğinin farkına varsa, yine gülebilecek miydi günün birinde?

İşte bunun yanıtından ve bir gün mutlaka gelecek olan "o gün" olacaklardan ölesiye korkuyordu genç kadın. Korkmak değildi aslında sürekli yüz yüze olduğu bu gerçeğin tam adı. Vicdan azabı ve sorumluluk duygusuydu. Kendi hayatına, yardımsever bir adamın sunacağı duygu kırıntılarını sokmamak konusunda direniyordu, ama böyle yaparak, bebeğini de, en büyük sevgisinden kasıtlı olarak mahrum ettiğini biliyordu.

Özellikle, babalarla çocuklarını birlikte gördüğü anlarda, içinden kopup gelen, günden güne belirginleşen tuhaf bir sızının elinde kıvranıyordu. İçini kasıp kavuran pişmanlık hisleriyle yanıyordu. Onu Barlas'a götüren o duygulardan ve Ekin'in dünyaya gelmesine neden olan o geceden bir kez bile pişmanlık duymamıştı o güne kadar. Bugün, aynı Nesil olsa, yine aynı şekilde davranacağından emindi. Ama artık aynı Nesil değildi. Hissettiği tek pişmanlık ise, Barlas'ın yardım teklifine arkasını döndüğü güneydi sadece. Biraz bebeğini ve bebeğinin ihtiyaçlarını düşünebilseydi. Şimdi gördüğü gibi görebilseydi olayları, tarafsız bakabilseydi. Belki de o gün, Barlas'a öylesine kırılıp gücenmiş olmasına rağmen gerçeği yine de söyleyebilirdi.

Şimdi son derece yalın ve apaçık görebildiği başka bir gerçekdaha vardı. Kendisi için Barlas'tan hiçbir şey istemeden de, oğlunun varlığını babasına söyleyebilirdi. Barlas'ın kendisine yönelik tekliflerini reddederek, ona sadece oğlunu, oğluna sadece babasını verebilirdi.

Kalbinde hep dönüp duran çelişkiyi, aklında bu şekilde sonuçlandırdığında, ansızın karar veriyor, kendini ve bebeğini yola çıkmaya hazırlarken buluyordu. Sonra birden bire bir korku düşüyordu içine ve gitmekten vazgeçiyordu. Bu kez de Barlas'ın bebeğine kayıtsız kalmasından ve onu istemeyecek olmasından korkuyordu. Ya da bebeği kabullenmesinin bu kadar zamandan sonra zor olacağından.

"Ne düşünüyorsun öyle?"

Gelen Cem'di. Cem artık ciddi ciddi bir baba adayıydı. Nesil zaman zaman Ekin'e, gönüllü bir baba hediye etmenin nasıl bir şey olacağını düşünüyordu. Ama içindeki muhakemeye verecek olumlu bir yanıt bulamıyordu. Oğlunun hala bir nüfus cüzdanı yoktu. Çünkü Nesil, o kimlikte, "baba" hanesine ne yazılacağını bilmiyordu. Gerçeklerle yüz yüze kaldığında bunun en doğru şeklini itiraf ediyordu genç kadın kendine. Ekin'in bir babası vardı ve ilk olarak bu teklifin ona yapılması gerekiyordu. Barlas'a biriktirdiği hiçbir kötü duygusu yokken, onun elinden bu hakkı almış olmak Nesil'e haksızlık gibi geliyordu.

Bir "âşık" olmayabilirdi Barlas. Nesil'i sevmiyor olabilirdi. Nesil'in ona beslediği hisleri o Nesil için hissetmiyor olabilirdi. Sırf bu yüzden, çocuğundan mahrum etmek, en azından fikrini bile sormadan onu bu eşsiz duygudan yoksun bırakmak ne kadar doğru olabilirdi? Ya da, bir çocuğun, gerçek babasıyla olma hakkını hangi anne, hangi mazeretle elinden alabilirdi?

"Ben ona âşık oldum, ama o bana olmadı. İşte onun bütün suçu buydu Cem. Benim fırtına misali aşkıma ayak uyduramayacak kadar tecrübeli ve olgundu. Üstelik bu birlikteliğin sonuçlarını düşünmüş olmalı ki; bana bu konuda teklifte bulundu, ama benim istediğim, bu değildi."

Bu kaçıncıydı böyle. Lal'in, Efser'in ve nihayet Cem'in önünde, yine Barlas'ın tarafını tutuyor, onu savunuyordu. Sırf ona kızamadığı için kendine kızgındı. Çünkü Barlas'a ne kadar kızmak istese de, bunu yapamıyordu. O günkü toy Nesil'in duygularıyla Barlas'a içten içe kırgınlık büyütmüş olsa da, yetişkin bir kadın Nesil'in gözünden baktığında, onun bir suçu olmadığını görüyordu.

O gün, macera peşinde koşan, aşık, hayalperest bir kızdı. Bugünse, ayakları yere basan bir anne ve bir kadın, ama her iki durumda da değişmeyen bir şey vardı. O hâlâ, Barlas denen o adamın, duruşuna, bakışına, dirhem dirhem gösterdiği eşsiz gülüşüne, ona kadınlığı öğreten tutuşuna, dokunuşuna, ona oğlunu veren ateşine, âşıktı.

"Biliyor muydu hamile olduğunu?"

"Hayır, bilmiyordu, bilmedi. Söyleyemedim, söylemek istemedim. Ama artık bundan o kadar emin değilim. Ekin doğduktan sonra, onunla aramızda hiçbir şey yokmuş gibi davranamayacağımı anladım. Bizim bir çocuğumuz var. Bu basit bir şey değil Cem. Bunu o da bilmeli. Eskiden çok dikkatimi çekmiyordu sanırım, ama şimdi filmlerde bile, babasından saklanan çocuklara kıyamıyorum. Saklayan annelerden, mazereti ne olursa olsun nefret ediyorum. Yıllar sonra, hayat neredeyse yaşanıp bittikten sonra, küçük bir çocuğun baba sevgisine hasret geçirdiği onca zamandan sonra, birbirini bulan babalar ve çocuklarını izlemeye tahammül bile edemiyorum. Ben bunu yapabileceğimi, buna dayanabileceğimi sanmıyorum Cem."

"Evlenecek misin onunla?"

"Hayır."

"O isterse?"

Karamsar olmaya,bir anda karalar bağlamaya gerek yok diye düşünüyordu Cem. Buna rağmen ısrarla, Nesil'in kararını duymak istiyor, sorular soruyordu.

"Hayır, Cem. Ben kendim için bir şey istemeyeceğim. Sadece onların birbirini bilmesini ve tanımasını istiyorum hepsi bu."

"Ya o da sadece Ekin'i isterse? Öğrendiğinde, onu senden almaya kalkarsa?"

"Bunu yapmaz."

"Nasıl emin olabilirsin Nesil?"

"Yapmaz bunu. Eminim. O öyle biri değil. Ben nasıl Ekin'in ondan habersiz büyümesine razı olamıyorsam, o da oğlumu benden ayırmaya ya da almaya kalkmaz..."

"Adam evli mi Nesil?"

"Hayır" dedi genç kadın aceleyle ve emin bir tonlamayla. "Değil" derken, o emin tonlama biraz daha kırık dökük bir ifade kazandı. Nasılsa, kendisi için bir şey istemeyecekti Barlas'tan. Yine de, hiç mi hiç aklından geçirmediği bu ihtimal, sesini soluğunu kesmeye yetmişti. Neden böyle buz gibi olmuş ve yenik bir kadın gibi hissetmişti kendini?

"Değildi" dedi yarısı dudaklarının arasında, yarısı yüreğinin ortasında kalan acınası bir boğuklukla. "Değildi..."

Barlas, geçen süre içinde, bir başkasını sevdiyse, evlendiyse... Bu neyi değiştirirdi?

....

"En doğru işaretler, en derinlerde hissedilen kıpırtılardır."

Yastığını kaldırarak başını altına gömdü. Yüzüne vuran ışık, gözlerinin içine doluşmuş demir talaşları gibi canını yakıyordu. Henüz uyanma vaktinin gelmemiş olduğunu, bedeninin verdiği huzursuz tepkilerden anlıyor, sebepsiz yere bölünmüş olan uykusunu toplamaya çalışıyordu.

Yataktan kalktı ve isteksiz adımlarla balkona çıktı. Başını kaldırıp güneşe bakmak istediyse de yapamadı. Tam tepedeki güneşin kızıl sarı sıcaklığı, sızılı gözlerini kızgın alevler gibi yakmıştı. Orada da fazla kalamadı. İçeriye girdi. Doğruca dolaplarının olduğu odada aldı soluğu. Çekmecelerinden birini açarak mayolarından birini çıkardı. Çoktandır, kendini dalgaların arasına atamamıştı. Bugün vakitsiz bölünen uykusu buna yarayabilirdi. Gidip saatlerce, kendini derin ve serin suların altına gömebilirdi. Acınası bir ifadeyle gülümsedi. Belki bugün, o dalgalara yenilebilir ve ölebilirdi.

Kapıdan çıkmak üzereyken, Nevhis'in sesiyle durmak zorunda kaldı. Zaten tatsız başlamıştı güne. Sanki tatlı bir günü olmuş ya da herhangi bir gün güne tatlı başlayabilmiş gibi, mızmızlandı kadına.

"Yine ne var Nevhis Hanım?" dedi bıkkın bir tavırla.

"Ender Bey aradı. Otelde sizi bekleyen biri varmış. Uyandığınız zaman size haber vermemi istedi."

"Kimmiş?"

"Bilmiyorum."

Başını hafifçe sallayarak kadına onu duyduğunu ve anladığını işaret etti. Ardından kapıdan çıktı ve bahçeyi geçti. Bahçe kapısını açarken durdu birden. Eliyle, siyah şort mayosunun ve üzerindeki gömleğin ceplerini yokladı. Telefonunu yanına almadığını hatırladı. Ender çok önemli bir şey olmadığı sürece, onu evinden, hem de gündüz vakti aramazdı. Onun ters yaşam biçimine alışmışlardı.

Sıcak tam tepesindeydi. Yoluna devam etmek daha cazip görünüyordu, ama neden aradıklarını da merak ediyordu. İsteksizce geriye döndü. İçeriye girdi.

"Beni bekleyen kim Ender Bey?"

Karşısında, Barlas'ın sesini hiç beklemediğini belli eden kısa süreli bir suskunluk yaşadı adam. Sonra;

"Barlas Bey, Nesil Olcay. Hatırladınız mı bilmiyorum. Hani şu geçen yıl."

Genç adam, şaşırmıştı. Nesil Olcay, zaman zaman anılarının bir yerlerinden başını kaldırmış ve o masum, güzel ve yaslı yüzüyle çok bakmıştı Barlas'ın yüzüne.

Evet. Onu çok iyi hatırlıyordu genç adam. Onu hatırlatacak o kadar çok şey vardı ki. Belki de bu kadar alkol batağına gömülmüş olmasa daha çok ve daha sık hatırlayabilirdi. Nesil Olcay... Her gelişi, her gidişiyle Barlas'ı serseme çevirmişti vaktiyle.

"Hatırladım Ender Bey, devam edin" dedi aceleci bir tavırla.

"Sizin cep numaranızı verip veremeyeceğimi sordu bana. Sizinle konuşması gereken bir konu varmış. Biliyorsunuz, kimseye telefon numaranızı vermiyoruz. Ben de size sormadan..."

"O burada mı?"

"Evet. Bir saat önce geldi. Odasına çıktı. Sizden, daha doğrusu bu konuda benden haber beklediğini söyledi."

"Verebilirsiniz" dedi usulca. Sesinin ne kadar zayıf çıktığının farkında değildi.

"Anlamadım?"

"Ya da" dedi birden bire... "Ben hallederim Ender Bey. Hangi odada kaldığını söyleyin bana."

Nesil'in tanıdık sesini duyduğunda odasına çıkan merdivenlerin yarısındaydı. Özellikle kısılmış, ince ve hoş bir edayla;

"Efendim" dedi genç kadın.

Merdivende hareketsiz kaldığını fark etti genç adam. Sadece bu olsa iyiydi. Nesil'in sesini duyduğu an, konuşma yeteneğinden mahrum edilmiş gibi hissetmişti kendini.

"Efendim" dedi bir kez daha Nesil.

"Nesil"

Az önce Barlas'ı saran o sükûnet ve uyuşukluk hali şimdi genç kadını kontrolüne almıştı. Derin bir nefesle gücünü ve sesini girdiği delikten kurtarmaya çalıştı.

"Barlas"

"Hoş geldin..."

"Hoş bulduk..."

Genç adam, ağır adımlarla odasının kapısına kadar varmıştı. Yatağını toparlamakta olan Nevhis'e başıyla çıkmasını işaret etti. Kadın hemen anladı ve kapıya yöneldi. Çıkarken, genç adamın yüzüne baktı. Durgun, düşünceli ve endişeliydi. Ama kesinlikle sıkıntılı, bıkkın ya da sinirli değildi.

"Nasılsın Nesil?"

"İyi. İyiyim. Ya sen?"

İlk an ne konuşacaklarını bilememiş ve tedirgin olmuştu genç adam. Ama artık ağır ağır rahatlıyordu. Bunda biraz Nesil'in tatlı nefesinin etkisi vardı. Konuşurken, uzun mesafe koşmuş gibi derin soluklar alıyordu. Her nefesi duyuyordu Barlas. Onun bu telaşını hissettikçe, kendi ürkekliğini yeniyordu.

"İyi sayılırım"

"İyiyim" demek yalan olurdu. Barlas ne zaman kendini iyi hissetmişti ki? Lafın gelişi ya da gidişi, yarım ağız bu kalıp replikleri tekrarlar dururdu.

"Barlas...Nesil..."

İkisi de aynı anda diğerinin adını söyleyince, ikisi de aynı anda durup diğerini bekleyince, tuhaf bir sessizlik oluştu. Sonra ikisi de aynı anda...

"Sen söyle" dedi sözleşmiş gibi.

Ardından ikisi de gergin bir şekilde gülmeye başladı.

"Benimle konuşmak istediğini söyledi Ender Bey."

"Evet" dedi genç kadın.

Nesil'in bir önceki gelişinde onu nasıl üzdüğünü hatırlamıştı Barlas. Nesil'in yemek ve konuşma teklifini başından savmaya çalıştığında, yüzünün aldığı şekli ve o yüzü gören Barlas'ın pişmanlığını hatırlamıştı. Bu kez aynı hatayı yapmamaya karar verdi genç adam.

"Nesil. Ben, ben az önce uyandım" dedi. Cümlesini tamamlamadan Nesil aceleyle bir şeyler söylemek istedi. Barlas'ın bu görüşmeye itiraz etmesinden korkmuştu. Bu korkuyla; "Ben buradayım. Acele etmene gerek yok. Sen ne zaman uygun olursan, bugün olması şart değil..."

"Hayır" dedi genç adam, Nesil'i bir kez daha kırmak kaygısıyla. "Hayır, dinle, görüşeceğiz. Ben az önce uyandım derken... Yani demek istediğim, ben henüz kahvaltı bile yapmadım. Eğer istersen, seninle birlikte bir şeyler yer ve konuşuruz. Tabii senin için de uygunsa?"

"Olur" dedi genç kadın rahatlayarak. "Olur tabii. Görünüşe bakılırsa, sen hâlâ geceleri uyumuyor ve bu saatlerde uyanıyorsun."

"Bugün erken kalktım" demeye dili varmadı adamın. "Bugün her nedense uykum kaçtı ve bir şeyler beni yok yere uyandırdı" diyemedi.

"Evet" diyerek geçiştirdi yalnızca.

"Tamam, ben de öğle yemeği niyetine bir şeyler yerim o zaman."

"Peki... Bir de yer konusunda karar verelim."

"Otelde" diyerek bir espri yapmaya zorladı genç kadın kendini. Sürekli konuşmaya çalışarak, göğsünü tıkayan heyecanı bastırmaya, telefonun ucundaki adamla soluğu kesilmeden konuşmaya çalışıyordu.

"Sen nerede istersen orada. O halde, yarım saat sonra, seni odandan alırım olur mu?"

Nesil etrafına bakındı. Sütannesi ve Ekin yatağa uzanmıştı. Yaşlı kadın, yolculuğun yorgunluğuna dayanamamış, kendi odasına gitmeden, Ekin'in yanına kıvrılıp uyuyakalmıştı.

"Odadan almana gerek yok" dedi telaşla."Yarım saat sonra, lobide buluşalım."

Nesil arkasını döndüğünde, sütannesinin dikkatli bakışlarıyla karşılaştı. Kadın, konuşmayı duymuştu. Zaten sabahtan beri bir sürü soru sormuştu genç kadına. Şimdi de yine aklına takışmış bir şeyler var gibi görünüyordu.

"O muydu?"

"Hımm" dedi Nesil, doğal görünmek için elinden gelen gayreti göstererek.

Oysa içi, tıpkı o tepeyi döven akşam dalgalarının şiddetiyle sarsılıyordu. Gözle görülecek kadar titreyen ellerini birbirine kenetleyerek saklamaya çalışıyordu. Hiç kolay değildi ki? Aylar sonra, yeniden hem o sihirli ortama hem ona her şeyi unutturan o sihirli adama gelmişti. Onun sesi doluydu kulaklarında. Telefon kapanmış olsa da, hâlâ konuşmasını duyabiliyordu. Ona karşı hâlâ ne kadar zayıf olduğunu hissediyor ve onu görmek için sabırsızlanıyordu.

"Ne dedi?"

"Yarım saat sonra buluşacağız."

"Küsmüş gibi konuşmadın ya..."

Elbette küs gibi konuşmamıştı Nesil. Sütannesi aralarında süregelen bir kavga olduğunu sanıyordu, ama yoktu. Kadına anlatılan hikâye her yerinden su almaya başlıyordu. Batması yakındı. Ama bu batışı kısa bir süre daha ertelemeye çalışıyordu Nesil.

"O da öyleydi. Galiba, zaman geçince, küs olduğumuzu da unuttuk. Çok kibar konuştu benimle. Ben de mecburen aynı şekilde davrandım."

Kadın yataktan kalktı ve balkona doğru yürüdü. Etrafın görebildiği kadar izledi. Nesil bu sırada bavulunu açmıştı. Önce bir duş yapacak ve bu görüşme için getirdiği yeşil elbisesini giyecekti. Elbiseyi dolaptan aldığı boş bir askıya geçirdi ve ütüsünü yeniden kontrol etti. Onu doğumdan sonra değişen kilolarına uygun olarak almıştı. Çok fazla kilosu kalmamıştı ama yine de fazlasıyla dolgun görünen yerleri vardı. O elbise, hem fazlalıklarını örtüyor hem gözlerinin yeşiline uyuyordu. Kendini onunla daha güzel hissediyordu genç kadın ve o an, hiç olmadığı kadar güzel, etkileyici ve güçlü görünmek istiyordu. Bu onun için çok önemliydi. Barlas'ın karşısında hem gösterişli bir kadın, hem, fethedilemez bir kale gibi durmak istiyordu.

"Bütün buralar onun mu şimdi?"

"Evet" dedi Nesil usulca.

"Zengin biri yani."

"Evet... Sanırım öyle."

"Nesil" dedi yaşlı kadın. "Bu kez sakın vazgeçip dönme emi kızım. Bak şimdi bir yavrun var. Önce onun geleceğini düşün. Onu babasından mahrum bırakma. Sen üzerine düşeni yap. Bakalım soylumu soysuz mu, hırlı mı hırsız mı anlayalım. Sen söyleyiver usulünce, gerisi de ona kalmış. Dünya âlem duymuş bunu artık. Saklanacak bir şey olmaktan çıkmış bu sır. Ortada şimdi bebek olsa da, ilerde adam olacak bir çocuk var. Herkesin bildiğini, öz babasından saklamak olmaz. Vazgeçmeyeceksin bana söz ver. Buraya niye geldiysek, onu yapacaksın."

"Artık geriye dönüşü yok bunun sütanne"

Yazdı. Gün aydınlık, etraflarını çevreleyen manzara ise en az gün kadar canlı ve parlaktı. Ancak onların gözlerinde görülebilenler, biraz şaşkınlık, biraz karamsarlık, çokça belirsizlik ve saklanmak zorunda kalınan sisli acıydı. İkisinin de birbirini dikkatle inceleyen bakışlarında, kederden süzülmüş, tutuk, ürkek, mat kamaşmalar vardı.

Nesil'in sevdası yarım kalmıştı. Onun bu hali anlaşılabilirdi. Barlas'ı özlediği yetmezmiş gibi, geçen o süreyi Ondan kalan değerli bir hediyeyle yaşamıştı. O Barlas'a eskisinden çok daha yakındı artık...

Peki ya Barlas? O neden bu kadar heyecanlıydı? O neden, sıradan bir kadına bakar gibi bakmıyordu? Nesil'in etrafına yaydığını düşündüğü o enerjinin içine çekiliyordu. Nesil ona hep yapıyordu bunu. Nesil'i ne zaman görse, ne zaman aklına gelse, aynı belirsizlikler içine giriyordu. O kıza karşı hep güzel şeyler besliyor, ona kıyamıyor, onun için endişelenirken buluyordu kendini. Bir şeyler hissediyordu ama bunların ne olduğunu bilemiyordu.

Aralarındaki mesafe bitmişti. Yüz yüze gelmiş ve gülümsemişlerdi birbirlerine. Nesil elini uzatmıştı genç adama. İlk andan itibaren, artık iki sevgili olmadıklarını işaret ediyordu sanki. Kurguluydu hareketleri. Kafasında çizdiği bir görüşme şekli vardı. En başından itibaren o çizgi üzerinde yürümeye başlarsa, bütün o zor yolu düşmeden kat etmiş olacağına inanıyordu.

Ama işler kurgulardaki gibi gitmiyordu gerçek hayatta. Daha ilk andan, bir şeyler yerinden oynuyor ve küçücük bir dokunuş bile, yürüdüğü o ince yolda, ipin sallanmasına neden oluyordu. Barlas elini tutup sıktıktan sonra diğer elini üzerine kapatarak, genç kadının elini kendi avuçlarıyla sardı. Hafifçe yaklaşarak, genç kadının kaşının bittiği noktayı öptü.

"Geç oldu. Belki sana o günleri bir kez daha hatırlatacak, ama başın sağ olsun Nesil. Çok üzüldüm."

Başını hafifçe ve buruk eski bir acıyla salladı genç kadın. Yutkundu yavaşça. Evet, o günleri ve o korkunç acıyı hatırlatmıştı Barlas bir kez daha ona, ama aynı zamanda da çok iyi gelmişti. Onun varlığından, kendi acısına gelen bu duyarlılık Nesil'i mutlu etmişti. Unutmamıştı demek. Ama nereden duymuştu ki?

"Sen, sen kimden duydun peki?"

Bu konuyu daha fazla uzatmak, Nesil'i bir kez daha aynı şeyleri yaşatmak istemiyordu.

"Duydum işte" dedi genç adam.

Hâlâ Barlas'ın avucunun içinde durana eline bakıyordu Nesil. Genç adam, yavaşça elini çekti ve bu duygulu yakınlığı bitirdi. "Yalnız mı geldin?" dedi yeni bir konu açıp, eskisini kapatmak gayretiyle.

"Hayır, sütannem var."

Gölgesi yoğun, çardağı derin, sakin bir köşeye yöneldiler. Dar alanlarda genç kadına önüne geçmesi için izin veriyor ve arkasından, tepeden tırnağa onu inceliyordu. Değişmişti Nesil. Aklına o eski Nesil'i getirmeye ve aralarındaki farklılıkları bulmaya çalışıyordu. Ama buna yetecek kadar zamanı olmuyordu. Düşünceleri Nesil ile yüzyüze gelince bölünüyordu.

Masa kusursuzdu. Her şeyden, her çeşitten, her tattan biraz biraz... Kahvaltıyla beş çayının bütün zenginliğiyle, göz alıcı bir ziyafet duruyordu önlerinde.

"Bunların hepsini sen mi yiyeceksin?"

"Hayır" dedi genç adam, sigarasını, çakmağını ve cep telefonunu ceplerinden çıkarıp masanın bir kenarına bırakarak.

"Benim yemekle pek işim olmaz."

"Ama sana hazırlanmış bir masa değil mi bu? Çalışanların seni fazla tanımıyor galiba?"

"Yok. Beni tanır onlar. Bu masa benden çok sana hazırlandı."

"Teşekkür ederim, ama beni çok şımartıyorsunuz. Ben de fazla kilolarımla uğraşıp duruyorum zaten."

"Kilo almışsın evet" dedi. Boğazının kuruduğunu hissediyordu Barlas. İltifat etmeyi bilmediğini, ilk kez Nesil'in karşısında bu kadar net bir şekilde fark ediyordu. O kadar kısa ve özet ve hatta tuhaf cümleler kuruyordu ki, güzel olduğunu söylemek isterken, tersini düşündürebilirdi karşısındakine.

"Güzel olmuşsun" dedi kısa bir beğeni cümlesini ilave ederek.

Çekingendi Barlas. Böyle sohbetlere, içkisiz bir haldeyken, kadın cinsine yatkınlığı yoktu. Elinden geldiğince nazik olmaya çalışırken, sıkılıyor ve sıkıldıkça daha çok geriliyordu.

"İltifattı sanırım" dedi genç kadın hafifçe kızararak.

Tatlı bir pembelik, beyaz tenine hızla yayılıyordu Nesil'in. Bu yaz ilk kez böyle güneş ve deniz önüne çıktığı için teni bembeyaz duruyordu. Hafif bir renk değişikliği bile belli oluyordu. Koyu renk saçları, gökkuşağı gibi parlarken, Barlas genç kadına ilk kez bu kadar hayranlık duyarak bakıyordu. Komikti belki. Çünkü en başından beri onu güzel buluyordu ama... İlk kez bu kadar yoğun bir biçimde fark ediyordu bunu. Yeşil gözlerinin, elbisesinin koyu yeşiliyle demlenmiş katıksız berraklığına büyülenmiş gibi bakıyordu. Kendini zorlayarak masadaki yiyeceklerden küçük parçalar aldı tabağına. Dağılmış aklını, yerinden durmaksızın sarsılan ve dönen kalbini, başka bir şeye odaklanarak kontrol altına almaya çalışıyordu.

Gizli saklı bakışlarla Nesil de Barlas'ı inceliyordu. Barlas'ta değişmişti. Zayıflamıştı o. Gözlerinin çevresinde, eskisinden daha çok ve daha derin çizgiler vardı. Yüzü, uykusuz ve yorgun bir adamın sert kalıplarına bürünmüştü. Daha sönüktü bakışları. Geçen yaza göre, daha az esmerdi teni. Belli ki bu yıl, o da Nesil gibi, fazla güneşe çıkmamıştı.

"Hâlâ o koya gidip, yalnız yüzüyor musun?"

"Evet, ama eskisi kadar çok değil."

"Boğulan sersem kızlar çıkmıyor mu karşına?"

"Hayır. Bu yıl işler kesat."

İkisi de gülümsediler buna. Genç adam başını eğdi ve bir lokma bir şey attı ağzına. Nesil ise dirseklerini masaya dayamış, ellerini kaldırmış ve çenesini ellerine yaslamıştı. Barlas'tan ayırmıyordu gözlerini.

"Evlendin mi Barlas?" dedi yine ansızın. Sanki bu yapmak üzere olduğu şeyleri değiştirecekmiş gibi...

"Ya sen?" dedi genç adam.

"Hayır" diyerek duraksamadan yanıtladı Nesil.

Doğru mu anlıyordu genç adam? Nesil ikidir gelip ona bir şeyler ima eden konuşmalar yapıyor, her gelişinde evli olup olmadığını soruyor, bir şeylere kırılıp güceniyor, konuşmak için başlayıp, sonra vazgeçiyor ve gidiyordu. Bütün bunları neden yapıyordu? Neden zaman aralıklarıyla Barlas'ın karşısına çıkmaya devam ediyor ve her gelişinde, onunla konuşmaya ve görüşmeye çalışıyordu?

"Neden her gelişinde bana evlilikle ilgili sorular soruyorsun Nesil?"

Bir yanıt vermedi Nesil. Sadece başını salladı ve eğdi yavaşça. Az sonra anlatacaktı neden sorduğunu. Ama hâlâ bunun için uygun bir giriş noktası bekliyordu.

Genç adam, ağzındaki lokmayı yavaşça çiğneyerek yuttuktan sonra, elindeki fincanı da alarak arkasına yaslandı. Şekersiz çayını bir kaç kez yudumladıktan sonra, sigarasına uzandı. Pakete dokunur dokunmaz genç kadına çevirdi gözlerini.

"Hala rahatsız ediyor mu?"

"Hayır" dedi genç kadın duraksamadan. "O zaman mazeretim vardı. Dumanın kokusu midemi bulandırıyordu. Daha doğrusu, o günlerde bana zararlıydı. Uzak durmam gerekiyordu."

Genç adam kahverengi kadifeye benzeyen sigarasını dudaklarının arasına koydu ve çakmağını ateşleyerek yaktı. İlk dumanı derin derin dolaştırdı ağzının içinde. Sonra derin bir nefesle içine yolladı.

"Hasta mıydın?" dedi ilgili bir tavırla.

"Hamileydim."

Kesinlikle bir bombaydı aralarındaki masanın ortasına düşen. Önce kulakları sağır eden bir gürültü, hemen ardından ölümcül bir sessizlik ve boylarının üzerinden aşıp giden bir duman bulutu... Bir şey söylemek ve bu yıkımın kalıntılarını temizlemek, sebep olduğu bu sarsıntının ayrıntılarını açıklamak Nesil'e düşüyordu. Ya da genç kadın o heyecan ve o endişeli haliyle bunun böyle olması gerektiğine hükmediyordu.

"Buraya ikinci gelişimde, seninle konuşmak istediğim konu buydu. Hamileydim ben..."

Barlas'ın siyah kaşları çatılıyor, alnında, az öncesine kadar olmayan keskin çizgiler beliriyordu. Çenesini sıktığı belli oluyor, ağzının çevresi renk değiştirecek kadar geriliyordu. Fincanını tutan ellerinin eklemleri bile bir ölününkine benzer şekilde beyazlıyordu.

Fincanını masaya bıraktı, bitmek üzere olan sigarasını kül tablasına güçlü bir şekilde bastırarak söndürdü. Masaya dayadığı dirsekleriyle biraz daha yaklaştı genç kadına. Gözleri göğü yaran bir şimşeği, sesi onu izleyen gök gürültüsünü andırıyordu.

"Daha açık konuş benimle Nesil? Ne söylemeye çalışıyorsun?"

"Ben yalnız gelmedim Barlas. Bir, bir oğlum var benim... Daha doğrusu..."

Derin bir soluk alarak koltuğunda arkasına doğru yaslandı Nesil. Barlas'ın ona yaklaşmış olması başka zaman olsa hoşuna giderdi, ama şimdi ondan korkuyordu. Genç adamın yüz hali, girdiği o ifadesizlik, genç kadına ölümcül bir soğukluk olarak yansıyordu.

"Bizim bir oğlumuz var Barlas" dedi neredeyse kelimeleri saklamaya çalışarak... Fısıltıyla...

Barlas'ın sürekli değişen yüz hali, dalgalar gibiydi. Nesil de aynı dalgalara kapılmış gibi, sarsılıyordu. Genç adamın ne düşündüğü anlayamıyor, susmasından tedirgin oluyordu. Durmadan bir şeyler anlatmaya ve adamın şaşkınlığına hak veren, açıklayıcı cümleler kurmaya çalışıyordu.

"Şaşırdığını biliyorum. Aslında bunu bekliyordum. Daha önce sana söylemek istedim ama..."

"Belki de inanmıyorsun bana. Haklısın tabii... Sana haber vermek için bu kadar geç kaldığıma kızıyorsun belki..."

Hâlâ susuyordu Barlas. Nesil ise, onu sarsmak istiyordu artık. Çaresiz bir halde kaderine terk edilmiş bir suçluya benzetiyordu kendini. İçgüdüsel olarak uzaklaştığı masaya yeniden yaklaştı. Cesaretini toplayarak, elini tedirgin ve ürkek bir tavırla Barlas'a uzattı. Genç adamın hâlâ masaya dayalı duran kollarından birini hafifçe okşayarak gülümsemeye çalıştı.

"Ama sana bunu söylemek benim için o kadar zordu ki... Beni anlıyorsun değil mi?"

Anlamadığını işaret eden bir şekilde başını iki yana yavaş yavaş salladı genç adam. Nesil'in koluna dokunan elini kendinden uzaklaştırdı.

"Bir bebek" dedi, yüzünü ele geçirmiş olan, taş duvarlarının arasından gelen donuk bir sesle.

"Evet" diye yanıtladı Nesil.

İçten içe, Barlas'ın öfkesini hissediyor ve bunun nedenini, genç adamın yaşadığı şoka ya da sütannesinin dediği gibi, ona haber vermek için geç kalmış olmasına bağlıyordu. Hep iyi şeyler düşünmek gayretiyle, yüzündeki yaralı gülümsemeyi korurken, genç adama duyduğu şeyi kavraması için zaman tanıyordu. Olgun bir kadın görüntüsünü bozmadan, içindeki korkmuş kızı saklamaya çalışıyordu. Barlas tarafından reddedilen elini usulca geriye çekerken bile bütün üzüntüsüne rağmen bunu başarıyordu.

"Bizim öyle mi?"

Barlas'ın alnındaki çizgiler yavaş yavaş yumuşarken bile, Nesil istediği yüz halini göremiyordu. Oldukça gevşemiş gibiydi Barlas'ın ses tonu ama bu hali aldatıcı bir maskeye benziyordu. Soğuktu hâlâ bakışları. İşin garibi, artık hiç mi hiç şaşırmış görünmüyordu. İlk sarsıntıdan sonra, Barlas sanki beklediği bir haber duymuş gibi davranıyor ve insanın tüylerini ürperten bir tavırla buz gibi duruyordu.

"Evet" dedi bir kez daha.

Boğazındaki yumruyu, konuşmadan da hissediyordu. Git gide büyüyordu ve buna Barlas'ın mağrur, tepeden bakan gözleri sebep oluyordu. Az önceki gelgitli yüz halini bile arar olmuştu genç kadın. Karşılaştığı yeni ifadeyi hiç mi hiç anlamıyordu.

"Benim yani" dedi genç adam.

İçindeki çalkantıyı, alayla kaplamaya çalışıyordu Barlas. Sorularını sorarken, kendini inandırmaya çalışmıyor, söylediklerinden vazgeçmesi ya da bir kez daha düşünmesi için Nesil'e fırsat veriyordu. Çünkü inanılır bir yanı yoktu söylediklerinin. Nereden baksa, bir kez daha kandırılmak üzere seçilmiş bir adam olduğu gerçeğinden başka bir şey göremiyordu.

Bu kez "evet" bile diyemedi ve yalnızca başını sallamakla yetindi genç kadın.

"Bak sen şu işe" diyerek gülümsedi Barlas. "Çok üzgünüm Nesil, ama bu imkânsız..."

"Bunu nasıl söylersin? Yaşadıklarımız..."

"Yaşadıklarımızı tabii ki hatırlıyorum, ama..."

"Ama bir çocuk istemiyorsun" dedi kederli bir kabulleniş̧le. Umutsuz bir iç çekmesi de denebilirdi o sese. Boğazındaki yumru, canını yakıyor ve Barlas'ın o soğuk ve alaycı sesini her duyduğunda, daha çok büyüyen, sert bir düğüm halini alıyordu.

"O çocuğu istemiyorum..."

"Ne- neden?"

Arkasına yaslandı ve kendini koltuğa bıraktı genç adam. Kollarını kucağında kavuşturdu. Yüzündeki gülümseme emanet ve aldatıcı bir örtü gibi durmaya devam ediyordu. Her an başka türlü bir şeye dönüşeceğini biliyor, için için tüten öfkesinin kokusunu alıyordu. Konunun bir an önce açıklığa kavuşması ikisi içinde hayırlı olacaktı. Aksi halde... Nesil ile buluşmak için oraya gelen Barlas'la, az sonra oradan ayrılacak olan, kesinlikle aynı adam olmayacaktı. Kendisi de bir fikir yürütemiyordu bu konuda. Daha ne kadar durup, kızın onu ikna etmek için giriştiği bu düzmeceye dayanacaktı.

"Basit. Çünkü başkasının çocuğunu istemiyorum."

"Başkası yok ki..."

"Var Nesil. Var olduğunu ikimizde biliyoruz..."

"Anlamadım."

Dikkatle bakıyordu Barlas'ın yüzüne. Küçümseyen bir tavırla bükülen dudakları, ürkütücü düz bir çizgi halini almıştı. Gözlerine bir daha silinmeyecekmiş gibi yerleşmiş olan o ifade ise... Evet. Hayatında hiç kimse ona böyle küçümseyen gözlerle bakmamıştı. Artık çok ama çok uzaklarda kalmış olan o günlerde, Barlas'ın yörüngesinde döndüğü o büyülü günlerde bile, onu bu kadar erişilmez, uzlaşılmaz ve soğuk bulmamıştı Nesil. Vaktiyle ruhuna işleyen ve hâlâ ruhunu kontrol etmeyi sürdüren akşam karası gözlerinde, hiç bu kadar zifir bir karanlıkla karşılaşmamıştı. O an bile, biraz huzur bulabilmek için, Barlas'ın gözlerinde yakacağı küçücük bir ışığa, bu ışık cehennem ateşi bile olsa razıydı. Öfkesine, şiddetine, hepsine karşı savunması vardı. Ama gördükleri bir bir koparıyordu genç kadının ona uzattığı dalları. Barlas kızgın değil, fazla alaycıydı. İşte buna hiç hazırlıklı değildi Nesil. Barlas'tan her şeyi beklemişti, ama bebeğinin varlığına böyle duygusuz bir alaycılıkla tepki verebileceği aklının ucundan bile geçmemişti.

"Anladın Nesil?"

İkisi de başka bir konuyu konuşuyormuş gibi, farklı şeylere yoğunlaşmıştı. Barlas o an olanlarla, geçmişi bir kez daha yaşamak zorunda kalıyor, geçmişle o an arasında gidip geliyor... Nesil ise, an be an kırılıyor ve buna nasıl ve ne kadar dayanabileceğini düşünüyordu.

"Sen... Nasıl düşünürsün böyle bir şeyi?"

"Başka türlü düşünmem mümkün değil. Bak, sabrımın ve anlayışımın sınırındayım. Lütfen, yalan söyleme artık. Bana gerçeği anlat. Belki o zaman sana yardımcı olabileceğim bir şeyler..."

"Lanet olsun sana da, senin yardımlarına da... Ben... Sen ne sanıyorsun kendini? Neden her seferinde senin yardımına muhtaçmışım gibi davranıyorsun bana?"

Nesil öfkeyle yerinden kalktı. Aynı anda Barlas'ta ayaklandı ve genç kadını arkasını dönmek üzereyken kolundan yakaladı. Masaya çarpan bedenlerinin şiddetiyle bir fincan yere düştü ve yankılanarak parçalandı. Garsonlardan biri dönüp oraya doğru hareketlendiği an, Barlas boşta kalan elini kaldırdı ve adama bakmadan, sadece durmasını işaret etti. Gözlerini Nesil'den ayırmıyor ve genç kadının, sergilediği bu gurur tablosu içindeki görüntüsüne tahammül edemiyordu.

"Sen neden dönüp dolaşıp bana geliyorsun o zaman?"

"Çünkü o senin."

"Yapma Nesil? Sen, sen farklısın sanmıştım."

"Neyi yapmayayım Barlas?"

"Benimle oyun oynama. Hele bu konuda, sakın benimle oyun oynama."

"Asıl sen oyun oynama. Onu istemiyorum de, olsun bitsin."

"Bu konuyu biraz daha uzatırsan, aynı yalanı sürdürmeye çalışırsan, senin bir kadın olduğunu unutacağım. Karşıma geçmiş bir bebekten bahsediyorsun ve o senin diyorsun? Beni daha fazla aptal yerine koyma."

"Seni aptal yerine koymak mı? Sen zaten aptalın tekisin Barlas. Korkak, sorumsuz, vicdansız bir aptal. Neden 'sen' olma ihtimalini düşünmek zahmetine bile girmiyorsun Barlas? Neden ille de sıyrılmak istiyorsun bu işten? Tamam... Bunu da anlayabilirim... Planlamadın, düşünmedin. Bunu beni kıracak laflar etmeden de konuşabiliriz. De ki; baba olmak istemiyorum. Onu tanımak, bilmek istemiyorum. Ama sakın bana, aşağılar gibi bakarak hakaret etme..."

Boğazı sızlıyordu artık. Gözyaşları gözlerini sarıyor ama dışarıya dökülmüyordu. Onun neden bu kadar delirmiş gibi davrandığını anlamıyordu genç kadın. Barlas'ın o gece, bu ihtimali aklına getirmemiş olması suç değildi elbette. Ama genç kadına böyle acımasızca saldırması, yalancı ve düzenbaz bir kadınmış gibi davranması suçtu. Artık Onu ikna etmeye ya da inandırmayı çalışmayacaktı. O alttan aldıkça, gerçeği açıklamaya çalıştıkça, Barlas daha çok öfkeleniyor ve daha çok kabalaşıyordu. Bütün yükü omuzlayan Nesil'di oysa. Barlas, ondan habersiz ve onaysız dünyaya gelmiş olan bir çocuk istemiyordu. Hepsi buydu işte. Çocuğuna sahip çıkacağını ve onu isteyeceğini düşünmek bir hataydı. Ama bu hatayı yapmamış olsaydı, hergün aynı hesaplaşmalarla yaşamak ve belki de bunu yıllarca içinde taşımak zorunda kalacaktı. Bu kadarına dayanabilmişti. Bundan daha fazlasını kaldıracak gücü kalmamıştı. Bundan fazlası... İşte o zaman, gururunun tozu izi kalmayacaktı. Gurursuz bir kadın olmamak için bunca direndikten sonra, daha kötü bir duruma düşecek ve gurursuz bir anne olacaktı. Oğlunu, öz babasına savaşarak kabul ettirmiş olacaktı ki; buna dayanamazdı.

İnsan, annelik ve babalık duygularına, kaybedilen savaşlarla, zorda kalarak sahip olamazdı. Bir baba, zorlanarak bebeğini sevemez, ona alışamazdı. Barlas ilk andan nasıl bir baba olacağını göstermişti genç kadına. Oğluna uzatacağı el, tıpkı daha önce Nesil'e sunduğu gibi olacaktı. Mecburiyet hisleri... Zorunluluk desteği.

"Hayır" dedi genç kadın içinden çığlık çığlığa.

"Otur yerine Nesil..."

"Bir daha sakın bana ne yapacağımı söyleme. Sakın bir daha benimle böyle emir tonunda konuşma."

Tıpkı içlerindeki öfke gibi seslerinin tonunu da bastıramıyorlardı artık. Uzakta oturanlar bile başlarını kaldırarak onlara baktılar bir an. Nesil kolunu hırsla çekmeye çalışsa da, genç adamın kuvvetinin önünde hiçbir şansı yoktu. Barlas, hâlâ Nesil'i bileğinden çelik bir kelepçe gibi kavramış bir şekilde duruyordu. İkisinin de göğsü hiddetle inip kalkıyor, gözlerinde kavganın kıvılcımları yanıyordu.

"Gel benimle" dedi genç adam sinirle...

İçinde bir yerler paramparça oluyor, eski bir acının kabukları kalkıyor, ama bu kez eskisinden çok daha fazla kanıyor ve çok daha fazla acı veriyordu genç adama. Çaresizliğine bulanıyordu her şey ve yalnızlığına. En zayıf yerinden vurulmuştu yine. Anlayamıyordu. Kaderin almakla bitiremediği o intikamın sebebi neydi? Seçtiği hayat? Ardında bıraktıkları? Ama her şey onlardan çok önce başlamıştı. Çok şey mi istemişti, yalancı, uğursuz, düzenbaz, ikiyüzlü, anlaşılmaz dünyadan? Kendinden verdiklerine, giden meleklere, Yesra ve Yusuf'a karşılık, istediği şey çok muydu?

Öyle olmalıydı...

Çünkü onun hayatı vermek üzerine kurulmuştu. İsteklerini kime duyurabilmişti ki? Dünyaya getirenler bile unutmamışlar mıydı onu? Kim okumuştu ki gözleriyle yazdıklarını? Kalbiyle ağlayıp, ruhuyla söylediklerini kim duymuştu? Kaçtıkça, saklandıkça, yeryüzünün üstünde görünüp, altında yaşadıkça yine de kurtulamıyordu. Riyadan, tuzaktan, aç gözlü, hırs düşkünü ruh ve kan emici insan soylarından uzak kalmayı başaramıyordu.

Kimi; nuru yitmiş, kötülük dolu, şeytan yüzleriyle dosdoğru girmişti kapılarından. Kimi; göz alıcı güzelliğini masum bir melek gibi kullanarak. Ama hepsi gerçeği, gerçek amaçlarını, gerçek tuzaklarını, gerçek planlarını saklayarak, hep bir şekilde yakmışlardı canını. Oysa o artık; ne canını istiyordu, ne gerçekleri ne yalanları, ne masumları ne şeytanları... Yana yana yanacak yeri, közü, külü bile kalmamıştı.

Git gide yitiyordu dengesi. Delice bir tiksinti, soğuk bir zehir gibi kanına yayılıyor, hissettiği acıyı da soğutuyordu. Buz kesmişti yine duyguları. Artık bedeninde, ruhunda, canında, sıcak olan ve gittikçe daha da kavurucu bir hale gelen bir tek şey vardı. Öfke... Oysa az önce, boğazına kadar huzurla dolmuştu. O kız; tıpkı o gece yanında uyuyan kıza benziyordu. Az öncesine kadar onun gerçekten de o olduğuna inanıyordu. Aynı huzurlu enerjiyi taşıyıp getirmişti yanında. Ve Barlas onun yanında kendini ne kadar da başka hissediyordu.

O da mı yalandı? Huzur da insanı aldatır mıydı?

Görünen oydu ki; o gece de, şimdi de... Hatta o kızı gördüğü her an... Aldatılmıştı. Aldanmıştı Barlas. Hâlâ temiz ruhlar olduğuna, küçük bir genç kızın sırf aşk hayalleriyle kendini ona sunduğuna inanacak kadar, onun yanına, karanlık ruhunu serip uyumayı düşünecek kadar aldanmıştı hem de.

Oysa gün gibi ortadaydı her şey. Her saniye bir sahne geriye gidiyor, deli ateşler yakan yüreğinin götürdüğü her bir anıyı görüp, gerçeklerle yüzleşiyordu. Oyun en başından beri son derece ustaca oynanıyor ve her bir sahne bir sonrakini destekliyordu. Boğulma numarasından başlıyordu ve çorap söküğü gibi geliyordu arkası. Dikkatini çekmek için genç adamı suçlamıştı. Sonra, gecenin yarısında tepeye düşmüş bir yıldız gibi karşısına çıkmış, baştan çıkarmış ve amacına ulaşmıştı. Kızın o geceki davranışları, cesareti... Nasıl da yadırgamıştı Barlas. Bütün bu tuhaf zincire ne kadar da kafa patlatmıştı. Nedenlerini kendinin sorguladığı yetmezmiş gibi, kızı da boş yere hırpalamıştı. Bütün bunlar ustaca hazırlanmış bir tuzaktı. O zaman uyanması gerekiyordu, ama aklı böylesine ince hesaplara hiçbir zaman çalışmamıştı. O günden, bugünkü sonuçları tahmin etmesi ya da tedirgin olması imkânsızdı. Barlas'ın değil aylar sonrasını, yarınını bile düşlediği ya da planladığı olmamıştı.

Bütün bunlar için harcanan zamana ve emeğe yazık etmişti Nesil. Barlas, öfkeyle dağlanıyor ve bütün bunları o tatlı kızın, tatlı hayaline yakıştıramıyordu. Yine de bir şey itiraf ediyordu. Hayatına kendi isteğiyle gelen kadınlar, kiraladıkları kadar dürüst çıkmamışlardı. Dürüstlüğün ve ahlakın kimde olduğu, insanın derinlerinde varolan sırlarda saklıydı. Yaptıkları işlerde ya da yaşadıkları hayatlarda değil.

Barlas'ın kötü talihi, bir kez daha benzer bir sınavdan geçiyordu. Bir kez daha dayanıklılığını sınamak zorunda olduğu, kadınca bir tuzağın içine giriyordu. Kör değildi gözleri. Eskiden kolayca kapıldığı zaafları artık yoktu. Korku ya da panik değildi öfkesinin asıl sebebi. En yoksun hissettiği konuda bir kez daha oyuna getirilmiş olmak onu delirtiyordu. Diğerlerinde olduğu gibi bundan da kurtulabilirdi elbette. Ama ya, yok yere kıpırdayan laf dinlemez ümitleri... Ya yok yere depreşen melekli düşleri...

Keşke... Evet keşke... O şanslı adam Barlas olsaydı. Keşke bu canından bir kez daha can koparan yalan, gerçek olsaydı. O bebek, Barlas'ın düşlerinin süsleyen, yaşama umudu, melek olsaydı. Keşke; anılarında pürüzsüz mermer bir heykelcik gibi duran o masum ve güzel kız, hiç bozulmadan kalsaydı. O bir tek gece, hayatında ilk kez bedenini ve ruhunu bir araya getirerek seviştiği kız, onun hiç sahip olamayacağı çocuğuna hamile kalsaydı. Keşke olsaydı... Keşke... Keşke...

Keşkelerle, düşlerle, meleklerle uğraşıp durmak neye yarayacaktı? Ansızın lavlara sancılanmış bir volkan gibi patladı.

"Lanet olsun"

Genç kadını açtığı ofis kapısından içeriye çekerek ardından kapıyı kapattı. Artık yalnız kalmışlardı. Dışarıda yüzlerce parçaya ayırdıkları gerçekleri ve yalanları orada bir araya toplayacaklardı.

"Şimdi söyle bana... Son kez soruyorum Nesil? Neden ben? Neden bana geldin?"

"Boşver" dedi genç kadın kapalı kapıya yönelerek. "Artık bir önemi yok."

Barlas istediği yanıtları alamamıştı. Bunun getirdiği sıkıntıyla, dişlerini bir kez daha sıktı ve soluklandı. Artık iyiden iyiye çıldırmanın eşiğine geldiğini hissediyordu. Son çare olarak Nesil'e kendi gerçeğini anlatacaktı. Yüzüne vuracaktı bütün planlarının aslında ne kadar boş olduğunu. Ondan sonra da, gitmesini isteyecekti. Ancak o noktaya gelmeden, genç kadından itirafını duymayı umuyordu. Belki de o durumda, kendisine acı veren konuları bir kez daha deşmek zorunda kalmayacaktı. En azından hergün yüreğini yakıp kavuran o közü dudaklarına almak zorunda olmayacaktı.

"Bana gerçeği anlatmadan, buradan gidebileceğini mi sanıyorsun? Bu kez kolay değil Nesil. Bu kez kaçamayacaksın. Başladığın şeyi tamamlayacaksın. Bana bunu neden yaptığını anlatacaksın... Bunun ortaya çıkmayacak bir şey olduğunu mu sanıyorsun?"

"Neden bahsettiğini bile anlamıyorum Barlas. İnan bana anlamıyorum. Sana anlatmak istediğim tek bir gerçek vardı. Onu da duydun ve ben bu konuda ne düşündüğünü öğrendim. Konuşacak başka bir şeyimiz yok."

"Adam seni ve bebeği istemiyor mu?"

"O, senin"

Nasıl bir erkek, böyle bir mutluluğa sırt çevirebilirdi? Hangi baba, bebeğiyle birlikte yeniden dünyaya gelme ayrıcalığını reddedebilirdi? Ve nasıl olur da, bir baba çocuğunu yalnız bir hayata terk edebilirdi? Nefes almakta zorlanıyordu. Gömleğinin üst düğmelerinden birini daha açtı ve bir eliyle boğazını kavradı genç adam. Göğsüne saplanan acının bir ucu sırtındaydı. Bir erkeğin, babalık için çektiği bitmek tükenmek bilmeyen umut dolu sancılarını hatırlamıştı.

"Şah damarıma basmışsın gibi nefessizim Nesil. Can çekiştiğimi hissediyorum. Bu haldeyken, sana ne kadar zarar vereceğimi kestiremiyorum bile. Git buradan ve bir daha sakın gelme."

Dişlerinin arasından güçlükle çıkan şey, ses değil, buzdan, sert parçacıklardı. Daha fazla uzatmanın kimseye bir yararı yoktu. Ne Nesil vazgeçecekti bundan ne Barlas daha fazla dinleyebilecekti onu.

"Bir daha asla gelmeyeceğim. Söz veriyorum sana. Ben şu otelden çekip gittiğim andan itibaren bir oğlun olduğunu bir daha hatırlamak zorunda kalmayacaksın."

Nesil'in Barlas'ı anlaması mümkün değildi. Genç adamın içindeki kavgadan habersizdi. Ne geçmişini bilebilirdi ne ona neler hatırlattığını... O da vazgeçmişti.

"Hâlâ inatla direniyorsun değil mi?"

"Direnmiyorum. Aksine pes ediyorum Barlas. Oğluma bunu anlayacak yaşa geldiğinde, babasının öldüğünü söyleyeceğim. İstenmediğini hiçbir zaman öğrenmeyecek."

Barlas omuzlarını kaldırdı ve gülümsedi. Hayatında böyle bir direnişle karşılaşmamıştı. Nesil kurduğu tezgâha, gerçekten kendini kaptırmış ya da daha da kötüsü, inanmıştı.

"Harika bir plan" dedi usulca Barlas. "İnan bu kadarını, bu kadar profesyonel olanını hiç duymamıştım. Katiller neden hep yakalanır biliyor musun Nesil?"

Genç kadın, dikkatini Barlas'ın sakinleşen ve hafifleyen ses tonuna vermişti. Ama aynı anda göğsündeki kaynamayı hissediyor ve oğlunu emzirme zamanının geldiğini anlıyordu. Kollarını yavaşça kaldırdı ve göğsünde kavuşturdu. Sıcaklık hızlı bir şekilde göğsünden dışarıya yayılıyordu. Sütünün, az sonra elbisesinin dışına çıkacak olan ıslaklığını Barlas'tan gizlemeye çalışıyordu.

"Çünkü ince ince kurarlar işin tuzağını. Bütün ayrıntıları ince ince hesaplarlar. Harika bir iş çıkarırlar. Ama bütün cinayetlerde hep bir kusur vardır. O kadar detaylarla uğraşırlar ki, sonunda en basit hata ile yakayı ele verirler."

"Öyle mi? Ben nerede hata yaptım peki? Benim planımın kusuru neredeydi?"

Artık son sözü söylemek istiyordu Barlas. Nesil'in bu inatla, bir kez daha karşısına çıkma cesaretini ortadan kaldırmak için bunu yapmak zorunda hissediyordu kendini.

"Asla baba olamayacak bir adamın karşısına, bir bebekle geldin. Bunun için değil bir gece, hayatının her gecesinde benimle yatsan da çocuk sahibi olmanın mümkünü yoktu, küçük ahmak..."

Artık kimse adına yaşayacak, taşıyacak utancım kalmamıştı. Kendimden utanmıştım çünkü. Terbiye hücresinin içindeki, yaralı ve aciz çocuğun utancından utanmıştım. Benden başka hiç kimse farkına varmamıştı yaşadığım acının. O hücre günlerinde, babamın gelip gidişinin ardından, çok iyi anlamıştım. Yalnızlık için verilen bütün dersleri tamamlamış ve acının, terk edilmişliğin, reddedilmişliğin bütün gerçeğini kavramıştım.

O odadaki mahpusluğum bittiği gün, yeni bir Yusuf olarak çıkmıştım oradan. Yaşlanmıştım. Birden bire, susuz, sevgisiz, vakitsiz tamamlamıştım filiz günlerimi. Artık kuru bir ağacın içi boş, ölü kabuklarından başka bir şey değildim. İstesem de yeşeremezdim artık... İstesem de dirilemezdim.

Uzun zamandır, mintanımın beline ve başıma sardığım siyah renkli kumaşın karasını taşıyordum alnımda. Meğer o bez parçalarında değilmiş ergenliğin hikmeti. Onlar değilmiş yetişkinliğin sembolleri. Asıl ergenlik, asıl olgunluk o süslemeleri takıncaya kadar geçen süreyi yaşayabilmek ve ayakta kalabilmekmiş. Askerdim artık. Elim silah tutuyordu. Uçan kuşu gözünden vurabilecek kadar sağlamdı bileğim. Bedenim, bir devi bile yerden yere vurabilecek kadar büyümüş, güçlenmiş ve ustalaşmıştı. Diğerlerinden daha uzun boylu ve yapılıydım. Kıvrak zekâm, bütün savaş oyunlarını bellemiş, anlamıştı. Bir yerleri yıkmaya ve yerine yeni bir şeyler kurmaya tasarlanmıştım... Çok emek vermişlerdi bana. Her eğitim sonrası onların yüzlerindeki gururu görüyor ve benimle ne kadar övündüklerini anlıyordum. Onların bakışlarındaki gurur, bir kurbana gösterilen saygıdan başka bir şey değildi bana göre. Zamanı geldiğinde, beni gözlerini bile kırpmadan, harcayacaklarını biliyordum. Ne için eğitildiğimi, onca yıl boyunca karnımın neden doyurulduğunu, bana neden yatacak bir yer verdiklerini, neden benim için zahmete girdiklerini, ne için seçildiğimi biliyordum.

Eskisinden daha da suskundum. Duyduklarımı uyguluyor ve Cemil hariç hiç kimseyle konuşmuyordum. Soruları yanıtlamıyor, dilsizmişim gibi davranıyordum. Yine de gözden çıkaramıyorlardı beni. Hatta bu halimle, diğer çocuklardan çok daha fazla saygı görüyordum. Çünkü en usta neferlerinden, en sağlam burçlarından biri olmuştum. İnsanın aklını çelen, zayıf düşüren değerleri vardır. Bende bunların hiç biri kalmamıştı. Bu duygusuzluk, beni diğerlerinden ayırıyordu. Ben, sadece verilen eğitimleri alıyor, uyguluyor ve bir gün, oradan kaçabilecek kadar güçlü olmaya çalışıyordum. Ancak en güçlü olursam, onlara baş eğmekten kurtulacaktım. Bana öğretilenleri, bir gün onlara karşı kullanabilmek için ezberliyordum. Çok az zamanım kalmıştı ve artık plan yapmaya ve gün saymaya başlamıştım.

Yesra'da yoktu artık... Onu, alnıma taktığım siyah kuşak ile alın yazımın arasına saklamıştım... Küçülmüştü kalbim. Artık kalbimin varlığından bile endişe eder olmuştum. Ara sıra Yesra'ya seslenerek, hâlâ yaşayıp yaşamadığımı anlamak istiyordum. Sesi gelmiyordu, yanıt vermiyordu bana... Yine de, yüzünün gölgeleri alıp gidiyordu aklımı başımdan. Hayaliyle avunuyordum. Yesra'nın hâlâ yüreğimde olduğunu hissediyordum. Kalbimin kapanmış kapılarının ardında kalmıştı ve hiçbir zaman yok olmayacak, oradan çıkmayacaktı. Yeni sevgiler için hevesim de, yerim de kalmamıştı. Bir kuyu üzerine kuyudan büyük ve ağır bir taş kapatılmıştı... O taşı kaldırmak, imkânsızdı...

Bir gece vakti artık hazırdım. Kardan kapanmış avluyu, odamın demir parmaklıklı camından izlerken, o gecenin son olacağını düşünen bir kayaya benziyordum. Ne heyecan vardı içimde, ne telaş ne de korku... Çünkü kaybedecek hiçbir şeyim yoktu. Oradan kaçmak benim için kurtuluş anlamına gelmiyordu. Sadece, bir başkaldırıydı bu. Benim adıma, benden habersiz yapılandırılmış geleceğime isyandı... Bana kurulan tuzağa, bundan sonra olacaklara vurulacak bir darbeydi. Kendim için değildi bu kaçış. Ruhu oraya hapsedilmiş küçük bir çocuğun, bedenini özgürlüğe kavuşturmak ve intikamını almaktı. Vaktiyle o çocuk yapamamıştı bunu. Başkaldıramamış, denediğinde şiddet görmüş, cezalandırılmıştı. Artık ergen Yusuf vardı. Ve ergen Yusuf, çocuğu o çukurdan dışarıya çıkarıncaya kadar savaşacaktı. O, şu sınırlardan çıkmayı başardığı an, geride kalanları "korkuyla" cezalandıracaktı. Babamı, oradakileri, o siyah sürmeli gözleri olan adamı, hepsini cezalandıracaktı gidişim... Bildiklerimi yanımda götürdüğümü anlayınca, delice korkacaklardı. Sırlarının peşine düşeceklerdi tıpkı av köpekleri gibi... Bulamayacaklardı beni. Asla bulamayacaklardı. İzin vermeyecektim bu kez. Korkulu düşleri onlar görecekti bundan böyle. Bütün inlerini boşaltmak ve çil yavrusu gibi dağılmak zorunda kalacaklardı...

Bir yolculuğa çıkacakmış gibi sakince saatimi bekliyordum. Yaşadığım, yaşlandığım yere son kez bir göz attım. Orada yitirdiğim zamanın ekşi kokusunu içime çektim. Bu kokuyu unutmak istemiyordum. Yatağıma son kez oturdum. Başımı çevirdim ve yastığımın üzerinde kendi yüzümün hayalini gördüm. İri kara taneli gözlerimin üzerine, kara kirpiklerimin gölgesini düşürmeden öylece bakıyordum. Gözlerimi ranzanın altındaki paslı demirlere dikmiştim. Orada kaç gece geçirmiştim öyle kim bilir... Yastığa bakan yüzümü çevirmeden önce, gözlerimi yumdum ve vedalaştım Yusuf'un hayaliyle...

Kalktım yerimden, karyolamın yanındaki metal dolabımı açtım. İçinde, yanıma alacağım iki üç parça şey vardı. Çocukluğumu, birkaç nesnenin küf kokusunun arasına saklamıştım. Onları toparladım ve küçük naylon bir torbaya doldurdum. Daha önce mutfaktan gizlice aldığım geniş bandı çıkardım. Yavaş yavaş soyunmaya başladım. Üst kısmım tamamen çıplak kaldığında naylon torbayı karnıma yerleştirdim. Bandı belimin çevresine sararak, torbayı bedenime sımsıkı bağladım. Uzun mintanımı ve makası elime aldım. Avlunun nöbet lambalarının dönüp duran ışığında, uzun eteğinin fazlalığını kesmeye başladım. Normal bir gömlek boyuna getirdikten sonra, yünlü iç fanilamı ve üzerine yeniden yapılanmış gömleğimi geçirdim. Dışarısı soğuktu... Hem de insanı donduracak kadar soğuk. Mecburen, tek tip verilmiş olan paltomu da alacaktım yanıma...

Hazırdım... Koşar adım bilinmezliğe gidiyordum. Yıllar geçirdiğim o yerden, kimseye dokunmadan, kimsenin kalbini yanıma almadan ve kırmadan, hiç iz bırakmadan gidiyordum... Sadece kendime bağlanmıştım geçen zaman içinde. Yalnızlığımdan başka hiç kimseyi tanımıyordum...

Nasıl bırakmıştım dışarıyı? Şimdi nasıl bir dünyaya adım atacaktım? Tecrit içinde geçirilmiş yokluk dolu bir hayattan kaçarken, nereye gideceğimi bilemiyordum. Sadece gidiyor olmak bile içimi kaplayan sıkıntıyı hafifletiyordu. Sadece o hisse güveniyordum.

İki kişilik odamızda, ranzanın üst katında yatan Cemil'i uyandırma zamanım gelmişti. Onun kararlı olduğundan şüpheliydim. Bu kaçışa benim kadar gönüllü olmadığını hissediyordum. Korkuyordu. Haklıydı. Buradan başka bir yaşam biçimi bilmiyordu. Ben de öyleydim elbette, ama benim ruhum, bana huzur vermiyordu. Oraya hapsedildiği günden beri hep bir gün çıkacağı ya da kaçacağı günü bekliyordu. Dışarıda başıma ne geleceğine zerre kadar aldırmıyordum. Şu duvarların dışında beni bekleyen şeyin ölüm olması bile heyecanlandırıyordu beni. Sağlıklı değildim. Sağlıklı düşünemiyordum. Kaçma ateşi sarmıştı ruhumu hastalık gibi. Her gece bunu sayıklayacak kadar kendimden geçiyor ve o ateşle yanıyordum. Kendimi prangaya bağlanmış hissediyordum yıllardır. Artık elimdeki, ayağımdaki ve boynumdaki o kilitlerden kurtulmak istiyordum. Bedeli neyse ödemeye hazırdım. Ama Cemil benim kadar katı değildi. O bir gün her şeyin düzeleceğini düşünmekten vazgeçmezdi. Nasıl koruyabiliyordu umudunu anlayamıyordum ama... Hep yarının farklı olabileceğini hayal ederdi.

"Cemil... Cemil uyan..."

Uyku sersemliği gibi bir lüksümüz ya da ona ayıracak zamanımız olmazdı bizim. Kalkma vakti geldiğinde çivi gibi olmayı öğrenmiştik. Cemil ikiletmedi bile seslenişimi... Hızlı bir şekilde üzerindeki yorganı kenara itti ve ranzadan aşağıya bırakıverdi kendini... Dağılmış sarı saçlarını, yüzündeki seyrek sakalını elleriyle sıvazladı ve gözlerini belli belirsiz olan ışığa alıştırmaya çalıştı...

Önce beni süzdü dikkatle. Giyinmiş olduğumu görünce kaşları çatıldı...

"Yapacak mıyız bunu?"

"Ben yapacağım... Sense kendin bilirsin..."

"Seni yalnız bırakmam..."

"Bırakabilirsin. Buna mecbur değilsin."

"Yapma Yusuf. Biz ne anlarız dışarıdaki hayattan. Çıksak nereye gideriz?"

"Cehenneme" dedim fısıltıyla...

Çünkü benim için nereye gideceğimin gerçekten de bir önemi yoktu. Ruhum cehennem ateşlerinde yanarken, hiçbir yerin diğerinden bir farkı yoktu. Hem orada kaldığım sürece, istemesem de başkalarının canını yakmak zorunda kalacağımı biliyordum. Yıllardır bunun için kurgulanıyordum. En çok bundan kaçıyordum. En çok bundan korkuyordum.

Cemil daha fazla itiraz etmedi ve hızlı bir şekilde giyinmeye başladı. Zaten haftalardır aynı konu üzerinde, aynı cümleleri kurup duruyorduk. Her seferinde beni vazgeçirmeye çalışıyordu. Sonra, gözlerime bakıp susuyordu. Sıkça bana "oradan aydınlık bir yere gidiliyor mu?" diye sorardı. Gözlerim Cemil'e göre siyahtan daha ıssız bir karaydı.

"Önce sen çıkıyorsun değil mi Yusuf."

Cemil, iki kişinin, tel örgülü duvardan aşacak vakti olmazsa, dışarıda kalan tek kişi olmayı göze alamıyordu bir türlü. Sürekli önce benim çıkmamı istiyordu. İçeride kalıp yakalanmak bile, Cemil'e dışarıda tek başına kalmış olmaktan daha kolay geliyordu.

"Sana anlattığım gibi. Önce ben çıkıyorum. Ben atladıktan sonra, sen geleceksin. Eğer fark edilirse, sen beni durdurmaya çalıştığını bu yüzden orada olduğunu söyleyeceksin ve sıyıracaksın kendini tamam mı?"

"Tamam."

"Cemil" dedim kapıdan çıkmadan önce son bir kez daha. Fısıldıyorduk. Nefes alışlarımız o kadar hızlanmıştı ki... Onları bile duyabiliyorduk...

"Sen gelmek zorunda değilsin."

"Kalmak istemiyorum, ama gelmeye de korkuyorum Yusuf."

"O zaman henüz hazır değilsin. Kal Cemil. Sen benim gibi değilsin. Sen yaşayabiliyorsun burada. Bense ölüyorum."

"Geleceğim. Haydi, vakit kaybetmeyelim..."

Onu kalmaya ikna edemiyordum. Aslında son dakikaya kadar hep geriye döneceğini düşünüyordum ve yanılmadığımı çok geçmeden anladım. Kalın halatlarla yaptığımız merdiveni yüksek duvarların en karanlık ucuna attığımızda, Cemil'in titremeye başladığını ve sürekli geriye doğru baktığını fark ettim. Artık fısıldayacak kadar konforumuz da yoktu. Sadece bakışarak birbirimizin ne anlatmaya çalıştığını okumaya çalışıyorduk. Ben bekleyemezdim. Çünkü bunu sadece bir kez deneyebilirdim. Sadece bir kez böyle bir şansım olabilirdi. Buraya girmek kolaydı, ama çıkmak için sadece iki yol vardı. Ya o an benim yaptığımı yapmak ya da...

Duvarın üzerine çıkmıştım ama aşağıya bırakamıyordum kendimi. Cemil'deki kararsızlık beni korkutuyordu. Gelecek olması da kalacak olması da beni endişelendiriyordu.

"Haydi" dedim belli belirsiz bir sesle. "Haydi, vakit yok."

"Yapamayacağım" diyordu aşağıdan. "Yusuf ben gelemem, gelemeyeceğim. Korkuyorum."

"O zaman koş" dedim can acısıyla. Ellerim tellerden parçalanmaya ve kanamaya başlamıştı.

"Gir içeriye, görünme kimseye."

O kadar rahatlık, o kadar zaman bile, dışarıdaki dondurucu soğuğun bize sunduğu şanstı. Nöbetçiler sık sık çay içip ısınmak için bahçedeki kulübeye toplanır ve avluyu boş bırakırlardı. Zaten uygulanan o güvenliğin sebebi de içeriden çıkacak olanlara karşı değildi. Dışarıdan gelebilecek sürprizlere ya da baskınlara hazırlıklı olmak içindi. O güne kadar kaçmaya çalışan başka biri olmamıştı. Böyle bir kaçış olasılığı hiç kimsenin aklına gelmezdi ve o kadar yıldan sonra, tıpkı Cemil'in yaptığı gibi kimse buna kolayca cesaret edemezdi. Dışarıdaki hayat korkuturdu herkesi. Çocukken bir kafese kapatılmış insanlardık. Tıpkı hayvanlar gibi. Bizim dışımızdaki insanlar ürkütürdü bizi...

Ellerimin acısı artık dayanılır gibi değildi. Cemil hâlâ uyuşmuş gibi duruyordu orta yerde. Hem gözlerime bakıyor, beni oraya bağlıyordu, yardımımı bekler gibi... Hem bir türlü gelmiyordu ardımdan. Yan dönüp kolumu bastırdım duvara. Paltom beni dikenli tellerden koruyabilirdi. Çıplak ellerimden daha az hasar görebilirdi omuzum. Ama ayağımla destek almaya çalıştığım taş oyuk birden bire kırılıp dökülmeye başladı. Belden aşağım boşlukta asılı kalınca, omzumu daha fazla bastırdım tel çevrili duvara... Tutunacak tek yer orası kalmıştı. Cemil'e baktım son kez, acımı dişlerimin arasında ezmeye çalışarak...

"Cemil" dedim son kez.

"Git sen Yusuf... Kaç..." dedi.

Tam o sırada, avlunun dönen kontrol ışıkları bizim olduğumuz tarafa çevrildi. Tıpkı hapishanelerdeki gibi... Ortalık hareketlenmeye ve sesler yükselmeye başladı... Cemil'e baktım son kez... Var gücüyle avlunun iç tarafına doğru koşuyordu... Artık kendimi aşağıya bırakma zamanı gelmişti, ama tel örgülere öylesine girmişti ki paltonun seyrek dokuması... Çabaladıkça kurtulamıyordum. Kolumu çektikçe, içimde bir şeylerin yırtıldığını hissediyor, ama o lanet kumaşı oradan koparamıyordum. Tenimin parçalandığını hissediyor ama aşağıya düşemiyordum... Kapalı düğmeleri tek elimle açmaya, üzerimden sıyırıp. orada bırakmaya çalışıyor, ama boşlukta asılı kalmışken bunu başaramıyordum. Panik haliyle arkamdan açılan güvenlik ateşlerinin seslerini duyabiliyordum. Duvarın altında biriken kalabalığı görebiliyordum. Kendimi boşluğa bıraktığımda kolumdan parçaların orada kalacağından emindim, ama yapacak hiçbir şeyim yoktu... Ya öyle olacaktı. Ya da...

Duvar yüksek olmasına rağmen diz boyu kar, zemine düşüşümü yumuşatmıştı. Ancak ondan sonrası tam bir cehennem olmuştu. Tıpkı Cemil'e dediğim gibi. Dışarıya çıktığım an, bu kez de doğanın cehennemi sarmıştı etrafımı. Karanlıkta ne yöne döneceğimi, nereye yürüyeceğimi bile kestiremiyordum. Daha önce yaptığım planları hatırlamaya çalışıyordum can havliyle, ama kolumun acısından başka hiçbir şey düşünemez olmuştum. Gözlerim kararıyordu. Acıyı içimde tutabilmek için dudaklarımı ısırıyordum. Koşmaya başlamıştım. Her adımda, altımdaki zemin lekeleniyordu. Karanlıkta renkleri birbirinden ayırt etmek imkânsızdı ama açıklıklar ve koyuluklar seçiliyordu. Vücudum soğuyordu. Sadece yaralı kolumdan aşağıya doğru süzülen bir sıcaklık vardı. O da gitgide azalıyordu. Parmak uçlarımdan damlayan kanı fark ettiğim an, kolumu göğsüme kaldırdım ve diğer elimle sımsıkı oraya bastırdım. Hareket etmezse, kanamanın kesileceğini ya da en azından azalacağını umuyordum. Aslında... O an, o cehennemden kurtulamayacağımı adım gibi biliyordum. O soğukta, karla kaplı o ıssız yerde, o duvardan aşağıya atlarken, peşimden geleceklerini de biliyor ve buna rağmen devam ediyordum yola. Hem de nereye gittiğimi bile bilmeden, yolumu yönümü görmeden. Öylesine gidiyordum. İntihara o gece niyetlenmiştim. Ne yaptığım o kadar belliydi ki. Sadece bunun adını söyleyemiyordum...

Dışarıyı kaplayan soğuk ve karın, benim kurtuluşum olacağını o an hayal bile edemezdim. Ancak saatler geçtikçe azalan ve sonunda kesilen seslerden, artık izlenmediğimi anlıyordum. Bana mezar olacağını sandığım o belirsiz beyazlık, onların beni bulmasına engel olmuştu. Daha fazla dayanamayarak geriye dönmüşlerdi. Ondan sonrası, benim için tam anlamıyla bir delilik nöbetiydi. Gülüyordum. Gecenin sessizliğinde, ıssızlığında gitgide bilincimi ve sıcaklığımı yitiriyordum... Uyuşan bedenimden donmak üzere olduğumu anlıyor, buna rağmen durmadan gülüyordum. Gözlerimi yummadan önce bir ışığa doğru yürüdüğümü hatırlıyordum en son. Cılız bir ışık, güçsüz bedenimi sürekli aynı noktaya sürüklüyordu. Bir kapının önünde yığıldım. Tümüyle kendimi kaybetmeden önce, kapıyı açan yaşlı bir adama bakıyordum. Ve gülümsüyordum hâlâ...

Gözlerimi bir kez daha açtığımda, etrafımı bu kez sıcak bir bulut sarmıştı. Kulağıma, hafifçe patlayan ve sık sık çıtırdayan yanan odun sesleri geliyordu. Üzerimi ağır bir yorganla kaplamışlardı. Parmaklarımı bile oynatamıyordum. Bir kez daha bilincim kapanırken, bu kez fısıldayarak konuşan bir kadın ve bir erkek sesi duyuyordum...

"Başımıza iş olmasın Bey. Uyanınca ilk işi bizi öldürmek olmasın."

"Olsun be hanım. Varsın o bizim günahımızla yaşasın o vakit. Biz onunkiyle değil. Biz bugün olmazsa yarın gidiciyiz zaten. Ama eğer o iyi bir çocuksa. Baksana Ömer kadar ya var ya yok..."

Sonradan öğrendim. Ömer askerde olan torunlarıymış. Beş gün kaldım yanlarında. Bana baktılar ve beni sakladılar. Yaşadıkları köye bile varlığımı duyurmadan, iyileştirdiler yaralarımı. Karnımı doyurup, Ömer'in evde kalmış giysileriyle birlikte, cebime biraz para koyarak beni yine geldiğim gibi bir şafak vakti, at arabasıyla, köyden çıkarıp ana yola kadar bıraktılar... Onları hiç unutmadım. Hiçbir zaman onların ki kadar karşılıksız bir ilgi ve sıcaklık tatmadım.

Artık, yolum belliydi. Evime giderken, o kapıdan içeriye adım bile atamayacağımdan emindim. Zaten evime gitmek için çıkmamıştım o yola. Sadece Yesra'yı görmek istiyordum. Onun nerede olduğunu öğrenmek için beni yok sayan annemin ve babamın karşısına çıkmayı bile göze alıyordum. O gün, anneme ve babama karşı hiçbir şey hissetmiyordum. Garipti bu. Sanki iki yabancıya gidiyordum.

Ertesi gün, akşam ezanından sonra sokağıma girdiğimde nefeslerim sıklaşıyordu. Her şeye rağmen, o sokak ve o sokakta geçen günlerim göğsümde ansızın bastıran bir ağrıya neden oluyordu. Arkadaşlarımı arıyordu gözlerim. Belki de görsem bile tanıyamayacağım arkadaşlarımın evlerinin kapılarına ve kapalı kalın perdelerin ardında yanan ışıklarına bakıyordum. Her şeyini kaybetmiş biri gibiydim. Eskiden ıslıklarımla ve kahkahalarımla çınlayan o sokakta bu kez, üzerimi kaplayan yalnızlığımın sesinden başka hiçbir ses duyamıyordum... İçimdeki çocuk yoktu artık. Bedenini esaretten kurtarıp getirmeyi başarmış olsam bile, ruhunu bulamıyordum. Güldüremiyordum yüzünü. O sokaktayken bile, dudaklarını hafif bir tebessüm için aralayamıyordum.

Arkadaki bahçe duvarımızdan atlayarak açık avluya indim. Evimizle, mutfağın arasındaki boşlukta duruyordum. Ayakta bekliyordum öylece. Ne kapıya uzanabiliyor ne geriye dönebiliyordum. Ne oraya aittim, ne başka bir yere. Yesra kapıların birinden çıkabilir umudundan başka hiçbir his taşımıyordum. Yumruklarımı sıkmış, avluyu tutan kalın taş sütunlar gibi bakıyordum. Annemi ya da babamı görmek için en ufak bir isteğim yoktu. Onları çoktandır düşünmüyordum. Nefretimi körükledikçe, onları hep hatırlayacağımı anlamıştım ve artık hatırlamak istemiyordum. Bu yüzden onlara ait son kırıntı nefretimi de silip atmıştım içimden. O an orada dururken, o evde doğan çocuk Yusuf değil. Kim olduğunu bile hatırlamakta zorlanan bir hiçe benziyordum...

Kışın oturduğumuz sobalı odanın kapısı eskisinden de büyük bir gıcırtıyla açıldığında, geçmişe giden yolun kapısı da açılıvermişti bir anda. Sanki oradan ben çıkacaktım güle oynaya. Ya da başı sürekli yerde gezen mağrur Yesra. Bir an için gözlerimde özlem dolu bir kıvılcım yanmasına engel olamadım. Yüreğim avucumda baktım umutla. Yesra'yı aradım...

Ama annemdi çıkan. Bir anlık o kıvılcım yandığı gibi sönüverdi yine bir anda...

"Su alıp geleyim Bey. Sobanın üstünde abdest için ısınıversin sabaha kadar..."

Annem arkasını döndüğü an, benden bile daha donuk göründü gözüme. Baktı baktı, kıpırdamıyordu. Kıpırdamıyordum. İlk tepkinin ondan gelmesini ve bana kollarını açmasını bekliyordum. Öyle yapacaktı ki, ben de kırgınlığımı vurabileyim yüzüne. Haykırayım isyanımı... Hesabını sorayım onca yılın. Çocuk Yusuf'un annesinin canını yakayım. Bu muydu amacım? Sırf annesiz kalmışlığımın acısını çıkarmak için mi bekliyordum bir türlü açılmak bilmeyen o kolları? Sırf hıncımı döküp saçmak için mi istiyordum annemin "oğlum" demesini? Sırf, sitemime başlayabileyim diye mi bekliyordum bana doğru koşmasını ve sarılmasını? Yoksa...

Yoksa hâlâ içimde bir yerlerde duruyor muydu özlemi? Kuyunun üzerini kapatan taş kıpırdıyor muydu yerinden? Unuttum derken, unutamamış mıydım yoksa? Seviyor muydum hâlâ? Yesra gibi bakan gözlerini mi özlemiştim en çok? Yoksa "Oğlum, Yusuf'um" demesini mi?

O mu yabancıydı yoksa ben mi artık Yusuf değildim? Kollarını açmıyordu. Elini uzatmıyor, yüzüme doya doya bakmıyordu. Ardında kalan kapıyı çeviriyordu yüzünü sık sık. Onca yıldan sonra, bana sarılmak yerine, babamın ne diyeceğini düşünüyordu.

Başımı iki yana sallarken, kuyunun üzeri bir kez daha kapanıyordu. Daha büyük bir taş daha büyük bir ağırlıkla hem de. İçimde benim bile bilmediğim özlem kırıntıları duruyormuş meğer. Varlığından, hâlâ beslediğimden bile habersiz olduğum sızı dolu özlem duygusu. O an onu da yitirdiğimi hissediyordum. Annem öyle taş gibi durdukça, ben daha derine gömülüyordum.

"Baban görürse..."

O kadar zamandan sonra, annem yine kendi hisleriyle değil babamın fikirlerine göre davranıyordu. Anlaşılan onun canı benimkinin yandığı kadar yanmıyordu. Ya da o kadar uzun zaman geçmişti ki, bana karşı ne hissettiğini bile artık hatırlamıyordu. Belki o da tanımıyordu artık beni...

"Yesra nerede?"dedim acıyla inleyen sesimle. "Yesra'nın nerede olduğunu söyle bana. Bir daha gelmeyeceğim."

"Arama onu. Seni yakınlarında görür ya da bulurlarsa, onun da canını yakarlar. Sen mahvettin hepimizi..."

"Ben mi anne? Ben mi yaptım bunu bize?"

"Baban diyor ki?"

"Yesra nerede anne?"

Babamın ne dediği umurumda bile değildi. Babamın hayatımı nereden aldığı ve nereye getirdiği ortadaydı. Hem o artık benim babam da değildi. Onu ben reddetmemiştim. O beni istememişti...

"Git Yusuf. Geldiğin yere dön. Oradakilerden af dile. Özledim, dayanamadım gittim, ama pişman oldum döndüm de..."

"Yesra... Onu nereye götürdüler?"

"Yapma oğlum... Bak duyacak baban. Git oğlum, dön geldiğin yere. Ben ettim siz etmeyin de..."

"Orada bana ne olacağını biliyor musun anne? Beni nereye yolladığından haberin var mı?"

Sesimin tonumuydu annemi susturan yoksa gözlerimdeki sitemkâr kamaşmalar mı? O soruların yanıtlarını gerçekten çok merak ediyordum. Sorarken bile yüreğimdeki sancının göğsümü delecek kadar zorladığını hissediyordum. Bilerek yollamış olamazlardı beni değil mi? Kandırılmışlardı... Aldatılmışlardı... Hâlâ bunları duymayı umuyor olduğum için, kendimden utanıyordum...

"Saliha..."

Babamın sesi bir fırtına bulutu gibi girivermişti annemle aramıza. Annem yerinden sıçrayarak irkildi. Kapının koluna uzandı çarçabuk. Bana arkasını döndü... İçeriye girmeden önce son bir kez daha baktı bana...

"Yusuf, Yesra'nın peşine düşme. Evlendi o... Artık bizden çıktı... Babanın öfkesini kudurtma artık emi. Seni görürse, kendi elleriyle onlara teslim edeceğini söyledi. Ama önce. Neler yapacağını düşünmek bile korkutuyor beni... Dön yuvana Yusuf... Dön oğlum."

Annem sözünü bitirdi ve içeriye girdi. Ben dışarıda durmaya devam ediyordum. Kar yağmaya başlamıştı. Ayaklarım soğuktan donuyordu. Buna rağmen kıpırdayamıyordum. Aradan ne kadar zaman geçtiğinin farkında bile değildim. Odanın avluya bakan küçük penceresinin perdesi usulca aralandı. Annem göründü bir kez daha. Yine baktı yüzüme... Uzun uzun baktı. O bana artık gitmemi işaret ediyordu bakışlarıyla... Benimkilerse, içten içe yanıyordu.

Birkaç saniye sonra, o perdeyle birlikte, her şey yüzüme kapandı. Zaten eskiden de kapanmıştı, ama o gece ki çok daha büyük bir acıydı benim için. Neden öyle hissettiğimi o gece anlamamıştım.

Oysa anlaşılmayacak bir şey yokmuş...

Kaçmıştım, ama dünyayı tanımıyordum. Orası evimdi ve ben evime giremiyordum. Annemi ve babamı olması gereken yerde bulamıyordum. En kötüsü de... Evet, en kötüsü buydu. Yıllar var ki; Yesra'yı göremiyordum. İster özgür olayım, istersem esir, değişen hiçbir şey yoktu. Yesra'sız bir hayat koymuşlardı önüme. Ama ben onsuz yaşayamıyordum.

Odaya yaklaşırken, Ekin'in ağlama sesini işiterek, adımlarını hızlandırdı. Kapı açılır açılmaz, oğluna odakladı gözlerini. Yaş dolmuştu, çam yeşili gözlerinin engin derinlikleri. Barlas'ın yanından ayrıldığından beri, hem lal hem hissizdi.

"Bebeğim... Bebeğim... Geldim bebeğim..."

Ekin'in sesi, Ekin'in soluğu, Ekin'in reddedilmiş masumluğu Nesil'in yeni yarasını büsbütün kanatıyordu. Tez ve telaşlı tavırlarla, dudaklarını ve burnunu dolaştırdı bebeğin teninin üzerinde. Oğlunun, onun yakınlığına her zamankinden çok ihtiyacı varmış gibi sımsıkı sarılmıştı.

Efser sessizce, bir adım öteden Nesil'deki sırrı çözmeye çalışıyordu. Gelen Nesil, kadının dizlerinin bağının çözülmesine neden olmuştu. Kızarmış yanaklarına rağmen, yüzünde can yokmuş gibi duruyordu. Gözleri ıslak, başı eğik... Burnunu Ekin'in boynuna gömmüş, susuyordu.

"Onu bir dakika tutar mısın sütanne?"

Sesindeki titreşimler, Ekin'i uzatan ellerindeki titremeyi de açıklıyordu yaşlı kadına. Nesil, yıkılmıştı.

Aceleyle banyoya girdi genç kadın. Elbisesinin fermuarını açtı, askılarını omuzlarından aşağıya kaydırdı ve ayakucundan çıkarıp bankonun bir köşesine bıraktı. Yine hızlı hızlı çamaşırının öndeki kopçasını açtı. Lavaboya eğilerek süte bulanmış göğüslerini ılık suyla yıkadı. Seri bir şekilde, kopardığı kâğıt havlu parçalarıyla ıslak göğüslerini kuruladı. Banyo havlularından birini üzerine kapatarak odaya geçti. Açık bavulundan sabahlıklarından birini çıkardı, giydi ve belindeki kemeri bağladı. Esfer'in kucağındaki oğlunu alarak yatağa oturdu. Ekin'in sabırsız elleri göğsüne yapışmıştı. O minik ellerini alıp öptü genç kadın. Sırtını yasladı ve oğlunu emzirmeye başladı. Başını onun yüzünden kaldırmıyordu Nesil. Odanın içinde bir o yana bir bu yana yürüyen Efser Kadın'ın bakışlarından kaçıyordu. Sonunda daha fazla dayanamadı Efser...

"Nesil?"

"Sorma sütanne" dedi o an ondan beklenmeyecek bir hızla genç kadın. "Lütfen sorma. Ben Ekin'i doyuruncaya kadar sen gidip eşyalarını toparla. Sonra gidiyoruz buradan."

"Eşyalarımı açmadım ki zaten."

"İyi o zaman. Bu daha iyi. Fazla zaman kaybetmemiş oluruz."

"Ateş almaya mı geldik kızım? Önce neler olduğunu anlatsana bana..."

"Anlatacak bir şey yok..."

"Konuştun değil mi?"

Şimdi olmasa, yolda, yolda olmasa evde... İlle de anlatmak zorunda kalacaktı genç kadın. Bu yüzden, konuşmayı ertelemenin anlamı yoktu.

"Ekin'i istemiyor" dedi yaralı bir fısıltıyla...

"Nasıl?"

"İstemiyor işte. Daha doğrusu..."

Bir düzenbaz gibi hakarete uğradığını kelimelere dökemiyordu. Barlas'ın sözlerini hatırladıkça, yüreğinin hem buz tuttuğunu, hem cayır cayır yandığını hissediyordu. Hem buz hem yangın bir arada olur muydu? Oluyordu. Bir yanı gitgide daha fazla soğuyordu yüreğinin, diğer yanıysa ateşlerde yanıyordu.

"Neyin doğrusu. Nesil gizlimiz saklımız mı var yavrum? De bana. Ne dedi o adam tam olarak. Niye kelebek gibi gidip, böyle kanadı kırık döndün?"

"Babası ben değilim dedi."

Barlas'ın sözlerini düşünmemeye çalıştıkça, inadına, her kelimesini tek tek ve yeniden duyuyordu.

"Hayatının her gecesinde benimle yatsan da çocuk sahibi olmanın mümkünü yok."

Bu, içlerinde en dayanılmaz olandı. Bu, bir kaçışa mazeret olamayacak kadar acı bir yalandı. Bir erkek, istemediği çocuğunu geriye çevirmek için bu kadar alçalamazdı. Pek çok erkek, hatta bütün erkekler, gerçek olsa bile bunu dile getirmekten kaçardı.

"İyi. Açarsın bir dava, görür o zaman kimdenmiş bu bebek."

"Olmaz. Asla olmayacak bu. Ben istedim ki..."

"Senin ne istediğini benden iyi bilen mi olur Nesil'im? Ama böyle bir adama bunu yapmak, dediklerini yutturmak en doğrusu."

"En doğrusu buradan olabildiğince hızla ayrılmak sütanne. Olabildiğince hızlı bir şekilde, ondan uzaklaşmak. Daha fazlasına dayanamayacağım. Ekin'in bu sohbete, bu savaşa konu olması bile bilsen nasıl içimi yakıyor. Çok küçük düşürücü bir şey bu. Çok uzatmayacağım. Hem herkes son sözü söyledi. Konuşuldu ve bitti."

Efser, dolabının üzerinden kendi odasının kartını aldı ve kapıya yöneldi.

"Nereye?" dedi genç kadın ardından bakarken.

"Odaya gideyim. Eşyalarımı dağıtmamıştım, ama yine de bavulumu açmıştım. Toparlanıp geleyim."

Odasına gitmek gibi bir niyeti yoktu. Merdivenlere yöneldi. Nesil'i o hale getiren adama, gitmeden iki çift laf etmek istiyordu. Oradan ayrıldıkları anda, Nesil'in bir daha geriye dönmeyeceğinden ya da dava açmayacağından emindi. Tanıyordu yıllarca elinde büyüttüğü, sütünden beslediği kızını. Efser'in görebildiği tek şey, bu meselenin kapanacağı ve adamın yaptığının yanına kalacağıydı.

Resepsiyona doğru yürürken, etrafına dikkatle bakıyordu. Lal, Ekin'in babasına benzediğini söylemişti. Farkında olmadan, Ekin gibi kara gözlü, karakaşlı bir adam arıyordu.

"Kolay gelsin yavrum."

Genç görevli erkek, tezgâha dayandı ve kadına yaklaştı.

"Buyurun Efendim."

"Buranın sahibi. Onu nerede bulabilirim?"

"Barlas Bey mi?"

"O, evet."

"Ben yardımcı olabilir miyim size?"

"Yok. Ben özel bir şey diyecektim ona."

"Aradığınızı söyleyelim kendisine. Kim diyelim Efendim?"

"Ne bu? Devlet büyüğü falan mı?"

Sinirle başını iki yana salladı Efser. Zamanı azdı. Nesil farkına varmadan onu bulmak zorundaydı.

"Arayıp söyleyin ona. Nesil Hanım'ın sütannesi bir şey diyecekmiş size deyin."

Nesil gittiğinden beri ofisinin kapalı jaluzilerinin ardında, loş odasında, denize bakıyordu. Nesil'in söylediği her cümleyi bir kez daha düşünüyor, o da tıpkı Nesil gibi, o kasırgayı an an yaşıyordu. Bu kadar emin ve bu kadar gururla inatlaşmasını anlayamıyordu bir türlü. Bir noktada korkması ve geriye çekilmesi gerekiyordu. Eğer bu bir kurgu ise, az da olsa tereddüt etmesi ve bunu yüz ifadesine yansıtması gerekiyordu. Oysa Nesil konuşmasının başından sonuna kadar yüzündeki kararlılığı korumuştu. Sanki sadece onun bildiği bir gerçeği, ölümüne savunmuştu.

Nesil'in karşısında düştüğü çaresizliği ve öfkeyi bir kenara bıraktıkça, ümitlenen yüreğinden gelen sesleri duyuyordu Barlas. En çok buna dayanamıyordu işte. Her seferinde sil baştan kendini alıştırmaya çalışmak Barlas'ı tüketiyordu. Her seferinde gerçek olabileceğinin ateşini yakıyordu içine... Sonrasıysa, bildik, tanıdık nöbetler getiriyordu ruhuna. Bir kez daha düşüyordu dik bir uçurumdan aşağıya.

Uzun süre, gerçeğin acımasız esaretinde kilitli kalıp, ümidin bittiği bir anda özgürlüğe kavuşmak. Kaybedilmiş umutsuz hayatında, yaralı geçmişinin ve çocuksu düşlerinin izini sürmek. Gözleri siyah salkım tanesi bir bebekle birlikte yeniden doğmak. Onu önce kendin, sonra yitirdiğin en kıymetlinin yerine koymak. Ona, bir yarın kadar, bir sevda, bir hayat kadar bağlanmak. Kurumuş dallarının üzerinde, yıllar önce zamansız solmuş bir filizin varlığını bulmak. Ona dokunmak, onu sarmak, korumak. Onu asla doyamayacağını bilerek öpmek, koklamak. Sonra, sonra, her şeyin bir karabasan içine sinsice yerleşmiş, aldatıcı bir rüyadan ibaret olduğunu anlamak ölüm gibiydi Barlas'a. Ölüm kolaydı hatta. Zor olan buna bir kez daha inanmak ve bunu bir kez daha yaşamaktı işte.

Kapı hafifçe aralanınca, omzunu dayadığı duvardan doğruldu genç adam. Arkasını döndü. Elleri, siyah pantolonunun ceplerinde duruyordu. İçeriye giren kadına baktığında onun ne söyleyeceğini hiç merak etmiyordu. Belli ki Nesil son bir umut ışığı arıyor ve kadını buna aracı yapmak istiyordu.

"Buyurun" dedi ciddiyetini bozmadan. Kadına cam masasının önündeki koltuğu gösterdi. Oturup oturmamasına aldırmıyordu. Yine de yaşına hürmet etmişti.

"Gerek yok, diyeceğimi dedikten sonra gideceğim."

"Sizi dinliyorum o zaman."

Kadın iki adım daha atarak yanına yaklaştı. Barlas'ın yüzünden gözlerini alamıyordu. Lal'in söylediği benzerliği içeriye girer girmez görmüştü. Ekin'in babası olduğunu anlamak için, başka bir şey yapılmasına gerek yoktu. Ekin'in yetişkin haline bakıyordu sanki Efser. Hem şaşırmıştı aralarındaki benzerliğin bu kadar belirgin oluşuna, hem de içini ani, deli bir öfke kaplamıştı. Onun yaptığı şey, Nesil'den çok ona tıpatıp benzeyen oğluna haksızlıktı. İşte bu... Oraya gelirken aklına bile getirmediği garip bir cesaret katmıştı yaşlı kadına. Kolunu kaldırdı. Barlas ne olduğunu anlamadan birbiri ardına iki ağır tokat indirdi genç adamın yüzüne.

Uzun boyu ve güçlü yapısına rağmen kadının tokatları sersemletmişti Barlas'ı. Böyle bir hamle beklememiş, hazırlıksız yakalanmıştı. Yıllar var ki, kimse ona bu şekilde şiddetle dokunmamıştı. Kadını kolundan tuttuğu gibi, dışarıya atmayı geçirdi öfke ile aklından ama, baktığında, vurduğu tokatlardan Efser'in de yorgun düştüğünü anladı.

"Bitti mi?" dedi dişlerinin arasından.

"Yazıklar olsun senin adama benzeyen kalıbına."

Kadının sesi de Barlas'ın öfkesine denkti. Ne korkmuştu ne bir geri adım atmıştı.

"Onu yüreklendirip senin ayağına kadar getiren bana da yazıklar olsun. Ne sandın sen? Ha? Ne sandın sen? Nesil iş mi açacak başına? Bela mı olacak? Korkmasaydın ya o kadar. Kendi için bir isteği yoktu. Ekin'i, yarın öbür gün babasını sorduğunda, yüzü yere eğilsin istemiyordu. Evladı, babasından mahrum kalsın istemiyordu. Senin gibi ne Barlaslar döner durur etrafında onun. O çocuğa baba olabilmek için ne çakallar dolanır ardında. Birini seçer elbet zorda kalırsa. Olmazsa, bastırır parayı, oğluna bir baba, kendine bir koca satın alır. Şimdiye kadar yapmadıysa, bu sana olan sevdasından, sana olan saygısındandı. Ben neden yanındayım biliyor musun? Çünkü seni korumak için akrabalarından oldu. Yalnız kaldı. Yine de toz kondurmadı sana. Ona bir şey olmaz bundan sonra. Gücü var çok şükür, kendine de oğluna da düzen kurdu. Ama sen, sen bundan sonra, göreceğin her esmer, kara gözlü oğlan çocuğuna daha dikkatli bak. Gün olacak oğlunla karşılaşacaksın. Nasıl mı anlayacaksın o olduğunu? Anlarsın... Anlarsın... Kaşı gözü daha şimdiden sen. Ekin büyüdüğünde, erkek olduğunda, aynadaki yüzünle karşılaşmış gibi olacaksın. O vakit geldiğinde, nasıl bakacaksın yüzüne bilmiyorum. Gözlerinin mi yoksa vicdanının karasıyla mı? Onu da sen düşünürsün artık."

Efser diyeceklerini demişti. İçinde ne varsa bir bir ortaya dökmüştü. Bedeninin kale gibi duruşunu bozmadan geriye döndü. Kapıdan çıkmadan önce baktı ardında bir taş kadar ifadesiz duran adama.

"Adım Efser Demir. Nesil'in sütannesiyim. Tire, Şanlı Sokak'ta otururum. Ama şimdilik Nesil'le birlikte kalıyorum. Şikâyetçi olacaksan. Sana vurdum diye... Hakaret ettim diye hani... Kim olduğumu bil diye dedim. Şimdi gidip eşyalarımı toplayayım. Nesil eşyalarımı toplamam için beni odama göndermişti, ama ben ondan habersiz geldim. İçin rahat olsun. Hemen gidiyoruz buradan"

İstese de kıpırdayamıyordu Barlas. Melek yüzler oynaşıyordu gözlerinin önünde. Yalan bir düşün içine yürüyor, bilinci kapanıyor, aç hislerinin etkisine giriyordu. Hisleri kontrol ediyordu genç adamın parlamış öfkesini. Meleği okşuyordu, kalbinin nasır tutmuş sevgisizliğini. Başını iki yana salladı "hayır" dercesine.

Bir adım attı... Onun tek ilacı vardı. Kenarında durduğu o uçurumdan düşmeden önce, zihnini, kalbini alabildiği kadar alkolle dolduracaktı. Ancak o zaman acısı hafifleyebilirdi. Ancak alkolle uyuşturursa kendini, inanmaması gereken yalanlara kapılmaktan kurtulabilirdi. Ancak o zaman duyduğu ve umut doldduğu yalanları unutabilirdi.

Dolabın kapağını açtı. Büyük ve yeni bir şişe çıkardı. Gözlerini yumdu, bardağı dudaklarına yaklaştırdı. Biri dokundu sanki eline. Başını kaldırdı, gözlerini açtı. Odada yalnızdı.

Ya doğruysa...

Bardağa ulaşmak için titreyen, kuru dudaklarının arasından dökülen bu sesleniş aklını başından almıştı. Yine üzerine denizler dolusu su serpilecek olan umut ateşleri mi yanmıştı yüreğinde? Yine mi esir olmuştu imkânsızlığın içinden gelecek olan mucizelere? Hâlâ dersini almamış mıydı? Nesil'in karşısında kendinden emin bir şekilde, acısının gerçekliğini savunmamış mıydı az önce?

Nesil...

O kıza neden yakıştıramıyordu bütün bunları? Yoksa Nesil'den geride kalan bütün o manzaralar mı aklını karıştırmıştı? Hep işin bir yanından bakmıştı Barlas. Hep yeni bir tuzak içinde hissetmişti kendini. Kız konuşmaya başladığı andan itibaren, yanında kalmayı bile becerememiş, doğruca geçmişe gitmiş ve geçmişin lanetleri içinde bulmuştu kendini.

Göğsünde bebeğine akan süt kaynarken, elbisesinden taşarken, yalan söyleyebilir miydi bir kadın? Ortaya çıkacağını bile bile, böylesine hesaplı bir tuzak kurabilir miydi o kadar genç bir anne? Gerçekten masum olabilir miydi Nesil?

Eğer Nesil masumsa. O bebek... Ekin...

Çıldıracak gibiydi genç adam. Ofisi kapanı olmuştu. Elindeki bardağı sertçe masanın üzerine bıraktı. İçinde yeni bir telaş başlamıştı ve bu telaş Nesil'in göğsünden sızan süt kadar sıcaktı. Engel olamıyordu. Elleri titriyor, yüreği sırtından çıkacakmış gibi şiddetle sarsılıyordu. Kopuk kopuk parçalar görüyordu. Kesik kesik anılar üşüşüyordu gözlerinin önüne, kulaklarının içine doluşuyordu geçmişin sesleri.

"Bu sizde kalsın Barlas Bey. Onu kendiniz verirsiniz. Bence sizin yollarınız günün birinde, mutlaka bir kez daha kesişecek."

Lal'in sesi... O kızı neden hatırlamıştı şimdi? Ne ima etmişti Barlas'a aylar önce? Günün birinde yollarının kesişeceğini neden söylemişti? Ne kadar da kendinden emindi o gün Lal'in tavırları. Belki o da bu tezgâhı biliyordu. Ama neden Barlas bunun bir tezgâh olduğuna az öncesine kadar inandığı gibi inanmıyordu. Neden, elinde en sağlam, en acı kanıtlar dururken, başkalarının söylediklerinde küçücük, ümit veren, anlamlar arıyordu?

"Olmazsa, bastırır parayı, oğluna bir baba, kendine bir koca satın alır."

Nesil'i kendi evinde, etrafındaki insanlarla birlikte gördüğü zamanları hatırladı. Böyle bir tuzak kuracak birinin, paraya ihtiyacı olmalıydı. En azından diğerleri bunu rahat bir hayat için yapmıştı. Ama Nesil'in onun parasına ihtiyacı yoktu. O kadın da bunu ima edecek şeyler söylemişti. O sadece... Sadece... Ne demişti? Elini alnına koydu genç adam. Parmakları alnının kırışmış, karışmış derin sıkıntı çizgilerinin üzerinde dolaşıyordu.

"Kendi için bir isteği yoktu. Ekin'i, yarın öbür gün babasını sorduğunda, yüzü yere eğilsin istemiyordu. Evladı babasından mahrum kalsın istemiyordu."

Avuçlarını alnına bastırdı, saçlarının arasına soktu parmaklarını. Bir mengene gibi sıktı başını. Bir yerlerde yanlış bir şeyler oluyordu. İçine doluşan aydınlığın sebebi neydi? Dilini saran ağırlığın, nefesini kesen çarpıntının, aklını zorda koyan bu belirsizliğin... Sebebi neydi?

"Ben hayatım boyunca sadece bir tek erkekle, bir kez birlikte oldum."

Nesil ve beraberinde getirdiği her şey, gerçek olabilir miydi?

Düşündükçe, avuçlarının arasından kayıp giden bir şeylerin geride bıraktığı ya da bırakacağı soğukluğu hissediyordu. Bir şeyler kaybediyordu. Tanıyordu bu kayıp hissini. Acele etmesi gerektiğini biliyor, buna rağmen eli ayağı birbirine giriyordu.

Telefonunu aradı ceplerinde, bulamadı. Bir yerlerde bırakmış olmalıydı? Evet... Hatırlamıştı. Nesil'i apar topar ofisine sürüklerken, çardağın altında kalmıştı. Masanın başına geçti. Ofisin telefonunu aldı. Telefonu çenesine dayayarak durdu ve soluklandı. Ne yapıyordu böyle? Ne olduğuna biraz daha kafa yorabilirdi ama... Önce...

"Ender Bey, Nesil'in bulunduğu kata birilerini gönderin. Adım adım takipte olacak. Benim haberim olmadan ayrılacak olursa, yakarım hepinizi. Nesil otelden çıkmayacak anladınız mı?"

Daha arkasını dönmeden, telefon çalmaya başlamıştı. Bir kez daha kulağına aldığında karşısında yine Ender Bey vardı.

"Nesil Hanım, hem bir taksi istemiş, hem de bavullarının odadan alınmasını söylemiş Barlas Bey. Ne yapalım?"

"Taksiyi iptal edin."

"Ne söyleyelim Nesil Hanım'a?"

"Hiçbir şey. Siz hiçbir şey söylemeyin. Sadece taksiyi iptal edin ve bavullar için odaya kimseyi göndermeyin."

Yeni bir yıkıma daha dayanıp dayanamayacağını bilmiyordu genç adam. Ama Nesil'in gitmesi, hayatı boyunca, ona huzur vermeyecek bir gidiş olacaktı. Hep soru işaretleriyle dolaşacaktı. Bu konunun böyle kapanmasına razı değildi. İçinden bir ses, yeni bir yıkımın onun hayatında fazla bir şeyi değiştirmeyeceğini söylüyordu. Daha fazla ne kaybedebilirdi?

Ama ya doğruysa... O zaman, kaderin ve Nesil'in önünde diz çökerek meleğini kucağına alabilirdi.

Nesil'in odasının önünde durduğunda, ellerini kaldırdı ve yüzünü ovuşturdu. Derin nefesler bile işine yaramıyordu. O kapının ardında, hayatının mucizesinin duruyor olabileceği aklına geldikçe... İlk kez bu kadar yaklaşıyordu rüyalarının süsüne, kalbinin hasretine. İlk kez bir beden, bir isim oluyordu meleği. İlk kez, dokunabileceği kadar yakınına gelmişti. Öylesine garip bir sancı içinde kıvranıyordu ki, kimin olursa olsun, o bebeği sahiplenecek kadar kendinden geçmişti.

Kapıyı hafifçe dokunanın kendi eli olduğundan bile emin değildi. Tuhaf bir uyuşma kaplamıştı her yerini. Elini kalbinin üzerine koydu. Güçlükle yutkundu. Boğazını saran kuruluğu gidermeye çalışırken, kapı aralandı. Az önce onu sarsan tokatların sahibi olan Efser, karşısındaydı.

İkisi de konuşmadan birbirinin yüzündeki ifadeyi okumaya çalışıyordu. Efser'in keskin sertliği yumuşuyor, kırışmış dudaklarının kıyılarına hafif bir gülümseme iniyordu. Barlas ise... Onun yüzünde, ne olduğu anlaşılmayan bir şey vardı. Dağılmış ve toparlanamamış bir aşıktan farksızdı.

"Koridordakilerin hepsini ver sütanne. Sadece Ekin'in çantası kalsın. Göğsünü ıslatmış. Üstünü değiştirmem gerekecek."

Barlas'ta Efser'de, Nesil'in söylediklerini işitmişti. Kadın dışarıya çıktı. Kapıyı aralık bıraktı ve Barlas'ın önünde durdu.

"Neden geldin?" dedi usulca, "Eğer ona yine aynı şeyleri söyleyeceksen git. Söylediklerin yetti de arttı."

"Hayır" dedi genç adam fısıltıyla. "Hayır. Onu üzecek bir şey söylemeyeceğim. Sadece bana çok benzeyen o bebeği görmek istiyorum."

Genç adamın oraya gelmiş olması bile Efser'in gözlerine ışık olmuştu. Bunun ardında iyi şeyler olacağını hissediyordu. Hislerine güvenen bir kadındı Efser. Hatta etrafında, bu özelliği ile tanınıyordu.

"Tamam mı sütanne? Taksi gelmiş mi?"

Yatağa eğilmiş, oğlunun üzerindeki giysileri çıkarmaya başlamıştı Nesil.

"Ne olacak seninle halimiz Küçük Bey? Bu kaçıncı giysi oldu bugün? O kadar obur olursan, sonunda böyle fazlalıkları tutamazsın midende... Sanki elinden alacaklar. Azıcık kararında emsen olmaz mı?"

Genç kadın, Ekin'in çıplak karnının üzerini sevgi dolu öpücüklerle doldurdu. Olup bitenlere rağmen oğlu ve kendisi için hayat devam ediyordu. Geldiği gibi, yine iki kişilik bir hayata geriye döneceklerini düşünüyor, oğluna kendi sevgisinin gücünün onlara yeteceğini hissettirmeye çalışıyordu. Elindeki kirli giysilerle birlikte doğruldu, Ekin'in çantasından yenilerini getirmek üzere arkasını döndüğünde dilinde oğluna olan aşkı, dudaklarında yarım bir gülümseme, tam karşısındaysa Barlas duruyordu.

"Anne şimdi cicilerini getirecek bebeğim. Uslu uslu bekle..."

Gözleri, yıllar önce unuttuğu yaşların, tuzlu, yakıcı yaralarıyla dolmuştu Barlas'ın. Korkuyordu. Hayatındaki onca büyük korku bile bu korkunun yanında tuzla buz olmuştu. En büyük korku, sahip olabileceği kadar yakınında duran o bebeğe doğru, iki adım daha atamıyor oluşuydu. Oysa yıllardır, her gece, ayın gri göğsüne, kara gözlü yüzsüz bir melek resmi çizmişti. Dalgalı siyah saçlarına yüz sürüp, tenine dokunmak hayaliyle sızmıştı. Kâğıttan gemiler yapmıştı elleriyle. Günlerce yüzdürmüştü onunla birlikte. En güzelinden masallar anlatmıştı ona, yalnızlığın adını anmadan. Sıcak nefesinin peşine düşmüştü soğuk gecelerde. Yaşanmış, yaşanacak bütün ömürlere bedel olmalıydı bu kavuşma. Ama olamıyordu. O iki adımı atıp, elleri ayakları yerinde duramayan, kulaklarındaki yalnızlık pasını silip atan seslerle cıvıl cıvıl oynayan, kendi çizdiği düşsel resimlerden çok daha güzel olan o bebeğe, ulaşamıyordu.

Çünkü bunun öncekilerle aynı şiddette bir yıkım olamayacağını anlıyordu. Artık ete ve kemiğe bürünmüş olan hayalinin gerçeğine baktıkça, sanki kendini görüyordu. Eğer bu da bir yalansa... Barlas için yarın gerçekten de yoktu. Bu kez düşeceği yerden kalkamayacağını biliyordu.

"Nesil" dedi son bir tedirgin yakarışla. "Nesil, bana bunu yapma. Eğer, o benim değilse..."

Cümlesine devam edemiyordu. Sanki o an ölecek ya da o an doğacakmış gibi, kaderini, Nesil'in iki dudağının arasından duyacakmış gibi bakıyordu. Değişmişti. Yüzündeki adaklarla, dileklerle Ekin'e bakan, ona bakarken, titreyen dudaklarında hızlanan soluklarını tutan, göğsü heyecanla inip kalkan, yalnızca bir saat önce, "onu istemiyorum" diyerek, yeri göğü birbirine katan o adam değildi sanki.

Neden gelmişti? Kendini beğenmiş, küçümseyen, aşağılayan bakışları neden onunla değildi? Nesil'in heyecanla çırpınan, ürkek yüreğini, korkuyla dağlayan, öfkesinin, gücünün önünde eğilmeye zorlayan, dinlemeyen, duymayan, yargılayan... Nesil'in masum gerçeğini, alçakça bir yalanın altında çamura bulayan o duygusuz, acımasız adam neredeydi? Gerçek Barlas hangisiydi? Odaya girdiği andan beri, Ekin'e hasretle, sevgiyle, kederle bakan adam Barlas ise, diğeri kimdi?

O an, Barlas'ı bitirebileceğini hissediyordu Nesil. İstese yerle bir edebilirdi onu. Bakışlarındaki yakarışı görebiliyordu. Yenilmiş görünüyordu Barlas. Gözlerindeki gecenin, yıldızları yoktu. Belki de şimdi; sırası gelmişti. Şimdi Nesil gerçekten de ona onun istediklerini söyleyebilirdi. "O senin değil" diyebilirdi. Bu kez alçakça yalanları Nesil yazabilirdi. Barlas'ın gözlerindeki yıldızsız geceyi, zindana çevirebilirdi.

Ne için yapacaktı peki bunu?

Gurur... İntikam...

Bütün bunlar acısını hafifletecek miydi? Hayır... Bunu yapmak, oraya geliş amacına ihanet etmek olabilirdi sadece. Ekin'e babasını vermek yerine, elinden almak,... Daha büyük bir günaha girmekti bu. Baba ve oğlu aynı odanın içinden alıp, bir ömür boyu birbirinden ayrı ve habersiz bir hayata sürmek demekti.

Donmuş gibiydi Nesil. Konuşacak kelime bulamıyordu. Doğru ile yanlış arasında giriştiği kıyasıya hesaplaşmanın ortasında, Barlas'a bakıyordu. Bir yanı onu mahvetmek için çırpınırken, bir yanı ondan yardım umuyordu. Hem felaketiydi Barlas, hem kurtuluş umudu. Küçük bir açıklama. Küçük bir özür. Onu yerle bir eden o konuşmanın yıkımını hafifletecek küçük bir mazeret. Nesil'in doğruya kayan yüreğinin elinden tutacak küçük bir sebep. Verebileceği biraz cesaret. Bütün bunları yutkunarak Ekin'i seyreden Barlas'ın en az kendi kadar donmuş varlığında arıyordu.

"Sana söylediklerim. Söyleyeceklerim değişmeyecek Barlas" dedi fısıldayarak.

Sonunda bir karar verebilmişti. Oğlunun önünde, sükûnet ve doğruluk içinde gerçekleri söylüyordu. Barlas'ı incitmek için aklından geçirdiklerini bir kenara bırakıyor ve Ekin için doğru olanı yapıyordu.

"Bana asla çocuk sahibi olamayacağımı söylediler Nesil. Asla baba olamayacağımı..."

Teslim olduğunun işaretlerini veriyordu Barlas. Ses tonu, duygusallık içinde boğuluyordu. Genç kadının ikilik dolu yüreği, kolayca o sesin suyuna akıyor, içindeki karmaşaya rağmen ona duyduğu aşk, soğuyan yüreğini ısıtmaya yetiyordu. Bu nasıl bir şeydi böyle? Barlas önce yaraları açıyordu Nesil'in örselenmiş yüreğine, sonra o yaraların tek ilacı oluyordu. Her şeye rağmen onu seviyordu genç kadın. Her şeye rağmen, hayallerindeki tek erkeğin o olduğunu ve o kalacağını biliyordu.

"Ben de 'olduğunu' söylüyorum. Bunu sana kanıtlayacak bir sürü yöntem var. Böyle bir yalanı neden uydurayım? Eğer en küçük bir şüphem olsa, neden buraya gelip sana... Barlas... Eğer bu senin için bir şey ifade ediyorsa, sana yemin ederim. Senden başka hiç kimseyle..."

O an, Barlas'ın Ekin'e dönük gözlerindeki geceye yıldızlar doğuyor ve Nesil bunu görüyordu. Yaş değildi gözlerindeki genç adamın, yıldızlar doluyor, uzun siyah kirpiklerinin arasına yıldızlar yağıyordu. Kederle katılaşmış yüzünü, sevincin anlamlı hüznü sarıyordu. Yumuşuyordu ifadesi. Sabitlenmiş gibi durduğu yerden, Ekin'e doğru küçük, tedirgin, korkak adımlar atıyordu.

"Bu... bu bir mucize" dedi genç adam...

Başını iki yana sallarken, gülümsüyordu. Ekin'in ağzına sokmaya çalıştığı minik parmakları sırılsıklamdı. Ayaklarını kalçalarıyla birlikte kaldırıyor ve tekrar yatağa indiriyordu. Sağlıklı ve mutlu bir bebeğin yapabileceği her şeyi yapıyor, Barlas'ın ona doğru kayan yüreğindeki bütün sevgiyi saniyeler içinde üzerinde topluyordu. Ekin'in gülen yüzünün kendisine çevrildiğinde kalbinin duracağını sandı. Nefesleri sıklaştı. Minik dudaklarının arasından dolu dolu sesler yükseliyordu. Bazıları çığlıklara bazıları neşeli gülüşlere benziyordu. Her ne yapmaya çalışıyorsa, her hareketini babasını öldürmek için yapıyordu sanki... Onun her kıpırdayışı, genç adamın kulağına dolan sesi, hele hele Barlas'a odaklanmış ve sanki onu tanıyormuş gibi gülen, sevinç ışıltılı kara gözleri... Hazırlıksız yakalandığı bir sağanağın altındaydı genç adam. Yıllarca kalabalıklarına imrendiği yıldızların ışık sağanağı altında, gerçek bir teslimiyet, büyülü bir hayranlıkla "oğlu"na bakıyordu.

"Benim yüzümden ikinizde yeterince zaman kaybettiniz zaten. Ekin'in bana olduğu kadar babasına da... Sana da ihtiyacı var. Kucağına al onu Barlas... Bekleme, korkma, al onu. O senin. Eğer buna bir mucize diyorsan, o mucize senin."

Ne gülümsemekle, ne kahkahalarla, ne de ağlamakla... Hiçbir şeyle dışarıya atamayacağı kadar yerleşik köklü bir sızı hissediyordu. Onu dünyada olan bitene kilitleyen yarasının, yosun tutmuş kabuğu yerinden oynuyordu. Kan değildi altından sızan... Ortaya, yıllardır gömdüğü, yok ettiği, tatmadığı, tattıramadığı sevgilerin, sevdaların kokusu yayılıyordu. Nesil'in uzattığı oğlunun ellerine dokunduğu an, kendi parmak uçlarındaki uyuşmayı hissediyordu. Bakışları Ekin ve Nesil sarasında gidip geliyor, Ekin'e bakmaya doyamıyor, Nesil'in gücüne güç katan kararlı ve cesur gözlerinden kendini alamıyordu.

"Korkma" dedi genç kadın bir kez daha...

Barlas bu kez Ekin'i aldı. Kollarının altından iri avuçlarıyla kavradı oğlunu. Tedirginliği yerini, hayatında hiç olmamış yeni bir duyguya bırakmıştı. Kendini hiç olmadığı kadar güçlü hissetmişti. Hafifçe yüzüne yaklaştırdı, yüzünü. Burnunun ucundaki koku, ona hayatın kapalı kapılarını aralamıştı. Odanın içinde ve akşam olmasına rağmen, üzerini güneş ışığının sıcaklığı sarmıştı. Boncuk boncuk terlemişti alnı. İçindeki karmakarışık duygular ansızın çıkan bir rüzgârla dağılmış ve yerini bir tek şeye bırakmıştı... Sevinç...

Göğsünde yine aynı ağrıyı hissediyordu. Hissediyor, ama önemsemiyordu. Çünkü bu, hızlanmış yorgun kalbinin gördüğü en güzel gündü. Orada atmayı bıraksa, dursa bile buna değerdi. Bedenine yasladığı bebeğinin varlığına, geçmişini geleceğini feda edebilirdi. Bu Barlas'ın hayatı boyunca beklediği, özlediği tek sevda ateşiydi.

Hep bu anı beklemişti o. Yeniden doğabilmek için, yeniden bir çocuk olabilmek için hep bu anı beklemişti. Onun hayatındaki eksiklik hiçbir zaman bir kadınla tamamlanmamıştı. Hiçbir kadın onda bir duygu ya da farklılık yaratmamıştı. Hiçbir kadının gözlerine, bedenine, varlığına esir olmamış, kadınlarla ilgili özlem dolu düşler kurmamıştı. Ama bir bebek... O bir bebeğe bağlamıştı yarının umutlarını. Çünkü yıllar önce elinden alınanlar vardı. İki küçük çocuğun sevgileri yarım kalmıştı. O bebeği

Yusuf ile Yesra'nın yerine koyacaktı. O bebeği, hem çocukluğunun, hem babalığının sevgisiyle saracaktı...

Nesil ise; karmakarışık olmuş duygularının baskınına uğramıştı. İzlediği o sahne genç kadının hassas ruhunu alacalara boyamış ve yüreğine acı katmıştı. Hiç böyle bir buluşma, böyle bir kavuşma görmemişti Nesil. Onun o serin kabuğunun içinde böylesine bir yaranın olduğunu hiç anlamamıştı. Barlas'ın Ekin'e uzatacağı elin, vicdan yarası olmayacağı belliydi. Barlas Ekin'i gördüğü an ona sevdalanmıştı.

Nihayet girdiği düş bahçelerinden geriye dönüyordu Barlas. Yanında, en değerli çiçeklerin kokularını taşıyan bebeğini de getiriyordu. Döndüğü an, Nesil'in sırtı dönük bir şekilde oturduğunu gördüğü an, kollarının arasında tuttuğu evreni ona kimin verdiğini, kimin getirdiğini de hatırladı genç adam.

Nesil... O kız... O tatlı, yaramaz...

Yanına yaklaştı, yavaşça yanına oturdu. Birbirine değen bacaklarının sıcaklığını hissediyorlardı. Barlas Ekin'i bir koluyla sardı. Diğer elini uzatarak Nesil'in eğik, güzel yüzünü kaldırdı. Nesil'in koyulaşmış gözlerinde yağmurlu bir ormanın nemli gölgeleri vardı. Neden ağladığını bilmiyordu genç kadın. Barlas'ın gözlerine baktıkça yaşlar kendiliğinden dökülüyordu. Genç adamın gülümseyen yüzüne baktıkça, gülümsemesi gerekirken ağlıyordu.

Başını hafifçe eğdi Barlas. Nesil'in alnını uzun, upuzun, sessiz, yenik ve minnet dolu bir şekilde öptü. "Özür dilerim" dedi, başını kaldırıp gözlerinin derinliklerine bakarak. "Özür dilerim. Her şey için. Hepsi için."

Başparmağıyla yanağını okşadı genç kadının. Akan gözyaşlarının önünü tutmaya çalıştı. Bir kez daha yüzüne eğildiğinde göz pınarlarını öpmeye başladı.

"Beni affet meleğim."

Barlas'ın soluğu, dudaklarının yakıcı yakınlığı, boğuk sesi, sesinin içindeki duygu seli, samimiyeti, sevinci, hüznü, kederi, pişmanlığı, baş eğişi. Hepsi Nesil'in gücünü silip götürüyordu. O dakika, kollarını Barlas'ın boynuna dolamaktan başka hiçbir gerçeği ya da arzusu yoktu genç kadının. Kolları istem dışı kıpırdadıkça bunu yapacak olmaktan korkuyordu. Bir an önce onun bu amansız yakınlığından kurtulması gerekiyordu. Buraya kadardı. Az da olsa, ona dokunmuş, az da olsa, Ekin için yanan ateşinin sıcaklığından payına düşeni almıştı. Yerinden kalkarken, sesi de bedeni gibi tir tir titriyordu.

"Artık Ekin'i giydirsem iyi olacak. Hava serinledi."

"Nesil..."

Uzanıp genç kadının bileğini tuttu. Durgun ve yumuşak bir tavırla okşadı usulca.

"Onu giydirdikten sonra eve gidelim."

Eve gitmek? Ne demekti bu? Orada kalmayı bile aklından geçirmiyorken, eve gitmek de neyin nesiydi?

"Biz eve gidiyoruz zaten Barlas. Daha geç olmadan yola çıksak iyi olur"

"Nesil bu bir şaka mı?"

"Ben, yani sen gelmeden önce toparlanmıştık."

"Her şey değişti Nesil."

"Değişti evet. Sen onu kabullendin. Ekin için doğru olanı yaptın. İstediğin zaman gelip görebilirsin Ekin'i."

Kollarını uzattı ve Ekin'i almak istedi Nesil. Barlas onun bebeği giydirmek için istediğini bildiği halde uzanan kollarını görmezden geldi. Oğlunu iyice göğsüne yasladı. İri elleriyle küçük bedenini sımsıkı kavradı. Ekin başını Barlas'ın omzuna dayadı, anne ve babasının arasındaki gerginliği hissetmiş gibi mahzunlaştı.

"Bu bir ceza mı? Oğlumun varlığından haberim oluyor. Sonra birkaç dakika içinde onunla tanışıyor ve ayrılıyorum."

Koridorda duran bavullarını işaret etti genç adam başıyla.

"Bunlar sadece günübirlik bir seyahat için değildi değil mi? Bu tavrının sebebi bugünkü konuşmamız biliyorum Nesil."

Genç kadın, bunun doğru olduğunu inkar edecek değildi. Aralarındaki o tartışma, içinde pek çok şeyi yıkıp geçmişti. Buna rağmen tek sorun o değildi. Barlas'ın evinde olma düşüncesi, onu ciddi anlamda tedirgin etmişti. Ne söyleyecekti? Ne isteyecekti Barlas? Bundan sonrasında onları neler bekleyecekti? Bir anlamda ikisinin hayatı da o dakikalardan itibaren kökünden değişecekti, bunu biliyordu genç kadın, ama buna hazır mıydı? Barlas'la hem bu kadar yakın olmaya hem uzak kalmaya razı mıydı? O eve girdiğinde, gözü daha önce adımladığı yerlerde dolaşmayacak mıydı? O geceyi hatırlamayacak mıydı? O sabah onu bıraktığı yataktan çıkarken, günün geri kalanını için nasıl da umutlandığını, Barlas için ne kadar değerli olduğunu, olacağını düşündüğünü hatırlamayacak mıydı?

"Nesil, izin ver bana. Eve gidelim. İkinizin de orada olması daha doğru. Oğlumun ve senin, evim dururken burada kalması..."

"Barlas, bak..."

"Lütfen Nesil. Konuşacak çok şeyimiz var. Seni kırdığımın, incittiğimin farkındayım. Sadece bugünden bahsetmiyorum. En başından beri sana karşı hatalarım, eksiklerim var. Ama beni oğlumu alıp giderek cezalandırma. Onu evime götürmek istiyorum Nesil. Benim evimde kalsın, evimde uyusun, uyansın istiyorum."

"Sütannem var."

"O da gelecek elbette."

Daha fazla karşı çıkacak gücü de, inadı da yoktu genç kadının. Barlas'ın haklı olduğunu görüyordu. Kısacık bir buluşmanın ardından, oğlunu alıp götürmek acımasızlıktı. Barlas'ın da dediği gibi bu bir çeşit cezaydı. Aslında içinden onu cezalandırmak da geçmişti. Bunu inkâr edemiyordu. Ama düşününce, Barlas'ın yüzünü görünce, onun Ekin'i sarıp sarmalayan sevgisini ve gücünü görünce...

"Peki" dedi genç kadın.

Genç adam tuttuğu soluğunu bıraktı. Oğlunu yerleştirdiği omzundan yavaşça kaldırdı.

"Sen onu giydir. Efser Hanım'a haber ver, o da hazırlansın. Birazdan gelip alırım sizi..."

"Olur" dedi genç kadın... Sonra Barlas'a bakmak için geriye döndü hızlı bir şekilde.

"Sen sütannemin adının Efser olduğunu nereden biliyorsun?"

"Çok şey biliyorum hakkında, soyadının Demir olduğunu, Tire, Şanlı Sokak'ta oturduğunu ve..."

Bir eliyle yanağına dokundu ve kadının yarattığı sarsıntının şiddetini hatırladı Barlas…

"Elinin çok ağır olduğunu" derken sesinin Nesil tarafından duyulmasına imkân yoktu. Bunu gülümseyerek kendine hatırlatıyordu. Belki de o tokatlarla sarsılması, lanetli geçmişinden sıyrılması ve Nesil'e başka bir gözle bakması gerekiyordu. Her neyse neydi… Sonuç olarak o tokatların hayatına kattıklarını düşündükçe, o yaşlı kadının ellerini öpesi geliyordu. Zaman geçtikçe belki de bütün bunları kendi kendine de anlayacaktı, ama kaybedecek zamanı yoktu ki onun.

Koyu kahverengi, kare yakalı, tertemiz elbisesinin eteklerine ellerini sürttükçe, avuçlarının yeniden terlediğini hissediyordu Nevhis. Mutfak tezgâhının üzerinden, bahçeye bakan pencereden gözlerini ayıramıyor, Barlas'ın yanında kiminle geleceğini merak ediyordu. İlk kez bu kadar ani bir şekilde, bu kadar kısa sürede, bu kadar özenli bir hazırlık istemişti Barlas.

"İki kadın ve bir bebek" demişti öyle ya...

Kendi yatak odasının karşısındaki odayı bebekle birlikte annesine, koridorun sonunda, arka bahçeye bakan odayı da, diğer kadına hazırlamasını tembihlemişti. Koridorun sonunda kimin kalacağı Nevhis için önemli değildi. Ama Barlas'ın odasının karşısında kalacak olan kadın, bebeğin annesi... Kimdi? Daha da önemlisi, bebekten bahsederken, "bebek" kelimesini kullanırken, Barlas'ın gözlerindeki Nevhis'in yadırgadığı kamaşmalar da neyin nesiydi?

Bu tuhaf davet, aklında bir sürü soru işareti ve yüreğinde huzursuz bir telaş yaratmış olsa da, Barlas'ın sesinin tonuna hiç zorlanmadan işlendiği belli olan neşe, tavırlarını bezeyen heyecan, Nevhis'e de bulaşmıştı. Kısacık sürede, otel mutfağının da desteği ile kusursuz bir sofra hazırlamıştı. Yıllar var ki, hatta belki de ilk kez, genç adamın böylesine yaşam kıpırtılarıyla ondan bir şeyler istediğini görmüştü. İlk kez Barlas, Nevhis'in iki elini birden avuçlarının içine alarak ve gözlerinin içine bakarak konuşmuştu bu akşam.

"Konuklarım var Nevhis Hanım. Hem de hayatımın en özel ve en güzel konukları."

Bahçe kapısının sesini duyduğunda salonun bütün ışıklarını yakmıştı. Prizden elini çekerken son bir kez etrafa göz attı. Salonun sade şıklığının bütün tanıdık ayrıntılarında dikkatle dolaştı gözleri. Beyaz koltuklar ve halı, siyah mobilyalar, kırmızı aksesuarlar. Her obje yerli yerinde, düzen olması gerektiği gibiydi. Bu temizlik ve düzenin tek yaratıcısı olmanın verdiği gururla omuzları dikleşti ve başını kaldırdı mağrur bir şekilde. Artık Barlas'ın en özel konuklarını karşılamak üzere hazırdı. Tam o sırada dudaklarında, yüreğinin sesine eşlik eden ve sık sık mırıldanmayı alışkanlık edindiği sözler vardı.

"Rabbim, evimizin huzurunu, bereketini koru. Kem gözlerden sakın, uğursuzları aramıza sokma."

Bir bebek sesi duydu önce. Hemen ardından Barlas'ın insanın içine işleyen sesine, kısık gülüşlerinin eşlik ediyor oluşunu.

Kapıyı açar açmaz, istem dışı gülümsedi yaşlı kadın. Barlas'a bakmak, gergin yüz kaslarının gevşemesine neden olmuştu. Barlas'ın yüzündeki ifade tanımayan biri için fazla bir şey ifade etmiyor olabilirdi. Ama Nevhis o an Barlas'ın en aydınlık bakışlarını görüyordu. Sımsıkı sarıldığı çocuğa sürekli bir şeyler söylüyor, okşuyor, bir yandan da yanındaki kadına bakıyordu.

Nevhis'te Barlas'ın yanındaki kadına çevirdi bakışlarını. Koyu renk saçlarının bir kısmını arkasında toplamış, bir kısmını açık bırakmış, üzerindeki gündelik kıyafetlerle, bir kadın ya da bir anneden çok, genç kıza benziyordu. Görünüşünün iddiası yoktu. Uzaktan vuran parfüm kokuları yerine, omzuna attığı bebek çantasını taşıyordu. Düz, spor ayakkabılarına rağmen Barlas'ın yanında oldukça uzun görünüyordu. Üstelik Nevhis'e hiç mi hiç yabancı gelmiyordu...

"Hoş geldiniz" dedi usulca.

"Hoş bulduk" dedi Nesil, Nevhis'ten daha kısık bir sesle.

Barlas Nesil'e geçmesi için yol verirken, Nevhis arkalarında bıraktıkları boşluğa bakıyordu. Bir kadın daha olması gerekiyordu ona göre. Efser'in onları yalnız bırakmak için otelde kalmak istediğinden haberi yoktu.

İçeriye girer girmez, bir yıl önceki o gecenin loşluğu içine saklanıp sinmiş olan bütün ayrıntılar, evin ışıklarıyla birlikte önüne saçılmıştı Nesil'in. Her an bir anıya takılıp, tökezleyip düşmesi işten değildi. Kalbinde, ne olduğunu tasvir edemediği, korku mu, öfke mi yoksa pişmanlık mı olduğunu bilemediği garip bir kıskaç hissediyordu. Gözleri gözyaşlarını ortaya dökmek için can atıyordu. Ekin'i kucağına aldığı gibi bir yerlere gitmek, Barlas'ı unutmak, sonra kalbinin kapılarını kilitleyip bir daha böyle bir duruma düşmemek için denizin en derinlerine atmak istiyordu onu, ama iş işten geçeli çok olmuştu. Ve Nesil de bunu biliyordu. Birkaç gün ve özellikle bir gecenin karanlığında, göğün en yükseklerine havalanıp giden aklı, kalbi, o geceden beri her gün biraz daha sert, her gün bir öncekinden daha acılı bir şekilde yere iniyordu. Bu da bir basamaktı işte. Ekin'i de yanına alıp gittiği o eve, bir yıl sonra yine Ekin'le dönüyordu. Giderken sevinçten ayakları yere basmıyor, gözlerinin parıltıları arasında gündüz düşleri görüyor, Barlas uyandığında gelip onu bulacak, Nesil'e aşktan bir dünya kuracak sanıyordu. Oysa... Umutları da, sevinçleri de yerle bir olmuş, Barlas onu daha o gecenin sabahında unutmuştu.

Ekin sebebiyle orada olmak derin bir ızdırap veriyordu genç kadına. Barlas'ın gönlünde ona yer yoktu. Barlas için bir yabancıdan farkı yoktu. Bir sürü pişmanlık cümlesi kuruyordu zihninde. Keşke gelmeseydim. Keşke Ekin'e olan zaaflarıma direnebilseydim. Ona bu kadar yabancı olduğumu görmeseydim. Keşke beni aradığını ve bulamadığını düşünseydim hayatım boyunca. Keşke hep ümit etseydim...

Yine aynı ikilemler, aynı serzenişler. Yine aynı direnişler ve aynı kabullenişler. Aklından geçenler, olmasını istedikleri, olanlar, olacaklar, olmayacaklar. Başının etrafında dönen salon, eşyalar... Kulaklarında Ekin'e sahip olduğu geceden dolan sıcak, sımsıcak uğultular...

"Meleksin sen. Bu gece sen, meleğimsin benim."

Derin bir solukla birlikte salonda asılı duran bütün havayı ciğerlerinden içeriye doldurdu genç kadın. Öyle ki, tıkanıp kalsın. Ne bir ses çıksın içindeki ağrıdan dışarıya, ne bir damla acı düşsün titreyen dudaklarından ortaya. Öylece susup, için için yansın, yol bulamasın gözyaşları, gözlerini sımsıkı sarmış olsa da etrafa saçılmasın. Kıpırdamadan duruyordu. Kendini devasa bir tarlanın içindeki minicik bir taş parçası kadar değersiz hissederken, bedeni tıpkı bir kaya kadar da ağırlık yapıyordu.

Bacakları bedeninden çok, ruhunun gelgitleri, hislerinin ağırlığı, hayal kırıklıklarının param parça ettiği kalbinin sancıları altında zorlanıyordu.

"Bu küçük adamın karnını doyurmayacak mısın Nesil? Yoksa ortalığı ayağa kaldıracak."

Girdiği uyku halinin kâbus benzeri ağırlığından, Barlas'ın sesiyle uyandı genç kadın. Bir süreliğine uyuşmuş olan aklını güçlükle toparladı. Etrafını saran karanlık siliniverdi ansızın. O ışıklı salona geriye döndü. O vakit fark etti yanına yaklaşmış olan adamı, Ekin'in huzursuz kıpırtılarını, ağzını dolduran isyan benzeri sesli çığlıklarını...

Sessizliğini korumaya devam ederek kollarını uzattı. Ekin'i kucağına aldığında, yine ters yüz olmuştu duyguları. Her şeyden habersiz Ekin, yine yapmıştı yapacağını. Güç vermişti annesinin kollarının dermansızlığına. Nesil'in az önce silikleşen varlığına can ve anlam katmış, yaşamının asıl amacını hatırlatmıştı. Bir kadın için, her durumda, en üstün, en baskın olan duygunun adını fısıldamıştı kulağına... Annelik...

"İstersen sana odanızı göstereyim. Nevhis Hanım da o arada hazırlıklarını tamamlar..."

"E-evet, evet iyi olur..."

Nevhis, büyük bir özenle sürdürdüğü işinden başını kaldırarak adının geçtiği yere doğru döndü. Aynı anda Nesil de kadına bakıyordu. Göz göze geldiler. Birbirlerini bu kez dikkatle süzdüler. O an, ikisi de eski bir günün, güneşli sabahını hatırlamıştı. Bakışlarındaki ifade her ikisine de diğerini hatırladığını anlatmıştı.

"Size de iş çıkardık akşam vakti."

Yanıt veremedi Nevhis genç kadına. O çok daha farklı şeylere takılıp kalmıştı. Nesil için Nevhis, o evde çalışan bir kadındı ve o sabah karşılaşmış olmalarından başka bir anlam taşımıyordu. Oysa Nevhis'in kafasındaki saatin zembereği yayından fırlamış gibi dönüyordu. Gözleri Nesil'in yüzünden kucağındaki bebeğe kayıyor, hemen ardından Barlas'ın sevgi çırası gibi cayır cayır yanan gözlerini buluyordu. Barlas nasıl bakıyordu o bebeğe? Nevhis'in koruduğu bütün soğukkanlılık ve denge hızlı bir şekilde yerle bir oluyordu. Bulmaca kareleri hızla doluyor, eksik harfler yan yana geliyor ve ortaya inanılması imkânsız bir gerçek ya da amansız bir yalan çıkıyordu.

Barlas baba olmuştu. Ya da bir kez daha, hayatındaki en büyük zaafa yeniliyordu.

……….

Tıpkı gittiği gibi sessizce kapının önünde belirdiğinde, gördüğü manzara şaşkınlığa uğratmıştı genç adamı. Evinde olduğuna hâlâ inanamadığı bebeği karyolanın ortasına yatmış, kollarını ve bacaklarını iki yana açmış, minik ellerini bir şey saklar gibi sımsıkı yumruk yapmıştı. Üzerindeki giysiler değişmişti, kısa kollu ve şortlu pijamaları içinde, bir erkek küçüğü gibi duruyordu. Dudakları hareket halindeydi, uyuyor olmasına rağmen sanki annesinin göğsünü emmeye devam ediyordu.

Nesil de yanında uzanmış, yastığa dayadığı kolunu başına destek yapmış bir halde Ekin'i seyrediyor, ince, uzun, zarif parmak ucuyla oğlunun alnından yanağına, sonra da çenesinin altına kadar inen yumuşacık bir yol çiziyordu. Öylesine dalmıştı ki; bir süredir yabancı bir fotoğrafa dikkatle bakan ve kime baktığını anlamaya çalışan, bu süre boyunca, içindeki o dibi olmayan boşluğu yeni ve tarifsiz bir duyguyla dolduran Barlas'ı bile fark etmiyordu.

Zaten Barlas da kıpırdayamıyordu yerinden. İzleyecek çok fazla şey buluyordu o fotoğrafın içinde... Renkli bir fotoğraftı, iki kişiden oluşmuş gibi görünse de, etrafları kalabalıktı. Tanımsız bir sürü renkli gölge dekor olmuş, seyrettiği bebeğin ve kadının etrafını sarmıştı. İşte Barlas o gölgelerin sırrına yabancıydı. Bu kalabalık, sıkıntı değil, huzur veriyordu genç adama, kalbinden doğan ve yüzüne kadar yükselen yoğun ferahlığı tadıyordu. Onları izlemek, Barlas'ı hiç bilmediği uçsuz bucaksız bir ovanın ortasına sürüklüyor, sırtüstü uzandığı yeşilliğin içinden, gökyüzünün bulutsuz beyazlığını görüyordu. Bulutsuz beyazlıklar sadece rüyalarına girerdi oysa. Sadece bir bebekle birlikte gelir ve göz açıp kapayıncaya, daha doğru bir ifadeyle uyku hali bitinceye kadar sürerdi.

Bu kez, gözleri açık gördüğü bir rüyaya bakıyordu ve tuhaftı... O rüyanın içinde, bebeğinin yanında, ilk kez bir kadın vardı. O kadın varlığıyla, genç adamın rüyalarını bozmuyor, aksine, daha inandırıcı bir hava veriyordu. Kadının açık yakasından ve kollarından görünen teni billur gibi parlıyordu. Loş gece lambasının pembeye çalan ışığı altında, saçları olduğundan daha koyu bir renkten gölgeler almış, ateş gibi yanıyordu. Tam olarak indirmediği tişörtünün bir kısmı göğüslerinin altında kalıyor, karnı görünüyordu genç kadının. Uzun bacaklarının birbiri üzerine atılmış haliyle belirginleşen kalçası, belinin hemen altında küçük ve biçimli bir yükseltiye benziyordu. Güzel bir kadına bakıyordu genç adam. Göz menzili içine giren her bir detayı daha özenle inceleyen ve gitgide daha da büyüyen bir hayranlıkla hem de...

Yaslandığı kapıda, huzursuz bir şekilde kıpırdamasının nedeni de buydu. Kendine çeki düzen vermek... Bir erkek gözüyle bir kadını incelemenin o an için ne kadar saçma ve yersiz olduğunu kendine hissettirmek ya da bütün bu zevkli saniyeleri ertelemek adına küçük bir uyarı kıpırtısıydı o. Aynı zamanda, Nesil'e de nerede olduğunu hatırlatacak küçük bir işaret olmuştu. Kapı önündeki hareket Nesil'in yarı kapalı gözlerinin dikkatini çekmişti. Hemen toparlandı genç kadın. Önce aceleyle üstüne çeki düzen verdi, ardından ayaklarını karyoladan aşağıya sarkıtarak yerdeki ayakkabılarını giydi.

"Sesiniz çıkmayınca merak ettim."

"Şimdi uyudu daha. Ben de onu seyrediyordum."

"Yorgunsun... Yoruyor seni."

"Evet, ama alıştım artık."

"Ben... Rahatsız ettiysem bağışla, ama gelip bir bakmak istedim."

"Rahatsız etmedin. Ben de inecektim şimdi zaten. Kadını da beklettim değil mi?"

"Yo hayır. Gitti o, gönderdim. Sanırım, tabağımıza yemeğimizi almayı ve sonra masayı toplamayı iki koca insan olarak biz de yapabiliriz. Bunun için beklemesine gerek yoktu."

"Tabii... Biz hallederiz."

Kapıdan çıkmadan önce bir kez daha dönüp Ekin'e baktılar. İkisi de Ekin olmadan birbirine yabancı olacaklardı. Ekin aralarına girdiğinden beri, gerçeğin ortaya çıktığı o akşamüzeri anından beri, ilk kez ve uzun süreli yalnız kalacaklardı.

"Üşür mü?"

"Hayır, pijamaları yeterli."

Hafifçe havalanan ince tül perde Barlas'ın dikkatini çekmiş, üzeri açık bir şekilde uyuyan oğluna baktığında gerçek anlamda endişelenmişti. Nesil'in gülümseyen yüzünü görünce, son derece alçakgönüllü bir tavırla bilgisizliğini itiraf etti, acemiliğini kabullendi genç adam.

"Hiçbir şey bilmiyorum..."

Bir kaşı havaya kalktı Nesil'in. Ekin'e dönük yüzünü Barlas'a çevirdi.

"Anlamadım."

"Ekin... Yani bebekler... Ben bu konuda hiçbir şey bilmiyorum."

Dağılmış saçlarının üzerinden elleriyle geçtikten sonra, gülümsedi Nesil Barlas'a.

"Önemli değil. Ben de bilmiyordum. İnsan sevince, bu her şeye yeterli oluyor. Bir de bakıyorsun, elinden her iş geliyor. Hem senin çok fazla yükün olmayacak Barlas. Endişelenmene gerek yok."

"Bağışla ama bu kez de ben anlayamadım Nesil?"

"Neyi?"

"Fazla yükün olmayacak, endişelenme derken... Ne demek istediğini anlayamadım."

Nesil, sıradan konuşma tavırları içinde koridora çıktı. Attığı küçük bir iki adımdan sonra yanında yürüyen adamın yüzüne bakmadan konuşmaya devam etti.

"Yani çok fazla iş düşmeyecek sana. Uzakta olacaksın. Ara sıra, yani onu görmek istediğin zamanlarda ziyaretlerde bulunacaksın. O süre içinde de bebek ya da çocuk bakımı konusunda, fazla bir şey yapmana gerek olmayacak demek istemiştim."

Sadece bir adım gerisindeydi Barlas. Merdivenlerin başında, Nesil'in kolunu yavaşça kavradı.

"Böyle mi olacak?" dedi nazik bir tavırla onu kendine döndürerek. Nesil önce kolunu tutan ele, ardından başını son derece yavaş bir şekilde kaldırarak Barlas'ın yüzüne baktı.

"Anlayamadım?"

"Sen uzakta olacaksın derken, benim Ekin'den uzak kalmamı istediğini mi anlatmaya çalışıyorsun?"

Bir adım bile kalmamıştı o an aralarında. Nesil için Barlas olması gerekenden fazla yakındı. Duvardaki apliğin ışığı dosdoğru genç adamın simsiyah gözlerine vuruyor, kısılmasına ve kaşlarının çatılmasına neden oluyordu. Ekin'in huzursuz anlarında yüzüne takındığı o aksi halini görüyordu Nesil. Bir kez daha ikisi arasındaki benzerliklerden birine, ama bu kez Barlas'ın yüzüne bakarak hayranlık duyuyordu. Ne zaman vazgeçebilmişti ki bundan? O hayranlık değil miydi, o etkilenme değil miydi? Daha ilk günden itibaren ateşe giden bir pervane gibi onu Barlas'a adım adım yaklaştıran. Ve sonra yakan...

"Hayır, öyle bir şey isteseydim, Ekin'i sana duyurmazdım. Yani, farklı şehirlerde yaşıyoruz biz. İster istemez böyle olacak."

"Ayrı şehirlerde olmak zorunda değiliz."

"Tamam. İstersen, bizim yakınlarımıza bir yerlere taşınırsın."

"Sen buraya taşınamaz mısın?"

Hayatlarında bazı şeyler değişecekti elbette. Bir çocuk bile, böyle bir durumda bunu kavrayabilirdi. Bir takım düzenlemeler yapmak zorunda olacaklardı. Ekin'in anne ve babasıyla büyüyebilmesi için bazı fedakârlıklarda bulunacaklardı. Barlas buna hazır görünüyordu. Şu kısa sohbet içinde gösterdiği tepkilerden anlaşılıyordu bu. Sadece birkaç saat öncesine kadar Ekin'in varlığına bile inanmıyordu, oysa şimdi, ona arkasını dönmek zorunda kaldığında, ondan kısa süreli ayrıldığında bile yüzüne gölgeler düşüyordu genç adamın. Ona karşı anlayışlı olmaya çalışıyordu Nesil. Ama anlayışının sınırının, gururunu, özgüvenini yontmaya başlamasından korkuyordu. Sıkı, sımsıkı tutacaktı ipin ucunu. Artık kolayca ve zahmetsizce çözülmeyecekti Barlas'a.

"Nereye? Şaka mı yapıyorsun? Ne işim var burada? Evim, işim, gücüm, kurulu bir düzenim var benim."

"O düzen hep öyle mi sürecek?"

"Neden sürmesin? Benim hayatım orada."

"Çünkü bizim bir çocuğumuz var Nesil. Neden hep, sen yalnız bir kadınmışsın gibi konuşuyorsun. Hatırladın mı ikimize ait bir oğlumuz var bizim."

Kaşlarını çattı genç kadın. Kolunu çekerek Barlas'ın elinden kurtardı. Saatlerdir biriktirdiği bütün o gerilim, boşalacak bir yol arıyordu kendine. Nihayet yanan canına, bir ucundan küçük bir kesik atmıştı Barlas, Nesil'in öfkesinin ve isyanının önünü açmıştı.

"Hatırlamama gerek yok. Çünkü bu unutulacak bir şey değil Barlas."

Dişlerinin arasından gelen fısıltısının şiddeti çok fazlaydı. Gözleri bulutlanmış, içindeki renk yeşilden siyaha kadar uzanmıştı. Gözbebeklerinin derinleri, yağmurlu bir orman kadar koyulaşmış ve ıslanmıştı. Buna rağmen tek bir damlaya bile geçit vermedi. Tek bir damla olsun zayıflık göstermedi genç adama karşı.

"Hayatımı, sanki daha önce yaşamıyormuşum gibi, istediğin şekilde değiştirmen için gelmedim buraya. Aslında, son birkaç saattir sürekli buraya gelmenin ne büyük bir hata olduğunu düşünüp duruyorum biliyor musun? Yoruldum senin bu tavırlarından. Gece burada kalma fikri de büyük bir hataydı. Aslında bu iş ta en başından, çok büyük ha..."

"Söyleme bunu... Eğer bu cümleyi tamamlarsan... Ekin birkaç adım ötede uyurken, söyleme..."

Az önce zayıflık olarak gördüğü yaşlarından bir tanesi yanağından aşağıya inmeye başladığında panik duygusu sarmıştı genç kadını. Barlas'a karşı kuşandığı zırhı, söz konusu Ekin olunca yumuşamıştı. Sözleriyle Barlas'ı yaralamaya, kendini korumaya odaklanmışken, dilden çıkanların ucu Ekin'e kadar uzanmıştı. Haklıydı Barlas onu susturmakta. İyi ki zamanında uyarmıştı Nesil'i.

"Onu kastetmemiştim ben. O benim her şeyim."

"Biliyorum. Ama bazen, kastını çok aşıyor sözcükler Nesil. Ekin üzülürse, biz de üzülürüz. Bana kız, bana istediğin her şeyi söyle. Ama Ekin'i bana kızgınlığının, kırgınlığının arasına karıştırma. Ve..."

Yanında asılı duran elini önce yumruk yaptı ve sonra açtı genç adam. Refleksleri ve kalbinin çelişkisi içinde, birkaç kez daha tekrarladı aynı hareketleri. Derken karar verdi. Kalbinin sesi, kontrol mekanizmasına üstün gelmişti. Açıp yumduğu avucunu genç kadının yüzüne yaklaştırdı. Özenle okşadı yanağını. Düşen yaşlarının ardı kesilmişti, ama ıslaklığı kalmıştı. Gözlerini onun eğik yüzünden ayırmadan devam etti.

"Ve ağlama..."

Barlas'ın sesinin kısık ve canına okuyan albenisi, genç kadını bir yıl önceki o geceye götürmüştü yine. Gözlerini genç adamın gözlerinin içine bırakırken, aklına geleni söylemekten çekinmiyordu.

"Sevmiyorsun bunu..."

Direniyordu, kendine yenilmek istemiyordu, ama gücünün bittiğini, tükendiğini hissediyordu bazen. Evet bazen sadece yaşadığı o geceye geriye dönmek ve Barlas'ı yine o gece olduğu gibi görmek istiyordu.

"Sevmiyorum..."

"Ağlayan kadınlardan hoşlanmıyorsun ve ağlamamamı emrediyorsun bana."

Nesil'in sözlerine, başını iki yana sallayarak itiraz etti genç adam.

"Emretmiyorum. Ağlayan kadınları sevmiyorum evet, ama sana bu yüzden söylemiyorum. Sana kıyamıyorum Nesil. Çünkü senin her seferinde gerçekten ağladığını biliyorum."

Nesil'in ellerine düştü Barlas'ın bakışları. Uzanıp birini iki avucunun arasına aldı ve yavaşça göğsüne doğru kaldırdı. Sürekli Nesil'in yüzünde beliren ifadeleri izliyordu. Onun vereceği tepkilere göre ayarlayacaktı kendini. Genç kadının içinde bulunduğu açmazın tamamının olmasa da bir kısmının farkındaydı. Onun Ekin'i dünyaya getirmesine sebep olan cesaretinin önünde boynu kıldan inceydi Barlas'ın. O an için Nesil'e çıkarıp sunamayacağı tek şey aşktı, ancak, Nesil'in hissettiği ya da hissettiğini sandığı aşkın önünde eğilmeye hazırdı. Tepkisiz duruyordu Nesil, elini Barlas'ın avuçlarının arasından çekmiyor, kızarmış yanakları, hafifçe titreyen yarı açık yarı aralık dudaklarıyla bekliyordu. Bu haliyle, o geceki o kıza ne kadar çok benziyordu.

Elini daha yukarıya kaldırdı Barlas. Dudaklarını Nesil'in parmaklarının ucuna bastırırken, derin bir soluk aldı ve gözlerini kapattı. Bu gece ne kadar zorlanıyordu. Nesil'e dokunmaya kıyamıyordu. Nesil'e hissettiği tüm o güzel duygulara bir ad koyamıyordu. Bir yanı bir gece yarısı, kendi kararları, kendi cesaretiyle evinin kapısından içeriye giren ve Barlas'ı şaşkına çeviren o büyüleyici kızla birlikteyken, diğer yanı, o kızın kendi düşsel dünyasının yarattığı bir kurgudan ibaret olduğunu tekrarlayıp duruyordu. Nesil'in gerçekte hangisi olduğunu anlaması için zaman gerekiyordu Barlas'a. Gerçek ya da kurgu... Nesil'in farkı ilk karşılaşmalarından itibaren devam ediyordu. Barlas'ın körelmiş duygularının arasında bile varlığını sürdürmeyi başarıyordu. Zaman zaman geçmişi düşündüğünde aklına ılık ılık esiyor, sonra bir anlığına gülümsettiği adamın yüzünden, tıpkı aklından silindiği gibi silinip gidiyordu. Ta ki genç adamın, bilinçaltının bir sonraki düş sokağı seyahatine kadar...

"Seni ağlarken görmek istemiyorum."

En son istediği şey Barlas'ın sadece ona özel olan ilgisinden uzaklaşmaktı o an. Ama daha fazla o durumda kalmaya cesareti yoktu. Eline dokunan dudaklarının sıcaklığı aklını karıştırmakla kalmıyor, direncini de kırıyordu. Uzaktan, soğuk bakışlarıyla bile kendini sevdirmeyi, kurulu düzenini ters çevirmeyi başarmıştı Barlas, şimdiki yakınlığı Nesil için son derece tehlikeliydi. Elini Barlas'ın nefesinin uzağına çekerken, avucunun içi yanıyordu, yüreğini sarmış olan kor, alevleniyor, kanına giriyordu. Başka hiçbir şey söylemeden arkasını döndü ve merdivenlerden aşağıya inmeye başladı genç kadın. Gözlerini sık sık yumuyor, açıyor ve derin derin nefesler alıyordu. Dudaklarına ket vurup mühürlerken, dönüp bir tek şey sormak istiyordu deli gibi... Bir tek şey...

"Beni hiç düşünmedin mi Barlas, beni hiç düşünmedin mi?"

Yemek boyunca, iki suskun yabancı gibi davrandılar. Biri başını kaldırıp diğerine baktığında, sanki bu suçmuş gibi, bakışlarını bile sakladılar. Lokmalarını, evirip çevirip, güçlükle yuttular. Barlas'ın gözü sık sık kehribar rengi şişelerin parlaklığına kayıyordu. İçkinin yapay rahatlığına bu gece her zamankinden daha fazla ihtiyacı olduğu halde, eline sudan başka hiçbir şey almıyordu.

"Nesil" dedi derinden gelen tereddütlü bir sesle. "Bugünkü davranışlarım, tepkilerim için özür dilerim."

Birden bire yerinden kalktı genç adam. Kararlı bir şekilde ne aradığını ve nerede bulacağını bilen bir hızla bir çekmeceye yöneldi. Çekmeceyi iki eliyle birden sımsıkı kavradığında, Nesil dikkatle onu izliyordu. Barlas'ın ellerinin eklem yerlerinin beyazladığını görüyor, orada baktığı ya da az sonra ortaya çıkaracağı şey her neyse zorlandığını anlıyordu. Eline birkaç kâğıt parçası alarak çekmeceyi kapattı, kısa bir tereddütle bir süre bekledi ve sonra dönüp Nesil'e baktı genç adam.

"Bunlara bakmanı istiyorum."

"Ne onlar?"

"Bugün sana inanmadım. Çünkü..."

Ağır adımlarla yerine doğru yürürken, elindeki kâğıtları Nesil'in uzanıp alabileceği şekilde sehpanın üzerine bıraktı. Ona hayatının en umutsuz günlerini yaşatan raporları, koşullar çok farklı olsa bile, bir kez daha ortaya çıkarmış olmaktan rahatsızdı.

"...çünkü bunlara inanıyordum"

Çekingen bir tavırla sehpaya uzanırken ne göreceğini, Barlas'ın ona ne göstereceğini az çok tahmin ediyordu Nesil. Bakıp bakmamakta kararsızdı ve sadece birkaç saniyelik düşünme süresi vardı. Barlas'ın ilgisi, daha doğrusu ilgisiz gözleri, parmaklarının arasında sürekli çevirmekte olduğu su dolu bardaktaydı. Nesil'i izlemiyordu. Saçları alnının üzerine dökülmüş, yüzünün bir kısmını kapatmıştı. Görünen oydu ki; Nesil'i önünde duran kâğıtlarla baş başa bırakmıştı.

Üç farklı yerden alınmış olan belgelerde, ortak tek bir karar vardı. Tıp dilinde yazılmış anlamsız şeyler gibi görünse de sonuç olarak kelimeler birbirine benzer ya da aynıydı. Aralara karışmış az sayıda Türkçe sözcükten yola çıkarak neler yazdığını anlamıştı genç kadın. Barlas gün içinde sergilediği o katı ve acımasız tavırlarında haklıydı. Onun yerinde kim olsa, karşısındakine inanmaz, aynı şekilde davranırdı.

Barlas'ın kanıtlarını aldığı yere, yeniden sehpanın üzerine bırakırken, kurumuş boğazından tek bir nefeslik ses bile çıkmıyordu Nesil'in. Barlas'ın akşamdan beri ifade etmeye çalıştığı açıklamalarının, doğruluğuna inanmıştı. Kim bilir ne kadar süre bu gerçekle yaşamak zorunda kalmıştı Barlas... Peki ama... Bütün bu belgelere, kesin ifadelere rağmen, Nesil'e neden ve nasıl inanmıştı?

"Benim bu kadar kesin kanıtım yoktu. Bana neden inandın?"

"Biraz düşününce, bunun ihtimalini bile göz ardı edemeyeceğimi anladım Nesil. Bir de..."

"Evet?"

"Sen..."

"Ben mi?"

"Evet, sen."

"Ne olmuş bana?"

Barlas için, ne kadar da ağır bir hesaplaşmaydı bu. Sözcüklerini seçerken son derece temkinli davranıyordu. Ekin'e olan hasretinin büyüklüğünü kolayca anlatırken, Nesil için ne hissettiğini bulmakta zorlanıyordu. Aklı ve kalbi arasına tül bir perde çekilmiş gibiydi... İkisi de birbirini net olarak göremiyordu.

"Ben bir çocuğum olmasını çok istedim Nesil... Hep istedim."

"Anlıyorum."

"Henüz değil. Henüz bunu anlayacak kadar tanımıyorsun beni."

Okuduklarından sonra, Nesil de ortaya çıkan bu duruma inanmakta zorlanıyordu. Nasıl bir tesadüftü bu böyle?

"Peki, ama bu nasıl oldu?"

Gülümseyerek, ellerini iki yana açtı genç adam. Nasıl olduğuna zerre kadar aldırmıyordu. Sonsuz ilahi bir güç, ya da sıradan bir tesadüf...

"Ben senin yerinde olsaydım, hâlâ şüphe ediyor olurdum Barlas."

"Etmiyorum."

"Ama neden? Bana nedenini söyle?"

"İstediğim an, bunun gerçek mi yoksa yalan mı olduğunu öğrenebilirim. Bunu sen de biliyorsun. Nesil... Sen kucağında Ekin'le geldin bana. Vaatleriyle değil. İçimden bir ses, bu kadarına cesaret edemeyeceğini söylüyor. Ve yine bir ses senin oyuna ihtiyacın olmadığını söylüyor."

"Yine de bu koşullarda dünyaya gelen bir bebeğe "benim" diyebilmen için daha fazlası gerekiyor. Olması gerekenler olacak. Test istiyorum Barlas. Benim emin olduğum kadar emin olmanı istiyorum. Ekin için bunu yapacaksın."

"Hayır Nesil. Asıl Ekin için yapmayacağım bunu. Gün gelir de, ona test sonuçlarına göre sahip çıktığımı öğrenirse, onun yüzüne bakamam."

Ciddi yüzünü, gergin ve huzursuz bir ifade kaplamıştı Nesil'in. Derin bir soluk alarak kaldığı yerden konuşmaya devam ederken, sesi inatçıydı.

"Eğer o testleri yaptırmazsan, Onu görmene izin vermeyeceğim. Şimdiden yüzünü göremeyeceksin Ekin'in."

"Bunu yapamazsın" diye fısıldadı Barlas. Nesil'in tehditlerine hazırlıksızdı. "Yapmazsın değil mi?"

"Bir an bile tereddüt etmem. Ben sana inanmıştım Barlas. Ama sen bununla yetinmedin ve bana kanıtlarını gösterdin. Şimdi yine aynı durum var ortada. Sen de bana inandın, ama benim ellerim bomboş. Sana göstereceğim kesin belgeler yok."

"Ben sana onları beni bağışlamanı umarak gösterdim. Seni kırdım, incittim. Sen benim inandıklarımdan habersizdin, günahsızdın. Hiç hak etmediğin şekilde, sözlerimle, tavırlarımla canını yaktım bugün."

Kafasına koymuştu genç kadın. Barlas'a söylediklerinden santim geriye dönmek gibi bir niyeti yoktu. Ekin masumdu, babasının gölge yüzü görmemiş, şüphe düşmemiş, masum sevgisini sonuna kadar hak ediyordu ve bunu sağlamak Nesil'in kararlılığından geçiyordu.

"Ya evliliklerin?" dedi genç kadın. Diğer konu bir karara bağlanmış ya da üzerinde konuşulacak başka hiçbir şey kalmamış gibi... "Onlar? Eşlerin?"

Kaşları yine çatılmış, konunun gittiği yönden hoşlanmamıştı. Yine de, yanıtsız bırakmadı Nesil'i. Oysa bu konu, Barlas için sırdan da öte, yasaktı.

"İki evliliğim de, çocuk için yapıldı."

"Aşksız?"

Şimdi dikkatle inceleyen Nesil, o dikkatten kaçmak için bakışlarını saklayan Barlas'tı. Uzun zamandır ayaklarının altında duran halı ile ilk kez bu kadar yakından ilgileniyordu. Halının beyaz renginin içinde, Nesil'e verdiği yanıtlarla birlikte, perde perde eski günleri görüyordu. Oya ve Zeliha'nın aptalca oyunları içinde buluyordu kendini bir kez daha. İşte bu öfkelendiriyordu genç adamı. Hayallerinin üzerinden çıkar sağlamak adına kurulan tuzakları unutamıyordu bir türlü.

"Evet, aşksız."

"Sen âşık değildin belki, ama ya onlar?"

"Onların da âşık olduklarını sanmıyorum Nesil."

"Sanmıyorsun..."

"Bunu neden konuşuyoruz ki şimdi? Sonuç olarak biri yalan bir hamilelikten, diğeri karşılıklı çıkar alışverişinden doğan, daha başından kusurlu evliliklerdi işte..."

"O zamanlar bilmiyor muydun bu durumu?"

"Tabii ki bilmiyordum. Çocuğum olamayacağını öğrenmeme, birbirinden dürüst eşlerim aracı oldular"

Ne söyleyeceğini şaşırmıştı genç kadın. Bir sürü soru zihninde sıralanıyor, Barlas'ın geçmişine dair merakı gitgide kabarıyordu. Ancak, huzursuz bir şekilde yerinden kalkan genç adama bakarken, susması gerektiğini anlıyordu. Konuyu önlerine koyan Barlas'tı. Ama şimdi bundan pişmanlık duymuş gibi davranıyordu. Bahçeye bakan kapının önünde, sırtı dönük bir şekilde dimdik dururken, göğsünün inip kalktığını fark edebiliyordu Nesil. Genç adam o an, soluk alıp vermekte zorlanıyordu.

"O gece neden geldin Nesil?"

Korkuyla, panikle, yerinde kıpırdadı genç kadın. Birkaç dakika süren sessizliğin ardından, genç adam ansızın farklı bir yere geçiş yapmıştı. Konuşmaya başladıklarından beri, soruları soran Nesil'ken, o andan itibaren Barlas başlamıştı. Genç adam yüzünü ona döndüğünde, iyice telaşlanmıştı genç kadın. Barlas, en zor yerden sınav yapıyordu onu. Konu ne Ekin'di ne Barlas'ın geçmişi, ne evlilikleri. O eski günlerdeki etkileyici, büyüleyici yabancının ulaşılmaz, siyah taneli gözlerini görüyordu Nesil. Tıpkı o günlerdeki gibi, amansız çekiciliğine bürünmüştü genç adam. "O gece" dediği an, Nesil'i yanına alıp, ta o günlere geriye götürmüştü. Dizlerine karıncalanma, göğüslerine sızı, karnına zevkli bir dalgalanma, titreyen dudaklarına teninin tadı olarak, şiddetli bir rüzgârla birlikte gelip oturmuştu Barlas. Yine gücü ve kontrolü eline almış, heyecanlı, acemi bir kıza çevirmişti Nesil'i.

"Sana söylemiştim" diyerek yarım yamalak bir yanıtla gözlerini kaçırdı genç kadın. Ama Barlas vazgeçecek gibi değildi. Ağır adımlarla Nesil'e doğru yaklaşırken, sanki etrafını saran ateş çemberiyle birlikte geliyordu. Her adımda Nesil'e daha çok vuruyordu sıcaklığı.

"Bana yalan söylemiştin."

"Sonra doğruyu söylemiştim."

"Doğrusu neydi Nesil?"

"...."

"Beni tanımıyordun..."

"...."

"Susacak mısın?"

"...."

"Peki öyleyse... Ekin'i öğrendiğin zaman, ne hissettin? Nasıl karar verdin onu doğurmaya?"

"....."

"Bunu neden istedin Nesil?"

"...."

Yine sükûnet vardı Nesil'in tarafında. Barlas ayakta durmuş genç kadının yere eğilmiş başını bir yele gibi sarmış ve omuzlarına dökülmüş olan parlak saçlarına bakıyordu. Sesindeki otorite biraz olsun hafifledi genç adamın. Şefkat ve anlayış hâkim oldu birden bire. Yavaşça yanından geçerken bacakları dizlerine dokundu genç kadının. Bu kez aynı koltuğa oturdu Barlas.

"Korkuyor musun benden?"

Başını iki yana salladı Nesil. Bir kez başlarsa, bütün sorularına yanıt vermek zorunda kalacaktı. Vereceği yanıtların hepsinin yolu Barlas'a hissettiği, kimilerine ve hatta o an Barlas'a bile inanılmaz ve açıklanamaz gelecek olan o süratli, ama derinden gelen aşka çıkacaktı. Susmak Nesil için en dorusu olacaktı o an.

"Ne yapacağız şimdi Nesil?"

"...."

"Ne olmasını istiyorsun?"

Artık Barlas'ın ardı arkası gelmeyen sorularından kaçamayacağını anlıyordu. Önünde sonunda konuşması ve bu duruma bir son vermesi gerekiyordu. Eğik başını kaldırırken, gücünü toplamaya ve yeniden etkisi altına girmeye başladığı o akşam koyusu gözlere kayıtsız bir şekilde bakmaya çalışıyordu.

"Sadece Ekin'i bilmeni istedim. Sadece buydu istediğim."

"Artık biliyorum. Ve bunun için, onu bana getirdiğin için şükrediyorum. Artık ondan vazgeçemem."

Öylesine tatlı bir tona bürümüştü ki sesini. Nesil, bir ömür boyu gözlerini yumarak onu dinleyebileceğini düşünüyordu için içe. Ama ya yüzü? Ona bakmadan durabilir miydi? Barlas, böyle kanlı canlı bir şekilde yanında olduğu sürece, kayıtsız kalabilir miydi?

"Güzel" dedi titrek bir mum gibi, cılız, sönük... "Sorun yok o zaman."

"Senden de vazgeçemem."

Sarsıcı bir tokat yemiş gibi oldu genç kadın. Barlas'ın güçlü elleri miydi ona vuran? Yoksa ondan daha da güçlü bir şekilde gözlerine odaklanmış olan kara ışıklı gözleri mi?

"Ben... Vazgeçemeyeceğin biri değilim."

"Öylesin."

"Ama... Senin için hiçbir şey ifade etmiyorum ben."

"Yanılıyorsun. Benim için çok değerlisin. Biz birlikte olmalıyız Nesil."

"Birlikteyiz zaten. Bak... Ekin, sen ve ben bir aradayız."

Boş bir sandalın içinde, küreksiz, rüzgârsız, olduğu yerde sallanıyordu sanki. Ne yönünü biliyor, ne bulabiliyordu. Barlas'ın sözleri birer birer yankılanıyordu beyninin içinde. Olmaması gereken bir şeyler oluyor, Barlas Nesil'in ölesiye korktuğu o yere doğru kararlı bir şekilde yürüyordu.

"Oğlumuzun, annesi-babasına ya da babası-annesine misafir mi olacak? Buna mı birliktelik diyorsun sen?"

"Bu durumda evet."

"Benimle evlen Nesil."

Sadece birkaç hamleden sonra oradaydılar işte. İçten içe yalvarıyordu oysa Barlas'a. Bunu duymak ölesiye korkutuyordu genç kadını. Ama ne Nesil'in saklı korkuları engel olabilmişti Barlas'a, ne kendi eksik duyguları. Barlas'a göre, Nesil bunu hak ediyordu. Karar Nesil'in olacaktı elbette, ama Barlas kendini buna mecbur hissediyordu. Bu teklifin, genç kadının hayatının en büyük yıkımı ya da kâbusu olduğunu bilmeden, daha başlamadan bitiriyordu aralarındaki yakınlığı.

"Üçüncü kusurlu evliliğini yapmak için ne kadar da heveslisin böyle."

Yaşadığı sarsıntının bütün şiddeti genç kadının sesindeydi artık. Dişlerini sıksa da fayda etmiyordu. Birer zehirli ok gibi çıkıyordu cümleleri. Amacı Barlas'ın canını yakmaktı. Amacı Barlas'ı kendi enkazının altına çekmekti. Amacı Barlas'ı da en az kendisi kadar yıkmaktı.

"Bu aynı şey değil."

Daha fazla oturduğu yerde kalamadı genç kadın. Zaten ne zaman öfkelense, ne zaman çaresiz bir döngü içinde kalsa, yaptığı ilk şey bu olurdu. Yerinden kalkar ve deli gibi dönüp durmaya başlardı. O anda da aynı şeyi yapıyordu. Önce kendi ekseninde, sonra salonun boş bulduğu her yerinde bilincini kaybetmiş gibi dolanıyordu.

"Ah... Evet... Bu kez şartlar en başta oluştu, anlaşma sonradan imzalanacak. Cidden aynı durum değilmiş."

Barlas'ta Nesil'in sesinin tonlaması ve alaycı sözleriyle kontrolünü yitirmek üzereydi. Nereden bilecekti ki kızın gerçekte ne istediğini, ne beklediğini? Zaten yeterince çözümsüz bir durumdayken, bir de Nesil'in bu sebebini bir türlü anlayamadığı bitmek tükenmek nedir bilmeyen, her an parlamaya hazır öfkesi... Barlas'ta iyiden iyiye gerilmişti. Sonunda genç adam da yerinden kalktı ve sürekli dolanan Nesil'i kolundan yakaladı. Genç kadın itmeye çalıştı onu, ama bu kez kurtulamadı Barlas'ın kuvvetinden. İkisi de öfkeyle soluyor, ikisinin de öfkesi birbirine değiyordu.

"Akşamdan beri deliriyorum Nesil. Ekin'e sahip oldum ama içimdeki sevinci bile, düşlediğim gibi yaşayamıyorum. Çünkü sürekli düşünüp duruyorum. Çünkü seni, senin beni ettiğin kadar mutlu etmek, senin oğlumuza ve bana bakarken ağladığını değil, güldüğünü görmek istiyorum. Senin için yapamayacağım hiçbir şey yok anlamıyor musun? Üçümüz için güzel ve doğru olanı bulmak istiyorum. Sense; sense öylesine garipsin ki... Konuşamıyorum seninle. Uzaksın, soğuksun, kızgınsın... Sahi... Neden kızgınsın bana bu kadar Nesil? Neden sürekli ağlıyorsun? Neden korkuyorsun bu kadar? Benden mi, kendinden mi?"

Birer ateş parçası olmuş gözleriyle Barlas'ın dudaklarının arasına bakıyor, genç adamın söylediği her şeyi duymaya çabalıyordu. Öylesine kızgındı ki... Gerçekten de, bunun sebebinin ne olduğunu anlamakta zorlanıyordu. Neden öfkeliydi bu kadar? Oysa daha bugüne kadar, Barlas'a bu kadar yaklaşıncaya kadar, böyle değildi. Şimdi karmakarışık olmuştu ve daha da çok karışacağından korkuyordu. Çünkü engel olamıyordu duygularına, söz geçiremiyordu kendine. Allak bullak olmuştu ve kendini tanıyamıyordu.

"Neden o gece olduğun gibi gelmiyorsun bana Nesil? Değişen ne var? Ben hâlâ aynı adamım. O günden bu güne zerre değişmedim. Hatta bugün, o gece olduğumdan çok daha yakınım sana. O gece ya da hemen sonrasında, sana 'evlenelim' deseydim..."

"O gün bunu nasıl istedim bilemezsin" diyemiyordu genç kadın. Hâlâ, kendini her yönüyle göstermekten sakınıyordu. Ama Barlas'ın sesi yumuşadıkça, içindeki hiddet azalıyordu. Hatta yorulduğunu, çok yorulduğunu hissediyordu. Güçten düşmüş sesi, içindeki teslimiyeti gösteriyordu.

"Haklısın Barlas. Sen aynı adamsın. Ama ben aynı ben değilim."

"Bana doğruyu söyle Nesil. Bana neden bu kadar kızgın olduğunu anlat."

"Yanılıyorsun. Sana hiç kızmadım, kızamadım. Seni, bana âşık olmadığın için hiç suçlamadım."

"Aşk mı?"

"Evet... Az önce yanıtını veremediğim pek çok sorunu da böylece yanıtlamış olacağım. Ben sana, âşık olduğum için geldim. Âşık olduğum için Ekin'i aldırmak istemedim. Seni unutmak da istemedim. Seni ben seçmiştim. Sen benim duygularımdan, hayallerimden, yaşadıklarımızın sonuçlarından, Ekin'in varlığından habersizdin... Sana nasıl kızabilirdim ki böyle bir durumda?"

"Şimdi sana engel olan ne peki? Bir yıl sonra, bana aynı duygularla gelmene engel olan ne?"

"Yine aşk Barlas... Yine aşk..."

Derin bir sessizlik kaplamıştı evin dört bir köşesini. Dışarıdaki sesler bile, bir kuytuya girip, gizlenmişti. Gökyüzü elini eteğini çekmişti yeryüzünden. Az öncesine kadar ışıl ışıl aydınlanan bahçenin üzerine karanlık gölgeler inmişti. Belki de iki insanın üzerine sinen sislerdi her şeyi bir anda renksizleştiren, sessizleştiren. Yoksa her şeyin bu kadar ani bir şekilde, değişmesi imkânsızdı. Gerçekte bütün denge yerini korumaya devam ediyordu, ama ikisinin etrafını saran acımasız çember büsbütün daralmıştı.

"Nesil dün bitti demiştin bana, yarınsa çok uzak... Yaşanacak bir tek o an vardı senin için bir zamanlar. Yine aynı şeyi yapamaz mıyız? Bu gece dünü ve yarını bir kenara bırakarak, yeni bir karar alamaz mıyız? Oğlumuzun ayrılık içinde dünyaya gelmiş olması yetmez mi? Ona en başından haksızlık etmiş olmaz mıyız?"

"Ekin'in varlığı ikimiz için de çok önemli Barlas. Ama hayatımızı sadece onun mutluluğu için gerekli olan koşullar ya da zorunluluklar üzerine kuramayız."

Genç kadının çenesine dokundu genç adam. Yüzünü hafifçe kaldırarak ona bakmasını sağladı. Öylesine güzel görünüyordu ki Nesil, hiddetine rağmen Barlas ona bakmaktan zevk alıyordu.

"Belki bu sadece onun mutluluğu olmaz Nesil. Elimizdekilerle belki biz de mutlu olabiliriz. Bunu şimdiden bilemeyiz."

"Sana bir şey soracağım, ama cevabı her ne olursa olsun bana doğruyu söyle Barlas. Hiç iz bırakmadım değil mi sende? Hiç hatırlamadın bile beni... Suçlamak için değil... Sadece merak..."

Ufacık bir tereddüt bile Nesil için yeterliydi. Genç adama en başında dürüst olmasını söylemişti. Şimdi kelimeler bile genç adamın dudaklarının arasında kalıyor, Nesil'in emin olduğu gerçeği dile getirmeye utanıyordu. Barlas dürüstlük ve kibarlık arasında gidip geliyor, zorlanıyordu.

"Nesil bak... Ben... Aslında..."

"Bu kadarı yeter Barlas. Teşekkür ederim. "Hayır" diyemeyecek kadar zarif, "evet" diyemeyecek kadar dürüst olduğun için. Teşekkür ederim."

Genç kadın bir solukta bitirmişti söyleyeceklerini. Barlas'tan uzaklaştı ve merdivenlere doğru yürümeye başladı. Artık konuşacak hiçbir şey kalmamıştı Nesil için. Ya da en azından o gece için dayanma dozunu aşmıştı. Hole çıkmak üzereyken, genç adamın sesiyle durdu. Arkası dönük bir şekilde Barlas'ın da bitirmesini bekliyordu.

"Sen sadece anlaşma yapmak istediğim bir kadın değilsin Nesil. Belki kelimeleri doğru anlamlar için seçip, yerinde kullanamıyorum ama... Sen herkes değilsin. En başından beri böyle bu."

"Ne farkım var ki başkalarından? Dönüp arkana bile bakmadın sen."

Anlatamıyordu Nesil'e. Çekmecede duran çam rengi bilekliği, Nesil'in bir geceliğine hayatına getirdiği huzurlu esintiyi, o gece hissettirdiği gücü ve hafifliği, her karşılaşmalarında ardında bıraktığı ruh dünyasındaki karmaşayı, belirsizliği, bu gece onları kendi evinin çatısı altında izlerken gördüğü o emsalsiz resmi... Resmin içindeki kadını... Kadının duruşundaki çekiciliği... Hiç birini birbirine bağlayıp anlamlandıramıyor, öyle olduğuna inanıyor olduğu halde, Nesil'in farkını ortaya koyamıyordu. Yüreği bu kıza karşı karmaşayla dopdoluyken, gerçek değerini ve yerini ayırt edemiyordu.

"Sana haber gönderdim. Sen gelmedin. Sen istemedin beni. Sen de arkana bakmadan gittin."

Durulmuş sular yeniden köpürmeye başlamıştı. Çıktığı yoldan geriye döndü genç kadın. Barlas bu kez, hiç konuşulmamış bir yere getirmişti konuyu. Elbette Nesil'in de söyleyecekleri vardı. Elbette, neler hissettiğini, neden gittiğini anlatacaktı.

"Öyle mi sanıyorsun? Seni istemedim... Ama nedense, senin çocuğundan kopamadım."

"Neden gittin öyleyse?"

Bunu neden sorduğunu Barlas da bilmiyordu. Ama cevabını delicesine merak ediyordu. Üstelik o anlık bir merak değildi bu. Birden bire çıkmamıştı ortaya... Nesil'i hatırladığı zamanlarda, bu soruyu da hatırlıyordu.

"Çünkü sen gelmedin Barlas. Sen gel-me-din... Bütün gün ve akşam boyu kayboldun ortadan. Sonra, gece sana gelmem için bana adamlarından birini gönderdin. Nasıl hissettim kendimi biliyor musun? Buna rağmen yine de ümit etmekten alıkoyamadım kendimi. Her şeyi göze alarak, göz ardı ederek bir kez daha çıkıp geldim buraya. O zaman da tıpkı şimdi olduğu gibi, son derece nazik ve yardımseverdin. Eğer zor durumdaysam, bana yardım edebileceğini söyledin. Çünkü sen sadece, o gece bana olanlar yüzünden kendini suçlu ya da sorumlu hissediyordun hepsi buydu işte... Hepsi bu. Vicdanın rahat olsun Barlas. Ben iyiyim. Durumumdan bir şikâyetim yok. Oğlumla mutluyum. Başlarda seninle ilgili hayallerim vardı. Kendime hayallerden bir dünya kurmuştum. Âşık olmuştum sana. Ama şimdi geçti... Gitti... Bitti... Ekin için geldim sana. Bunun ardında hiçbir neden ya da sonuç arama. Ailemi kaybettim, anne oldum. Çok değiştim ben. Değiştirdi zaman beni. Artık, çocukça saplantılara, aşklara yer yok hayatımda. Gücüne, parana, hele anlaşmalı, yapay bir evcilik oyununa, hiç mi hiç ihtiyacım yok"

Salonun ortasında, Nesil'in bıraktığı yerde, bıraktığı gibi duruyordu. Nesil'in yüzü, solgun, ışıksız ama derin bir sürü çizgiyle dolup taştıkça, onca zaman boyu içinde biriktirdiği acıyı, hayal kırıklığını Barlas'ın yüzüne vurdukça, konuştukça, çerçevesinden dökülen cam parçacıklarına benzeyen gözyaşlarını görüyordu hâlâ. Az önce olanlar bir bir adımlıyordu bulanık zihnini. Nesil, evlenme meselesini kabul etmediği gibi, hiçbir açık kapı da bırakmamıştı. Dönüp ardına bile bakmadan merdivenleri çıkarken, Barlas'ı, yıllar önce kurumuş, genç adamın aşina olduğu o içi boş kuyuya atmıştı. Barlas'ı reddederken sebep olarak, onu Barlas'a getiren yegâne şey olan aşkı göstermişti. Aşk demişti... Yine aşk... Yine aşk.

Aşk nasıl bir şeydi böyle? Ya Sevgili? Sevgili Nesil'e mi benzerdi?

Eğer bir gün birini sevecek olursa, evet, bu kadının Nesil olmasını isterdi genç adam. Nesil, herkesten özeldi. Nesil bir başka güzeldi. Keşke, onun korkmadan, tartmadan sevebilen cesur yüreğine dokunabilseydi. Keşke Onun aşk ateşinden bir parça olsun yanabilseydi. Keşke mümkün olabilseydi bu. Nesil karşısında bütün cesaretiyle "sevdim" derken, o, ölü bir ağaç gibi sessizce dinlemişti. Keşke dilinin bir kenarında aşktan yazılmış sözcükleri olsaydı. Keşke o sözcükleri, Nesil'in akan her damla yaşının yerine koysaydı. Keşke bir onu, bir tek Nesil'i olsun, etrafını bir koza gibi örmüş olan yalnızlığından içeri alsaydı.

Zayıf düştükçe, kendini kaybediyordu. Alkol yoksunluğu etkisini gösteriyor, genç adamı bulunduğu çukurun içine çekiyordu. Hafızasını bir anlığına siliyor ve diğer her şeyin yerine kendini koyuyordu. O anlarda Barlas, bilerek ve isteyerek, cehennemin kızıl kırmızı gözlerinin içine bakıyor, elinden tutarak kendi kıyametine yürümek istiyordu.

Ama bu gece kıyametinden korkuyordu. Bu gece, hafızası cehenneme direniyor, ona etrafını gösteriyor, geriye dönmesini söylüyordu. Halsiz bir şekilde gözlerini kırpıştırdı genç adam. Önünde, altın rengiyle sıvanmış, dolu şişeler duruyordu. Ellerini birer yumruk halinde ceplerinde saklarken, biri ona yardım ediyor, zayıflamış, iflas etmek üzere olan gücünü eline veriyordu. Bir nöbetti bu. Alkolün, insanı insan olmaktan uzaklaştıran, kendisiyle birlikte dünyayı da unutturan, kendine yabancılaştıran, bazen yalancı bir dost, bazense düşman yapan, geçici bir süre için avutan, uyutan yakınlığına adımlanan nöbetti... Bu kez güç dengeleri değişmiş, bu gece Barlas kızıl kırmızı gözleri yenmişti. Sebebi belliydi. Sebebi Ekin'di. Sebebi Nesil'di. Ayaklarını birbirine dolayan, dilini damağını kurutan, yolunu şaşırtan şişelere bakarken, kendinden tiksinmişti. Nasıl bir esirdi böyle? Can dediği, can bulmuştu. Can, kuş olup ölüm ıssızlığına bürünmüş evine konmuştu. Nesil, yok olmuş varlığına, yeni bir soluk yeni bir amaç vermişti. Ya o düşler... Cehennem geceleri içinde cenneti gördüğü o düşlerdeki melek, bir isim olmuş ve yeryüzüne inmişti. Şimdi, onu unutturacak ne olabilirdi ki? Ekin'den daha çok sevdiği ne olabilirdi? Ekin soluk aldıkça, hangi güç onu Barlas'tan ayırabilir, yenebilirdi?

Alkol nöbetini atlatırken, gücünü topluyordu. Daha cesur daha kararlı oluyordu. Her ne olursa olsun, oğlunu istiyordu o. Nesil aşk istiyorsa, aşkı bulup getirecekti Arştan ya da Kaf'tan. Bir daha âşık edecekti Nesil'i kendine. Aşkı sorup, bulup, öğrenecekti. Olmaz mıydı? Ekin'de olmazdı hani? Ekin'de mümkün değildi. Ekin geldikten sonra, Nesil de gelirdi. Nesil de ikna olurdu...

İyi de... Nesil aşk istemiyordu. Bitti, diyordu. Genç adamın şaşkın kalbi beyniyle yarış içinde, kah duygusal bir baba oluyor, kah ona âşık bir kadının sözleriyle, hisleri arasında kalıyordu. Anlamakta zorlanıyordu. İşte, bu kadar kör ve bu kadar sağırdı. Duygulara bu kadar yabancı, algılamakta bu kadar ağırdı. Çünkü o güne kadar tanıdığı hayat ticari uzlaşmalardan öte değildi Barlas'ın. Bu günden sonra, başka uzlaşma yöntemleri de öğrenebilirdi. Adımlarını sağlam bir şekilde yukarıya giden basamaklara çevirdiğinde, gözlerinde yanan kıvılcımlar boşa değildi. Henüz alt alta yazacağı kararları yoktu belki, ama kararlar için heves taşıyordu. Bunun için önce, paramparça olmuş hayatını dermesi gerekiyordu. Bir anlığına bile olsa, zayıf düşmemesi gerekiyordu. Yukarıda onu bekleyen birileri olduğunu bilmek bile, bu evde yaşanacak yarınları olabileceğini gösteriyordu. Hayır. Sadece bir gösterge değildi bu. O dipsiz kuyudan sesler de geliyordu. Göğsünün altında yine bir sancı vardı... Ama bu sefer durmak değil, hayatta kalmak için direniyordu.

Toparladığı güçle, sevdiklerinin odasının önünde duruyordu. Nesil'de uyumamıştı. Barlas'la birlikte holden gelen ince ama dağınık ışık gözlerini kamaştırmıştı genç kadının.

"Gelebilir miyim?" dedi genç adam sessizce.

"Uyumak istiyorum Barlas."

"Ben de Ekin'i görmek istiyorum Nesil. İstersen sen uyu... Ben biraz onunla kalayım."

Ekin'i Barlas'a getirmişti sözde, ama kapalı bir kapı ardından bakmasını istiyordu. Kendi çekişmelerinden etkilenip, Barlas'ın en doğal haklarını elinden alıyordu. Oğlunu bulduğu gece, Barlas'ın gidip hiçbir şey değişmemiş ya da olmamış gibi uyuyacağını düşünerek hata ettiğini şimdi anlıyordu genç kadın.

"Nasıl istersen... Özür dilerim. Ben, düşünemedim."

Nesil uzandığı yerden doğrulurken, Barlas'ta yatağın diğer tarafına oturmuştu. İçindeki coşkunun ürperten hazzıyla birlikte, özenle, nazik bir şekilde Ekin'in yüzünü okşuyordu.

"Sen özür diledikçe, ben daha çok kızıyorum kendime Nesil. Lütfen artık bunu yapma olur mu? Sen bana karşı suçlu değilsin ki. İkimiz de ne yapacağımızı bilmiyoruz. Şaşkınız..."

Başını sallaması, Nesil'in bu sözleri onayladığını gösteriyordu. Genç adam biraz daha yaklaştı, başından ayakucuna kadar uzun uzun kokladı ve öptü Ekin'i. Onun yanında ikisi de birbirine yabancı değildi. Ortak bir karar ya da ortak bir amaç için bir araya gelmiş uyumlu ve sevgiyle kuşatılmış bir ikiliydi. Barlas Ekin'e sokulurken, Nesil yüzüne yerleşen gülümsemeden habersiz bir şekilde onları izliyordu. Gördüğünden memnun bir kadının sıcak tebessümüyle parlıyordu yüzü. Onları bir arada görmek, iyi geliyordu. Bedeninin yorgunluğu azalıyor, ruhuna huzur veriyordu.

Sadece güzel olanı görüyordu genç kadın. İşte böyle bir aşkla bakıyordu şimdi oğluna ve Barlas'a. Sesinin tonu isteksiz ve gergin değildi. Aksine ipekten işlenmiş nakış gibiydi...

"Biliyor musun saçları doğduğunda da bu kadar uzundu."

"Gerçekten mi?"

"Evet... Hatta şimdi döküldü biraz, azaldı. Daha gür ve uzundu kucağıma ilk aldığımda."

Genç adam, elini Ekin'in başına kaydırdı. Uyandırmaktan çekinerek yavaşça saçlarını okşarken, gözlerinin kısıldığını görüyordu Nesil. Yutkunduğunu ve konuşmak için gayret ettiğini görebiliyordu.

"Keşke orada olabilseydim."

"Keşke geldiğimde, söyleyebilseydim sana. Bunun için çok pişmanlık duydum Barlas. Özellikle Ekin doğduktan sonra hissettim bunu. Onun için de, senin için de kayıptı bu. Ama... Bazı şeylerin geriye dönüşü yok işte."

Genç adam Ekin'e yöneltmiş olduğu dikkatini genç kadına çevirdi. Nesil, çocukça bir hüzünle, garip bir güzellik taşıyordu yüzünde. Uzun kirpikleri buğulanan gözlerinin üzerinden geçiyor, çizgi çizgi bir gölge gibi elmacık kemiklerinin üzerine düşüyordu. Özensiz tutturulmuş, dağınık saçları kuzguni bir koyulukla solgun yüzünü çevreliyor, beyaz omuzlarına ve boynuna iniyordu. Dudaklarında şafağın pembesini taşıyor, konuşurken tebessüme benzeyen kımıldanmalar oluyordu. Öfkeli anlarında, ateş dolan iri yeşil gözleri, o an tek bir kıvılcım bile barındırmıyordu. Dingin, şifalı bir iksir gibiydi Nesil. Barlas Ona bakarak uyumanın ne kadar da güzel olduğunu hatırladı birden. Bölük pörçük anıları o gece üzerine yoğunlaşıyor, zihni daha fazla detay için çalışıyordu. Bilinçsizce dudaklarının arasından kayıp giden sözcüklerin, Ekin ile bir ilgisi yoktu. Genç adam samimiyetle konuşurken, kaybettiği başka şeyler olduğunu ta yüreğinde hissediyordu.

"Seni bırakmam büyük bir hataydı Nesil. Sana gitmen için izin vermiş olmam, hayatımdaki en büyük hataydı."

"Belki de değildi. Belki de ikimiz için en doğrusu buydu Barlas."

Bunların ne anlama geldiğini o an ne Barlas biliyordu, ne Nesil. Sadece hissediyordu genç adam. Aşk çoğu zaman sadece hissetmek değil miydi? Neyin hata neyin doğru olduğunu konuşmak bir işe yaramazdı bazen. Hissetmek başlamak demekti.

"Ne istersen kabul ediyorum Nesil. Test istiyorsan yaptıracağım. Yeter ki, size yakın olabileyim."

"Tamam."

"Nesil... Seni kırmak istemedim. Üzmek ya da sana zarar vermek, seni incitmek düşünebileceğim en son şey. Beni affet."

"Tamam Barlas. Artık karşılıklı olarak birbirimizin ne istediğini öğrendik. Sanırım aramızdaki gerginlik ve belirsizlik de ortadan kalkmıştır."

"İstersen bir süre, sadece Ekin'i düşünelim ve onu konuşalım."

"Zaten konuşacak başka bir şey yok. Bu çok daha iyi olur bundan böyle. İkimiz de boş yere birbirimizi incitmemiş oluruz."

"Haklısın. Yetişkin insanlarız Nesil..."

"Evet. Kavga etmeden, birbirimizi suçlamadan da Ekin'e uygun birer anne ve baba olmayı başarabiliriz."

"Neden olmasın. İstersek, hep birlikte, çok mutlu da olabiliriz."

"Deneriz en azından değil mi?"

"Evet, deneriz. En azından bunu yapabiliriz."

Çok yerinde şartlarla, sözlü bir anlaşma yapılıyordu aralarında. İkisi de sürekli diğerini onaylıyor, yüzlerde yarım bir tebessüm dolanıyor, tatlıya bağlanıyordu durumları. Ama nedense ikisi de bu şartlardan memnun değilmiş gibiydi. Gerçekte ikisi de diğerinin böyle hevesli olmasına razı değildi. Aslında o an gözleri, aralarında çıkacak yeni bir tartışmanın yolunu bekliyordu. Bu kadar sakinlik, böylesine vurdumduymaz kabullenişler... İçlerine sinmeyen bir şey vardı. Bu risksiz barış, neden rahatsız ediyordu ki bu kadar?

Selime teyzemin ziline basarken, ayaklarımı, çırılçıplak vaziyette kara gömmüş gibi üşüyordum. Ve orada ne beklediğimi kendimde bilmiyordum. Belki anne kucağını anımsatacak sıcak bir sarılış, ya da hiç değilse gülümseyen bir nazar. Teyzemin, hediyelerle dopdolu gelen kollarının boşluğuna bile öylesine muhtaçtım ki. Beni oralara bağlayacak, beni o sokakta ya da o sokağı saran gece sinmiş gök altında tutacak bir mazerete öylesine ihtiyacım vardı ki. "Gitme" diyecek bir sese, "burası senin evin" diyecek bir soluğa öylesine hasrettim ki... Belki de bu yüzden bir kez daha yüzüme kapanan bir kapıya bakarken, hayatın tanıdık bütün kapılarının kapandığını hissediyordum. Teyzem de yoktu. Vaktiyle babamın cezalarından kaçarak korkuyla sindiğim, saklandığım teyzemin evinde de artık bana yer yoktu. Evini boşaltmış, kiraya vermiş ve Almanya'ya, kocasının yanına gitmişti. Ne teyzemin beni saracak şefkati, ne billur gibi çağlayan "Yusufçuk" sesi. Hiçbir iz yoktu teyzemin varlığından geride.

Ayaklarımın altındaki soğuk hızlı bir şekilde bütün bedenimi ele geçirmişti. Titriyordum. Çıktığım üç adımlık basamağı inemiyor, yoluma gidemiyordum. Yolum neresiydi? Yanım, yörem, yönüm neresiydi? Dört yanım bilinmez, dört yanım boşluk. Eğer içinde bulunduğum o amansızlığın adı yaşamsa, yaşamaksa içine gömüldüğüm yalnızlığın, ıssızlığın adı. Yıllardır cehennem diye başımın etini yedikleri, korkuttukları, ürküttükleri o ateşten dünya, bundan bin kez daha iyi demekti. Cehenneme gitmek, o sokakta bir başına ve çaresiz kalmaktan daha çok acı vermeyecekti bana.

Sanırım o geceydi. Benim için hazırladıkları bütün o evreni onlara. Anneme, babama ve beni teslim ettikleri o adamlara bırakmaya yemin etmiştim. "Onlar varsa ben yoğum" demiştim. Onlar, cennet bahçelerinin sularında yüzerken, ben ateşlere atacaktım kendimi. Tıpkı o gece, soğuk sokağın kar kaplı yollarında yürürken bütün geçmişimi ateşe verip cayır cayır yaktığım gibi. Yandığım gibi yanacaktım bundan böyle. Hem burada, hem beni hazırladıkları her neresiyse orada…

O andan itibaren, yeryüzünde hiçbir yerin diğerinden farkı yoktu benim için. Aradığım, istediğim tek şey, cebimdeki paranın gücünün yeteceği en uzak yere gidebilmekti. Cebimdeki para, kaderimin yeni yolunu, doğduğum yerlere uzaklığını belirleyecekti. Geldiğim yoldan yürüyerek sabaha karşı gara ulaşmıştım. Beni oradan sonsuza kadar ayıracak olan ilk tren İzmir'e gidiyordu. O dakikadan itibaren benim geleceğimin yönü de belli olmuştu.

Kar olmasa da, kış, İzmir'in sokaklarında da donduruyordu. Kuru ayaz, insanın iliklerine işliyor, kemiklerine dek sızlatıyordu. Gar köşelerinde ne kadar vakit geçirebilirdi ki insan. Oradan çıkmaya mecbur ediliyordun. Dışarıya çıkman isteniyordu, ama nereye gideceğini kimse sormuyor, kimse sana yol göstermiyordu. Oysa ben, dört duvar zincirleriyle bağlanmıştım yıllarca. Kapalı kapılar ardında büyümüştüm. Dışarının nasıl bir yer olduğundan haberim bile yoktu. Ve içimdeki o tedirgin ses, bundan böyle her şeyin çok daha zor ve çok daha kötü olacağını söylüyordu.

Günler geçiyordu. Sokakların tekinsiz ıssızlığı, ellerimi uyuşturan ayazla birleşiyor, yüreğime eskiden bildiğim korkulardan çok daha sert vuruyordu. Beş parasız bir halde, geceler sabaha, sabahlar geceye dönerken, açlıktan öleceğimi hissediyordum. Para nasıl kazanılır, başının üzerine bir çatı nasıl yerleştirilir? Kime gidilir? İş mi yoksa yardım mı istenir? En önemlisi, evet benim için en zor ve en önemli sorun buydu. İnsanlarla nasıl konuşulur? Kime ne denir? Sokak köpeği gibi, başıboş yürürken tenhalarda, tenekeler içinde yakılmış ateşlerden sıcaklık umarken, toplanmış çer-çöp üzerinde, altımda yatak-döşek varmış gibi hayalliyle, gözlerimi yumarken. Hep bunu düşünüyordum. Bir kimliğim bile yoktu. Geçmişim yoktu. Hiç kimsem yoktu. Hatta ben bile yoktum. Ben bile, uzun bir süre, nerelerde dolaştığımı ve nereye ulaştığımı bilmiyordum. Sadece delirecek kadar düşünüyordum. Düşünüyor… Yine düşünüyordum. Bidonların içinde yakılmış ateşlere ellerimi uzatırken, o kahrolası alevlerin bütün vücudumu ısıtmıyor, yakmıyor. Hatta beni yok etmiyor olmasına kızıyordum.

"Çekil şöyle geriye..."

Bir gece öylesine sokulmuşum ki gelip geçici alevlerin kandıran, sızlatan yakınlığına... Biri, omzuma dokunmakla kalmayıp beni iterek yere yuvarladığında, sanki yıllar süren bir uykudan uyanmıştım. Sanki o an, içinde dönüp durduğum o şehrin arka sokaklarına ilk kez bakmıştım sanki o an, hiçten de öte bir hiç olduğumun ayırtına varmıştım. Ayağa kalkarken, is lekeleriyle, kirle sıvanmış yüzüm kıpkırmızı olmuştu. Bu beni yere savuran adama duyduğum öfke yüzünden değildi. Kızgınlıktan değildi. Kendimi o durumda olmaya yakıştırdığım içindi. Damarlarıma kendimi bir zavallıya dönüştürmek için enjekte ettiğim uyuşukluk içindi. Acizliğime yenildiğim ve bu yenilgiden utandığım içindi...

Başımı kaldırıp adamın yüzüne bakmaya yeltendiğimde, karşımda duran kapalı dükkânın vitrin camı ilişti gözüme. Önce kendime baktım. Birbirine karışmış saçım ve sakalımın içinden, en az onlar kadar koyu, onlar kadar kara duran gözlerimi gördüm. Baktığım camın ardındaki, kalıptan ibaret, elbise askısı adamlardan bile daha cansız duruyordum. Biraz daha yaklaştım kendi yansımama. Gözlerimdeki ışığı görebilmek için deliriyordum. Yaklaştıkça uzaklaşıyordum Yusuf'tan. Yaklaştıkça kaybediyordum. Yaklaştıkça öfkeleniyordum. Soğuk kesiği ellerimi camlara dayadığımda bile tanıdığım Yusuf'u bulamıyordum. Gördüğüm, korkak bir çocuktan başka bir şey değildi. Ve o çocuk Yusuf değildi. Hiçbir işe yaramayan, ışığı tükenmiş gözlerimi sımsıkı yumdum ve başımı cama dayadım. Alnımı yavaş yavaş cama vurmaya başladım. Ses istiyordum. Sesime yanıt, içimden bana bir ses...

"Yaşıyorum ben... Yaşıyorum..."

Ben tekrarladıkça, cama vurup buz parçaları gibi kırılıyordu sesim. Cama vurup dökülüyordu.

"Ben yaşıyorum, yaşıyorum."

Kaybetmiştim kendimi. Alnımdaki sızı dışında hiçbir şey hissetmiyordum. Alnımı defalarca vurduğum cam çatlamıştı, ama dağılmıyordu. Binlerce parçaya bölmüştü görüntümü, ama kırılmıyordu. Sanki bana "sen busun" diyordu. İnatla bana, hayatı paramparça olmuş Yusuf'un aynadaki suretini gösteriyordu. Avuçlarımın demirden birer yumruk olduğunu anladığımda iş işten geçmişti. Un ufak olan camlar, ışığını yitirdiğim gözlerimde dâhil her yerimden içeriye girmişti. Kendi kanım, yağmur damlaları gibi üzerime inmişti...

Dizlerimin üzerinde yere yığıldım. Kollarımı sımsıkı düğümledim göğsünüm altında. Titreyen bedenim bir öne bir arkaya sürekli sallanıyordu. Sürekli tekrarlıyordum. Durmadan sayıklıyordum.

"Yaşıyorum ben... Yusuf'um ben... Yusuf... Yusuf'um ben... Yusuf..."

O an korkuyla, çil yavrusu gibi dağılan, köşe bucak saklanan sokak insanlarından biri değildim ben. Sürekli kendime bu sokak arkalarında, yıkılan o vitrin camının altında, ne işim olduğunu soruyordum. Bana ne olduğunu, neler olacağını, neden böyle olduğunu, hayatımı kimin bu hale getirdiğini bulamıyordum. Böyle olmayı ben istememiştim. Kim istemişti o halde? Kim hazırlamıştı bana sokaklardaki bu sonu? Beni dünyaya getirenler neredeydi? Neden en çok ihtiyacım olduğu anlarda, onları bulamıyordum? Neden büyürken, onlarla olamıyordum? Eğer öleceksem, onların yanında, o yoksul evimde, Yesra'nın sımsıcak kollarının arasında ölemiyordum. Neden?

Yesra'nın hâlâ benim için ağladığına, beni hâlâ sevdiğine, beni özlediğine inanmasam, en umutsuz anımda bunu kendime tekrarlayıp durmasam, belki de fazladan bir dakika bile yaşayamazdım. Bencilce olduğunu bilsem bile içten içe, Yesra'nın o gece evimizde olmamasına seviniyordum. Yüzüme kapanan kapıların ardında onun da olmasına dayanamazdım. Yaşamak için Yesra'nın maviş gözlerindeki sevginin gücüne tutunuyordum. Ona sarılıyordum. Yesra'nın bana sırt çevirdiğini görmektense, onun da beni gözden çıkardığını, unuttuğunu görmektense...

Yavaş yavaş etrafımın yeniden kalabalıklaştığını duyuyordum. Kendi içimden, kendi kabuğumun altından çıkıyor, girdiğim delilik nöbetinden dönüyordum. Avaz avaz bağıran, sürekli tekrarlanan birkaç mekanik ses birbirine karışıyor, kulaklarımın zarlarını yırtıyordu. Başımı kaldırıp baktım. Dükkânın alarmı feryat figan benim yaptıklarımı haykırıyor, polis arabalarının siren sesleri gitgide yaklaşıyordu.

Yerimden kalktım. Etrafımdaki meraklı, ama korkak kalabalığı uzun boyum ve iri gövdem ile yararak oradan uzaklaştım. Saatlerce koştum. Yaptığımın sonucunu idrak edecek kadar ayılmıştım. Kimseye zarar vermek istemiyordum ben. Kavgam kendimleydi. Zararımın sadece kırılmış bir camdan ibaret olarak kalmasını istiyordum. Bedelini ödeyebileceğim bir günahım vardı o an için. Para kazanabilir ve verdiğim zararı kimseye belli etmeden ödeyebilirdim. Yeniden, başka bir dört duvar arasına esir olmaktan kaçıyordum.

Kocaman bir tabelanın altında, kemer şeklinde bir giriş duruyordu. Olduğum yerde, kendi etrafımda dönerek bakıyor, saklanacak bir yer arıyordum. Sabaha karşı soğuğunu hissedemeyecek kadar çok koşmuş ve uyuşmuştum. Ter içinde kalmıştım, soluk bile alamıyordum. Eğilip ellerimi dizlerime yasladım. Kış şafağının, tozlu gri alaca renginin içinde silik bir gölge gibi duruyordum. Doğruldum. Başımı göğe doğru kaldırdım. Açılan gün rengiyle birlikte, üstümde duran tabelada ne yazdığını görebildim; "HAL."

O sabahtan sonra kendime yeni bir yol bulabilmek için çok çabaladım. Oradaki bütün dükkânları dolaşarak iş aradım. Her yerden geriye çevriliyordum. Kılığıma, kıyafetime, elime, yüzüme bakan hiç kimseye güven vermiyordum. Sonunda otobüs garajına giderek, mescide yöneldim. Abdest almak için kullanılan çeşmelerin birinde, üzerime sıvanmış olan kiri, az da olsa temizleyebilirdim. Tıraş olmak gibi bir lüksüm yoktu. Çünkü bir tıraş bıçağı alacak durumda değildim. Dışarıdaki muslukların önüne oturduğumda, omzuma dokunan elle irkildim. Mescidin görevlisiydi. Bana içeride sıcak su olduğunu söyledi. Banyoya benzeyen küçük bir yerdi. Kadınlar için hazırlanmış, ama görünüşe göre fazla kullanılmamıştı. İstediğimden bile fazlasına sahip olmuştum. Başımı musluğun altına soktum ve saçlarımı da sabunlamaya başladım. Uzamış olan saçlarımı gömleğimden kopardığım küçük bir bez parçasını ip olarak kullanarak ensemde bağladım. İşim bittiğinde, aynaya baktım. Yüzümü az da olsa hatırlamıştım.

"Buralarda iş bulabilir miyim?"

"Yeni misin? Yani bu şehirde yeni misin?"

"Evet."

"Nereden geldin?"

"Hiçbir yerden."

"Nasıl yani."

"Öyle."

"Geçmişini inkâr edenlerden misin?"

"Geçmişin inkâr ettiklerindenim."

Anlamamıştı. Hiçbir şey anlamamıştı dediklerimden, ama korkutmamıştım Onu. Gözlerinde gördüğüm ifade, sadece meraktı. Benden tek kelime yanıt alamadığı halde, yardım etmeye hevesli görünüyordu. Küçük kulübesinin içine girdi. Masadaki telefondan bir yerleri aradı. O an, içimde yeni bir korku kök salmaya başlamıştı. Öylece durmuş belki de adamın beni polise vermesini bekliyordum. Adamın ne söylediğini aramızda duran camlardan duyamıyor, dudaklarından okumaya çalışıyordum. Hiçbir şey anlayamıyordum. Bu belirsizlik ürkütüyordu beni. Sabrımı zorluyordu. Asıl ben güvensiz olmuştum. Dört duvarların ardını düşündükçe, tırnaklarımı avuçlarımın içine geçiriyor, dişlerimi sıkıyor yine de sakin kalamıyor, bekleyemiyordum. Arkamı döndüğüm gibi koşmaya başladım. Ve o adamın gerçekte bana yardım etmeye mi yoksa zarar vermeye mi çalıştığını hiçbir zaman anlayamadım.

Sokaklardan kurtulamamıştım. Karar vermek hiçbir şeyi değiştirmiyordu. Hiçbir şey, tek başına, parasız ve arkasız bir gencin istediği gibi olmuyordu. Üstelik bu genç, insanlarla konuşmayı, derdini anlatmayı, yardım istemeyi bile bilmiyordu. Daha çok, arenalarda yok edilmeye ya da yok etmeye programlanmış insan yabanisi bir hayvana benziyordu.

Zaman geçtikçe, çaresizliğim daha çok büküyordu boynumu. Ama artık bir öğün yemek yiyecek kadar para kazanıyordum. Kulaktan dolma ipuçlarının peşinden gidiyor ve kendime saatlik işler buluyordum. Sabah erkenden, insan gücü arayan belli noktalarda bekliyordum. Biri gelip, ağır işlere uygun olup olmadığına bakıyordu. Bu seçimler sırasında, boyumun uzun olması bana avantaj sağlıyordu. Kimi zaman inşaat malzemesi taşıyordum. Kimi zaman kamyonları yükleyip boşaltıyordum. Bütün bu süreç içinde, kimseyle konuşmak zorunda kalmıyordum. Bu beni rahatlatıyordu. Zaten yüzüm ya da sesim kimseyi ilgilendirmiyordu. İşimi doğru dürüst yaptığım sürece, düzen işleyip gidiyordu.

"Sen... Uzun saçlı olan..."

Arkama döndüm. Birinin bana seslendiğini anlamıştım. Elimi güneşe siper ederek adamın yüzünü görmeye çalıştım. Ter damlaları kirpiklerimin arasından süzülüyor, gözlerime doluyordu. Yaz sıcağı, terle karışıp, yakıp kavuruyordu bedenimi. Dudaklarım yol yol çatlaklar içinde sızlıyordu.

"Adın ne senin?"

"Yusuf..."

"Gel Yusuf..."

Aylardır aynı işleri yapıyor, çoğunlukla aynı adam tarafından seçiliyor ve bir yerlere götürülüyordum. Ama ilk kez adımı sormuştu. Adımı söylerken yadırgamıştım. Başka birinin sesinden duyduğum adımı tanımamıştım.

"Rıza ustabaşının sürekli çalışacak adama ihtiyacı varmış Yusuf... İster misin?"

Başımı hafifçe öne eğdim. Cevabım belliydi. Kendi dilsiz dilimde adamın teklifini kabul ediyordum. Artık sessiz biri olduğumu herkes biliyordu. Onlar emirleri veriyordu, yapacağım işi söylüyor ya da gösteriyordu ve ben yapıyordum. Kimseyle konuşmuyordum. Cemil de yoktu artık. Konuşabildiğim tek arkadaşımdan da olmuştum ve yerine kimseyi koyamıyordum.

İnsanlardan uzak duruyor, susarak kendimi saklıyor ve koruyordum. Konuştuğum an nereden geldiğimi ve ne olarak yetiştirildiğimi anlamalarından korkuyordum.

"Yatacak yerin var mı?"

Başımı bu kez iki yana salladım. Yine anlaşılmıştım. O günden sonra yatacak bir yer de bulmuştum. Geceleri, çalıştığım inşaatın içinde, bekçi ile birlikte kalmama izin vermişlerdi. Aylar sonra hayatım bir nebze olsun düzene girmişti. Hem sürekli çalışabileceğim bir işim, hem sırtımı koyabileceğim bir şiltem, başımın üzerindeyse bir çatım olmuştu. Kazandığım para biraz daha artmıştı. Ama ben yine tek bir öğün yemeye devam ediyordum. Kuruş kuruş biriktirdiklerimle, bir gün Yesra'yı bulmayı, onu kurtarmayı ve ona sımsıkı sarılıp ölmeyi hayal ediyordum. En iyimser hayallerimin başında Yesra olurdu. Sonundaysa kendimi ölüm çukurlarının içinde bulurdum. Önce Yesra'ya kavuştuğumu hayal eder, hemen arkasından ölüme hazır olduğumu görürdüm.

Yine bir gece vaktiydi. Yorgunluktan kemiklerimin bile ağrıdığı bir günün sonuydu. Yer yatağıma uzanalı iki saatten fazla olmasına rağmen, ağrılarım uykumu kaçırmıştı. Fersiz gözlerim, baktığım duvarda bin türlü anlaşılmaz desen yaratıyordu. İçimdeki huzursuzluk her zamankinden daha çok boğuyordu beni. Kapının açıldığını duydum, ama dönüp bakmaya bile gücüm yoktu. Bekçi, geceleri sürekli içki içiyordu. Kimi zaman öylesine fazla kaçırıyordu ki, sızıp kaldığı bile oluyordu. Benim kaldığım odada, stokladığı şişeleri saklıyor, bazı geceler gelip onlardan alıyordu. O gece de öyle olduğunu sanmış, ama yanılmıştım. Birkaç dakika geçtiğinde yanımda durduğunu fark ettim. Alkol yanığı acı nefesini ensemde hissettim.

"Çok güzelsin, çok güçlüsün. Aklımdan çıkaramıyorum seni. Engel olamıyorum kendime. Kimseye bir şey söylemem. Sen de söylemezsen. Senin burada sürekli olmanı sağlarım. Senin için her şeyi yaparım..."

Ne söylediğini anlayabilmek için birkaç saniye durup onu dinlemek gafletinde bulunmuştum. O da sessizliğimden cesaret almış olmalıydı ki... Yanıma uzanmaya çalışıyordu. Oysa ben aklımı yitirmiştim. Ne dediğini, ne istediğini geç de olsa, güç de olsa anlamıştım. İşte o an, bana daha önce öğretilen ne varsa hatırlamış ve ilk kez kullanmıştım. Bir iki dakika içinde cansız bir şekilde yerde yatar bırakmıştım onu. İlk kez birini öldürmek için karartmıştım gözümü, öğrendiklerimi canlı bir hedef üstünde sınamış ve öldürdüğümü sanmıştım. Üstelik kendimi durdurmak için hiçbir çaba göstermemiştim. Çünkü gerçekten de ölmesini istemiştim. Sokaklarda geçirdiğim onca gece boyunca, pek çok kötülük ve yanlış görmüştüm o güne kadar, ama... Böylesine bir pislik ve rezillikle ilk kez yüz yüze gelmiştim.

Kendimi kulübeden dışarıya güçlükle atmış ve duvara tutunmuştum. Düşeceğimi hissediyordum. Midemdeki bulantıyı durduramıyordum bir türlü. Başım dönüyordu. Onu öldürmüş olduğumu sandığım o dakikalarda bile, hâlâ öfkemi yenememiş, hıncımı alamamıştım. Ellerim kasılıyordu ağrıdan, yumruklarım bir türlü çözülmek bilmiyordu.

Yine koşuyordum, yine kaçıyordum. Bu kez korku değildi bilinçsizce beni oradan uzaklaştıran şey. Dört duvar arasına kapatılmaktan, yaptığımın bedelini ödemekten değildi kaçışım. Durup bir kez daha o adamı görmek istemiyordum. O soluğu, o sesi ve bana dokunan elini düşünmek delirtiyordu beni. Midemi tıpkı bir pervane gidi döndürüyordu. İçimdeki bulantı durmuyordu. Kim bilir ne kadar zaman geçmişti aradan. Bir mazgalın başına bıraktım kendimi. Eğildim ve içimde ne varsa boşaltmak zorunda kaldım. Adamın sesini duyduğum andan itibaren süren o devinimden başka türlü kurtulamamıştım...

Kaldırıma oturdum nihayet. Başımı ellerimin arasına aldım ve derin derin soluklanmaya başladım. Soluk aldıkça, göğsüme bıçak sağlandığını hissediyordum... Kalbimdeki sancıyla ilk kez o gece tanışmıştım. Dakikalar boyu, izbe bir kaldırımda sırtüstü uzanarak, kıvranarak sancının geçmesini beklemiş ve sonra yeniden kaçmaya başlamıştım.

Yine işsiz, yine parasız, yine çatısız kalmıştım. Tiksintiyle kaçarken, biriktirdiğim üç kuruşu bile dönüp almamıştım. Yine, en başa, başladığım ya da bittiğim yere dönmüştüm. Bundan böyle, bedelini ödeyemeyeceğim bir günahım vardı. Birini öldürmüştüm. Yine bilinmez bir yere doğru sürüklüyordu beni yazgım. Ve artık, gerçek anlamda bir günahkârdım.

Sürekli dönüp arkama bakıyordum. Her an birilerinin gelip beni almasını bekliyordum. Artık dört duvar arasından kaçışım olmadığını biliyordum. Er geç yakalanacaktım. Sesler duyunca durdum. Gelenleri peşimden koşturmak istemiyordum. Zaten artık çok yorulmuştum. Sadece o geceden ibaret değildi hissettiğim yorgunluk. Hayatın peşinde sürüklenmekten yorulmuştum ve artık her neresi olursa olsun. Durmak istiyordum...

Tuhaf bir şeyler oluyordu yine etrafımda. Bir kadın, az ilerdeki barların arka kapılarının birinin önünde duruyordu. Yanında iki adam vardı. Onlarla konuşuyordu. Adamlardan biri, kadına belli etmeden, birilerine gizlice işaret veriyordu. O yöne baktım. Sokağın karanlığında, çöp bidonunun ardında duran başka bir adam belindeki silahı çıkarıyordu. Kadının yanındaki adam hızlı hızlı uzaklaşmaya başladığında, düğümü çözmüştüm ben. Çöp bidonunun ardındaki adam kadını vurmak için hazırlık yapıyordu. Ona işareti veren adamsa, kendini korumak için, hedef halindeki kadının yanından uzaklaşıyordu.

Mermi namluya sürülmeden bir iki saniye önce kadının yanına ulaşmayı başarmıştım. Onu uyaracak kadar zamanım olduğu halde, susmuş, ona gelecek ölümün önüne kendimi atmıştım.

"İyi misin? Lütfen cevap ver bana. İyi misin? Neden yaptın bunu? Neden beni kurtarmaya çalıştın ki? Allah'ın cezası çocuk... Sen... Sen daha çok gençsin..."

Bunu neden yaptığımı, yıllar geçmiş olmasına rağmen hâlâ bilemiyorum. Belki de Larisa ile yollarımızın o gece kesişmesi gerekiyordu. Belki Larisa orada beni bekliyordu. Belki de... Ben aylardır, o sokaklarda, Larisa'ya giden yolu arıyordum. Belki hiç biri değildi bunların...

Belki de sadece... Sadece... Ölmek istiyordum.

"Bayan Larisa, siz bir an önce uzaklaşın buradan. Burası tehlikeli. Başka bir tuzak da olabilir. Hem polis de gelmek üzeredir..."

"Onu da arabaya yerleştirin. Onu da götüreceğim..."

"Kim olduğunu bilmiyoruz. Bu doğru olmaz."

"Size fikrinizi sormadım. Ne diyorsam onu yapın. Arabaya taşıyın hemen. Ebram'a haber verin gelip yarasına baksın. Eve gidiyoruz."

O an bilincim yitip giderken, Larisa'nın gözlerinde Yesra'yı görüyordum. Tıpkı onun gibi tıpkı onun kadar mavi bakıyordu bana. Yıllar sonra, Yesra gibi sarıp sarmalayan, benim için endişelenen, sımsıcak bir kucağa giriyordum. Tıpkı hayal ettiğim gibi olmuştu işte... Yesra'nın kollarında ölüyordum. Ve yıllar sonra gülümsüyordum...

"Yesra..."

Gözlerini, denizi sarmalayan karanlığa dikti. Alışılagelmiş gecelerinden biriyle daha kucaklaşmak üzereydi. Üstünde duran yıldızlar, birazdan üzerine çökecek ve O altında kalacaktı. Yer ile gök arasında yok olacaktı. Ay ışığı altında gözlerinin rengi bile görünmüyordu. Ne bir pırıltı izi, ne yakamoz gölgesi... Nesil'in evinden ayrıldığından beri, kıyısı olmayan uzak suların, güneş görmeyen dipsizliği gibiydi. Derin bir nefes alıp, ağır ağır salıverdi. Sessiz ve sakindi. Düşünmek ölüme eş gibiydi o an. Düşünmek, kısa bir süreliğine üstünden kalkan yalnızlık yükünü, yeniden sırtlanmak demekti. Etrafına arayış içinde bakarken, isteyip de göremedikleri, kalbinin duvarlarına yeni ve kalın çiviler çakıyordu. Kimse göremiyor olsa da yüreğinin kanadığını, O biliyordu.

Bütün bunların arasında varla yok arası bir ses duyuyor, kulak kesiliyordu. Bir ses ona, bölük pörçük kelimeler fısıldıyordu. Gözlerini kapatıp dikkatini tümüyle onlara verdiğinde, o anlamsız fısıltılar, bebek sesleri, bebek gülüşleri oluyordu. Ekin'i duyuyor... Ekin'i dinliyor... Ekin'i özlüyordu.

Bugün onları evlerine bırakmış ve geriye dönmüştü. Birliktelik zamanı bitmişti. Çaresizce terk etmişti oğlunu. Oysa daha dün ve bu sabah, bundan böyle, Ekin'siz tek bir anının bile olmayacağını düşünerek sevinçle doluyordu. Şimdi yine o tepede, yine aynı rüzgarların içinde, gecenin ıssız vaktinde, aynı çıkmaz yolun önünde, sabahı nasıl edeceğini bilemeden duruyordu. Boğazına Ekin dolu iniltiler doluyordu.

"Oğlum..."

Yapacak ne vardı ki o an için? Zaman en hızlı nasıl tükenip biterdi? O an, en ağır uykulara gömülmeli ve Ekin'e gideceği dakika uyanmalıydı Barlas. Aksi halde acemisi olduğu bu hasrete dayanabilmesi mümkün değildi. Hasreti bedeninin bir parçası gibi yıllardır üzerinde taşıyordu oysa... Yine de alışmayı bilememişti.

Adımlarını yamaçtan aşağıya bıraktı. Onun sığınacak tek limanı, limansız bir denizcinin köhnemiş teknesiydi. Sadece onun yanında, hem yalnız olmadığını hissedebilir, hem dilediği kadar susabilirdi. Yolu yarıladığı sırada, ayağının altından kayan toprağı hissederek kendini frenledi. Dengesini sağlayabilmek için bir süre durup bekledi. Karanlığa alışan gözleri etrafı taradı dikkatle. Bir gaz lambası yerinden kıpırdadı ve biraz daha yükseğe çıktı. Arayış içindeki ışığın salınımları Barlas'ın durduğu noktada sabitlendi. Gür bir erkek sesi işitildi yarın altından...

"Bir gece bok yoluna uçup gideceksin oradan. Yukarıdan bir ıslık çalsan da, sana ışık tutsam ölür müsün?"

Gülümsedi. Aşağıya inmeye başladığında susmaktı kararı, ama o dakikadan itibaren içini sabırsız bir telaş sarmıştı. Vural Kaptan ona verebileceği en güzel haberi duymamıştı daha. Bir anda, Ekin'in varlığı, uzaklığından daha ağır basmıştı. Ondan bahsedecek olmak, hatta bahsedecek bir oğlu olduğunu düşünmek bile, canına can katmıştı.

"Toprak yumuşamış biraz. Yoksa kötüye bir şey olmaz bilirsin."

Çevik birkaç sıçrama adımından sonra nihayet kasadan bozma taburesinin üzerindeydi. Sofra hazırlanmıştı. Tanıdık balık kokusu sarmıştı ortalığı. Bir de onunla yarenlik edecek olan anason özü... Bir çay bardağının içi bitmiş rakıyla, dışıysa buz buharıyla sıvanmıştı. Diğer bir bardak ise masada sahibini, Barlas'ı bekliyordu. Ters çevrilmiş, ağzı aşağıya gelecek şekilde kapatılmıştı.

"Seni bekliyordum ben de..."

Yaşlı adamın boşalmış bardağına işaret parmağının ucuyla hafif bir fiske vurdu genç adam.

"Pek bekliyor gibi gelmedin bana... Kaçıncıyı devirdin bensiz?"

"İlkti valla. Balıklar pişmişti, yanına yoldaş olsun diye bir kadeh içtim sadece..."

Karşılıklı oturduklarında, bir kaşı aşağıya düştü yaşlı adamın, biri yukarıya kalktı. Barlas'ın önündeki masaya eğik yüzünde, farklı bir ifade vardı. Ne tam bir hüzün taşıyordu bu gece yakışıklı hatlarının üzerinde ne de Kaptan'ın tanıdığı buna benzer başka bir şey...

"Neye?" dedi, sözü Barlas'a bırakmak için...

Omuz silkti genç adam. Hiçbir zaman "neye" olduğuna aldırmamıştı. Kimi "sağlığa" diyordu, kimi "şerefe", kimi "en güzel güne" ya da "geceye"... Onun hiçbir zaman bir nedeni olmamıştı. Kim neye içerse içsin, o, bir tek kendini unutabilmek için içiyordu. Ama bu gece, kirpikleri hafiften kıpırdarken, gözlerine taptaze pırıltılar giriyordu.

"Meleğime" dedi, ansızın. "Oğluma ve annesine. Meleklerime."

Duyduklarına inanamıyordu, yaşlı adam. Barlas'ın gitgide gevşeyen yüzüne, dudaklarının üzerine konmuş kanat çırpan keyifli tebessüme, inanamıyordu. Ya genç adamın yüreğinden kopup geliveren o heyecana ne demeliydi? Barlas'ın incecik gömleğinin altından hızlanan kalbinin vuruşları belli oluyordu. Sesi söyleyeceklerini bitirip bir kenara çekilmiş olsa da, ardında berrak yankılar duruyordu.

"Neyine... Neyine?"

"Duydun işte ihtiyar..."

"Duydum da, sen bir daha de bana. Bu kulaklar duyduklarına inanamadı."

"Bir oğlum varmış benim."

"Nasıl?"

"Nasılını anlattırma bana. O kadar da ihtiyar değilsin ihtiyar. Nasıl olduğunu bilirsin."

"Onu demedim ben zevzek..."

Rakısından bir yudum bile almadan bardağını ahşap kasanın üzerine bıraktı. Hafifçe arkaya kaykıldı genç adam. Uzun bacaklarını yan tarafa doğru iyice uzattı. Kollarını göğsünde birleştirdi ve denize bakmaya başladı. Sonra başını kaldırdı, gökyüzüne çevirdi. Yıldızlara bakarken, aklına bir yıl öncesi gelmişti. Nesil gittikten sonra, Vural Kaptan'a Onun gidişini nasıl da basitçe özetlemişti.

"Hani sana bir gece, 'bir yıldız kaydı' demiştim."

Dudaklarını buruşturdu yaşlı adam. Hangi geceden ve hangi yıldızdan bahsettiğini anlamıyordu. İkisinin de içki ile mest oldukları, sohbet etmek yerine sayıkladıkları bir anda olmalıydı.

Zerre kadar hatırlamıyordu ama Barlas öyle diyorsa, öyle olduğuna koşulsuz inanıyordu.

"Öyledir..."

"O kayan, bir yıldız değilmiş. O bir melekmiş meğer, benim hayatıma düşmüş..."

Şaşkınlık yanını yöresini çevrelemişti Kaptan'ın. Dikkatini tümüyle Barlas'ın tuhaf tavırlarına ve anlamsız sohbetine vermişti.

"Sen içtin mi Barlas?"

Başını ağır ağır iki yana salladı genç adam. Dudaklarındaki o hayret verici ve aynı zamanda çekici tebessüm hala yerini koruyordu. Yaşlı adamın dağılmış ifadesi Barlas'ın daha çok hoşuna gidiyor, yüzünde daha önce fark etmediği bir sürü ayrıntıyı da görüyordu.

"Senin kaşının üzerinde yara izi mi vardı Kaptan?"

"Tövbe tövbe, ulan oğlum, sen içsen de böyle konuşkan olmazdın. Bir tuhaflık var sende."

"Oğlum var diyorum Kaptan. Anlamıyor musun? İnanmıyor musun bana?"

"Hani neredeler? Nereden çıktı bu mevzu? Yine bir dümen olmasın?"

"Hayır. Bu sefer gerçek."

Ekin'den bahsetmek genç adamın kilitli çenesini hiç zorluk çıkarmadan açıyor, bildiği ne varsa bir bir anlatıyordu yaşlı dostuna.

"Git getir o zaman."

"Nereye?"

"Buraya getir..."

Keşke bu mümkün olabilseydi. Barlas koştuğu gibi alıp gelebilseydi Ekin'i. Gösterebilseydi herkese. Güçlü ve yumuk ellerini, sürekli oynaşan, iri, parlak, gülen gözlerini, bin türlü sesle dolu küçük ağzını, yumuşak, simsiyah gölgeler içindeki gür saçlarını, eşsiz kokusunu, tadını... Keşke yapabilseydi bunu ama...

"Şimdilik resmini getirdim" dedi, yüreğindeki sancıyı örtbas etme gayretiyle.

Cebindeki telefonu çıkardı. Ekrandaki resme okşar gibi bakarken, kirpikleri titriyordu. Ekin, onu bıraktığı anki haliyle, yatağının içinde bütün masumluğuyla uyuyordu. Elindeki telefonu Kaptan'a uzattı. Elini biraz uzaklaştırdı yüzünden. Yorgun ve eskimiş gözleri baktığını görmekte zorlanmıştı. Bir yandan incelerken, bir yandan da konuşuyordu.

"Ciddi misin sen? Bu senin mi şimdi?"

Oturduğu yerde hafifçe eğildi genç adam. Dirseklerini dizlerine dayayarak ellerini yüzünden ve saçlarının arasından geçirdi. Anlatırken bile kendini inandırmaya çalışmak ne kadar da hazindi. Resmine bakıyor ve ondan konuşuyorlardı, ama bu bile henüz genç adam için inandırıcı değildi.

"Nerede şimdi?"

"Annesinin yanında."

"O niye burada değil?"

"İstemiyor beni..."

"Seni? İstemiyor?"

"Evet, yanımda olmaya, beni görmeye tahammülü yok."

"Yani?"

"Yani, sadece Ekin'in varlığını duyurmak için gelmiş. Başka da bir beklentisi yok."

"Geç bunları."

"Geçemem. Çünkü bunlar doğrular."

"Şu işi başından anlatsana bana."

Ekin konusu o ana kadar gelgeç bir sevinçle güç vermişti Barlas'a. Sıra Nesil'le olan durumlarına geldiğinde, gölgeler sarıvermişti yine etrafını. Belki de bu bir çeşit cezaydı. Oğlundan haberi olacak ama ona hep hasret kalacaktı. Oğlunun ve Nesil'in yanında Barlas yerine, başka erkekler, yabancılar olacaktı. Belki de Nesil'de diğerleri gibiydi. Barlas onu Ekin'in varlığıyla eşleştirmiş ve herkesten ayrı bir yere yerleştirmişti. Kimbilir? Belki de Nesil, diğerlerinden bile daha tehlikeliydi...

"Başka zaman Kaptan... Başka zaman..."

Ters giden her şey, genç adamın hassas yüreğine, tedirgin sevincine yeni bir darbe oluyor, her an, yeni bir olasılıkla, yeni bir şüphe doluyordu içine. Kimi zaman Nesil'in gözlerindeki yeşil cennetler içinde buluyordu kendini, kimi zamansa geçmişindekilere benzeyen cehennem ateşlerinde.

Yine birbirine giriyordu her şey. Yine güçsüzlük kontrol etmeye başlamıştı onu. Damarlarının içindeki eksikliği hissediyordu. İçindeki boşluğun tırnakları geçiyordu etine. Ağır ağır, nöbet seğirmeleri geliyordu. Parmakları açılıp kapanıyor, elini esaretine doğru itiyordu. Uzanıp, bardağı avuçlarının arasına aldı. İki avucunun içinde sımsıkı sardı. Bardağın içinde bekleyen, acılarını silip süpürecek olan yalancı tada bakarken, güzellikler sırt çeviriyordu gözlerine. Bir çeşit karabasan iniyordu perde perde. Önce, eski yitikler sıralanıyordu zihninde yol yol, sonra bugünkü kayıplar... Bir bulup bir kaybetmenin oyunvari yenilgisini sindiremiyordu içine. Ne olmuştu ki böyle? Oğlum diyordu, ama etrafını yine aynı katran karası çamur sarıyordu. Boynuna oğlunun kolları yerine, yalnızlık dolanıyordu. Ekin'e ait görüntüler, yine hayalinde kalıyordu. Şimdi çok daha dayanılmaz oluyordu. Yitiklik acısı eskisinden de zor geliyordu. Araya giren mesafelerin kilometrelerle ilgisi yoktu ki. Onların arasına Nesil'in kararlarının ağırlığı, gururunun engelleri ya da yeni aşkının kuralları giriyordu.

"Nesil... Ah Nesil..."

Artık kendi evindeydi. Gece yarısı olmak üzereydi. Saatin karşısında uzanmıştı. Kadehi artık, gözünü ayırmadan bitirdiği her dakikaya kalkıyordu. Gözleri bulanıklaşmış, baktığı beyazlıklar matlaşmıştı. Dev bir şelaleden aşağıya düşmüştü ama yere çakılmamıştı henüz. Azgın suların içinde boğuluyor, bilincinin, eziyet içindeki bedenini terk etmesini bekliyordu.

Önündeki sehpanın üzerinde bir yanıp bir sönen telefonu da onun gibiydi. O da bir türlü gelmek bilmeyen sonunu bekliyordu. Şarjı tükenmek üzereyken, zayıf ve güçsüz sinyaller veriyordu. Bir kez daha dokundu genç adam... Biliyordu ki bu son olacaktı. O makine bir kez daha oğlunun resmini ona gösterdikten sonra temelli kapanacaktı. Belki de Barlas'ın köz içindeki yüreği de bir süreliğine kapanır ve soğurdu. Bilinci artık büyük ölçüde uyuşmuştu.

Resme baktı, baktı... Hemen ardından yine kimbilir kaçıncı kez, rehbere kayıtlı o ismi ortaya çıkardı.

Nesil...

Parmağının ucundaki birine dünyanın öbür ucundaymış gibi uzaktan bakıyordu. Onu aramak istiyordu. Ne söyleyeceğini düşünüyordu ne zamandır. Adına bakarken, yüzünü de görüyor, gözlerinin derinlerine kadar çekildiğini hissediyordu. Bu duyguyu hatırlıyordu genç adam. O, derinlikler altında kollarının arasına aldığı ve yüzeye çıkarıncaya kadar yaşıyor olması için içinden delice çığlıklar attığı kadındı. Ve... Ona sahip olduğu gece, genç adamın içinde yine aynı çığlıklar vardı.

....

Yatağında küçük bir yuvarlak olmuştu. Güzel kaşları sık sık çatılan alnının kıpırtılarına uyum içinde, bir iniyor bir kalkıyordu. Gözleri sürekli aynı noktada, yüreği elinin altında, boş olduğundan emin olduğu bir umudun koynunda uzanıyordu. Hayatında ilk kez, yanındaki boş yastığın üzerinde telefonunu misafir ediyordu. Bugün Barlas'ın adını yazmıştı telefonuna. O andan beri yanından ayıramıyordu. Şimdi de bir umut onun adıyla parlamasını bekliyordu. Gün bitmişti, gece de bitiyordu. Yine de içinden bir ses, o telefonun ucunda Barlas'ın da onu düşündüğünü söylüyordu. Sanki avucunun içinde taşıyordu Nesil'in adını. Sanki aramak istiyordu o da...

İşte... Gün boyu, gece boyu beklediği o umut, minik bir kutunun içinden göz kırpıyordu genç kadına. Anıların gölge oyunları içinde buğulanmış gözleri, o ışığın kanatları altında canlanıyordu. Eli uzanırken, göğsünün gümbürtüsü duyuluyordu. Genç adamın sesini telefonda bile olsa duymak için sabırsızlanıyordu.

"Efendim Barlas."

"Barlas?"

"Barlas neden konuşmuyorsun?"

Genç kadının beklenti içindeki sesine gelen yanıt derin bir sessizlikten başka bir şey değildi. Çünkü hem Barlas, hem de elinde sımsıkı tuttuğu telefon için gece, bitmişti. Bilinci, hep düşlediği gibi bedenini terk ederken, Barlas'ın o gece en çok yapmak istediği şeye izin vermişti.

....

Evin içinde dolaşan bir gölge, yüzünü o yöne çevirmesine neden oldu. İçerideki kıpırtıların zamanı gelmişti. Barlas için ayılma vaktiydi. Genç adamın merdivenlerden yukarıya çıkan bedenini arkadan görebiliyordu. Yüzünü görmeye ise korkuyordu. Sendeleyen, düşmemek için duvarlara tutunan iri gövdesi, henüz adımlarına güven katmayı başaramayan küçük bir bebeğe benziyordu.

"Nevhis Hanım..."

Elini sudan çıkardı ve eğildiği yerden doğruldu kadın...

"Efendim Barlas Bey."

"Cep telefonum oralarda bir yerlerdeydi. Şarja takar mısınız?"

Çıkarken dengesiz olan adımları merdivenlerden inerken sağlam basıyordu. Uzun bir banyo, temiz bir traş insanın dış görüntüsündeki kiri temizlerken, içindeki dağınıklığı da topluyordu. Sadece baş ağrısı kalmıştı geride... O yüzden kaşlarını çatmaya devam ediyordu.

Gözü telefonunu arıyordu. Nesil'i hangi sıklıkla aramasının uygun olacağını düşünmek zorunda olmak bile ne kadar da incitiyordu taze babalık sevincini... Zamansız aramak, uygunsuz davranmak, aceleci olmak, sıkmak, bunaltmak... Peki bunun ayarını nasıl yapacaktı? Her an yanında olmasını istediği oğlunu hangi sıklıkla görecek ve arayacaktı? Uyandığından beri, yine gözü saatte dolanıp duruyordu. Kendini güne hazırlarken, geceden kalan enkazını ortadan kaldırmaya çalışırken, sürekli o vaktin gelip gelmediğini düşünüyordu. Telefonunu eline alırken, ne geceki tereddütlerini, ne bilincinin son anında olup bitenleri hatırlıyordu.

Bir sürü cevapsız arama mesajı vardı. Onlarla uğraşmak sonraki işti. Hepsini ekranın önünden çekip bir kenara itti. Önce, üzerine sinegelmiş hasreti dile getirecekti. Oğlu anlamasa da, telefonun ucundan, ona onu sevdiğini ve özlediğini söyleyecekti. Dudakları kıvrılıyordu. Nesil'in adı, gözlerinin önünde, genç adamın özlemlerine yol olan bir köprü gibi duruyordu.

Ancak, uzun uzun çaldırdığı halde yanıt gelmiyordu. Her yanıtsız arama, Barlas'ın endişesini körüklüyor, genç adam bir yerde sabit durumda kalamıyor, sürekli dolanıyordu. Evin içinde, dışında, yukarıda, aşağıda... Bir o yana bir bu yana... Elindeki telefon kulağından inmiyordu. Neredeyse bir saat sürmüştü bu böyle. Zaman öldürmek için oturduğu kahvaltı masasında yiyecekler yerine, tabağının kenarında duran telefonuna bakıyordu. Ama ne bir arayan oluyordu, ne yeniden aradığında bir yanıt alıyordu.

Nihayet yerinden kalktı genç adam. Hızlı adımlarla yukarıya çıktığında, Nevhis onun bir karara vardığını anlamıştı. Kararın ne olduğunu anlaması ise sadece birkaç dakika sürmüştü.

"Gidiyor musunuz?"

Bazen yanıtını bildiği soruları laf olsun diye sorardı ya insan. Nevhis'te o an aynı şeyi yapıyordu. Üzerindeki kıyafetlerle, otele inecek hali yoktu. Uzun bir yola çıkıyordu genç adam. Çok uzun bir yol... Üstelik fazlasıyla acelesi varmış gibi davranıyordu.

"Evet..."

"Ekin'e mi?"

Kapıya doğru bir adım attı genç adam. Koruma montunun önündeki, çapraz fermuarı, omzuna kadar kapattı. O metalik ses, kadının dişlerinin sancımasına neden olmuştu. Ama en azından bu kez yanıtsız bırakmamıştı Barlas onu.

"Ekin'e..."

"Onunla mı?"

Açık garaj kapısından, içeride tıpkı bir hayalet gibi duran, simsiyah motosiklete bakıyordu Nevhis...

"Onunla..."

"Arabayla gitseniz..."

"Bu daha hızlı..."

"İyi de..."

Asıl sorun da bu değil miydi? Sanki bu açıklama Nevhis'in içindeki endişeyi bir kenara atabilecekmiş gibi, nasıl da dümdüz dile getirmişti Barlas.

O virajlı yollar, güçlü lastikler altında yağ gibi akıyordu. Rüzgarın şiddetini kesen giysiler içinde, kara bir duman kadar hızlı gidiyordu. Kızgınlık mıydı derisinin altından genç adama iğne gibi batan duygular yoksa başka bir şey mi? Bir an önce, açılmayan o telefonların ardında neler olduğunu öğrenmek istiyordu. Onlara bir şeyler olması ihtimali zayıf düşürüyordu onu. O saniyelerde gaza daha fazla yüklendiğinin farkına varıyor, oraya tek parça halinde varabilmek için hafifçe gazı bırakıyordu.

Artık ölümün gözlerinin içine bakmak o kadar da kolay gelmiyordu Barlas'a. Onu hayatta tutacak bir nedeni vardı. Ne kadar da garipti. Hayatı boyunca defalarca ölümle karşılaşmış ve zaman zaman onun soğuk kollarına kendini isteyerek bırakmıştı. Ama şu kısacık sürede değişmeye başlamıştı.

Yola çıktığından beri üçüncü molasını veriyordu. Bir kez daha eli telefona giderken, içini buz gibi ürperten o şeyin kızgınlıktan çok korku olduğunu anlıyordu. Belki de abartıyordu, ama soğukkanlı olmayı beceremiyordu. Taşımaya başladığı her yabancı duygu, genç adamın dengesini altüst ediyordu.

"Aç şunu Nesil... aç..."

"Ne yapmaya çalıştığını birazdan anlayacağız Nesil... Birazdan bunun hesabını vereceksin bana."

Yeniden motora bindiğinde, şehri tepeden görebiliyordu artık.

İki çift göz, bir kapı eşiğinde, birbirine eş kıvılcımlar içinde çarpışıyordu. Ne bir ses çıkıyordu gergin dudaklarından ne de bir kıpırtı oluyordu. Barlas'ın kara gözleri, Nesil'in bembeyaz olmuş yüzünde dolaşıyor, Nesil'in çam gölgeleri ise genç adama meydan okuyarak bakıyordu.

"Beklemiyordum seni" diyerek rahatsızlığını dile getirmeye zorladı kendini Nesil. Ama Barlas'ın yüzünde hiçbir pişmanlık göremiyordu. Ne özür dileyecek, ne de habersiz geldiği için bahane arayacak gibiydi. Bunun yerine kaşları daha da çatıldı genç adamın.

"Telefonun nerede Nesil?"

Sesindeki sükûnet, sahteydi Barlas'ın. Öfkesinin sesini bastırmak için çaba gösteriyordu. Bu haliyle bile genç kadında panik duygusu yaratıyor, Nesil tıpkı boğulur gibi kesik kesik nefesler alıyordu. Barlas'ın söze giriş cümlesi, gelişi üzerindeki silik gölgeleri de ortadan kaldırmıştı. Nesil, genç adamın bu ani gelişinin sabahtan beri uyguladığı cezanın sonucu olduğunu zaten anlamıştı.

"Bilmiyorum."

Bir omzunu umursamaz bir tavırla indirip kaldırdı genç kadın. Barlas'ın yüzüne aldırmaz tavırlarla baktı. Bunun üzerine, hâlâ elinde olan telefona bir kez daha bastı genç adam. Tam karşısındaki aynanın önünde, ışıklar yanıp sönmeye, Nesil'in telefonu ahşap zemine sürtünme sesiyle birlikte, olduğu yerde dönmeye başladı.

"Oradaymış" dedi genç adam arama işini noktalayarak... "Gözünün önünde bir yerdeymiş."

"Onca yolu sırf bunu sormak için mi geldin?"

"Evet, sırf bunu sormak için geldim. Neden açmıyorsun telefonlarımı Nesil? Kaç kez aradım görmüyor musun?"

"Onlarca kez..."

Genç adam sert bir şekilde gülümsedi. Neler olduğunu hâlâ anlamış değildi. Nesil'in inadına bir ad koyabilmiş değildi.

"Umarım bana verecek mantıklı bir yanıtın vardır Nesil."

Barlas'ın bıçak gibi bakışları, sert ve tehdit dolu tavırları genç kadının aklını karıştırmıştı. Kapısına dayanıp bu şekilde bakmaya ve konuşmaya ne hakkı vardı? Yoktu. Yoksa var mıydı? Yoksa gün boyu Barlas adına sırtını her dönüşünde, içten içe bu baskına zemin mi hazırlamıştı? Barlas'a tavır alırken, onun tepkilerini görmeyi mi amaçlamıştı?

"Ben de senin nasıl biri olduğunu anlamaya çalışıyorum Barlas. Gecenin yarısında beni arıyor ve konuşmuyorsun. Sonra telefonunu kapatıyorsun. Sonra ben senin için meraklanıp, deli gibi davranıyorum. Seni, tıpkı senin bugün yaptığın gibi defalarca arıyorum. Sana ulaşamayınca otelin resepsiyonundaki çocuğa, bana evinin telefon numarasını ya da en azından senden bir haber vermesi için neredeyse yalvarıyorum. Sadece senin iyi olduğunu duymak istiyorum çünkü. Ama sen, beni aramıyorsun. Bugün öğleden sonraya kadar neden bekledin Barlas? Hiç değilse bir yanlışlık olduğunu söyleyebilirdin bana. O zaman senin için bu kadar endişelenmezdim. Kendimi gece vakti çalışanlarına karşı küçük düşürmezdim."

Genç kadının sesi yükselmişti. İçinde birikenleri boşaltırken, dünden beri altında ezildiği pek çok duygunun dizginlerini de salıvermişti.

"Lütfen Barlas... Daha fazla aptal yerine konulmak istemiyorum."

"Dur bir dakika Nesil. Dur, şimdi sen..."

Bütün bu huzursuzluğa neden olan telefonuna bakıyordu. Cevapsız aramalar, ilk durağı olmuştu. Genç adamın gözleri birer birer bütün cevapsız aramaları tarıyor ve aynı anda genç kadının söylediklerinin altındaki bütün anlamları kavrıyordu. Kendi aramalarına baktı. Yanıt gelen son aramanın saati, gecenin kuytularına denk geliyordu. Sonuç olarak, Nesil, doğru söylüyordu.

Nesil onu merak ediyordu. Nesil onun için endişeleniyordu. O an, Barlas'ı en hayati eksiklerinden biriyle daha yüzyüze getiriyordu Nesil. Yüz yüze getirmekle kalmıyor, o eksiği dolduruyordu da üstelik. Bugüne kadar Barlas'ı, sırf merak ettiği için arayan olmamıştı. Çocukluğundan beri bu duyguyu tatmamıştı. Maviş gözlüsünden başka, onu bulmak için çabalayan çıkmamıştı. Kara gözleri, ak bir günün ak anılarıyla canlanırken, genç adamın elinden tutup, unuttuğu çocukluğunun güzel günlerine götürüyordu...

"Nerdesin ablacığım, öldüm meraktan..."

"Şu ilerdeki tarlaya gittik."

"Ne işiniz vardı orada?"

"Top oynayacaktık... Babam görmesin diye uzağa gittik.."

"Bir daha bana söylemeden gitme emi Yusuf'um..."

"Gitmem... Ama babama söyleme olur mu? Bu defalık söyleme.."

"Söylemem ablasının bitanesi... Söylemem kara gözlüsü... Söylemem. Ama sen de bi daha ablanı korkutma olur mu? Bak soluksuz kaldım seni arayacağım derken..."

Arkasına döndüğünde Nesil salon kapısının önünde duruyordu. Bir omzunu kapıya yaslamış, iki elini birden dizlerinin hemen üzerinde biten haki şortunun ceplerine sokmuştu. Artık ikisi de dingin dingin birbirine bakıyordu.

"Yalnız olabileceğimiz bir yer var mı Nesil?"

Genç kadın başıyla yukarıya çıkan merdivenleri işaret etti. Kapının önünde süregelen görüşme aslında Nesil'in de içine sinmemişti. Ama o kızgınlıkla Barlas'ı evine almak uygun gelmemişti genç kadına. Zaten Barlas'ta girmek istememişti.

Küçük oturma odasından, terasa bir kapı açılıyordu. Ve Nesil karanlıkta, terasın duvarına dayanmış bir şekilde geceye bakıyordu... Yaklaştı ve tam arkasında durdu genç kadının. Ona dokunmasına yalnızca bir adım kalmıştı. Sanki, Nesil, öyle sırtı dönük bir şekilde dururken, başını onun kalbine yaslamıştı. İpek saçları her yanına dolanmıştı. Yine o beyaz elbise ile gelip, göğsünün yatağına uzanmıştı. Nesil'in o anki hali, Barlas'ın içinde sarılma isteği uyandırmıştı. Sık sık olmaya başlamıştı bu. Ona her bakışında, yoğun bir şekilde yaklaşma arzusu duyuyordu. Nesil'e her bakışında, yaşadıklarını düşünüyordu. Hatta artık, hayatında Nesil oldukça, neler yaşayabileceklerini merak ediyordu. Bir şey daha fark ediyordu genç adam. Nesil'in Ekin'in annesi olmaktan başka anlamları da vardı. Ve ona sarılma isteği, yapmak istediği şeyler arasında en masum olandı.

"Sen haklıymışsın Nesil. Özür dilerim. Şarjım bitmeden hemen önce seni aramış olmalıyım. Sonra da... Sonra da... Ben... Beni arayacağını da düşünmedim Nesil. Sanırım beni aramanı beklemedim."

"Harika" dedi genç kadın. "Şimdi düğümü çözdük işte."

Buna sevinmeli miydi yoksa üzülmeli mi? İnanmalı mıydı? Karar veremiyordu Nesil.

"Farkında değildim Nesil.. İnan bana, farkında değildim."

"Güzel bir savunma Barlas. "Farkında değildim" Bir de diyorsun ki bana, ihtiyacınız olduğunda beni ara. Senin farkında olmanı beklersek, iş işten geçmiş olabilir bu durumda."

Öylesine can alıcı bir yerden vurmuştu ki Nesil, Barlas ne diyeceğini bilemiyordu. Ya ona ihtiyaçları olsaydı... Ya Nesil gerçekten de yardım istediği için arıyor olsaydı... Ellerini yüzüne kapatıp bir süre soluk bile alamadı genç adam. Ellerini indirdiğinde, onların yerinde, hissettiği utancın belirgin izleri vardı.

"Haklısın."

"Haklıyım tabi."

"Bu bir daha olmayacak Nesil."

"Evet, bence de bir daha olmayacak... Bir daha senin için endişelenmeyeceğim, aramayacağım bu yüzden"

"Neden yapıyorsun bunu? Haklısın dedim Nesil..."

"Çünkü mazeretin bana yetmiyor. Şarjının bitmesi... beni aradığının farkında olmaman... benim seni aradığımı görmemiş olman... Ne olduğu, neden böyle olduğu umurumda değil. Buraya gelmiş olman da seni haklı yapmıyor, bütün bunlara kandığımı sanma Barlas."

Barlas bir itirafın öncesindeydi. Söyleyeceklerinde kararlı, dimdik bakıyordu Nesil'in gözlerine.

"Mazeretim seni kandırmaya yetmiyor. Haklısın, yetmemeli de... Çünkü mazeretim sana söylediklerim kadar günahsız değil. Bu kadar basit değil..."

Başını iki yana sallamaya başlamıştı Nesil. Duymaktan korkuyordu. İçten içe kendini hazır hissetmiyordu, ama bunu kendisi istemişti. Baskı yapmış, Barlas'ın üzerine gitmişti.

"Çünkü öyle çok içmiştim ki; sızmıştım Nesil..."

"Sızmak mı?"

"Evet... Ve bu ilk değildi. Bu... Bu... Hemen hemen... Her gece olan bir şey. Dün gece de... Bu yüzden... Ne seni aradığımın ne de sonrasının farkında bile değilim."

Gece kadar karanlık bir sis çöktü üzerlerine. Öylesine bir karanlıktı ki, Barlas'ın acı ile daha da koyulaşmış olan gözleri bile yanında aydınlık kalıyordu. Nesil'in göz pınarlarında titreyen yaşlar birikiyor, Barlas'ı taşıyan yüreğine ilk kez korkunun soğuk elleri değiyordu.

"Yani... yani beni aradığını bile hatırlamıyorsun"

"Seni aramayı çok istedim Nesil. Kendimde olduğum her an, bunu çok istedim. Sadece bunu hatırlıyorum.

Nesil ile yaşadığı ilkler bitmiyordu Barlas'ın. İlk kez bir kadının karşısında, gözlerini yere eğiyor, çok eski ve soğuk bir günün, soğuk anıları içinde dolanıyor, yıkılan bir vitrin camının altında kalan aciz çocuğu ve onun utancını hatırlıyordu.

"Ben bir bağımlıyım Nesil."

"İşte böyle" dedi Vural Kaptan gururla. "Ara ve git... Onlar senin canların. Senin meleklerin. Onlar için de, kendin için de oğlum. Düş peşlerine, bırakma."

Vural Kaptan bunun ne kadar zor olduğunu bir türlü anlamıyordu. O gece, gerçeği söylediğinde, Nesil'in gözlerinde gördüğü ifadeyi bir türlü unutamıyordu. O geceden sonra, Nesil'in karşısına çıkmaya yüzü yoktu. Günlerdir, kendini onlardan uzak tutuyordu. Ama artık tahammül sınırına dayanmıştı. Bir gün, bir gece daha Ekin'i görmeden duramayacağını anlamıştı.

"Sence, bu iş nereye varır ihtiyar?"

"Sen nereye istersen oraya varır evlat..."

Barlas elindeki telefonu kapatmış, gözlerini uçsuz bucaksız karanlığa dikmişti. Kollarını göğsünde sımsıkı birleştirmiş ve iri gövdesini öne eğmişti. Gözleri bir su kuyusu kadar derin ve en az o kadar karanlıktı. Gözaltlarında kendiyle verdiği savaşın, yorgun izleri vardı. Elleri sık sık titriyordu. Tıpkı o an olduğu gibi. Böyle zamanlarda, iki avucunu sımsıkı birer yumruk yapıyor, kollarını birbirine düğümleyerek, iki büklüm oluyordu. Nefesi düzensizleşiyor, kanı aç bir canavar gibi damarlarını kemiriyordu. Vücudu mahrum bırakılmış bir yetim kadar işkence çekiyordu. Ama kendine direniyordu genç adam.

"Sadece istemekle hiçbir şeye sahip olamadım."

"Oldun. Ekin'i unutma. Ona nankörlük etme."

Derin bir nefes daha aldı. Sık sık, boğulacak gibi oluyordu. Teninin kasıldığını, bu kasılmalar yüzünden kaslarının sızladığını hissediyordu. Sürekli bir devinim içindeki ruhunun parçalanmalarını, zihnindeki bilinç kayıplarını durdurmaya çalışıyordu. Alkole bu kadar bağlanmış olduğunun farkında bile değildi. Ona göre hayat basitti. Yaşadıklarından ibaretti. Yaşadıkları olması gerekenlerdi. İhtiyaçlarını, olması gerekenler belirlemişti. Hayat onun için bir zincirdi, kendisi de o zincire asılmış küçük bir halkadan ibaretti. Ucu asla açılmayacak bir zincir ve oradan asla kopmayacak bir halka...

Alkolden uzak durmaya çalışıyor, kanından sıyırıp atmayı başardığı halde, düşüncelerinden uzaklaştıramıyordu. "Asıl olması gereken yer burasıdır" diyordu Vural Kaptan sürekli kafasını işaret ederek.

"İş burada biter."

Başını salladı genç adam. Elinden geleni yapıyordu. Ekin'e sahip olmak, bazı şeylerden fedakârlık etmesini, yaşam biçimini değiştirmesini, kendini tepeden tırnağa yenilemesini gerektiriyorsa, düşünmeye bile gerek yoktu. Ekin'in bir babaya ihtiyacı vardı. Onun da bağlanacağı bir sevdaya. Varken, yok olmak istemiyordu. Ekin'e acı vermek, Ekin'i utandırmak istemiyordu. Ne yapıp edecek, gerekirse, günlerce değil, haftalarca, aylarca uzak kalacak, ama sonunda başarıp gidecekti oğlunun yanına. O, o küçük varlığıyla, babasının isteklerinin hepsini yerine getirmişti. Geleceğine bir yol çizmişti, varoluşuna amaç katmıştı, artık ayakta durmak için sebebi vardı. Bundan sonra, düştüğü bataktan çıkmak ise, Barlas'a kalmıştı.

Barlas... İlk kez, bu kadar hevesle, kendisi için bir şeyler yapmaya, kendini toparlamaya, normal bir erkek, bir baba olmaya çalışıyordu. Geçmişinin bütün ışıklarını yakıyor, çocukluğunun, gençliğinin bütün odalarında tek tek dolaşıyor ve her köşede kendine ait bir sürü acı görüyordu. Kendiyle yüzleşiyordu genç adam. İsyan içinde bir çocuğun çığlık seslerini duyuyordu. Kalbindeki sancı şiddetleniyor, tıpkı gök gürültülerine benziyordu. Acıları su yüzüne çıktıkça, damarlarının huzursuz seğirmeleri artıyordu. Bunu tek başına becerebileceğinden emin değildi. Sadece istiyordu. Çok istiyordu.

"Yine de bu işin profesyonelleri var" dedi Kaptan.

"Yok, artık ihtiyar."

"Niye öyle diyorsun. Kalbimiz ağrıdığında, böbreğimiz, kulağımız doktora gitmez miyiz? Bu da bir çeşit hastalık değil mi?"

Vural Kaptan Barlas'ın iç savaşını çok yakından izliyordu. Tanıdığı günden beri ilk kez Barlas'ın bir şeyleri değiştirmeye çalıştığına tanık oluyor ve onun için umutlanıyordu. Barlas, onun gibi değildi. O henüz gençti. Çok gençti ve baba olmuştu. Ona elinden geldiği kadar yardım etmeye çalışıyordu. Ama Barlas her seferinde o sofranın kurulması için ısrar ediyor, bunu ancak, alkolün gözlerine baka baka yenebileceğini söylüyordu. Henüz ne kadar bağımlı olduğunu kendisi de bilmiyor, sınıyordu.

"İyi ben yine de diyorum ki, gel en kolayını seç. Sen, korktuğun kadar kötü değilsin evlat. Danış birilerine. Ne kaybedersin?"

"Dur bakalım Kaptan. Dur bakalım."

Yerinden kalkarken, ardında bıraktığı yaşlı adama bir kez daha baktı. Bu gece de Barlas, gecelerinin tek efendisi, yalnızlığının yoldaşı, itiraflarının sırdaşı olan içkiye uzaktan bakmayı başarmıştı.

"Gidiyor musun?"

"Gidip biraz uyumaya çalışacağım. Sabah olmadan yola çıkmam gerek."

"Git oğlum... Bütün bunların bir anlamı var. Bir mesajı var. Hayatını bu içki çirkefinden kurtar."

Eve girdi genç adam. Odasını, rengarenk bir çiçek bahçesine benzeten çocuk giysilerinin yanına uzandı. Başını yastığa koymadan önce hepsini toparlayarak kucağına aldı. Ekin artık yanındaydı. Kucağındaydı, hatta içki batağının içinde debelenip duran bedenine rağmen, ruhundaydı. İki gün boyunca, Datça yollarına düşmüş, oğluna bulabildiği bütün çocuk giysilerinden almıştı.

Uzandığı yerden kalktı. Yavaşça koltuğa yaklaştı. Süslü bir karton çantanın içinde, küçük bir paket daha vardı. O paket Nesil için alınmıştı, ama Barlas onu götürüp götürmemekte kararsızdı. Nesil ona yaşadığı 36 yılın en değerli hediyesini vermişti ve buna karşılık hiçbir şey almamıştı Barlas'tan. Ekin için alışveriş yaparken, Nesil'i düşünmediği tek bir dakika bile geçmemişti. Tıpkı, mercanlarla süslü o yeşil bilekliği aldığı gece olduğu gibi, bu kez de yalnızca içinden geldiği gibi davranmıştı.

Bu gece Barlas için diğerlerinden daha kolay geçmişti. Yola çıkmak için hazırlandığında, henüz gün doğmamıştı. Elindeki çantaları arabanın arka koltuğuna yerleştirdikten sonra yeniden eve girdi. Kolundaki geniş kordonlu, büyük saate baktı. Kahvaltı saatinde yanlarında olacaktı. Sanki olumsuzlukları ardında bırakmış, umut yolculuğuna çıkmıştı. Şehre girmek üzereyken, yan koltukta çalan telefonunu duydu. Ekranın üzerinde Nesil'in adını gördüğünde, garip bir şeyler üşüştü yüreğine. Bir yerlerden geliyordu ve birileri tarafından bekleniyordu. Nasıl da tuhaf bir sıcaklık ve nasıl da yakıcı bir yoksunluktu bu.

"Günaydın Nesil" dedi usulca.

"Günaydın Barlas, sütannem, fırına bir şeyler koyacakmış? Senin gelişine göre ayarlamak istiyor."

"On beş dakikalık daha yolum var."

"O kadar yakında mısın?"

"Eğer erken diyorsan, bir yerlerde oyalanırım."

"Hayır, hayır... Onu demek istemedim. Yani sevindim. Tamam."

"Bir şey istiyor musunuz?"

"Hayır, her şey hazır."

"Ekin uyandı mı?"

"Çoktan uyandı... Hatta neredeyse, yeniden uyku vakti geliyor. Ama sen gelmeden uyutmam."

İkisi de telefonu diğerinin kapatmasını bekliyor ya da kapattığını sanıyordu. Oysa hatlar hâlâ açık duruyor, Nesil farkında olmasa da, Barlas onun Ekin ile yaptığı konuşmayı duyuyordu.

"Baba, gelmek üzereymiş bebeğim. Seni çok özlemiş. Hem de çok özlemiş."

Bu da neydi böyle?

Genç adam güneş gözlüğüne rağmen gözlerindeki kamaşmayı önleyemiyordu. Yüreğinden sızan sımsıcak lavlar bedenine yayılıyordu. Gördüğü ilk benzinciden içeriye girdi. Neler oluyordu böyle? Neden kendini bu kadar özgür, güvende ve mutlulukla kuşatılmış hissediyordu? Tamam, kendine söyleyip duruyordu; beklenmek güzel bir şeydi, bunu biliyordu. Ama şu kısacık telefon konuşmasının içinde, hayatı boyunca özlediği tınılar, hiç sahip olamadığı ilgiler duruyordu. Bilmek başkaydı, duymak bambaşka.

İşte olan buydu...

Asansöre yalnız binmek Barlas için kâbustu. Bu yüzden, elindeki çantalara rağmen yine merdivenlere yöneldi. Üç kat merdiven çıkmak, tek başına o hücre gibi yerde olmaktan çok daha iyiydi.

Efser, yaşlı olmasına rağmen, sağlam kadındı. Yarı yaşındaki kadınları bile cebinden çıkaracak kadar güçlü ve çalışkandı. Merdivenlerden inerken, o da karşısında Barlas'ı görmeyi beklemiyordu. Bu yüzden kapıyı açtığında, genç adama şaşkınlıkla bakmıştı...

"Hoş geldin Barlas Bey oğlum."

"Günaydın."

Barlas elindeki çantaları yere bırakarak doğruldu.

"Nasılsın evladım?"

"İyiyim sağ olun, siz nasılsınız?"

"Çok şükür. Seninkiler yukarıda. İstersen sen yanlarına çık, ben de şu ekmeği dilimleyeyim."

"Uyudu mu Ekin?"

"Hayır, huysuzlandı azıcık, annesi de onunla uğraşıyordu."

Ekin'in odasının kapısı açıktı. İçeriden Nesil'in fısıltıları geliyordu. İstediği şey Ekin'i bir an önce kollarının arasına almaktı, ama gördüğü sahnenin etkisiyle, adım atacak hali kalmamıştı. Nesil Ekin'in odasında, pencerenin önündeki sallanan koltukta oturmuş oğlunu emziriyor, göz temasını bozmadan Ekin'le konuşuyordu. Ekin sanki karnını doyurmak için değil de, annesiyle bu şekilde yakınlaşmak ve o anı uzatmak için göğsünde duruyordu.

Ekin'e sevdasının anlaşılmayacak bir yanı yoktu. Ama o an Barlas başka bir sevdanın koynunda, çırılçıplak olduğunu, tıpkı bir cenin kadar savunmasız kaldığını hissediyordu. Nesil'e bakarken, ona hayatı boyunca bakmak, ona sarılmak, onunla uyumak, onunla konuşmak, onunla sevişmek, onunla yaşamak istiyordu...

Barlas gibi biri bütün bunların ne demek olduğunu bilmiyordu elbette. Âşık oluyordu. Bu gün değil. Birkaç gün önce değil. Nesil, çok zaman önce, Barlas'ın gönül tarlalarına girmiş, karşılıksız aşkını ekmiş ve gitmişti. Ardında bıraktığı bütün o imkânsız tohumlar, nihayet filizlenmişti. Nesil, tam bir yıl önce, bir yaz gecesi, rüzgârlı bir tepenin eteklerine kurulmuş o evde,

Barlas'ın ruhundaki sancıları dindirmiş, Barlas'ın siyah kül yığını olmuş yüreğinin ilgisini çekmişti.

Ama o yürek, ondan ötesini hayal edememişti, edemezdi de...

Her insan, dünden kalan umutlarıyla, yarına bağlanırdı. Barlas'ın anılarında ise, onu yakıp yıkan acılardan başka ne vardı? Barlas'ın yüreği ıssız bir adada, terk edilmiş bir eve benzerdi. Ne kendisi o adanın etrafını çevreleyen azgın dalgaları aşıp, özgürlüğüne gidebilir ne o eve bir misafir gelirdi. Bu yüzden, her gün, bir önceki günü hiç yaşanmamış sayar ve unutmak isterdi. Dününü, gidenlerle, gelmeyenlerle hatta kendiyle birlikte, sarhoşluğunun mezarına gömerdi. Arada kendine küçük umut pencereleri aralamaya çalıştıkça, çocukluğundan beri yanında taşıdığı uğursuzluğun oyununa geliyordu. Uzun zamandır, direnmeyi de bırakmıştı. Hayatı geldiği gibi alıyor, kabulleniyor ve dünü, dünde bırakarak yaşıyordu. Böyle bir kuruluk üzerine yağan yağmurun da, akan suyun, esen rüzgarın da, gece batan, sabah doğan günün de, bereketi olmuyordu. Hepsi Barlas'ın yüzeyine dokunarak gidiyor, geride hiçbir şey kalmıyordu.

Şimdiyse, tuhaf, sancılı olduğu kadar umut dolu bir kırılmayla, Nesil'i kendi kuruluğunun içine alıyor, ona sımsıkı tutunmak istiyordu. Hissettikleri anlaşılır gibi değildi. Anlat deseler mümkün değildi bu. Öylesine yabancı duruyordu ki hislerinin aynasının önünde, gördüklerini yoramıyordu. Susmakla biçilmişti ömrünün uzun, toprak rengi giysisi. Artık başkalarının değil, kendinin ne dediğini bile duyamıyordu. Yalnızca şunu fark ediyordu. Göremediği, yoramadığı, duyamadığı o şey her neyse, güzeldi, eşsizdi, emsalsizdi. Daha önce tattığı, yaşadığı, bildiği bir şey değildi, ama yüreğine iyi geliyordu. Yıllardır çektiği bütün o hastalıklara, ıssızlıklara, merhem oluyor, onu hiç olmadığı kadar iyi ediyordu. Bu kadarına bile razıydı. Bu her neyse, hep onunla kalsın, onu bir daha terk etmesin istiyordu.

Nesil ise genç adamın oradaki varlığından, varlığını ele geçirmiş olan kasırgadan habersiz bir şekilde, Ekin'le konuşuyor, hiçbir testin, hiçbir evrağın ortaya koyamayacağı kadar emin ve içten bir şekilde Barlas'a, Ekin'in babası olduğunu kanıtlıyordu.

"Ne konuşalım. Her zamanki gibi olsun mu? Babadan bahsedelim mi? Aaaa bak, en çok kaşlarını çattığında ona benziyorsun. O zaman tam anlamıyla, küçük bir Barlas modeli oluyorsun. Çünkü o hiç gülmüyor. Ona gülmeyi öğreteceksin değil mi bebeğim? Sen öğreteceksin. Sen onun da her şeyisin. O biraz, o biraz, neden öyle olduğunu bilmiyorum ama. O seni çok seviyor. Ve sen de onu çok seveceksin..."

Nesil'in sesini duydukça, içindeki karmaşa hızını kesiyor, genç kadının sözlerini, o sözlerin içinde barınan sıcaklığı ve aralarına sıkışıp kalan yumuşacık sitemleri dinliyordu. Aralarına giren duvarın ardında daha fazla saklanamayacağının farkındaydı. Derin bir nefes aldı ve yeniden kapıya yaklaştı. Nesil ayaktaydı. Az önceki manzara değişmişti. Genç kadının beyaz, yazlık gömleğinin göğsündeki açık düğmeler kapanmıştı. Oğlu ve annesi, o benzersiz resmi tamamlamıştı.

"Günaydın" dedi tutuk bir gülümsemeyle.

"Günaydın Barlas. Duymadım geldiğini."

Yüzlerindeki tutuk gülümsemeler, yerini heyecanlı kaçışlara bırakıyordu. Birbirlerinin gözlerinin içinde dosdoğru bakmak bile zordu. Böyle zamanlarda, Ekin kurtarıcı oluyor, ikisinin de gergin ve sessiz varlıkları Ekin'e sığınıyordu.

"Ekin..."

Genç kadın kıpırdamadan duruyor, Barlas onlara yaklaşırken, o Ekin'in yüzüne bakıyor, onun Barlas'ın sesine nasıl bir tepki vereceğini merak ediyordu. Artık seslere, hareketlere dikkat kesiliyordu Ekin. Günden güne büyüyordu.

"Oğlum..."

Onları öyle seyretmek, Nesil'in çalkantılar içindeki ruhuna huzur veriyordu. O da ortak olmak istiyordu. Barlas'ın kolunun altına sokulmak, başını, Ekin'in tam karşısına, aynı göğsün diğer yarısına koymak istiyordu. Bunun yerine elini uzattı ve Ekin'in minik elini tutmakla, tuttuğu minik ele bir öpücük kondurmakla yetindi.

"Kim gelmiş bebeğim?" derken sesinde hüzünden eser yoktu. İstediklerini yapamıyor, hayallerine sahip olamıyordu, ama bu gerçekler, gördüğü güzelliğin yarattığı sevinci yenemiyordu. Mutluydu genç kadın. Hem de uzun zamandır hiç olmadığı kadar mutlu hissediyordu kendini. Kısa bir süre için bile olsa, Barlas'ın onların yanında olması yetiyordu.

Ekin'in eline eğilmiş başını kaldırdığında, Barlas'ın duman rengi gözleriyle karşılaştı. Genç adam, onu bekliyordu sanki. Eli Nesil'in şakağına uzandı.

"Sizi görmek öyle güzel ki..."

Barlas'tan bunu duymak da öylesine güzeldi ki. Nesil'in yüzündeki tebessüm kızıla çalıyordu. Barlas'la, böyle bir anı paylaşmamıştı daha önce. O an ki durum, fiziksel yakınlıktan çok daha farklı bir anlam taşıyordu. Barlas bir şeyler anlatmaya çalışıyordu, ama Nesil anlayamıyordu.

"Nasılsın?" dedi genç adam. Suskunluk sırası Nesil'deydi. O hâlâ Barlas'ın gözlerinin derinliğine, varlığının yarattığı sevince, şakağından sonra yanağını saran eline esirdi.

"İyiyim. Ya sen, sen nasılsın?"

Genç adam yavaşça Nesil'in yüzüne eğildi. Nefesini tuttu genç kadın. Yüreği heyecandan delirmişti. Barlas'ın yumuşacık teni yanağına dokunduğunda tuttuğu nefesi bıraktı. Barlas'ın zarif öpücüğü, bir kelebeğin, acemi kanatlarının, ilk hareketlerine benziyordu. Nesil'in şakağına dokunan dudaklar, ikisini de farklı yerlere sürüklüyordu. O sakin ve dozunda temas, genç kadını, ilk tecrübesinin anılarıyla doldururken, Barlas için her şey, yeniden başlıyordu.

"İnelim mi?"

"Sen nasıl istersen Nesil."

Kahvaltı Barlas'ın düşündüğünden de kolay olmuştu. Efser'in sorgusuz sualsiz anaç tavırları, Nesil'in gölgesiz yakınlığı, Ekin'in varlığı. Yıllardır bu kadar insan, bu kadar mutlu olmamıştı. Bundan önceki son mutlu günü - tabii ki Ekin'i öğrenmeden önce- yirmi ya da otuz yıl geride kalmıştı. Saymamıştı ki. Hayal meyal bir şeyler hatırlıyordu, ama hepsi o kadardı. Bir günü, olması gereken işleyişler içinde yaşamayalı o kadar zaman olmuştu ki... Kahvaltı sofrasından sonra bir ara günün bitmek üzere olduğu telaşına bile kapılmıştı. Günün bitmesi, Barlas'ın gitmesi demekti, ama henüz yaşadığı bu huzura, o tatlı güzelliklere, bakmayı sevdiği yüzlere doyamamıştı.

Nesil Ekin'i uyutmaya çıktığında, genç adam yerinden kalktı. Bir yanı yukarıya çıkıp, gözlerini bir an olsun üzerlerinden ayırmamak için can atarken, bir yanı, yavaş olmasını söylüyordu. Bugün bulduklarıyla yetinmek en doğrusuydu.

"Bir şey ister misin evladım?"

"Sağolun istemem."

Efser nihayet beklediği fırsatı yakalamış, Barlas'ı yalnızken kıstırmayı başarmıştı. Yaptığı planın Barlas kısmını uygulamaya geçirmek için, Nesil'in yokluğundan yararlanacaktı. Birlikte balkona çıktılar. Efser Barlas'a yer gösterdi. Barlas oturduktan sonra, yaşlı kadın karşısına değil, yanındaki koltuğa geçti.

"Zor olacak böyle değil mi? Şimdi buradasın ama, birkaç saat sonra gideceksin..."

"Evet" dedi genç adam, kadının söylediklerini başıyla da onaylayarak.

"Keşke şu yakınlarda bir yerde otursaydın sen de."

"Keşke" dedi genç adam.

"O zaman gün içinde, istediğin zaman gelip görebilirdin Ekin'i. Yanına alabilirdin, gezmeye götürebilirdin, sıkıntıları olduğunda kolayca yetişebilirdin. Belki de önce buna bir çare bulmak gerekir."

Barlas, gözlerini kısarak, dikkatini Efser'in söylediklerindeki gizli anlama kaydırdı.

"Dün bizim şu karşı dairenin satılık olduğunu söylediklerinde içim gitti. Keşke dedim, keşke Barlas orada olsaydı. Şu kapımız her açıldığında orada bir yabancının değil de senin olduğunu düşünmek bile nasıl iyi geldi bana anlatamam. Hayal tabii..."

Barlas'ta Efser'in düşüne kendi düşlerini ekliyor, onun bahsettiği durumda olursa, hayatının nasıl bir hal alacağını geçiriyordu aklından. Bu Barlas için dört ayak üstüne düşmek gibi bir şeydi. Ekin'e ve tabii Nesil'in hissettirdikleriyle bir duvar ya da bir kapı mesafesinde yaşamak, ne kadar güzel olurdu.

"Hem genç, güzel ve yalnız bir kadın o. Üstelik varlıklı, üzerinde çok göz olur, söz olur."

Bu son cümleler Barlas'ı sarsarak düşlerinden uyandırmış, kaşlarının çatılmasına, yaşlı kadına bakan dikkatli gözlerini ondan kaçırmasına neden olmuştu. Barlas sinirli bir ifadeyle, yan taraftaki çocuk parkına bakarken Efser, hedefi vurmuş olmanın gururunu yaşıyordu. Doğrusu, bu planı yaparken, genç adamın yüzünde kayıtsız ve vurdumduymaz bir ifade görmekten çok korkuyordu. Çünkü Efser'e göre, Barlas'ın Nesil'i, üzerine düşecek gözden, sözden sakınması ve kıskanması gerekiyordu. Ve bu bakış, sert bir kayaya dönüşen yüz, Barlas'ın duyduklarından rahatsız olduğunu gösteriyordu. İlk adım atılmıştı. Efser, planının ilk atağını kazanmıştı.

"Nihayet uyudu. Kahveleri yapıyorum hemen..."

"Ben istemem kızım. Ben 12 numaradaki Nurhayat Hanım'a uğrayıp geleceğim. Kadın rahatsızdı, bir şeye ihtiyacı var mı sorayım."

Efser yerinden kalkarken, Barlas kararmış yüzü ve sabit gözleriyle, aynı yöne bakmaya devam ediyordu. Nesil gelmişti, onu duymuş, ama duruşunu ve ifadesini bozmamıştı.

"Çıkıyorum ben yavrum. Biraz oturup gelirim."

"Tamam. Geç kalma..."

Genç kadın mutfakta hem kahveleri hazırlıyor, hem kapıdan çıkmak üzere olan sütannesine cevap veriyordu. Perdenin ardından balkonda oturan Barlas'a baktı. Genç adam az önce Ekin'i uyutmak için giderken, ardında bıraktığı adama benzemiyordu. Canı sıkılmış gibiydi. Yoksa... Nesil bir an için irkildi. Yoksa Efser bir şeyler söylemiş ve kızdırmış mıydı onu?

"Ahhh sütanne" dedi mırıldanarak.

Elinde tepsiyle, önce balkona çıktı. Barlas bu arada kendini az da olsa kontrol altına almıştı.

"Salona geçelim mi? Ekin'i duyabiliriz böylece."

"Sigara içmedin bugün" dedi, evin bütününe sinmiş olan o rahatsız edici sessizliği fark ettiği an Nesil.

"Ekin var."

"İstersen balkonda içebilirsin."

"Şimdilik idare ediyorum" diyerek hafifçe gülümsedi genç adam. "Asıl direnişim sigaraya değil, alkole" demek öylesine zordu ki Barlas için.

Nesil'in gözleri Barlas'ın yüzünde arayış içinde dolanıyordu. Onu son gördüğünden beri değişen bir şeyler olup olmadığına bakıyor, genç adamın yüzünden halde olduğunu anlamaya çalışıyordu. Ne de olsa, o bir çeşit hastaydı. Günlerdir, içine düşen korkuyla birlikte, bağımlılık üzerine araştırmalar yapmıştı.

"Nasılsın Barlas?"

Nesil'in sesindeki ciddiyet, tonundaki hassasiyet, Barlas'a bakan gözlerindeki dikkat. Genç kadının bu soruyu neden sorduğunu anlamıştı Barlas.

"İyiyim, iyi sayılırım" dedi sıkıntıyla.

"Sevindim" dedi genç kadın.

Daha fazlasını sormayacak, ya da bu konuyu daha fazla uzatmayacaktı Nesil. Okuduklarından, az da olsa bir şeyler öğrenmişti. Böyle durumlarda, bağımlının üzerine gitmek zarar verirdi. Barlas bir daha tekrarlanmayacak derken, buna bir çare bulacağını mı ima etmişti bilmiyordu Nesil. Öyle olduğunu umuyor ve yürekten istiyordu bunu.

"Bu kez arabayla gelmene de sevindim."

Damdan düşer gibi konuyu değiştirmişti. Tabii sadece konuyu değiştirmekle kalmamış, yeniden gevşemiş ve Barlas'a gülümsemeyi de ihmal etmemişti.

"Neden?" dedi genç adam.

Aynı anda başını çevirdi ve muhteşem bir gülüş ve o gülüşe ev sahibi olan, pembe dudakları gördü. Gördüklerinin ötesine gidemiyordu. Gözlerini o dudaklardan ayırıp, yüzüne bir bütün olarak bakmak için çabaladıkça, o enfes pembe kutuya daha fazla gömülüyordu. Az önceki huzursuzluğu yok olmuştu Barlas'ın. O an, çok özlediği başka bir gerçekle yüz yüze geliyordu. Nesil'i öpmek… Nasıl da istiyordu…

"Bilmem içim pek rahat değildi." Şirin bir genç kızın tavırlarıyla; "Yani motosiklet bana biraz tehlikeli geliyor. O akşam sen gidince."

"Endişelendin mi?"

"Evet."

"Hani bir daha olmayacaktı bu."

"Ne?"

"Hani bir daha endişelenmeyecektin benim için."

"Sen benim için, benim için endişelenmez misin?"

Barlas elindeki fincanı sehpanın üzerine bıraktı. Dönüp Nesil'in elindeki fincanı da alarak aynı yere uzandı. Artık aralarında, Nesil'e dokunmasına engel olacak hiçbir şey kalmamıştı. Barlas ne zamandır bu anı bekliyor gibiydi. Tuhaftı ama çok rahattı. Nesil'e dokunmak istiyordu ve bunu yapacaktı. Hatta daha fazlasını da. Ne istiyorsa, söyleyecekti Nesil'e.

Genç kadının iki elini avuçlarının arasına almış, başını hafifçe eğmiş, okşadığı ellerine bakıyordu. Birden eğildi genç adam. Kendi avuçlarını araladı. Nesil'in birer güvercin kadar ürkek ve beyaz duran ellerini yukarıya kaldırdı, dudaklarına bastırdı. Birkaç soluk alıp verdi o şekilde. Duruşunu bozmuyordu. Başını kaldırmıyor, genç kadının yüzüne bakmıyordu. Sonra, genç kadının ellerini indirdi, ama bırakmadı. Yeniden kendi güçlü ve büyük avucunun arasına alarak sımsıkı kapattı. Ancak o zaman, başını kaldırdı ve Nesil'in şaşkınlıkla, heyecanla, telaşla renklenmiş yüzüne baktı.

"Senin için endişelenirim Nesil. Senin için..."

Kısa bir an duraksadı genç adam. Sadece birkaç nefeslik süre, kendine ve Nesil'e güç vermek için zaman tanıdı. Gözlerindeki koyuluk anlatılır gibi değildi. Ve Nesil o an onu görüyordu. O gözlerin karanlığı içine ne zaman düşse, yolunu kaybediyordu.

"Evlen benimle Nesil. Ben süslü lafları bilmiyorum. İstediğim şey bu. Evlen benimle..."

İnsan kimi zaman kendini, bütün gerçeklerden soyutlayıp, hayal dünyasına yerleşmek ve orada, bunun bir hayal olduğunu bilerek, ama göz ardı ederek yaşamak ister. Nesil de o an bunu yapıyordu. Gözlerini kapatmış, Barlas'ın elini tutarak hayal dünyasına adım atmıştı. Orada gördüğü, üçü için kurulmuş yeni bir hayattı. Aşktan ve mutluluktan yaratılmış bir kadın ve bir adam, onların ışığı olan bir çocuk... Seçme şansı olsa, oradan geriye dönmek istemezdi Nesil. Bütün hayalperestler gibi, hayalindeki kadın olmayı, gerçek Nesil'e tercih ederdi. Hayat orada başlar ve orada biterdi.

Hayali bile güzeldi. Hayali bile nasıl da hayaldi.

Barlas, ellerini avuçlarının içinden, gözlerini bir an olsun genç kadının sitem gölgeleri düşmüş gözlerinden ayırmadan bekliyordu. Ona bakarken, bütün direnişinin düşmek üzere olduğunu hissediyordu. Kulakları, bir kez daha yinelenen teklifin yankılarıyla dopdoluyken, onun için bir efsane olan adam, ona yalnızca bir "evet" kadar uzakken... "hayır" demek diline zor, yüreğine ağır geliyordu.

Ateşi tutan ellerini, hızla söküp aldı Barlas'ın avuçlarının arasından. Aynı acelecilikle oturduğu yerden de kalktı. Biraz daha durursa, Barlas'ın geceyi kıskandıran ateşlerinde bir kez daha yanacaktı. Genç adama sırtını dönerek az önce girdikleri kapıya doğru yürüdü. Omzunu duvara yasladı ve gözlerini kapattı. İçindeki yaz yağmuru, yine gözlerine doğru inmeye başlamıştı. Sıcak ve temiz havayı kokladı. Her seferinde, isteği yerine getirilmemiş, şımarık bir kız çocuğu gibi, gözyaşlarının ardına saklanmak zoruna gidiyordu. Bu kez ve bundan sonra Barlas'ın karşısında, daha güçlü durmak istiyordu.

"Unut gitsin Barlas. Asla olmayacak bu, asla evlenmeyeceğiz biz."

"Neden Nesil?"

Genç adam yerinden kıpırdamadan Nesil'e bakıyordu.

"Her şey ne kadar eksik görmüyor musun Barlas? Senin, senin ve benim duygularımız. Böyle evlilik olur mu? Hem sen neden sürekli bana bunu ima ediyor ya da açık açık teklifte bulunuyorsun Barlas? Yoksa yine sütannem..."

"Kadını bu işe karıştırma..."

"Sana yine bir şeyler mi söyledi. Ya da zorladı mı seni?"

"Nesil ben çocuk muyum? Başka birinin sözleriyle hareket edecek birine benziyor muyum?"

"Sözleriyle değil, ama baskısıyla olabilir. Sen en başından beri suçluluk duygusu taşıyorsun Barlas. İlk andan beri bana karşı, bunu ikimizde biliyoruz."

"İlk an ne taşıdığımı bilmiyorum Nesil. Ama şimdiki teklifimin altında, suçluluk duygusu yok."

Barlas'ta yerinden kalktı. Nesil'e yaklaşmak istiyor, ancak tereddüt dolu adımları kararsız kalıyordu. Nesil'e atacağı her adımın, onu dün ile yüz yüze getireceğini düşündükçe, korkuyordu. Duygularını anlatmaya kalksa, Nesil'in sorularının ardı arkası kesilmeyecekti. Nesil bugünle yetinmeyecek, düne, ondan önceki güne, hatta Barlas'ın geçmişe gömmek için çabalayıp durduğu yıllara kadar gitmek isteyecekti. Bugünkü teklifin, daha öncekilerden çok farklı duygularla dile getirildiğinin farkındaydı genç adam. Nesil inanmasa da, gerçekten evlenmek istiyordu. Çünkü Nesil onun dünyasına adım attığından beri, Barlas değişiyordu.

"Kapatalım bu konuyu Barlas. Sana söylemiştim. Bu iş olmaz. Bir daha bana böyle bir teklifle gelme. Bu benim canımı yakmaktan başka bir şeye yaramıyor."

"Aşk yüzünden" dedi genç adam sayıklar gibi. Nesil, öyle demişti. Aşk bu kadar önemli miydi? Aşk neydi? Aşk nasıl bir şeydi?

"İlgisi yok..."

"Öyle demiştin..."

Öyle mi demişti? Genç kadın, daha önce sarf ettiği bütün sözlerin Barlas tarafından önüne konulmasından rahatsız olmuştu. Aslında rahatsızlık da değildi bu... Barlas'ın Ona karşı ilgisiz olduğunu düşünürken, her sözünü hafızasında saklıyor olmasına şaşırmıştı.

"Hatırlamıyorum" diyerek geçiştirmek istedi genç kadın. O an aşktan söz etmek istediği son şeydi. Onunla aşk konuşmak, "aşk dilenmek" gibi bir şeydi.

"Ben hatırlıyorum..."

Bir kaçış yolu bulması gerekiyordu. Hem bu konudan hem de Barlas'ın varlığından bir anlığına bile olsa uzaklaşması gerekiyordu.

Kararlıydı, ama kararlı olmak, canının acısını azaltmıyordu. Şimdilik Barlas'la "onlar" üzerine konuşurken, soğukkanlı ve hissiz olamıyordu.

"Bitti mi Nesil?"

"Ne bitti mi?"

"Bana olan duyguların..."

"Bunları konuşmak istemiyorum Barlas. Eskileri deşmenin kimseye bir faydası yok."

"Eskiden bahsetmiyorum. Bugünü soruyorum."

"Sana söylemiştim."

"Hayır, bu konuda hiç konuşmadık."

Derin bir nefesle duraksadı genç kadın. Söyleyeceği şey bir yalandı ve geriye dönüşü yoktu. Bu yüzden bir kez daha yüreğine danışmaya karar vermiş ve düşünmek için zaman yaratmıştı kendine, ama yüreğindeki ses, tereddüde yer bırakmayacak kadar kesindi. O halde dil yalan söylemek zorunda kalacaktı. Çünkü "sana hâlâ aşığım" demenin Nesil'e bir yararı olmayacaktı.

"Bitti Barlas. Bugün, sana karşı bir şey hissetmiyorum. Bir kez daha, son kez daha tekrarlıyorum. Artık buna bir son ver. Benimle evlenmek zorunda hissetme kendini. Çünkü ben bunu istemiyorum. Ben senden bir tek şey istiyorum. Bana söz verdiğin gibi, o tahlilleri yaptır ve hepimizi huzura kavuştur. Sonra da dilediğin zaman buraya gel ve oğlumuzu gör."

Barlas'a göre, Nesil'in bu kaçak tavırlarının ardında, aşktan ya da aşksızlıktan çok, korku duruyordu. Barlas alkol sorunundan bahsetmişti ona. Ne olmasını bekliyordu ki? Bu küçük kızın, daha ne kadar güçlü ve cesur olmasını istiyordu ki? İçseslerinin, Nesil'in hayatına kattığı tatların, zevklerin öylesine divanesi olmuştu ki, onun ne hissettiğini, hissedebileceğini göremiyordu. Elbette. Nesil hâlâ âşık olsa bile, onun gibi biriyle...

"Korkuyor musun Nesil? Benden?"

"Neden... Neden korkayım ki?"

"Sana söylediklerim yani. Benim sorunlarım..."

"Hayır."

Nesil'in yarım yamalak cevabından çok, sesinin tonundaki ürkekliği sezmişti Barlas. Yanına yaklaştı. Kısa bir çekingenlik anından sonra, genç kadının yanına oturdu.

"Korkuyorsun."

"Korksam sana söylerdim."

"Söylemezdin, Ekin'in olduğu gece de korkuyordun aslında."

"Hayır, doğru değil bu."

"Doğru olduğunu ikimiz de biliyoruz Nesil. İstiyor, ama korkuyordun. Yine de benimle kaldın. Demek istediğim o gece benden korkmadın. Şimdi de korkma Nesil. Sana ve Ekin'e zarar verecek hiçbir şey yapmayacağıma yemin ederim. Ve bunun üstesinden geleceğim. Sanırım, benden uzak olmaya çalışıyorsun. Bunun için hak veriyorum sana. Ben de olsam... Benim gibi birinden..."

"Sorun bu değil Barlas."

Barlas hafifçe gülümsedi. Hareketlenen elini genç kadının yüzünde dolaştırmayı ve onu ikna etmeyi, ona güven vermeyi nasıl da isterdi. Buna rağmen, parmağının ucuyla hafifçe burnunun ucuna dokundu ve geri çekildi.

"Sen, kendinden çok beni savunmayı alışkanlık edindin zaten. Biliyor musun Nesil? O gece yaşananları hatırlayabileceğimden bile emin değildim. Yani dürüst olmam gerekirse, sabah her şeyi unutmuş olacağımı sanıyordum. Ama öyle olmamış. Seni gördüğüm, seninle karşılaştığım her anı, seninle yaşadıklarımı. Düşününce farkına varıyorum ki. Sana dair ne varsa çok net hatırlıyorum."

"Buraya, geldiğini de hatırlıyor musun peki?"

"Anlamadım?"

"Ailemi kaybettiğimde, Lal söyledi, bizim sokakta karşılaşmışsınız."

"Elbette hatırlıyorum."

"O zaman, beni görmeden gittiğini de hatırlıyorsundur Barlas. Hiç değilse, o gün acımı, benimle paylaşabilirdin. Asıl korkan sensin. Yakandan düşmeyeceğimden korkmuş olmalısın ki, öyle bir günde bile bana görünmeden kaçıp gittin."

Söz korkudan açılmışken, Nesil bir anda konuşmaya başlamıştı. Çünkü Barlas'ın bir yıl önceki davranışlarını, ilgisizliğini tümüyle korkuya bağlıyordu.

"Acını paylaştım Nesil."

"Sahi mi? Uzaktan mı?"

"Çok yakından. Acıyı sana yakıştıramadım. Mümkün olabilseydi, senin yerine geçmeyi diledim. Mezarlıkta, sana bakarken."

"Orada mıydın?"

Başını salladı genç adam. Ve gözlerini kaçırmaya çalıştı. Sanki utanılacak, gizli saklı bir şey yapmış gibi, Nesil'in yüzüne bakamamıştı.

"İnanamıyorum sana. Ve yanıma gelmedin. Neden Barlas?"

Asıl sorması gerekeni unutmuştu genç kadın. Şaşkınlıktan aklı, mantığı birbirine karışmıştı. Neden geldiğini sorsa belki de Barlas'ın sırlarına da ışık olacaktı. Belki Barlas bir kez daha düşününce o gün neden orada olduğunun da adını koyacaktı. Sıklıkla böyle olmaz mıydı? İnsan, sevdiği birinin olumsuzluklarından önce olumlu yanlarına bakmaz mıydı? Küçük bir ışık yakalayıp onun aydınlığında yol almaz mıydı? O ışık sönene kadar, sonradan gelecek olan karanlığı unutmaz mıydı? Nesil de bunu yapıyordu. Barlas'ın neden geldiğini sormak yerine, orada olduğunu bilmenin geçici ışığının altında duruyordu.

Barlas'ın cep telefonunun kısık sesi, salondaki sessizliği doldurmuş, Barlas için bu durum bir kurtuluş olmuştu.

"Evet, İzmir'deyim. Kim söyledi sana? Anladım. Bu gece döneceğim. Sen orada olacak mısın? Tamam, gece çok geç olur, ama eğer beklersen...Görüşürüz."

Telefon kapanır kapanmaz yeniden çalmaya başlamıştı.

"Affedersin Nesil" dedi Barlas; "Otelden arıyorlar."

Genç kadın, omzunu kaldırdı. Yüzü allak bullak olmuştu, ama doğruca Barlas'ın yüzüne bakmadığı için kendini saklamayı başarmıştı. Gece için üstelik de gecenin geç saati için verilen bir randevudan, ne anlaması gerektiğini gayet iyi biliyordu. Usulca yerinden kalktı. Hole çıktığında genç adamın sesini duydu. Uzaklaşmak istediği halde, adımlarını atamıyordu.

"Evet, şimdi aradı. Ben gece döneceğim. Siz de bu arada kendisiyle ilgilenin Ender Bey. Çocuklara, misafirim olduğunu söyleyin. Sık sık yoklasınlar. Gündüz rahat edebilmesi için bir oda açın. Geceyi benim evimde geçirecek..."

"Yarın ha Yusuf? Yarın büyük gün..."

"Evet... Yarın..."

Özgür'ün heyecanı sesinden tel tel dökülüyordu. Dikkatimi, boyamakta olduğum postallarımdan ayırıp ona baktım. O sesin, insanda nasıl bir görüntü yarattığına dair en küçük bir fikrim yoktu, merakımı gidermek için bakmaktan başka bir çarem de yoktu. Bakmasam da olurdu aslında. Görmek neyi değiştirecekti ki... Yine de bir yanım, sevinci ile heyecanı arasında bir türlü normale dönemeyen o yüz ifadesini görmek için can atıyordu. Bir yanımsa...

O suskun kalan diğer yanımın ne dediği duyulmuyor, anlaşılmıyordu. Diğer yanım, nerede olursam olayım, bir çocuğun bedeninin içinde hapsolmuştu. Ruhu yenik, ruhu yitik. İçinde hayat olmayan, kayıp bir gezegen gibi, ne yeri belliydi ne yurdu. Koskoca evren içinde varlığı ile yokluğu hiç kimse, ama hiç kimse için bir anlam ifade etmeyen küçük bir nesneden ibaretti. "Yusuf Kırımlı, Denizli" künyesinin bana ifade ettiği anlam buydu işte. Hepsi bu kadar kısa ve bu kadar netti...

Yusuf Kırımlı'nın kimlerden olma, kimlerden doğma olmasının ne Yusuf Kırımlı için bir anlamı vardı artık, ne de etrafındakilerin. O zaman ne kadar da kara bir mizah anlayışıyla düşünürdüm bunu. Nasıl da özetlerdim kim olduğumu, nereden ve kimlerden geldiğimi. Asker kimliği içinde bundan ötesine ihtiyaç yoktu. Tertibin, adın soyadın, bir de memleketin belliyse, ondan ötesini hiç kimse sormazdı. Sorulmasından korktuğum sorular gelip bulmazdı beni.

"Bırak oğlum o postalları, yarın buradan bi bok almadan gideceğiz nasıl olsa. Kim bakar postallarına senin."

"Akşam içtimasında, asteğmenin karşısında da, böyle dersin o zaman."

"Kim lan bu akşam ki?"

"Tunay..."

"Vay anasını... Dur lan dur. Kaldırma cilayı, ben de parlatayım. Yoksa o herif, tezkereci mezkereci dinlemez."

Gülümsüyordum Özgür'ün haline. Öylesine tasasız, öylesine vurdumduymazdı ki, imreniyordum. Bir yıl boyunca gece gündüz aynı ortamı paylaşmıştık. Oradaki tek arkadaşımdı. Aslında asker olunca, birlikte olduğun bütün birlik bir şekilde arkadaşın oluyordu, ama Özgür'ün farklı bir yeri vardı bende. Onu tam olarak olmasa da, Cemil'in yerine koyuyordum. Ne zaman aklıma gelse, ki aklımdan çıkarabildiğim anlar çok nadir oluyordu, Cemil'i ve onunla paylaştığımız ortak kaderi düşünmeden edemiyordum. O ne yapıyordu? Nasıl yaşıyordu? O duvarın ardında bıraktığımdan beri orada neler oluyor ve Cemil'in payına neler düşüyordu o dünyanın seyrüseferinden?

Kaçmakla kendim için neyi değiştirmiştim, sıklıkla soruyordum kendime. Yanıtım yoktu. Kırık kanatlarım yine yerinde duruyordu. Ne onarabilmiştim onları. Ne uçabilmiştim semaya... Ayaklarım hâlâ görünmez bir çamurun içindeydi. Daha çok bir bataktı bu, kıpırdadıkça daha çok gömülüyordum. Ayaklarımın altındaki pisliği nereye gitsem yanımda götürüyordum. Hâlâ yalnızdım, hâlâ ne yapacağımı bilmiyordum. Tek bir farklılık vardı, birbirine ekleyip durduğum günlerin gecelerinde gördüğüm kâbuslarda ya da rüyalarda... Artık korkmuyordum.

Rüyalarımda değişmişti. Yesra'yı görüyordum yine. Ama ona sarılamıyordum. Uzaktan bakıyordum canımın yarısına. Dokunamıyor, bana sarılmasını söyleyemiyordum. Onu benden, sonsuza kadar almışlardı, biliyordum. Bir daha geriye vermeyeceklerdi. Bir daha, ısınmak nedir bilmeyen soğuk elleri, ellerinin soğuğunu unutturacak kadar sıcak yüreğiyle dokunmayacaktı bana. Yusuf'um demeyecekti bir daha...

Postallarımı giyip, yerimden kalktım. Yesra yoksunluğumu düşünmek beni delirtiyordu. Çaresiz deliliğimden kaçmak için, kıpırdamak zorunda hissediyordum kendimi. Yesra ah Yesra... Belki de bu deli Yusuf'un yolunu gözlüyordu.

Yusuf nerede Yesra? Neden gelip bulmuyor seni? Neden gel demiyorsun ona? Neden Yesra?

Asker yeşili giysilerimin ranzamın üzerinde duran devamına baktım. Hepsini hızlı bir şekilde giyerek, elime beremi alıp, aynı hızla terk ettim yatakhaneyi. Bu kez kendi sorularımdan kaçıyordum. Bu kez, içimdeki muhakemeden kaçıyordum. Nasıl bir erkektim ki ben; gücüm ablamı bulmaya yetmiyordu? Ne içimden çıkıp terk ediyordu beni Yesra, ne de yıllardır sesi geliyordu...

Bu aşk. Bu aşk beni, yok ediyordu.

Özgür ile birlikte çıkmıştık kapıdan. 15 ay boyunca bana bakan, karnımı doyuran, üstüme beni sıcaktan ve soğuktan koruyacak bir çatı, altıma, rahat bir yatak veren nizamiyeye son bir kez dönüp bakmıştım. Herkes asker ocağında çektiği sıkıntıları anlatırdı hayat boyunca. Ben ise, orada en rahat en sorunsuz günlerimi yaşamıştım. Ben alışkındım talimlere, nöbetlere, eğitime... Ben çocukken daha sıkı bir askerlik yapmıştım. Orada hem korkuyu, hem kimsesizliği öğrenmek zorunda kalmıştım bunlara ek olarak. Hayatıma damgasını vuracak olan, beni sağlıksız bir insan yapacak olan, terk edilmişlik hastalığımı o günlerde kapmıştım.

Daha bir iki adım atmadan, az ilerde bekleyen arabayı fark etmişti Özgür. Abartılı, özenti dolu, upuzun bir ıslıkla birlikte elini kaldırıp onu göstermişti bana...

"Ulan bazıları anasından ne kadar da şanslı doğuyorlar. Kimi bekliyor bu bebek acaba?"

O bebek beni bekliyordu. Durdum ve aracın kapısına dayanmış, kollarını göğsünde kavuşturmuş adama baktım. Larisa'yı kurtardığım gece, yanında olan adamıydı. Larisa'nın sağ koluydu Roni. Aslında bir Türk'tü. Ama Larisa ona, o adı koymuştu. Gerçek kimliğini, takma adların ardına saklayan biriydi o da. Beni görünce, iri yarı bedenini destek aldığı araçtan kaldırdı. Ağır adımlarla bir iki adım hareketlendi bana doğru...

"Geçmiş olsun evlat" dedi...

Neden orada olduğunu anlamamıştım. Onlarla bağımın kopmadığının farkındaydım elbette. O kadar ay boyunca, Larisa'dan her ay düzenli olarak para gelmişti bana. Ama bunu sırf bana olan borcunu ödemek için yaptığını sanmıştım. Askerliğim bitince, böyle bir karşılama beklememiştim.

Başımı sallayarak teşekkür ettim kendimce. Zaten Roni de daha fazlasını beklememişti. Özgür şaşkındı. O güne kadar benim kim olduğumu öğrenememişti. O an muhtemelen kafasında bir sürü senaryo yaratıyordu. Hayatı gırgıra almakta üstüne olmayan Özgür'ün yüzünü, ciddi ve kaygılı bir ifade bürümüştü. Aklından geçirdiklerinden pek de hoşlanmamıştı anlaşılan.

"Kimsin sen?" dedi sessizce.

"Hiç kimse" diye yanıtladım onu.

"Neden seni bekliyorlar o zaman?"

Benden önce, Roni yanıtlamıştı Özgür'ün sorusunu. Zaten benim arkadaşıma yapacak herhangi bir açıklamam yoktu.

"Bayan Larisa seni elimle alıp, ona götürmemi istedi. Oyalanmayalım daha fazla. Yolumuz uzun."

"Buna gerek yoktu."

Belki de vardı. Bilmiyordum ki. Larisa aylar boyunca bana para göndermişti. Belki de bir gün onun hizmetine girmem için yatırım yapıyordu. Kim kime karşılıksız bir şeyler verirdi ki hem... Elbette... Gidip ona çalışmamı bekliyordu... Borcumu ödememi istiyordu. Ama bankada biriken paralardan haberi yoktu onun. Gönderdiği her kuruş, birikmiş ve bir servet olmuştu. Tek bir kuruşuna elimi sürmediğimi bilmiyordu. Kimseden para istemiyordum. Askeriyede kaynayan kazanlar karnımı doyuruyordu. Lüks nedir bilmezdim ben. Sadece sigara içmeye başlamıştım artık. Sigara alıyordum dışarıdan. Her ay verilen asker maaşım bunu karşılamaya yetiyordu. Başka hiçbir şeye ihtiyacım olmuyordu. O ana kadar durum böyleydi, ancak artık beni başka bir hayat bekliyordu. Orada paraya ihtiyacım olacaktı. Para kazanmam gerekiyordu. Larisa'nın beni hatırlamış olması bu konuda işime yarayabilirdi. Askere alınmadan önce yaptığım gibi, onun barlarında çalışıp, kendime bir yer buluncaya kadar yine o barlarda uyuyabilirdim.

Altı saatlik yolculuğumuz bittiğinde, Özgür de yanımdaydı. O da benimle aynı şehre dönüyordu. İkimizi de İzmir ve İzmir sokaklarındaki çetin kavgamız bekliyordu.

"Beni burada bırakabilirsiniz."

Roni arabayı kenara çekerek durmuştu. Özgür, küçük valizini ve yanından ayırmadığı gitarını çıkarmıştı bagajdan. Artık veda zamanı gelmişti. Askerlik bitmiş ve bizim arkadaşlığımız da sona ermişti. Tokalaştık. Avucumun içine küçük bir kâğıt bıraktı. Göz göze bakıştık bir süre. Özgür huzursuzdu. Çocuk değildi. Yol boyu Roni'den işittiklerini değerlendirmişti. O adamın beni neden beklediğini, bundan böyle nasıl bir hayat yaşayacağımı az çok tahmin etmişti.

"Ara beni, ne zaman istersen ara."

"Gitar çalacak mısın yine bana?"

"Ne zaman istersen dedim ya..."

Özgür oturduğu apartmanın yolunu tutmuştu bile. Ardından bakıyordum. İnsanın bir evinin olmasının, önünde durup, içeriye yürüyebileceği bir adresinin olmasının nasıl bir şey olduğunu düşünüyordum. Geriye döndü ve bir kez daha baktı bana...

"Dikkatli ol Yusuf" dedi sıkıntıyla. "Dikkat et kendine."

Başımı salladım. Oyalanmadan arabaya bindiğimde, Özgür'ün söylediklerini tekrarlıyordum kendime...

Dikkat etmek. Neye? Kime? Nasıl?

....

"Özledik seni çocuk."

Larisa'nın bu tavırları canımı sıkıyordu. Yaşça benden büyük olması, ona bana uluorta "çocuk" deme hakkını vermiyordu. Bana sahip çıkmıştı. Sürekli arkamda oluyor ve beni koruyordu. Ona bağışladığım hayatın diyetini, o da benimkini kollayarak ödüyordu. Oysa benim böyle bir beklentim yoktu.

Hem ofis hem de ev olarak kullandığı, kuş uçurtulmayan, gözden ırak bir malikhanede yaşıyordu Larisa. Vurulduğum gece beni oraya getirmişti. İyileşinceye kadar orada kalmıştım. Sonrasında, gece kulüpleri ve barlarında çalışmıştım. Belli bir işim yoktu o zamanlar. Ortalıkta dolanıyor, kim ne isterse onlara bakıyordum. Getir, götür işlerini, bulunduğum mekânın temizliğini, alışverişini yapıyordum. Larisa'yı çok sık göremiyordum o zamanlar. Geceleri dolaşıyordu. Aynı yerde, uzun süre kalmıyordu. Her gece aynı mekânlara uğramıyor, değişiklikler yapıyordu. Bunun bir tür güvenlik tedbiri olduğunu anlamam uzun sürmemişti. Çünkü Larisa'nın yaşadığı hayat, tehlikeliydi. Kanun dışı bağlantıları vardı. Kanun dışı işler yapıyor ve bu nedenle başına bela olacak insanlarla aynı çemberin içinde dolaşıyordu. Her nedense, ölüm korkusu yoktu. Tedbirler içinde korunuyor olsa da, o bir gün yürüdüğü yol üzerinde, acımasızca yok edileceğini biliyordu.

Yanımda konuşulanlar sınırlıydı. Larisa zaman zaman beni önemsemeden gizli işlerinden bahsederken, adamlarının uyarı dolu bakışlarıyla kesiyordu sözünü. Dönüp işaret ettikleri yere, yani bana bakıyordu. Gülümsüyordu her seferinde Larisa; "O iyi bir çocuk. Ondan bize bir zarar gelmez" diyerek, yarım bıraktığı konuşmaya devam ediyordu.

Evinin, altın ihtişamıyla süslenmiş, muhteşem görüntüsü, hep olduğu gibi, yine gözlerimi kamaştırmıştı. Bu kadar zenginliğin var olabileceğini, ancak Larisa ile karşılaşınca öğrenmiştim. Aynı zamanda, bu kadar zengin olmanın, Larisa gibi bir hayat sürmekle mümkün olabileceğini anlamıştım.

Döndüğüm gün, arka bahçedeki dev havuzunun kenarında oturuyordu. Siyah bir mayo giymişti. Çıplaklığını sadece, beline doladığı küçük siyah bir tül parçasıyla gizliyordu. Gözlerindeki siyah gözlükler, onların etrafına dağılmış ıslak sarı saçlarıyla, asker ocağında bazı çocukların yataklarının altında sakladıkları ve geceleri ağızlarının suyu akarak baktıkları, kadınlara benziyordu. Kırmızı ojeli uzun tırnakları ve aynı renkte rujla süslenmiş dudaklarının arasında mekik dokuyordu, ince sigarası. Önündeki içki bardağı boşaldıkça, adamları tarafından dolduruluyordu.

Elimdeki banka cüzdanını önündeki masaya, viski kadehinin yanına bıraktım. O ise, bıraktığım şeyin ne olduğuna bakmak yerine, beni inceliyordu...

"Sizin yolladığınız paralar. Bir kuruşuna bile dokunmadım."

"Ne istiyorsun Yusuf, ne verebilirim sana?"

Omuzlarımı dikleştirdim. Başımı kaldırdım ve onun yüzüne baktım doğruca. Larisa'dan korkmuyordum. Kimseden korkmuyordum artık. Yalnız bir çocuktum önceleri, ama şimdi yalnız bir erkek, yalnız bir adam olmuştum. Birilerinin ardına saklanmak istemiyordum. Kaçmak da istemiyordum. Hayat Larisa'yı çıkarmıştı karşıma. Onunla ne yapabileceğimi, nereye kadar gideceğimi görmek istiyordum. Güçlüydü o, ama ben de güçlüydüm. Onun parası vardı, iş veriyordu. Benimse hem cesaretim vardı hem de verdiği işleri yapabilecek kuvvetim. Kalıplarım yoktu, doğrularım yoktu, inancım yoktu. Tek başına, içi boşaltılmış bir adamdım artık. Her yöne akabilecek, başıboş bir suya benziyordum.

"Bunları alın ve bana iş verin."

O gün Larisa'nın bana bakışlarını fark etmiştim. Yüzündeki şefkat ışıltıları, çok hızlı bir şekilde başka bir şeyle yer değiştirmeye başlamıştı. Eskiden sürekli yüzüme odaklanan mavi gözleri, artık bedenim üzerinde dolaşıyordu.

"Sana artık çocuk demek güç olacak Yusuf."

Büyüdüğümü nihayet anlamış olması hoşuma gitmişti. Artık bana herkesin içinde küçük bir çocukmuşum gibi davranmıyordu. Sık sık üzerime dalıp gitmiş ilgisini yakalıyordum. Sanırım bu beni de etkiliyordu. Bir erkek gibi hissettiriyordu bakışları. Dokunurken, hafifçe okşuyordu tenimi. İçimde bir şeyler dalgalanıyor, canım bir şeyler çekiyordu... Çok uzun sürmemişti Larisa ile yakınlaşmam. Bir gece, beni yanına çağırdı. Kulağıma eve birlikte gideceğimizi söyledi. Yanındaki adamlarla birlikte barın ofisine girerken, dönüp bir kez daha baktı bana. Olduğum yerde kalmıştım. Larisa'nın hâlâ kulaklarımda yankılanan davetkâr ve istekli sesinden ne olacağını anlamış ve ölesiye heyecanlanmıştım.

Uzun bir gecenin sonunda, öğleye doğru uyanmış ve kendimi dinlemeye başlamıştım. Larisa yoktu yanımda. Çoktan uyanmış ve kirli işlerine başlamıştı. O benim gibi değildi. O, o türden gecelerle fazla içli dışlı bir kadındı. Yorgunluğa da, yorgunluğunu çarçabuk atmaya da alışkındı. Oysa benim için, ilkti. Ben o geceye kadar erkek olduğumu sanırken, Larisa bana ne kadar tecrübesiz olduğumu göstermiş, bilmediklerimi öğretmişti.

Günler, ayları, aylarsa yılları getiriyordu ardı sıra. Yüzüm değişmişti. Sesim, duruşum, bakışım, tavrım değişmişti. Artık istesem de ürkek bir çocuk olamıyordum. İstemiyordum da zaten. İçinde bulunduğum çamura herkesten daha fazla yakışmıştım. Ayak işlerine de bakmıyordum artık. Çamurun içinde kök salıp, yükselmiştim. İronikti. Yaşamak için, ölümle burun buruna olmayı seçmiştim. Larisa'nın fedaisiydim. Ona gelecek her türlü tehdidin önüne kendimi koyuyordum. Larisa'nın değerlisi, ya da daha doğru bir ifadeyle, hem kölesi hem efendisiydim. O bana "sevgilim" diyordu. Oysa sevgiler, çamurun içinde boğulurdu. Her yanına kir bulaşır, kokusu ağırlaşırdı. Bunu çok sonra anlayacaktım. O günlerde, o koku ve kir içinde kendimi kandırmak işime gelmişti. Kendimi sevgiyi bulduğuma inandırmıştım. Çünkü açtım. Çünkü iliklerime kadar sevgiye muhtaçtım. Ama kendimi kandırsam da, bir an olsun mutlu olmamıştım. Yaşadığım hayatı kabullenmiş, kazandığım yeni ve güçlü imkânları sırf Yesra'yı bulmaya adamıştım. Geçmişimi bir bir anlatmıştım Larisa'ya. Onun yerin yedi kat altına uzanabilen ellerinin Yesra'yı da bulup getirmesini istemiştim. Yesra ile ilgili en küçük bir iz, geride bıraktığı tek bir sönük işaret yoktu. Onu verdikleri o adamla birlikte, kaybolmuştu. Zaman içinde, bildiğim bütün yuvaları dağılmış, herkes bir yerlere uçmuştu sanki. Gücüm yetmiyordu. Yesra'yı kime soracağımı bilmiyordum. Yesra'yı nerede arayacağımı bilmiyordum.

"Barlas, senin o arkadaşın var ya içerdeymiş. Yedi yıl yemiş."

"Cemil mi?"

"Evet."

"Ya Yesra?"

"Ondan hiçbir haber yok. Belki ülkede bile değildir."

Larisa, tıpkı bütün adamlarına yaptığı gibi, bana da başka bir isim vermişti. O bana, "Barlas" demişti. Etrafımızdaki herkes, Yusuf'u unutmuştu. Bir tek, ben unutamıyordum. Bana kim ne derse desin, kim nasıl hitap ederse etsin, ben Yusuf olduğumu biliyordum. İlk olarak o gün Larisa'nın gerçek adının Rana olduğunu öğrendiğimde, artık Yusuf olmaktan nasıl kurtulacağımı da anlamıştım. Ruhumu asla huzura kavuşturmayacaktı bu, ama beni reddedenlerin bağından sonsuza dek kopmak istiyordum. Önce Yusuf'u öldürmezsem, asla yeni biri olamayacağımı sanıyordum. Aldanıyordum... Yine aldanıyordum...

"Seninle yollarımız ikimizden biri ölünce ayrılacak."

"Nereden biliyorsun?"

"Hissediyorum. Biliyor musun Barlas? Babam öldüğünden beri, onun işlerinin başındayım ben. Ve bugüne kadar, hiçbir erkeğin benim için, fiziksel ihtiyaçlarımı karşılamak dışında bir anlamı olmamıştı. Seniyse, hissediyorum..."

Larisa'yı seviyordum. Ama bunun nasıl bir sevgi olduğunu tam olarak çözebilmiş değildim. Onu gördüğüm zaman sıcaklık hissediyordum. Daha çok ondan kaynaklı, bana akan bir sıcaklık. Sevginin türleri olduğu söylenirdi hep. Benim yaşayamadığım sevgileri çeşit çeşit gruplara ayırırlardı, duyardım. Duyar ama nasıl olduklarını anlamazdım. Bir tek o da çok kapalı bir şekilde ablamı sevmiştim ben. Benim büyüdüğüm dünyada, kız ve erkek çocuklar kardeş bile olsalar, birbirlerini gözleriyle dahi sevemezlerdi. İçten içe beslenirdi sevgiler, sanki yasakmış ya da günahmış gibi. Örtbas edilir, dışa vurulmaz, gösterilmezdi. Larisa'ya hissettiklerimse, ne ablama olan duygularıma benziyordu, ne aşka.

Aşk?

Larisa'nın gecelerini renklendiriyor. Onun benden olabildiğince faydalanmasını, benden alabileceğini son damlasına kadar almasını sağlamak için, sözünden çıkmıyor, bir dediğini iki etmiyordum. Bu da bir çeşit intikam değil miydi? Kendimi cezalandırıyordum. Mutlu olmadığım bir dünyadan gelmiş, mutluluğu arıyor, ama bulamıyordum. Borçluydum Larisa'ya. O gece beni yalnızca sokaktan değil. Ölümün elinden de almıştı. Bana yeni bir hayat vermişti. Karşılığını ödeme sırası bendeydi. O, beni evine getirirken, hayatındaki rolümü ve yerimi de çizmişti. Onun bana âşık olduğunu görebiliyordum. Oysa ben. Ben...

Ben istesem de, kimseyi sevemeyeceğimi biliyordum. Yüreğimin yerinde, oluk gibi bir boşluk vardı benim. O dipsiz boşluğun içinde, yaşamdan çok ölümü hissediyordum.

Sessizliği bozan Efser olmuştu. Çünkü Barlas, Nesil'in ardında bıraktığı öfke bulutunun içinde darmadağın olmuştu. Anlayamamıştı... Kibarca kovulmuştu ya da Nesil ona benzer bir şeyler ima ediyordu.

"Ben senin buraya yerleşmen için gece gündüz plan yapıp, hayal kuruyorum, sense; misafirliğinden bile çabucak sıkılıyor ve kaçıyorsun. Benim ki de işgüzarlık işte... Pehhh..."

"Efser Hanım" dedi sabırla, sakince ancak, bu konuda da rol yapmaya çalışıyordu. Zira sakin değildi, aksine içine düştüğü durum, genç adamın sinirlerini bozmuştu.

"Benim bir yere kaçmak ya da gitmek istediğim yok. Nesil bunu nereden çıkardı ben de anlamadım..."

Yaşlı Kadın, da sinirliydi. Kime inanacağını, hangisinin sözüne güveneceğini bilemiyordu.

"Vallahi, ben ikinizi de anlayamıyorum evladım. İkinizin de, Ekin'den farkı yok. Neyi neden yaptığınızı çözemedim gitti. Allah sonunuzu hayır etsin."

Genç adam başını çevirip merdivenlere baktı. Aklı iyiden iyiye karışmıştı. Nesil'in az önceki tavrına mazeret olacak, mantıklı bir neden arıyor, ama bulamıyordu. Az önce sakince konuşuyorken, birden bire neden böyle davrandığını çözemiyordu. Eğer, az önceki telefon konuşması ise; gece olunca eve döneceğini ikisi de biliyordu. Hem bunu isteyen Nesil değil miydi? Genç adamın tekliflerini geri çevirirken, ayrı hayatları olduğunu ve bunun böyle devam edeceğini üzerine basa basa vurgulayan Nesil değil miydi? Evlilik olmadığı sürece, konumları misafirlikten öteye gidebilir miydi? Başka ne çıkar yol kalıyordu ki geriye?

Genç adam Nesil'i çoğunlukla anlayamıyordu zaten. Nesil'in tavırlarının dengesi, ayarı yoktu. Kah sımsıcak bir el gibi uzanıyordu Barlas'a kah, fırtına kadar öfkeli bir yabancı oluyordu.

Dönüp Efser kadına bir kez daha baktı genç adam. Bakışları, kadına ne yapması gerektiğini soruyordu. Ancak bu kez karşısında, işbirlikçi, anlayışlı o ihtiyar değil, kınayan, kızgın bir kadın duruyordu. Orada da aradığı yanıtı bulamamıştı genç adam. Ona ondan başka yol gösterecek, yardım edecek hiç kimse yoktu. Neden bu hale geldiklerini anlamamıştı, anlamadan gitmek de istemiyordu. Ani bir kararla Efser'i ardında bırakarak, merdivenlere yöneldi. Ağır, ama tereddütsüz adımları üst kata ulaştığında koridorda durdu. Ekin'in odası dışında hiçbir yerini bilmediği bir evin koridorunda etrafına bakarken, kendini tam anlamıyla yabancı gibi hissediyordu. İzinsiz girdiği özle bir mülkün içinde, tıpkı bir hırsız gibi dolaşıyordu.

Ekin'in kapısı açıktı, ama Nesil odada yoktu. Önce, terasa çıkan odaya doğru yürüdü. Boştu. Yeniden koridora geriye döndüğünde, sadece bir odanın kapısının kapalı olduğunu fark etti. Bu kez gideceği yer belliydi. Nesil'in kendini oraya sakladığından neredeyse emindi genç adam. Kapıya yaklaşarak hafifçe dokundu.

"Nesil" dedi. Ses gelmemişti. Bir kez daha aynı şeyi tekrarladı genç adam. "Nesil, orada olduğunu biliyorum... Girebilir miyim?"

Kapı açıldı. Camdan doğruca yüzüne vuran güneş ışıklarıyla gözleri kamaştı genç adamın. Nesil'in sonra da onun yatak odasının ayırımına vardı.

"Neler oluyor Nesil?" dedi.

"Nasılsa gideceksin Barlas, ben de sütannemin akşam yemeği için boş yere yorulmasını istemedim."

"Gitmemi mi istiyorsun?"

"Zaten gitmeyecek misin?"

"Gideceğim tabii ki. Ama bu tavırlarının nedenini söyleyeceksin önce. Ne oldu Nesil? Neden birden bire kızdın?"

"Ne demek ne oldu Barlas? Telefonda konuştuklarını ikimiz de biliyoruz. Birileri orada seni bekliyor. Senin için özel biri olduğu ilginden belli. Ben de senin işini kolaylaştırıyorum işte. Gece yarısına kadar bizimle vakit kaybetme, onu da bekletme diye. Daha ne istiyorsun?"

"İzin ver de buna ben karar vereyim Nesil. Kimin yanında ne kadar kalacağıma, kime ne zaman gideceğime ben karar vereyim."

"Tamam, oldu öyle yapalım. Sen karar ver Barlas."

Genç kadın ellerini umursamaz bir tavırla iki yana açtı. Yüzünde, gergin bir gülümseme vardı.

"Şimdi izin verirsen, ben de kendi kararlarım için hazırlanayım."

Hızlı bir şekilde genç adama arkasını döndü ve giysi dolaplarına yöneldi. Askılar dolusu giysi o an ikisinin de bakışlarının odak noktası olmuştu. Barlas dönüp gitmek yerine içeriye doğru bir iki adım daha attı. Nesil'in davranışlarının karanlık sebebi, aklına vuran hızlı ve ışıklı bir şimşekle birlikte bir anda aydınlanmıştı. Nihayet Nesil'in bu beklenmedik saldırganlığının sır perdesi mantığı tarafından aralanmıştı.

Kıskanan bir kadının dengesiz tepkilerini nerede olsa tanırdı Barlas. Nasıl olmuştu da bunu en başından beri düşünememişti? Elbette bunun da bir nedeni vardı. Çünkü bu kez karşısındaki kadın, Nesil'di. Nesil'den böyle bir şey beklememişti. Hata etmişti. Ne büyük bir hata, ne büyük bir ahmaklık etmişti böyle. Canı sıkkın olmasına rağmen, o an gülümsemek geliyordu içinden. Bu ani ve içten gelen gülümsemeler de Nesil'in hediyeleriydi ona. Hoşuna gitmişti. Kıskançlık krizlerine tiksintiyle bakan o eski Barlas gitmiş, yerine bambaşka bir adam gelmişti. Çünkü, bu kıskançlık, genç adamı düşünemeyeceği kadar mutlu etmişti.

Yanılıyor olması da mümkündü elbette. Bunu da göz ardı edemiyordu. Rana ile başlayan karşı cins tecrübesi, yıllar boyu hızlı bir şekilde devam etmişti. Kıskançlığın, her türlü şekline bürünebilen kadınlarla tanışmıştı.

Nesil'in tepkileri de herkes gibiydi görüntüde, ama içeriği, derinliği, anlamı farklıydı. Nesil Barlas'ı, zehirli bir örümceğin ölümcül zarafetiyle aldatmıyordu. Ağlarını, Barlas'ın adının, cüzdanının, gücünün üzerine dolamıyordu. Nesil, bütün bunları defalarca terk etmek, reddetmek cesaretini göstermişti. O bambaşka bir şeyin peşindeydi. Barlas'ta olan, ama adı, güç, para olmayan, başka bir şeyin. Nesil'in, karşılaştıkları ilk adan beri, ona neleri ve kimleri hatırlattığını düşündü genç adam. Bu bir iç sorgu ya da duygusal analizdi. Bu da genç adam için, bir ilkti. Daha önce hiçbir kadın için, hiçbir kadının yanında, birlikteyken ya da ayrıldığında böylesine sorgulamalara girmemişti.

Sorularının hedefi ile birlikte, genç adamın sesinin ve Nesil'e dikkatle bakan gözlerindeki koyunun tonu da değişmişti.

"Neden bu kadar sinirlisin peki?"

"Sinirli falan değilim ben."

Barlas Nesil'e belli etmeden gülümsedi. Çünkü bu sırada genç kadın, gerçekte olmayan bir randevuya, neredeyse görmeyen gözlerle, giysi seçmeye çalışıyordu. Askıları sürekli olarak bir yönden diğerine savururken, sert hareketlerinden, kıskançlığının öfkesi dökülüyordu.

"Bütün bu şiddetin sebebi, telefon konuşmam değil mi Nesil? Birilerine beni beklemesini söylemiş olmam, ya da senin deyiminle ilgilenmiş olmam."

"Ya tabii. Başka işim kalmamıştı benim de. Kiminle ilgilenirsen ilgilen"

"Nesil, meleğim, bak bana..."

"Bana bir daha sakın, sakın öyle deme..."

"İstemiyorsan demem."

"İyi."

"Ama bu, böyle düşünmediğim, hissetmediğim anlamına gelmez, meleğimsin benim."

"Barlas, kelime oyunları yapma bana."

Genç adamın yüzünde alaycı bir gülümseme vardı.

"Ben ve kelime oyunları" dedi.

"Evet" dedi genç kadın inatla. "Sen ve kelime oyunları."

"Bunu yapabilseydim keşke."

"Yapıyorsun zaten."

"Yapmıyorum Nesil, hiç de yapamadım. Yapabilseydim, seni evlenmeye ikna edebilirdim."

"Kelime oyunuyla mı?"

"Evet... Bana neden hayır dedin Nesil? Çünkü, aşktan cümleler kuramadım sana."

"Aşkını istemiyorum senin."

"İstiyorsun. Bu yüzden geldin. En başında, bu yüzden geldin bana."

"Geldim, ama sonra da gittim. Gittim değil mi?"

"Ama yine geldin ve yine geldin. Yine gelecektin."

"Ekin olmasa... Senin yüzünü bile görmek istemiyordum ben."

"Ekin bizim sebebimizdi. Ama eğer o olmasaydı yine, başka bir şekilde..."

"Bir de kelime oyunu bilmem diyorsun, bunlar ne peki?"

"Aşk dediğin şey bu kadar mı önemli mi Nesil? Aşığım sana demediğim için mi reddediyorsun beni? Sırf bu yüzden mi? Peki, "Aşığım" diyen her erkek sence doğruyu söyler mi? O zaman tamam, ben de diyorum... Âşık oldum sana, bu yüzden evlenmek istiyorum."

Genç kadın sinirle gülümsedi. Bütün o karmaşık ruh haline bir de ölesiye pişmanlık eklenmişti şimdi. Barlas'a aşkını itiraf ettiği için delice bir pişmanlık hissediyordu. Garipti. Çünkü hâlâ ona âşık olduğu için değil, sırf bunu ona söylediği için pişmanlık duyuyordu. Barlas ne zaman suçlu olacaktı gözünde merak ediyordu genç kadın. Ne zaman, ona karşı etten bir duvar oluşacaktı yüreğinin önünde, ne zaman ifadesizce bakabilecekti onun yakışıklı yüzünde, bir açıp bir solan dayanılmaz gülümsemesine...

"Sana inanmadım" dedi alayla.

"Bu benim hatam dedim ya. Sana istediğin cümleleri kuramıyorum."

Aralarındaki ne bir tartışmaya benziyordu, ne de sakince yapılan bir konuşmaya. Büyük bir ateş çemberi vardı aralarında. Biri sürekli o çemberin içinde, diğeriyse dışında dolaşıyordu. Ne zaman birbirlerine yaklaşmaya kalkışsalar, ateşe değmeleri de kaçınılmaz oluyordu. Aralarındaki o ateş, ikisini de yakıyordu. Birbirini seven iki insanın olabileceği en kötü duruma gelmişlerdi. Birbirlerine yabancı olmaktan bir adım öteye geçemiyorlardı. İki yabancı gibi davranmaya çalıştıkça huzursuzluk, yakınlaşmaya çalıştıklarında ise acı hissediyorlardı.

Şimdi de ateşe yürür gibi yürüyordu Barlas. Nesil'e dokunmaya kararlıydı. Ona bu kadar yakınken, dokunmadan durmak, uzaktan uzağa sadece bakmak sabır duvarlarını zorluyordu. Nesil, söylediği, yaptığı, hatta şu an olduğu gibi, sessizce, kıpırdamadan durduğunda bile genç adamda ona ulaşmak, yakın olmak isteği uyandırıyordu. Nesil kollarını uzatıp ona bir kere sarılsa. Yine pınarındaki su gibi dupduru bir şekilde dudaklarından içeriye aksa. İçindeki zehrin, acının üzerini örtüp, genç adama bir kez daha o gece olduğu gibi bir gece yaşatsa. Belki de bütün o kasvetten arınacak ve Nesil'in önünde duygusuzluğun kabuklarından sıyrılıp, tıpkı bir yeni doğan gibi kalacaktı.

"Nesil" dedi genç kadının çenesini parmaklarının dışıyla okşamaya başlayarak. "Nesil, ben, ben seni bırakıp hiçbir yere gitmek istemiyorum. Nesil ben, aşk dediğin şeyin ne olduğunu bilmiyorum. Eğer sana yakın olmanın tek yolu buysa, eğer benim olmanın tek yolu buysa, aşkı anlat, aşkı öğret bana Nesil..."

Keşke aşk öğretilecek bir şey olsaydı. Aşk; herkesin yüreğindeki boşluğa göre şekillenen, herkesi farklı bir yerden vuran, herkesi başka bir iman ve başka bir ibadetle dolduran, öylesine sınırsız ve öylesine belirsiz bir kavramdı ki. Aşk bir evrendi. Sonsuzluğun içinde, milyarlarca tür barındıran, kimi ateşten, kimi ışıktan, kimi dumandan, kimi yeşilden, kimi beyazdan, kimi sudan, kimi topraktan... Milyonlarca farklı yıldız, canlı, cansız ve bilinmezden oluşan evren kadar zengin... Milyonlarca şarkıya, şiire ilham olacak kadar bereketli... Kimine umut getirecek kadar parlak. Kimini umutsuzluğa mahkûm edecek kadar karanlık. İşte bu kadar değişken, bu kadar tanımsız bir şeydi aşk...

Bir tek, tarafları net ve değişmezdi. Bir "seven" ve bir de "sevgili..."

Nesil sevendi... Barlas ise sevgili... Gerisi, anlatılacak ya da öğretilecek bir şey değildi. Yutkundu genç kadın. Barlas'a kucak açamıyordu, Barlas'a istediğini veremiyordu, her şeyden çok daha fazla istediği halde, Barlas'a yol gösterip, ışık olamıyordu. Hıçkırıklara boğularak bunun nasıl bir keder, nasıl bir kader olduğunu Barlas'a anlatamıyor, iki yanında iki düğüm olmuş ellerinin küçük yumruklarını Barlas'ın göğsüne vurup, "neden böyle" diye soramıyordu. Ustalıkla işlenmiş, güzel bir taş heykel olmaktan bir adım öteye gidemiyordu. Barlas'ın, samimi olduğunu hissediyordu ve en kötüsü de buydu işte. Barlas'ın, aşkın ne olduğundan haberi bile yoktu. Genç kadına, o ana kadar beslemediği aşkın, tarifini soruyordu. O andan itibaren âşık olsa bile nasıl inanacaktı buna Nesil? Üstelik Nesil'e göre, Barlas'ın buna niyeti de yoktu. Sadece, duruma uyum sağlıyordu. İçinde bulundukları şartları zorluyor, Nesil'i ve Ekin'i himayesi altına almak için ne gerekiyorsa onu yapmak istediğini, yapabileceğini söylüyordu. Hepsi... Bütün bu karmaşa, bütün bu ısrar, bütün bu yakarışın hedefi, amacı, yine gelip, Barlas'ın sorumluluk kavramı son derece gelişmiş olan vicdanının sesine dayanıyordu. Barlas hâlâ, kendince eksik olan parçaları tamamlamaya, daha doğru bir anlatımla, Nesil'i ikna edecek adımları atmaya çalışıyordu. Aşka sahip değildi ve olamıyordu... Nesil'e âşık olmak için, Nesil'in yardımını istiyordu.

Çıldıracağını düşünüyordu Nesil. Delilik, insanı işte böyle çaresiz ve böyle onulmaz zaaf anlarında buluyordu. İçine girdiği amansız düğümün çözülme umudunu ise gün gün yitiriyordu. O an ne istiyordu genç kadın. Daha fazla yara almadan, o arenadan bir an önce uzaklaşmayı elbette. Aşkın değişken oyunlarından biri de buydu. Bir ucu fedakârlığa, diğer ucu bencilliğe dayanıyordu. Girişken ruh, kalbin gözlerini kapatarak kör oluyor ve kendini bütünüyle aşka veriyordu. İncinmiş ruh ise, kendini geri çekiyordu. Nesil de incinmiş yanını duyuyor ve artık yalnızca onu dinliyordu. Barlas'la aralarına girecek, onu Barlas'tan uzaklaştıracak her türlü hatayı kurtarıcı olarak görmeye, daha önce aklından bile geçirmek istemediği seçenekleri gözden geçirmeye başlıyordu. İncindikçe, kalp ve mantık koordinasyonunu kaybediyor, tıpkı o gece onu Barlas'a hem götüren hem de gitmemesini söyleyen ikilemlerin tekrarını yaşıyordu. Daha fazla incinmemek adına, daha talihsiz bir serüvenin peşine takılmak üzere olduğunun ayırtına varmıyordu.

"Bir şey söylemeyecek misin?"

Barlas'ın sesini duyduğunda, bir kuyudan yukarıya doğru çekiliyordu sanki. Barlas'ın parmakları çenesini tutuyordu. Gözlerini eğildiği yerden kaldırdığında, ışığa muhtaçmış gibi bakıyordu. Barlas'ın gözlerinde, tutunabilmeyi umduğu imkânsız umudu arıyordu. Evet... Farklı bir şeyler vardı. Barlas, hep olduğundan çok daha talepkâr, çok daha davetkârdı. Dilinde, kupkuru sözcükler gibi duran o yakarış... Ama yüreğindeki isyanın sesi, her şeyi bastırıyor, gördüğünü sandığı o silik farklılıklarla birlikte, genç adama duyduğu aşkı ve o aşkın gücünü de inkâra zorluyordu.

"Ne söylememi bekliyorsun ki. Öyle imkânsız bir şey istiyorsun ki Barlas."

"İmkânsız diye bir şey yok Nesil. Ekin bunun en güzel kanıtı değil mi?"

"Bu bile daha olabilir bir şey. İnan bana, bu bile daha olasılık dâhilinde bir şey, ama senin dediğin, senin istediğin..."

"Kötü mü dediğim şey? Bunu istediğimi söylüyorum."

"Sen istiyorsun diye olmaz bu. Ben mi istedim sanıyorsun âşık olmayı? Ben, ben neye uğradığımı şaşırdım Barlas. Ben seni görür görmez, ne istediğimi, oraya neden geldiğimi, geriye döndüğümde neler olacağını, ben her şeyi bir yana bıraktım ve yalnızca..."

"Şimdi de öyle olamaz mı? Yine unutsan her şeyi."

"Ne için? Kim için?"

"Bu kez bizim için. İkimiz için."

Ekin için dememişti Barlas. Hatta o an için üç kişilik bir dünya kurmaya çalıştığını tümüyle unutmuştu. Bütün kartlarını Nesil üzerine, Nesil'i kazanmak için oynuyordu. Samimiydi. Gerçekten de aşkın ne demek olduğunu bilmiyordu. Hissettiklerinin bir adı olmalıydı elbette. Ama öylesine dağınık ve bölük pörçük hislerdi ki bunlar. Zamanla yerine oturmasını, ağırlığını ve varlığını sağlamlaştırmasını beklemekten başka çaresi yoktu. Ne Yesra'ya benziyordu Nesil'e hissettikleri, ne Rana, ne Zeliha, ne Güneş, ne de bir başkasına... Bir kadındı Nesil... Ama... Adıyla, tadıyla, hayatındaki duruşu, yüreğindeki o taze sızı ve içinde uyandırdıklarıyla, bambaşka bir kadındı.

Nesil'in de dikkatinden kaçmamıştı bu. Bu kez Barlas, Ekin için kurulacak yeni bir düzenden bahsetmiyordu. Yoksa yanılıyor muydu?

Tabii ki yanılıyordu. Gitgide daha çok sinirleniyordu genç kadın. Oyun içinde oyun gibi konuşmanın altındaki anlamı, kesin olarak bildiği halde, bilmezden gelebilmeyi yeğliyordu. Oysa gerçek, bir türlü kabullenmeye cesaret edemiyor olsa da, en parlak ve en acı haliyle gözünün önünde duruyordu. Barlas için Ekin, bambaşka bir anlam taşıyordu ve Ekin'i yanında istiyordu. Bütün çabası bunun içindi. Böyle araya giren şehirlerle yaşamak, Barlas'a zor ve yorucu geliyor olmalıydı. Hayatının mucizesine uzaktan bakmak ve sınırlı ziyaretlerde bulunmak genç adama yetmiyordu. Tek çare kalıyordu geriye...

Ne yana dönse, aynı sonuca varıyordu genç kadın. Bilincinin, hayal gücünün sınırları, önce olumlu bir sürü sebep koyuyordu önüne. Acımasız, aldatıcı saniyelerde ısıtıyordu içini. Sonra bütün sebepler aynı olumsuz sonuçta birleşiyordu. İşte bu yüzden, delireceğini hissediyordu Nesil. Kahrediyordu bu olumsuz sesler genç kadını.

"Olmaz..."

Kesin bir yanıttı bu. Yanıtı kadar kararlı bir adımla, geriye gitti genç kadın. Barlas'ın yakınlığı aklını lime lime etmekle kalmıyor, yüreğine de yeni kesikler atıyordu. Bir yanı "bırak kendini o elin dokunuşlarına, ne verecekse onunla yetin" derken, diğer yanı azap içinde kıvranıyordu. Yetinemezdi. Keşke yetinebilseydi. O, Barlas'a, bir gecenin şafağında, körkütük bir aşkın tutkularıyla hem yüreğini hem bedenini vermişti. O gece, karşılığında ne istediğini kendisi bile bilmiyor olabilirdi ama artık neden gittiğinden de, ne istediğinden de emindi. Barlas da aynı şekilde gelmeliydi ona. Bu bir düş bile olsa, düşünde bile, daha azına razı değildi.

"Olmaz..."

"Evet... Olmaz Barlas. Kesinlikle olamaz bu. Ben... Ben artık, seni istemiyorum. Dönüp dolaşıp aynı yere geliyoruz. Sanırım daha açık konuşmam gerekiyor. Ben artık..."

Ekin'in sesi, ikisinin yüzünü de arkalarında kalan kapıya döndürmüştü. Nesil yarım kalan cümlesini tamamlamayı bile düşünmeden yanından geçti genç adamın. Hızlı adımlarla oğlunun odasına girdiğinde, Barlas'ta yanındaydı. O da Ekin'in sesine, tıpkı Nesil kadar çevik ve süratle tepki vermiş ve aynı anda bebeğin karyolasının başında belirmişti. İkisi de aynı anda uzanmış ve aynı anda göz göze gelmişti. Tabii ki bütün bunlar bir anne ve baba için doğal reflekslerdi. Nesil, annelik içgüdüsü ve telaşıyla önceliği kendinde bulurken, Barlas'ın da bunu isteyebileceğini fark etmemişti. Yine de geri çekilen Barlas oldu. Ve Nesil Ekin'i kucağına alarak, konuşmaya başladı...

"Geldim bebeğim... Geldim..."

Nesil Ekin'i göğsünde sarıp sarmalarken, Barlas gevşeyen yüz ifadesiyle onlara bakıyordu. Az önceki huzursuz konuşmalar bile silinip gitmişti hafızasından. Sadece, artık yavaş yavaş görmeyi kanıksadığı ve her seferinde farklı bir ayrıntı yakalayıp, o ayrıntıyı yüreğinde bir yerlere nakışladığının farkındaydı. Ekin'e bakmak zaten başlı başına mutluluk kaynağıydı... Ama artık bir de, bir de Nesil vardı ki, aşk diye bir şey varsa o, aşktı işte Barlas için. Taptığına bakmak, baktığına tapmaktı yaptığı...

"Neden böyle huzursuz uyandın anneciğim?"

Sesindeki annelik sevdası öylesine belirgindi ki. Başını kaldırdı genç adam. Yüzüne baktı Nesil'in.

"Canım oğlum, seni seviyorum, seni çok seviyorum."

Kulakları, kızgın yağlarla yıkanmaya alışmış bir adamın, bir sevgi itirafını dinlerken bunu duyabilmesi imkânsızdı. Ve yıllardır duymamıştı da. Duyduklarının, sevgiyi anlattığını ya anlamamış, ya da inanmamıştı. Ama Nesil'in dilinde sevgiler anlam kazanıyordu. Nesil söylerken, insan sevginin varlığına inanıyordu. Nesil'i dinlerken, kesinlikle onu duyuyor, hayatındaki en büyük yoksunlukla da yüz yüze geliyordu Barlas. Ve metrelerce yüksekten, su üzerine çakılmış bir insanın hissettiği o anlık acıyı hissediyordu. Kulakları patlayacakmış gibi uğuldarken, göğsü, bedeni, teni, o çarpmanın etkisiyle cayır cayır yanıyordu...

O kadar uzun zamandır sevilmemişti ki. Hatta bunun zamanla falan da bir ilgisi yoktu genç adama göre. Hiç sevilmemişti. Nasıl bir şey olduğuna dair en küçük bir fikri yoktu. Biri sevdiğini söylediğinde, nasıl hissedilir, onu bile bilmiyordu. Ne bir annenin dilinden, ne bir sevgiliden, ne eşten, ne kardeşten...

Gözleri, yaşlara boğulmuş gibi ışıldıyordu. Ağlayacakmış gibi, düğüm düğüm oluyordu boğazı... Geriye döndü aceleyle, yüzünü cama verdi. Gözlerini ise sımsıkı kapattı. Aklı sıra düşecek yaşların önünü, göz kapaklarıyla kapatmıştı. Oysa o ana kadar ağlamayacağından adı kadar emindi. Adı mı? Adından emin miydi? Kimdi O? Nereden gelmişti? Neden yürekten bir sevgi sözcüğünün önünde böylesine tökezlemiş, dağılmış, dibe vurmuş ve eğilmişti?

Canının acısından önce, avucunun içindeki sıcaklığı hissetti. Pantolonunun cebinde yumruk olmuş elinde, arabasının anahtarını tutuyordu. Metal tenini yarmış olmalıydı. Parmağıyla yokladı. Sıcak ıslaklık parmaklarına bulaştı. Gevşetti ellerini. Gözlerini aynı anda araladı. Camdan dışarıya bakan yüzü, ızdırap içinde sararmıştı. Ne çok şey kaçırmıştı hayata dair. Hatta hiç karşılaşmamıştı. Hatta hayatın sıradan insanlara neler sunduğunu bile anlayamadan geçip gitmişti yılları. Kaçırmayı o istemişti. Geçip gitsin, bitsin bir an önce, o istemişti. Tutunamadıkça, çekmişti ellerini hayatın üzerinden. O halde neden şimdi böylesine kıvranıyordu?

Nesil bütün ezberini bozdurmuştu. Yarının ona ne getireceğini ya da ne getirmeyeceğini artık bilemiyordu. Artık yarını düşünürken, dünün aynılığını göremiyordu. Sanki bir kara delik açılmıştı genç adamın ruhunun önünde. Çok hırpalanacağını, yerden yere vuracağını tahmin ediyor buna rağmen, ürkerek baktığı o kara deliğin nereye açıldığını, onu nereye götüreceğini merak ediyordu.

"Banyoyu kullanabilir miyim Nesil?"

Ama her şeyden önce, elindeki kanı kurutması gerekiyordu. Nesil'e göstermeden, avucunun içinde açtığı yarayı kapatması gerekiyordu. Durduk yerde, kendi elini kana bulayan bir adamın, ürkütücü görüntüsünden, sırf Nesil'i ürkütmemek için kurtulması gerekiyordu. Avucun sımsıkı yummuş, cebinden çıkarmadan bekliyordu.

"Koridora çıkınca, sağdaki ikinci kapı."

Banyonun kapısını kapatarak sırtını yasladı. Mecbur kaldığı zamanlarda bu durum nasıl da zorluyordu genç adamı. Derin derin soluk alarak, kapalı mekâna kendini alıştırmaya çalıştı. Oyalanmadan, bir an önce lavabonun önüne yürüdü. Ne kadar çabuk hallederse, o kadar çabuk kurtulabilirdi oradan. Ellerini suyun altına soktu. Sıvanmış olan kandan kurtulduğunda, avucunun içindeki kesiği kolayca görebilmişti. Büyük değildi. Bir anahtar başı kadar dar, ama derindi. Suyu kızıla boyayan renk yıkadıkça bitmiyordu. Tezgâhın üzerindeki kâğıt havlu rulosundan birkaç parça kopardı ve avucunun içine sımsıkı bir tampon yaptı. Bir süre öyle beklerse, kanın yolunu kapatabilirdi. Aynaya baktı. Yüzündeki solgunluğu o an fark etti. Hasta gibiydi. Sabah evden çıkarken, aynada gördüğü adama fazlaca benzemiyordu. Sanki ışığı çekilmiş, neşesi kaçmıştı. Ya da, beklentileri arttıkça, aynı ölçüde umutları da azalmıştı. Nesil ile bir adım ileri yol almak şöyle dursun, sanki daha da gerilemişti. Çok mu önemliydi bu? Evet, önemliydi. Hem de dünden, bu sabahtan, birkaç saat öncesinden bile çok daha önemliydi şimdi.

Sıkıntıyla iç çekip ardından yine sıkıntıyla bırakıverdi genç adam. Başını çevirdi. Aynadaki aksi, ona aynı zamanda içindeki solgunluğun resmini de göstermişti. Etrafına bakındı. Renkler ne kadar da güzeldi. Banyo ne kadar da zevkliydi. Turuncu, açık yeşil ve kahverengi. Fayanslar, havlular. Böyle renklerin varlığını ve birbirine bu kadar uyumlu olabileceğini daha önce fark etmemişti. Tıpkı güneşli, çiçekli bir bahçe gibiydi. Belki de o yüzden, henüz tıkanmamış, nefessiz kalmamış, terlememişti alnı. Kendini bir yaralı gibi, soluksuz, ecelsiz koridora atmamıştı henüz. Bu iyiydi işte. Biraz daha bekleyebilir ve kanamayı kesin olarak durdurabilirdi böylece...

Kapının arkasında az önce yaslandığı yerde, bir bebek havlusu asılıydı. Onu gördü. Gülümsedi yüzü. Yaklaştı. Minik bir başlığı vardı ve başlığın üstüne yeşil renkli nakışlarla sıralanmış üç tane yavru ördek yavrusu işlenmişti. Barlas'ın sevince sağır kulakları, yüreğinin neşe sesleriyle dolup taşmaya başlamıştı. Bulunduğu yeri ve orada kapalı olduğu gerçeğini bile unutturmuştu. Sağlam eliyle havluya uzandı. Ucundan çekerek burnuna yaklaştırdı. Kokusunu tam olarak bulamasa bile, Ekin'e dokunmak gibiydi. Yüzünde sarhoş bir gülümseme, gözlerinde ise mutluluğun sürmesini saklıyordu. Kendinden geçmişti. Her ne olursa olsun hayatında güzel tatlar buluyordu. Ekin vardı bundan böyle ve onu var eden kadın. O minik havluya dokunurken, kendini onlara sımsıkı bağladığını his ediyor ve güç buluyordu.

Birkaç dakika sonra, elindeki kâğıt havluyu klozetin içine attı. Sifonu çekti. Lavabonun etrafına göz gezdirdi. Geride iz bırakmak istemiyor, dikkatli davranıyordu. Avucunu açtı. Yarası o an için iyi görünüyordu. En azından artık kanamıyordu.

Ağır ağır basamaklardan inerken, buna gerek olmadığını, konunun yeni bir yerden, farklı bir seyirle devam edeceğini bilemiyordu. Ama anlaması fazla uzun sürmedi. Nesil bir kolunda Ekin olduğu halde, salonda telefonla konuşuyordu.

"İyi. Ben sekize doğru hazır olurum. Görüşürüz Cem. Teşekkür ederim. Gerçekten de çok naziksin."

Sadece Nesil'in söylediklerini duyuyordu genç adam. Bir de Efser kadının ateş saçan bakışlarının odağı olduğunu görüyordu. Efser, sanki suçluyordu Barlas'ı. Sanki olup bitenlerin hesabını soruyordu ona.

"Bu görüşme, işle mi ilgili?"

"İş mi, hayır bunu da nereden çıkardın?"

"Peki, çok mu acil bir durum?"

Genç adam tehlikeli bir sakinlikle Nesil'in yanına yaklaştı. Kollarını uzatarak, Ekin'i kucağına aldı. Oğluna, gücüne güç katmasını umarak sarıldı. Güçlü parmakları bebeğin sırtını bütünüyle sarmıştı. Dengesini biraz da Ekin'in varlığına, o an kucağında olmasına borçluydu. Aksi halde, bir huzursuzluk ve sinir dalgasının içinde kaybolacağını hissediyordu. Nesil'e bakarken, kısmış olduğu gözlerinin üzerinden teninin derin çizgileri geçiyordu.

Nesil'e kızgındı. Evet, Nesil'in o yokmuş gibi davranmasına bozulmuştu. Nesil'in, başka biriyle yaptığı planlara deli olmuştu. Kıskanılmanın neye benzediğini gayet iyi biliyordu, ama kıskanmak onun için yeni bir duyguydu. İnsanın iç dengesini tehlikeli bir şekilde alt üst ediyor, dışarıya vuruşu çelik kadar sert ve soğuk oluyordu. Nesil'e bakan gözleri bütün çıplaklığıyla belli ediyordu bunu. Buna rağmen, söyleyeceklerini yumuşatmayı, kendini kontrol etmeyi başarıyordu.

"Bu akşam için, Ekin, sen ve ben, bir yerlere gideriz. Birlikte zaman geçiririz diye düşünmüştüm. Bugünün senin için uygun olduğunu söylemiştin" dedi.

"Sen Ekin'i özlemiştin Barlas. Onu görmek istediğini söylemiştin. Yanılıyor muyum? İstediğin kadar kalabilirsin Ekin'le. Onu götürmeyeceğim ki."

"Nesil, sen beni duymuyor musun? Dinlemiyor musun? Ben seninle evlenmek istediğimi söylüyorum... Sen ise... Randevular, başkaları... O adamın bu kadar yakınında ne işi var Nesil? Kim o?"

"Sen Ekin'in babasısın Barlas, ama benim hiçbir şeyim değilsin. Ona istediğin kadar yakın olabilirsin, ama sakın bana karışmaya ya da hesap sormaya kalkışma. Hem bizim ne olacağımız belli Barlas. Maalesef en başından belliydi bu ve sonu da belli."

"Nasıl bu kadar kesin konuşabiliyorsun Nesil? Daha başlamadan nasıl bitirirsin her şeyi? Biz henüz hiçbir şey konuşamamış ve bir sonuca varmamışken, sen nasıl tek başına karar verirsin?"

"Ben hep tek başımaydım."

"Bu benim suçum değildi."

"Sana suçlusun demedim."

"Ne dediğini anlamıyorum ki... Neden bizden bu kadar umutsuz olduğunu da anlamıyorum Nesil. Bir aşktır tutturmuşsun. Seninki de aşk mıydı acaba? Kim biliyor ki aşkın gerçekte ne olduğunu? Şimdi de o adama giderken yine aşkının peşinden mi gidiyorsun? Ben âşık bir adam tanıyorum Nesil. Ama onun aşkı seninkine hiç mi hiç benzemiyor. O senin gibi, "birini kaybettim diğerinin peşinden koşayım" demiyor. O bir kez âşık olmuş, âşık olduğu kadın öldüğü için, o adam da yaşamıyor. Sen bana olan hislerine "aşktı" diyorsan, o halde ben aşka inanmıyorum Nesil. Cidden inanmıyorum."

"Git buradan. Hemen git buradan Barlas ve bir daha gelme"

Evden uzaklaşıp, ilk benzin istasyonuna girdi genç adam. Pompalardan birinin önünde motoru kapattı ve arabadan indi. Depoyu doldurmasını söyledikten sonra, kalabalıktan uzaklaştı. Sinirden çatılmış kaşlarıyla cep telefonuna baktı. Son kaydettiği numarayı ararken, hayatının en hızlı kararını uygulamaya koyuyor ve aynı anda en berbat anlarından birini yaşıyordu.

"Merhaba Kayalı Sitesi'ndeki satılık daire için aramıştım."

Emlakçı ile sıkı bir konuşma yapmak zorunda kalmıştı. Çünkü istediği daire için birkaç saat önce birilerine söz verildiğini söylemişti. Adama komisyonu haricinde açıktan vereceği yüklü miktarı söyleyince, işin rengi anında değişmişti. Bu ikisi arasında kalacak bir sır olunca, adamın meslek ahlakı, iş etiği söylemleri de yön değiştirmişti.

"İsteriz ki, gerçekten çok isteyenler sahip olsunlar beyefendi. Ev sizindir. Yalnız ben satıcı ile görüşüp, onların onayını alacağım. Sonra sizi ararım."

"Çok uzamasın. Hemen haber bekliyorum sizden. Bu gece bana olumlu bir yanıtla dönerseniz, sabah paranız bankada olur."

Adamın yanıtını beklemeden görüşmeyi bitirdi genç adam. Kader onu, vaktiyle, arka sokaklarındaki çöp varillerinin ateşlerinde ısınmaya çalıştığı şehrin, en elit semtlerinden birine getiriyordu. Her şey tersine dönmüştü. O günlerde ailesini yitirdiği için bu şehrin sokaklarında zorunlu olarak yaşamaya çalışıyordu. Şimdi ise, bir aile sahibi olabilmek için kendi ayaklarıyla geriye dönüyordu.

Nesil onu evinden kovmuştu. Bundan böyle, Nesil geri adım atmadıkça, yaptığını telafi etmedikçe o evden içeriye adımını atmayacaktı. Oğlunu görmek için, Nesil'in iznini beklemeyecekti. Tam karşısına yerleşecek, oğlunu ve Nesil'i oradan kontrol edecekti. Bu kadın delirmiş gibi davranıyordu. İnadının ve soğukluğunun nedenini anlayamıyordu Barlas, yine de onun hissettirdiklerine ve getirdiklerine kayıtsız kalamıyor, Nesil'i gözden çıkarmaya cesaret edemiyordu. Yüreğinin sesi, Nesil için başka şeyler fısıldıyordu kulağına, ayartıcı cümlelerdi. Çok nette değildi, ama susmak bilmiyordu, durmak bilmiyordu.

Evden çıkarken, ne kadar da öfkeliydi. Gözü, kararmıştı. Nesil'e ettiği laflar ancak şimdi aydınlığa çıkıyordu. Neler söylemişti öyle? Nasıl kurmuştu o cümleleri? Ve neden yapmıştı bunu? Nesil'in duygularını, davranışlarıyla ölçmek ve bundan bir sonuç çıkarmak, onu hissettiklerinden ötürü yargılamak neyin nesiydi?

"Lanet herif" dedi kendine eziyet içinde. "Lanet... Sen ne anlarsın ki. Nasıl konuşursun öyle. O Nesil. O senin mucizen, o senin meleğin..."

Nesil'in yüreğindeki yerini, diline düşmüş sözcüklerle sağlamlıyordu. Evet. Yüreğindeki ses, genç adama bunları söyletiyordu. "O senin" derken, yüreğindeki sıcaklık artıyor, "o senin" derken, genç kadına beslemeye başladığı her türlü duygu biraz daha serpiliyor ve büyüyordu.

Gece yarısı olmuştu. Arabayı otelin devasa giriş kapısının önünde durdurdu. Motoru kapatmadı. El frenini çekti ve indi. Arabayı park edecek olan genç, bir baş selamıyla şoför koltuğuna geçti.

Omuzları ağrıyor, gözleri yanıyordu genç adamın. Bacakları uyuşmuştu. Saatlerdir mola vermeksizin araba kullanıyordu. Bedeni iflas eşiğindeyken, bu gecenin henüz bitmediğini fısıldadı kendine. Özgür'le birlikte geçireceği, uzun bir gece âlemi onu bekliyordu. Lobiye girdiğinde, kapıyı gören koltuklardan birinde buldu arkadaşını. Karşılıklı gülümsediler birbirlerine...

"Çok beklettim. Kusura bakma."

Sarıldılar. Bir yandan da onu en son ne zaman gördüğünü düşünüyordu Barlas. Bir yıl mı olmuştu? Yoksa iki mi? Zaman kavramından nasıl da soyut biri olduğunu bir kez daha anlayarak, düşünmekten vazgeçti. Ne kadar olmuşsa olmuştu işte. Görüşebilmişlerdi. Bir araya gelebilmişlerdi, önemli olan bu değil miydi?

"Gözüm yollarda kaldı. Bu kadar mı tesadüf olur be oğlum? Ben buraya geleyim, sen oraya git."

"Bundan sonra ben de sıklıkla oradayım Özgür. Komşu oluyoruz."

"Nasıl? Neden? Burası ne olacak?"

"Burası ben olmasam da işler. Gidecek başka bir yerim olmadığı için bu sınırlar içine kapatmıştım kendimi. Artık işler değişti. Baba oldum. Ve bir kadın var. Ve onlar oradalar."

Özgür parmağının ucuyla genç adamın omzuna vurdu ve hafifçe itti arkadaşını. Duyduklarına inanmadığı belliydi.

"Sen dalgacı bir adam değilsin diye, sözlerini ciddiye alarak dinliyorum Barlas. Ama eğer, benimle kafa buluyorsan."

"Çok ciddiyim..."

Yüzünde beliren gülümseme daha çok kabaran göğsünün görüntüsünü yansıtıyordu. Bu konudan bahsederken, elinde değildi genç adamın, gurur duyuyordu. Bilinçli bir şey değildi bu. Oğlundan ve Nesil'in varlığından bahsederken, kendini bambaşka biri gibi hissediyor ve öyle davranıyordu. Birilerine sevgiyle bağlanırken, sevgilerle çevrelendiği güzel günlerin hayalini kuruyordu. Çok uzak değildi sanki o günler. Hem artık, hayallerinde bile olmayan gerçekler yaşıyordu.

Elini kaldırdı. Parmağının hafif bir işaretiyle, barın önünde duran ve hazırlanmakta olan siparişleri bekleyen adamını yanına çağırdı.

"Buyurun Barlas Bey."

"Bizim için bir masa hazırlasınlar. Sessiz, gözden uzak bir yerde olsun. Bir de sigara istiyorum. Bardaki çocuklara söyle, benim paketlerden yollasınlar."

"Hemen efendim."

Özgür oturduğu yerden doğruldu. Minderini sırtına destek yaparak yeniden yerleşti koltuğa. Boğazında bir şeyler varmış gibi yutkundu. Temiz, pürüzsüz bir sesle konuşmaya başlarken, bir yandan da Barlas'ın yüz ifadesindeki farklı çizgileri yorumlamaya çalışıyordu. Barlas'ı neredeyse 15-16 yıldır tanıyordu. Eski ile yeni arasındaki değişiklikleri ararken, kendi çocuksu yüzünde, samimi bir ilgi taşıyordu. Aynı yaştaydılar Barlas'la. Genç adamı henüz Barlas olmadığı günlerden biliyordu. O günlerde iyi arkadaş olmuşlardı. Ama sırdaşı, dert ortağı değildi. O da, Barlas'ın hayatına giren herkes gibiydi. Barlas'ın geçmişindeki sır perdesinin bir adım ötesini görememişti. Hep kapalı bir kutu olmuştu Barlas. Nasıl bir dünden geldiğini, tanıştıkları günden önce nasıl bir hayatı olduğunu hiç bilmemişti. Defalarca sıkıştırmış, hatta ağzından laf almaya çalışmıştı. Ama Barlas'ın deli gibi içtiği ve kendini kaybettiği zamanlarda bile, geçmişiyle arasına ördüğü duvarı yıktığını, ondan bahsettiğini duymamıştı.

"Eeee... Kim bu kadın?"

"Oğlumun anası."

"O kadarını anladık. Kim olduğunu sordum ben."

"Onunla aynı şehirdesin diye tanıyacak mısın?"

"Yok be oğlum merak ettim. Evlendin mi peki?"

"Hayır. Evlenmedim, ama tutuldum sanırım" derken, yüzünde alaycı bir gülümseme vardı Barlas'ın. Yaptığı benzetmeye kendi de şaşırmıştı. Gerçekten de, hislerinin, Nesil'e olan bu yeni düşkünlüğün adı; "tutulmak" mıydı?

"Önce çocuğu yaptın, sonra mı tutuldun?"

"Bilmiyorum, belki de en baştan. Neyse..."

Barlas'ın da bundan öte herhangi bir açıklaması olmayacaktı. Konu açılmış ve kapanmıştı bile. Hem anlatacak ne vardı ki?

"Sen söyle? Ne arıyorsun burada?"

"Ekstra bir iş çıktı. Bir haftadır Marmaris'te bir barda çalıyordum. Dönmeden, sana uğrayayım dedim."

İstediği gibi bir hayat yaşıyordu Özgür. Gitara sözü geçen bir adamdı. Gitarını eline aldığında, etrafında bulunanları, bu dünyanın bütün gerçeklerinden alıp kaçardı. Onun gitarının sesini duyan hiç kimse, kayıtsız kalamazdı o tınılara, notalara.

"Gelmişken kal o zaman. Sezon bitene kadar burada çalış."

"Olmaz. Arkadaşlarla, işveren-işçi muhabbetine girmiyorum, biliyorsun."

"Kuralların hâlâ geçerli."

"Aynen. Sana sadece misafir olurum, eski günlerden konuşuruz, geleceğe takarız kafayı... Sonra da bu adam gider. Eeee hani ikramlar? Ne içiyoruz?"

"Sert bir şeyler Özgür, sert bir şeyler."

Verdiği yanıtla, kendine koyduğu yasağı delmiş, günlerdir sürdürdüğü direniş, ufacık bir bahaneye yenilmişti.

Bir bahane arıyordu. Çünkü karmakarışık olmuş ruhu, biraz yatışmaya muhtaçtı. Biraz uyuşmaya, biraz durmaya, soluklanmaya, biraz huzura. Zaaflarından kurtulmak, umduğu kadar kolay olmuyordu.

....

Üçüncü kez, ısrarla, uzun uzun çalıyordu telefonu. Artık kayıtsız kalamıyordu. Önemli olmalıydı. Banyosunu tamamlamayı bekleyemedi.

"Efendim" dedi, sakince...

"Bu da ne demek Barlas. Bunu bana sormadan, iznimi almadan nasıl yaparsın? Bu kadar yakınıma sokulmana kim izin verdi. Senin derdin ne? Sen nasıl..."

Kulağındaki tek kişilik kavga sesi, genç adamın dengede tutmaya çalıştığı sinirini körüklüyordu. Alttan almayacaktı. Altta kalmayacaktı.

"Boşuna bütün bunlar anlamıyor musun? Olmayacak bu iş Barlas. Oraya yerleşemezsin. Yerleşmeyeceksin. Bu şekilde, bana yaklaşabileceğini mi sanıyorsun? Beni ikna edebileceğini mi sanıyorsun?"

Susuyordu genç adam. Nesil konuştukça susmaya zorluyordu kendini. Bitirmesini, içindekini boşaltmasını ve sıranın kendisine gelmesini bekliyordu genç adam. Ama artık dayanamıyordu. Nesil'in tepkisi, içinde bir yerlerde, bir şeyler yakıyor, hatta yıkıyordu.

"Orayı senin için değil, oğluma yakın olabilmek için aldım Nesil."

Koca bir yalandı bu. Öylesine büyük bir yalandı ki; daha söylediği an, pişman olmuştu genç adam. Amacı sadece bu değildi. Nesil için başka duygular uyanıyordu. Kendinden inkâr edemiyordu, ama kendine bile açıklayamıyordu olanları.

"Bunu yapmamalıydın" dedi, yutkunarak genç kadın.

"Başka bir çare bırakmadın bana."

"Ben sana kızmıştım. Sen, sen çok kötü şeyler söyledin o gün."

"Her kızdığında beni oğlumdan mahrum edecektin."

"Hayır, bunu, bunu istememiştim."

"Ama yaptığın buydu. Affedersin Nesil... Aradığında banyodaydım. Telefon o kadar ısrarla çalınca acil bir şey olabilir diye çıktım. Ama durum, o kadar da acil değilmiş... Başka bir şey yoksa kapatıyorum."

Neden böyle kaba davranmıştı? Nesil'in ev olayına böyle bir tepki vereceğini içten içe tahmin ediyordu oysa. Onun kızgınlığı, Barlas'ı haklı çıkarmıştı. Belki de bu konuda haklı çıkmak istemiyordu genç adam? Asıl sorun buydu. Nesil'in, ona yaklaşmasına böyle karşı çıkması incitmişti genç adamı.

Yerinden kalktı genç adam. Yarım kalan banyosuna dönerken, yine, bir enkaza benziyordu. Adımlarını atacak, düşündüklerini yapacak, başladıklarını bitirecek gücünün kalmadığını, dünyada hiçbir şeyin onun istediği ya da hayal ettiği gibi olmayacağını hissediyordu. Kronik umutsuzluğu, bir kez daha, ama bu kez, Nesil'in az önce ruhunda açtığı yeni delikten içeriye süzülüyordu.

Neredeyse bir koca ömür sonra, yeniden damağında aynı tat ve burnunda aynı kokuyla uyanmıştı genç adam. Gözlerini açmadan burnunun bütün duyargaları harekete geçmişti. Barlas'ı çok uzaklara, yıllarca uzaklara alıp gitmişti.

"Ah be çocuk, zaten azıcık vardı. Onu da ikramlara katacaktım. Ah be oğlum... Hepsini mi yedin?"

"Bi avuçtu zaten anne... Eridi bitti..."

Dünyanın en güzel tatlarından, en güzel kokularından biriydi o çocuk için o şeker. Çabucak bitmesini istemez, yutmaya kıyamaz, dayanabildiği kadar evirip çevirirdi ağzında. İnadına nasıl da çabuk yok olup giderdi. Tıpkı evlerinin bulunduğu dar ve çıkmaz sokağa, kış günlerinde yağan kara benzerdi. Sokakta oynarken, ağzını açar, yüzünü havaya çevirirdi. Küçük ağzının sıcak çukuruna dokunan her kar tanesi, o yakalamaya çalıştıkça, su olup giderdi. Pudra şekeri de, onun için kar tanecikleri gibiydi. Geride tatlı tadını ve tatlı anıları bırakıp geçerdi.

Bu sabah ki bu perperişan hüznü ve harekete hazırlıklı neşesinin kaynağında, ortak bir tadın cilvesi vardı. Birbirine zıt iki yoğun duygunun gerisinde, bir çocuk avucu büyüklüğünde mutluluk ve koca bir ömürlük hasret vardı. Yatağında o sabah, bir yanda gülümsemeye çabalayan bir çocuk, diğer yanda ağlamayı unutmuş bir adam vardı. İki insanı, iki hayatı bir arada taşımaya, bir arada yaşamaya çalışıyordu. Yükü ağırdı.

Üzerindeki örtüleri tekmeleyerek sırt üstü döndü. Kollarını yukarıya kaldırdı. Bir kolunu yüzüne kalkan yaptı, diğerini boynunun altına yerleştirdi. Bu evdeki ilk sabahı, çok erken gelmiş ve beraberinde anılar getirmişti. Oğlunun yakınında olmak, onunla uyumak gibi gelmişti. Onu başka bir çocuğa yaklaştırmıştı aynı zamanda. İçindeki çocuk, bükük boynunu kaldırmış ve yüzüne bakmıştı bu sabah. Yaz güneşiyle döşenmiş odasında, karlı zihniyle uyanmıştı. Gördüğü bir rüya olsa bile, gözleri açıktı genç adamın. Zihninin tozlu odalarında uyku ile uyanıklık arasında dolaşırken, aynı zamanda sıla ile memleket arasındaydı.

Vakit henüz erkendi. Üzerindeki o ağır sıkıntıdan kurtulabilmek için yataktan kalktı. Pencereye yürüdü. Perdeyi hafifçe aralayarak dışarıya baktı. Gözleri alıştığı manzarayı aradı birkaç saniye boyunca. Yatak odasının camından, uçsuz bucaksız, eşsiz deniz mavisini görebileceğini umuyordu. Oysa sadece geniş bir bulvar ve yolun karşısındaki apartmanlar vardı. Evin ön cephesi büyük bir parka ve yeşil alana bakıyordu ama yatak odası arka taraftaydı. Bu görüntü içindeki kasveti arttırmaktan başka bir şeye yaramamıştı. Perdenin ucunu bıraktı ve odaya çevirdi bakışlarını. Nevhis evi yaşanacak hale getirmişti. Ama Barlas'ın gözü herhangi bir eşyayı ya da ayrıntıyı görmüyordu. Orada bulunma amacı belliydi. Ekin'e yakın olursa, belki de ona baba olabilirdi. Ekin'den uzak kalacaksa, yıllardır Barlas'ın bir türlü yapmayı başaramadığı o şey gerçekleşecekti sonunda. Sonunda kısa sürede ve hızlı bir şekilde yok olup gidecekti.

Saat dokuz olduğunda, artık beklemekten yorulmuştu. Salondaki uzun koltuğun üzerinden doğruldu ve kalktı. Sandalyenin kenarına astığı siyah gömleği aldı. Koridora doğru yürürken, parmaklarının yavaş ve telaşsız dokunuşlarıyla düğmelerini kapattı. Kollarını her zamanki gibi, dirseklerine doğru bir kez katladı. Portmantonun aynasının önünde son hazırlıklarını tamamladı. Ellerini saçlarının arasından geçirdi, kolları usulca iki yanına doğru inerken, dikkatle yüzüne baktı. Ne düşündüğünü kendisi de bilmiyordu. Yüzü, duygularına ev sahipliği yapmak, içindeki karmaşayı göstermek yerine, sus pus olmuştu. İfadesini kendisi bile okuyamıyordu. Yalnızca gözlerinde bir takım işaretler vardı. Onlar da gözbebeğinin kara gölgeleri altında hapsolmuştu.

Kapıyı açmadan önce bir an tereddütle ayakta kaldı genç adam. Ani bir kararla elindeki anahtarı cebine attı ve salona döndü. Sehpanın üzerindeki telefonundan Nesil'i aramaya karar verdi. Sabahın o saatinde kapısına dayanmak ve oğlunu almak istediği şeydi aslında, ama yine de çok doğru gelmemişti. Bir çeşit baskındı bu ve o evde Nesil dışında yaşlı bir kadın daha yaşıyordu. Bu davranış şekli, kızgın, kırgın, durgun, o an hangi ruh halinde olursa olsun, Barlas'a yakışmıyordu.

"Efendim."

"Günaydın Nesil."

Bir sessizlik oldu. Hiç olmazsa, Nesil'in de "günaydın" diyeceğini düşünerek bekledi bir an. Ancak sessizlik sürüyordu.

"Ben buradayım. Dün gece geldim. Evdeyim şimdi. Eğer uyandıysa Ekin'i alabilir miyim?"

"Uyandı Ekin."

"Alabilir miyim peki?"

"Alıp ne yapacaksın Barlas? Ekin henüz dört aylık bir bebek. Onun elinden tutup gezmeye mi gideceksin? Hambuger mi yedireceksin?"

"Ne yapmamı istiyorsun Nesil? Oğlumu görebilmek için nasıl bir yol seçmeliyim? Senin için hangisi daha doğru? Söyle de ben de bileyim?"

"Buraya gelebilirsin."

"Niye? Canın sıkıldığında beni yeniden evinden kovabilesin diye mi?"

"Barlas..."

Genç adam telefonu kapattı. Her seferinde yeni bir kriz yaşanıyor ve hemen ardından o kriz çetin bir savaşa dönüşüyordu. İleri geri dolanmaya başladığı salonda, ne yöne gideceğini bilmeyen kayıp bir yolcuya benziyordu. Duvar duvara yaşıyordu artık Ekin'le. Ama Nesil'in aralarına ördüğü duvardan aşamıyordu. Neden böyle davranıyordu bu kız? Barlas artık ondan hiçbir şey beklemiyordu. Evlenmek istemiyorsa istemiyor, zorlayacak değildi. Kendisi bilirdi.

Kapının zilini duyduğunda, o da kapıya doğru yürüyordu. Artık bu kavgalara bir son vermeleri gerektiğinin farkındalığıyla Nesil'e gidiyordu. Onu karşısına alacak ve buna bir nokta koymaları gerektiğini söyleyecekti. Bir kavga daha istemiyordu, çünkü huzursuz ruhu, girdiği her kavgadan bir hasar daha alarak iyice kendine gömülüyordu. Genç adamı, yaşadığı duvarların çok daha arkasına çekiyor, çok daha huzursuz ediyordu.

Nesil başı önünde, üzerinde mor bir sabahlıkla kapısının önünde duruyordu. Genç adamla karşılaştığı an, usulca başını kaldırdı. Yüzü tertemiz ve aydınlıktı, ancak gözlerinde hâlâ uyku mahmurluğu vardı. Saçlarını gelişigüzel bir şekilde tek bir tokayla gevşek şekilde toplamıştı. Öylesine doğal ve güzel görünüyordu ki, Barlas her sabaha onunla uyanıyormuş gibi, yadırgamadan, sakince genç kadını izliyordu. Şaşkınlıkla, kızgınlığı birbirini dengeliyor, genç adamın yüzü hafifçe gevşiyordu.

"Şey, günaydın..."

"Günaydın Nesil."

"Özür dilerim. Senden özür dilerim"

Dudaklarının arasında emanet duran, zorlukla, bir fısıltıdan ibaret çıkan bu sözcüklerin ne için olduğunu anlayamamıştı genç adam. Konuşmadı... Başını hafifçe bir yana eğerek kadına dikkatle baktı. Soruları bakışlarındaydı.

"Şey için..."

Kollarını göğsünde kavuşturdu Nesil. Barlas da aynı şeyi yaparak yüzüne odakladığı bakışlarını çekmeden bekledi genç kadını.

"Seni, yani sana, o gün sana git dediğim..."

"Beni kovduğun için..."

Genç adamın yüzü son derece gergindi. Nesil'in bir türlü ifade edemediği gerçek, işte bu kadar basitti. Bu kadar basit ve aynı zamanda bu kadar da ağırdı.

"İstersen, gelip Ekin'i görebilirsin. Az önce de dediğim gibi o henüz bir bebek. Sen, sen ona bakamazsın."

"Sen de gel o zaman..."

"Nereye?"

"Buraya, benim evime. Ekin geldiği zaman, sen de gel."

"Olmaz, bu olmaz. Sen..."

Ne diyeceğini bilememişti genç kadın. Barlas'a bir cevap bulamamıştı.

"Biz kahvaltıya oturuyoruz. Sütannem de gelmeni istedi" diyerek konuyu ve yanıt veremediği sorunun yönü değiştirdi genç kadın.

"Efser Hanım'a teşekkür ettiğimi söyle."

Barlas ise kararlıydı. Nesil'in gerçekten ne düşündüğünü anlamadan, bir kez daha o kapıdan girmek istemiyordu. Yüzüne kapanan kapılar, mahvetmişti genç adamı. Artık buna tahammülü yoktu.

"Barlas özür diledim. Lütfen, daha fazla uzatmayalım bunu. Ekin'i görmek isteyeceğin gerçeğini değiştiremeyiz. Ve sen ona bakamazsın, bu yüzden..."

"Ve sen de bu yüzden bana katlanmak zorundasın değil mi?"

"Bunu demek istemedim."

"Dediklerin buna çıkıyor Nesil."

Asansörün kapısı açılıp kapandı. Genç kadın ve Barlas aynı anda dönüp o yöne baktılar. Gelen apartman görevlisiydi. Nesil'i üzerinde sabahlıkla Barlas'ın kapısının önünde ve birbirlerine öyle yakın bir halde fısıldaşırken görünce adam önce ilgiyle dikildi karşılarında, sonra aniden gitmesi gerektiğine karar verdi. Bir iki adım geriledi, ama sonra bu davranışının garip olacağına hükmederek, gördükleri normal bir şeymiş gibi...

"Bir isteğiniz var mı diye soracaktım Nesil Hanım. Şey size de tabii beyefendi. Servise çıktım da" dedi.

İkisi de başını olumsuz anlamda sallayınca, adam da aklına hücum eden bir sürü soruyla birlikte tekrar asansöre bindi. O adamı daha önce Nesil Hanım'ın evinde gördüğünden emin oluncaya kadar birkaç dakika düşünmesi gerekmişti. Ama hatırlamıştı sonunda. Efser Kadın, onun misafir olmadığını söylemişti kısa bir süre önce...

Barlas ise, adamın Nesil'i o halde görmüş olmasından rahatsız olmuştu. Kendisi bakıyorken bir sorun yoktu. Hatta hoşuna gidiyor, Nesil ile aralarındaki bu samimiyet, görüntüden ibaret olsa bile içindeki kırgınlıkları azaltıyordu. Ama başkalarının onu o giysiler içinde görmesi genç adamın çatılmaya hazır kaşlarını harekete geçiriyor ve buna engel olamıyordu.

"Git artık Nesil. Üzerine bir şeyler giy..."

"Nesi var üzerimdekilerin. Çıplak mıyım ben?"

"Çıplak değilsin, ama çıplak olabileceğin yere uygun giysiler bunlar. Yatak odana, evine anlatabildim mi?"

Kızgınlıkla başını salladı genç kadın. Barlas'ın sık sık kendini göstermeye başlayan otoriter tavırlarına tahammül edemiyordu.

"Nerede, ne zaman, ne giyeceğimi senden öğrenecek değilim."

"Ben de nerede, ne zaman, ne söyleyeceğimi senden öğrenecek değilim."

"Biliyor musun Barlas, seninle ne yapacağımı bilemiyorum."

"Aynı şeyi ben de senin için düşünüyorum Nesil. Gece gündüz, aynı şeyi düşünüyorum."

"Bu evi almış olman hiçbir şeyi çözmüyor görüyorsun."

"Ben de çözeceğini düşünmemiştim zaten."

"O halde..."

"Çözeceğini umuyorum Nesil. Bir çözüm yolu arıyorum. Ekin için bunu bulmak zorundayız."

Yine sert birer kaya haline dönüşmüş, birbirlerine toslamaları ve canlarının yandığı kadar yakmaya da başladıkları o ruh hali içine girmişlerdi. Keskin dilleri kınında durmayı beceremiyordu.

İkisi de, yorgun, ikisi de çaresiz. Birinin dermanı ötekinde...

"Galiba haklısın. Birbirimize hissettiğimiz ya da hissetmediğimiz şeyleri bir kenara bırakmalıyız artık."

"Kenara ve zamana..."

"Seninle kavga etmeden konuşmalıyız Barlas."

"Keşke yapabilsek bunu..."

"Sanırım bir kez daha baştan almalıyız her şeyi."

"Oğlumuz için..."

"Evet, oğlumuz için..."

"Geliyor musun? İstersen kahvaltıdan sonra, Ekin'i alıp, birlikte dışarıya çıkabiliriz..."

Eve girdi, kapıyı özellikle açık tutarak beklemeye başladı. Barlas kendi kapısının önünde kalakalmıştı. Nesil onu bekleyerek, gelmesini istediğini söylüyor, ısrarcı bakışlarıyla, Barlas'ın kararsızlığını yenmek istiyordu. Bu sessiz ama ısrarcı davete daha fazla direnemedi genç adam.

"Ekin salonda..."

Barlas'a yol gösterdi genç kadın. Onun bir an önce oğluna kavuşmak istediğini biliyor ve bunu sağlamaya çalışıyordu. Ne de olsa, olayları kışkırtan ve Barlas'ı sık sık çaresiz bırakan kendisiydi. Bütün bunları, yalnız kaldığı anlarda uzun uzun düşünüyordu. Sürekli onu haksız göstermeye çalışsa da, asıl haksızın kim olduğunu biliyordu. İstemeden yapıyordu çoğu kez. Sıklıkla, duygularının sancıları ağır basıyor, can havliyle istemediği pek çok davranış sergiliyordu.

"Oğlum, oğlum... Oğluuummm..."

Barlas salona girmişti bile. Ekin'i kollarının arasına almıştı, kokusuna gömmüştü burnunu. Sesi kısılmıştı yine genç adamın, çatallaşmıştı. Ekin, babasına tıpatıp benzeyen gözlerini kocaman açmıştı. Gülümsüyordu bebeğinin yüzü. Kimin geldiğini anlamıştı. Hissetmişti. Sevgi böyle bir şeydi işte. Aralarındaki bağ, kendiliğinden belirmişti. Barlas onu kollarının altından sımsıkı kavramış ve havaya kaldırmıştı. Tıpkı bir pervane gibi, ekseni etrafında döndürüyordu. Gülüşmelerini duyuyordu genç kadın. İkisinin de zevkten çılgına dönmüş hallerini görüyordu.

Üzerindeki geceliği ve sabahlığı çıkarmak için, uygun zamandı. Merdivene yöneldiği an durakladı. Barlas, az önce kapı önünde, giysilerine laf etmişti. Neden yapmıştı bunu? Tekin'in görmüş olmasından rahatsız mı olmuştu? Erkekleri anlamak zordu. Kıskanmak, sevginin dolduruşuyla ortaya çıkan bir duyguydu sonuçta? Ve aşkın. Özellikle aşk kıskançlığı bir çeşit nöbetti. Delilikle eşdeğerdi. Çoğu zaman, sonuçları sebebinden ağır olurdu. Kendisi de sık sık yaşıyordu bunu. Sık sık kendini, Barlas'ın gününü ve gecesini paylaştığı insanları, kıskanırken buluyordu. Ama Barlas'ın onu kıskanması... Bu mümkün müydü? Bunun için insanın önce sevmesi ya da âşık olması gerekmiyor muydu?

....

Şehrin kuzey tepelerinden birine çıkmışlardı. Hem uzun süredir gözlerini matlaştıran sıkıntıları arkalarında bırakmak hem de Ekin'e temiz bir havanın kokusunu duyurmak için olabildiğince uzaklaşmışlardı merkezden. Öyle ki; son yaz sıcağının etkisi bile o yüksekliğe çıkınca azalmıştı. Ekin bebek arabasının içinde uyurken, üzerinde pamuklu bir battaniye vardı.

Aralarındaki sessizlik, tabiatın doğasıyla uyumluydu. Havadaki huzuru solukluyor ve kaçamak bakışlar dışında birbirlerine ilişmeden oturuyorlardı. İkisi de bundan şikâyetçi değildi. Evden çıktıklarından beri ağızlarından çıkan sözcükler iki elin parmak sayısını geçmemişti. Onlar da, Ekin'in rahatı, Ekin'in ihtiyaçları için gerekenlerdi.

Nesil'in aklında yüzlerce soru. Barlas'ın aklında tonlarca merak. Sürekli kafalarının ve kalp sandığının içinde devinip duran ayrıntılar. Dün ne olduğu bile belli değildi. Gelecekse gerçek anlamda bir esrar. Ekin'in dünyaya gelmesindeki sır bile aralanmamıştı henüz. Nesil'in, Nesil gibi bir kızın, Barlas'ın bir gecelik karanlığında ne işi olabileceği, ne aradığı, neden bunları yaşadığı tam bir bilinmezdi. Ve bugün neler hissettiği de öyle...

"Beni nerede gördün, ilk olarak..."

Genç kadın uzun süren sessizlikleri bozulduğu an hafifçe yerinde doğruldu. Bir süre durdu ve Barlas'a baktı. Onu ilk gördüğü anı hatırladı bütün çıplaklığıyla. O ilk anın büyüsü, önce gözlerinin önünde, sonra da şimdi yaralı olan yüreğinde canlandı. Anlatmaya kalkınca, ne kadar da inandırıcılıktan uzak görünüyordu. Ama ne kadar süratli bir etkilenme olduğunu kendisi biliyordu genç kadın. Bunda inanılmayacak bir şey yoktu ki, şimdi de aynı gözlerle bakıyordu Barlas'a. O ilk an şimdi olsa, yine aynı duyguların etkisinde kalacağı ortadaydı. Barlas yine aynı derecede yakışıklı ve aynı derecede farklı bir adamdı onun için. Ona bakarken, hâlâ hayran, hâlâ âşıktı. Eğer Nurcan Olcay'ın kızı olmasaydı, sırf içindekiler yüzünden Barlas'ın peşinden gitmeye razıydı Nesil. Gittiği yere kadar, dokunduğu her an, tenini titreten ellerine tutunmaya hazırdı. Bu kadarının ikisine de yeteceğine inandırabilirdi kendini belki, ama yetmediğini, yetmeyeceğini biliyordu. O gün annesinin gözlerinde, kazanmış olmanın zaferinden çok, şüphenin gölgelerini görmüştü. Yıllar geçmişti, hem de mutlu denebilecek yıllar. Ama yıllar sonra bile, şüphe gölgeleri mutluluğun üzerine çöreklenebiliyordu.

Genç kadın suskunluğundan sıyrılıp başını birkaç adım ötede duran arabaya çevirdi. Siyah otomobil, en az yanında oturan adam kadar göz alıcı ve çekiciydi. Nedensiz buruk bir gülümseme örtündü yüzüne Nesil'in. Kendi gerçekleri, belki de Barlas'a gülünç gelebilirdi.

"Onun içinde" dedi usulca...

Barlas'ta onun baktığı yere baktı. Arabasını gösteriyordu Nesil. Oysa ilk karşılaşmanın, otelde olduğunu sanıyordu genç adam. Şaşırmıştı. Nesil'in beklediği gibi alaycı değildi. Aksine meraklanmıştı.

"Ne zaman?"

"Otele geliyordum. Ben bir taksideydim. Sense arkamızdaydın. Sabırsızdın. Bizi geçmek istiyordun, ama yol uygun değildi. O kadar ısrarla kornaya basıyordun ki yol verelim diye, dönüp baktım arkama. O an... İşte..."

Genç adam düşünmeye çalışıyordu. Birilerinin ardına takılmak, onların kontrolünde, onların belirlediği hızda olmak Barlas'a göre değildi. Bu yüzden otomobil yerine motosikleti tercih ederdi. Nesil'in bahsettiği sahneyi kim bilir kaç kez yaşamış, kaç kez tekrar etmişti.

"Peki sonra?"

"Otelde de arabayı görünce, merak işte..."

"Tanımadığın birine karşı..."

"Evet."

"Tuhaf değil mi?"

Genç kadın sandalyelerinin ortasında, bebek arabasında uyuyan oğluna baktı. Gereksiz yere, battaniyeyi düzeltti ve Ekin'in başını hafifçe okşadı.

"Evet, tuhaf gerçekten."

Ekin'in varlığı ile oyalanarak konuşmanın seyrini yavaşlatmışlardı. Ama yeniden aynı yere döneceklerini biliyorlardı. Ve ilk kez bu kadar sakin ve denge içinde konuşuyorlardı. Barlas başlamıştı sormaya, ama Nesil'in de soracakları vardı elbette...

"Peki ya sen?"

"Ben?"

"Sen ilk ne zaman fark ettin beni?"

Gülümsedi genç adam, ama hazindi. Çünkü Nesil'i hatırlamak için, onu ölümün kucağından aldığı ana kadar gitmesi gerekmişti.

"Senin 'imdat' çığlığını duyduğumda..."

Barlas'ın gülümsemesi bu kez Nesil'in dudaklarına da ulaşmıştı. Ve tıpatıp aynıydı. O da buruktu. Ölümün soğukluğunu hissetmişti üzerinde. Hafifçe titremişti elleri.

"Oysa ben, o ana kadar sende bir farkındalık yaratabilmek için debelenip duruyordum. Bunu başarabilmek için, o noktaya gelmem gerekiyormuş. Bu da tuhaf değil mi?"

"Evet" diyerek yanıt verdi genç adam...

"Ya sonra?"

Sonrasında ne vardı ki? Bir çift güzel göz kalmıştı genç adamın aklında, o da kolayca unutabileceği bir izdi. Acılarını unutabilmek için, hafızasını her gün sildiğini ve bunu yaparken güzelliklerin de gözünün önünden çarçabuk yok olup gittiğini nasıl anlatacaktı şimdi genç kadına?

"Sonra ne?" dedi umutsuzca...

Sormak da, meraklı olmak da böyle oluyordu işte. Soru soruyu, merak merakı doğuruyordu.

"Hiç merak etmedin mi beni? Beni kurtardın ve bitti olay... Bu muydu?"

Daha kelimeler ağzından çıkar çıkmaz pişmanlıkla yerinde kıpırdadı genç kadın.

"Affedersin, bunun için hesap sormam saçma. Tanımadığın biriydim. Neden merak edecektin ki?"

"Ettim Nesil. Haber aldım sürekli senden. Seni kurtarmam bir yana, ben o otelin sahibiyim. Böyle bir kazanın sonucunu takip ettim elbette."

Saçmalıyordu Nesil. Ve bunu anlamakta gecikmedi. Barlas onu kurtarmış ve yetkin ellere teslim etmişti. Daha ne olmasını bekliyordu ki? Denizden çıkardığı yarı ölü bir kızın gözlerinde, kendine beslenen aşkı görmesini ve bundan etkilenmesini mi?

"Evet, haklısın. Artık bırakalım mı bu soru cevap oyununu?"

"Bu bir oyun değil Nesil. Sondan başladık ve başa dönüyoruz. Birbirimizi az da olsa tanımamız ve anlamamız gerekiyor."

Bunları söyleyenin kendisi olduğundan şüpheliydi genç adam. O değil miydi sorular geldikçe soğuk soğuk gerginlik terleri döken? Kendini açık edip, Barlas'ın bütün sırlarını ortaya dökmekten çekinen?

İşin özü şuydu ki; soruları soranın sadece kendisi olmasını istiyordu. Nesil sadece yanıt verecek ve Barlas Onunla ilgili her şeyi öğrenecekti. Tek taraflı bir sözleşme istiyordu genç adam. Çünkü bir yanı delicesine Nesil'e yakınlaşmak isterken, diğer yanı bu yakınlığın aralarına yığıp bırakacağı gerçeklerden korkuyordu.

"O halde, bir şey daha sormak istiyorum Barlas."

Başıyla onay verdi genç adam. Gözlerini Nesil'in gözlük camlarının ardında kalan gözlerinden kaçırdı aynı zamanda. Hafifçe dönerek manzaraya bakmaya başladı. Nesil onun sıkıntıyla soluduğunu duyamamıştı. Aynı anda, gömleğinin cebindeki sigara kutusunu çıkardı genç adam. Bir sigara aldı ve parmaklarının arasında çevirmeye başladı.

"Ailemin cenazesinde ne işin vardı. Beni nasıl buldun?"

"Bu zor olmadı. Bulmam yani."

"Ama neden yaptın bunu?"

"Nedeni yok. Geldin ve kaçıp gittin. Ne durumda olduğunu bilmiyordum."

"Daha çok şey bilmek istiyorum Barlas..."

"Daha fazlası yok."

Parmaklarının arasında çevirdiği sigarayı, dudaklarının arasına yerleştirdi. Bir iki adım uzaklaştı onların yanından. Gri dumanı havaya savurdu.

"Nasıl buldun beni?"

"Adresini ve aileni kaybettiğini, seni evine götüren taksiciden öğrendim."

"Beni bırakıp geriye dönünce mi?"

"Evet..."

"Gidip adama mı sordun?"

"Evet."

Tamam değil miydi artık? Nasıl olduğunu sormuş ve cevabını almıştı Nesil.

"Peki sonra?"

Ama bitmemişti. Nesil devam ediyordu.

"Sonra da geldim işte Nesil."

"Ve pişman oldun."

"Hayır."

"O halde neden beni görmeden geriye döndün?"

"Doğru olan buydu çünkü. Ya da o an öyle düşünüyordum. Şimdi bu yüzden çok kızıyorum kendime."

"Şimdi neden kızıyorsun ki?"

"O zaman seni görmeye cesaret edebilseydim. Ekin'den de haberim olurdu."

"Cesaret edemedin mi?"

O kelimeyi kullandığı için kendine kızdı genç adam. Gerçekten de o günkü korkaklığını hatırlamış ve bilinçsizce, dürüst davranmıştı.

"Yanlış bir ifade kullandım" dedi. Hızlı bir manevra ile inkâr yoluna girmişti.

"Doğrusunu kullan o zaman."

"Nesil... Bak..."

"Anlayamıyorum Barlas. Lütfen yardım et bana... Bu benim için çok önemli. O gün ne düşündüğünü bilmek benim için çok önemli."

"Anlaşılmayacak bir şey yok Nesil. Gelmem gerekiyordu... Senin ne durumda ve kimlerle olduğunu görmem gerekiyordu... Bana ihtiyacın olup olmadığını..."

"Ahhh evet, işte bu... Hayırsever Barlas işbaşında. Bunu neden hep unutuyor ve göz ardı ediyorum ki?"

Bu konu açıldığından beri sonunun işte bu yamaca varacağını biliyordu genç adam. Tahmin ediyordu. Başka bir yere varmaları mümkün değildi. Saatlerdir onları yakınlaştıran huzur, bulundukları tepeden aşağıya çekilmiş gibiydi.

"Nesil..."

"Baktın ki, kızın maddi gücü, imkânları iyi, etrafı sağlam, eş, dost, akrabası bol... O durumda sana fazla bir iş kalmıyordu tabii. Sen de rahatlayarak dönmüşsündür geriye."

"Etrafında gördüklerim konusunda haklısın."

"Ama yanılmışsın. O gün sana herkesten çok ihtiyacım vardı benim. Sana âşık olmuştum Barlas... Hayatıma, düzenime, doğrularıma sırtımı dönecek kadar kaybolmuştum duygularımda. Canlarımı kaybetmiştim, hamileydim, bir gün onu aldırmak için randevu alıyor, ertesi gün kararımdan dönüyordum. Kimseye söyleyemiyordum bunu, ama her gece, her gün gelip bizi bulman için yalvarıyordum sana."

"Söylemeliydin bana. Bilmeliydim."

"Hâlâ aynı şeyi söylüyorsun... Benim duygularımın sende karşılığı yoktu ki Barlas. Olmadı... O zaman bilsen de değişen bir şey olmazdı ki. Ekin'in karnımda ya da doğmuş olması neyi değiştirir ki... Şu andan farklı olmayacaktı durumumuz."

"Olabilirdi."

"Olabilir miydi?"

"Evet olabilirdi."

"Ne olabilirdi Barlas? Sanırım yine evlilik konusuna gelip çattık. Evlenmiş olabilirdik demek istiyorsun herhalde?"

"Bilemiyorum, ama farklı olabileceğini düşünüyorum."

"Neye dayanarak konuşuyorsun ki böyle? Senin ve benim evliliğe bakışımız o kadar farklı ki... Sen sırf çocuk sahibi olabilmek için evlenebilen birisin. Sana göre evlilik, imzalanan akitle yürüyor. Benim içinse öyle değil."

"Bu şekilde yapılmış bir sürü evlilik var Nesil. İnsanlar çoğu kez sadece duygularıyla hareket etmiyor."

"Erkeklerin duygulara çok fazla itibar etmediğini biliyorum. Sizin için evlilik, ilişkileriniz kadar sıradan bir durum."

Genç kadın sandalyesinden doğrulmuş ve o da Barlas gibi gözlüklerini çıkararak masanın üzerine bırakmıştı. Hiçbir şeyin ardına saklanmak istemiyordu.

"İlişkiler de tek taraflı yaşanmıyor Nesil. Tıpkı evlilik gibi, ilişki için de erkeğin yanına bir kadın gerekiyor. Ve pek çok kadın, evlendiklerim de dâhil, duygular konusunda benden çok farklı düşünmüyorlardı. Herkes için uygun şartlar konulmuştu ortaya. Tıpkı benim isteklerim gibi, onların istekleri de belliydi. Erkek için sıradanlıksa bu, kadın için de öyleydi."

"Ama gördüğün gibi yürümediler."

"Neden yürümediklerini bilmiyorsun. Sorun duygusal eksiklikler değildi."

"Ya neydi?"

"Boş ver"

"Neden boş veriyorum"

"Çünkü bunların bizimle bir ilgisi yok"

Haklıydı Barlas. Bu konunun onlarla bir ilgisi yoktu. Zaten neden bu konuda konuştuklarını da anlayamamıştı genç kadın.

"Senin hakkında hiçbir şey bilmiyorum."

Nesil'in cümlesi, o anki durumlarını özetliyor ve geldikleri noktayı açıklıyordu. Asıl konu buydu. Barlas'ın dış görünüşünün ardında, nasıl bir adam olduğunu anlamak istiyordu.

"Gördüğün gibi bir adamım işte."

"Böyle mi kalmak istiyorsun?"

"Anlamadım."

"Ekin hep böyle kalmayacak Barlas. Büyüyecek, bana senin hakkında sorular soracak. Ona senin dış görünüşünden başka hiçbir şey anlatacak durumda değilim. Bir ailen var mı mesela? Ekin'i onlarla tanıştıracak mısın?"

"Ailem yok."

"Annen, baban ya da kardeşin."

"Yok."

"Hiç kimse mi?"

"..."

"Öldüler mi peki?"

"Nesil, kapatalım mı bu konuyu?"

Genç adamın tavırlarındaki denge tehlikeye girmişti Nesil'in soruları, ruhunun en hastalıklı taraflarına dokunuyor, genç adam, acı, nefret ve en çok da içindeki boşluk sebebiyle terliyordu. Bedeni kasılıyor, nefesi daralıyordu. Düzensiz nefeslerinin göğsünü zorladığı, Nesil'in oturduğu yerden bile görünüyordu.

"Özür dilerim" dedi genç kadın. Barlas'ın bu konuda saklı bir yarası olduğunu anlıyordu. Merakı öylesine büyüktü ki; üzerine gitmek ve gerçeği duymak için sabırsızlanıyordu. Ama bir yanı, o sevdiklerini kaybeden yaslı yanı, bunun hiç de doğru olmayacağını fısıldıyordu vicdanına...

"Seni üzdüysem, özür dilerim."

"Sen üzmedin beni." İçindeki tekrarın biri gidiyor diğeri geliyordu. Onu üzenler, ona yıllarca yol gözleten, geçen zamandan, sabır diletenler, onu bir yük trenine verilmiş, adrese teslim bir eşyadan farksız kılanlar... Hayatın çirkefinden sakınmak yerine, dosdoğru içine atanlar... Varken, yok eden ve yok olanlar... İnanç işlemeye çalışırken, inancını alanlar... Sevginin eşsizliği yerine, nefreti koyanlar... Dışını sert bir kabuk, içini ise küflenmiş bir oyuk yapanlar... Onlar üzmüştü genç adamı...

"Sen üzmedin beni" dedi içinden onlarca kez... "Sen üzmedin beni..."

Kendini toparlaması fazla zamanını almamıştı. Görüntüsünü normale döndürmek, onun için çocuk oyuncağıydı. Görüntü, kolayca değişebilirdi. Zor olan, unutabilmekti. Buysa mümkün değildi. Ne unutabilirdi olanları, ne alışabilirdi. Üzüntüyü, geldiği gibi hızlı bir şekilde, ruhunun derinlerine itebilir, üzerini bir kez daha kalın bir yorganla örtebilirdi. Hep yaptığı gibi, arkasını döndüğünde, Nesil'in bildiği Barlas olabilirdi. Kollarını, bulundukları mekânın sınırını belli eden ve güvenliğini sağlayan bahçe çitlerinin üzerinden kaldırdı. Derin bir nefes aldı. Bu da bir hazırlıktı. İçine gömmeye yeminli olduğu sırlarını, o nefesle birlikte, olabildiğince derinlere yollamış, başka bir an ve başka bir gün, yeniden ortaya çıkıncaya kadar, hissettiği acıyı saklamıştı.

Nesil'e bakmaya da hazırdı artık. Bir tek şey istiyordu. Küçük bir yardım bekliyordu genç kadından. O da, bu konuyu kapatmasıydı. Bunu konuşamazdı. Anlatamazdı. Yüreğinde saplı duran bıçağın yarası, anlatamayacağı kadar ağırdı. Zaman zaman hafifçe kıpırdıyor, sonra tekrar batıyor, varlığını acısıyla belli ediyordu. Ne yerinden çıkıyor, iyi ediyor, ne öldürüyordu genç adamı.

"Acıktın mı?" dedi işini şansa bırakmadan. Konuyu değiştirmek için bu iyi ve yerinde bir mazeretti.

Oysa Nesil, üzerine gitmeyecekti. Tedirginliği yersizdi Barlas'ın. Nesil, onun sarsıldığını ve üzerinde konuştukları konu ile bir anda içine kapandığını fark etmişti. Onu üzmüş olmak, bu kez Nesil'i de huzursuz etmişti. Bu diğer tartışmalarına benzemiyordu. Barlas yüzünü hızla Nesil'den kaçırmış ve uzaklara çevirmişti. Ama geç kalmıştı. Nesil, onun ifadesinde, derin bir acının, çizgilerini yakalamıştı. Uyandırdığı meraksa, büyümüş ve bütün benliğini kaplamıştı. Neden böyle olduğunu soramıyordu... Çünkü bu bir tartışmaya malzeme olamayacak, inatlaşmayı, zorlamayı kaldıramayacak kadar önemli ve hassas bir duruma benziyordu. Anlayışlı olmayı seçti Nesil. Şimdilik bu konuyu unutmuş ya da önemsememiş gibi davranmayı seçerek, genç adama, ihtiyacı olan zamanı veriyordu. Belki ileride, neden böyle olduğunu öğrenebilirdi. Ama şimdi değil.

"Evet... Ama evde yerim artık."

"Neden? Şimdi, birlikte yiyelim. Hem sen, sen kalmamalısın" dedi sevecen bir tonla ve imayla.

Şaşırmıştı genç kadın. Biraz da utanmıştı. Emziren bir anneydi. Bunu etrafındaki herkes biliyordu. Ama Barlas bu konuda imada bulununca, yadırgamıştı. Onun bunun farkında olduğunu bile bilmiyordu. Bu anlık değişiklikler, insanı nasıl da serseme çeviriyordu. Onun için, dünyanın merkezi olan bir erkekle böyle mahrem yakınlıklar içinde olmak... Kendini keşfedilmiş bir kadın gibi hissediyordu. Ve bu duygu genç kadına, dayanılmaz bir heyecan veriyordu.

"İçeriye mi geçelim. Yoksa burada mı yiyelim ne dersin?"

"Burası iyi."

"Ekin için de iyi mi sence.Akşam olmak üzere. Hava onun için serin değil mi?"

"Üzerindekiler iyi. Açık hava ona çok iyi geldi baksana saatlerdir uyuyor."

Hiç bu kadar güzel ve bu kadar değerli şeyler arasında kalmadığını düşünüyordu Barlas. Bir Nesil'e çeviriyordu buğulu kara gözlerini, bir Ekin'e. İçindeki kayıp adamın çığlıklarını bastırabildiği zamanlarda, kendini kudretli birine benzetiyordu. Onların yanındayken, kolayca başka biri olabiliyordu. Mutluğu bulabiliyordu. Mutlu olduğu, çok eski günleri bile görebiliyordu hayal meyal...

"Yesra az daha uyusam."

"Çok uyumak iyi değil ki ablacığım. Uykunun da fazlası haramdır demez mi babam?"

"Sence de öyle mi? Haram mı yani?"

"Cık, Babam duymasın, ama bence uyumak çok güzel bişey... Haydi... Sen azıcık daha uyu Yusuf'um... Kıyamam ben sana. Uyu haydi."

"Evet... Öyle olmalı" dedi. Düştüğü hayal âleminden bir solukta, ama bu kez gülümseyerek ve kollarındaki güce sımsıkı tutunarak çıktı genç adam.

"O da acıkmış mıdır Nesil?"

"Uyanınca anlarsın" diyerek neşeyle konuştu Nesil. "Sanki ben ona bu kadar uyu demişim gibi çalım satar kaşlarını çatar..."

Gülmeye başladılar. Barlas eğildi ve burnunu Ekin'in nefesine yaklaştırdı. Tenine vuran nefesi, nasıl da sessiz ve ılıktı.

Akşam yaklaşmıştı. Onların huzurunu bozacak hiçbir şey kalmamıştı sanki. Gün boyu ikisi de zaman zaman gerginlik hissetse de dikkatle bu durumdan kaçınmıştı. Cep telefonlarının arabaya hapsedilmesi de işe yaramış, aralarına onların dışında hiçbir ses karışmamıştı.

"Sen ye, Ekin uyanmadan karnını doyur."

Servis başlamış ve yemekler masayı doldurmuştu. Nesil, elindeki çatalla, salataların hepsinden tadıyordu. Barlas'ı bekliyordu başlamak için. Ama genç adam, Ekin'i kucağında tutmaya devam ediyordu.

"Ama arabasında uyuyabilir."

"Ben böyle iyiyim. Tek elimle atıştırabilirim."

"Ama soğuyacaklar."

"Olsun, önemli değil."

Nesil'in karnı doydukça yüzündeki renk de canlanıyor, hatta dudaklarının kıyılarındaki tebessüm, yanaklarının ortasında minik çukurlar yaratıyordu. Barlas'la her göz göze gelişinde, o çukurlar genç adamın canını yakıyordu. Çok güzel bir kadındı Nesil. Barlas gözlerinin önüne indirmeye çalıştığı güç perdesini araladığında hep bununla karşılaşıyordu.

"Doydum ben..."

"Zamanın var hâlâ. Benim tabağımdakilerden de alabilirsin."

"Çoktandır bu kadar çok yediğimi hatırlamıyorum. Açık hava bana da iyi geldi herhalde... Ama diyet falan gitti."

"Diyete ihtiyacın yok..."

Zamanlama harikaydı. Nesil yerinden kalmış ve bedenine oturan pantolonunu ve tişörtünü toparlamaya başlamıştı. Barlas'ın sözleri ile gözleri aynı yere odaklanmış ve genç kadının vücudunun üzerinde dolaşıyordu.

"Yalancısın" dedi genç kadın onun bakışlarının farkında olmadan... Sonra gözlerini kaldırdığı an, Barlas'ın neden bu kadar kesin bir dille konuştuğunu anladı. Genç adam sakınmadan, saklamadan bakıyor ve büyülü bir yavaşlıkla ona doğru yaklaşıyordu.

"Yalan söylemem..."

Aralarındaki mesafe kapanmıştı. Söyleyecek bir şeyler arıyor, ama bulamıyordu. Böyle anlarda, nefsinin tuzağına yenilmesinin an meselesi olduğunu biliyordu genç kadın. Bazı erkekler, sahip olduğu yakışıklılığı mezara kadar korurdu. Bu özellik, kimi zaman onlara bahşedilen en büyük, kimi zaman da tek armağan olurdu. Ve Barlas da o grup erkeklerin başında geliyordu. Bir kadının her şeyden önce gözünü doyururken, fazlası için iştahını kabartıyordu. Dokunma dürtüsü, öpme isteği, hatta bütünüyle sahip olma açgözlülüğü yaratıyordu. Ayak parmaklarının üzerinde birazcık yükselse, genç adamın yanağına dokunabilir, Onu hafifçe kendine çekip, dudaklarından öpebilirdi. Ne olurdu ki bunu yapsa? Ne vardı ki buna engel olan? Bunu yapmak, imza atmakla aynı şey değildi ki? Barlas da karşı çıkmazdı buna. Bakışlarındaki arzu, elle tutulacak kadar yoğun, şekilli ve belirgindi. Bir öpücükten ya da birkaç tanesinden kime ne zarar gelecekti ki?

Yine cesaretinin hudutlarını ihlal ediyordu Nesil. Yine Barlas'ın özlemini çekiyor, yine "gel" diyecek elini bekliyordu...

"Güzelsin sen, çok güzel."

"Ama yeteri kadar değil" dedi genç kadın kendine gerçeğini hatırlatmak amacıyla. Yeterince güzel olsaydı, çok önce, Barlas'ın aklını başından alırdı... Oysa...

"Çok güzelsin" dedi genç adam ısrarla...

Çünkü bu doğruydu. Nesil yeterince güzeldi. Barlas, eğilmemek için zor tutuyordu kendini. Gözlerini, yağmurlu bir orman gibi ona dikmiş bakan kadına o an aklından geçen şeyin ne olduğunu göstermek istiyordu. Onu kendine çekti. Elini saçlarının arasından geçirip, başını göğsüne yasladı. Saçlarına eğildi. Gözlerini kapattı ve kokladı.

Nasıl da tuhaftı. Sanki göğsündeki amansız gedik, Ekin'in ve Nesil'in varlığıyla kapanmış, sık sık göğsünü yoklayan sancıya artık yer kalmamıştı.

"Fazlasıyla güzelsin" dedi fısıltıyla...

Nesil için de durum Barlas'ınkinden farksızdı. Başını göğsüne yaslayabildiğine göre, Barlas'a uzak değil, yakındı. Bu bir çeşit hipnoz tedavisine benziyordu. İnsan, tümüyle sahip olamayacağı bir düşü, gerçekmiş gibi görüyordu.

Dünü ve yarını unuttukları her an aynı durumda bulacaklardı kendilerini. Bundan böyle hep aynı kapanın içine gireceklerdi. Nesil aynı Nesil olmaya devam edecek, direnişine zaman zaman ara verse de kararından dönmeyecekti. Değişen Barlas'tı. Ve değişmeye devam edecekti. Barlas günden güne, hem kendi iç dünyasına, hem Nesil'e doğru yürüyecekti. Garip, sıra dışı bir yolculuktu bu. Öylesine garip ki, Nesil'i dünyadaki her şeyden daha çok istemeye başladığında ve Nesil ona karşı kuşandığı zırhtan soyunduğunda bile, Barlas reddedecekti onu.

Ardından kapanmış olan, büyük ve ağır kapıya bakıyordu. Dakikalar geçiyor, ama adım atamıyordu. Sanki benim, asker ocağından çıktığım gün hissettiklerimi hissediyordu o da. Nereye gideceğini bilmeyen, hatta belki de, hapishane bile olsa, alıştığı o düzenden çıkmaya çekinen birine benziyordu... Elindeki naylon çuvalı sıktıkça sıkıyor, başı, saniye saniye omuzlarının arasına düşüyor, zayıf bedeni daha çok eğiliyordu...

Larisa sayesinde o gün çıkacağını öğrenmiştim. Ve saatlerdir orada bekliyordum. Boğazım kuruyordu. O henüz beni göremiyordu ve ben bir türlü yanına gidemiyordum. Kaderimin bir dönemine adını yazmış, yazgıma yazılmış olan, en yakın arkadaşıma ne diyeceğimi bilemiyordum...

Gün hafifçe kızıla çalmaya başlamıştı, ortalık kararıyordu. Çok uzaklardan bir ezan sesi geliyordu kulağıma. Öylesine uzaktaydı ki, sesten çok fısıltıyı andırıyordu. Başını kaldırdı ve göğe baktı Cemil... Hemen ardından, yoldaki kıpırtılarımın farkına vardı. Bana çevirdi ürkek bakışlarını. Yaklaştım.

"Cemil" dedim ve sustum. Konuşamıyordum.

Çünkü Cemil'e ve elindeki eski çuvala bakarken, zamanda yolculuk yapıyordum. Sanki aradan onca yıl geçmemişti. Sanki hâlâ, evden ayrıldığımız gün sırtımıza vurduğumuz o naylon çuvalla dolaşıyordu. O an, kısacık bir an. Zaman, o trene bindiğimiz saniyelerde donmuştu sanki. Oysa o çocuklar artık yoktu.

Cemil'in yüzü, kaçarken arkamda bıraktığım, o gencin yüzüne benzemiyordu. Yaşlanmıştı. Olması gerekenden çok daha büyük görünüyordu... Hayır hayır, o görünüşün, büyümüş olmakla ilgisi yoktu. Cemil büyümek yerine, küçülmüş, çökmüştü. Eskisi kadar dik durmuyordu. Eskiden olduğu gibi sağlıklı görünmüyordu. Eskiden altın tozu gibi parlayan gözleri, safran sarıydı. Teni, ince çizgiler altında kalmıştı. Yer yer, eski ama derin kesiklerin, yara izleri vardı yüzünde. Bakışları bezgindi.

Gözlerindeki ışık sönmüş, yüzündeki masum ifade katılaşmıştı. Anlaşılan, o da koruyamamıştı çocuksu umudunu. O da, o trenin altında kalmıştı.

"Kimsin?" dedi temkinli bir şekilde. Korktuğunu hissediyordum. Kısık gözlerini, ışığa açılan birer küçük pencere gibi gözlerime dikmişti. Bedenimde ya da yüzümde değil, gözlerimde arıyordu kimliğimi. Sessizce bekledim. Ne diyebilirdim ki? Doğru yerde arıyordu beni. Bir tek, gözlerimde Yusuf'u bulabilirdi. Çünkü ona Yusuf gibi bakıyordum... Onu Yusuf gibi bekliyordum. Bir kez daha Yusuf gibi sarılmak istiyordum ona. Sonra söyleyecektim Yusuf'un artık yaşamadığını... Yusuf'un başaramadığını... Kaçmış olmasına rağmen kurtulamadığını, sonra söyleyecektim...

"Yusuf?"

Başımı salladım. Gözleri ıslandı, dalgalandı ve ansızın bastıran bir yağmur gibi peş peşe inmeye başladı yaşları. Benim gözlerimde yaş yerine ateş vardı. Yüreğimdeyse yerinden oynatamadığım bir taş. Cemil'i görmek de yetmemişti. Yüreğimi kaplayan o taş, Cemil'in yardımıyla bile kalkmamıştı. Terbiye hücresinde tükettiğim damlalar bir daha düşmemişti göz pınarlarıma. O an da düşmüyordu. Duyguları olan bir insan gibi davranamıyordum. Ne kadar uğraşsam da, olmak istediğim gibi olamıyordum. Kalbim göğsümü dövüp duruyordu, ama hissettiklerimi dışa vuramıyordum...

"Sen misin Yusuf?"

Biraz önce, bir destek, bir dayanak gibi sımsıkı tutunduğu çuvalı elinden sıyrılıp yere düşmüştü. Korkak adımlarla yaklaşıyordu. Ayaklarını bağlayan ipler vardı sanki... Bir türlü o iplerden kurtulamıyordu. Koşmak istiyordu bana doğru, yapamıyordu. Beni gördüğüne, onu bulduğuma inanamıyor, bir hayale bakar gibi gözlerini siliyor, gördüklerinin doğru olup olmadığına karar veremiyordu.

"Benim Cemil... Benim, ben."

Yusuf'um diyemiyordum. Ben ne kadar kaybetmiştim kendimi öyle. Gerçeğimle arama ördüğüm duvarı yıkamıyordum. Çocukluğum düşmanım olmuştu, yenemiyordum. Sanki bir hastalığa yakalanmıştım, düştüğüm yataktan kalkamıyordum. Aynalara bakamıyordum. Kendimi görmek, kendimi hatırlamak istemiyordum. Cemil'i bulduğum o gün, Yusuf'u kaybetmiş olduğumun farkına varmıştım. İstediğim buydu. Ama acı vermişti bana. Çok daha büyük bir yara almıştım. Oysa adımı, kimliğimi değiştirirken, başka biri olacağımı sanmış, ikiye bölüneceğimi ve bir yarımı yitireceğimi hesaba katmamıştım.

İki adım vardı. İki ayrı dünyada yaşamış, yaşayan. O gün Cemil'in karşısında dururken hissettiğim tam olarak buydu. O iki ayrı yarım, bir adam etmiyordu...

"Nasıl buldun beni?"

Kollarını söküp alamıyordu üzerimden, durdukça sarılıyor, sarıldıkça, gözlerinden akan yaşlar bitmiyordu.

"Sen kayıp değildin ki. Seni bekliyordum. Asıl kayıp olan... Asıl o..."

Bir adım geriye gidip yüzüme baktı. Sesimin çatal çatal olmuş hali, meraklandırmıştı onu...

"Kim?"

Yutkundum...

"Yesra mı?"

"O yok Cemil, onu bulamıyorum..."

Uzandı ve koluma dokundu. Düşünüyordu. Yüzünde oluşan gidiş gelişler, aklından bir şeyler geçirdiğini gösteriyordu. Sonra elini kaldırıp, kirli sakalının üzerinde dolaştırdı... Aklından geçen her neyse emin olmaya ya da tam olarak hatırlamaya çalışıyordu...

"Ne var Cemil? Bir şey biliyor musun?"

"İçerde, benimle, bizden birileri de vardı. Daha birkaç gün önce, Ekber Hoca Hazretleri'nin döneceğini konuşuyorlardı kendi aralarında... Yesra'yı verdikleri adam o değil miydi?"

Onu alıp, temiz bir otele götürmüş, yerleştirdikten sonra, üstüne başına giyecek bir şeyler, odada yemesi için yiyecek almıştım. Öylesine ürkek biri haline gelmişti ki, yemek için bile dışarıya çıkmak istemiyordu. Odaya kapatmıştı kendini. Konuşmaktan, fark edilmekten korkar olmuştu. Oysa Cemil, hep gülmeyi ve konuşmayı seven bir çocuktu. Eskiden bu kadar benzemezdik birbirimize... Bu yeni haliyle, suskunluğuyla tıpkı bana benziyordu. Onun da gidecek bir yeri yoktu. Anlaşılır bir yanı da yoktu Cemil ile benim hikâyemizin. Ailelerimiz, onlara dönmemizi istemiyordu. Sanki onları biz terk etmişiz gibi, yaptıklarımızın tek sorumlusu bizlermişiz gibi... Dönmek istediğimizde kapılar yüzümüze örtülüyordu. Ben karşı çıkmıştım, ben hak etmiştim belki. Ama Cemil'in durumunu aklım almıyordu. O, ondan isteneni yapmış olmasına rağmen, onların sözünden, izinden gitmiş olmasına rağmen, ailesi tarafından reddediliyordu. Çıkarlar söz konusu olduğunda, herkes kendini koruyordu sonuçta. O bir suçluydu artık. Ve deşifre olmuştu. Ailesiyse onu reddederek, o suçla aralarındaki bağı da reddediyordu. O da ayakta durmaya, var olmaya çalışacaktı o günden sonra. Eskiyi arayıp bulmak, geçmişte olanları yeniden diriltmek istemiyordu.

"Demek artık, haram falan tanımıyorsun..."

O yemeğini yerken, ben içkimi içiyordum. Saklamaya çalışıyordu, ama gözleri gördüğünü şiddetle reddetmeye çalışan gözleri, bu yeni adamı kabullenmekte zorlandığını söylüyordu.

"Her şeyi nasıl reddedersin Yusuf?"

Başımı eğmiş, elimdeki bardağa bakıyordum. Onun beni anlayacağını umuyordum oysa... Sanki ben kendimi anlayabilmişim gibi... Bunu nasıl bekliyordum ki ondan?

"Dünya dediğin gelip geçici... Nasıl el çekersin ahretin cennetinden?"

"Ne cenneti Cemil. Ne cennetinden bahsediyorsun bana. Kim olacak orada? Babam mı, O... O adamlar mı? Bizi bir hayvan gibi... İstemiyorum o cenneti. Onların olsun..."

Dudakları kıpırdıyordu Cemil'in... Bense okuyordum onları... Tövbeler ediyordu benim yerime... Aman diliyordu... Ve bu beni delirtiyordu...

"Neden içerdeydin sen? Neden yattın onca yılı?"

"Dava..."

"Kes artık... Hangi dava? Kendine cennet dileniyorsun... Hatta şu an benim yerime tövbeler ediyorsun ama... Can yakmadın mı

Cemil? Cana kıymadın mı? Kim yaptırdı sana bunları? Bu senin seçimin miydi? İsteyerek mi yaptın?"

Cemil, sözde davasının, içinde kalan son kırıntılarından o an kurtuluyordu. Ne o beni yargılıyordu... Ne ben onu... Çünkü artık, gerçeğin ne olduğunu ikimiz de biliyorduk. Biz, birilerinin oyunlarına renk ve güç katmak için harcanan, iki çocuktuk. Ama artık ikimiz de nereden geldiğimizi ve ne yaptığımızı bilen erkekler olarak oturuyorduk birbirimizin karşısında.

"Biz... Ne yaptık Yusuf? Bize ne yaptılar böyle?"

Biz ne mi yapmıştık?

Kırılmış, dökülmüştük... Daha küçük bir çocukken, asla yepyeni olamayacak kadar eskimiştik biz... Bizi sürdükleri oyun öylesine garipti ki... Bize bunu yapanlardan çok... Kendimize, içimizdeki "biz"e küsmüştük...

....

Dışarının sisi, zihnimin pusu ile ne kadar da uyumluydu. Gecenin sonunu hatırlayamıyordum. Başarmıştım sonunda... En sonunda, kurmadan, kurgulamadan, sormadan, sorgulamadan uyuyabilmenin bir yolunu bulmuştum. İçkinin sırdaşlığına alışmaktan çok, beni gömdüğü o sessiz çukura bağımlı olmuştum.

Artık inanç da taşımıyordum. Kimsesizliğimin yanına, maneviyatımın boşluğunu da koymuştum. Bomboştum. Bir insandan çok, bir nesne olmuştum. Ezan seslerini, namaz saatlerini, inançlı insanları, ibadetlerini, izlerimi, izlerini, yok oluşumdan sorumlu tuttuğum her şeyi, herkesi reddediyordum. Başkalarının bende açtığı boşluğa öylesine şartlanmıştım, hayata karşı öylesine öfke dolmuştum ki; benim, bana yaptığımı göremiyordum. Babamın istemediği, korktuğu ne varsa, hepsine sahiptim... hatta kimsenin olamayacağı kadar günahkâr bir evlat olmuştum. İntikam aldığımı sanırken, aslında kendi canıma kıymıştım. Bir tek, insana kıyamıyordum... Yusuf'u öldürmek için bu kadar hırslıyken, bunu başkasına yapamıyordum. O son an gelip, tetiği çekmem gerektiğinde, ellerimdeki titremeyi yenemiyordum. Kendi katilim olmaktan bir adım öteye gidemiyordum.

Gözlerimi araladığımda, yastığın üzerinde küçük bir not gördüm. Larisa yazmıştı. Okumadan önce, yatağın yanındaki saate baktım. Bana not bırakıp gitmiş olması için, geç kalmış olmam gerekiyordu... Ve öyle olmuştu. Sabah sızdığım yatakta, gün son bulmuştu...

"Bir iki küçük işim var. Eve her zamankinden erken döneceğim. Peşimden gelmene gerek yok. Sen bugün izinlisin..."

Son zamanlarda, Larisa'nın habersiz kaçışlarının sayısı fazlalaşmıştı. Her seferinde peşinden gidip, izini sürmek zorunda kalıyordum. Tuhaf bir kadın olup çıkmıştı Larisa. Sanki o benim koruyucumdu, o benim fedailiğimi yapıyordu. Hayatımıza damgasını vurmuş olan "tehlike"nin önünden çekmeye çalışıyordu beni. Ne zaman böyle sessizce kaçıp gitse, ardından büyük bir tuzağın içinden alıp geliyordum onu. Böyle davranmasına engel olamıyordum. Ama her seferinde peşinden gidip onu bularak ve geriye getirerek, bunun hesabını soruyordum.

Benim ne iş yaptığımı unutmuş gibiydi... Bana, ailesinden biri gibi bağlanıyordu. Geceleri, sevgilim diyor, yıllardır paylaştığımız yatağı ateşe veriyor, gündüzse çocuğuymuşum gibi davranıyordu. Larisa kendi yalnızlığını, benim yalnızlığımla dağlıyordu. Bir çeşit kader ortağı olmuştuk Onunla. Söylediklerine artık ben de inanıyordum. Onunla yollarımızın, ikimizden biri öldüğünde ayrılacağını anlıyordum.

Merdivenlerden koşarak indim ve aceleyle salona girdim. Hâlâ onu yakalayabileceğimi umuyordum.

"Rana Hanım, çıktı Barlas Bey."

"Ne zaman?"

"Bir saat oldu... Siz bir şeyler yiyecek misiniz?"

Kadına yanıt vermeden aceleyle dışarıya attım kendimi. Evde Larisa dışında sürekli yaşayan bir kadının varlığını yadırgıyordum. Bir gece tıpkı beni bulup getirdiği gibi getirmişti onu Larisa. Onu da sokaklardan almıştı. Ona da tıpkı bana baktığı gibi bakmıştı. Ve kadın iyileştikten sonra, evde çalışmaya başlamış, yanımızda kalmıştı.

Birkaç dakika içinde yola çıkmıştım. Larisa'nın araç telefonunu, cep telefonunu, yanındaki adamlarını kim bilir kaçıncı kez arıyor, hiç birine yanıt alamıyordum. O gün, başka türlü bir sıkıntı vardı içimde. O gün sanki geç kalmışım ya da kalacakmışım gibi hissediyordum. Öfkem köpürüp taşıyordu. Camı açıp dışarıya doğru savurdum sigaramın dumanını. Dilimde hem tütünün acı lezzetini hem Larisa'ya kızgınlığımı anlatan kelimeleri tutuyordum...

"Deli kadın... Sen kim... beni korumak kim? Senden beni korumanı isteyen oldu mu?"

Son günlerde sürekli bunu yapmaya çalışıyordu. Kendini benden daha güçlü ve aynı zamanda daha önemsiz hissediyordu. Bana neden bu kadar bağlandığını anlamıyordum. Kendimde bir insanı bağlayacak, hiçbir güzellik bulamıyordum. Onun kadar acımasız ve profesyonel bir karadulun, benim gibi birinde ne bulduğunu bilemiyordum. Belki de, birinin bana değer veriyor olmasını yadırgıyordum. Larisa'nın o tuhaf ilgisinin, gerçek sevgiden doğduğunu göremiyordum. Gerçek sevginin neye benzediğini bilmiyordum ki. Ben bedensel zevkleri, dokunmaları, sarılmaları, tenin tene verdiği hazları sevgi sanıyordum. Sevgi sanıyordum bir kadının bedenimi okşayan parmaklarını, dudaklarının sıcaklığını... Belki de bu yüzden, şehvete olan düşkünlüğüm, bu konudaki doymak bilmez arsızlığım, zamanla artmaya başlamıştı. Sevgisizliğimin açıklarını, herhangi bir kadının okşayışlarıyla kapatmaya çalışıyordum. Her farklı temasta, farklı ve geçici sevgiler buluyordum.

"Larisa orada mı?"

"Hayır. Buraya hiç uğramadı."

Yakınlardaki bütün mekânları tek tek arıyordum. Her aramanın sonunda önümdeki duvar biraz daha yükseliyordu. Her mekândan, olumsuz bir yanıt geliyordu. Kulaklarımda, yankılanan silah seslerini, burnumda barut ve kan kokusu duyuyordum. Felaket habercisi olmuştu yüreğim. Sahip olduğum birini daha kaybediyormuşum hissine kapılıyordum. Bu, amansız bir öfke yaratıyordu içimde... Çünkü korkuyordum. Ve korku, öfkelendiriyordu beni. Çünkü zayıf düşmek istemiyordum.

Rana Larisa Necafi. İran asıllı bir baba ile Rus bir annenin yaşayan tek çocuğuydu. Sürdürdüğü hayatla, babasının yolundan gidiyordu... Annesi Larisa doğduktan birkaç yıl sonra ölmüştü ve kardeşi yoktu. Babası, çocukluğundan beri Larisa'yı sürekli yanında dolaştırmış, bir erkek evlat gibi yetiştirmişti. Bu yüzden -yatak hariç- hiç kimse onu bir kadın gibi göremiyordu. Tavırları, vurguları, kararları, cesaretiyle her türden erkeğe meydan okuyabiliyordu. Bir yönüyle bana benziyordu. Bir yanıyla, o da ölümü bekliyor, ölümü özlüyordu.

"Larisa burada mı?"

"Şimdi Marina'ya geçti Barlas Bey."

"Allah kahretsin."

İndiğim gibi hızla arabaya geriye döndüm. Marina da ne olacağını biliyordum. Beni kandırmıştı. Bana yalan söylemişti, yanlış tarihle aldatmıştı beni. O toplantı, bir nevi çakal arenasıydı. Üzerine üşüştükleri, uğrunda birbirlerini boğazlayacakları şey, o düzenin aslan payıydı. Larisa'nın sahip olduğu oteller ve barların kavgasıydı. Ve o, iki gün sonra olacağını söyleyerek beni atlatmıştı.

Arabayı o kadar hızlı kullanıyordum ki, döndüğüm her virajda, lastiklerin çığlığını duyuyordum. Direksiyonu yumruklarken, bir yandan da o arabayı daha fazla nasıl uçuracağımı sınıyordum... Gözüm kararmıştı. Ona yetişememek kaygısı, demir bir kelepçe gibi, yüreğime geçmişti. Benim için yürümek nedir bilmeyen saatler, o gece koşuyordu. Çaresizliğimle alay ediyordu zaman ve beni yeniyordu. Ben geride kalıyordum. O ise gülüyordu.

Marina'ya girdiğimde, Larisa'nın teknesinin kıyıdan açıldığını fark ettim. Kornaya bastım dur durak bilmeden... Beni beklemek zorundaydı. Beni yanına almak zorundaydı. Ona olan borcumu ödeyememiştim henüz. Onunla aramızdaki hesabı kapatmamıştım. Ve eğer onun dediği gibi olacaksa, birimiz ölecekse, ayrılacaksak, o ben olacaktım. O ben olmalıydım...

Ama... Olamamıştım. Yetişmiş olmama rağmen, Larisa'yı bedenimle örtmeme rağmen, benden önce ona ulaşan o ilk kurşunu tutamamıştım.

"Neden" dedim gözlerinin feri tükenmek üzereyken. O ise sürekli omzumdan akan kana bakıyordu. Elini zorlukla kaldırmış, kendi yarası yerine benimkini tutuyordu. Hâlâ silah sesleri geliyordu etrafımızdan. İkimiz de aldırmıyorduk buna. Korkmak için ikimizin de bir nedeni yoktu. O ölüyordu. Bense... Ben zaten ölmüştüm. Benim ruhum bedenimi terk edeli uzun zaman olmuştu.

"Buradan çık... Bu cehennemden... Çık... Eve git... Ve... Bekle... Seni bulacak..."

Başını dizlerimin üzerine koymuş, kana bulanmış sarı saçlarını okşuyordum. Onu alıp götürmek bir çare değildi. O son nefesleriyle boğuluyordu, ben suçluluk duygusuyla...

"Sana neden beni atlattığını sordum..."

Acı sivri bir kanca olmuş yüzüne geçmişti. O ise, hiçbir şey olmamış gibi gülümsemeye çalışıyordu.

"Sana dedim çocuk... Sen daha... Ççok gençsin..."

"Daha gençtim... Çok daha gençtim... O zaman da seni ben koruyordum..."

"O zaman... Seni bu... Kadar... Bu kadar... sevmi..."

Ne kadar da garipti... Son nefesini vermek üzereyken, onu Yesra'ya benzetmiştim. Oysa yıllardır, o mavi gözlere açmıştım güne bakışlarımı... Ve yine onlara yummuştum. Ama yalnızca iki kez onun gözlerinde Yesra'yı görmüştüm. Biri, ilk karşılaştığımız... Diğeriyse ayrıldığımız o geceydi... Birinde, Larisa'nın kollarında öldüğümü sanıyordum. Diğerinde, Larisa'nın cansız bedenini, kollarımda tutuyordum...

"Sana da zahmet oldu evladım."

"Hayır. Hiç zahmet değil inanın bana... Aslında izin verseydiniz, Tire ne kadarlık yol ki. Sizi götürüp evinize bırakabilirdim."

"Sana niye bu kadar güveniyorum bilmiyorum..."

Kadının sesi, genç adamı dalgınlığından bir anda çekip çıkarmıştı. Şoför koltuğunda hafifçe kıpırdadı ve sırtını oynattı... Boğazını temizledi laf olsun diye...

"Güveniyor musunuz?" dedi şaşırmış bir şekilde...

Efser başını salladı ve dikkatle baktı Barlas'ın yüzüne... "Evet" dedi kararlı bir vurguyla. "Güveniyorum. Bakma bu tembihlerime. Aslında, onları koruyup kollayacağından eminim ben. Ama yine de insan söylemeden rahat etmiyor işte... Barlas Bey oğlum... Sana bir şey sormak istiyorum..."

"Tabii. Buyurun."

"Nesil, evlenme teklifini reddetti diye, vaz mı geçtin sen de?"

"Vazgeçmek?"

"Şunu diyeceğim... Yani... Nesil bana başta, başka anlatmıştı aranızdakileri... Şimdi doğruyu biliyorum."

Başını olumsuz anlamda iki yana salladı kadın... Hemen ardından, fazla ara vermeden Barlas'a çevirdi yüzünü...

"Neyse... Ben asıl... Sana şunu diyeceğim. Ne olur hoş gör bu söyleyeceğimi. Nesil, böyle biri değildir. Yani, tanımadığı birine gidip... Yani ne bileyim işte, sen de evladım sayılırsın artık... Utanıyorum bunu konuşurken ama... Gidip elin adamıyla... Tövbe tövbe..."

"Anladım Efser Hanım" dedi usulca... "Ne demek istediğinizi anlıyorum."

Efser için yeterli değildi. Onun söyleyecekleri henüz bitmemişti çünkü. Zor bir konuydu bu. Efser gibi biri için, evladı yaşında olsa bile, erkek erkekti sonuçta ve bu tür konuları konuşurken, gerçekten de utanıyordu. Buna rağmen, Nesil'i savunma ve Barlas'a gerçek Nesil'i anlatma ihtiyacı içinde devam ediyordu.

"Hem, bilmem farkında mısın? Ekin'e bu kadar sahip çıkmasının, her şeye rağmen onu dünyaya getirmesinin. Başka bir anlamı daha var. O da Ekin'in babasıyla ilgili. Seninle yani."

"Nasıl bir anlam?"

"Bir kadın, bir çocuğu, kendi isteğiyle dünyaya getiriyorsa, o adamı unutmamayı da göze almış demektir. Ekin'e her baktığında Nesil kimi görüp kimi hatırlayacak... Bir düşün... Seni unutmak isteseydi, bunu yapar mıydı? Ha bak... Unutmak ister belki ama... Bu daha az acı çekmek içindir. Yoksa gerçekte unutmak istediği için değil... Diyeceğim şu ki; eğer sende de ona karşı azıcık hissiyat ya da yakınlık varsa, vazgeçme be evladım..."

Duyduklarını nasıl anlamlandıracağını bilemiyordu Barlas... Ne demekti şimdi bütün bunlar? Kimin düşünceleriydi? Efser'in mi? Nesil'in mi? Kötü müydü yoksa iyi mi?

"Ben vazgeçmiş değilim Efser Hanım. Bizim yapmamız gereken şey bu zaten. Ne olduğunun, nasıl olduğunun bir önemi yok artık. Ortada dünya güzeli oğlumuz var. Ama Nesil sürekli reddediyor beni."

"Öyle diyor. Ama sen vazgeçme, sen onu dinleme... Aşksa aşk... Gençlik ne ister ne düşünür ben anlamam... Her ne istiyorsa, öyle ol gitsin... Fırsat verme, etrafındakilere..."

Avuçları direksiyona sımsıkı kenetlenirken, başını ağır ağır iki yana salladı genç adam. Efser'in az önceki konuşmasından sağlıklı bir anlam çıkaramamıştı, ama "etrafındakiler" derken kimi ve neyi kastettiğini çok iyi anlamıştı...

"Evet... Bir de o var değil mi?"

Ne zaman Cem'den konu açılsa, öfkesi kabarıyordu. O adamın varlığını içine sindirememişti. Onu Nesil'in yanında görmeye alışamamıştı. Onun o tepeden bakan, her şeyi kontrolü altında tutan ya da tuttuğunu sanan, kibirli, kendine fazlasıyla güvenen tavırlarından nefret ediyordu.

"Bak o adamdan kork Barlas. Çok hesaplı. Senin gibi değil, Nesil gibi değil. Sabırlı, dayanıklı. Ne istediğini biliyor ve adım

adım ilerliyor. Nesil'in şansızlığı, ailesi ölünce yalnız olmasıydı. Amcası sırt çevirince, tek başına ortada kaldı. İşten anlamaz, güçten anlamaz. Babasız bir bebek elinde, annelikten anlamaz. Nesil çok rahat büyüyen bir çocuktu. Sıkıntı nedir bilmedi. Ben geldiğimde, şaşırmış kalmıştı. Asil Bey'in hali vakti yerindeydi. İşleri çekip çevirmek Cem'e kaldı. Şimdi Nesil, gözü kapalı güveniyor ona. Her konuda hem de. Senden bile daha çok güvendiğine eminim..."

Açık sözlüydü Efser, Barlas'a düşündüklerini söylemekten çekinmiyordu. Nesil, Cem'e, Barlas'tan bile daha çok güveniyordu. Ve bunu Barlas da görüyordu.

"Bana da öyle geliyor" diyerek bu acıyı kabullendi ve kendine de itiraf etti genç adam.

"Evladım... Sen bu kızı istiyor musun, istemiyor musun?"

"O beni istemiyor Efser Hanım." İşte Barlas'ın Cem ile ilgili bütün rahatsızlığının, bütün huzursuzluğunun, bütün sıkıntısının temeli bu basit ve kolay cümlede gizliydi... Nesil'in artık onu istemiyor olmasının sebebi, Barlas'a göre Cem'di...

"Benim sorduğum o değil. Lafı geveleme. Sen istiyor musun?"

"Evet."

"Neden?"

"Neden bu kadar sorguluyorsunuz beni?"

Bir noktada durmak istedi genç adam. Bu konuşma nereye gidiyordu böyle? Efser'in her sorusuna yanıt veriyordu. Üstelik bunu yaparken, dürüst oluyordu. Tuhaf geliyordu bu Barlas'a. Oysa o, hiç kimseyle kendini konuşan biri değildi.

"Çünkü bu işin cevabı da çaresi de sensin. Eğer sen ne istediğini bilirsen..."

"Bilsem bile neyi değiştirir ki" dedi yine dürüst bir yanıtla. Ancak bu kez sesinin tonu yükselmiş ve gizli öfkesi dışa vurmuştu. "Nesil beni değil, onu istiyor. Artık ona âşık. Yoksa neden o kadar yakınında olsun ki... Adam gece gündüz o evde... Nesil'in izni olmasa, bu kadarına cesaret edebilir mi?"

"Aptal" dedi yaşlı kadın, ancak kendi çocuklarına kullanabileceği, cesaret edebileceği bir üslup ve kararlılıkla... "Hey gidinin koca aptalı. Âşık ha... Âşık? Ondan mı? Nesil onun yanında süt liman oturup, sıkılmış gibi duruyor... Seni görünce, gözleri ışıldıyor, yüzü parlıyor?"

Yol bitmek üzereydi. Ne Barlas'a söyleyecekleri bitmişti, ne ondan duymak istediklerini alabilmişti henüz.

"Barlas... Ben haddimi aşıyorum. Farkındayım evladım. Ne de olsa, sütanneliğinde hatırı bir yere kadardır. Belki, içinden; 'sen de kim oluyorsun' diyorsundur... Haklısın da. Ama ben, ben sadece, sizin bir yuva kurmanızı ve Ekin'e, aranıza el âlemi karıştırmadan ana baba olmanızı istiyorum."

Bu sırada yol bitmişti, ama söyleyecekleri bitmemişti. Elini uzatıp yaşlı kadının eline dokundu usulca...

"Öyle düşünmedim Efser Hanım. Düşünmem de. Sizin ne istediğinizi anlıyorum. Anlayamadığım... Bana neden bu kadar, yakın davranıyor ve yardım ediyorsunuz?"

O kara gözlerdeki hüznün önünde eğilmeyecek kimse yoktu. Ve Efser de zaman zaman eğiliyordu.

"Kaşın, gözün yüzünden dersem yalan olur evladım, külliyen yalan olur. Sen ilk günlerde, bir şey demiştin bana. Nesil benim başımın tacıdır bundan böyle, gibi bir şey... Hatırladın mı?"

"Evet."

"İşte o sebeple."

Efser de kendinden beklenmeyecek bir şey yaptı. O da elini kaldırdı, hayatında ilk defa, kendisi için yabancı olan bir adamın yanağına dokundu çekinerek...

"Şimdi sen de bana inan" dedi anaç bir tebessüm ve ses tonuyla... "O kız seni seviyor, başkasını değil. Bundan gerisi sana kalmış. Eğer sen de onu seviyorsan..."

....

Nesil kıvrılıp akan virajlı yolda karanlığa bakıyor, yer yer yakamoz ışıltılarıyla varlığını belli eden denizi görüyordu. Derin bir sessizlik hâkimdi arabanın içinde... Zaman zaman Barlas bir şeyler soruyor ve kısa yanıtlar alıyordu Nesil'den... Oraya yaklaştıkça, iyice suskunlaşıyordu genç kadın. Evdeki o gergin ve heyecanlı halini bile arıyordu. Bir kaygı kaplamıştı içini. Korku sarmıştı. Nereye gidiyordu? Neden gidiyordu? Ne istiyordu? Ne bekliyordu?

"Barlas" dedi alacağı yanıtı bilerek; "Biz, otelde mi kalacağız, yoksa?"

"Tabii ki evimde Nesil..."

Barlas oğlunu otelde bırakıp evine gitmeyecekti ya. Nesil de mecburen ekibin bir parçası olacaktı bu durumda. Yine Ekin'in gölgesinde bir yer edinmişti. Sık sık olduğu gibi, yine, önemsiz hissetmişti kendini.

Bu açmazın ruhunu kemirmesine izin verirse, yine melankoli nöbetine girerse hem Barlas'a, hem Ekin'e haksızlık etmesi işten değildi. Omuzlarını dikleştirip, koltuğa daha güvenle yaslandı. Ne demişti kendine, ne kararlar almıştı? Alışmaya çalışacaktı. Alışacaktı da zamanla. Sadece henüz çok yeni ve sıcaktı her şey. Zamanla, acısı hafifleyecek, yüreğindeki yara da sağalacaktı.

"Kim çalıyor gitarı?" dedi, içindeki devinimi yatıştırma gayretiyle. Bir kez daha, en baştan başlayacaktı...

"Bu mu?" Gülümsedi Barlas... "Özgür Tarhan."

"Adını duymamıştım..."

"Zaten ünlü biri değil."

"Ama güzel çalıyor. Hem de çok güzel."

"Bundan, yığınla var bende... Evin bodrumu bu cd'lerle dolu..."

"Aaa... Neden?"

"Çünkü Özgür benim asker arkadaşım. Bu cd'yi çıkarmak için varını yoğunu yatırdı. Ama satamadı. Ben de, piyasadakilerin büyük bir kısmını topladım..."

"Haberi yok tabii..."

Başını olumsuz anlamda iki yana salladı genç adam. Dudaklarındaki gülümseme yavaş yavaş silindi ve yine eski Barlas oluverdi bir anda...

Bu kez farklı bir misafirperverlik gösteriyordu Barlas. Sanki evine bile yabancı olan o adam gitmiş, evin her köşesini karış karış bilen ve her işi çekip çeviren bir adam gelmişti. İlk iş, Ekin'i odasına yerleştirmiş, sonra Nesil'e biraz uzanması ve dinlenmesi için zaman vermişti. Odasına geçmişti tez canlı bir tavırla. Duşa girmiş, günün yorgunluğunu üzerinden silmişti.

Evin içinde eskimiş kot pantolonlarını giymeyi seviyordu. Onların yıpranmış dokusunun yumuşaklığıyla rahat ediyordu. Bu akşam için seçtiği pantolon da onlardan biriydi. Öyle farklı ve öylesine kendine aykırı bir Barlas'la yüz yüzeydi ki. Bir yandan planlı ve azılı bir çapkın gibi gülümsüyor, diğer yandan hercai bir serseri gibi bakıyordu gülümseyen o adama.

Koridora çıkarken, başını uzatıp misafirlerine bakmayı geçiriyordu aklından. Ama buna gerek kalmadı, Nesil'i merdivenlerin başında yakalamıştı.

"Dinlendin mi?" dedi ona yetişerek.

"Evet" dedi genç kadın. "Zaten yorulmamıştım fazla."

"Acıktın mı?" diye sordu bu kez Barlas.

Gülümsedi Nesil. Öylesine içtendi ki. Bu, "evet" demekti.

"Nevhis Hanım her şeyin hazır olduğunu söylemişti. Sen otur istersen, ben de hemen servise başlayayım."

Nesil, Barlas'ın bu hevesli ve canlı tavırlarını yadırgamıştı. Onda hep görmeye alışık olduğu durgun ve düşünceli ifadeye ne olmuştu bu gece? Evinde hep mi böyle davranıyordu acaba? Ama... Açıklaması bu olamazdı. Çünkü onu daha önce de evinde görmüştü. Bu akşam ki, başka bir Barlas'tı. Yine mesafeli ve yine çok kibardı, ama başka türlü bir yakınlıkta vardı aynı zamanda. Bu hafta sonunun Barlas için gerçekten de çok farklı bir anlamı olmalı diye düşünüyordu genç kadın. Gerçekten de dediği gibi, sevinmiş görünüyordu.

"İstersen, yemekten sonra... Ekin de uyanınca, yürüyüşe çıkalım."

"Yürüyüş mü?"

"Evet, istersen tabii."

"Otele mi?"

"Hayır orası kalabalıktır şimdi. Sakin bir yoldan, sakin bir yere."

O gece Barlas'taki gariplikler bitmek bilmiyordu. Her biri, yüzeyden son derece basitmiş gibi görünse de, ansızın oluşan dip bir dalga gibi, Nesil'i vuruyordu. Ve her biri, genç kadını, sonundan korktuğu, karanlık ve ıssız bir yola sürüyordu.

Barlas aşağıda onu beklerken, o dakikalardır banyodaki aynanın önünde duruyordu. Yürüyüşe çıkacaklardı. Daha uygun bir şeyler giymek istediğini söylediğinde Barlas'ın vurguna benzeyen itirazıyla karşılaşmıştı.

"Çok yakışmış sana. Eğer rahatsız olmayacaksan. Üzerinde kalabilir mi?"

Omzunu gelişigüzel oynatarak, isteğinin olabilirliğini vurgulamış ve susmuştu genç kadın. O elbiseyi, Lal beğendiği için almıştı. Güzeldi evet, ama o güzelliği Barlas'ın fark edeceğine, özellikle de dile getireceğine dair beklentisi olmamıştı. Şimdiyse; sağa sola dönüyor ve her açıdan bakıyordu kendine. Mercan renginin o derine gömülmüş kızıllığı yüzüne vuruyordu. Belki de tenindeki o rengin, üzerindeki elbiseyle hiç bir ilgisi yoktu. Barlas'ın ona ve elbiseye bakarken kömür koru olmuş gözleri, sanki hâlâ vücudunda dolaşıyordu. Belki de bütün o kızıllık içinden geliyordu.

Omuzlarını kaldırdı, göğüslerini dikleştirdi ve birden gülmeye başladı. Kendini tutamıyordu. Göğüsleri, onları bu kadar deşifre eden bir duruş almadan da yeterince ortadaydı zaten. Bir de öyle dik durmaya çalıştığında, komik oluyordu. Vücudu eskiye dönmüştü, ama onlar hâlâ olması gerekenden fazla görünüyordu.

Merdivenlerden indi hızlı bir şekilde. Ev sessizdi. Salonun kapısından başını uzatarak dışarıya baktı. Onları gördü. Barlas elini kaldırmış, Ekin'e gökyüzünü gösteriyordu.

"Sen onlardan birisin işte."

Ekin'i birbirinden parlak ve birbirinden güzel yıldızlara benzetiyordu. Nesil, onun babalığını bir süredir izliyordu. Ve gördükleri, zaman zaman soluğunu kesiyordu. Barlas, her babadan biraz daha farklıydı. Onun Ekin'le arasındaki doku, kaşmirden daha yumuşak, ipekten daha parlaktı. Ve nedense, saklıydı. Genelde, yalnız olduğunda konuşuyordu Ekin'le. Başkalarının yanındaysa dokunuyor ve okşuyordu. Garip bir tezat oluşturuyordu bu görüntü. Ekin'i herkesin tanımasını isterken, onunla asıl ve en güçlü bağı, yalnızken kuruyordu.

Nesil yanlarına gitti. Barlas hayranlıkla ona bakıyordu. "Bakma öyle" dedi fısıldayarak. Daha ağzından çıktığı an pişmanlık kaplamıştı genç kadının içini.

"Nasıl bakıyorum Nesil?"

O gece, Nesil'in kadınca albenisinin önünde her zaman olduğundan daha zayıftı Barlas. Baş başalık duygusu, ruhunun bezginliğini, ezikliğini çekip almıştı. Bu halinin Efser'in söyledikleriyle ilgisi var mıydı? İtiraf etmesi gerekirse, evet, Efser ona cesaret vermişti. Ancak; damarlarının yerinde akıp duran bu ılık nehrin sebebi, yalnızca Nesil'di. Ve ona beslediği hem sevgiye benzeyen, hem sevgiden ayrılan, insanı hem tutuk, hem cesur, hem sabırlı, hem sabırsız yapan, günden güne çoğalan, ağırlaşan karmakarışık hislerdi.

"Saçmaladım Barlas, unutalım gitsin.."

"Hep, öyle baksam sana... Rahatsız olur musun?"

O yaklaşıyordu, ama Nesil bir adım atamıyor, kaçamıyordu. Göğüs kafesi hızla inip kalkarken, dolgun göğüsleri elbisesine sığmıyor, tıpkı heyecanı gibi kabarıyor ve taşıyordu. Dudakları oynuyor, ancak konuşabilmek için boğazındaki kuruluğu yenemiyordu. Nefesi, nefesi yetmiyordu. Çünkü Barlas'ın nefesi önce dudaklarının, sonra yanağının, şimdi de kulağının üzerinde yürüyordu.

"Hep öyle bakmak istiyorum desem... Kızar mısın bana?"

Bacakları uyuşuyor, gözleri kapanıyor, tıpkı o gece olduğu gibi, kendini kaybediyordu. İradesini hissedemiyordu. Susmak genç kadının kurtuluşuydu. Ama susmak değil, yalvarmak istiyordu. Sadece yalvarmak geliyordu içinden. Böyle bir zamanda, boğazının kuruması işine yarıyor, nefesinin kesilmesi, ona yardım ediyordu. Aksi halde, Barlas'a duyuracaklarından korkuyordu.

"Sevemez misin beni? Sevemez miydin? Olmaz mıydı? Yapamaz mıydın?"

Olmamıştı. Olamazdı da artık. Hiçbir şey, başa dönüp, en baştan yaşanamazdı. Kendini Barlas'ın gücünün önünden çekmek için bundan daha geçerli bir neden de bulamazdı zaten. Kendini yeniden kazanmış ve hızla bir adım uzaklaşmıştı ondan.

"Nasıl baktığını anlamadım bile Barlas. Öylesine." dedi telaşla. Keşke daha dürüst olabilseydi. Bu sahte sözcükler, az önceki durumu ifade etmiyor, açıklamaya yetmiyordu. Nesil'deki bu küle dönüş, kül görünüş, çok hızlı olmuştu. Gerçek olan hiçbir yangın bu kadar kısa sürede sönmüyordu. Söyledikleri gerçek değil, kaçıştı. Ama Barlas o an için istediğini almış, inanabileceğinden fazlasına inanmıştı. İnkâr, dilin, dil yalanın sırdaşıydı. Gerçekse yüreğin sesinde saklanırdı. O inip kalkan göğüs, o kesilen soluk, o yakaran gözler... Onlar... İşte onlar, kalbin aynasıydı.

"Evet... Ne tarafa gidiyoruz?"

"Sizi bir yere götürmek ve biriyle tanıştırmak istiyorum"

Konuyu çabucak değiştirmişti Nesil. Barlas da onun gösterdiği izi takip etmişti. Bu kadarının yeterli olduğuna karar verdi genç adam. Hiç düşünmediği bir anda, Nesil'in hislerini ya da en basit anlamıyla tepkilerini test etmişti. Sonuç beklediğinden de güzeldi. Ama üzerine gitmek, onu ürkütmek, ispatın acımasız yollarına girmek ve Nesil'i peşinden sürüklemek için erkendi henüz.

"Kime?"

"Bir dost."

"O zaman, otele mi gidiyoruz?"

"Hayır... Şu eve yakın olan koy var ya, oraya."

Yol boyu ikisi de tek bir yerde, sözleşmiş gibi durakladılar. Nesil'in Barlas'ı beklediği ve öptüğü, Barlas'ın elini uzattığı ve ona "gel" dediği yerdeydiler. Önce, birkaç saniye boyu, sessizce yere, sonra başlarını kaldırıp etraflarına baktılar. Hem eksikler vardı bu gece, hem de fazlalar. O geceki kuvvetli rüzgâr yoktu. Sadece tene dokunan sert bir serinlik hissediliyordu. Ne Nesil beyaz bir elbise giymişti. Ne Barlas sarhoştu. Ne biri kaçıyor ne de diğeri kovalıyordu. Aynı yerde, bambaşka bir gece yaşanıyordu. O bambaşkalığı ne Nesil'in aşkı, ne de Barlas'ın yeni heveslerle dolu yüreği yaratıyordu. İkisinin bakışları da bir süre çekinerek etrafta dolaştıktan sonra birbirini buldu. Dilsiz kalmış dilleri çok şey söylüyordu. Sanki gözden gönüle giden bir aralık vardı ve onlar o an onu bulmuşlardı.

Barlas Ekin'e biraz daha sıkı sarılırken, Nesil de onlara yaklaştı. Gözyaşlarına söz geçiremiyordu. Hiçbir şey o an hissettiklerinden değerli olamazdı. En güzel düşü, sevdikleri, sadece bir adım ötesinde dururken, uzaktan bakamazdı. Ona açılan kolun altına sokuldu. Başını Ekin'in yanına yasladı. Kendini bu zevkten ve bu sıcaklıktan mahrum etmeyecekti. Yarın ne olursa olsun, bu gece, bundan ibaretti. Barlas ve Ekin, onun her şeyiydi.

Dakikalar sonra kendilerini toparlamayı başardılar. Derin bir duygusallık içinde kalan adımları atmış ve koya inen yolun başına gelmişlerdi. Tepeden aşağıya bakarken, genç adam aradığını bulmuş gibiydi. Evet. Vural Kaptan bu gece gelmişti ve Barlas da ona oğlunu ve sevdiği kadını getirmişti.

Sevdiği kadın mı?

Evet. İçinden o geçmişti. Öyle demezler miydi? Yanlış bir düşünce, yanlış bir ifade miydi? Seviyordu Nesil'i. Bir erkek için bir kadın, bundan çok, bundan fazla, ya da bundan farklı nasıl sevilirdi ki? Düşünecekti bütün bunları. Kendine söz vermişti. Sevgiler içinde Nesil'in yerini bulacak ve ona anlatacaktı her şeyi. Şimdi, aşağıya inen şekilsiz patikaya vermişti bütün dikkatini. Onları getirmişti, ama o karanlık yerden aşağıya indiremezdi. Tek başınayken, umurunda bile değildi. El yordamıyla bile yolunu bulabilirdi.

"O fenere bu gece ihtiyacım var ihtiyar. Şu yolu biraz aydınlatır mısın?"

Seslenirken, gülümsemeye başlamıştı. Aşağıdaki adamı şaşırtacaktı bu durum. Ama onu bekleyen asıl şaşkınlık biraz sonra yaşanacaktı ki, bu Barlas'a inanılmaz derecede keyif veriyordu.

"Ne o? Artık kendine güvenmiyor musun, bok yoluna gitmekten korkuyor musun yoksa?"

"Bırak gevezeliği de dediğimi yap."

"İyi mi böyle? Gelip karşılayayım mı sen-sizi?"

Barlas'ın yalnız olmadığını anlamıştı. Gölgeden ibaret gibi duran karartılarda, Barlas'tan fazlası vardı. Şaşırmıştı Vural Kaptan. Telaşlanmıştı. Barlas, bir gün oğlunu getireceğinden bahsetmişti ona, ama yaşlı gözleri eğer yanılmıyorsa, yanlarında bir de kadın vardı.

"Tut elimi"... dedi Barlas heyecanla genç kadına. Nesil istediğini yaptı ve elini uzattı. Kime götürüyordu Barlas onları? Ve neden bu kadar sevinçli ve heyecanlı görünüyordu?

"Kaygandır zemin, dikkat et."

Başını salladı genç kadın. Önce Barlas'ın uyarısını dikkate alarak bastığı yeri yokladı. Ardından gözlerini kaldırıp, genç adamın yüzüne baktı.

"Tamam"

Kaptan'ın emektar ve sırdaş teknesine ulaşmışlardı. Barlas, Kaptan'a bakıyordu. Onun elindeki işi bitirmesini bekliyor, kazağının koluyla sildiği tabureye verdiği emeği yüzündeki tebessümle izliyordu.

"Bırak onu da, gel artık Kaptan. Bak sana kimleri getirdim."

Kaptan tabureyi getirip Nesil'in yanına bıraktı. Başını kaldırıp genç kadının yüzüne bakmaya bile çekiniyordu. Barlas onları tanıştıracaktı belliydi. Ve yaşlı adam, bir yanlış yapmaktan, Barlas'ı mahcup etmekten korkuyordu.

"Bak oğlum, bu ihtiyarın adı Vural Kaptan. Vural Kaptan, bu yakışıklı da benim oğlum. Ekin."

Kaptan bir iki ürkek adımla Ekin'e yaklaştı. Elini uzattı dokunmak için, ama eli bir süre havada kaldıktan sonra yanına düştü.

"Allah bağışlasın. Çok güzel bir çocuk."

Sonra gecikmeden Nesil'e döndü.

"Bu hanım da Nesil."

"Hoş geldiniz. Ben, ben çok memnun oldum hanımefendi."

"Ben de öyle. Nasılsınız Kaptan?"

"İyi diyelim. Şöyle buyurmaz mısınız? Temizdir."

Az önce sildiği tabureyi işaret edip, aceleyle bir adım geriye çekildi yaşlı adam. Barlas'ın mucizesini ve meleğini görmek istiyordu. Ama şimdi, Nesil'e baktıkça, soğuk terler döküyordu. Çok güzel bir kadındı. Hele hele gözleri bir anlığına gözlerine bakmış ve o rengi tanımıştı. Heyecanı büsbütün artmıştı. Nesil, Ersegül'ü hatırlatmıştı yorgun ve yaslı yüreğine.

"Kaptan" dedi Barlas, "Oğlumu uzaktan mı seveceksin?"

"Ben ne bileyim Barlas. Yani, annesine sormak lazım, izin almak lazım."

"Tabii ki alabilirsiniz. Lütfen çekinmeyin."

Sonrası yavaş yavaş rayına girmiş ve Kaptan, Nesil'in samimi tavırlarıyla çekingenliğini bir nebze olsun yenmişti. Yenemediği bir tek şey vardı. O da sık sık genç kadının gözlerine bakma isteğiydi. Bu ahir ömründe, rabbinin bir hediyesiydi sanki. Ersegül bir çift göz olmuş ve teknesine gelmişti.

Eşine belki de bir daha rastlayamayacağı, kusursuz bir gün geçirmişti genç kadın. Yeni bir adamla tanışmıştı bugün. Adı Barlas olan ama içten, doğal tepkileriyle Nesil'in o güne kadar gördüğü Barlas'tan ayrılan, hem aynı, hem de bambaşka bir adam. Kendisi de aynı değildi. Mesela, iki gün önceki Nesil değildi. Çok daha eskilerde yaşayan bir kız gelip girmişti ruhundan içeriye. Yüreğindeki sevdayı alttan alttan körükleyen hatta üzerine biraz daha tılsım, biraz daha gizem, biraz daha umut ekleyen bir kadına dönüştürmüştü onu.

Gözünde büyüttüğü kadar kötü değildi durumu. Kabullenemeyeceği hiçbir şey olmuyordu. Barlas'ın tavırlarıyla, kendine ait bir yer edinmişti o evde... Barlas ile flört ediyordu. Ekin için saygı görüyordu belki, ama bir anıt gibi davranmıyordu Barlas ona. Sadece bir kadın olarak da Barlas'ın dikkatini çektiğini biliyordu artık. Gururunu okşuyordu bu durum. Kendine güveni an an biraz daha artıyordu. Artan şeyler sadece bununla sınırlı da kalmıyordu üstelik. Barlas ile yeni bir gelecek formülü de yazıyordu aklına. Evlilik bu formülün içine yer alan bir kelime değildi. O imkânsızlığını korumaya devam ediyordu Nesil için. Tamam, bu yeni şekil, yüreğinin onayını almıyordu, ama elindekilerle ancak buna sahip olabileceğini söylüyordu kalbine. Onaylamasa bile en azından anlamasını umuyordu. Elinde değildi ki. İstese de, çok istese de, Barlas'a uzaktan bakamıyordu. Kayıtsız kalamıyordu. Özellikle, dünden beri sürekli gözlerini kamaştıran o yeni adama yeniden âşık oluyordu. Sözüyle, duruşuyla, bakışıyla. Kaynağı güneş olan, sımsıcak bir alev olmuştu Barlas, uzaktan bile yakar olmuştu. Kış ayazında yapayalnız kalmış bir yürekti Nesil'in ki. Sürekli o sıcağa bakar ve ona sokulur olmuştu.

Neredeyse yarım saattir, Nesil ortada yoktu. Gözü sürekli saate bakıyordu genç adamın. Her bakışında dakikaların yalnızca birer ya da ikişer ilerlediğini görüyordu. Böyle bir bekleyiş içinde, yarım saat, insana bir yıl gibi geliyordu işte. Heyecanı son haddine ulaşmıştı genç adamın. Vakit gelmişti. Az sonra, insanlara ailesini gösterecekti. Ancak bir ayrıntı vardı ki, Barlas'ın canını fazlasıyla sıkıyordu, Ekin'in sıfatı belliydi. O kendi kanından ve canından bir varlıktı ve Ekin'in isminden öte bir yeri ve anlamı vardı. "Oğlum" diyecekti ve her şey bitecekti.

Peki ya Nesil? Neden bu kadar inatçıydı bu kadın? Neden, yetmiyordu ona Barlas'ın hisleri? Neden şimdi "karım" diyemiyordu herkese? Evirip çeviriyordu aklında..."Ekin'in annesi" Sadece Ekin'in annesi değildi ki Nesil. Onun için de bir anlamı vardı. Ekin'den bağımsız bir yeri ve gücü vardı Nesil'in. Dün gece Vural Kaptan'ın yanındayken düştüğü duruma düşecekti yine işte. "Nesil" diyecekti ve bu huzursuz edecekti genç adamı. Çünkü bu, içindeki Nesil'i ifade etmeye yetmeyecekti.

"Sana bir şey sorabilir miyim Ekin? Kadınlar, erkekleri hep böyle bekletirler mi babacığım?"

Ekin salondaki koltukta uzanırken, o sehpanın etrafında dolaşıyordu. Yukarıdan gelecek sese kulak kesilmişti.

"Bilmiyor musun? Ben de bilmiyorum. Daha önce hiçbir kadını beklemedim. Doğru söylüyorum bak. Böyle beklemedim. Bir an önce gelsin diye, bir an önce görmek için hiç beklemedim."

Ekin ise, Barlas'ın söylediklerinden bihaber, yalnızca gülüyordu. Pembe damaklarında bir inci gibi baş vermiş olan dişiyle, oyun sanıyordu babasının gülüşünü.

"Bak sana ne diyeceğim" dedi genç adam onu yanağından ve boynundan öptükten sonra; "Yardımına ihtiyacım var bu gece. Baba'ya yardım edersin değil mi?"

Ekin'in karşılığıysa Barlas'ın yüzünü avuçlayan ve sıkan elleri oldu.

"Şurada duran kutuyu görüyor musun?"

Ceketinin hemen altında duran, koyu lacivert, kadife bir kutuyu işaret ediyordu. Nesil bu hafta sonu gelmeyi kabul ettiğinde, ona teşekkür etmek niyetiyle bir hediye almıştı genç adam. Ama bir türlü cesaretini toplayıp veremiyordu.

"Onu annene sen versen olur mu?"

"Ne veriyor bana?"

Fısıldadığını sanıyordu genç adam. Ama arkasından gelen ses bunun aksini söylüyordu. Sıkıntıyla yüzünü buruşturdu. Hâlâ Ekin'e bakmaya devam ediyordu. Hemen bir şeyler bulmalıydı. Çünkü az önce Ekin'in varlığının ardına saklanarak bu işi başarabileceğini sanırken, yine cesaretsiz kalmıştı.

"Öpücük, az önce bana verdiğinin aynısını."

"Aaa... Ekin öpmeyi biliyor mu?"

Genç kadın gülümseyerek yaklaşıyordu yanlarına. Barlas ise o kutuyu nasıl saklayacağının derdine düşmüştü. Ceketini, Nesil'e belli etmeden çekti ve kutuyu kapattı. Sonra da ayağa kalktı genç adam.

"Yanağına dayayınca, ısırmaya çalışıyor. O da öpücüğe benziyor işte" dedi ve sustu.

Nesil çok güzel görünüyordu. Ama Barlas sesli olarak hiçbir şey söylemiyordu. Nesil'in güzelliğiyle kamaşan gözlerini yüzünden ayırmış, siyah elbisesinin üzerinde önce aşağı sonra da aynı yavaşlıkla yukarıya doğru dolaştırıyordu. Elbisenin geniş kare yakası genç kadının boynunu, göğüslerinin ayrıldığı o noktaya kadar ortaya koyuyordu. Ve o açıklıkta, küçük siyah incilerden oluşan bir kolye duruyordu. Kulaklarında da aynı kolyenin takımı olan siyah inciler sallanıyordu. Hediyesini vermek için zaten cesareti yoktu genç adamın. Nesil'in kıyafetini olağanüstü bir uyumla süsleyen o takıları gördükten sonraysa, bunun için doğru bir zaman olmadığına karar verdi. Onu bir tercih yapmak zorunda bırakmayacaktı genç adam.

Ceketini alırken, kutuyu koltuğun minderinin altına doğru itti. Belki de hiç cesaret edemeyeceği bir işe kalkıştığını düşünüyordu aynı anda.

Arabayı otelin giriş kapısının önünde bıraktı. Nesil'in inmesine yardımcı olmak için aceleyle arka kapıya yöneldi. Genç kadınının kucağından Ekin'i alırken, çalışanlarının bir kısmı arabanın etrafını sarmıştı. Barlas'ın herhangi bir emrine karşı hazırlıklı olarak bekliyorlardı. Ancak; en fazla dikkat, arabanın arka koltuğundan inecek olan o kadının üzerine odaklanmıştı. Dedikodu kazanı kaynamış ve Barlas'ın bu geceye, oğlu ve karısıyla katılacağını her tarafa yaymıştı.

Barlas'ın, o anki sıkıntısıysa, ne az sonra aralarına katılacakları kalabalıktı, ne de insanların ne düşündüğü. O, Ekin'i kucağına almış, arabadan inmek için toparlanan Nesil'e, yapılı bedeni ve uzun boyuyla perde olmaya çabalıyordu. Genç kadının birer sütuna benzeyen, parlak ve gösterişli bacaklarının, elbisesinin dar ve kısa eteğinin kurbanı olmasına engel oluyordu. Kendi hariç, diğer tüm gözlerden sakınıyordu Nesil'in tenini.

Nihayet genç kadın yanında durduğunda, genç adam da rahat bir soluk almıştı. Keyfi yerine gelmişti yeniden. Nesil'in gözlerine bakıyor ve onun nasıl olduğunu anlamaya çalışıyordu. Heyecanlıydı genç kadın. Bunu, evle otel arasındaki o kısa mesafeyi geçerken anlamıştı. Genç adam elini uzattı ona. İhtiyacı varsa, tutunsun istiyordu, ya da sırf dokunmak için.

"Lütfen tut" diyordu içinden. Onun ihtiyacı vardı. O istiyordu. Nesil için değil, kendisi için uzatıyordu elini.

"Bu, bu uygun olur mu Barlas?"

Nesil, parmağındaki yüzüğün boşluğuna, Barlas'ın elini koyabilirdi pekâlâ. Dışarıdan bakanlara; "Bu elin sahibini sevdim" diyebilirdi yalnızca. "Yüzüksüz elini sevdim... ve sevmeye de devam edeceğim" diyebilirdi. Bu kadar cesur olabilir miydi peki?

"Dün gece de tutmuştun elimi, Kaptan'a giderken."

"Ama o..."

"Aynı şey bu Nesil. Ve aynı el..."

Genç kadın, Barlas'la kendine yazmaya başladığı o yeni geleceği düşündü bir an. Bu geceden başlayabilirdi buna. Elini uzatıp, genç adamın avucunun içine bıraktı. Buz gibiydi teni. Barlas da bunu fark etmiş ve tıpkı sıcak bir örtü gibi tümüyle kavrayıp sarmıştı o eli.

"İyi akşamlar Barlas Bey."

"Size de."

Kaç kişinin selam verdiğini. Barlas'ın ise kaç kişiye "size de" diyerek gülümsediğini artık sayamıyordu genç kadın. Zaten ne zaman bu otelin içinde birlikte yürüseler sürekli bunları duyuyordu.

Büyük yemek salonuna ulaştılar. Kapıda bir kadın ve bir erkek duruyordu. İkisi de otelin üst yönetimini, bir anlamda Barlas'ı temsil ediyordu.

"Barlas Bey, Nesil Hanım, Hoş geldiniz" derken ölçülü bir tavırla gülümsüyordu adam.

"Karşılama komitesi siz misiniz?" dedi Barlas hafifçe tebessüm ederek. Sonra Nesil'e döndü. Onun hazır olup olmadığına baktı bir an ve avucunun içindeki elini sıktı hafifçe.

"Ender Bey'le tanışıyorsunuz değil mi Nesil?"

Genç kadın başını olumlu anlamda salladı ve güçlükle gülümsedi. Bu ilk gülümsemeyi başarabilirse, arkası daha kolay bir şekilde gelecekti.

"Hoş bulduk Ender Bey? Nasılsınız?"

"Teşekkür ederim. Şeref verdiniz."

Ne kadar da kibar bir adamdı. Ancak Nesil, daha fazla sohbet etmek ve daha fazla gereksiz kibarlıkta bulunmak istemiyordu.

"Nesil, bu hanım, halkla ilişkiler müdiremiz Sena Hanım."

"Memnun oldum."

Tokalaşmak için, Barlas'ın elini bırakmak zorunda kalmıştı genç kadın. Sonra da buna pişman olmuştu. Bir daha, kendiliğinden o elin sıcaklığına dönmek tuhaf olurdu. Ve Barlas da yeni bir davet yapacakmış gibi görünmüyordu.

"Ve oğlum... Ekin..."

Bütün dikkat Ekin'e yönelmişti aynı anda. Nesil, üzerindeki gözlerin hafifçe sapmasıyla biraz rahatlamıştı. Kısa birkaç cümlenin ardından, içeriye geçtiler. Herkes masadaki yerini almıştı ve bütün gözler, gecenin beklenen çiftine odaklanmıştı.

Başka bir resmi tanıştırmaya gerek kalmamıştı. Onlar, masada yerini aldıktan sonra, tebriklerle ve gülen yüzlerle karşılanmışlardı. Çalışanlar için ayrı, Barlas ve Nesil için ayrı anlamlara yüklenen tebriklerdi bunlar. Ancak; iki taraf da aralarındaki bu anlam ayrılığının farkına varmamıştı. Ta ki; Barlas eline tutuşturulan küçük kutunun üzerindeki kâğıda bakana kadar... O vakte kadar, çalışanlarına yayılan yanlış haberden, Nesil'in onun karısı olduğunu düşündüklerinden haberi olmamıştı.

"Eşiniz ve oğlunuzla, mutlu bir hayat diliyor ve bu güzel hafta sonu için teşekkürlerimizi sunuyoruz... Dream çalışanları..."

Genç adam bakışlarını kaldırdı ve masada dolaştırdı. Herkes dikkat kesilmiş ona bakıyordu. Ne demesi gerektiğini bilemiyordu. Bunu düşünecek fazla zamanı da yoktu. Çünkü kıpırtılar başlamıştı insanlar arasında. Herkes, bu jest karşılığında, her daim çekindikleri patronlarından bir tepki bekliyordu. Beklenen tepki geciktikçe, bu küçük hediyeye ön ayak olanların yüzleri düşüyor, ortalık sessizleşiyordu. Yanlış bir şey mi yapmışlardı? Ama amaç, son derece kutsaldı. Kendileri için, kazancından fedakârlık eden o adamın mutluluğunu paylaşmaktı.

Barlas elindeki notu Nesil'e göstermeden cebine koydu. Şeffaf bir ambalajla süslenmiş olan gümüş işlemeli duvar süsü nazarlığı Nesil'e uzattı. Bu sırada, nasıl davranacağına karar vermişti. Yüzüne insanların huzursuzluğuna iyi gelecek samimi bir gülümseme de yerleştirmişti.

"Bu sana Nesil" dedi genç adam. "Ekin'e uğur getirsin diye."

Genç kadın, notta yazanlardan habersizce Barlas'ın uzattığı pakete ve masada oturanlara bakıyor, dudaklarındaki hoş tebessümle nazik bir şekilde gülümsüyordu.

"Teşekkür ederim."

Bir gerginlik anı, Barlas'ın gayretiyle atlatılmış, Nesil şimdilik etrafında olup bitenleri anlamamıştı. Ancak Barlas biliyordu ve Allah biliyor ya, bu durumdan çok hoşlanmıştı. Böylesi daha iyiydi. Herkesin onu eşi olarak düşünmesine çok sevinmişti. Önünde sonunda olacak olan bu değil miydi zaten? Şimdiden sonra, ona karşı bu kadar hisle doluyken, onu kaybedecek değildi ya. Zaten kabarmış olan duygusallığı, iyice tepeye vurmuştu. Artık o ortamda daha rahat ve daha huzurla oturuyordu. Tavırlarına da yansımıştı bu durum.

Nesil varlığıyla, Barlas'ın yıkık dünyasını bir ateşböceği gibi aydınlatmış, ondan bir gece içinde çok şey alıp gitmişti. Barlas o gece, Ekin'in varoluşuna sebep olmamıştı yalnızca. Aynı zamanda, dokuz yaşında bir erkek çocuğunu da Nesil'in kadınlığının gücüne ve merhametine teslim etmişti. Evet,her şeyi başlatan Nesil'di. Ve şimdi ektiği bütün tohumlar çimleniyor, toprağını zorluyordu. İnanılır gibi değildi ama doğruydu. Bir ölüden bir ruh doğuyordu. Çam gölgeli bir deniz görmüştü bundan bir yıl kadar önce genç adam ve şimdi de aynı rengin derinliğine bakıyordu. Daha değil diyerek iç geçirdi genç adam. Daha onu kaybetmemişti. O asla kaybolmayacak biriydi. Nesil, yalnızca kendini değil, sevmeyi de sevdirmişti Barlas'a.

Elindeki bardaktan bir yudum su aldı genç adam. Bu gece, uzatılan kadehleri iç huzuruyla geriye çevirmişti. Zihninde ötelemek istediği bir şey yoktu. Nesil yanındaydı. Ekin kollarının arasındaydı. Zihninde onlardan başkasına yer kalmamıştı. Onların yanında, zamansız baskınların tehlikeli tuzaklarından uzaktı.

"Barlas, peki herkes bu eğlenceye davetliyse, işleri kim yapıyor?"

Etraflarındaki insan kalabalığı masadaki eğlenceyi piste kadar taşımıştı. Danslar başlamıştı. Kahkahalar yükseliyordu dört bir yandan. Nesil ve Barlas da bu mutluluğun ortakları olarak oturmaya devam ediyorlardı.

"Bu isteğe bağlı bir uygulama Nesil. Sezonluk bir iş bizimki. Çalışanların çoğu, zamanı geldiğinde, uzaklardan gelir. O yüzden pek çoğunun ailesi, yakınları burada değil. Onlar da bu etkinliğe katılmak yerine, fazladan para kazanmayı tercih ediyorlar."

"Ne demek fazladan para kazanmak?"

"Bu hafta sonunu çalışarak geçirenler, yarım maaş ikramiye alıyorlar. Biz tercihlerine bırakıyoruz. Bu uygulamanın bir adı da ikramiye aslında. Kimileri tatil yaparak kimileri de ekstra para kazanarak kullanıyor bu hakkını"

"Anladım"

Işıklar pistteki dansa ve o dansa yön veren müziğin tonuna göre değişiyordu. O an, ateş kırmızısı bir halka çeviriyordu çiftlerin etrafını. Nesil, dirseklerini masaya dayamış ve ellerini çenesinin altında birleştirmişti. Dalgın dalgın pisti seyrediyordu.

Bu gece, son birkaç aydır içinde bulunduğu bulanıklık, duruluyordu. Barlas için, yeni bir sayfa daha açılıyordu. Nesil'i hayatının her köşesinde istiyordu genç adam. Evinde, elinde, yatağında, ama diğerleri gibi değil. Her kadın gibi değil. Nesil'i yüreğiyle birlikte bekliyordu. Çünkü karşılığında ona verecek derin sevgiler besliyordu. Adı aşk mıydı bu duygunun? Onu bilemiyordu işte. Aşk ile sevgiyi birbirinden ayıracak kadar tecrübesi yoktu. Sadece aşktan yana değildi Barlas'ın tecrübesizliği. O, sevgiler konusunda da acemilik çekiyordu. Şundan emindi ki; artık Nesil'i, "yardım etmek", "vicdan yükü" ya da "olması gereken" safsataları sebebiyle değil, onu sevdiği için istiyordu. Onu mutlu edecek, mutlu olacak kadar seviyordu.

Birkaç dakika daha bekledikten sonra eğer o gelmezse, yukarıya çıkıp bakmayı planlıyordu. Salonda aşağı yukarı volta atarken, doğumhane önlerindeki adamlara benziyordu. Ama oğlunun değil, kendi doğumunun sancılarını dinliyordu. Durmaksızın, düşünüyordu. Gözleri ara ara koltuk minderinin altına sıkışmış olan o kutuya kayıyordu. Neden saklıyordu sanki? Neden üst üste yığıyordu Nesil'e aldığı her hediyeyi? Neden vermiyordu? Nesil bir melekti onun için evet, ama her şeyden önce bir kadındı. Barlas ilk andan itibaren büyük bir hata yapmış ve ona bir mabet gibi davranmıştı. Ekin'in imkânsızlığı, Nesil'e doğal bakmasına engel olmuştu. Hoş; bu bir yerde çok iyi olmuştu. Çünkü Barlas'ın doğal bakışları, uzun zamandır boşluğa bakıyordu. Nesil'in, Barlas gibi birinin dikkatini çekmesi için, bir hayli sarsması gerekiyordu. Ve bunu karşılaştıkları ilk andan beri yapıyordu genç kadın.

"Uyumadın mı?"

Ardından gelen sesle olduğu yerde çakılıp kaldı genç adam. Gelmişti işte. Düşündüklerini anlatmanın bir yolunu bulması gerekiyordu. O yokken, kararlar almaya, hayalden uygulamaya, hayalden bozmaya benzemiyordu bu. Şimdi cesaret gerekiyordu.

"Ben, uyumadım. Sen inersin diye bekliyordum."

"İneceğimi söylememiştim, ama..."

"İyi geceler de demedin."

Salon duvarındaki saate baktı genç kadın. Yarın olmasına birkaç dakika vardı yalnızca.

"Aslında çok geç olmuş" dedi başıyla saati işaret ederek.

"Geç değil. Biraz otururuz diye düşünmüştüm."

Evin sessizliği, dışarıdan gelen uğultu ve kıyıya vuran dalgaların sesleriyle bozuluyordu. Geç vakit çıkan rüzgâr, şiddetini arttırıyordu. Barlas'la yalnız, yüz yüze ve göz göze olmak elbette heyecanlandırıyordu genç kadını. Ancak; o aşırı heyecan bile, huzurunu azaltmıyordu.

"Otursana" dedi Barlas uzun koltuğu işaret ederek. Sonra birden bire telaşa kapıldı. O kutu hâlâ Nesil'e gösterdiği koltuğun minderi arasında duruyordu. Belki böyle bir dikkatsizlik olmasa, böyle ani bir karar da veremeyecekti genç adam. O an gözünü kararttı ve...

"Nesil, ben sana bir şey aldım" dedi yavaşça.

Aralarında yalnızca küçücük bir adım kalmıştı. Sözsüz bir şekilde bir kutu uzatılmıştı önüne. Ne tek bir laf ediyordu Barlas alması için, ne Nesil elini uzatıyordu.

"Bana bir şey almana gerek yoktu" dedi genç kadın.

"Gerek duyduğum için almadım zaten."

"Neden aldın peki?"

"Sen hiç hediye almaz mısın? Yakınlarına, sevdiklerine."

Sükûnet devam ediyordu. Barlas'ın güç bulduğu cesareti gitgide eriyordu. Daha fazla bekleyecek gücü kalmamıştı. Kutuyu tıpkı az önceki gibi ani bir kararla, önündeki sehpanın üzerine bıraktı. Nesil'den uzaklaşarak camın önüne yürüdü. Karanlığa bakarken, gözlerindeki kırgınlığı yok etmeye çalışıyordu. Emindi gözlerinde kırgınlık taşıdığından. Çünkü içinden geliyordu.

"Affedersin Nesil" dedi fısıltıyla. Boğazının içinden kopan o kırgınlıkla düğümlendiğini hissediyordu. "Unut gitsin..."

Keşke unutabilseydi genç kadın. Keşke şu anı en başa alıp, yeniden yaşabilseydi. Onu kırmak istememişti. O sadece... Sadece... Sadece neydi peki? "Senden gelen her şeye kapalıyım", "sana muhtaç değilim" bu muydu vermeye çalıştığı mesaj? O zaman amacına hizmet etmişti. O halde neden zaferinin gururunu başını dik tutarak taşımıyor, gitgide eğiliyordu. Herkese bu kadar hoşgörülü olurken, neden aynı şeyi Barlas'a yapamıyordu? Çünkü en çok onu seviyordu. Ve onun veremedikleriyle öylesine doldurmuştu ki hayal kırıklığı küpünü. Şimdi aldıklarıyla mutlu olamıyor, değerini bilemiyordu. Bir hediyeydi yalnızca genç adamın az önce uzattığı şey.

İki ürkek adımla sehpaya ulaştı. Kutuyu eline aldı. Barlas için artık bir anlamı kalıp kalmadığını bilmiyordu, ama kalmış olmasını umarak yanına yaklaştı genç adamın. Dürüst davranırsa, belki anlardı Barlas onu.

"Ben aslında, çok şaşırdım Barlas. Bana hediye almanı hiç beklemiyordum."

"Unut dedim Nesil."

"Ben unutmak istemiyorum. Ben sana daha önce de söyledim. Sana yük olmak istemiyorum."

"Sana öyle mi hissettirdim?"

"Hayır... Ben... Ben böyle yaparak yanlış davrandım. Ben bu konuda o kadar hassasım ki. Söylemek istediğim,söylemek istediğim şu... Aslında öyle hissetmedim. Ben sevindim. Ama nasıl davranmam gerektiğine karar veremedim bir türlü. Seni kırdıysam... Eğer kırdıysam... Biliyorum kırdım..."

Aralarındaki boşluk, bir kol mesafesinden daha az olmasına rağmen, aşılmaz gibi görünüyordu genç kadına. Barlas'ın yüzünü göremiyordu. Ne düşündüğünü, ne kadar kırıldığını bilemiyordu. Bütün bu belirsizlikle birlikte, dolu dolu oluyordu gözleri. Ne olursa olsun, onu incittiği zaman, aynı incinmişliğin izlerini kendi yüreğinde hissediyordu.

"Barlas" dedi. "Özür..." Yutkunmak zorunda kaldı. Çünkü sesi kırılıp dökülüyordu. Gözleri nemlenmişti ve yine kendini tutamıyordu, "Özür dilerim."

O ses, Barlas'ın dimdik duran bedenini uyarmıştı. Nesil'e bakma ihtiyacı doğmuştu içinde. Onun ağlamak üzere olduğunu ya da ağlamaya başladığını anlamıştı.

"Bunu yapma demiştim sana" dedi kendini tebessüme zorlayarak.

"O zaman sen de bana kırılma."

Bu gece bazı şeylerin değişeceğini hissediyordu Barlas. Çünkü öylesine hassas bir denge içinde yürüyordu ki. Bu kadar hassas bir döngü içindeyken, bir şeylere dokunmadan, yıkmadan ilerlemek mümkün değildi.

"Tamam" dedi genç adam. Elini uzattı ve genç kadının gözünden süzülen yaşı sildi, sonra da usulca yanağını okşadı. Nesil elindeki kutuyu göğsüne bastırmıştı sımsıkı.

"Bizi başka türlü düşündüm bu gece" dedi yüreğinden geçenlerden seçtiği küçük bir itirafla Barlas. "Ve bu beni düşünemeyeceğin kadar mutlu etti. Elimde değil, hayali bile o kadar güzel ki Nesil."

İliklerine kadar ürperdi genç kadın. Barlas'ın kısık sesi, tenine değiyordu. Sanki Barlas dokunmuştu ona ve sanki o gece olanlar, yeniden oluyordu. Belki de yine evlilik teklifi için hazırlık yapıyordu. Evet, evet belki de tek hedef buydu... Güçlükle bir gülümseme yerleştirdi yüzüne ve sanki eskiden öyleymiş de bugün her şey değişmiş gibi kaygısız bir tona bürüdü sesini.

"Biliyorum. Vaktiyle o hayalleri ben de kuruyordum. Ne kadar güzel göründüklerini hatırlıyorum Barlas."

Artık ne söylerse söylesin, Barlas için çok fazla bir önemi yoktu. O amacına yaklaşıyordu her adımda. Çekinmiyordu. Çünkü Nesil'in sesi, söyledikleriyle uyuşmuyordu. Titriyordu hafifçe ve Barlas da bunu hissediyordu.

"Bunu da hatırlıyor musun peki?"

Genç kadın başını kaldırdı. Barlas'ın sorduğu soruyla ne ima ettiğini anlayamamıştı. Nefesiyle dokunabileceği kadar yakınında duruyordu Barlas. Kollarıyla genç kadını çevrelemişti. Yüksek ve dik bir dağ kadar aşılmaz görünüyordu.

"Bunun ne kadar güzel olduğunu hatırlıyor musun?" derken fısıltısındaki titreşim, sanki bir yıl önceden geliyor ve Nesil'i altüst ediyordu.

Barlas onu öptükçe, ansızın kuşatılmış, zayıf düşmüş, teslim olmak üzere bekleyen bir kaleye benziyordu. Onu bırakıp gittiği için deli olduğunu düşünüyordu. Belleği sadece bunu söylüyordu. O kolları, o elleri, o teni, o dudakların işini bilen, fikrini çelen hareketlerini aylardır özlüyordu. Hissettiği özlemin ve açlığın kuvvetini, şiddetini ancak şimdi kavuştuğu an anlıyordu. Evet... Delilikti bu. Onsuz olmak delilikti.

Belkemiğini, bir aşağı bir yukarı hareket ederek okşayan parmağının, ensesini boydan boya saran, başını istediği şekilde yüzüne bastıran elinin gücünü hissediyordu. Kendini kaybetmişti, ama belindeki elin baskısının gitgide artığını fark ediyordu. Dudakları aralanmıştı genç kadının. Barlas istediğini alıyordu. Barlas'a istediğini cömertçe veriyordu.

"Meleğim" dedi Barlas "Meleğim..."

Sadece kısa bir soluk arasıydı bu. Dudakları birbirinden ayrılmış, ama gözleri birbirine kenetlenerek kapanmıştı. Barlas'ın kara gözleri, Nesil'in irislerini de koyulaştırmış, çam gölgesi vurmuş denizin rengi bir kez daha ortaya çıkmıştı. Bir iki kelimeyle dinlenmiş olan nefesleri, yeniden yorulmaya hazırlanmıştı. Aralarındaki çekim, aralarındaki uyum, bir erkek ve bir kadın için yazılabilecek en güzel yazının ahengiyle, bu kez, zorlamadan, baskı altına almadan, kararsızlık ya da şaşkınlık zaaflarını kullanmadan, bilerek ve isteyerek birbirlerine yaklaştılar. Dudakları birbirine değdiği an, sanki bu ilkmiş gibi, çekindiler. Biri diğerini cesaretlendiriyor, biri çekilirken, diğeri dokunuyordu. Nihayet, elleri kalktı ve tıpkı dudakların birbirini bulması gibi, büyük bir zevk ve arzuyla karşısındakine dokunmaya başladı.

Her büyük yangını, küçük bir kıvılcım çıkarırdı. Ve o kıvılcım hazırdı.

Nesil'i kollarının arasına sıkıştırmıştı. Onun kaçmasını istemiyordu. Nesil'in bedenini ateşe vermişti. Bunu sadece hissetmiyor, genç kadının tepkilerinde apaçık görüyordu. Gitgide biraz daha sallanıyordu Nesil. Gitgide, biraz daha fazla sokuluyordu ona. Gitgide biraz daha talepkâr oluyordu. Okşayarak dolaşan elleri, çekinmeden, genç adamın gömleğinin altına kayıyordu. O ilk temas... Başı dönüyordu Barlas'ın. Nesil... Acemi meleği, düştükleri ateşi yine korkusuzca besliyordu. Kollarının çemberini iyice daraltı ve genç kadını açlıkla sımsıkı bedenine bastırdı. Ne dudaklarından kopmak istiyordu, ne tek bir uzvundan uzaklaşmak. Aksine, biraz daha yakınlık. Varlığını biraz daha tatmak. Yetmiyordu genç adama. Nesil'e beslediği, eski yeni bütün ilgiler harekete geçmişti. Hepsi kendini gösteriyordu. O geceyi hatırlıyordu zihninin aydınlıkta kalan bir köşesi. Ve onu yeniden istiyordu.

Ani bir kararla, kolunun birini genç kadının kalçasının üzerinden aşağıya indirdi. Arzuları sabırsız olsa da, hareketleri hâlâ okşar gibiydi. Nefesini tuttu ve bu dokunuşun içinde yarattığı dalganın gelip geçmesini bekledi Nesil. Geçecek gibi değildi. Aksine, her an yeni bir dalga geliyordu. Barlas'ın kolu dizlerinin arkasından kavramıştı onu. Bir anda ayakları yerden kesilmişti. Barlas'ın kucağındaydı artık. Şaşırmıştı, ama fazla uzun sürmemişti bu. Hatta işine gelmişti. Bu haliyle onun uzun boyuna yetişmek için zahmete girmesi gerekmiyordu. Onu öpmek için, parmaklarının ucunda yükselmesi gerekmiyordu. Ayakkabılarını usulca yere bırakıverdi. Artık onlara ihtiyacı yoktu. Bunu yaparken, ellerini genç adamın yüzünün iki tarafında tutuyor ve onu öpmeye devam ediyordu. Hayatında hiç bu kadar huzurlu ve mutlu, hiç bu kadar kadın gibi, hiç bu kadar arzulu hissetmemişti kendini. İstediği Barlas'la bir kez daha birlikte olmaktı. O gece korku ve utangaçlıkla kaçırdığı pek çok ayrıntının tadına varmaktı. Bir süreliğine bile olsa, Barlas'la sanki aşktanmış gibi bir yuva kurmak ve o yuvanın, kadını olmaktı.

Nesil'in yüzüne dağılmış saçlarını bir eliyle kenara çekti ve çenesini kaldırdı...

"Meleğim" dedi bir kez daha.

Nesil'in söyleyeceği hiçbir söz yoktu. İstediğini kelimelerle anlatması mümkün değildi. Bunu dile getirmesi imkânsızdı. Bakışları ele veriyordu genç kadını. Onlar anlaşıyordu. İkisinin istekleri de aynı dili konuşuyor, bakışların anlamları, dudaklarının birbirini özlediğini söylüyor ve o dudaklar bir kez daha birbirine yaklaşıyordu.

Nesil üstünlüğü ele geçirmişti. Bunu kullanmaktan çekinmedi. Parmaklarını genç adamın dudaklarından göğsüne indirdi. İlk düğme kolayca çözülüvermişti. Sonra diğeri, üçüncüsüne yöneldiğinde, sırtındaki sıcak temasla başını hafifçe arkaya attı. Elbisesinin fermuarı ne zaman açılmıştı? Geçen sefer, onun ustalığının farkına varmıştı, ama şimdi hakkını veremediğini daha iyi anlıyordu. Barlas, gereksiz ayrıntıları geçerken, ruhu bile duymuyordu genç kadının. Ne zaman ki; hissetmesini istiyordu o vakit belli ediyordu Nesil'in tenindeki yerini. O vakit, bir ürperti, bir alev, bir zevk rüzgârı oluyordu.

Barlas'ın bir eli çıplak sırtından aşağıya, diğeri bacağından yukarıya doğru yürürken, genç kadın daha fazla saklayamayacağı seslerle boğuluyordu. Barlas'ın nefesi, bembeyaz, nemli bir vadi gibi açılmış olan boynunda dolaşırken, göğsü inip kalkıyor, göğüslerindeki sancı, genç adamı hissettikçe artıyordu.

"Düşeceğim" dedi Barlas'ın omuzlarına sımsıkı tutunarak. Barlas aynı anda bedeninin her yerine birden dokunmak isterken, onu dokunuşlarıyla sararken, böyle hissetmek tuhaftı, ama gerçekten de düşeceğini hissediyordu. Çünkü gözlerini açamıyordu. Açtığı an, etrafını saran yoğun sisten başka hiçbir şey göremiyordu.

"Buna izin vermem" dedi genç adam. Kollarıyla Nesil'i bir kez daha kuşattı ve sanki uzun bir yoldan henüz gelmiş gibi hasretle kucağına bastırdı.

Dakikalar geçtikçe, ihtiras çemberi ikisini de kıskıvrak sarmış, bakışlar buğulanmış, sesler boğuklaşmıştı. Bundan böyle aralarında hiçbir perde, hiçbir engel olmamalıydı. Bu muhteşem anları bir yeminle yüceltmek kalmıştı geriye. Bir söz, bir tek kelime...

"Evleneceksin benimle" dedi alacağı yanıttan emin bir şekilde.

Öylesine emindi ki, süren sessizlikten şüphe bile etmemişti. Şüphe edecek durumda değildi. Barlas'a göre Nesil, teninden bile soyunarak, sonsuz bir teslimiyetle ona geri gelmişti. Hiç gitmeyecekti bir daha. Bu gece bir milat olacaktı onlar için. İkinci gece, birincisinden farklı yaşanacaktı. Sabahı da farklı olacaktı. Sabah olduğunda, yeni bir yaşam biçimine açacaklardı gözlerini.

Vücut dilleri çıldırmış gibi sabırsızca konuşurken, bir şeyler eksik kalıyor, ters gidiyordu. Kulaklarındaki o ana kadar dolmuş olması gereken boşluk, genç adamı uyarıyordu. Beklenen sondan bir adım önce, genç kadının omuzlarına sarılmış olan ellerini tutarak yastığın üzerine, başının iki yanına kaldırdı. Parmaklarını, onun parmaklarının arasına geçirerek yüzüne baktı.

"Bana 'evet' de" dedi sabırsızca.

"Evet" dedi. Ama bilinçsiz gibiydi Nesil. Gülümsüyordu nemli dudakları ve bu "evet" Barlas'ın istediği cevap değildi. Bu, o anki zevkin, en son basamağına ulaşmak için verilen, hükümsüz ve anlamsız bir izindi sadece.

"Bu evet, ne için Nesil?"

Nesil ise ona sokulmaya çalışıyor, Barlas'ın aralarına koyduğu o küçük uzaklığa direniyordu. Parmaklarını kurtarmıştı Barlas'ın ellerinin arasından. Genç adamı kendine çekiyor ve susturmak için öpmeye çalışıyordu.

"Ne için Nesil?" dedi Barlas Nesil'in boynuna dolanmaya çalışan kollarını bir hamlede söküp kendinden uzaklaştırarak.

Genç kadın donmuş gibi bakıyordu Barlas'ın yüzüne. Ne olmuştu şimdi birden bire. Nereden gelmişlerdi evlilik meselesine?

"Söylesene Nesil."

Sesi soluyordu genç adamın. Çünkü artık alacağı yanıtı gayet iyi biliyordu. Nesil onu oyalıyordu. Yataktan kalktı. Etrafa dağılan giysilerini öfkeyle giymeye başladı.

"Hayır... Evlenmeyeceğim..."

Nefesini tuttu bir an. Aldığı yanıt içinde bir yerleri yeniden kanatmıştı. Sırtı dönük bir şekilde duruyordu. Aralarında yaşananların, isteklerin, arzuların hiçbir değeri, hiçbir çekiciliği kalmamıştı. Oysa hayatında bir dönüm noktasına daha ne kadar da yaklaşmıştı. Dilinin ucunda kelimeler asılı kalmıştı. Nesil'den alacağı o "evet"e vereceği karşılık "seni seviyorum" olacaktı.

Saniyeler sonra, genç kadına döndü. Gözlerindeki ifade Nesil'in yutkunmasına neden olmuştu.

"Evlenmeyeceksin" dedi Barlas kelimenin üzerine basa basa. "İyi, peki, bu halimiz ne öyleyse. Bu halin ne?"

Çırılçıplaktı genç kadın. Barlas'ın hor gören bakışlarıyla yerin dibine girmek istiyordu. Bunu ikinci kez yaşıyordu bu evde ve bu yatakta. Ve her seferinde buna izin veriyordu. Nefret ediyordu kendinden ve Barlas'tan. Yatağın üstünde örtünecek hiçbir şey göremiyordu. Örtüleri nereye attıklarını bilemiyordu. Çaresizce, altındaki çarşafı çekti genç kadın. Bedenini o çarşafın altına saklarken, kendini berbat hissediyordu.

"Senin de benden bir farkın yoktu" dedi Barlas'a kafa tutarak. Artık, gururunu savunmaktan başka hiçbir şey yapamayacağını biliyordu.

"Ben sandım ki..." dedi genç adam.

"Ne yani? Sen evlenmeyeceğin hiçbir kadınla birlikte olmuyor musun? Buna inanmamı mı bekliyorsun?"

Üzerine bir kefen gibi doladığı çarşafla yataktan kalktı genç kadın. Yüzünü kaldırdı, utanacak bir şey yapmamıştı. Belki de yapmıştı, ama bunu belli ederek, daha fazla küçültmeyecekti kendini.

"Sen, sen onlardan biri değilsin. Sen, şu karşıdaki odada uyuyan, o dünyalar güzeli bebeğin annesisin. Sen benim oğlumun..."

Başını acıyla iki yana salladı ve sustu genç adam. Nesil'in ne istediğini anlayamıyor ve yaptıklarına anlam veremiyordu.

"Senin istediğin sadece bu mu?" dedi darmadağın olmuş, çarşafsız yatağı işaret ederek. "Hoşuna böylesi mi gidiyor?"

Söyledikleri çizgiyi aşmıştı belki, ama içinden geçeni saklamak istemiyordu. Nesil'in onu sırf şu zevk dakikaları için istediğini düşündükçe, içindeki bütün o güzel duyguları ve bütün o güzel hayalleri kaybediyordu. O zaman ne farkı kalacaktı Nesil'in diğerlerinden? O zaman nasıl meleği olacaktı? İstediği buysa bile alamayacaktı Barlas'tan. Nesil için bir anlamı olmasa da Barlas için bazı şeyler değerini korumalı ve hep öyle kalmalıydı. Çünkü o, değersizliklerin kurbanıydı.

"Ben oğluma bunu yapamam. Dünyada, bir geceliğine ya da bıkıncaya kadar yatacağım bir sürü kadın varken, Ekin'in annesini o sınıfa sokup... Bunu yapamam ben..."

Gözlerinden akan yaşlara direniyordu Nesil. Ayakları üzerindeki o kocaman çarşafa dolanırken yürümekte zorlanıyordu. Kaçıp gitmek istiyordu Barlas'ın bakışlarının önünden, ama birkaç şey söylemeden yapmayacaktı bunu. Madem herkes içindekileri söylüyor ve dürüst davranıyordu. Oyun bitmeden önce o da uyacaktı bu kurala.

"Hiç değişmeyecek değil mi bu?" dedi gözlerinden süzülen yaşlarla. Becerememişti işte... Engel olamamıştı, gidinceye kadar saklayamamıştı üzüntüsünün döküntülerini.

"Ne benim sana olan zayıflığım, ne senin bana bakışın. Hiç değişmeyecek. Bir anlığına bile olsa, beni, sadece "Nesil" olarak göremez, bana sadece "Nesil" olarak bakamaz mısın? Yapamazsın bunu değil mi? Yapamazsın. Biliyorum. Ben senin için "Nesil" olmadan, "Ekin'in annesi" oldum çünkü. Bunu ne sen değiştirebilirsin ne de ben."

Evet... Barlas'ın beklediği gibi, bu gece kırılan bir şeyler olmuştu. Ancak, o, hep iyimser tahminlerde bulunmuştu. En çok da, Nesil ile aralarındaki o incelmiş duvarın yıkılmasını umarken, bu gece, felaketinin habercisi olmuştu. Yüreğine daha yeni yeni işlemeye başladığı Nesil figürü artık darmadağındı. Oysa o ana kadar, kendi parça parçalığını Nesil'le toplamış, Nesil'e bakarken, güzelliğin, iyiliğin, sevginin, kısaca kusursuzluğun neye benzediğini anlamıştı.

Ne akıl tek başına sevebilirdi birini, ne beden, ne de ruh... O, zor da olsa hepsini bir araya getirmiş ve onların önüne yüreğindeki Nesil'i sunmuştu. "İşte sevdiğim, sevebileceğim, hissettiğim, hissedebileceğim tek kadın bu" derken, nasıl da gurur duymuştu. Şimdiyse, yine Araf'ta kalmıştı.

Amaç yalnızca, tenleri paylaşmaksa, tenlerle uyuşmak ve sırf tensel zevkler için bir arada olmaksa; yeni bir adam olmasına gerek yoktu. Akla, ruha, yüreğe ihtiyaç yoktu. Fiziksel anlamda sağlam ve güçlü bir beden iş görüyordu. Zaten yıllardır böyle bir adam olarak yaşıyordu. Sevilmeyecekse, sevmenin de anlamı yoktu. Eğer sımsıcak bir yuvası olmayacaksa, "sevdiğim kadın" dediği kadın da diğerleri gibi, gece gelip, sabah kaybolacaksa, yüreğinde bir yeri olmasına da gerek yoktu. Bu gece aldığı "hayır" cevabı, Nesil'in daha önceki reddedişlerinden çok farklıydı. Bu gecekinin ağırlığı altında eziliyordu. Nesil de onu, diğerlerinin sevdiği, diğerlerinin istediği gibi istiyordu. O da, Barlas'a istekli bir beden ve boş bir kalple geliyordu. Kızamıyordu kendine. Yüreğine bu aldanışın hesabını soramıyordu. Yürekti bu. Barlas ne kadar aksini düşünmeye zorlasa da kendini, yürek sevmek için yaratılmıştı, sevgisiz bir kadere razı olamıyordu.

Yatağın ucuna oturdu. Sonbahar mevsimi olmasına rağmen, o gece, o tepe, Barlas'ın gördüğü en eşsiz kışını yaşıyordu. Buz gibi olmuştu teni. Tenindeki soğuk içine işliyordu. Hasarlı kolu, parmak ucundan kürek kemiğine kadar sızlıyordu. Sağlam eliyle ağrıyan omzunu tuttu. Koparıp atmak ister gibi sımsıkı yumdu avucunu. Ağrıyan her bir hücresinden kurtulmak istiyordu. Çürümüşlüğünü derinden hissediyordu. Ölümün huzuru bir kez daha göz kırptı genç adamın bezgin ruhuna... Barlas'ın bütün acılarını, titrek bir mum ışığının altına saklıyor ve genç adamın tek bir nefesiyle hepsini yok edeceğini vaat ediyordu. Ne kadar da çekici görünüyordu.

Başını kaldırdı. Bakışlarını ölümün gözlerinden kaçırdı. Ölüm eski sevgilisiydi. Onu eskisi kadar arzulamıyordu. Ekin yaşadığı sürece de öyle olması gerekiyordu. Ekin'e beslediği hisler, onun gibi birini bile yalpalayarak da olsa ayakta tutuyordu. Evet... Yalpalayarak. Çünkü Barlas herkes gibi yaşamıyordu. Hiç sağlam bir adam olmamıştı. Hiç, sağlam bir adımla basmamıştı hayata. Bu yüzden hiçbir yerde, hiç kimsede izi kalmamıştı. Aynı kaderden gelen kardeşleriyle bile arasında derin yarıklar, derin ayrılıklar vardı. O da diğerleri kadar örselenmiş, diğerleri kadar yanmıştı. Ama şimdiki onlar gibi, onlar kadar olamıyordu. Barlas'ın geçmişi, kızgın bir demirle dövmelenmişti ruhuna. Ne yaparsa yapsın silemiyordu. Ekin'i çok seviyordu. Ekin için ölüyordu. Ancak; yıllar yıllar önce kaybettiği iki çocuğu daha vardı onun... Onları bulamıyordu. Duygusal anlamda tökezlediği her an, geçmişin altında kalıyor ve onları arıyordu.

"Ağlama Yesra. Okullar tatil olduğunda geleceğim..."

"Gelirim değil mi Yesra?"

....

Bu gece, o kapıdan çıkmakla kendini mahvetmişti. Bu gece, hâlâ deli düşler kurmakta ısrar eden yüreğine kaldıramayacağı kadar ağır bir darbe olmuştu. Şimdiyse, kırık düşlerin süprüntülerine boğulmuş, sessiz, suskun atıyordu. Kıpırdayamıyordu genç kadın. Üzerindeki çarşafa sımsıkı sarılmış, kilitlenmiş çenesi ve birbirine vuran dişleriyle, gözünü kırpmadan karşıdaki duvara bakıyordu.

Barlas'a kızmak, kendine duyduğu öfkeyi azaltmıyordu. İçinde bulunduğu durum, kendinden başka kimsenin suçu değildi. Aslında ortada suç da, suçlu da yoktu. Herkes kendi bildiği yoldan gidiyordu. Aslında, bu da tam olarak doğru değildi. Barlas, en başından beri istediğini istiyordu yine, Barlas'ın yol çizgisi sapmıyor, değişmiyordu. Bütün kararsızlık, bütün ayarsızlık Nesil'deydi. O, henüz gidecek bir yol bulamıyordu. Kimi zaman duygularıyla, kimi zaman aklıyla... bazen kızgınlıkları, bazen umutlarıyla, sık sık da hepsinin birbirine girdiği dengesiz ve değişken tavırlarıyla adımlar atıyordu.

Bu gece de bunun eseriydi işte...

O odadan çıkmadan hemen önce düşündükleri geliyordu aklına. "Belki de en doğrusu hem gitmek hem kalmaktı." Hem ondan ayrılmak istemiyordu, hem onun istediği şartlara boyun eğemiyordu. Bunlardan birini seçemiyor, ikisinin arasında bir yer arıyordu kendine. Bu gece bunu yapmaya çalışmıştı farkına olmadan. İçten içe, Barlas'a bu şekilde de sahip olabileceğini umuyordu. Şartlarını, sınırlarını kendisinin belirleyeceği bir birliktelik istiyordu.

Doğru muydu bu?

Şimdi anlıyordu ki; bu en başında yaptığından daha büyük bir yanlış olacaktı. Ama o an, Barlas'a özlem çeken duygularına kanmıştı. Olabilir sanmıştı. Keşke... Keşke, aradan geçen şu bir yıl içinde, biraz olsun akıllanmış ve büyümüş olsaydı. Keşke, düne kadar aldığı kararlara sadık kalsaydı. Aşkın bir esaret olduğunu söyleyen içsesine kulak verseydi. Keşke...

"Yeter" diye bağırmak geliyordu içinden. Aklına düşman olmuştu. Çünkü durmadan, yaptığı hataları vuruyordu yüzüne... Neden bu kadar geç kalıyordu? Neden ihtiyaç duyduğunda susuyor ve iş işten geçtikten sonra durmaksızın konuşuyordu. Bütün o okulları, derecelerle bitiren, zekâsıyla, aklıyla övünen o kıza ne olmuştu?

Yerinden kalktı. Tenini saran o örtüde az önceki yangının külleri duruyordu. Hâlâ Barlas'ın kokusu geliyordu. Artık soyunmak ve sıyrılmak istiyordu Barlas'ın teninden. Ne kadar çabuk unutabilirse, o kadar az çekecekti bu acıyı. Bu kez unutmaya kesin kararlıydı. Bu geceden sonra, Barlas'ın adını kalbinden silmek, fazla zor olamazdı herhalde. Artık yüreğine göstereceği güçlü ve hatta kesin kanıtları vardı. Zorlandığı anlarda; "Sen Ekin'in annesisin... Sen benim oğlumun annesisin" sözlerini hatırlatacaktı kendine. Onun hayatındaki yerini ve bir de gözlerindeki siyahın hor gören tonunu unutmayacaktı.

....

Yürümek zorlaştığına göre, sona, iyiden iyiye yaklaşmış olmalıydı artık. Biraz daha kalırsa, merdivenlerden yukarıya çıkamayacaktı. Ama çıkmak istiyordu. Bilincinin üzerine, elindeki o son ve dolu bardağı dökmeden önce, onları bir kez görmek istiyordu. Ağırlaşmış bedeniyle, merdivenleri tırmandı ve kapıya yaklaştı. Gözleri kısılmış, küçülmüş, içleri buğulanmış, kızarmıştı. Kapının koluna bir türlü uzanamayan eline baktı dalgın dalgın. Beyninden herhangi bir sinyal gelmiyordu. Alnını kapıya yasladı. Gözlerini kapadı. Orada yığılıp kalacağını hissediyordu. Tepeden tırnağa sarhoştu. Nesil'e söylediği o son sözlerden sonra, yemin etmiş gibi susan dili zehir gibiydi. Ve saatler süren sessizliğini yine Nesil'in adını fısıldayarak bozuyordu.

Nesil... Affet beni... Nesil affet...

Alkol mü, uyuşturmuş, dindirmişti Nesil'e olan kızgınlığını... Yoksa artık onu suçlayacak doğru dürüst bir sebep mi bulamıyordu? En büyük hatayı, onun o odadan öylece çıkıp gitmesine izin vermekle yapmıştı. Nesil odadan çıktığı an, geçmişte kaybettiği o iki çocuk zihninin kapısını açmış ve konuşmaya başlamıştı. Onların sesini duyar duymaz, Nesil'i ve Ekin'i orada bırakmış ve onların peşine düşmüştü genç adam. Dönüp durmuştu zihniyle yüreği arasında. Sonunda aynı yere çıkmıştı yolu. Onlar için kazdığı sayısız mezarlardan birinin içinde bulmuştu yine kendini. İçmeye başlamıştı.

Geçen bu süre içinde, geçmişle birlikte, bu geceyi de, baştan sona kim bilir kaç kez tekrar tekrar yaşamıştı. Her bir tekrarda, hem kendini, hem Nesil'i bir kez daha dinlemiş, aynı cümleler içinden farklı anlamlar çıkarmıştı. Gidip, seni anladım Nesil dese. Ona yanıldığını söylese. "Ekin'in annesi olmadan önce de, seni başka türlü gördüm ve başka türlü hissedebildim" diyebilse bile ne anlamı vardı ki? Yarın, sonraki gün, bir hafta sonra. Nesil ne kadar dayanabilirdi ki, kendine bile dayanamayan bu adama? Konuşmak yerine susan, hislerini göstermek yerine kaçan, cesaretinden bile korkan, geçmişi bugünden ayırmayı bir türlü başaramayan bir adam ona ne verebilirdi?

Evlenmek istemiyorsa haksız mıydı Nesil? O evlenilecek bir adam mıydı? Kalbinde Nesil'i sırf Nesil gibi hissediyorsa, Nesil'i Nesil olduğu için seviyorsa artık. Bu ona düşlediği her kapıyı açar mıydı? Ya şu hali... Şu yıkık adam... Ya bir yıl önceki Barlas... Ondan önceki yıllar... Ya şu koluna vurulmuş damgalar... Günün her saati gözünün önünde duran ve Yusuf'u öldüren o yaralar... Nasıl düşünebilmişti güzel günlere yaklaştığını? Yüreğindeki doluluk hissinden başka değişen ne vardı? Yine aynı adamdı işte. Sarhoş, aciz, zavallı.

Kendine acımak değildi Barlas'ın yaptığı. Hiç acımamıştı. Düşündükleri, onun gerçeklerinin itiraflarıydı. Bağımlıydı. Onlar evinin içindeyken, onlar evinde soluk alıp verirken bile, bu hale gelebilecek kadar dayanıksızdı. Onlar sürekli yanında olsa da değişen bir şey olmayacaktı demek ki. Sevgilere, sevinçlere acemiydi belki. Ancak karanlık bir dünyanın ustasıydı. Geldiği gibi devrik adımlarla, merdivenlerden aşağıya indi. Onlara yakın olmak düşündüğü kadar iyi bir fikir değildi artık. Bu haliyle, onlara yalnızca zarar verebilirdi. Hissettiği pişmanlık kahrediyordu onu. Ve zayıflatıyordu da aynı zamanda. Yine o kısır döngünün içine girmişti. İçtiği için kızıyordu kendine... Kızdığı için de içiyordu. Aşağıya indikten sonra, elindeki bardak sonuncu olmamıştı üstelik. Tutamadığı çetelesine çok daha fazlasını yazmıştı. Bir gece önce kurtulmuştu mezarlarından. Ancak bu gece, en derinlerinden birine uzanmıştı.

....

"Sürekli çalıştığınız bir taksi durağı vardı. Numarasını alabilir miyim lütfen?"

"Biz yardımcı olalım isterseniz."

"Numarayı verirseniz yardımcı olacaksınız zaten... Gerisini ben hallederim."

Otelin santralindeki bayanla, fısıldayarak konuşuyor, kapı kapalı olmasına rağmen sürekli dönüp bakıyordu. Barlas'ın gelmesini, duymasını ve engel olmasını istemiyordu. Saatlerdir bu kaçış anını bekliyordu. Artık gün ağarıyordu. Ekin'i az önce uykusunda bir kez daha emzirmişti. Onun uyanmasını ve ses çıkarmasını engellemişti böylece.

Aldığı numarayı, unutmamak için aceleyle telefonuna yazdı ve hemen arama tuşuna bastı. Kapıdan iyice uzaklaşarak camın önüne kadar gitti.

"Ben, Dream otele bir taksi istiyorum. Yalnız otele değil de Sümbül Tepesi'ndeki eve..."

Saatine baktı. Artık çıkması gerekiyordu. Koridor lambası yanıyordu. Buna sevindi genç kadın. Böylece merdivenlerden inmesi daha kolay olacaktı.

Barlas'ın odasının kapısı da açıktı. Ama yatağı göremiyordu. Neredeyse nefes bile almadan ilerliyordu. Spor ayakkabılarının lastik tabanları, kaçışına yardımcı oluyordu. Çıt çıkarmadan yavaş yavaş iniyordu merdivenlerden. Hole ulaştığında, Ekin kımıldadı ve mırıldandı hafifçe. Oğluna sessiz olmasını söyledi fısıldayarak. Ekin annesi tarafından babasının evinden kaçırılıyordu. O masum bebek, bunların hiç birini hak etmiyordu, ama genç kadının başka çaresi yoktu.

Ekin yeniden derin uykusuna gömüldüğünde, genç kadın başını hafifçe çevirdi. Çünkü salondaki gölge dikkatini çekmişti. Barlas koltukta uyuyordu. Bacaklarını karnına çekmiş, ellerini bacaklarının arasına sokmuştu. Sanki üşüyormuş gibi dertop olmuştu. Alacakaranlıkta, yerdeki bardak tıpkı bir elmas gibi parlıyordu. Onu fark edince, bir iki adım daha attı ve salonun girişinde durdu. Artık yerdeki iki büyük ve boş şişeyi de görebiliyordu. Gözlerine inanamıyordu genç kadın. Aynı anda, gözleri yine dolu dolu oluyordu. O, saatlerdir, yanına gelmediği ve bir özür dilemediği için hayıflanırken, Barlas burada yine bildiğini okuyordu. Her şey bir yalandı. Onların yanındayken, normal biri gibi görünmeye çalışıyordu belki, ama yalnız kaldığında yine aynı adamdı. Bırakmayı istiyordu hani? Ekin için deniyordu hani?

Onu ilk kez böyle görüyordu. Barlas'ın bağımlılığını biliyor olmak, onu böyle kendinden geçerek sızmış bir halde görmekle aynı şey değildi. Hızla salondan çıktığında gözlerindeki yaşlar külçe gibi ağırlaşmış ve yanağından dökülmeye başlamıştı. Nasıl birine bağlamıştı umutlarını, nasıl bir adama gönül vermişti? Ekin'i göğsüne bastırdı sıkıca... İlk kez o sabah, kendisi için kaygılanmayı bir kenara bıraktı genç kadın. Ondan çok daha önemli bir gerçekle yüz yüze kalmıştı... Barlas eğer bunu yenemezse... Barlas eğer vazgeçemezse... Nasıl bir baba olacaktı oğluna?

....

Havuzun başında, şezlonglardan birine oturmuş, az önce evin içinde gördüğü manzaranın sırrını çözmeye çalışıyordu. Evin içi, savaşa alanına benziyordu. Nesil'in valizi, çantaları odasında duruyordu ama o ve Ekin yoktu. Barlas ise, salonda kendine yazdığı çilenin mesaisini tamamlıyordu. Gecenin geç saatlerine kadar her şey ne kadar da olumlu görünüyordu oysa. Sonradan burada neler olmuştu? Güzel şeyler düşünmeye çalışıyordu Nevhis, ama hiçbir şey bulamıyordu. Neresinden tutsa, dağılıyordu senaryolar... Sonunda, derin bir nefes daha aldı yaşlı kadın. Artık bu sıkıntı dolu derin nefeslerin de bir yararı olmuyordu. İçindeki sıkıntı azalmıyordu. Aslında kendini boş yere yorduğunu biliyordu Nevhis. Barlas'ı o halde görmek, ne durumda olduklarını anlatıyordu. Ama yine de, sönük de olsa bir ışık bulmaya ve onu görmeye çabalıyordu...

"Nesil..."

Neredeyse yerinden sıçramıştı kadın. Barlas'ın sesi, evi yıkıyordu. Odaların kapıları açılıyor ve sertçe kapanıyordu ardından...

"Nesil."

İşte bunu beklemiyordu Nevhis. Barlas da onları arıyordu. Anlaşılan, evde olmadıklarını bilmiyordu. Hem belki, Ekin'i alıp yürüyüşe çıkmıştı. Belki de, kötü bir durum yoktu. Ya Barlas'ın o hali. Onu nasıl açıklayacaktı Nevhis kendine? Hızlı bir şekilde yerinden kalktığı an, Barlas'ın kararmış yüzüyle karşı karşıya kaldı. Barlas, sessizce ve dikkatle havuzun etrafına ve bahçeye bakıyordu.

"Yoklar Barlas Bey" dedi fısıldayarak.

"Eşyaları, eşyaları yukarıda."

"Ben geleli bir saatten fazla oldu, ama onlar yok."

Genç adam, taş kesmiş ifadesiyle içeriye girdi. Telefonunu buldu. Taksi durağının numarası rehberine kayıtlıydı. Aradığı numaranın meşgul sinyali bitinceye kadar, sabırsız bir şekilde merdivenlerden çıkıyordu. Nesil ve Ekin'in odasına girdi ve kapıyı ayağıyla iterek sert bir şekilde çarptı. Ne yapacağını, nereye gideceğini şaşırmıştı.

"Saat kaçta?" dedi en sonunda.

"Altıya doğru beyefendi."

Telefonu kapattı. Odanın ortasında durmuş, etrafına bakıyordu. Yatakta oğlunun minik izini, yerde kendi yatağının çarşafını, etrafta Nesil'in toplanmış ve kapatılmış çantalarını görüyordu. Bakışlarını biraz yukarıya kaldırdı. Yerdeki kalabalığın hemen üstünde, tuvalet masasının aynasında kendi işe yaramaz, dağılmış yansıması duruyordu. Usul usul aynaya yaklaşırken gözleri, avına kilitlenmiş bir hayvana benziyordu. Yaklaştıkça daha belirgin bir nefret buluyordu gözlerinde. Bir taş gibi sertleşmiş yumruğunu aynaya indirdiğinde, yüzüne sıçrayan sıcak kan damlalarını bile hissetmiyordu.

"Lanetsin sen, bir lanet. Lanetli falan değilsin... Lanet sensin..."

Dakikalar sonra, odanın kapısını açtı. Üstelik bunun için yaralı elini kullanmış ancak acının farkına bile varmamıştı. Kendi odasına geçti. Etrafa baktı. Her şeyi nasıl bu hale getirmişti? Nesil'in giysileri bile hâlâ oradaydı. Kaçar gibi gitmişti odadan ve ardında kalanlara dönüp bakmamıştı. Aşağıda, salonda gözlerini açar açmaz, yerdeki ayakkabılarını ve sehpanın üzerinde duran hediye kutusunu görmüştü. Nesil'in ve gecenin bütün izleri, dört bir yanını kuşatmıştı. Görüntüdeki izler olmasa bile değişen bir şey olmayacaktı. Nereye giderse gitsin, içindeki izlerden kurtulamayacaktı.

Genç kadının giysilerini ve diğer parçalarını toparladı. Çıplak ayağının altında bir şey hissetti. Eğilip baktı. Bir küpe daha, ama bu kez diğer teki de oralarda bir yerlerde olmalıydı. Bu kez ikisini birden çıkardığını çok iyi hatırlıyordu. Halının her tarafına baktı. Evet... Siyah inci, beyaz halının üzerinde kolayca meydana çıkmıştı. İkisini de avucunun içine aldı. Giysilerle birlikte dolaplarının olduğu odaya geçti. Onları Nevhis'in toplamasını istemiyordu. Kendi elleriyle bir çekmeceye yerleştirdi. Elindeki kan artık hepsinin üzerindeydi. Küpeler hâlâ avucunda duruyordu. Onları alıp, aşağıya indi. Lacivert kutuyu aldı. Kapağını açtı ve içindekilere baktı. Nesil bu evde ne çok şey bırakmıştı. Hem de en başından beri. O zümrüt takım, Barlas'ın hediyesiydi. Ama onları almak için, Nesil'in bir yıl önce orada bıraktığı o tek küpeden yararlanmıştı. Onu götürmüş ve ona benzer bir şeyler aradığını söylemişti. Aldığı hediyenin, Nesil'in sevebileceği bir şey olmasını çok istemişti çünkü. Sevmişti de. En azından sevdiğini söylemişti.

"Barlas Bey, bu da koltuğun üzerindeydi..."

Yeşil bileklik... Ya o... Onun anlamı neydi?

Onun anlamı, Ekin'in annesi olmadan önceki "Nesil" demekti. Kör gözlerinden içeriye girmeyi başarmış, aklına yer etmiş, yüreğine serin bir su gibi serpilmiş, bir gece, birkaç saatliğine olsa bile, ona nasıl bir adam olduğunu unutturmuş olan, o kız demekti.

Nedense, son aylarda, ne zaman Nesil'i düşünse, ne zaman onu yakınlarında bir yerlerde hissetmek istese, bilinçli ya da bilinçsiz o bilekliği arıyor ve yanına alıyordu. Belki de bu gece önce onu vermeliydi Nesil'e? "İşte sen busun" demeliydi ona. "Ekin'in annesi olmadan önceki Nesil." Belki aşk yerine geçmezdi. Belki sevgiyi ifade etmezdi, ama... Aması neydi? Nesil'e hiçbir şey anlatmazdı bu basit taşlar. Nesil sorunu kendisinde arıyordu. Nesil sorunu kendisi sanıyordu. Barlas'ın nasıl biri olduğunu bilmiyordu, o bileklik ona bir yıl önceki o kızı hatırlatıyordu. Ama Nesil'in yeri yeni yeni belli oluyordu. Bu bir kusursa, kusurluydu Barlas. Nesil'i seviyordu ancak; Ekin'in annesine de âşık olmuştu...

"Günaydın Barlas Bey, hava çok güzel bugün."

Jalûziler kalktıkça hemşirenin söylediği o güzel havanın ışıkları, önce ince çizgiler, sonra da bir bütün halinde odaya süzüldü. Başını yana çevirdi genç adam. Çok fazla güneş vuruyordu yüzüne.

"Tam da yürüyüş havası..."

Cam hafifçe aralandığında, genç adamın yüzüne vuran güneşi çürüten soğuk hava doldu içeriye...

"Haydi ama bir günaydın bile demediniz daha bana."

Gelip Barlas'ın yatağının yanında durdu. Genç adamın üzerindeki örtüyü düzeltirken, bir yandan da onun yakışıklı yüzünü siyah bir perde ile gizleyen sakallarına bakıyordu. Kapalı gözlerini gür ve uzun kirpiklerinin gölgeleri gizliyordu.

"Belki bugün tıraş da olursunuz. Kim bilir?"

Mesleğinin en heyecanlı ve en renkli günlerini yaşıyordu Kıymet hemşire. Barlas'ı gördüğü günden beri, ona hayrandı. Bunun Barlas için ne kadar sıradan bir şey olduğunu bilmeden, o da, genç adamın dış görünüşündeki cazibeye kapılmıştı. Üstelik onun nasıl bir bağımlı olduğunu bile bile. Bu da tıpkı hayatın kendisi kadar garip bir durumdu. Kıymet platonik olarak bağlanmıştı Barlas'a. Ondan çok hoşlanıyordu, ama karşılık beklemiyordu. Yatağının hemen yanında duran üç çekmeceli küçük şifonyerin üzerindeki resmi ve oradaki kadının varlığını unutmuyordu. Her gün ya da en azından görevde olduğu günlerde sık sık görüyordu o resmi. Genç ve güzel bir kadın, kucağında, özellikle gözleriyle Barlas'a tıpatıp benzeyen bir erkek bebek tutuyordu.

Onların Barlas'ın ailesi olduğunu düşünüyordu Kıymet. Ancak, Barlas'ın kişisel dosyasında bekâr ya da dul, her neyse işte, evli olmadığı yazıyordu. Yine de, o kadının özel olduğunu ve o bebeğin Barlas'ın oğlu olduğunu biliyor, daha doğrusu hissediyordu.

Defalarca Barlas'ı o resim kucağındayken uyurken bulmuştu. Uyanıkken de sık sık o resme dalıp gidiyordu.

"Evet, yine çok konuşkanız bugün."

Getirdiği tepsiden Barlas'ın ilaçlarını aldı ve bir bardak su doldurdu. Barlas'ın uyumadığını biliyordu. Konuşmuyor olmasını da yadırgamıyordu artık. Barlas geldiğinden beri, bu durum değişmiyordu. Mecbur kalmadıkça, özellikle o an olduğu gibi, sohbet çabalarına karşılık vermiyordu. Kimseyle doğru dürüst konuşmuyordu. İlaç tedavisi bitene kadar böyle sürüp gideceğe benziyordu.

"Arzu Hanım'la görüşmeden önce kahvaltınızı yaparsanız ve bıraktığım ilaçları içerseniz iyi olur..."

Bir de bu vardı işte. Barlas doğru dürüst bir şey de yemiyor, kilo kaybediyordu. Bu da üzüyordu Kıymet'i...

"Güzel bir gün demiştim size, ama belli ki ilgilenmiyorsunuz. Neyse, ben birazdan yine uğrarım."

Geldiğinden beri bir kez bile bahçeye çıkmamış ve etrafı görmemişti. Oysa ne kadar da huzurlu bir yere kurulmuştu bu merkez. Özel ve son derece pahalı bir yerdi. Hizmeti de tıpkı, çevresi kadar özenli ve güzeldi.

"Teşekkür ederim."

Tam kapıdan çıkmak üzereyken, derinden gelen o fısıltıyı duydu. Şaşkınlıktan neredeyse dilini yutuyordu. Nihayet kendiliğinden bir şey söylemişti Barlas. Sorulmadan sesi duyulmuştu.

"Rica ederim" dedi sevinçle. Demek artık etrafının farkına varıyordu. Ya da tepki veriyordu genç adam. Bu harika bir gündü. Kıymet, koridora çıktığında, ta yüreğine kadar gülümsüyordu.

....

"Bir haber yok mu daha?"

"Yok."

"Aradın mı oteli?"

"Hayır..."

"Kızım ya başına bir şey geldiyse."

"Adam o gün dedi ya... Eşyalarımızı getirdiğinde... Bir süre olmayacakmış Barlas..."

Kimi kandırıyordu ki? Bu bilge ve duruma hâkim tavırlarına içten içe ağlıyordu. Günlerdir gözüne uyku giriyor muydu? Günlerdir ne bir ses, ne bir nefes... Günlerdir, içi içini kemiriyordu. Barlas bir telefon bile etmiyordu. Oradan kaçtıktan bir iki gün sonra, kalan eşyalarını adamlarından biriyle göndermişti.

İlk günlerde bunun, o gecenin bir yansıması olduğunu düşünmüştü genç kadın. Hatta buna sevinmişti. Yüz yüze gelmek için Nesil de hazır değildi o günlerde. Ama aradan üç hafta geçmişti. Upuzun, ölümcül bir sessizlik içinde tükenmek nedir bilmeyen, insanın aklına onlarca ağ ören, onlarca sual, onlarca kötü olasılık, ihtimal getiren... Üç koca hafta...

Barlas'ın ondan uzak kalmasını anlayabiliyordu. Ama ya Ekin? Ekin'inden habersiz, Ekin'i aramadan, sormadan, nasıl yaşayabiliyordu? Nasıl bekleyebiliyordu böyle sus pus olmuş bir şekilde? Belki de oradan kaçarak ayrıldığı için kırgındı. Ya da kızgın... Hatta belki cezalandırıyordu Nesil'i. Ama bu ceza gibi bir şey değildi ki. Çünkü bu durumda en ağır cezayı kendisi çekiyordu. Ekin'den uzak kalarak, kendine en büyük kötülüğü ediyordu. Bunu yapar mıydı Barlas? Hayır yapmazdı. Yapamazdı. Onun Ekin'e olan sevgisi, bağlılığı, en ilahi güçten ya da aşktan bile başkaydı. Bu konuda haksızlık yapamazdı. Onun Ekin'e olan sevgisini sorgulayamazdı. Neydi o zaman bu gizin açıklaması? Bu sırrın arkasındaki gerçek neydi?

Yutkunduğunu ve bunun acı verdiğini hissetti genç kadın. Bedeniyle bir sorunu yoktu. Ama ruhen, kendini hasta hissediyordu. Garip şeyler düşünür olmuştu. En küçük bir şeyden kendini suçlu ve sorumlu tutar olmuştu. Gözünün önünden onun o son halini silemiyordu. O evden kaçarken, Barlas'ı o halde bırakıp aceleyle taksiye koşarken, onun orada üşüdüğünü biliyordu. Sırf o gece sarhoş oldu diye, onu sevmekten vazgeçmemişti ya. Neden sanki üzerine bir şeyler örtmeden çıkmıştı? Oysa nasıl da sıcaklığa ihtiyacı varmış gibi görünüyordu. Kendinde olmadığını, kalkamayacağını, üzerine bir şeyler alamayacağını anlaması neden bu kadar uzun sürmüştü sanki? Morali bozuldukça, eli kolu düğümlendikçe, zaman sessizce, ondan bir ses getirmeden geçip gittikçe... Daha çok suçlayacaktı kendini.

O kötü biri değildi... O... O...

Dolup taşıyor, tıpkı cama vuran yağmura benziyordu gözleri. Onları saklayabilirdi Efser'den. Ancak hıçkırıkları zorluyordu genç kadını. Göğsü kabarmış, boğazına kadar dayanmıştı. Neden ağlamak istiyordu şimdi? Artık Barlas yoktu işte...

....

"İki gün sonraya verdim taburcu tarihini. Artık burada kalmak zorunda değilsin."

"Kalmak istiyorum."

"Ama ilaç tedavin bitti. Arındırmadan geçtin. Sonraki aşamayı evinde, işinde, normal hayatını sürdürerek de başarabilirsin."

"Orada yapamam."

"Yapabilirsin."

Oturduğu sandalyede arkasına yaslandı genç adam. Gözleri çökmüş, yüzü solmuştu. Kaç kilo verdiğini bilmiyordu, ama bir hayli olduğunu, giysilerinden anlıyordu. Oraya girerken, üzerine oturan pantolonlarının beli bol geliyordu. Eskiden vücudunu saran kazakları, sanki başkasınınmış gibi duruyordu. Yiyemiyordu. Yemek fikri bile midesinin bulanmasına neden oluyordu.

"Sonraki evreyi de burada geçireceğim".

"Ama bir süre sonra burası da seni mutsuz edecek Barlas."

"Şimdi mutlu olduğumu mu sanıyorsun?"

Başını arkaya attı ve sandalyenin arkalığına dayadı. Gözlerini sımsıkı yumdu genç adam. Son derece zayıf ve savunmasız biri olmuştu. Ama alkole karşı değil. Ona karşı daha önce hiç olmadığı kadar doygun ve katı duruyordu. Alkol de tıpkı yemek gibi, sırf fikriyle bile midesini bulandırıyordu. Elbette bunda haftalardır kullandığı ilaçların rolü olduğunu biliyordu.

Onun savunmasızlığı, Ekin'e duyduğu hasretle günden güne daha da büyüyordu. Ekin burnunda tütüyor, gözlerinde alevden damlalar oluyordu. Bazen, geceleri, sessiz sessiz ağladığını sanıyordu. Kalkıp aynaya bakıyor ve gözlerinde yaş yerine, kızarıklık buluyordu. Bazen olmayan şeyler, silik suretler, siyah gölgeler görüyordu. Odasının içinden, karanlık bir tünel açılıyordu bazı gecelerde... Kalkıp oraya, o tünele giriyordu. En zor olanı yapıyor, karanlık, boyunun yarısı yüksekliğindeki o dar tünelde, iki büklüm bir halde yürüyordu. Tünelin ortasında kalıyor, ne bir adım öne ne bir adım geriye gelebiliyordu. Orada nefesinin tükendiğini ve öldüğünü görüyordu. Kan, ter içinde kendine geldiğindeyse, bütün bunların zihninin oyunları olduğunu anlıyordu. Uyanıkken, kâbuslar görüyordu.

Uyumak rahatlatıyordu onu. Çünkü uykularında yalnızca Ekin'i ve evet Nesil'i görüyordu. Gördüklerini de Nesil'e beslediği hisleri de inkâr edemiyordu. İkisini de nasıl özlemişti. Ekin'in kokusunu, yastığının altındaki kirli giysisinde buluyordu. Kalan eşyalarını göndermeden önce, hatta daha gittikleri gün, Ekin'in eşyalarının arasından kendine kirli bir tulum ayırmıştı. Onu da yanında getirmişti. Bir de Nesil'i ifade eden o yeşil bilekliği. Boynunda bir de muska taşıyordu artık. Onun değildi. Aslında Yusuf'a ait bir şeydi o. Yesra, yola çıktığı gece, koruması için onu Yusuf'a vermişti. Hayatında anlamı olan üç varlıkla döşemişti ruhunu azada geldiği bu yeni odayı. Bir anlamda, Ekin, Nesil ve Yesra'yı da yanında getirmişti.

"Ekin'i özledin Barlas. Bu bizim için hiç de iyi bir şey değil. Bence onu görmelisin. Savaşmak zorunda olduğun şey hislerin değil."

"Ekin'e gitmek için bundan tümüyle kurtulmam gerek. Onlara zarar verebilirim."

"Hayır. Kimseye zarar vermezsin. Hiç vermedin. Sen onları seviyorsun. İnsan sevdiği birini incitemez."

"Bilmiyorsun ki... Ben incitiyorum."

"Biliyorum Barlas. Bu benim işim. Ama sanırım sen duygusal anlamdaki incinmişliklerden bahsediyorsun. Değil mi?"

Başını, yasladığı yerden kaldırdı ve derin bir soluk aldı genç adam. Avuçlarını açtı, hafifçe titreyen ellerine baktı. Sonra bir derin nefesle birlikte ellerini kaldırdı ve uzamış sakallarıyla kaplanmış yüzünü tıpkı yıkıyormuş gibi ovuşturdu.

"Nesil. Nesil'i incittim. Beni öyle gördü ve öyle hatırlıyor şimdi. Hâlâ hatırlıyorsa tabii."

"Neden öyle söylüyorsun? Nesil Ekin'in annesi değil mi? Neden hatırlamasın?"

Buruk bir şekilde bir saniyeliğine dudakları kıvrıldı, gülümsedi; "Ekin'in annesi dediğini duyarsa, sana kızar Nesil. Hiç hoşlanmıyor o ifadeden."

Ve sonra birden bire ciddileşti genç adam. "Oysa ben... Ekin'in annesi ile Nesil'i birbirinden ayıramıyorum artık."

Yatarak tedavi olmak, Barlas'ın tercihiydi. Bu tür bağımlılıklarda, bazı hastalar ayakta da tedavi edilebilirdi. Onlarda da başarı sağlanabilirdi. Ancak Barlas, kendi düzeni içinde bunu başaramayacağına karar vermişti bir kere. Ancak bu aşamadan sonra, Barlas'ın dışarıya çıkması ve normal yaşantısına dönmesi gerekiyordu. Özel hayatı ve iş yaşantısının içinde, ailesinin yanında olması gerekiyordu. Kendini, orada sınaması ve kanıtlaması gerekiyordu. İşte bu noktada, doktoru için asıl tedirginlik, hatta Barlas vakasının en zorlu dönemi başlıyordu. Barlas yalnızlığa dönecekti. Sürdürdükleri terapi seanslarında, Barlas'ı alkole iten asıl nedenlerin, yalnızlık, terk edilmişlik, reddedilmişlik ve hatta dayatmalara gösterdiği isyan duyguları olduğunu öğrenmişti. Şimdiki evrede, ona yeniden oraya dönmesini önerecekti. Başka bir yolu olsaydı keşke bunun. Ama yoktu. Önce ilaç tedavisiyle arındırılan bedenin, nihayet ruhuyla ve çevresiyle de yüzleşmesi gerekiyordu.

Ve Ekin'in gücünü de hissedecekti zamanla. Onu bu karara iten, çok uzun zamandır sürdürmekte olduğu o hayatla arasındaki köprüleri koparıp atmak için cesaretlendiren ana kuvvet, Ekin'di. Başka bir deyişle, Ekin'in ona getirdikleriydi.

Ekin'den başka bir de Nesil vardı. Barlas'tan sık sık dinlediği bir başka olumlu etkiydi Nesil. Sanki sabit değildi Nesil'in etkisi, Barlas'ı sürekli güçlendirmek yerine, kimi zaman sindiriyordu. Sanki, güvenemiyordu Nesil'e. Kimi zaman ondan asla vazgeçemeyeceğini hissettiriyordu doktoruna, kimi zamansa, vazgeçmesi gerektiğini. Barlas'ın duygu dünyasında, düzenli ve sağlam bir izlenim bırakmadığı belli oluyordu Nesil'in. Ve bu durum Barlas'ın ona bakışında değişikliklere neden oluyordu. Sanki onu kaybetmeye hazırlamıştı Barlas kendini. Ondan bahsederken, çoğu kez her şey bitmiş gibi, geçmiş zaman dilini ve imgelerini kullanıyordu. Nesil, Barlas için henüz Ekin kadar sağlam bir destek, itici güç ya da yarın için kesin bir amaç olmamıştı. Ve sanki bunu belirleyecek esas unsur, Barlas'ın Nesil'e beslediği hisler değil, Nesil'in kendisi olacaktı.

"Çıkıp yürüyelim mi biraz?"

"Hayır."

Genç adamın tavırları, sıkıldığını belli ediyordu. Dizini sürekli oynatıyor, boyun kasları geriliyordu. O anlık, bitirmenin uygun olacağını düşünüyordu genç kadın. Barlas hızla ilerleme kaydediyordu. Ancak; böyle olması, riskleri azaltmıyordu.

"İstersen bitirelim Barlas. Biraz dinlen."

"Evet."

Burada, kendi içine dönmüştü genç adam. Konuşmak, varlığından bile haberdar olmadığı bir sürü paslı kilidi kırıyordu. Özellikle geriye gittikçe, iyice yer etmiş, ruhuna geçmiş olanlar canını fazlasıyla yakıyordu. Bu yüzden, hep kendini düşünmek, hep kendiyle kalmak istiyordu. Ne güneşe ihtiyacı vardı, ne güzel havalara... Arzu ile seanslarını tamamladıktan sonra, o gün kırılan kilitlerin ardında kalan acıları dindirebilmek için, odasına kapanıyordu. Eskiden bildiklerini bir kez daha deşmek ve konuşmak hiçbir şeyi değiştirmez sanıyordu başlarda. İlk günlerde, sır dolu bir adam olmakta direniyordu. Ama şimdi anlıyordu ki; zamanın açık bir yaraya iyi gelmesi mümkün değildi. Açık yaralar, üzerindeki nemli zaman örtüleriyle, iyileşmek yerine daha da derine inerdi. Barlas'ınkiler de öyleydi. Şimdi, konuştukça, üzerindeki o kirli örtüler kalkıyor, yaralar temiz hava alıyordu. Asla tümüyle yok olmayacaktı belki. Yine de, onları görüyor olmak bile, örtülerin altında gizlenenleri düşünmekten daha iyi geliyordu. Bir anlamda, alkole boğarak unutmaya çalıştığı geçmişini, gözlerinin önüne seriyordu. Kolay değildi. Kolay olmuyordu. Olmayacaktı da. Daha yeni başlıyordu. Daha

Yesra'dan bahsetmemişti. Yaralarının en derin olanını, en sona saklıyordu. En son ve en güçlü olacağı zamana... Henüz hazır değildi. Henüz, o kadar iyi değildi.

Belki de bunu yapmaya kendi kendine başlayabilirdi. Doktorundan önce, kendine anlatabilirdi. Bu hayat, bu kavga, bu direniş ya da bu vazgeçiş onundu. Ne diyordu grup seanslarındaki onun gibi olan insanlar?

"Bugüne kadar neden başaramadığımı anladım. Çünkü kendimle yüzleşmeye korkuyordum."

Kendinle yüzleşmek, ne demekti?

Odasına girdi. Kapıyı kapattı ve doğruca, resmin yanına yürüdü. Ekin'i her gördüğünde göğsündeki sızı biraz daha artıyordu. Nasıl dayanacaktı? Dayanması gerekiyordu. Ekin'i bir daha kaybetmemek üzere kucaklayabilmesi için, önce onu saran kollarının, sonra onu sevdiğini haykıracak nefesinin tertemiz olması gerekiyordu. Parmağının ucuyla Ekin'in yüzünü okşadı.

"Oğlum" derken, soluğu kesilmiş, sesi bile çıkmamıştı. Büyümüş olmalıydı. Keşke yeni bir resmi olsaydı yanında. Bir ay geçmişti. Bir ay ve birkaç gün. Oteldeki o gecede çekmişti o resmi. Telefonunda olduğu için sonradan şükretmişti. Ve Nesil. O elbise... O gece... O güzel yüz... O eşsiz gülümseme...

"Ne yapıyorsunuz Nesil? İyi ol Nesil. Lütfen sen iyi ol. Ben dönünceye kadar. Ben dönünceye kadar, kendine de, Ekin'e de... Ekin'in beni unutmasına sakın, lütfen izin verme Nesil."

Dakikalar boyunca, kucağında o küçük çerçeve ile yatağında uzandı. Sürekli, umut vermeye çalışıyordu kendine. Bazıları başarıyordu. O bazılarından olmak istiyordu o da. Bunun için hiç düşünemeyeceği, asla cesaret edemeyeceği bir hapishane içinde, mahkûmiyetinin bitmesini bekliyordu. Ekin'den uzak kalarak, kendine ve onlara yaptıklarının ve yapamadıklarının cezasını çekiyordu. Asıl sorun, insanın kendiyle yüzleşmesiyse...

Birden bire yerinden doğruldu genç adam. Yataktan kalktı. Az önce, odaya girmeden hemen önce bir soru sormuştu kendine. Şimdi yanıtını ve nasıl yapılacağını biliyordu. Konforlu odasında, cam kenarında duran küçük bir çalışma masası vardı.

Üzerindeyse merkezin antetli not defterleri ve birkaç kalem duruyordu. Adımları yavaş ve ürkekti, kararsız ve korkaktı. Buna rağmen yürümeye devam ediyordu. Eğer kaybetmek istemiyorsa, kaybettiklerini hatırlaması, kaybettiklerini bir kez daha yaşaması gerekiyordu.

Masanın önündeki koltuğa oturdu. Bir sayfa açtı önüne. Yazısı hiçbir zaman okunaklı olmamıştı. Aldığı iki farklı eğitim ve öğrendiği iki alfabe arasında sıkışıp kalmış, anlamsız bir tür yaratmıştı. Okuyanın anlayacağı bir şey olmayacaktı bundan emindi. Ama o ne yazdığını bilecekti, bu yeterliydi. Kendisi de dönüp okumayacaktı bir daha.

Kalemi eline aldı. Kısa bir an, nereden başlayacağını düşündü. Karar vermesi o kadar kolay olmuştu ki. Ne kadar da tuhaftı... Hayatını kökünden sarsan ve hızlı bir şekilde yıkmaya başlayan geceyi hatırlamak, sadece birkaç saniyesini almıştı. Beyaza dökülen o kara yazılar içine kendi adını yazmaksa çok daha kısa sürmüştü.

Yusuf Kırımlı (Aralık-1983)

Dar, eğimli ve nemli patikanın toprağı, ayağının altından kayıp gitti bir an. İstemsiz, tiz bir çığlık döküldü dudaklarından. Aşağıya bakmamaya çalışıyor, ancak yolunu görebilmek için buna mecbur kalıyordu. Geçen gelişinde bu kadar zorluk çekmemişti, şimdiyse, asla başaramayacakmış gibi zorlanıyordu. Geçen gelişinde, hem o toprak henüz yağmur görmemiş ve bu kadar nemlenmemişti, hem de o yalnız değildi. Barlas'ın gücü, ellerinde, ilgisi gözlerindeydi. Onun yanında ne düşmekten, ne de aşağıya bakmaktan korkmuştu. Şimdiyse, o güven veren elin gücünü arıyor, o akşam gözlerin nerede, kimlere baktığını merak ediyordu.

Son bir hafta boyunca her gün Nevhis'i aramıştı. O kadının da hiçbir şey bilmediğine inandığındaysa, kalkıp oraya gelmişti. Herkes Barlas'ın iyi olduğunu ve bir süre oralarda olmayacağını söylüyordu. Herkes ağız birliği içinde konuşuyordu. İyi de neden bir sır gibi saklanıyordu bu durum? Eğer kötü bir şey yoksa neden nerede olduğu ve ne yaptığı ona da açıklanmıyordu. Mutlaka, Barlas istemişti böyle olmasını.

"Kim var orada?"

Kaptan'ın sesini duyduğunda korkudan ölecek gibi hissetti kendini. Hiç beklemediği bir anda, karanlık yoluna birinin çıktığını sanarak irkilmişti. Cılız bir ışığın, tıpkı geçen sefer olduğu gibi, inmekte olduğu yamaca kalktığını gördüğünde ise, rahatladı.

"Barlas? Evlat?"

"Ben Nesil, Kaptan..."

Ortalık eskisinden de derin bir sükûnete boğulurken, genç kadın bu sessizlikten ne anlam çıkarması gerektiğini düşündü. Güçlükle ilerleyen adımları durdu bir anda. Ayakkabıları yumuşak zemine gömülüyordu. Aynı anda, sabit duran o ışığın hareketini gördü. Işık artık yürüdüğü yola doğru yükseliyordu. Hem de büyük bir hızla kendisine doğru yaklaşarak.

"Hoş geldiniz..."

"Nasılsınız Kaptan?"

"İyiyim. Ya siz?"

Kaptan konuşurken, sürekli Nesil'in gözlerine bakıyordu. Hatta elindeki ışığı o gözleri biraz daha net görebilmek için gerekli açıya göre ayarlıyordu. Evet, Erse'nin gözlerini almış geliyordu bu genç kadın işte. Bir kez daha, sevdiği kadınla hasret gidermesi için aracılık yapıyordu. Sırf onları ara sıra görebilmek için bile, Nesil'in gelmesini nasıl da bekliyordu haftalardır.

"Ben."

Ne diyecekti, ne soracaktı, nasıl soracaktı. Öyle çok şey vardı ki aklında gelirken, ama şimdi hiç birini bir sıraya koyamamıştı genç kadın.

"Barlas yok mu?" dedi yaşlı adam. Bir umut, belki o gelmiş ve her şeyi düzeltmişti.

"Ben de size bunu sormak için..."

Gözlerinin yaşı, yine ıslatmıştı kirpiklerini. Artık içindeki sesler kötünün habercisi olmuştu. Barlas kendi isteğiyle bu kadar ayrı kaldıysa, ya da istemeden... Her iki seçenekte de, bu hepsinin sonuydu.

"Gelin..."

Çekinerek, bir kolunu genç kadına uzattı Kaptan. Koluna girebilmesi için uygun bir şekilde bekledi. Kaptan'ın koluna girdi ve ona yaslandı genç kadın.

"İyi misiniz şimdi?"

"Evet, teşekkür ederim."

İnce montunu, üşüyen bedenine sararak, kollarını göğsünde topladı.

"Ekin nasıl Nesil Hanım? Onu da getirdiniz mi?"

"Ekin iyi Kaptan. Evde şu anda. Yani, daha doğrusu burada, Barlas'ın evinde. Nevhis Hanım'ın yanında."

Nesil oturmuştu, ancak Kaptan ayakta bekliyordu.

"Size neden geldiğimi biliyorsunuz değil mi?"

Yaşlı adam genç kadının yüzüne baktı.

"Kaptan... O iyi mi?" dedi genç kadın titreyen sesiyle.

Israrcıydı genç kadın. İstediği tek şey, basit bir cevaptı. Barlas'ın gidişine sebep ne olursa olsun, kendini her türlü olumsuz yanıta hazırlamıştı. Öğrenmek istediği onun iyi olup olmadığıydı.

"Keşke bilseydim" dedi yaşlı adam.

Bunu duymak istemiyordu genç kadın. Bu kadarını kendi kendine sürekli tekrarlıyordu zaten

"Beni ve Ekin'i size getirirken, nasıl heyecanlıydı Barlas. Siz onun için çok değerli biri olmalısınız. Bana, benim de bildiğim şeyleri tekrarlamayın. Eminim biri biliyordur. Ve eminim o biri sizsiniz. Barlas nerede? O mu istiyor, saklamanızı? Neden peki? Benim de merak edeceğimi düşünemiyor mu? Benim üzüleceğimi, onu sevdiğimi bil..."

Başlamış, ama bitirememişti cümlesini. Ne onu merak ettiğini bilebilirdi Barlas. Ne üzüleceğini, ne de sevdiğini.

"Ben, ben bu kadar değersiz miyim onun gözünde?" dedi nihayetinde fısıltıyla.

"Hayır" dedi yaşlı adam, şüphe yollarını tümden kapatacak kadar kesin bir dille.

"Siz, onun için değerinizin ne olduğunu, ömrünüz tükenip bitse de, bilemezsiniz. O her gün anlatsa da, asla tam olarak öğrenemezsiniz. Çünkü değer, ölçülüp tartılacak bir şey değildir. Gönül biçer insanın değerini ve sözler de asla o ölçüyü ifade edemez."

"O mu söyledi size bunları?"

Buruk bir gülümsemeyle, ellerini de iki yana açtı ve kapattı adam.

"Barlas bir şey söylemez ki Nesil Hanım. Yüreğinde nasıl bir darlık, nasıl bir bolluk olduğunu kimseye açmaz, göstermez ki."

"O zaman nasıl anlayabildiniz?"

"Bazen tek bir cümleden, bazen bir gülüşünden, bazen de sizden ve Ekin'den bana haberler verirken yüzündeki, gözlerindeki hasretten, hüzünden..."

Vural Kaptan'ın bakışında, duruşunda o iddiasız, durgun, dingin, ama içten ses tonunda bir parça Barlas vardı sanki. Ona, onu hatırlatıyordu. Nesil'in küçük kadın yüreğinde, koca bir ağaç olan Barlas aşkı, inadına daha çok kök salıyor. Gitgide yerine dar geliyordu.

"O nerede Kaptan? Bu basit bir gidiş değil. Öyle olsa, yeri belli olurdu. Neden hiç kimse bilmiyor ya da bilmediğini söylüyor bana."

"Barlas gideli, tam bir ay ve bir hafta oldu Nesil Hanım" dedi yaşlı adam.

"Neden bu kadar beklediniz onu aramak için?"

Barlas ve Ekin bağı kurulduğundan beri, ilk kez kendini sadece Nesil olarak görüyordu. Yürek terazisini ağırlaştıran o fazladan yük ortadan kalmıştı. Artık, Nurcan Olcay'ın kızı olmak çok fazla bir şey ifade etmiyordu Nesil için.

"Ben sanıyordum ki... İlk haftalarda sandım ki..."

Başını iki yana sallarken, gözündeki yaşlarda yere düşüyordu.

"O bana haber göndermişti. Bir süre burada olmayacağını. Bir de... Bana kızgındı. Biz tartışmıştık. Sandım ki, görüşmek istemiyor. Görmek istemiyor beni. Gitti dediler ama... Dönecek, gelecek, gelir sandım."

"Doğrudur" dedi yaşlı adam, başını sallayarak. Yine de, onun için Barlas'ın ne ifade ettiğini bilmeden, ona Barlas'ı anlatamazdı. Az da olsa, bir yargıya varmalıydı. Şimdi ona bakınca, çaresiz, eli kolu bağlanmış bir çocuk görüyordu. Çok genç bir kadındı Nesil. Barlas gibi bir adam için çok tecrübesiz ve çok küçüktü. Yaş olarak hesaplandığında çok fazla bir farklılık çıkmayabilirdi ortaya. Ancak, Barlas da yaşının adamı değildi. O ruhen, Nesil'den çok yaşlı biriydi. Nesil için üzülüyordu Kaptan. Çünkü Barlas gibi birine gönül vermek ne demek, tahmin ediyordu.

Barlas gitmeden önceki o iki günün neredeyse tamamını o teknede ve Kaptan'ın yanında geçirmişti. Geceden sabaha, sabahtan geceye, o teknede oturmuş, aç, susuz, sessiz, açık tutabildiği süre boyunca, gözlerini tek bir noktaya dikmişti. Nihayet gitme zamanı geldiğinde ayağa kalkmış ve Kaptan'a elini uzatmıştı. "Gidiyorum ihtiyar" demişti. "İçimdeki şeytanla hesaplaşma vakti. Hakkını helal et." Kaptan, sessiz geçen onca saatten sonra, onun tavırlarından ve veda şeklinden nasıl bir sonuca vardığını anlamıştı. Barlas, başaramayacağını hissederse, bir daha geriye dönmeme kararı almıştı.

"Barlas'ı tanır mısınız?" dedi ansızın. Ve aynı anda, genç kadının bakmaya doyamadığı nemli gözlerinin yere eğildiğini gördü. Niyeti onu utandırmak ya da eksiğini yüzüne vurmak değildi.

"Ben de tanımam pek" dedi. Bu sözler genç kadına inanılır gelmedi. "Barlas konuşkan bir adam değildir. Yıllardır ne paylaştık onunla diye soracaksanız, size tek bir yanıtım olur. Yalnızlığı..."

"Hâlâ bana bir şey söylemediniz Kaptan?"

"Barlas nerede ben de bilmiyorum inanın. Bildiğim tek şey onun, kurtulmaya çalıştığıdır."

"Neden? Kimden?"

"Alkolden. Bunu biliyor olmanız gerek. Ya da en azından anlamışsınızdır."

"Evet... Biraz biliyorum."

"Barlas, iflah olmayacak derecede bağımlı bir adamdır Nesil Hanım. Sanırım, bunu da bilseniz iyi olur."

"İflah olmayacak derecede."

Kaptanın sözleri kulaklarında yankılanıyor ve genç kadın o sözlerinin altındaki o korkunç ve acı gerçeği sindirmeye çalışıyordu.

"Bakın Nesil Hanım."

"Lütfen bana, bana sadece Nesil demeniz yeter."

"Nesil. Bazı insanların kaderleri, beyaz çarşaflara yazılır. Bazılarınınki, kara duvarlara. Barlas'ın kiyse, kendi gibidir. Tıpkı dış görüntüsünde olduğu gibi, içini de karalar sarmıştır. Barlas'ın geçmişinde ne olduğunu bilmiyorum. Bir kez bile anlatmadı bana. Ama ben bildim. O çocuk için, yarın diye bir şey hiçbir zaman olmadı. Onu bulduğumdan beri, hiç değişmedi. Ta ki... Siz ve Ekin ortaya çıkana kadar..."

"Ailesi... Ya ailesi."

"Bilmiyorum. Olmadığını söyler. Ve ben de ötesini sormam."

"Neden sormadınız bunca zamandır peki? Neden öğrenmediniz. O sizi kendine çok yakın hissetmiş ki, bizi alıp size getirdi.

Ona yardım edebilirdiniz belki. Ben sordum, ama konuşmadı benimle. Ama sizinle konuşurdu."

"Barlas'ı gerçekten de tanımıyorsunuz" diyerek hüzünle gülümsedi yaşlı adam. Barlas'ı kim tanıyabilirdi ki? Bir insan kendini kendinden bile saklamayı amaçlamışken, başkasına gösterir miydi hiç?

"Eğer onu biraz olsun sıkıştırsaydım, eğer biraz sorgulasaydım, bana böyle sokulur muydu sanıyorsunuz? Barlas benim yanımdaki sessizliği seviyordu. O yüzden geliyordu buraya. Hem konuşmuyor, hem de yalnız kalmıyordu. Geçmişini konuşmadan, yalnızlığını paylaşacak birini arıyordu Barlas. Anlatabildim mi?"

Kaptan anlatıyordu anlatmasına, ama genç kadın anlayabiliyor muydu? Barlas gibi birinin, Kaptan'ın anlattığı gibi bir adam olmasına inanamıyordu aslında.

"Nerede peki?" dedi usulca.

"İnanın bilmiyorum. Ha diğerleri de bilmiyor. İnsanlara sorup kendinizi boş yere yormayın. Gidiş sebebini Nevhis Hanım da dâhil, kimse bilmiyor. Öyle olmasını istedi. Ben de sadece bu amaçla gittiğini biliyorum, o kadar. Artık, o illetle yaşamak istemiyor Barlas. Artık eski Barlas değil o. Olamayacağını da biliyor. Çünkü siz varsınız. Ekin var."

"Keşke yerini bilseydim."

"Ne yapardınız o zaman?"

"Giderdim."

Bir an bile düşünmedi genç kadın. Oraya geldiği gibi, Barlas'ı sevdiği gibi hiç düşünmeden de giderdi yanına. Bundan emindi.

"Gider miydiniz sahi? Barlas'a bütün bunları bilerek gider miydiniz yine?"

Kaptan'a Barlas'a olan duygularını anlatamazdı. Onu tanımadan sevdiğini, her şeye rağmen hâlâ sevdiğini, bütün bunları bilerek yine de seveceğini, anlatamazdı. Sadece, başını sallamakla yetindi ve; "Ekin'i nasıl özlemiştir kim bilir?" dedi, buruk bir sesle.

Sessizlik çöktü aralarına. Yaşlı adam ona, o adama bakıyordu. Sözsüz bir soru cevap oyunu oynuyorlardı sanki. Nesil, kendisi için sıcak bir işaret beklerken, Kaptan'da ona o işaretin var olduğunu anlatıyordu. Barlas'ın o kızı sevdiğini biliyordu Kaptan. Madem oraya gelmişti, onu arıyordu. Hem belki de -bunu düşünmek bile canında derin bir sızı oluyordu ama- Barlas'ın dönmemesi gibi bir ihtimal de vardı... O halde, bu kız neden bilmeyecekti ki, o hasta adamın gerçekte ne düşündüğünü, ne hissettiğini? Şu üç günlük hayatta, insan üç saatliğine bile olsa, sevdiğini, sevildiğini hissetmeli ve öyle ölmeliydi.

"Seni de özlemiştir" dedi utanıp, sıkılarak.

Nesil de utanmıştı. O kadarla da kalmamış, şaşkın küçük bir kız gibi, konuşmak da bile zorlanmıştı. İşin doğrusu, Kaptan'ın söylediğine pek kanmamıştı, ama yine de hafifçe gülümsemeden duramamıştı.

"Beni mi? bilemiyorum..."

Kaptan da Nesil'in inanmadığını anlamış ancak yılmamıştı. Hem bir kez başlamıştı. Barlas'ın o kızı özlediğinden bu kadar eminken, onun da inanmasını sağlayacaktı. Bir kez daha arkasına döndü ve yeniden teknesini işaret etti.

"Teknemin adını gördün mü?"

"Evet. Bir isim değil mi? Ersegül."

"Bir isim değil Nesil. Bir hayat. Benim hayatım. Şimdi diyeceklerime gülebilirsin, alay edebilirsin, ama ben o kadını hâlâ seviyorum. Tattığım, bildiğim tek aşk odur. Ama benim için sondur da aynı zamanda. Bir adam bir kadını nasıl sever bilirim. Konuşulmasa da anlarım. Seni özlemiştir diyorsam, öyledir."

Kaptan'ın söylediklerinin doğru olması için neler vermezdi.

"Ne zaman geleceğini söyledi mi size?"

Başını iki yana salladı adam. Bunu da bilmiyordu, ama başka bir şey biliyordu ki, o da bu kıza söylenecek gibi değildi. "Belki de hiç gelmeyecek" demek, o kızı vakitsiz bir şekilde öldürmek demekti.

....

Yünlü battaniyesini omuzlarının üzerine sararak, teknenin küçük kamarasından yukarıya çıktı. Vakit bir hayli geç olmuştu. Ama onun için artık zamanın çok fazla bir anlamı yoktu. Gece ya da gündüz fark etmiyordu. Artık balığa da çıkmıyordu. Birkaç saatliğine bile olsa, orayı bırakıp gidemiyordu. Yılgınlığı hiç bu kadar ağırlaşmamıştı daha önce. Kendini, tümüyle tükenmiş hissediyordu. Umurunda da değildi bu. Kendi için zerre kadar kaygısı, endişesi yoktu. Ama o... O kara deli...

Patika yolun yukarısından bir ses duydu rüzgâra alışmış kulakları. Bir ıslık sesine benzetti önce... Sonra gecenin ayaz ıslığı sandı. Başını çevirip bakmadı.

"Uyumadın mı ihtiyar?"

Kulaklarından geçip, yüreğine çöreklenmiş olan kaygının tam orta yerine düştü Barlas'ın sesi. Yaşlı adam birden bire dikleşti. Başını çevirdi ve yola baktı.

"Barlas" dedi ancak sesini kendine bile duyurmakta zorlandı yaşlı adam. Bu bir rüya mıydı yoksa?

"Eskiden ışık tutayım diye pek hevesliydin. Bakıyorum bu gece oralı bile olmuyorsun..."

Artık görebileceği mesafeye kadar gelmişti genç adam. Gözlerindeki yaşları umursamadan gülümsüyordu Kaptan. Sevinçten sarhoş olmuş gibiydi. Yerinden kalkarken, nefesini toplamaya çalışıyordu aynı zamanda.

Barlas da susuyordu. O da yaşlı adamın perişanlığına bakıyordu.

"Barlas..."

"Geldim ihtiyar" dedi genç adam, kendini de onu da şu iki kelimeye inandırmaya çalışarak...

"Barlas" sesi biraz daha yükseldi yaşlı adamın. Ağlıyordu, ama bunlar sevincinin tanıkları, sevincinin kanıtlarıydı adamın. Şükrediyordu. Yanılmıştı. Bu gece ya da bu kez, korktuğu olmamıştı. Barlas ona, bir kez daha kaldıramayacağı bir acı yaşatmamıştı. Bu gece, bayramı vardı Kaptan'ın.

"Ah be evlat, ah be oğlum. Öldürdün sen beni..."

Genç adam onun ne halde olduğunu görüyordu. Daha önce hiç kucaklaştıklarını hatırlamıyordu Barlas. Yaklaştıkça, Kaptan'ın kolları havaya kalkıyor ve Barlas'a uzanıyordu. Tereddüt bile etmeden gidip, o kolların arasına girdi genç adam.

Eskiden olduğu gibi, karşılıklı taburelerine kurulmuşlardı. Ama bu kez ortalarında çilingir sofrası yoktu. Kaptan'ın aceleyle demlediği sıcak çay vardı ellerinde. Kaptan Barlas'ı izliyor ve onun ne kadar zayıflamış olduğunu fark ediyordu. Uzamış sakalları, genç adama başka bir suret kazandırırken, aynı zamanda, daha olgun gösteriyordu. Onu ilk kez böyle görüyordu Kaptan. Yalnızca dış görüntüsüyle değil, konuşma şekliyle de başka bir adama benziyordu. Daha ilk dakikalardan itibaren, giden Barlas'la gelen Barlas arasında değişiklikler seziyordu.

"Nasılsın?"

"İyiyim ihtiyar... Bitti..."

Ne orada ne yaptığını, ne nasıl yaptığını... ne zor ne de kolay olduğunu anlatacaktı Barlas. Herkes için, ama en çok Barlas için sancılarla geçen, bütün bu iki ayın hesabı, genç adamın kararlı bir tavırla dile getirdiği o üç kelimeyle kapanmıştı. Bir yandan da bu bir mesajdı Barlas'tan gönül dostu Kaptan'ına.

"Ekin'i gördün mü?"

Oğlunun adını duyar duymaz, koyu, katran gibi bir pişmanlık gelip oturdu yüreğinin üzerine. Şimdi onun yanında, ona kavuşmuş olabilirdi. Bardağı tutan ellerine ve dizlerinin üzerinden öne doğru sarkan boş kollarına baktı. Onlar şimdi Ekin'le dolabilirdi. Geldiğinden beri hüznün koynuna girmemek için direniyordu, ama ağır ağır gelip sarıyordu benliğini. Silkinmek ve toparlanmak ve tabii... Bunun kendi kararı olduğunu düşünmek, o an yapabileceği en doğru telkindi. Bunu bilerek, yere eğildi ve boş bardağını bıraktı. Gülümsedi usulca. Bir an önce, kendine, neden onların yanında olmadığını hatırlatmak zorundaydı. Bir yola baş koymuştu, ama henüz tamamlamamış, ancak yarısına varmıştı. Doktorların biçtiği o sürecin tam ortasındaydı. "Biraz daha" dedi içinden; "Biraz daha dayan aslanım. Onlar seni bırakmadı, bu senin kararındı. Az kaldı, çok az kaldı."

Sürekli karşılaşma anını tasarlıyordu beyninde. Birbirine benzeyen yığınla cümle kuruyordu. Hiçbiri istediği gibi olmuyordu. Hiç biri Nesil'e söylemek istediklerini tam olarak ifade etmiyordu. Zaten hiç birini söyleyemeyeceğini de biliyordu. Nesil'i de Ekin gibi öyle çok özlemişti ki, aklına kötü olasılıklar doldurmak istemiyordu. Zaten artık başka bir adam olmuştu. Kendi zayıflıklarının, açlıklarının, boşluklarının, isteklerinin Nesil'i zor durumda bırakmasına izin vermeyecekti Kimseden, bunu istemeye hakkı olmadığını anlıyordu. Günün yirmidört saati onlarla olmak en büyük düşü olsa da, bu Onun düşüydü. Nesil'i aynı düşü kurmadığı için suçlamıyordu. Artık ona, o zavallı ve aciz adamı reddettiği için, kendine bile güvenmeyen bir adama güvenmediği için kızamıyordu.

Önemli olan, sevebileceği birilerine sahip olmaktı ve onlar artık vardı. Günün tamamında yanında olmasalar bile, kalbinde olacaklardı. Onları özlemeye de alışacaktı zamanla. Çünkü özlemek de sevmenin bir parçasıydı. Sevmek farklıydı. Sevmek güzeldi. Sadece bunu anlamak bile, bir hastayı iyi eder, bir ölüyü diriltmeye yeterdi. Yıllardır, neden ölmemişti, neden öldürmemişti kendini? Geçmişini yazarken, bununla da yüzleşmiş, cevabını vermişti. Yıllardır serkeşlik içinde olsa bile, yaşamasının tek sebebi, Yesra'ya beslediği bitmez, tükenmez sevgi ve hasretti. Farkında bile değildi o zamanlar. Ancak, her günü, "bir gün" ümidiyle tüketmişti.

Artık, sevgileri çoğalmıştı. O köhne yüreği, artık bir saraydı. Yesra'ya uzaktan baksa bile, Ekin ve Nesil yanındaydı. Ekin'in gurur duyacağı bir baba ve Nesil'in güvenebileceği bir adam olacaktı bundan böyle. Ne olursa olsun, onları yalnız bırakmayacaktı. Ekin'e kendi yaşadıklarının tek bir anını bile yaşatmayacaktı. Ekin'i sevgisiz kalmayacaktı. Oğluna, terk edilmişlik duygusunu tattırmayacaktı. Ve yazdıkça, anlamıştı ki; geçmişinin tek sorumlusu kendisi değildi. Bu yüzden, geçmişinden de, geçmişindeki o çocuktan da utanmayacaktı.

"Aslında niyetim doğruca onlara gitmekti, ama yapamadım" dedi. "Daha doğrusu, hazır değildim. Birkaç gün sonra gideceğim. Böylesi daha doğru olacak. Onsuz nasıl yaşıyormuşum ben ihtiyar... Ekin'siz nasıl yaşamışım bunca zaman?"

Yaşlı adam başını eğdi ve güldü sessizce. Ekin gelivermişti bir anda gözlerinin önüne.

"Büyümüş kerata" dedi keyifle.

Genç adam gözlerini kaldırdı ve Kaptan'a baktı.

"Ne zaman gördün sen Ekin'i?"

Ancak o zaman, kendine geldi ve Barlas'ın bilmediği bir konudan bahsettiğini fark etti yaşlı adam. Sır değildi elbette. Barlas nasıl olsa öğrenecekti. Öğrenmesi de gerekiyordu. O kızın neler yaşadığını, neler çektiğini, onu nasıl beklediğini de bilmesi gerekiyordu.

"Nesil buraya geldi evlat."

"Ne zaman?"

"Bir ay kadar önce... Seni arıyordu."

Yutkundu genç adam. Bunu biliyordu. Nesil'in merak edeceğini biliyordu. Çünkü birdenbire sırra kadem basmıştı ve genç kadının hiçbir şeyden haberi yoktu, ama oraya gelebileceğine, onu arayacağına ihtimal vermemişti.

"Bana kızmış mıydı?" derken, cezasına boyun eğmeye razıymış gibi bakıyordu Kaptan'a.

Başıyla onayladı Kaptan önce. Sonra gülümsedi hafifçe.

"Haksız mı kız?"

"Hayır. Nesil hiç haksız olmadı ki zaten."

Nihayet, her şeyi olduğu gibi göstermeye karar verdi yaşlı adam. Ne de olsa suç bastırmıyor, üste çıkmaya çalışmıyordu Barlas. Haklıya haklı, haksıza haksız diyecek kadar onurlu davranıyordu. Bir yanıyla Nesil'i mi savunuyordu Kaptan ne? Sanki orada o genç ve yaralı kızın avukatı gibi oturuyordu. İçinden gülmek geliyordu, ama ruh hali izin vermiyordu. Evet. Bu gece, bayramı vardı, ama onlar adına sevinmek için erken olduğunu da biliyordu. Barlas'ın bağımlılıktan kurtulmasının, içinden geçeni anlatacak bir adam olmasına yetip yetmeyeceğini bilmiyordu. Yıllardır susmayı düstur edinmiş bir adamın, birden bire konuşmasını beklemiyordu.

"Ama geliş sebebi sana kızgınlığı değildi. Seni öyle merak etmiş ki. Beni neredeyse ipe çekecekti bir şey bilmiyorum diye."

"Ona söyledin mi?"

"Evet"

Başını salladı genç adam. Saklanacak bir şey değildi zaten. Hem, Nesil'in öğrendiği hiçbir şey, o sabah gördüklerinden daha kötü olamazdı. O kız, çok daha kötü bir manzarayla karşılaşmıştı. Kucağında taşıdığı çocuğun, kendinden geçmiş, alkolik babasına bakarken ne hissetmişti kim bilir? Gerçekte nasıl bir adama geldiğini, nasıl bir adamdan çocuk sahibi olduğunu belki de ancak o sabah anlamıştı. Kendinden mi utanmıştı daha çok, yoksa Barlas'tan mı? Belki de onu o halde gördüğü için kaçıp gitmişti Nesil. Ve onlar giderken, o...

Hayır... Hayır... Bunları düşündükçe, telkinlerin işe yaramayacağından korkar olmuştu. Bir yanı bu düşüncelere set çekerken, diğer yanı bunların asla telafi edilemeyeceğini söylüyordu. Taşıdığı utanç, bir volkan olmuştu içinde. Aklına her düştüğünde, o volkanın ağzından, varlığını kül eden lavlar yükseliyordu. Utancı, Onu güçlü kılarken, gücünü de alıyordu. Böyle anlarda, Onu ikilikten koruyan tek şeye sığınıyor, aklına, gözlerinin önüne Ekin'i getiriyordu.

"Ekin iyi miydi?"

"İyiydi. Keyfi, sağlığı yerindeydi. Diş çıkarıyor diye biraz huysuzluk ediyormuş Nesil'e..."

"Ya Nesil... O nasıldı?"

"Ne diyeyim ki şimdi. İyiydi desem yalan, kötüydü desem, sana keder olacak biliyorum. Valla... Perişan olmuştu kız. Ne diyeyim be Barlas. Git, kendin gör. Kendin anla."

Bakışlarını Kaptan'ın sulanan gözlerinden kaçırdı genç adam. Çünkü onun da boğazı düğüm düğümdü. Nesil'e dokunduğu günden beri, genç kadın için hep acı hep yıkım olmuştu. Denize bakarken, onu bulduğu o karanlıkları düşünüyordu bir kez daha. Ve başını kaldırıp gökyüzüne çevirdi kara gözlerini.

Bütün bu zamanlar, bütün bu yanlışlar için eğilecekti bir kez daha Nesil'in önünde. Ama af dileklerini, hangi duygu eyleminin arkasına koyacaktı. Geldim mi diyecekti yalnızca. Yoksa... Sevdim mi? Yüreğinden geçenleri saklamak istemiyordu, ama Nesil'i bundan böyle hiçbir şeye zorlamak da istemiyordu.

"Onu perişan ettim değil mi ihtiyar? En başından beri ona karşı hep kaçak, hep korkak davrandım. Ben bile beni taşıyamazken, ondan bunu yapmasını bekledim. Benim gibi birini, kabullenmesini, sevmesini. Ben Nesil'e hiçbir şey vermedim Kaptan. Ama ondan çok şey aldım. Çok şey istedim."

"Git de dinlen artık" dedi Kaptan. "Hem ben de uyuyacağım biraz. Bir iki saat kestirip balığa gideceğim. Yarın akşam için sana taze balıklar getireceğim. Ama evine göndereceğim. Ben yokum yarın gece."

Eve girmeden önce arabasının kapısını açtı. Torpido gözünde, haftalar önce bıraktığı ev anahtarlarını aradı. Arka koltukta duran çantasını da aldığında, evine girmeye hazırdı. Bahçe kapısını açmak için, anahtarlığındaki güvenlik kartını kullanmak zorunda kaldı. Biraz şaşkındı aslında. Çünkü normal zamanlarda o kapının şifresini kurmaz ya da alarmını çalıştırmazlardı. Buna hiçbir zaman ihtiyaç duymamıştı genç adam. O olmadığı için, Nevhis Hanım yapmış olmalıydı.

Bahçenin ışıkları da açık bırakılmıştı. Kapının önünde durdu. Başını kaldırıp, evin iki katlı, taş yapısına baktı. Özlemiş miydi evini? Buna dair hiçbir işaret bulamadı yüreğinde. Hayır. Özlememişti. Ne o ev, ne de sahip olduğu zenginlik. Bunca zaman, hiçbir anlam ifade etmemişti. Yaptığı işte, konuk ettiği her misafirden ne farkı vardı onun? İnsanın taş bir yapıya "evim" diyebilmesi için, başka şeyler olmalıydı. İçinde, anlamlar, sesler, gülüşler, sevgiler, bağlar bulunmalıydı. Bu anlamda, onun hiçbir zaman, bir evi olmamıştı.

Anahtarı zorluyor, ancak kilidi açamıyordu. Tomar içindeki her anahtarı kaldırıp bakıyor, doğru olanı arıyordu. Doğru olanı biliyordu bilmesine, ama bu gece ne oluyordu böyle ona? Bir kapıyı açmayı bile beceremiyordu. Elleri mi titriyordu yoksa yine? Durdu. Bir soluk aldı derinlerine kadar. Sinirle gerilmiş ellerini kaldırıp baktı. Titreme falan yoktu. O halde, yıllardır girip çıktığı o kapı bu gece neden açılmıyordu? Biraz daha uğraştı genç adam. Olmuyordu. Kilit değişmişti belki ya da arkada anahtar kalmıştı.

Sinirle söylendi genç adam. Arkada unutulan anahtar, gecenin o saati, yorgunluğuyla artan bezginlik yaratmıştı. Yan tarafa geçti. Salonun ve mutfağın sürgülü kapılarını kontrol etti. Kendi evine hırsız gibi girmeye çalışıyor, bir aralık bir geçit arıyordu. Yeniden ön kapıya geldi. Ne yapacağını düşünmek için biraz durup bekledi. Tam o sırada, alt kattan dışarıya süzülen bir ışık belirdi. Sessizce, en yakındaki pencerenin önüne geçerken; bir kadın sesi işitti.

"Kim o?"

"Nevhis Hanım?"

Tam üç kilit, ardı ardına, gecenin sessizliğini darmadağın ederek, süratle çevrilerek açıldı. Bu kadının orada ne işi vardı? Üstelik o kapı oraya takıldığı günden beri hiç bu kadar itibar görmemiş, bütün kilitler hiçbir zaman bu kadar özenle ve tek tek kapatılmamıştı. Korkmuş olmalıydı zavallı. Normaldi de bu.

"Barlas Bey..."

"Nevhis Hanım?"

İkisi de şaşırmıştı. Birbirlerine adları dışında hiçbir şey söylemeden duruyorlardı. Kadın elini ağzına kapatmış, sessizce ağlıyor, genç adama bakarken, durmaksızın yutkunuyordu. Sesini tanımıştı tanımasına, ama gördüğü o adam Barlas'a benzemiyordu. Ne yapmıştı bu adam böyle kendine? Tedaviden mi yoksa işkenceden mi çıkmıştı? Yine de onu sağ salim karşısında gördüğü için mutluydu.

"Çok şükür Allah'ıma" derken, sesi titriyordu; "Nihayet geldiniz."

Genç adam kadının o halini, az önce Kaptan'da da gördüğünü hatırladı. İçi derin bir şefkatle dolarken, yanına yaklaştı. Kadın kapının önünden çekildi aceleyle. Barlas'a yol vermekti amacı. Ama Barlas geçip gitmeyi düşünmüyordu. Yeterince yaklaştığında elini kaldırdı ve kadının yanağına dokundu yavaşça. Yakınlık içinde gülümsedi.

"Bu saatte, burada ne işiniz var Nevhis Hanım?" dedi sevecen bir tonla. "Bir terslik mi var? İyi misiniz?"

Az önceki şok, şimdikinin yanında gelip geçici bir yaz meltemi gibi kalırdı. Nevhis'in yaşa bürünmüş gözleri açılmış, dikkati yanağını nezaketle okşadıktan sonra ondan ayrılan o ele kaymıştı. Barlas ilk kez ona böyle yaklaşmıştı. İlk kez Ona böyle şefkatle bakmış, dokunmuş ve bu üslupla konuşmuştu. Az önceki sevinci de şahlanmıştı kadının. Gördüğü yakınlıkla, duygusallığıyla birlikte gözlerindeki yaşlar da artmıştı.

"Ben, onlarla, siz yokken..."

Kelimeleri sıraya koyamıyor, tam olarak neden orada olduğunu anlatamıyordu Barlas'a. Öylesine mutluydu ki o an. Oğluna kavuşsa, bunu mu hissederdi acaba? Bu kadar mı sevinirdi? Evlat sevgisi, özlemi, endişesi Barlas dönene kadar hissettikleri değil miydi?

"Ben istedim Nevhis Hanım'ın burada kalmasını."

Yukarıdan bir yerlerden öyle bir ses geliyordu ki. Genç adam başını kaldırmaya ve o yere bakmaya cesaret edemiyordu. Öyle güzel. Öyle çok beklediği, öyle çok özlediği bir sesti ki duyduğu. Tüm varlığıyla, parçalara ayrıldığını ve dağıldığını hissediyordu. Başını kaldırırken, sanki kendi cennetinin kapısının önünde duruyor ve az sonra ne göreceğini biliyordu. Melekleri, orada onu bekliyordu.

"Sen yokken, seni beklerken, yanımızda kalmasını ben istedim..."

O an en iyi durumda olan Nesil gibi görünse de, genç kadın sımsıkı kavradığı tırabzana tutunarak ayakta duruyordu. Aldığı o destek olmasa, titreyerek bastığı yere yığılacağını biliyordu. Ansızın karşısında beliriveren o akşam rengi gözlere bakarken, gözleri yanıyordu. En fazla yarım saat önce, onun yatağına kıvrılmış, yüreğiyle ona özlem dolu mektuplar yazıyordu. Daha az önce, uykusunda, ona "dön" diye yalvarıyordu. Haftalardır... Hasret biriktiriyordu şu evin her bir köşesinde. Ve döndüğü zaman ona göstermek için bekliyordu. Yokluğunda, aşkın, büyülü coşkusundan başka, her şeyini tatmıştı genç kadın. Ayrılığın özlemine, darlığına katlanmıştı. Dilinde dua olmuştu adı. İsmine, yoluna, canına, sağlığına, iyiliğine adaklar adamıştı. Şimdi de, derinden gelen o duygu dolu fısıltıya, adının onun sesinde can bulmasına nasıl muhtaç olduğunu anlamıştı.

"Nesil... Sen..."

Bir dilek tut deselerdi bu sabah. Başka bir şey aklına bile gelmezdi Barlas'ın. Dileği de, duası da, onu bekleyen "Melekleri" olurdu. Ama o, böyle bir şey yapmamıştı, çünkü dileklerin, duaların gerçekleşeceğine inancı kalmamıştı. Ya şimdi karşılaştığı bu durum? Ne zamandan beri, hayalleri gerçek oluyordu? Yoksa şans dediği o kayıp olgu, artık ondan yana mı dönüyordu?

Hayatında mutlu olduğu o sayılı anları hatırlamak hiç de zor değildi Barlas için. Toplasa, bir elinin parmak sayısını geçmiyordu. Şimdi de bir yenisini ekliyordu hafızasından yüreğine kadar her yere.

Nevhis'in varlığını bile unutup, merdivenlerden çıkarken, onlara ulaşmak için sabırsızlanıyordu. Buna rağmen ağır adımlarına hükmedemiyordu. Hiç beklemediği bir anda, karşısında bulmuştu Nesil'i. Yanına vardığında ne söyleyeceğini, nasıl davranacağını bilemiyordu. Bugün, yol boyu bir sürü cümle kurmuştu. Nereye gitmişti hepsi? Aklı da tıpkı yüreğine uyum içindeydi. Toz duman olmuştu. Son basamak da bittiğinde, Nesil ile karşı karşıya duruyordu. Genç kadının gözlerinin, gözlerini aradığını anlıyor, Nesil'in nefeslerinin cana değen ezgisini duyuyordu. Çok istediği halde, Nesil'in gözlerine bakamıyor, eğik başını kaldırdığı an, içindeki sevinçten çok, utancını göstereceğini biliyordu. Sevincine ortak olmuş o kesif utancı içinden atamıyordu bir türlü. Dili lal olmuştu sanki. Tek bir kelimeye gücü yetmiyordu...

Nesil ise, Barlas'ın içinden geçenleri okuyordu. Genç adamın, bakmaya kıyamadığı gözlerinin neden eğik olduğunu anlıyordu. Artık, her şeyden habersiz, sevdiği adam hakkında tümüyle bilgisiz o kız değildi. Kaptan'ın bildiği her şeyi o da biliyordu. Ona bakarken, yüreğinin bütün gücünü, içindeki bütün o sevdayı gözlerine yüklüyor ve onun görmesini istiyordu. Hiçbir şey şu ölüm benzeri ayrılıktan daha zor gelemezdi insana.

Elini kaldırdı ve genç adamın yanağına dokundu. Nasıl titrediği, parmaklarının ucundan bile hissediliyordu. Herkesin ilk bakışta gördüğü detayları, Barlas'ın zayıfladığını, sakalını, farklılığını Nesil hâlâ göremiyordu. Dış görünüşündeki ayrıntılar henüz dikkatini çekmiyordu. O, onun yaşadığına, dönmüş olmasına, varlığına şartlanmıştı. O an için, hiçbir şey bunlardan daha önemli gelmiyordu.

"Döndün" dedi biriktirdiği acıyı ve hasreti, bir tek kelimenin içine yükleyip, sığdırarak.

O andan itibaren, ne utancının ardında, ne sevincinin önünde durabilirdi genç adam. Nesil'in yüzüne dokunan elini, eliyle kavradı, o narin avucu önce dudaklarına... Sonra kaplayacak şekilde yüzüne bastırdı. Derin bir solukla birlikte teninin kokusunu da içine çekti. Bütün bunlar belki bir ya da iki saniye içinde olmuştu. Daha fazlasına ikisinin de sabrı, dayanağı yoktu. Barlas onu kollarının arasına alıp, var gücüyle kucağına çektiğinde, hıçkırıkları da nefesiyle birlikte kopup geldi genç kadının. Son bir gayretle kollarını kaldırdı ve Barlas'a sarıldı. Uyuşmuş, hissiz bedenini taşıyamıyordu. Bütün ağırlığını sevdiği adamın sıcaklığına ve gücüne bırakırken, sayıklar gibi, Barlas'ın adını tekrarlıyordu.

Bu nasıl bir özlemdi ki; sarıldıkça çoğalıyordu. Dokundukça, aratıyordu, ağladıkça, kanatıyordu. Nesil Barlas dedikçe, Barlas'ın yanıtı onu biraz daha sarmak, onu tıpkı bir soluk gibi içine çekmek, içine doldurmak oluyordu.

"Ağlama" dedi genç adam yüzünü gömdüğü saçlarda kaybolan bir yakarışla; "ağlama meleğim, yapma."

Dudaklarını Nesil'in ipek saçlarına yasladı ve gözlerini kapattı. Bir koluyla sürekli belini sarıyor, onu düşmekten koruyor, bir eliyle sırtını, saçlarını, boynunu ve yüzünü okşuyordu. Yalın bir sevgiyle sarılmayı, sırf teselli etmek için dokunmayı, temeline hasret dolmuş olan o yoğun buluşmayı ilk kez yaşıyordu. Bu masum dokunuşlardan aldığı zevkle, bildiği kadın kavramı da değişiyordu. Kadın, içine yerleştirdiği o dar, salt tensel kalıpların dışına çıkıyor, farklı bir şekle giriyordu. Dokunuşların, yalnızca bedensel değil, duygusal anlamdaki doyum için de gerekli olduğunun farkına varıyordu. Yaşadığı huzuru, yüzünün bütün hatlarına resmediyordu genç adam. Kavuşmak kelimesinin esrarını bu gece çözüyordu. İnsanın sevdiklerinin olmasının, beklenmenin, özlenmenin ne demek olduğunu anlıyordu. Çekilen her ne olursa olsun, buna değiyordu. Yürekteki güç, hafızayı siliyordu. Sevgi, pek çok şeyin önüne geçiyor, bazen de tıpkı o an olduğu gibi, insanın utancını yeniyordu. Az önce yüzüne bakmaya bile yüzü yokken, şimdi Nesil'in gözlerini özlüyor, gözlerini arıyordu. Göğsüne düşmüş başı kaldırmak ve Ona doyasıya bakmak için, hıçkırıklarının kesilmesini, yüreğindekileri boşaltmasını bekliyordu.

İlk sancılar geçip gitmiş, Nesil'in hıçkırıkları, sakin iç çekişlerle yer değiştirmişti. Onun gözünden akan her damla yaş, Barlas'ın yüreğine inmiş, çektiği onca acı, Nesil'in içten yaşlarıyla yıkanmış, berraklığıyla temizlenmişti. Aralarındaki sessizliğin de sonu gelmeliydi artık. Gözler birbirine değmeli, içsesler susmalı, dil, o akan, o arındıran yaşlar gibi, en az onlar kadar anlamlı sözler etmeliydi. Evet, ama nasıl? Ne söyleyebilirdi Barlas? Az önce kapının önünde, bir evinin olmadığını düşünen o adam, o taş yapıyı bir anda eve dönüştüren, ev yapan kadına, değerini nasıl anlatabilirdi? Hissettiği duygular kadar sıcak ve özel kelimeleri nasıl bulabilirdi? Seni sevdim. Seviyorum... Nasıl denirdi? Sussa olmaz mıydı? Onu hiç bırakmadan, o an durduğu yerden ayırmadan, bir an olsun ondan ayrılmadan, sırf sarılarak ya da gözlerine bakarak, döktüğü her bir damla yaşa karşılık, kalan ömrünün bir gününü ona adayarak yapamaz mıydı bunu?

Bazen her şey kendiliğinden de yolunu buluyordu. Bazen beden, sanıldığı gibi beyinden değil, yalnızca duygulardan aldığı komutlarla hareket ediyordu. Onay da beklemiyordu, karar da. O an olan da tam olarak buydu. O kendine bir yol ararken, eli, ondan habersiz bir şekilde, Nesil'in çenesinden tutarak yüzünü kaldırmış, ne söyleyebileceğini bulamayan aklı, dilinin peşine takılmıştı bile.

"Affet beni" dedi genç kadının kirpiklerinden başlayıp, yanakları boyunca inen o nemli çizgiyi parmaklarının ucuyla okşayarak.

"Döndün ya" dedi iç çekerek genç kadın.

"Bunun için değil Nesil. Bugün olandan bahsetmiyorum. İki ay önce, altı ay, hatta bir yıl ve birkaç ay önce. Bugün gördüğün bu adam olmadan önceki, her halim ve her an için beni affet. Gördüğün, duyduğun her şey için affet."

Gözleri hüznünden arınmış, ıslak bir parlaklıkla bakıyordu Barlas'a. O çoktan affetmişti onu. Barlas'ın kurulamaya çalıştıkları, gözlerinden akan özlem yaşlarıydı yalnızca. Genç adam yalnızca onları görüyordu. Oysa dahası da vardı. O an yüreğinde, görünenden çok daha fazlası da vardı. Beklerken, gönlünün dinmek bilmeyen yağmurlarıyla yıkamış ve arındırmıştı sevdiği adamı Nesil. Barlas'ın af dilemesi gerekmiyordu. Barlas, bu kararı vermekle, o yola çıkmakla ne hissettiğini anlatmıştı zaten. Bundan sonra, başını eğmesine, gözlerini kaçırmasına gerek yoktu. Buna dayanamayacaktı daha fazla. Barlas'ın utanmasını istemiyordu. Konuyu değiştirmek istiyordu bunun yerine...

"İyi misin?" dedi fısıldayarak.

Başını hafifçe eğip kaldırarak "iyi" olduğunu anlattı genç kadına. Affedildiğini duymayı umarken, beklerken, olağan bir soruyla karşılaşmıştı. Belki de, biraz aceleci davranmış, zamansız bir konuyla başlamıştı konuşmaya. En doğrusu, akışı Nesil'in kontrolüne bırakmaktı belki de.

"Aç mısın? Sana bir şeyler hazırlayayım mı hemen?"

Bu kez başını iki yana salladı genç adam. Dünyanın en güzel, en özel ziyafetine davetliydi bu gece. Açlık hissetmiyordu. Meleklerle dolu bir dünyaya adım atmıştı o. Bir faninin isteklerini, ihtiyaçlarını hatırlayamıyordu.

"Yorgunsundur da..."

Elini bir kez daha genç adamın yüzüne uzattı Nesil. Artık, yüzünün bir kısmını kaplayan simsiyah sakalını fark ediyor, hem yadırgıyor, hem dokunmak istiyordu. Barlas'a bakarken, ondaki değişiklikleri de görüyordu. Buna rağmen, o hâlâ dünyanın en etkileyici erkeği olmaya devam ediyordu genç kadın için. Aldığı nefes tükenip, gönlünün gözleri kapanmadıkça bunun değişmeyeceğini de biliyordu.

"İstersen banyo yap ve uyu biraz."

Gözlerini an olsun ayırmadan, genç kadına bakıyor, ondan gelen, ilgi dolu, sevecen tekliflerin her birinden delice mutlu oluyordu. Hiç birine cevap vermiyordu aynı zamanda. Sadece gülümsüyordu. İçten, gerçek, sıcak. Giderken, her şeyi kaybetmiş biriyken, döndüğünde bulduklarına bakıyor ve inanamıyordu. Bütün şükürleriyle birlikte, eğildi ve genç kadının alnını okşadı nefesiyle. Sonra tenine değdi dudakları. Elleriyle yanağını kavradı ve gözlerini kapattı sımsıkı. Nesil'in teni, dokusu, hasret kokuyordu. Az önce ruhlarını kavuşturmuşlardı, şimdi de cisimleri birbirine değiyordu.

"Nasıl özledim."

Bir kez daha, sımsıkı sarıldılar birbirlerine. Genç kadını haftalardır esir almış olan yas zamanı bitiyordu nihayet. Üzerine sinmiş olan korkular Barlas'ın güven veren, sıcak tavırlarıyla eriyip gidiyordu. Nesil de neyle karşılaşacağını bilmiyordu günlerdir. Bekliyordu, ama sonucunu kestiremiyordu. Ayrılık vakti uzadıkça, tedirginliği de artıyordu. Aklının bir köşesinde, Barlas'ın bir daha dönmeyecek olması duruyordu hep. Umudunu azaltan o olumsuz seslere, orada kalmakla, ona ait bir düzenin parçası olmakla ve onun oğluyla dayanıyordu. Şimdiyse, yüzünü genç adamın boynuna gömmüş, onun sırf kokusuyla bile, her şeyi nasıl da değiştirdiğini düşünüyordu.

"Biz de seni" dedi özlemle.

Artık sıra onları "biz" yapan, küçük meleğe gelmişti. Barlas Nesil'in kulağına oğlunun adını fısıldarken, yeni bir sabırsızlık dalgasının etkisine girmişti bile.

"Ekin?"

Kollarını Barlas'ın bedeninden çözerken, gülümsüyordu genç kadın. Kendini zorluyordu. Onu o kadar çok bekledikten sonra, ağlayarak daha fazla üzmek ve üzülmek istemiyordu. Barlas'ın yaralarının, teninde gördüğü izlerle sınırlı olmadığını biliyordu artık. Çok daha derinlerde saklı duranlar vardı. Zamanla onlara da dokunmak, öpmek ve iyileştirmek istiyordu. Barlas'ı Barlas'ın izin verdiği kadar sevmekten başka bir dileği yoktu Nesil'in. Başlarda şaşırmış olsa da, Kaptan'dan ve Nevhis'ten dinlediği o adamla, Barlas arasındaki ipuçlarını kolayca birleştirmişti. Barlas'ın nasıl biri olduğu, tedirgin suskunluğunda ve kederli durgunluğunda gizliydi, ama o, gözünün önünde duran o adamı görememişti.

"Senin odanda."

"Benim odamda?" dedi genç adam duyduğuna kendini inandırmaya çabalayarak...

"Evet, senin yatağında."

Barlas'ın gözlerinde yanan sevinç ışıltılarını görebiliyordu genç kadın. Onu hep böyle görmek istiyordu. İkisi de, birer yabancı olmaktan öteye geçememişlerdi onca zaman boyunca. Ama bu geceden itibaren her şeyin değişmesini umuyordu. Sonsuza kadar orada, onunla kalmak, onun en yakını olmak ve onu her şeyiyle, ezberlemek ve yaşamak istiyordu. En kısa sürede evlenmek ve karısı olmak vardı hayallerinde artık. Onu reddederek kaybettiği zamanı düşündükçe kendine kızıyordu. Barlas da isterdi herhalde. Gözlerini genç adamın çakmaktaşı gibi bir yanıp bir sönen gözlerinden ayırmaksızın, hep bunu düşünüyor, hep bir işaret arıyordu. İstiyor olmalıydı. Eskisinden bile daha güzel bakıyordu Barlas. Çok daha yakın duruyor, çok daha yakın davranıyordu.

Genç kadını, kucağından salıverdi, ama elini bırakmadı Barlas. Yan yana, elele yürüdüler odaya kadar. Onun odasında, onun yatağında. Tıpkı kalbindeki, hayalindeki yerindeydi Ekin. Sırtüstü uzanmış, kollarını ve küçük ellerini, başının üzerinde iki yana açmıştı.

İstem dışı içini çekerek, sesli bir şekilde soluklandı genç adam. Büyümüştü oğlu. Hem de o kadar çok büyümüştü ki. Boyu uzamış, bedeni dolgunlaşmıştı. Serpilmiş, palazlanmıştı. Saçlarının dökülmüş olan kısımlarında yeni saçlar çıkmıştı. Yüz hatları sertleşmiş, kirpiklerinin ve kaşlarının rengi iyice koyulaşmıştı. Zaman geçmiş ve Ekin de yerinde durmamıştı işte. Ne kadar çok kayıp zamanı vardı oğluyla arasında.

Genç kadının elini bıraktı. Yatağa yaklaşırken, sürekli yutkunuyordu. Bir deprem hissediyordu koca bedeninin orta yerinde. Sarsıntının bir ucu göğsünden hızla yukarıya gidiyor, bir ucu bacaklarından aşağıya iniyordu. Şu an için, sırf şu an gibi bir an için, haftalardır, tıpkı bir dilenci gibi el açıyordu. Onu bir kez daha kollarına alabilmek için, dişlerini etine geçirmiş olan şeytana direniyordu. Kendi yarattığı şeytanın gözlerinin içine bakarken, hem acıyla kıvranıyor, hem oğlunun adını haykırıyordu. Her gece, zihninin açtığı tünellere girerek, oğluna giden yolu arıyordu. Haftalarca oralarda kaldığını ve öldüğünü görmüştü kâbuslarında. Sonra bir gece, Ekin çıkıp gelmiş, kâbuslarına süzülmüştü o küçücük varlığıyla. Dönüş yolunu göstermiş, babasının kılavuzu olmuştu. O geceden sonra, girdiği her nöbet girdabından Ekin'e tutunarak çıkmıştı genç adam. Hâlâ onunla ayakta duruyor, hâlâ Ekin'le direniyordu dününe.

Ekin bunu asla bilmeyecekti. Küçük, günahsız varlığıyla girmek zorunda kaldığı o günahkâr kâbuslardaki karanlıklara bir daha girmeyecekti. Babasını nereden aldığını, nasıl bir çamurdan çıkardığını asla öğrenmeyecekti. Sadece ne kadar sevdiğini anlatacaktı Barlas ona, nasıl sevdiğini hissettirecekti.

Dizlerinin üstünde yatağa çöktü. Yüzünü yüzüne yaklaştırdı. Teniyle birlikte soluklarını da duyabileceği, koklayabileceği kadar yakına sokuldu. Keşke uyuyor olmasaydı. Böyle istediği kadar yaklaşamıyordu. İstediği kadar dokunamıyordu. Sarılamıyordu, öpemiyordu. Aralarında açık bir yerler kalıyor gibi bu yakınlık Barlas'ı doyurmuyordu. Elini başının üzerinde gezdirip, saçlarını okşarken, yutkunmaya devam ediyordu. Gözlerinin yandığını hissediyordu tıpkı ondan uzaktayken olduğu gibi.

"Kucağına alabilirsin" dedi genç kadın.

"Uyanmaz mı?"

"Uyansın. Senin geldiğini görmüş olur böylece."

İtiraz ederek, başını iki yana salladı genç adam. Bir yandan da uykudaki meleğine asla kanmayacakmış gibi özlemle bakıyordu.

"Kıyamam" dedi buruk bir şekilde.

Barlas'ın az önce kendine nasıl sarıldığını hatırlamak bile, onun şu anda ne istediğini anlamasına yetiyordu. Genç adamın nasıl titrediğini, sık sık yutkunduğunu, kendini nasıl sıktığını görüyordu. Bu kadarı yetmeyecekti Barlas'a. Bu kadarı içindeki ateşi söndürmeyecekti. Ekin'e daha yakın olması gerekiyordu.

"Uyanmaz" diyerek cesaretlendirdi onu Nesil.

Kucağında, ona yeni bir yatak serdi. Ekin'i aldı, koynundaki o yatağa özenle yerleştirdi. Kollarıyla üzerini örttü. Orası öyle bir yerdi ki. Ekin'in uyanması, rahatsız olması mümkün değildi. Öyle bir yerdeydi ki Ekin, babasının sevgi dolu gözlerinin huzurunda uyuyordu. Öyle bir yer ki, kendinden sonra doğmuş bir babanın kollarında duruyordu. Burnunu oğlunun çenesinin altındaki çukura gömdü... Artık bastığı yer, gördüğü gök Ekin'di. Artık, içine çektiği koku, dokunduğu ten onundu. O, onun oğluydu. Canında can, damarında kan, dünden gelen, yarına kalan, elinin izi, aynadaki yüzü ve dahi her şey... Onu nasıl ifade edebilirdi ki kendine? O sadece hisseden bir adamdı. Onun hislerine arka çıkacak sözcükleri yoktu. Ekin'e de tıpkı Nesil'e olduğu gibi, tütsü etkili, süslü sözler edemiyordu. Ama o, yalnızca adlarını söylese bile, o birkaç harfin içine yüreğini koyuyordu. Her bir kelimesini, yüreğinden süzüp, öyle söylüyordu.

"Ekin, oğlum... Geldim oğlum, geldim..."

Ona bakarken, bu kez gözlerindeki sızının yumuşadığını hissediyordu Barlas. Nem, kuru sızıyı azaltıyordu. Hızlı hızlı ve kesik kesik soluyor, göğsü inip kalkıyordu. Gözleri bulanıyor, görüşündeki netlik bozuluyordu. Yaştı bunlar, emindi genç adam. Aradan çok zaman geçse de, o ıslaklığı hatırlıyordu. Gelip, kirpik diplerine dayandığını biliyor ve garip bir şekilde akmasını ve boşalmasını bekliyordu. İçinde bir dağ gibi duran o taşın çözülmesini, yok olup gitmesini istiyordu artık.

Yine de olmuyordu. O yaşlar, vakti geldiği halde akmıyor, göğsüne sancı olan o doluluktan kurtulamıyordu. Başka bir yol bulmalıydı. Bu gece, dakika dakika, biraz daha çoğalıyordu duygu bulutları. Dünün ezgin ruhu, bugün duygusal şimşekler topluyordu. Hareket ediyordu ağır ve uysal adımlarıyla. Loş odanın içinde, kollarında Ekin'le dolaşıyordu. Ne dudaklarını ayırabilmişti teninin melek tozundan, ne gözlerini çekebiliyordu nur yüzünden...

"Sen de affet beni" dedi, oğluna. Sesi, kendinin bile duyamadığı kadar sessiz bir nefes olmuştu Ekin'in kulağında. "Sen de affet oğlum. Yarıladığımı söyledikleri o yol var ya. O yol bitti, o yol tamamlandı bu gece Ekin. Artık bizi hiçbir şey ayıramaz. Söz veriyorum sana. Söz veriyorum. Güven bana oğlum. Güven babana."

Nesil Barlas'ın söylediklerini duyamıyordu. Ancak; onun ne kadar mutlu ve aynı zamanda ne kadar üzgün olduğunu görüyordu. Birbirine zıt iki duygu, tek bir yüzde nasıl olabilirdi? Oluyordu. Nesil, Barlas'ın Ekin'le kucaklaştığı her an, genç adamın yüzünde o çelişkili ifadeyi buluyordu. Ve Ekin kucağındayken, bambaşka biri oluyordu Barlas. Karşıdan bakanın gözleri yaşarıyordu. Barlas oğluna "mucize" demişti. Hâlâ öyle olduğuna inanıyor, öyle davranıyordu. Onları sessizce izleyen genç kadın, artık o tabloyu kıskanmıyordu. Onları, hayatının geri kalanı içinde hep öyle görmek istiyor, kendini onlardan ayrı, onlardan uzak hissetmiyordu. "Aşk" diye tutturmuyordu dili. Aşk herkese ona geldiği gibi gelmiyordu belki. Belki onun hislerine de aşk denmiyordu.

....

Mutfaktan gelen sesleri duyuyor, Barlas'ın ne yaptığını merak ediyordu.

"Kahve yapıyordum Nesil. İçer misin diye soracaktım sana."

"Bu saatte mi?"

Gece yarısını çoktan geçmişti vakit. Ama belli ki Barlas gecenin bitmesini istemiyordu.

"Uykun varsa..."

"Uyku mu? Ne uykusu Barlas, sen döndün. Uyku kimin aklına gelir ki? Ama sen dur. Sen yorgunsun. Kahveyi ben yaparım."

"Süt istemiyorsun değil mi?" diyerek döndü genç kadın. Saçları, açık renkli sabahlığının üzerinde dalgalanıyor, ışığı kırarak yansıtıyordu.

"Hayır" dedi genç adam...

Buzdolabının kapağında daha önce olmayan büyük bir kâğıt vardı. Üzerinde satırlar dolusu yazı görüyordu genç adam. Yerinden kalktı. Ellerini pantolonunun ceplerine sokarak ağır ağır yaklaştı dolaba. Kâğıda baktı ama üzerinde yazılanlara bir anlam veremedi...

"Bunlar haftalık yemek listeniz mi?" dedi dalgacı bir tavırla.

"Onlar senin sevdiklerin ve sevmediklerinin listesi Barlas."

"Anlamadım."

"Nevhis Hanım'dan öğrendiklerim. Senin sevdiğin ve sevmediğin yemekler."

"Ne yapacaksın bunlarla peki?"

"Şu sevmediklerin var ya. Onları Ekin'in sevmesini ve yemesini istiyorum vakti geldiğinde. O yüzden, evde onlara burun kıvıran, kötü bir örnek olması işimi zorlaştırır. Ve bu yüzden, seni onlara alıştırmam gerek. Yapacağım şey bu işte."

Ucundaki mıknatıs ile dolap kapağına asılmış olan kalemi eline aldı ve listedeki iki yemeğin üzerini koyu bir çizgi ile çizdi genç adam, sonra kalemi bıraktı, Nesil'e döndü. Genç kadının uzattığı fincanı eline aldı.

"O çizdiklerim hariç, diğerlerine senin için katlanabilirim" dedi.

Yeniden koltuğa doğru yürürken, zihnindeki anıları silmeye çalışıyordu. O iki yemek, ona geçmişi hatırlatıyordu. Geçmişi hatırlamak eskisi kadar yıkmıyordu belki, ama her şey birden bire yok olmuyordu da.

Nesil onun yanına gelmeden, dolap kapağındaki listeye ve Barlas'ın çizdiği o iki yemeğe baktı dikkatle...

Bulgur pilavı... Tavuk...

"En sevmediklerin onlar mı?"

Nesil ayakta duruyor, sakince fincandaki kahveyi karıştırmaya devam ediyordu.

Barlas arkasına yaslandı, bir bacağını diğerinin üzerine atarak derin bir nefes aldı. "Öyle de diyebiliriz" dedi yarım yamalak bir yanıtla.

Kahvesinden bir yudum alarak başını kaldırdı. Nesil, dikkatle ona bakıyordu. Narin, küçük kararsız adımlarla genç adamın karşısındaki koltuğa doğru yürüyordy.

"Yanıma gel" dedi usulca.

Barlas'ın ses tonu alçak ama vurgusu sağlamdı. Sessizce, gidip genç adamın yanına oturdu. Yine de aralarına bir kişilik mesafe koymuştu. Barlas aralarındaki boşluğa baktı bir an. Yanına gelmesini söylerken, bunu kastetmemişti aslında. Biraz daha yakın olabilirlerdi. Hafifçe gülümsedi. Bunu dile getirmek yerine, bakışlarını genç kadının güzel yüzünde dolaştırdı ve son olarak gözlerinde demirledi.

"Konuşmalıyız Nesil" dedi kararlı bir tavırla.

"Evet" dedi genç kadın, tedirgin bir kıpırdamayla.

"Neden gittiğimi biliyorsun..."

Konuşmak her zaman güç bir eylem olmuştu Barlas için. Ama Nesil'e hakkı olan açıklamaları yapmak zorundaydı. Dili kaçıyor, hissettiği utanç ve suçluluk duygusunun ardına saklanıyor olsa da, bu kadarını borçluydu genç kadına.

"Evet, öğrendim Vural Kaptan'dan... Ama keşke sen söyleseydin bana."

"Sebeplerim vardı Nesil."

"Eminim vardır. Kızgındın, dargındın bana. Ben seni bırakıp git..."

"Sebeplerim bunlar değildi" dedi genç kadının sözünü keserek. Çünkü Nesil, sıraladığı bütün o sebeplerle, kusurlu olanın kendisi olduğunu söylüyordu. Oysa Barlas'a göre, onun hiçbir suçu yoktu. O böyle yaptıkça, Barlas daha fazla utanıyordu.

"Bilmiyorum ki Barlas. Ben, seninle ilgili hiçbir şey bilmiyorum ki. Seni başkalarından dinlemek zorunda kalıyorum, onlardan duyduklarımdan sonuçlar çıkarmaya çalışıyorum."

Elindeki fincanı sehpanın üzerine bırakmış ve derin bir soluk almıştı genç kadın. Nihayet yeri ve sırası gelmişti ve en çok rahatsız olduğu konuyu dile getirebilmişti.

"Başarabileceğimden emin değildim Nesil. Bu yüzden söyleyemedim sana."

"Eğer bana söyleseydin, ben de sana başarabileceğini söylerdim."

Gülümsedi genç adam. Nesil, neyle karşı karşıya olduğunu hâlâ anlamış değildi. Anlaması da beklenemezdi zaten. Kaç kişi, batağına gömülmedikçe, bağımlılığın nasıl bir şey olduğunu anlayabilirdi ki? Belki de haklıydı genç kadın. Belki de, onların gücünü yanında hissetse, daha kolay olabilirdi her şey, ama hayır. Eğer Barlas bu kayıp korkusunu en ağır şekliyle yaşamasaydı, kaybetmeye bu kadar yaklaşmış olmasaydı. Hatta kaybetmiş olduğuna inanmasaydı, bu kadar katı ve kararlı olamazdı.

"Eminim öyle söylerdin. Çünkü sen bir meleksin Nesil... Benim içimdeki şeytanın nasıl bir şey olduğunu bilemezdin."

"Barlas, biz, biz bunu konuşmak zorunda değiliz. Bunların acelesi yok, ben, ben senin üzülmeni istemiyorum."

Genç adam sık sık, bu kızı anlamakta ve anlamlandırmakta zorlanıyordu. Onun nasıl bir kadın olduğuna, nasıl bu kadar güçlü ve gözü kara olabildiğine aklı ermiyordu. Sık sık onun gerçekten de bir güç tarafından özellikle, ona gönderildiğini düşündüğü oluyordu.

"Konuşmak zorundayız Nesil. Bu beni üzmüyor. Utandırıyor, ama üzmüyor."

Yeniden arkasına yaslandı ve derin bir soluk aldı genç adam. Nesil'e açık olmak için elinden geleni yapıyor, çok zor gelse de konuşmaya çalışıyordu.

"Ben asıl sizi kaybettiğimi düşündüğümde, sizi bir daha göremeyeceğimi anladığımda, asıl o zaman üzüldüm..."

"Sen bizi kaybetmedin ki."

"Kaybetmiştim Nesil. Ben, senden çok önce bitmiştim. Benim gibi birinden. Ne baba olurdu ne de..."

Ne de sevgili ya da eş diyememişti ama. İkisi de gözleriyle, bu cümlenin devamının ne olacağını birbirine söylemişti.

"Neden Barlas, neden böyleydi? Şu yara izleri. Kalbindeki yaraların, onlarla bir ilgisi var mı?"

"Kalbimdeki yaralar mı?"

"Ben, ben düşündüm ki... İnsanın... Kaldıramayacağı kadar acısı varsa eğer, taşıyamayacağı kadar ağırsa. Ancak o zaman böyle..."

"Bir gün onları da öğreneceksin Nesil. Ama şimdi değil"

"Yine mi saklayacaksın kendini benden. Yine mi yaklaştırmayacaksın yanına? Hiçbir şey değişmeyecek mi aramızda?"

Genç kadına uzanıp onu kollarının arasına çekti. Ona sarıldığında, dünyalara sahipmiş gibi hissetmişti bir kez daha kendini. Hayır, ondan hiçbir şey gizlemeyecekti. Üstelik buna o an karar vermemişti. Eğer bir yarınları olacaksa, bu ancak, Nesil'in onunla ilgili bütün gerçekleri öğrendikten sonra vereceği kararla olabilirdi.

"Hayır, hayır Nesil, sadece şimdi zamanı değil. Bunu şimdi yapamam... Biraz daha dayanabilir misin bana? Biraz daha sabredebilir misin? Ben biraz toparlanıncaya kadar."

Genç kadının Barlas'ın kucağındaki başı, bu talebi onayladığını anlatır şekilde hareket etti.

"Bitti mi peki? Artık bitti mi Barlas?" dedi başını kaldırıp genç adamın gözlerine bakarak. Amacı Barlas'ın oradan nasıl döndüğünü öğrenmekti. Üzerine gitmek tedirgin etmişti genç kadını. Belki de zamansız bir sorgu içinde her şeyi mahvedecekti bilmeden ve istemeden.

"Tedavi mi?"

"Evet."

"Henüz değil... Yani, sürecin yarısındaymışım daha... Tıbben öyle, ama benim için bitti Nesil. Az önce oğluma da söz verdim..."

Gözleri parlamıştı genç kadının. Kolunu genç adamın boynuna doladı ve bedenini onun sıcaklığına doğru kaydırdı. Artık, aralarında hiç boşluk kalmamıştı. Yüzünde Barlas'ın dudaklarının yakınlığını hissediyordu. Genç adamın nefesi, santim santim dolaşıyor ve ağır ağır öpüyordu Nesil'in yüzünün tüm hatlarını. Kendinden geçmiş bir rahatlamayla gülümsüyordu genç kadın. Dudakları kıvrıldıkça, yanaklarında, Barlas'ın görmekten zevk aldığı, bakmaya doyamadığı o minik çukurlar da ortaya çıkıyordu.

"Bir çizgi çekemez miyiz?" dedi genç adam o çukurlardan birini öperken. "Bu geceden öncesini görmeyeceğimiz, her şeyi örtecek kalın ve koyu renk bir çizgi..."

Bu yakınlıkla. Nesil'e duyduğu, gün gün biraz daha artan, yoğunlaşan aşk ve arzuyla. Her şeyin üzerini kapatıp, bütün o utançları, hataları, kötü anıları bir anda temize çekmek ve ona sahip olmak istiyordu.

"İstersen çekeriz" dedi heyecanını ortaya koyan, kısık ve güçten düşmüş bir fısıltıyla. "Ben o çizgiyi tam bir ay önce çektim zaten Barlas. Neden buradayım sanıyorsun?"

"Neden buradasın Nesil?"dedi bu kez sesiyle okşayarak genç kadını.

Elini, Nesil'i zevk ürpertileriyle dolduracak bir temasla, genç kadının saçlarının altından ensesine kaydırdı. Dudaklarını dolaştığı yerlerden kaldırdı ve Nesil'in alev gibi yanan yüzüne baktı. Gözlerini açmasını bekliyordu, ama bu biraz sürecek gibiydi. Nesil'in başı Barlas'ın avucuna düşmüş bir şekilde duruyor, göğsü sık ve küçük darbelerle inip kalkıyordu. Kendinden emin bir tebessümle onu seyrediyordu Barlas. Nesil'e ne zaman arzuyla yaklaşsa, beklediğinden fazlasını alıyordu.

Konuşmayı beceremiyordu belki, ama vücut dilini kullanmakta, üstüne yoktu Barlas'ın. Söz konusu bir kadınsa, Barlas'ın doğuştan gelen cazibesinin, tecrübeleriyle birleşmiş etkisine dayanabilen çıkmıyordu. Hele Nesil. Nesil, her seferinde, şekillenmeye hazır bir hamur oluyordu ellerinde.

Kirpiklerini nazla kaldırdı ve kendini toparladı genç kadın. Barlas'ın yanına yaklaştığında bilincini kaybediyor ve bir süre sonra hep aynı durumda uyanıyordu. Barlas'ın sürükleyici akımına bırakıyordu kendini. O, ne yapacağını biliyordu, nereye dokunacağını biliyordu, neyi, nasıl yapacağını çok iyi biliyordu. İşin kötüsü, ne zaman duracağını da o biliyor, ama Nesil bilemiyordu. Tıpkı o an olduğu gibi. Barlas ona sarılmıştı. Birkaç masum öpücükle gönlünü almış ve uzaklaşmıştı... O ise; hemen bir adım sonrasını düşünmeye ve istemeye başlamıştı. Bu ayıp değildi ki. Onu seviyordu, ondan başkasını böyle, kendinden geçecek kadar istemiyordu. Neden orada olduğunu mu soruyordu Barlas? En başından beri neyse oydu bunun yanıtı. Çünkü başkasına verecek ikinci bir kalbi yoktu. Bir tek kalbi vardı, o da bir yıldan biraz fazla zaman önce, yine burada, onda kalmıştı. Dönüp dolaşıp, yine aynı yere gelmişti genç kadın. Çünkü kalpsiz olmuyordu. Çünkü onsuz olmuyordu.

"Çünkü sensiz olmuyor" derken, Barlas'ın gözlerine bakıyor ve çaresizce, ondan da aynı itirafı duymayı umuyordu.

Nesil'in içinden geçenleri okuyamazdı elbette Barlas. Ne umduğunu bilemezdi.

"Sensiz de olmuyor Nesil. Sensiz de olmuyor..."

Genç kadının buğulu gözleri, yeniden yaş doluyordu. Çünkü Barlas'tan buna benzer sözler uman yüreği, duymayı beklemiyordu. Ne satırlar dolusu sevda, ne masal dolusu aşk dinliyordu ondan o an. Ama duyduğu o kısacık itiraf, Barlas'ın gönlünden geliyordu. Devamı, gözlerindeydi. Dahası, ağır ağır eğilen yüzündeydi. Fazlası, yaklaşan dudaklarında, nefesinde, ellerinde ve genç kadının göğsüne yaslanmış yüreğindeydi. Suskun bir adama gönül vermişti. En çok onun o ulaşılmaz, gizemli sessizliğini sevmişti. Etrafı erkeklerle çevriliyken, o sevmek için, kendini gözlerinde saklayan bir adamı seçmişti. Onu öyle sevmişti ve değişmesini beklemek haksızlıktı. O halde, onun gözleriyle konuşmayı öğretecekti gözlerine genç kadın. Barlas'ın gözlerine daha çok, daha sık bakacak, ne hissettiğini, ne düşündüğünü anlayacaktı. Eskiden olsa, bunu aklından geçirdiği için bile kendine kızardı. Kendine de Barlas'a da dünyayı zindan ederdi. Ama şimdi... Hiç de zor olmayacağını biliyordu. Çünkü Barlas, başkalarından farklıydı. O gözleriyle konuşuyordu. Dilindekilerden çok daha uzun, çok daha anlamlı cümleler kuruyordu. Belki eskiden de öyleydi. Ancak; Nesil yeni yeni görüyor ve yeni öğreniyordu. Vural Kaptan'ın söylediklerini hatırlıyordu...

"Senin asaletin, cesaretinde Nesil... Sen, ona kimsenin gelmediği gibi geldin. Kimsenin vermediğini verdin. Sen o serseriyi, adam gibi sevdin. Ona da sevmeyi öğrettin sen Nesil."

"Seni seviyorum Barlas."

Barlas'ın dudaklarıyla örtülmüş, bir fısıltıdan çok bir iniltiye dönüşmüş sesi titriyordu genç kadının. Nihayet itiraf etmişti. Aşkına, dürüstlüğünü geri vermişti. Bunca zaman bir suçmuş ya da ayıpmış gibi, zayıflık ya da günahmış gibi bastırdığı sevdayı nihayet sahibine teslim etmişti. Bu huzur vermişti genç kadına. Çünkü çok uzun zaman sonra, kendini, kendine benzetmişti. O, bu geceki kadındı... Bu geceki kadın, Ekin'e sahip oldukları gece buraya gelmiş olan o kızla aynıydı. Aynı coşkuyla öpüyordu sevdiği adamı... Aynı cesaretle bakıyordu yüzüne... Aynı hazları alıyordu karşılığında...

Ve yine bilincini kaybediyordu. Yine onun hedefinden sapmayan isabetli dokunuşlarının ve bir kasırgaya benzeyen, savuran, bir hızlanan, bir azalan, insana hangi yöne gittiğini unutturan, şaşırtan, ne güç ne benlik bırakan, içinde bulundukları ana, yalnızca arzunun damgasını vuran, utandıran ve aynı zamanda, utandıklarının peşinden koşturan, zevk dünyasının kapısını hafifçe aralayan, içeride daha fazlası olduğunu gösteren, ayartan, öperken, seviştiğini hissettiren, anlatan dudaklarının sihrine kapılmıştı. Bu da Barlas'ın başka bir konuşma şekliydi işte. Kadına, kadın olduğunu anlatıyordu. Kadının gözlerini tutku ile sımsıkı bağlıyor ve elini tutuyordu. Ondan sonra, Barlas nereye isterse, oraya.

O an da söz, hüküm, karar Barlas'ın ellerindeydi. Nesil, bir kez daha, Barlas nereye isterse oraya gidecekti. Dudaklarını genç kadından kopardı ve birkaç dakika içinde darmadağın olmuş hallerine baktı. Nesil, kucağındaydı. Üzerindeki sabahlık ayaklarının dibinde, pijamasının açık düğmeleri neredeyse belindeydi. Barlas'ın bir eli genç kadının çıplak teninde, diğeri hâlâ saçlarının içindeydi. Nasıl? Ne kadar çabuk? İçmeden sarhoş olmak bu olsa gerekti. Böylesi bir bağımlılığa gönül rahatlığıyla razı gelirdi. Şaşkınlıkla gülümsedi genç adam. Çünkü meleği, biten bu yakınlıktan mutsuz olmuştu. Yüzünü buruşturmuş, karmaşa içindeki soluklarıyla başını Barlas'ın omzuna koymuştu.

Onu az öncekinden biraz daha farklı bir yakınlıkla kollarında tutuyor, ihtirastan arınma gayretiyle sakince okşuyor, alevlenmiş olan arzunun dinmesini ya da en azından geçici bir süre için azalmasını bekliyordu. Genç kadının gevşeyen ve iyice kucağına yayılan bedenine sarılıyor, ara ara avucunun arasında duran elini öpüyordu. Gözlerini kapatmış, Nesil'in soluklarıyla birlikte, az önce söylediklerini dinliyordu...

"Seni seviyorum Barlas..."

İlk değildi bu sözler. Daha önce de kulaklarına çalınmıştı. Bu sözcükler, sahte evliliklerinde sık sık boy göstermiş, yalan duygular arasında yer almıştı. Bazen de tek gecelik, anlaşmalı birlikteliklerinde, kendini karı koca olduklarına ya da aşk yaşadıklarına inandırmaya çalışan kadınlardan duymuştu. Onun için ulaşılmaz olan bu kavram, kadınların tuzaklarındaki yem olmuştu. Kimi Barlas'ı kandırmak için söylemişti. Kimi kendini. Sonuç olarak, Onun hayatındaki sevgiler hep göstermelik ve hep kirliydi.

Nesil'in kiyse hep duymak istediği, hep özlediği gibiydi.

Genç kadının elini bir kez daha öptü ve dudaklarından ayırmadan derin bir soluk alıp verdi. "Nesil" dedi.

Almadan verebilen bir kadın, Onun eksiğiydi. Almadan verebilen bir kadın, verdiğinden çok daha fazlasını hak ederdi. Genç kadının duygularının karşılığı onda saklı durdukça, Nesil ne değerini, ne yerini bilebilirdi. İçindeki zorlama ve baskı, boğazına gelip dayanmıştı. "Söyle" diyordu durmadan, "söyle."

Nesil ise adını söyleyip sonra susan Barlas'ın ne hissettiğini ve nasıl bir sıkıntı içinde olduğunu göremiyordu. Başını kaldırdı ve göğsündeki açık düğmelerini kapatmaya başladı... Barlas'ın kapalı gözlerine bakarken, onun yorgun olduğunu düşünüyordu.

"Çıkalım mı? Yorgun görünüyorsun" dedi genç adamın artık kanıksamaya başladığı sakalını sevgiyle okşayarak.

Başaramamıştı Barlas. Çok yaklaştığı halde, içinden yüzlerce kez tekrarladığı, yokluğunda resmine bakarak defalarca anlattığı sevgisini, anlatamamıştı genç kadına.

"Çıkalım" dedi.

Yerdeki sabahlığı aldı. Bu kızın eşyalarını toplamak alışkanlığı olacaktı galiba. Uzaklarda kalan anılara götürdü bu sahne onu. Gülümsedi. Bir eliyle Nesil'in elini, diğeriyle sabahlığını tutuyor ve hole doğru yürüyordu.

"Neden gülümsüyorsun öyle?" dedi Nesil tebessümle.

"Çünkü mutluyum" dedi genç adam.

"Ben de, çok uzun zamandır ilk kez, bu gece mutluyum Barlas."

Merdivenlerin başında durdu ve genç kadına döndü. Elini işgal eden sabahlığı bir omzuna attıktan sonra, iki elinin sımsıcak avuçlarıyla Nesil'in yanaklarını kavradı. Plansız, hesapsız, tasasız ve çekincesiz bir yolda yürüyordu. Kırk tövbeli, kırk tas suyun altından geçip geliyordu. Bir kilit daha kırılıyor, bir kapalı kapı daha açılıyordu ruhunda. Düşlerindeki kadar kolay oluyordu her şey.

Eğildi, alnını alnına yasladı genç kadının. Gözlerini görebilecek kadar uzaklaştı sonra... Ve hiç beklemediği bir anda...

"Seni seviyorum" dedi, gönlünün ilkyazına, ilk defa...

Barlas uzandığı yerden doğruldu. Ekin'i kucağına özenle yerleştirdi. Nesil'in oturduğu yere doğru uzandı. Eliyle genç kadının yanağını kavrayarak onu kendine çekti nazik bir şekilde. Boştaki yanağına dokundu dudaklarıyla. Genç kadının tenini kokladı saklamadan. Sonra. "Günaydın" dedi kulağına yakın bir yerden, sımsıcak bir temasla.

Bir an gözlerini yumdu ve soluğunu tuttu genç kadın. Barlas uzaklaşırken, gözünü açtı ve soluğunu da bıraktı aceleyle. Taşıdığı unvana hiç de yakışmıyordu bu okullu kız heyecanları... Ama aksi olabilmek de elinde değildi. O bir anneydi, ancak, sevdiği adamla yakınlaşmak söz konusu olduğunda, okullu kızlar kadar acemiydi.

"Günaydın" derken, sesi dalgalanıyordu. Bunu Barlas'ın anlamamış olmasını düşünmek fazlasıyla saflık olurdu. Zaten ne zaman, onun karşısında eriyip kalmıyordu ki. Ne zaman kontrollü olabiliyordu ki? Ancak uzak kalmaya çalıştığında yapabiliyordu bunu Nesil. O rüzgârlı tepenin rüzgârı olan adamın ellerindeydi artık. Ve orada, onunla birlikte esmekten başka hiçbir şey dilemiyordu.

Parmaklarının ucuyla, Barlas'ın boynundaki muskaya dokundu. Onu daha önce görmediğinden emindi genç kadın. Ancak, dün gece geldiğinden beri boynundan çıkarmıyordu.

"Çok eski" dedi Barlas. Yutkundu. Nesil'le başladıkları her cümlenin, her konuşmanın sonu, mutlaka Barlas'ın sırlarına gidiyordu. Nesil'e karşı dürüst olmak istiyordu genç adam. Onu yeni bir adam olarak sevmek istiyordu. Nereden ve nasıl başlayacağını bilemiyordu ve bu Barlas'ı her seferinde çıkmaza sürüklüyordu. Nesil'in gözlerine bakarken, o boş sayfalara yazdığı kadar kolay yazamıyordu hayatını. Bir başlangıç yapamıyordu. Yusuf Kırımlı-1983 diyerek giremiyordu söze. Sorduğu sorulara yanıt vermeye kalkışsa, içinden çıkamayacağını bilmenin endişesiyle susuyordu. Yazmak da kolay olmamıştı onun için, ama anlatmak... Anlatmak çok daha zor geliyordu. Yüreğini bir kez daha çıkarıp karşısına almak, ona bakmak, duymak, dinlemek, sonra da anlatmak. Çok ağır geliyordu.

"Hiç görmemiştim daha önce"

"Takmıyordum"

Genç kadın biraz daha yaklaştı ve derinin üzerinde neredeyse silinmiş olan yazıya baktı.

"Ne yazıyor üzerinde?"

Barlas avucunun arasına aldı muskayı. Sanki Nesil üzerinde yazanı okuyabilecekmiş gibi, onun gözlerinden saklamaya çalışıyordu.

"İçinde... Dua var"

"Onu anladım, ama üzerinde de silik bir yazı var. Eski yazı değil mi?"

"Evet."

"Sen okuyabiliyor musun?"

"Biraz."

"Ne yazıyor, bana da söyler misin?"

"İsmim."

"Barlas mı yazıyor orada? Yakından bakabilir miyim? Adının eski yazıyla nasıl yazıldığına bakabilir miyim?"

Avucunun arasına sıkıştırdığı muskayı bıraktı ve parmaklarının arasında genç kadının görebilmesi için hafifçe kaldırdı. Sevdiği kadını aldatıyordu. O dikkatle o silik yazıya bakarken, orada yazanın Barlas olduğunu sanıyor ve Barlas buna göz yumuyor, onu kandırıyordu. Sıkıntıyla hızlanan solukları onu ele veriyordu aslında. Ama Nesil anlayamıyordu.

"Nereden öğrendin sen bu yazıyı?"

"Çocukken" diyebildi yalnızca genç adam. Daha fazlasına ne gönlü razı geliyor, ne yüreği dayanıyordu. Bu yaptıkları, terapi seanslarına benziyordu. Kendini ürkek, kaygılı ve yine hasta hissediyordu Barlas.

"Sen Ekin'i giydirirken, ben de hazırlanayım."

Nesil'in gülen gözlerinin ışığında, kendini banyoya attı genç adam. En hassas olduğu konuya zamansız dokunmuştu Nesil'in dikkati. Sorularıyla sıkıştırmıştı genç adamı. Sırtını kapıdan ayırmadan, ağır ağır yere doğru kaydırdı uzun gövdesini. Oturdu. Dizlerini yukarıya topladı ve kollarını dizlerine sardı. Başını eğdi, gözlerini sımsıkı kapattı. Derin derin nefeslerle, beynindeki huzursuzluğa kafa tutmaya çalışıyordu. Çok daha kötülerini görmüştü. Bunu da atlatacağını biliyordu. Kısa bir süre için, Barlas değildi o, muskanın üzerinde adı yazan o çocuktu. İşte bu yüzden korkuyordu. Nesil'le konuşmaktan bu yüzden kaçıyordu. Onun karşısında, böyle yitik, böyle korkak bir çocuk olmak zoruna gidiyordu.

Yarım saat önceki nöbeti yenmiş, görüntüsüne uyum sağlayan güçlü ve kuvvetli bir adam olarak geriye gelmişti. Ekin'i omuzlarının üzerinde taşırken, yüzünde güller açıyordu. Evin içindeki o aile tablosunun dengeli ve sarsılmaz babası gibi duruyordu.

Çok daha rahat bir şekilde ve çok daha yoğun bir arzuyla genç kadına yaklaştı ve dudaklarını onun dudaklarının üzerinde dolaştırdı öpmeden önce. Nesil'in de bunu istediğini, hatta beklediğini biliyordu artık.

"Sen hazırsan çıkalım. Otele uğrayalım önce, sonra bir yerlerde kahvaltımızı yapar, biraz dolaşırız."

Güzel bir gün geçirmiş, akşam olduğundaysa eve dönmüşlerdi. O evin temeli kökünden değişmişti sanki. Son yirmi dört saattir, evin her bir köşesinden yaşama dair sesler geliyor, izler gözleniyordu. Evin her köşesi kullanılıyor, her noktası adımlanıyor, ev eve, içindekiler aileye benziyordu. Öyle ki; içerideki herkes, baktıkça yadırgıyor, gevşemek yerine tedirginlik duyuyordu. O manzara, en küçük bir dokunuşla katrelere ayrılacak pahalı bir kristale benziyordu. Sanki gerçek değildi. Sanki bir dekordu bütün bunlar ya da bir sahne...

"Ne pişiyor hanımlar? Acıktım. Kaptan balık yollayacaktı, geldi mi?"

Barlas'ın o ses tonu, sorduğu soru, özellikle "acıktım" kısmına yaptığı vurgu Nesil'in kalbini sevinçle dolduruyordu. Bir ucundan ısırdığı havucu Barlas'ın ağzına doğru uzatırken, mutluluk coşkusuyla sarhoş olmuştu.

"Sana bir sürprizimiz var" dedi.

Yeni kurulmuş, temeli henüz sağlamlaşmamış huzurun altına yerleştirilen dinamitler gibiydi Nesil'in başladığı oyunu süsleyen kelimeleri.

"Sahi mi?" dedi genç adam.

"Senin en sevmediklerin..."

"Anlamadım."

Nesil bir ısırık daha aldı elindeki havuçtan. Sonra muzip bir tavırla Barlas'a arkasını döndü ve yine muzip bir tebessümle işaret parmağının ucuyla, dolabın üzerindeki listeyi işaret etti.

"Listeden çizdiklerin var ya."

Barlas'ın yüz ifadesinin nasıl solduğunu göremiyordu. Dolaptaki liste ile Nevhis Hanım arasında gidip geliyordu alaycı yüzü. Ama bir tuhaflık vardı Nevhis'in yüzünde. Kadının bakışları, Nesil ona göz kırparken, kaşlarını çatmış bir şekilde yere eğiliyordu. Bunu bir uyarı olarak algılayamadı Nesil. Çünkü Nevhis ne zaman Barlas'ı görse, böyle resmileşiyordu...

"Şaka mı bu?"

Bu buz gibi ses tonu da Nesil'i yaptığını düşünmeye, sorgulamaya itmeye yetmemişti. Sevmediği yemekler söz konusu olunca herkes itiraz ederdi nasıl olsa. Barlas'ın ki de öyle bir şeydi Nesil'e göre...

"Yooo. Düşündüm ve en zor olandan başlamaya karar verdim" dedi omzunu hafifçe savurup, itirazlara aldırmayacağını kanıtlarcasına. "Bu gece bulgur pilavı ve tavuk yiyoruz Barlas."

"Nesil bunun şakası bile" dedi genç adam...

Bunun bir şaka olmasına ihtimal dahi veremiyordu Barlas. Hem öyle bile olsa, şakasına bile tahammülü yoktu. Bu Barlas için, hiçbir şakaya konu olamayacak kadar acı bir gerçeği temsil ediyordu. O yemekler henüz midesinde dururken, o artık yapayalnız bir çocuktu. O yemeklerin albenisine kapılmış gözleri, Yesra'ya doyasıya bakmayı unutmuştu. O yemekler, onlar evinin, ocağının, Yusuf'un son lokmaları olmuştu.

"Az sonra hazır olur. Siz de hazırlanın baba-oğul."

"Nesil yeter, lütfen, yapma..."

"İtiraz yok Barlas."

"Nesil... Yapma dedim..."

"Nesil deyip durma. Alışacaksın Barlas. Başka yolu yok."

Gözleri kararmıştı. Ne ağzından çıkanı, ne yüzünü kaplayan acıyı önleyebiliyordu. Kaskatı olmuş avuçlarını sıkarken, sert bir yer arıyordu, içindeki girdabı boşaltacak, vuracak. Neyse ki, o kadarını kontrol edebiliyordu.

"Onları çöpe atın Nevhis Hanım" dedi ölüm kadar soğuk ve sert bir sesle. "Hemen, hemen evimden çıkarın. Ve bir daha sakın, sakın bana böyle sürprizler hazırlamayın... Anlaşıldı mı Nevhis Hanım?"

Nevhis'e söylüyor, ama Nesil'in gözlerinin içine bakıyordu. Nesil'in kanını donduruyordu o siyahtan daha koyu, daha karanlık gözler. Tam gitmek üzereyken, buzdolabının üzerindeki o kahrolası liste ilişti gözlerine Barlas'ın. Döndü, yırtıcı bir kuş gibi pençesine geçirdi kâğıdı ve avucunun sertliği içinde bir hamura dönüştürdü. Sonra yere bıraktı ve ardına bakmadan sokak kapısını açarak kendini dışarıya attı.

"Nesil Ha..."

Elini kaldırdı ve Nevhis'e susmasını işaret etti genç kadın. Yutkunuyordu. Kaşları çatılırken, gözleri doluyordu.

"Ekin, Ekin'e bakar mısınız lütfen?" derken, sesinden eser kalmamıştı. Titreyen bir fısıltı duyuluyordu kime ait olduğu anlaşılmayan.

Nevhis, aceleyle salona Ekin'in yanına koşarken, Nesil adımlarını atmakta bile zorlanıyordu. Ayaklarını sürüklerken, gözlerindeki bulanıklığa lanet ediyordu. Ne içindi şimdi bu yaşlar? Daha ne kadar ağlayacaktı? Daha ne kadar sevincini hissedemeden, acıyla kahrolacaktı? Tanımadığı, sır yüklü bir adama, daha ne kadar umut bağlayacaktı? Ne suç, ne değil nasıl anlayacaktı? Onun suskunluğuna bile alıştıracaktı kendini, verdiği kadarını alacaktı, tamam. Gözlerine daha sık bakacak ve onu anlayacaktı. Ama az önce o gözlerde gördükleri, onlar o an birer kuyu kadar karanlıktı. Orada ne Nesil vardı, ne de Nesil için bir ışık. O halde nereye bakacaktı şimdi genç kadın? Neye tutunacaktı?

Dış kapıyı açtı. Akşam karanlığında, bahçeye baktı. Nemli gözleri, soğukla birlikte sızlamaya başlamıştı. Onu aradı inatla. Ve bu inat, son olacaktı.

Ön tarafta görünmüyordu Barlas. Evin yan tarafına geçti genç kadın. Orada, etrafı sarmaşıklarla çevrilmiş olan, kuytu ve ışıksız bir çardak vardı. Tahmin ettiği gibi, oradaydı. Elini sütunlardan birine dayamış, girişe sırtını dönmüştü.

Kendini ayazdan korumak için kollarını bedenine sardı genç kadın. İçerinin sıcağından sonra, dışarısı buz gibi gelmişti. Dişleri hem soğuk hem de içinde bulunduğu sinirsel zayıflıkla birbirine vuruyordu. Buna rağmen, ne ertelemek ne de vazgeçmek istiyordu bu hesaplaşmadan. Kimin kimi daha çok yaraladığını anlamadan, anlatmadan çekip gitmek istemiyordu bu kez. Gitmek... Yine gitmek mi gerekiyordu? Bütün bu yaşadıklarından sonra, tam güneş açtı derken, yine mi sis iniyordu duygularının üzerine? Bilemiyor... Ama öğrenmek istiyordu genç kadın.

"Seni anlamıyorum. Seni tanımıyorum, ama seni seviyorum. Ne garip bir durum değil mi?" dedi birkaç kez duraklamak zorunda kalarak. Konuşmak nasıl da zordu. Cümleler nasıl da kısır nasıl da yetersiz kalıyordu. İçindeki yoğunluk gelip soluğunu kesmişken, bunu anlatacak sözleri bulamıyordu.

"Ben sadece şaka yapmıştım sana Barlas. Sadece bir şakaydı. İçeride söylediklerim, yaptıklarım hepsi masum bir şakaydı. Ama senin için öyle olmadığı belli. Zaman zaman sana söylediğim en basit şeyler bile, seni incitiyor, üzüyor, kızdırıyor. Ben çocuk değilim Barlas. Anlıyorum hepsini. Ama sen sustuğun sürece, senin kim olduğunu, altı üstü bir yemek için neden bu kadar gürültü kopardığını ve beni neden bu kadar kırdığını hiç anlayamayacağım. Ve sen bana doğru dürüst bir açıklama yapmadan, seni affedemeyeceğim de. Böyle olduğu sürece, seninle kalamam, yaşayamam da."

Ellerini kaldırıp hırsla yanaklarındaki yaşları sildi. Derin birkaç nefese daha ihtiyacı vardı. Gözlerinden akan yaşlara rağmen, ağladığını belli etmeyecekti.

"Oysa bunu çok istemiştim. Çok istedim Barlas, seninle olabilmeyi, kalabilmeyi, seninle evlenmeyi. Seni hep sevmeyi. Öyle çok istedim ki..."

Sessizce dinliyordu genç adam. Daha evden çıkmadan pişman olmuştu. Tepkilerini kontrol edemediği için kahroluyordu. Nesil'in bir suçu olmadığını anlamak için durup düşünmeye ihtiyacı bile yoktu ki. Sorun Nesil de değildi, Nesil'in gerçek ya da şaka, söyledikleri de değildi. Ama o son sözler, o son ifadeler... Bitmiş bir şeyleri anlatıyordu Nesil. Gitmek üzere olan birinin vedasına benziyordu. Barlas'ın pişmanlığı içini yakıp kül ederken, bir de onları bir kez daha kaybediyor olmanın gerçeğiyle yüz yüze geliyordu.

"Ne kadar heveslisin gitmeye" dedi fısıltısını bile boğan bir sitemle. "Hemen terk etmeye beni, ne kadar da heveslisin."

Sütuna dayalı koluna alnını yasladı ve gözlerini kapattı genç adam. Onu durdurmak için, özür dilemenin yetmeyeceğini biliyordu. Asla değişemeyeceğini de biliyordu. Kötü olan her şeyden vazgeçebilirdi, ama kendini ifade edebilen biri olmanın reçetesi ya da tedavisi yoktu.

"Öyle mi sanıyorsun, her gelişimde nasıl umutla geliyorum buraya biliyor musun? Ve her gidişimde nasıl ölüyorum."

"Neden gidiyorsun o zaman?" dedi umutsuzca. "Neden gidiyorsun?"

"Çünkü bana "kal" demiyorsun" dedi genç kadın. Bu kez isyanının sesi yükselmişti. Yerinde duramamış, gidip Barlas'ı kolundan tutarak çevirmişti. Onun gözlerine dikmişti gözlerini. Hâlâ karanlık iki kuyu muydu onlar? Yoksa. Hayır. Karanlık kuyular değildi. Karanlıktı, ama yas tutar, yakarır gibiydi Barlas'ın gözleri.

"Çünkü sevdiğim adamı benden saklıyorsun. Bana Barlas'ı vermiyorsun."

"Barlas" diye küçümseyen bir inilti döküldü dudaklarından genç adamın. Alaycı tebessümü bir gölge gibi düştü kederli yüzüne.

"Barlas diye biri yok Nesil..."

Elini kaldırdı, muskasını sımsıkı tuttu. Yıpranmış ipi koparması, çekip boynundan çıkarması çok kolay ve hızlı olmuştu. Nesil'in elini tuttu, avucunu açtı, muskayı ortasına koydu ve genç kadının elini kapatarak kendi avuçlarının arasına aldı. Bakışlarıyla Nesil'in avucunu gösteriyor, içindeki muskayı işaret ediyordu.

"Orada "Barlas" yazmıyor"

Ona kendini vermiyordu demek? O an bunu yapıyordu işte. Ona hiç tanımadan sevdiği o adamı veriyordu. Onu umutsuzca seven o adamı veriyordu.

"Barlas bir ölünün mezar taşına yazılmış rastgele bir isim Nesil. Ve o ölünün gerçek adı, avucunda. Kendisi de karşında duruyor..."

Doğru mu duyuyordu? Yo, hayır... Eğer duyduklarını düşündüğü anlamda yorumluyorsa, bunun doğrulukla ilgisi olamazdı. Bunlar doğru olamazdı. Bunlar gerçek hayatta olmazdı. Olsa olsa deliriyordu. Korktuğu başına mı gelmişti yoksa? Bu amansız aşka düştüğünden beri pek çok kez dengesini kaybettiği olmuştu. Ancak, o güne kadar yaşadıkları, hissettikleri, duydukları... Hiç biri bu kadar sınırlarını zorlamamış, çıldırmanın bu kadar uç noktasında dolaştırmamıştı Onu.

"Se-sen... Ne söylemeye..."

Barlas ellerini çektiği an, Nesil'in elleri de düşmüş ve bedenine vurmuştu. Hiç his yoktu bedeninde. Buna rağmen, avucunun içindeki muskayı bilinçsizce sıkmaya devam ediyordu.

"Nesil" diye bir ses işitti uğuldayan kulakları.

Sabitlenmiş bakışlarını dolaştırdığı halde sesin geldiği yeri bulamıyordu. Öylesine derin bir şok yaşıyordu ki. Uykudan çok daha ağır çok daha yoğun bir boşluk içinde yürüyordu. Yönü, yanı, etrafı her şey zindan kadar karanlıktı. Ve o tutulmuş diline rağmen, konuşmaya çabalıyordu.

"Ölü? Sen? Ne?"

Genç kadın, geriye doğru bir adım attı. Bu kez kendi gözlerindeki karanlık, körlük onu korkutuyordu. Sanki baş edemeyeceği bir gerçek duruyordu önünde. Bu yüzden, sürekli geriye doğru giderek, ondan kaçmak istiyordu. Neden kaçıyordu peki? Göremiyorsa o gerçeği, neden korkuyordu? Korkuyordu işte. Korkudan ölüyordu. Sevdiği adamın gölgesi oradaydı. Ama yüzünü göremiyordu. Ona; "Bana sarıl, beni tut, korkuyorum" diyemiyordu. Çünkü ona adını söyleyemiyordu. Çünkü o ana kadar bildikleri, dört bir yana savrulan tozlara benziyordu. Bunca zaman dilinde dua olan o ad "Barlas" değilse... "dön" diye "sev" diye kime yalvarıyordu? Kimi seviyordu kendinden öte? Kimi öpüyordu dudakları? Kime teslim ediyordu varını, yoğunu, tenini, yüreğini? Kimdi O? Ve neden genç kadına, bir ölü olduğunu söylüyordu? Sırtı arkasındaki sütuna dayanmıştı. Gidecek, daha doğrusu, duyup da anlamlandıramadıklarından kaçacak yeri kalmamıştı.

"Nesil..."

Yine adını duyuyordu. Ve aynı anda tuhaf bir şeyler oluyordu. Az öncesine kadar kanını donduran soğuk kayboluyor, mevsim de hava da hızla değişiyordu. Ayakları yerden kesiliyor, durduğu yerden yükseliyordu. Sanki zamanda yolculuk ediyordu.

Sıcak bir yaz günündeydi. Birini arıyordu. Arayan gözleri, etrafa bakmaktan yorgundu. Ancak inadı, akşam bakışlı O adamdan vazgeçmiyordu. Kapılmıştı kaderin rüzgârına. Sonunu göremediği bir yola yürüyordu. Acıyla, istek karışımı bir zevkti o adamı hayal etmek. Onu görmek, ona gitmek, o karanlık varlığının içindeki gizemi bulmak, o yürek hoplatan görünüşün ardındakini tanımak, bilmek, kanını kaynatıyordu. Bekliyordu... Vakit geçiyor ama o gelmiyordu... Saatler işliyor, ama o görünmüyordu. Neredeydi? Neden dikkatini çekmeyi beceremiyordu? Artık sinirleri harap olmuştu. Yerinden kalktığını, yürüdüğünü ve serin suların altına gömüldüğünü hatırlıyordu. Dibe, biraz daha dibe beton yığını gibi, en dibe doğru hızla iniyordu. Ciğerlerindeki havasızlık, damarlarını çatlatacakmış gibi yoğunlaşan basınç, başındaki ağrı, onu sımsıkı saran kollar. Ve sonra...

"Lütfen... Aç gözlerini. Aç... Ses ver... Bana ses ver lütfen."

Su içinde çırpınmaktan umudu kesmiş bedeni, sıcak, güçlü ve güven veren bir kucakta karaya çıkıyordu. İç organlarının sıkıştığını ve bir şeylerin ona şiddetle acı verdiğini fark ediyordu.

Ağzından boşalan su, aynı anda midesini bulandırıyordu. O gözleri tanıyordu. Onun yanında olduğunu anlıyordu.

"Tamam, tamam... Harika... İşte böyle..."

"Barlas..."

Adını fısıldıyordu bembeyaz, ölü dudakları. Ama sesi çıkmıyordu. Kıpırtıdan öte hiçbir şey anlatamıyordu karşısındaki adama.

"Bak bana, aç gözlerini, ne olur, aç."

Bakmak istiyordu. Açmaya çalışıyordu gözlerini ancak... Buna gücü yoktu. Yorgundu... O, şiddetle dudaklarına kapanırken, kesilmiş nefesine nefes olurken, kuvvetli eller göğsüne bastırırken, Nesil sadece bilinçaltının komutlarına uyuyordu.

"Hayır, hayır, nefes al... Bırakma kendini, benim için... Benim için yap... Nefes al..."

Gözlerini açtı. Odadaki loşluk, göğsünün üzerine çöreklenmiş olan sıkıntıyı arttırıyordu. En son, kendinden geçmeden önce... Barlasın Onu kurtardığı o günü hatırlamıştı. Hatırlamaktan öte bir durumdu bu. O güne geriye gitmiş ve tekrar yaşamıştı sanki. Daha önce hafızasını zorladığı halde hiç karşılaşmadığı görüntülerle birlikte, hiç hatırlayamadığı sesler de duymuştu. O gün, aralarında neler yaşandığını bugün görmüştü.

"Ekin?" dedi belli belirsiz, bir sesle.

Arkasında bir kıpırtı oldu. Ve hemen ardında; "O uyuyor Nesil" dediğini duydu Barlas'ın.

"Onu bana getir" dedi. Neden Ekin'i istediğini bilmiyordu. Belki de içindeki korku sebep oluyordu buna. Oğlunu yanına almak, onun güvende olduğunu görmek istiyordu.

"Uyuyor Nesil."

Barlas yatağın etrafından dolaşarak, onun yüzünün dönük olduğu tarafa geçmişti. Hafifçe kaldırdı gözlerini genç kadın, Ama bakamadı gözlerine... Neden böyle hissediyordu? Onu ilk kez görmüyordu. O hayatını kurtaran adamdı. Onu seviyordu. Onun çocuğuna sahipti ve az öncesine kadar, onunla bir ömür sürmek için deliriyordu. Ya şimdi? Şimdi. Bütün bunların üzerinde, korkunun nefesi esiyordu...

"Dokunma."

Saçına uzanan eli görünce başını çevirdi genç kadın. Kendine gelmişti, ama duyduklarını unutamıyor, peşine de düşemiyordu. Daha fazlasına dayanabileceğinden emin değildi. Aklına bile getirmeye korktuğu ihtimaller dolaşıyordu kafasında. Eskiden de onu tanımadığını biliyordu, ama işin bu boyutunu aklına bile getirmemişti. Zaten böyle bir şey kimin aklına gelirdi ki?

Genç adamın eli havada kalmış, kederli yüzü biraz daha solmuştu. Elini, Nesil'in istediği gibi dokunmadan geriye çekti.

"Böyle olmasını istemedim Nesil..."

Böyle olmasını gerçekten istememişti. Ona yalan söyleyen bir adam olmak, kendinden bir kez daha nefret etmesine sebep olmuştu. Ama o kendini Nesil'den gizlememişti. Onun saklandığı Nesil değildi.

"Ya nasıl olmasını istedin Bar..."

Öylesine doğal ve öylesine alışkanlıkla süzülüp geliveriyordu ki sevdiği adamın adı dilinden... Son anda, son hecesine sınır koyabilmiş ve susturabilmişti kendini. Öyle ya. Öyle demişti. Adı Barlas bile değildi... Kime kızmalıydı? Ona mı yoksa kendine mi? Bu ikilemi bile kaçıncı defa yaşıyordu. Merakını, bilgisizliğini hep örtmüş, hep bastırmış, hep pembe düşler peşinde koşmayı seçmişti.

"Farklı. Çok farklı. Herkes gibi."

"Ama seni herkesten ayıran bir şeyler var..."

"...."

"Bize ne olacak?"

"Bilmiyorum" dedi genç adam.

"Biliyorum ben zorladım seni. Mecbur ettim, sen de..."

Genç adam yere düşen bakışlarını kaldırdı ve "hayır" dedi gözleriyle. Kapana kısılmıştı. Nesil dört bir yanından, sürekli saldırıyor, elini kolunu bağlıyordu.

"Sana bir söz vermiştim. Ben başına bela olmaya gelmedim demiştim sana. Ama oldum. Hem de çok büyük bir bela oldum. Ekin'i doğurdum ve senin bütün düzenini altüst ettim. Seni bana mecbur ettim. Ekin için hayatına katmaya çalışıyorsun beni, ama olmuyor değil mi? Seni yoruyor, seni zorluyorum... Çıkamıyorsun değil mi işin içinden?"

Sessizce gözlerine bakıyor ve her bir cümle için "hayır" diyordu genç kadına. "Hayır..." Gözlerinden dökülmeyen yaşlar, bir kez daha içine yürüyordu Barlas'ın.

"Sana kızmıyorum. Bu oyunu ben yazdım Barl..."

Bir kez daha yutkunarak genç adamın adını boğdu sessizliğin içine...

"Bana yalan söyledin de demiyorum. Çünkü asıl yalancı benim. Ben bir yalan uydurdum kendime. Ben inandım, sen de inan istedim."

Omuzlarının üzerinde duran başı yıkılmaya hazır bir yük gibi duruyordu genç kadının. Barlas onu öyle görmeye dayanamıyor, ona kıyamıyordu. Nesil'in söyledikleri... Asıl yalan olan onlardı. O kendini Nesil için hiçbir şeye zorlamamıştı. O, zorlayarak bir şeyleri hissedebilen biri değildi. Az mı denemişti başlarda, değişmeyi? Yapamamıştı... Ama Nesil ile... Genç adam bu kez elini uzatıp yanağını kavradı genç kadın itiraz edemeden okşadı. Taşımakta zorlandığı başını o avucun içine bıraktı her şeye rağmen.

"Sana anlatacaktım. Dün gece biraz zaman ver bana derken..."

"Bu kadar zor mu Barlas?"

Bu kez kaçırmıştı ağzından o yalan adı. Öylesine alışmıştı ki; onu o adla sevmeye, çağırmaya, özlemeye, anmaya..

"Kolay olsa... yapmaz mıydım sanıyorsun?"

"Ne yaptın? Bu kadar taşınmaz, bu kadar ağır ne olabilir? Saklanıyor musun? Bu yüzden mi adını... Birilerine zarar mı verdin? Şu yaralar... Çok kötü şeyler mi yaptın?"

"Korkuyorum" dedi titreyişinin hükmettiği fısıltısıyla. "Kim olduğunu öğrenmeye korkuyorum"

"Kimseye zarar vermedim. Yemin ederim. Kimsenin canını yakmadım, kimseye kötülük etmedim."

"Neden saklanıyorsun o halde? Kimden?"

Yutkundu genç adam. Ne susabilir, ne konuşabilirdi. Ne susmanın ne konuşmanın vaktiydi. Yatağın üzerinden kalktı.

"Nesil, benim tedavim sadece alkole karşı değildi. Ben aynı zamanda."

Kederli gözlerini açmış, Barlas'ın ağzından çıkacakları bekliyordu. Onun hala tereddüt ettiğini gördükçe; merakı korkularına ağır basıyor, sabırsızlanıyordu.

"Artık bekleyemem, beni anla. Artık hazır olmanı bekleyemem. Duyduğum şu birkaç satırdan sonra, sen susarsan... Beni bu durumdan kurtar artık, yalvarırım. Her kimsen... Her kimsen. Bilmek istiyorum. Sonra giderim. Varlığımla bir daha huzursuz etmem seni. Nasıl ve kim olarak yaşamak istiyorsan öyle yaşarsın. Hiçbir şey için zorlamam."

Nesil hâlâ varlığının Barlas için huzursuzluk olduğunu düşünüyordu. Hâlâ onu sırlarıyla baş başa bırakıp gidebileceğinden bahsediyordu. Ona hak veriyordu artık Barlas. Onun yerinde kim olsa... Ama bunu yapmasını istemiyordu.

"Ben... Benim asıl adım" dedi, nereden başlayacağını bilmemenin dayanılmaz ağırlığıyla.

Ellerini kaldırıp yüzünü sıvazladı. Delirmek üzereydi. Ruhundaki devinim sarsıyordu genç adamı. Gidip geliyordu iki hayat arasında yine Araf'ta dolanıyordu.

"Ben, eski yazıyı... Şeyde..."

Yapamayacaktı, hayır. Oturup, anlatamayacaktı kendini. Bu nasıl bir azaptı böyle? Nasıl bu kadar hasta ruhlu bir adam yaratmıştı kendinden? Onun gibi başkaları da var mıydı? Ölen kendisiydi. O halde o neden bu haldeydi? O neden bu kadar yastaydı?

Kararsız adımları, verdiği karardan dönmeden önce hızla eskiden içki şişelerinin durduğu dolaba yöneldi. Artık orada şişeler yerine, boşluk duruyordu. Dolap kapaklarını açtı ve eğildi. Klinikten gelirken yanında olan çantanın içinden bazı şeyleri oraya gizlemişti.

Derin bir soluk alarak, gözlerini kapadı ve elini uzattı. Nesil'in bilmediği o utanç dolu hayatı, yine bir elinin içinde toplamıştı. Yerinden kalkarken, avucunun içindeki sızıyı bile hissediyordu. Gelip genç kadının önünde durdu. Nesil gözlerini açmış, Barlas'ın elindeki not defterlerine bakıyordu.

Yatağa değil, dizlerinin üzerinde yere oturdu genç adam. Elindekileri ikisinin arasındaki boşluğa koydu. Ellerini kaldıramıyor ve onları bir türlü bırakamıyordu. O anki korkusu, kendini Nesil'e açmış olmak değil, Nesil'in onu tanıdıktan sonra ne düşüneceğiydi. Belki de, onu sonsuza kadar kaybedecekti.

"Oku bunları" dedi. Artık dönüş yoktu. Onlar için başka bir yol da yoktu. Korkularla yaşamak, onları mutluluğa götürmüyordu. Korku, kaybedeceklerini elinde tutmaya yetmiyordu. Aynı anda bir sürü duyguyu bir arada yaşıyor ve gitgide daha derin bir duygusallık içine giriyordu. Kendinin bile utandığı o el ve alın yazısı, artık Nesil'in önünde duruyordu.

"Zorlanacaksın çünkü yazım, yazım alışık olduklarına benzemiyor. Eski yazıyla senin bildiğinin arasında, karmaşık bir şey."

Nesil uzandı ve defterlerin üzerinde duran eline dokundu usulca. Barlas'ın o halini, tavırlarını yadırgıyordu genç kadın. Barlas, önünde diz çökmüş, ona bir şeyler anlatmaya çalışıyordu. Ve anlatmaya çalıştıklarının ikisinin elleri altında duran o sayfalarda olduğunu anlamaya başlıyordu.

"Ne yazıyor onlarda?"

"Ben..."

Gözleri nasıl da yanıyordu. Nasıl da kesiyordu nefesini genç adamın.

"Bir çocuk tanıyacaksın şimdi. Adı... Adı..."

Konuşamıyordu. Boğazındaki şey her neyse yutamıyordu da.

"Yusuf Kırımlı" dedi Nesil, defterin ilk sayfasını çevirip, başlığı gördüğü an.

Nefesine yol açabilmek için derin bir soluk bıraktı Barlas, sonra kirpiklerinin birbirine yapıştığını hissetti. Yerinden kalktı ve kapıya yürüdü. Oradan çıkmak istiyordu. O an, Barlas'ın gözlerindeki tek görüntü, terbiye hücresinde ağlayan bir çocuktu. Elinin tersini sürdü gözlerine. Parmaklarının üzerindeki ıslaklık sıcaktı, tanıdıktı, sanki ateşten damlalardı.

Alnını, buğulu kalın cama yasladı genç adam. Birkaç saat önce başlayan yağmur geceyi de gecenin sükûnetini de esir almıştı.

Evin içinde yaprak bile kıpırdamıyorken, dışarıda kıyamet kopuyordu. Evin içinde nefesler tutulmuşken, dışarıda rüzgârın çığlıkları duyuluyordu. Datça kışlarının belki de en çetin, en sert gecesi yaşanıyordu o sırtlarda. İki yaralı yürek sessizliğe gömülmüşken, onların yerine doğa konuşuyordu.

Sık sık göğe bakıyor ve inançsızlığının boşluğunda buluyordu kendini. Yıllar var ki; maneviyatında böyle bir ıssızlık hissetmemişti. Ne dua edebiliyordu, ne dilek tutabiliyordu. O, inançlarını terk ederken, onu inançlarından soğutanları terk ettiğini düşünmüştü. Şimdi, gönlünden geçenleri istemek için yüzü yoktu. Ellerini açacağı yerde, nasıl karşılanacağını bilemiyordu.

Bu gece Barlas ve Nesil'in, bütün çekinceleri, bütün huzursuzluk ve bütün gizlileri, yürekler huzuruna dökülmüştü. Nesil dizlerinin üzerinde tuttuğu defter satırlarında, önce yeni bir çocuk, sayfalar ilerledikçe yeni bir gençle tanışmıştı. Yusuf'la başlamıştı bu acı anı yolculuğuna ve karşısına Barlas çıkmıştı.

O geceye akıtacak, o sayfalara dökecek tek damla yaş dahi kalmamıştı gözlerinde. Artık satırlar arasında dolaşan süzgün gözleriyle değil, yüreğiyle ağlıyordu. Yusuf'a yazılan kader, Yesra'ya sunulan hayat, hiçbir çocuğa yakışmıyordu. Adı "Yusuf", "Ahmet", "Ali", "Yesra", "Zeynep", "Elif"... Hiçbir çocuk, hiçbir amaç için, terk edilmeyi hak etmiyordu. Kız ya da erkek, bütün çocukların ortak adı "melek" değil miydi? Ve asıl "günah" meleklere yüz çevirmek değil miydi? Kadını ve erkeği, anne ve baba yapan asıl nicelik, bir meleğe, önce kanat germek sonra kanat takmak değil miydi?

"Yusuf... Ahhh Yusuf" dedi inleyen dudakları genç kadının.

Sevmek için böyle birini seçmiş olmak nasıl da anlamlı bir kaderdi. Çekilen çileye, akan yaşa, değerdi. Nesil'in Barlas aşkı, ne denizlere benzerdi, ne göğe ne de başka bir şeye. O Barlas'ı hayat gibi sevmişti. Bir bakışta, bir görüşte, bir nefeste... Bütün benliği ve kalbiyle, elinde ne varsa, verecek şekilde... Kendinden öte sevmişti Barlas'ı.

Ya şimdi?

Şimdi, okumakta zorlanacaksın dediği el yazısını okşayacak kadar, yaralarından öpecek, sokaklarda üşümesin diye ona teniyle örtü olacak kadar seviyordu. Çok sevmişti o suskun adamı... Şimdi, o suskun adamın onu götürdüğü ve tanıştırdığı çocuğu daha da çok seviyordu. İkisine de yer vardı yüreğinde. İkisi de onundu.

Artık son sayfalara gelmişti, dördüncü ve son defter de bitiyordu. Barlas'ı satırlardaki kadınlardan bile kıskanmıştı. Buna engel olamıyordu. Ama bir yandan da, Yusuf'a sahip çıkan herkese minnet duyuyordu. Ve Yesra... Yesra'nın adının geçtiği her satırda, Yusuf'un yüreğindeki hasretin cisimleştiğini okuyordu. Sadece okumuyor, o sevgiye, o bağa, o özleme tanıklık ediyordu.

Uyuşmuş bacakları hafifçe kıpırdadı. Ağrısını bile fark edemediği çökmüş omuzlarını kim bilir kaçıncı kez kaldırdı. Bitirmeden durmayacaktı. Yusuf'un hayatının tamamını, tıpkı bir soluk gibi içine çekip, onu özümsemeden, onu kendi varlığının bir parçası haline getirmeden yerinden kalkmayacaktı. Başını eğdi, bir elini şakağına destek olarak kullandı, diğeriyleyse defteri kaldırdı.

Yesra'nın kocasının öldüğünü öğrenmiştim. Ve tabii Yesra'nın nerede olduğunu da. Geçmişi gömmüştüm, ama o geçmişe ablamı gömemiyorum bir türlü. O da benim gibi, o çarkın dişlilerinin arasına atılmış ve unutulmuştu. O erkek değildi. Benim gibi kaçamamıştı dününden. Doğru ya da yanlış yeni bir hayat sürememişti. Önce babamın, sonra da o adamın gösterdiği çizgiden bir adım bile öteye geçememişti. Onlar çizmişti sınırlarını. Çıkışı olmayan bir labirentin içine hapsedilmişti. Dışarısı nedir bilmez, merak da etmezdi. Çünkü Yesra gibiler için, erkeğin belirlediği çitin dışına çıkmak itaatsizlik, yani büyük günah demekti. Ve Yesra bir günahkâr değildi. Günahtan korkar, andığı an bile titrerdi. Çünkü ona bunlar öğretilmişti. Eğer cennet hatunu olmak istiyorsa, önce babaya, sonra kocaya itaat şarttı. Aksi halde yeri cehennem, cezası da, cehennemde çırılçıplak kalmak ve sonsuza dek yanmaktı.

Bir kabuk örtmüştü üzerini Yesra'nın. Kendini adanmışlardan saymıştı. İçine sinmese de yaşadığı hayat, dilinden "şükürden" başka bir şey duyulmamıştı. Sadece imam nikâhıyla seneler geçirmişti o yaşlı adamın yanında. Sonunda adam öldüğünde, Yesra da gerçekte olmayan bir evliliğin, dulu olarak kalmıştı. Yesra'nın ki evlilik değildi. Yesra, babamın çarpık inançlarının kurbanı, o çarpık düzen içinde daha itibarlı bir konum uğruna sunulmuş adağıydı. Ben gönderilirken, Yesra gelin olurken, elimize yakılan kınalar, bunun işareti, bunun kanıtıydı. Sadece Yusuf ve Yesra değildi babamın kurbanları. O adam, ablamı, yıllarca içine hapsettiği o sefaletin içinde bırakarak göçtüğünde, geride tıpkı Yusuf ve Yesra gibi iki çocuk daha kalmıştı. İkisi de, o düzen içine, yazgılarıyla doğmuşlardı... Oraya, o kafalara esir çocuklardı. Günü geldiğinde, biri Yusuf diğeri de Yesra olacaktı.

Cemil oralardaki kulağım oluyordu. Bana geride kalanlarımla ilgili haberler veriyordu. Teyzemin döndüğünü de ondan öğrenmiştim. Yesra'yı görebilmek için, hatta Yesra'yı çocuklarıyla birlikte onların elinden alabilmek için umutla çıkmıştım yola. Yıllar sonra, umutlanmıştım. Yıllar sonra, gözümün bebeğine ilk kez bu kadar yaklaşmıştım.

"Yusuf... Yusufçuk..."

Kimdi O? Teyzemin "Yusufcuk" dediği kimdi? Söylüyordu, ama Teyzemin dilindeki melodi bile aynı değildi. Söylerken, benim artık o çocuk olmadığımın o da farkındaydı. Eskiden, tiz kahkahasıyla boğardı "Yusufcuk" kelimesini. Kendini erkek sanan Yusuf'un buna kızacağını bile bile, yılmazdı. Beni öyle sevmeye doymazdı. Hemen sonrasında, eniştemin Almanya'dan gönderdiği çikolatalarla gönlümü alırdı. Bilirdi gözlerimin bir parça çikolata ile nasıl da parlayacağını...

"Sen misin?"

Nasıl anlatabilirdim ki teyzeme? Yine o günlere dönmek için, onun sesinden yine aynı şeyleri duymak için, varsın çikolataya, şekere hasret olsun, hasret büyüsün. Yine O "Yusufcuk" olabilmek için neler vermezdim... Bunu nasıl anlatabilirdim teyzeme.

"Sensin...."

Başımı salladım... Başını kaldırdı ve sokağa baktı telaşla. Birilerinin bizi görmesinden çekiniyordu. Oysa beni kimse tanıyamazdı. Ben bile aynadaki yüzümle o sokaklarda oynayan çocuk arasında en küçük bir benzerlik bulamıyordum. Başkası nasıl bulabilirdi? Yine de Selime teyzemin yaşlı gözleri tedirgindi...

"Gir içeri, gir. Yaşıyorsun, iyisin. Ben senden ümidi keseli..."

Evi değişmişti. Yenilenmişti. O eve gittiğim günlerde geriye dönmek istemezdim. O beni şımartırdı. Onun evinde ne yasaklar olurdu, ne kurallar, ne de günahlar... Oradaki özgürlük, oradaki bolluk çocuk aklımı alırdı. O evde yine o havayı, o özgürlük kokusunu bulmuştum.

Elimi tuttu. Koltuğa götürdü beni. Eskiden o koltuğun yerinde üç yastıklı bir divan dururdu. Oradayken, o divana uzanır, bizim evde olmayan televizyona bakarken, hayallere dalardım. Eskiden bir çocuk olduğumu ve hayaller kurduğumu, yıllar sonra yine, teyzemin evinde hatırlamıştım.

"Beni nasıl tanıdın teyze?" dedim, yüzümü okşayan gözlerine bakarak...

"Gözlerinden Yusuf'um, gözlerinden akşam gözlüm... Kimsenin ki senin gibi değil ki, kimsenin ki senin gibi karakızıl değil ki teyzem."

Yaşlanmıştı ama hâlâ bıraktığım kadına benziyordu. Hâlâ, bana sıcak, içten ve sevgiyle bakıyordu. Elimi tutmaya devam ederken, bir eliyle de saçlarımı ve yanaklarımı okşuyordu...

"Eniştem?" dedim evdeki sessizliği fark ederek.

"Enişten rahmetli oldu. Ben de dönüp geldim. Sen neden döndün Yusuf'um. Sen neden geldin? O babaya, o anaya bunca yol sonra ne demeye..."

Gözleri çakmak çakmak olmuştu bir anda. Onlara öfkesi zehir gibi akıyordu.

"Ben, Yesra için" dedim. Kaşları çatıldı.

"Gittin mi eve?" dedi ürkerek.

Başımı iki yana salladım. Yesra için bile olsa gidebilir miydim o eve? O an bile bilmiyordum bunu. Öylesine derinde bir kor yanıyordu ki. Annemin gözlerime baka baka yüzüme örttüğü o perdeyi asla unutamıyordum. Dizlerime kadar kara gömülü bir halde, o perdenin gerisinden evime baktığımı yıllar geçip gitse de tek bir an olsun, unutamıyordum. Ne ana, ne de baba... Onları hatırlamak bile, içimdeki şeytanın kudurmasına neden oluyordu. O dakika, nerede olursam olayım, kaçmak ve ölesiye, unutasıya içmek istiyordum.

"Gitme zaten. Yedi cihana duyurdu baban olacak. Ben can verdim, ben alacağım diye yeminler etmiş. Günahkâr evlat olmaz olsun der durmuş senelerdir. Yediğin ekmeğe, hak yoluna ihanet etmişsin. Peşine adam düşürmüşlerdi. Bulamadılar seni. Benim evleri bile basmışlar ben yokken. Aramışlar seni. Kiracılar dediydi o zamanlar. Ben sattım el kadar bebelerimi diyeceğine, üste çıkıyor bir de. Allah onu bildiği gibi yapsın, karısı olacak o ananı da, bildiği gibi yapsın Rabbim."

Babamın söyledikleri, peşimdeki adamlar Teyzemi korkutsa da benim umurumda değildi. Bir can değil miydi ölümle aramda duran. O da zaten can değildi.

"Yesra'yı gördün mü Teyze?"

"Gördüm. Bir ay kadar oldu. Bakkaldan dönerken, bahçe kapısından başımı uzattım, avluda gördüm. Beni eve almıyorlar. Yesra'yı da yollamıyorlar."

"Neden?"

Ona neden diye sormuştum, ama çok, çok eskiden de babamın teyzemi bizim eve istemediğini biliyordum. Aradan o kadar uzun zaman geçmişti ki, alkol bilincimi öylesine kör etmişti ki artık küçük ayrıntıları unutuyordum.

"Baban anana beni eve almasın diye buyurmuş. Çok görmedim Saliha'ya. O çocuklarını bile, o adamın ateşlerinde yakmadı mı? Kardeşi için mi karşı çıkacak?"

"Ona gider misin teyze? Yesra'ya burada olduğumu, onu ve çocuklarını almaya geldiğimi söyler misin?"

"Almazlar beni eve?"

"Ne olur Teyze."

Ablama yolladığım çekler, geriye döndükçe, içim yanıyordu. Beni reddediyordu. Beni de, benden geleni de istemiyordu. Korkuyordu. Babamın duymasından, tarikatın duymasından, benimle bağlarının olmasından ve bunun duyulmasından korkuyordu. Hayatını başkalarının avuçlarının içine bırakmıştı. Beni de o hayatın dışında tutuyordu. O gün de, bu gün de Yesra'nın bana yüz çevirmesindeki, yüzümü bile görmek istememesindeki asıl nedeni anlıyor, ama buna inanmak istemiyordum. Yesra da beni değil, onları haklı buluyordu. Yesra da benden utanıyordu. Belki de haklıydı. Ben boynuna muskasını asıp yolladığı o çocuk değildim. Ben Yesra'nın doğrularına ve değerlerine de ihanet etmiştim.

Ama biliyordum ki; o hâlâ beni, benim onu sevdiğim kadar seviyordu. Bana olan sevgisini, kalbinde hâlâ gizli saklı taşıyordu. Ya da ben buna inanmayı çok istiyordum. Çünkü bu beni hayatta tutuyordu. Neden bilmiyorum bir yanım ölmek isterken, bir yanımla tutunacak bir dal arıyordum…

…………

Yerinden kalktığında, uyuşmuş bacakları karıncalanıyor, yere doğru dürüst basamıyordu. Gözleri, birer avuç tuz basılmış gibi yanıyor, sızlıyordu. Cama doğru baktı. Gün ağarırken, o odanın perdeleri hâlâ açık duruyordu. Bu gece, nasıl bir gece olmuştu? Sanki bir gecede, üzerinden yıllar geçmişti. Dışarıdaki yağmur durmak bilmemiş, göğün etekleri delinmişti. Sanki bu gece nerde yaş varsa, tükensin, bitsin istemişti yaratan...

Alacakaranlığa baktı genç kadın. Baktığı yerden, Barlas'ı gizlice izlediği o sırtı görüyordu. Sonra o tepeciğin, eve uzanan ucundaki düzlüğe uzandı gözleri. Orada onu beklemişti. O gece ona gelmişti. Ona onları bir araya getiren mucizenin ışığını getirmişti. Ve şimdiyse, nereden nereye gelmişti genç kadın. İçindeki huzur, yüreğindeki acıyı, bu gecenin başındaki korkuyu siliyordu. Öğrendikleri canını yakmış olsa da, artık Barlas'ın neden o kadar sessiz ve uzak bir adam olduğunu anlıyordu. Ve günahsız şakalarının, Barlas'ın hayatındaki damgalarını, izlerini, yerlerini biliyordu.

Geriye döndü. O odadan çıkma vakti gelmişti. Gidip sevdiği adamı bulma vakti gelmişti. Ona; "Seni her şeyden ve herkesten çok seviyorum" deme vakti gelmişti.

Birkaç adım atınca, Barlas'ın az önce defterleri çıkardığı dolabın önünde yerde duran bir zarf gördü. Yavaşça eğildi. Zarfın üzerinde, Barlas'ın artık kanıksadığı, hatta çözdüğü o kötü el yazısıyla, kendi adı, soyadı ve İzmir'deki evin adresi yazıyordu. Eline aldı. Yüreğini garip bir ürkeklik kaplamıştı. Barlas ona ne yazmıştı? Üstelik postaya verilecek gibi hazırlanmış ama henüz kapatılmamıştı. Yere oturdu. Bu gece daha fazla ne olacaktı? Onu nasıl bir sürpriz bekliyordu yine? Ve daha fazlasına nasıl dayanacaktı?

Elleri yeniden titremeye, kalp atışları hızlanmaya başlamıştı. Saatlerdir okudukları, Yusuf'tan, Barlas'tan yine Barlas'a yazılanlardı. Ama bu... Bu zarf başkaydı. Okumaya hakkı var mıydı? Barlas isteseydi, defterlerle birlikte onu da önüne bırakırdı. Belki de bıraktığını sanıyordu. Belki de o da, o tomar arasındaydı ve Barlas düştüğünün farkında olmamıştı. Her neyse neydi? Bu kadar merakla çarparken yüreği, adına yazılan bir zarfı açmak ve içindekine bakmak için düşünmeyecekti daha fazla.

İkiye katlanmış, yine o not defterlerinden koparılmış iki sayfadan ibaretti elindeki. Soluğunu tutmuştu genç kadın. Az önce hızla çarpan yüreği sanki bir süre için durmuştu. O ilk satır, genç kadının gözlerinin yeniden yanmasına neden olmuştu…

Nesil, diyordu. Evet, Bu bir mektuptu. Barlas'tan Nesil'e yazılmış ve henüz gönderilmemiş bir mektuptu.

"Nesil…"

Ekin'imin annesi. Meleğim. Ama hepsinden önce, sevdiğim kadın. Özelim…

Bunları, gözlerine baka baka söylemek isterdim. İçimde sakladığım duygulardan cümleler kurabilmeyi ve onların her birini sana söyleyebilmeyi çok isterdim. Ama ben böyle biriyim. Bu halim yeni değil. Bu halim sana değil. Ben konuşmayı, kendimi anlatmayı, hissettiklerimi ifade etmeyi hiçbir zaman bilemedim. Zaten senden önce bunu yapmayı hiç istemedim de…

Buraya gelişimi senden sakladım. Sen duyma, sen umutlanma istedim. Çünkü benim gibi birinin ne çıktığı yoldan, ne aldığı karardan hayır gelirdi insana. Kendime güvenim yoktu. Geriye dönebileceğime dair garantim yoktu. Silik bir ümidin peşindeydim ben. Seni de o silik ümidin ardında sürüklemekten, senin için yeni bir hayal kırıklığı olmaktan korktum. Sana hep hayal kırıklığı oldum. Biliyorum.

O sabah, kendime geldiğimde… Sen, Ekin'i alıp gitmiştin. Ben her şey için geç kalmıştım. Sadece o sabahtan ibaret değil benim geç kalmışlığım Nesil. Ben hayatı yaşamak için geç kalmıştım. Bana sunulan güzellikleri gördüğüm halde, onlara tutunmak ve kalkmak için geç kalmıştım. Buraya gelmek ve tedavi olmak benim son şansımdı. Ama gördüğün gibi, o şansı da kullanamadım. Nasıl ki; bir yıl önce, sen kendiliğinden bana gelmiş ve bir gece içinde beni başka bir adam gibi hissettirmişken kullanamadıysam. Ekin'i getirip kollarımın arasına koyduğunda kullanamadıysam, şimdi de kullanamadım işte.

Ama şuna inan. Çok istedim, çok denedim, çok savaştım içimdeki şeytanla. Ekin için, senin için ve kendim için. Hani bana bir gün demiştin; 'Sen kendin için istemezsen, başaramazsın Barlas.' İnan bana kendim için de istedim Nesil. Çok, ama çok istedim. Hayatımda ilk kez kendim için bir şey istedim. O da size dönebilmekti. Sizi nasıl sevdiğimi gösterebilmekti. Bu benim en büyük dileğimdi.

Keşke benim için iş işten geçmeden, gelseydin. Ya da keşke ben, bir gün senin geleceğini bilseydim. Bunu kaçıncı kez söylüyorum, kaçıncı kez tekrarlıyorum, ben bile hatırlayamıyorum artık. Ama son nefesimde de bunları söyleyeceğimden. Hayatımın en büyük keşkisinin bu olacağından eminim artık. Keşke seninle dünü hatırlamadan yarını görebilseydim. Çünkü sen dünüm değildin Nesil. Dünüm eski, kirli, yarım. Benim dünüm solmuş bir paçavradan parça parça kopardıklarım, sana onları da anlatamadım, ben seni onların arasında hiç düşünemedim. Kendimi sana yakıştıramadım. Çünkü sen, ilkyazımdın benim, ilk sevgilim, ilk... Sen, benim ilklerim oldun hep Nesil ve son umudum aynı zamanda...

Meleğim...

Ekin'e benim için ne söyleyeceksin bilemiyorum. Bunu düşünmek bile beni öldürüyor. Aklıma gelen cümleler beni nasıl utandırıyor nasıl üzüyor bilemezsin. Hepsini hak ediyorum. Çok daha fazlalarını hak ediyorum. Seni, sizi kaderinizle baş başa bırakıp giderken, senden bunu istemek hakkım değil biliyorum, ama eğer Ekin beni böyle bilecekse, bilmesin Nesil... Sen benden nefret et, ama bunu ona belli etme. Sana yaptıklarımı, yaşattıklarımı, hissettirdiklerimi hiç unutma ve beni hiç affetme, ama onun beni böyle tanımasına izin verme. Ona yalan söyle. Benim için değil, onun için. Ona yalan söyle Nesil. Benim böyle olmam, onun suçu değil. Yalvarırım, onu utanacağı, nefret edeceği bir babayla büyümeye ve yaşamaya mahkûm etme...

Nesil...

Sana söyleyemediklerim öyle çok ki. Mesela; anne ve babanın cenazesinde neden gelmiştim biliyor musun? Vicdanım demeyeceğim bu kez. Çünkü doğru olan bu değil, ben bu mektupla sana, sadece doğruları bırakmak istiyorum. Kendim için gelmiştim oraya. Seni görmek istemiştim. Benim sana çok ihtiyacım vardı Nesil. Senin de bana ihtiyacın olduğunu, beni beklediğini, buna benzer şeyler düşlemiştim. Belki daha da fazlasını, sonra seni, o kalabalık arasında görünce, sana görünmeye bile cesaret edememiştim. Seni oradan alıp, sana ne verebilirdim ki?

Bir de, bana geldiğin ilk geceden sonra, ertesi akşam, seni bir kez daha görebilmek için çıldırırken, cebimde, veremeyeceğimi bile bile seni düşünerek aldığım bileklikle dolaşırken, kendim gelmek yerine sana bir garsonla haber göndermiştim. Sen Ekin'e hamile olduğunu söylemeye geldiğinde, sana o gece çalışmak zorunda olduğumu söylediğimde, yalan söylemiştim. Benden uzaklaşmanı, kaçmanı ve kendini kurtarmanı istiyordum. Senden her kaçışımda, sana bir fırsat daha veriyordum. Şimdi, bunu neden yaptığımı anlıyor musun?

Ben seni, o geceden sonra hep sevdim. Seni bilebildiğim, becerebildiğim kadar sevdim. Bunu sana hiç söyleyemedim, hiç gösteremedim, ama seni Ekin'in annesi olduğun için değil, Nesil olduğun için sevdim ben.

Bu satırları okumak zorunda kalmamanı, hepimiz için çok isterdim Nesil. Sen bunları okuyorsan Meleğim, demek ki ben..."

....

Kapının önünde durdu. Hayatı boyunca görmek istediği tablo bir kez daha karşısında duruyordu. Barlas, yüzünü Ekin'in başına yaslamış bir şekilde uzanmıştı. Yorganın altına girmemişti, üzeri açıktı. Kollarını kendine sarmıştı. Yine üşüyor olmalıydı. Onlara baktı. Yorganın ucunu Barlas'ı uyandırmadan kaldırması, üzerini örtmesi mümkün değildi. Başka bir çözüm yolu ararken, aklına diğer odadaki yorgan gelmişti. Sessiz, ama çabuk adımlarla odaya koştu. Yatağın üzerindeki yorganı kollarının arasına topladı. Yeniden odadan çıkarken, açık ışığı da kapattı. Evi bir anda grinin hâkim olduğu alaca bir karanlık kapladı. Genç kadın biraz daha sessiz olmaya gayret ederek odaya girdiği an, Barlas'la karşılaştı.

Yanılmıştı. Barlas sandığı gibi uyumamıştı. Yataktan kalkmıştı ve ona bakıyordu. Nesil'in, karanlığa henüz alışamayan gözleri, yüzünü seçemiyordu, ifadesini göremiyordu ama...

"Nesil" fısıltısını duyduğu an, elindekini bıraktı ve ona koştu genç kadın. Hiçbir güç ona koşmasına engel olamazdı. Ne tedirginlik vardı yüreğinde, ne geceden kalan korku kırıntıları, ne de en küçük bir şüphe... Barlas'ın satırları ona bütün gerçekleri anlatmıştı. Daha kollarına atıldığı an, o kucak onu hiç olmadığı kadar özlemle karşılamıştı. Barlas'ın sarması, sarılması diğerlerine benzemiyordu. Sanki yıllardır, o odada, o karanlıkta Nesil'i bekliyordu. Onu bedenine bastırıyor, kendine çekiyor, durmaksızın adını fısıldıyordu.

"Seni seviyorum, çok seviyorum" dedi genç kadın soluk soluğa. Çünkü Barlas'ın kolları nefesini kesiyordu. Onu delice bir güçle sıkarken, nefes alamıyordu. Nesil konuşmak istedikçe, izin vermiyordu. Buna rağmen şikâyetçi değildi genç kadın. O, bunu istiyordu. O Barlas için "böyle" olmak istiyordu. Barlas ona böyle sarıldıkça, "kal" diyordu.

"Hâlâ sevebilecek misin beni, her şeye rağmen hâlâ?"

Barlas'ın fısıltılı sesi, şüpheyle, endişeyle çıkıyor, duyduklarına inanmak istiyordu. Bunun genç adam için ne demek olduğunu; "Her şeye rağmen" derken, neyi kastettiğini anlıyordu.

"Seni de, Yusuf'u da çok seviyorum. Benden kurtulamayacaksın. Beni korkutamayacak, yıldıramayacaksın artık. Bu kez, başına bela olmaya geldim Barlas. Emin ol, bu kez başına bela olacağım. Senden ayrılmayacağım, seni bırakmayacağım."

"Benimle kal, başıma bela ol. Benden korkma. Benden utanma..."

Parmaklarının uçlarıyla genç adamın dudaklarına dokundu. Onu susturmuştu. Daha fazla konuşmak istemiyordu genç kadın. Bir gece için çok fazla gerçekle yüz yüze kalmıştı. Ve Barlas için de bu gecenin kolay olmadığını biliyordu. Barlas hâlâ hassas bir dönem içindeydi. Nesil, artık onu zorlamak değil, gücü, desteği, dermanı olmak istiyordu. Hem, içi rahat, yüreği coşkuluydu. Barlas'ın iyi olacağına ve bütün bu kötü günlerin biteceğine inanıyordu.

Konuşacak çok şeyleri olacaktı elbette. Ne de olsa bu gece onlar için kırılma noktası olmuştu. Barlas'ı ondan ayıran kalın sır duvarları yıkılmıştı. Bundan sonra sil baştan, sıfırdan başlayacaklardı. Ama o an değil, o gece değil. O an gönlünün istediği, Barlas'la birlikte bu geceye bir son vermek, hem ruhen hem bedenen biraz dinlenmekti.

"Şimdi, şimdi tek bir şey istiyorum senden."

"Ne istersen" dedi Barlas tereddüt etmeden. Çünkü artık, Nesil ne isterse verebilirdi. Nesil ne sorarsa sorsun, ona kendini anlatabilirdi. Artık, sırları olan bir adam değildi. Sevdiği kadının önünde, geçmişinin bütün kirlerini kabullenecek kadar temizdi.

"Çok yorgunum. Öylesine yorgunum ki Barlas. Bana sarılmanı ve beni uyutmanı istiyorum."

Beline dolanan kollara bütün varlığıyla sokulmuş, gözlerini kapatmış, Barlas'ın bu gece çok istediği halde bir türlü cesaret edemediği şeyi yapıyordu genç kadın. Dua ediyordu, şükrediyordu. Ya Barlas geriye dönmeseydi. Barlas yerine o mektup gelseydi. İçini kavrayıp, zorlayan sıkıntıyı derin bir nefesle genç adamın göğsüne bıraktı.

"Barlas" dedi yüzünü kaldırıp genç adamın yüzüne yaslayarak...

"Meleğim."

"Sen de beni hiç bırakma olur mu?"

"Bırakmam" dedi yolun son noktasındaki dudaklara ulaştığında; "Bırakamam..."

....

"Bir sorun çıkmadı ya Nevhis Hanım."

Nesil dikkatini onlardan alabildiği an, Nevhis'e dönmüştü. Baba ve oğul buluşmasını izlemek her seferinde Nesil'in yüreğinde sevinçle karışık bir sızı oluyordu. Bazen sevinçle onları uzun uzun seyretmek isterken, bazen içindeki sızıya dayanamıyordu. Barlas'ın ne kadar sevgisiz büyüyen bir çocuk olduğunu düşündükçe, artık onun Ekin konusundaki hassasiyetini, bağlılığını ve bir çocuk için yaptığı bütün o yanlışların ardındaki nedenleri de anlıyordu. Barlas'a hem ilaç oluyordu Ekin, hem yaralarını kanatıyordu. Ekin'le fısıldaşırken, belki de kendi eksiklerini anlatıyordu. Nelerden mahrum kaldığını, nelere hasret büyüdüğünü... Belki de bunları, oğlundan başka hiç kimsenin duymasını istemiyordu. Böyle anlarda, onun Yusuf olduğunu ya da yeniden Yusuf olmak istediğini düşünüyordu Nesil. Çünkü Ekin'in yanında sıklıkla, sevgi dolu, ama daha mahzun bir adam görüyordu. Günden güne, âşık olduğu adamın iç dünyasına da yaklaşıyordu genç kadın. Barlas'ın davranışlarında, Yusuf'la ilgili izler ve geçmişiyle bağlar buluyordu.

"Hiçbir sorun yok. Az önce uyandı. Karnını doyurdum. Oynadık birlikte. Yokken gözünüz arkada kalmasın Nesil Hanım. Ben ona..."

Genç kadın sevgiyle ve minnetle gülümsedi Nevhis'e.

"Bunu söylemenize bile gerek yok Nevhis Hanım. Gözüm arkada kalmıyor. Öyle düşünsem, bırakmam zaten. Size güveniyorum ben."

Nevhis de aynı şekilde, mutlu ve memnun gülümsedi sonra birden aklına gelmiş gibi Barlas'a döndü...

"Barlas Bey. Kaptan geldi, ama siz olmayınca geri döndü. Tekrar gelecekmiş."

"Tamam, Nevhis Hanım sağ olun" dedi genç adam. Oğlunun kokusunu bir kez daha derinlerine kadar soluduktan sonra, oyun yerine yatırdı ve az önce elinde olan oyuncağını verdi. "Nesil, haydi meleğim. Vakit çok daraldı."

Koltuğun üzerindeki çantaları ve elbise kılıflarını alarak aceleyle merdivenlere yöneldiler. Basamakları çıkarken, birbirlerine bakarak gülümsemeyi ihmal etmediler. Koridora geldiklerinde, Nesil duraksadı.

"Zaman kazanalım" dedi genç adama. "Ben diğer odadaki banyoyu kullanayım."

"Sen burayı kullan."

"Yok yok. Senin bütün düzenin burada... Benimkiler konar-göçer şimdilik."

Genç adam, o kelimeye takılmış ve gülümsemişti. Evet, çok kısa bir süre için Nesil belki dediği gibi misafirdi, ama az sonra roller değişecek ve Nesil bugünden itibaren evinin kadını, nikâhlı karısı olacaktı. Belli etmemeye özen gösteriyor olsa da, Barlas da bütün bu olup bitenlerden son derece şaşkındı. Hayatındaki bu kökten değişikliği, yüreğindeki kaybetme korkusunun üzerine oturtamamıştı daha...

"Şimdilik" dedi sözcüğü vurgulayarak.

Karşı odaya girdi. Nesil için aldıklarını yatağın üzerine bıraktı. Odadan çıkmak üzereyken kararsız bir şekilde duraksadı genç adam. Gece boyunca kendini, bugünden itibaren bambaşka biri olmaya hazırlamıştı. Ondan çok önce, bedenindeki bağımlılık dürtülerini yok etmeyi başarmıştı. Fiziksel anlamda, hiçbir baskının emrinde değildi. Şimdi sıra ruhunun esaretini bitirmeye gelmişti. Kendi kendini esir eden bir adamdı O. Ve artık özgürlüğüne uçmaya, ruhunu azada da hazırdı.

"Nesil" dedi, sırtı dönük bir şekilde. Sonra, başladığını bitirmek üzere döndü ve genç kadının yanına yaklaştı bir kez daha. Her şeyi yapabilirdi. Bundan böyle, kimsenin tanıyamayacağı bir adam olabilirdi. Ama bir amacı olmalıydı genç adamın. Melekleri her zaman yanında kalmalıydı. Şu bolluğu, şu varlığı, yaşadıklarını hâlâ sindirememiş, mutluluğun kalıcı tadına varamamıştı henüz.

"Beni bırakma" dedi içinde barınan kopkoyu bir bağlanmışlıkla; "Sakın bırakma."

Nesil'in güzel gözleri bir kez daha Barlas'a ışık oluyor ve aklındaki bütün olumsuz olasılıkları silip atmaya yetiyordu. Kolları, tereddütsüz bir şekilde, içindeki aşkla, alıştığı yerlere dolanırken, bir yandan da parmaklarının ucunda yükseliyordu genç kadın.

"Deli miyim ben?" dedi sevimli bir şekilde. Çünkü böyle anlarda Barlas'ın hüznünü ve kaygılarını ancak, sevimliliğiyle, şirinliğiyle, şakalarıyla yenebiliyordu. "Başına bela olacağım dedim ya. Kararlıyım dedim ya."

Barlas'ın cep telefonuna gelen mesaj sinyaliyle, yaklaştığı dudaklardan ayrılmak zorunda kaldı. Kollarını çözdü ve onu takip etti gözleriyle.

"Cemil. Yarım saate burada olacaklarmış" dedi Barlas aceleyle...

Nesil'in odasından çıktığında derin bir nefes aldı. O an Nesil için her şey daha kolaydı. Ancak, Barlas'ı bekleyen ağır bir görev vardı. Az sonra yapılacak olan nikâhtan önce, ruhunu ele geçirmiş olan kiri temizleyecekti. Yıllardır bataklık içinde yaşıyordu. Ruhunda her türden çamurun izi duruyordu. İnancına aykırı davranışları çoktu. Ve bunları bilgisizlikle, yanlışlıkla değil, bilerek yapmıştı. Çünkü dayatmayla verilen inançların beraberinde getirdiği acıları ve ağırlığı taşıyamamıştı. Daha çocuk sayılacak yaşlarında bile bütün bunlara baş kaldırmıştı. Hayatındakilerle yollarını ayırırken, onların öğrettiklerini de geride bırakmıştı. Onlarla arasında hiçbir benzerlik kalmamalıydı ki, yolları günün birinde, burada ya da başka bir âlemde kesişmesin bir daha... Yemini buydu. Planı buydu.

Ama son zamanlarda içindeki pişmanlık, içindeki boşluk, yeminlerinin, planlarının altında eziliyordu. Kendi varlığını reddetmek kolaydı genç adam için. Ama onu, yaratanı reddetmek... Artık bunun ağırlığına dayanamıyordu, bu yükü taşıyamıyordu. İçindeki utancı, içindeki inancı susturamıyordu daha fazla. Pişmanlığını hiçbir mazeretle örtemiyordu. Ve bunun günden güne daha da büyüyeceğini biliyordu.

Günahkârlık hissiyle uyandığı her sabah, utanç içinde buluyordu kendini. Bu durum ruhunu kıskıvrak sarıyordu. Beraberinde, huzursuzluğu ve mutsuzluğu getiriyordu. Bazı zamanlarda sahip olduklarının gücü de yetmiyordu. Artık kendi iç dünyasını, aracısız ve doğrudan, O Yüceliğin önüne sermek istiyordu. Kendisi için af dileyecekti. Ve bunu, yapması gerektiğine inanarak yapacaktı. Çocukken saatlerce ettiği o af dileyen duaları hiçbir zaman aklı almamıştı. Çünkü o zaman günahkâr değildi, o zamanlar o da bir melekti. Ama şimdi... Vaktiyle öğrendiği bütün o dualar bile yetmeyebilirdi genç adama. Şimdi arınmak için, çok daha fazlalarına ihtiyacı vardı. Yine de bağışlanmayı dileyecekti. Sevgi ve merhamet isteyecekti. O Yüce gücün, gönlünü görebildiğini biliyordu. Sesini de duyacağını umuyordu. Onun samimi gönülleri geriye çevirmeyeceğine inanıyordu genç adam.

Üzerindekileri çıkarıp kirli sepetine bırakırken, an an biraz daha çıplak hale gelirken, bir kez daha giyindiğinde, kendini daha örtünmüş ve daha güvende hissedeceğini de hissediyordu. Suyu açıp altına girdiğinde, sadece bedenini değil, ruhunu, gönlünü de ortaya seriyordu. Elleri suyu olması gereken yerlere ustaca götürüp geriye dönerken, bir sonraki hamleye daha büyük bir hevesle hazır oluyordu. Gözlerini kapatmıştı genç adam. Dudaklarındaki fısıltıları nasıl hatırlayabildiğini bile bilmiyordu. Aradan onca zaman geçmiş olmasına rağmen, öylesine kolay ve kendiliğinden dökülüyordu ki. Tıpkı tepeden tırnağa dupduru akıp giden su gibi, sarıyordu dört bir yanını... Başlarken biraz tereddütle kıpırdayan ağzı, ne istediğini bilen yüreğindekileri, tereddütsüz bir şekilde ortaya koyuyordu. İki dili birden kullanıyordu genç adam. Her iki dilden, tek bir yere, tek bir güce yalvarıyordu.

"Sen benim rabbimsin. Sana inandım. Sana güvendim. Sana sığındım. Ellerimi sana açtım. Yüzümü sana döndürdüm. Kapına geldim."

....

"Bak böyle günlerde de bir arada olacakmışız demek..."

"Sen de inanamıyorsun değil mi?"

"Yalan söyleyemeyiz biz... Doğrusu, senin için hiç umudum yoktu kardeşim."

"Benim var mıydı?"

Nikâh bitmişti. Nevhis'in hazırladığı şerbetler ikram edilmişti. Kaptan ve Hoca bir yanda konuşurken, Cemil ve Barlas başka bir köşeye çekilmişti. Nesil ve Nevhis onlardan uzaktaydı. Genç kadın kucağında oğluyla birlikte, Nevhis'in yanında oturuyordu. Nikâh bittiği halde, başındaki örtüyü açmamıştı. Bu konuda ne yapması gerektiğini bilemiyordu. Fırsat bulup Barlas'a da soramamıştı. Hem aklı hâlâ az önceki o efsunlu dakikalarda kalmıştı. Hayatında hiç bu kadar heyecanlandığını hatırlamıyordu. O duygunun tam karşılığının heyecan olmadığının da farkındaydı. Başka bir şey yaşamıştı az önce. Artık evli bir kadın mıydı? Ama imza atmamıştı. Yine de, "kabul ettim" demişti. Hem de üç kez yinelenerek sorulmuştu. O da üç kez aynı şekilde yanıt vermişti. Evet. Salt heyecan olarak adlandırılamazdı hissettikleri. Sanki Barlas'la, farklı yönlerden gelmiş iki yolun kesiştiği yerde, yan yana oturmuşlardı. Ayağa kalktıklarındaysa, önlerinde tek bir yol kalmıştı. İkisinin de kaderi, yönü ortaktı bundan böyle. Bir şey daha vardı. O şimdi kimin karısıydı? Nikâhı Yusuf ile kıyılmıştı. Ama onun nüfus cüzdanında bile adı Barlas'tı...

"Yenge iyi birine benziyor. Umarım yolunu bir daha kaybetmezsin."

Cemil, Nesil'i bakışlarından sakınsa da, Barlas dönüp karısına baktı. Onu görür görmez içindeki o sıcaklığın sebebini anlayıverdi genç adam. Nesil'in artık bambaşka bir adı daha vardı.

Onun karısı. Üçüncü kez evlenen bir adam için son derece tuhaf bir acemilikti bu. Bir duyan olsa, güler ya da yadırgayabilirdi. Kimin ne diyeceği, ne düşüneceği umurunda bile değildi. Çünkü o kendini ilk kez evli bir adam gibi hissediyordu. İlk kez, bir kadınla hayatını gerçek anlamda birleştirdiğini düşünüyordu. İlk kez, gerçekten sevdiği bir kadına "karım" diyordu... Ve ilk kez, "karım" derken gurur duyuyor ve bu kelimeyi sürekli kullanmak istiyordu.

"O yanımda olduğu sürece kaybetmem Cemil. Onlar olduğu sürece, gideceğim yol bellidir artık."

"Bıraktın mı her şeyi?"

"Evet."

"Ya bu nikâh? Yenge mi istedi?"

Cemil Barlas'tan gözlerini ayırmadan genç adamı sorguya çekiyordu. Barlas ise, sık sık dönüp Nesil'e ve oğluna bakıyor, onlardan yayılan o güçlü enerjiyi içine çekiyordu.

"Bazı şeyleri bıraktım... Bazılarına tekrar sahip çıktım Cemil. Ben istedim bu nikâhı. Ve bu nikâh ne gerektiriyorsa, öyle bir adam olarak oturdum oraya..."

"O zaman" dedi Cemil imalı bir şekilde. Duyduklarına inanmak kolay olmuyordu Cemil için. Ama Barlas'ın söylediklerinden tek bir anlam çıkıyordu. Çünkü bu kapalı konuşmanın altındaki anlamı başkaları çözemese de, onlar çok iyi biliyordu. "Tövbelisin artık..."

Yanıt vermeden hazin bir şekilde gülümsedi genç adam. Evet. O artık başka bir adam olmak istiyordu. Bunu sadece söylemekle bitmiyordu iş. Rabbinin gözünün her daim gönlünün üzerinde olacağını biliyordu. Her gün, ettiği tövbenin sınanacağını biliyordu. Yine de içi rahattı genç adamın. Çünkü ruhu ne istiyorsa, gönlünden ne geçiyorsa, onu yapıyordu. Yaptıklarıyla, hissettikleri arasında ikilik yoktu.

"Yenge sana ne yaptı böyle?" dedi Cemil gözleri dolu bir şekilde. "O nasıl bir hatun ki, seni böyle..." Sözünün devamını getirememişti. Öyle duygulanmıştı ki Cemil, utanmasa, gözlerindeki sinirleri serbest bıraksa, ağlayacaktı. Arkadaşını asıl şimdi bulmuştu. Çok çileli, çok zor olsa da, o an geçmişi hatırlıyordu. Onunla çocukluk günlerindeki gibi, aynı kaderi paylaşmanın yakınlığını hissediyordu. Onun için seviniyordu. Çünkü Cemil, kader arkadaşını, bütün günahlarına rağmen, seviyordu.

"Beni sevmesi bana yetiyor Cemil. Karım, Yusuf'u seviyor."

"Biliyor mu bizi?"

"Her şeyi..."

"Biz gidelim artık Evlat... Siz de yola çıkın bir an önce. Karanlığa kalmayın."

Kaptan'ın sesini duyunca, aralarındaki sohbeti kesmek zorunda kalmışlardı. Barlas, elindeki iki farklı zarfı, etrafa belli etmeden Cemil'in ceketinin cebine koydu. Böylece, Cemil'in zahmetlerinin ve hocanın hizmetlerinin karşılığını fazlasıyla ödüyordu. Cemil onları geriye vermek için davrandığında elini tuttu ve engel oldu genç adam.

"Biri hocanın, diğeri de Elif'in Cemil. Senin için bir şey yok orada..."

Barlas kendisi yıkılırken, Cemil'in ayakta kalmasını sağlamıştı. Onu aldığı hapishane kapısından sonra, Cemil'e yeni bir dünya yaratmıştı. Cemil çocukken de umudunu kaybetmeyi bilmezdi. Bütün yaşadıklarından sonra, onun içinde hâlâ o umudu sakladığını anlamıştı Barlas. Ve onu büyütmesi için elinden geleni yapmıştı. Cemil'in ihtiyaçlarını bir bir karşılamıştı. Onun yeniden yaşayan bir adam haline gelmiş olmasının mutluluğu da Barlas'a yetmişti.

"Elini çocuklarımın üzerinden eksik etmiyorsun zaten. Allah senden..."

"Şişşş..."

....

Nesil'in kollarının arasından oğlunu alırken, genç kadının başındaki örtüye bakıp gülümsüyordu. Nihayet yalnız kalabilmişlerdi. Nevhis dışında herkesi yolcu etmişlerdi. Nevhis mutfağı toparlarken, onlar da salona geçmişlerdi...

"Alıştın bakıyorum..."

"Belki temelli takmamı istersin" diyerek takıldı genç kadın kocasına. "Hazır takmışken, senin ne düşündüğünü öğreneyim diye bekliyorum."

Barlas hafifçe eğildi ve alnından öptü karısını. Artık, ona dokunurken, çok farklı hissediyordu. Artık onun en yakını olduğunu bilmenin getirdiği mutluluktu bu.

"O senin bileceğin bir şey meleğim. Senin kararın. Benim bileceğim ya da isteyeceğim bir şey değil."

"Bunu duymak istiyordum aslında."

Birlikte koltuğa otururken, Ekin de birer minik yumruk yaptığı elleriyle gözlerini ovuşturuyor, yavaş yavaş uykuya dalıyordu.

"Neden?" dedi genç adam ilgiyle karısına.

"Bilmem. Bugün biraz. Sanırım senin geçmişini çok düşündüm bugün. Galiba, o ortam nedeniyle..."

Nesil, bir omzunu kaldırıp indirdi. Aslında tam olarak ne düşündüğünü anlatamamaktan, yanlış bir şey söylemiş olmaktan ve Barlas'ı zaten hassas olduğu bir konuda kırmaktan korkuyordu. Çünkü amacı bu değildi. Yusuf gibi birinin, gelecekte ondan neler isteyebileceğinin tedirginliğinden çok, bilinmezliğiydi genç kadını öyle konuşturan.

"Tedirgin misin?" dedi genç adam.

"Hayır. Tedirginlik değil bu. Bana hiçbir şeyi zorla yaptırmayacağını biliyorum. Hem, hiçbir şeyin zorla yaptırılamayacağını en iyi sen bilirsin. Ben sadece bir an için aklımdan, senin yetiştiğin o kültürü ve o ortamı geçirdim ve bundan böyle nasıl yaşamak isteyeceğini düşündüm. Senin artık değişmek istediğini ve bunun için ne kadar gayret ettiğini görüyorum Barlas. Ama ne kadar değişeceğini merak ettim bir an işte. Anlatabildim mi?"

Nesil'in, hissettiklerini yine apaçık bir şekilde söylemesi Barlas'ı rahatsız etmiyordu. Aksine Onun hep böyle olmasını istiyordu genç adam. Duyguların, sırların, endişelerin, kaygıların, şüphelerin. Saklandıkça daha çok artacağını, baskılandıkça büyüyeceğini biliyordu. Nesil, zor bir adamı seçmişti. Hatta bir değil, birbirinden daha zor, daha hasta, daha umutsuz iki adamı birden sevmişti. Bu Nesil'in suçu değildi. Onları, onların kontrolü dışında, başka güçler bir araya getirmişti. Barlas gibi biriyle mutlu olabilmek için, Nesil'in hep şimdi olduğu gibi olması ve Barlas'ın da, o iki yarım adamdan bir bütün yaratırken, önce sevdiklerinin mutluluğunu düşünmesi ve buna göre davranması gerekiyordu.

Elini uzattı ve Nesil'in yanağını kavradı avucunun içiyle. Güven, onların yuvasının en sağlam direği olacaktı. Onların evliliği, sevginin ve dürüstlüğün üstüne kurulacaktı. Ve o suskun adam, gerektiğinde, sevdiklerini ikna edinceye kadar, onları mutlu görünceye kadar konuşacaktı bundan böyle.

"Sen, benim yanımda olabileceğin en güvenli yerdesin Nesil. Sakın korkma benden. Sakın okuduklarından seni ürkütecek anlamlar çıkarma. Sana ve senin isteklerine her zaman saygılı olacağım. Hiç şüphen olmasın bundan. Ben. Benim hiçbir zaman normal bir hayatım olmadı Nesil. Zaman zaman, seni huzursuz edecek şeyler hissedeceksin. Bunları bana sormaktan, bana anlatmaktan çekinme."

Genç kadın incecik kollarını, ipek zarafetiyle kocasının beline doladı ve ona sarıldı. Barlas'ın, o konuşmayı sevmeyen adamın, böyle uzun cümleler kurması, ona kendini anlatması, Nesil'i mutlu ediyordu. Barlas'ın onu gerçekten mutlu etmek istediğini hissediyordu. Onun her söylediğine bütün kalbiyle inanıyordu genç kadın. Çünkü Barlas'ın gözleri de, yüz ifadesi de her zaman genç adamın söylediklerini doğruluyordu. Geçmişi ne olursa olsun, dünyanın en dürüst adamıyla evlendiğini biliyordu Nesil. En dürüst ve aynı zamanda, en etkileyici, en yakışıklı ve en... Dünyanın en sevilesi yaratığına sahip olmuştu sonunda. Bugün, üç kez "kabul ettim" demişti Nesil, evet... Ama aynı şeyi o da yapmıştı. O da tam üç kez, Nesil'in gözlerine baka baka; "kabul ettim" demişti. Ahhh... Artık her şeyi bir kenara bırakabilir ve o anın tadını çıkarabilirdi Nesil. Artık, davranışlarının ayarını yapması gerekmiyordu. Sarıldığı adamın, artık "kocası" olduğunu düşünmek bile, kalan aklının ayarını bozuyordu. Nesil'in kanına işlemiş olan o deli sevda, yine kabarıyordu. Ona nasıl sokulacağını, nasıl sarılacağını bilemiyordu yine.

"Sen şimdi... Şimdi sen benim kocam oldun... İnanamıyorum buna" dedi genç bir kızın hayat dolu cıvıltısıyla. Sonra birden aklına gelen o yeni soruyla doğruldu. Nasıl olmuştu da aklını kurcalayan asıl konuyu unutmuştu?

"Barlas" dedi, merakına rağmen, yüzündeki o mutlu ifadeyi bozmadan; "Nikâhta. Yusuf olarak geçti adın. Bana Yusuf'u eş olarak kabul edip etmediğim soruldu. Neden?"

"Çünkü ben değiştirmiş olsam da, kulağıma okunan ezanda adım Yusuf'tu Nesil. Bu nikâh dini nikâhsa, doğru olan da buydu."

"Bayan Larisa mesajını vermiş, yerine kimin geçeceğini seçmiş. Bundan böyle seninleyiz Barlas."

Larisa'nın evinde, o son savaştan hayatta kalan birkaç sadık adamıyla birlikte, sessizce oturuyorduk. O cehennemin içinden sağ çıkmış, hem hasımlarımızın, hem resmi güçlerin elinden kurtulmuştuk. Çok güç şartlarda, gizlice, Larisa'yı, hep istediği yere götürüp, orada toprağa vermiştik. Babasının yanına gömülmek isterdi. Onun son isteğini de yerine getirmiştik. Larisa bildiği her şeyi babasından öğrenmişti. Yaşadığı hayatı babasından devralmıştı. Başka türlü bir hayat nedir, nasıl olur bilmemişti. Bir şekilde, Larisa da, çocukluğundan itibaren, babasının seçtiği hayatı yaşamak zorunda kalmıştı.

"Herkes kendi yoluna gidecek" dedim kısık fakat kararlı sesimle. İşim Larisa'yı korumakken, bunu yapamamıştım. Onun son isteğini yerine getirdiğim andan itibaren ise, kararlıydım. Hayatımda bir dönemi daha kapatmıştım. Larisa'yı, onunla yaşadığımız o günlerde bırakarak, geldiğim gibi ayrılacaktım oradan... Yalnız.

"Ama Barlas."

"Herkes kendi yoluna Roni. Ben yokum, bu benim kavgam değil. Ben, Larisa'ya çalışıyordum. Artık o yok. Benim burada işim de bitti."

"Ama bütün işleri, mekânları sana bırakmış. Duymadın mı avukatı?"

Dönüp avukata baktım. Hepimiz koyu renkli takım elbiseler giymiştik. Avukatımızdan, kapıdaki adamımıza kadar herkes aynıydı. Hepimizin ceketlerinin üst ceplerinden koyu renk güneş gözlükleri sarkıyordu. İnsan içine çıkarken, hiç birimiz onları takmayı ihmal etmiyorduk. Sanki yaptığımız bütün o pis işleri, insanların gözlerinden, o gözlükleri takarak saklıyorduk. Ve elimizi atınca ulaşabileceğimiz kolay bir yerde tutuyorduk.

Hepimiz o dünyanın raconlarına harfiyen uyan, tek tip adamlara benziyorduk. Oysa iç dünyalarımız birbirinden son derece farklıydı, buna rağmen dış görünüşlerimiz, bizleri aynı adamlar yapıyordu.

Avukat koltukta öne doğru eğilmiş, az önce okuduğu sayfalardaki yazılara bir kez daha bakıyordu. Sanki onları hazırlayan kendisi değilmiş gibi. Sanki bizim gibi, ilk kez duyuyormuş gibi... Ya da herhangi bir yanlışlığa neden olmaktan korkar gibi tekrar tekrar inceliyordu.

"Barlas Bey" demişti avukat. "Çok yüklü bir servet bu... Akıl alacak gibi değil. İsterseniz, başka bir gün uzun uzun prosedürleri konuşalım."

"Hayır" dedim avukata. Üzerimdeki siyah ceketi çıkarıp koltuğun üzerine bıraktım ve gömleğimin kol düğmelerini açıp, yakasını gevşeterek sıkıntılı ruhumu hafifçe rahatlatmaya çalıştım. Salondaki büyük masaya doğru yürürken, Larisa'nın bıraktıklarıyla ne yapacağıma karar vermiştim. Bunu başka bir güne ya da daha uygun bir zamana bırakmayacaktım.

Salon kapısında, gözleri kızarmış olan kadını gördüm. Sessizce bana bakıyordu. Çok ağlamış olduğu her halinden belliydi. O an fark etmiştim ki; Larisa'nın ardından ağlayan bir tek o vardı. Onun dışında Larisa'nın ölümüne ağlayan başka kimse olmamıştı.

"Siz gidip dinlenin Nevhis Hanım" dedim birden...

O kadını ne yapacağımı bilemiyordum. Larisa onu koruyor, ona sahip çıkıyordu. Ve onun da, Larisa'ya bağlandığını görebiliyordum. Ama artık Larisa yoktu. Gereksiz bir sorumluluk duygusu sarıyordu içimi. Larisa'nın bıraktığı mal varlığından çok, Nevhis'le ilgili nasıl bir karar vereceğimi bilemiyordum. Kadının geldiği dünyayı biliyor ve huzursuz oluyordum. Aramızdaki mesafe, ona engel oluyordu. Yoksa neredeyse ellerime kapanıp yalvaracağını hissediyordum. Nevhis, Larisa'nın diğer çalışanları gibi değildi. Onlar kolayca kendi yollarına gidebilirlerdi. Ama Nevhis... O, benim ıssız yüreğime yeni bir yara oluyordu. Bana muhtaçmış gibi davranıyordu. İşin kötüsü, bunda samimi görünüyordu. Roni'ye dediğim gibi, "herkes kendi yoluna" diyemiyordum ona. Bir şey dilimi bağlıyordu.

"İstediğiniz bir şey varsa."

"Yok."

"Ben açım. Bana yiyecek bir şeyler hazırla Nevhis."

Roni'nin Nevhis'e emir verir gibi konuşması canımı sıkmıştı. Garip bir sahiplik duygusu yerleşmişti üzerime. O kadının, Larisa'dan başkasına hizmet etmesine dayanamamıştım. Ve patronu bile olmayan adamların önünde ezilmesine razı olamamıştım.

"Gidip kendin al mutfaktan ne istiyorsan" diyerek terslemiştim Roni'yi. Ben de dâhil herkesi şaşırtmıştı bu çıkış...

"Siz odanıza gidin Nevhis Hanım."

Nevhis kapının önünden uzaklaşırken, ben de koltuklarda oturmaya devam eden adamlara dönmüştüm. Masanın başında yerimi alırken, elimle onlara da masayı gösteriyordum.

"Şu işi nasıl çözebileceğimizi konuşalım Beyler. Fazla uzamasına gerek yok. Masaya geçin."

Larisa'nın serveti, başka bir adam olmama yetmeyecekti. Çünkü ben içinde bulunduğum anı bile kesik kesik soluklarla yaşıyordum. Günden güne, yaptığım işten çok daha korkunç bir batağa giriyordum. Benim için dışarıdaki yerimin ne olduğunun bir önemi yoktu. Ben kendi iç dünyamda, kendime bir yer bulamıyordum. Gün geçtikçe, kendimden uzaklaşıyordum. Ruhumdan en küçük bir işaret alamıyor, en küçük bir ses duyamıyordum. Ne dünyadan, ne bugünden ne de yarından. Olandan bitenden, gelenden gidenden, hiç bir şeyden. Heyecan, tat, zevk alamıyordum. Acı da duymuyordum eskisi gibi nefret, hasret. Hiç değilse onlar vardı eskiden. Ama artık, nefretimi de, hasretimi de eskisi kadar sık ve yoğun hissetmiyordum. İnsanı insan yapan bütün duyguları, bütün belirtileri kaybediyordum. Daha çok, düğmesine basılmış ve kapatılmış, işi bitmiş, paslanmaya terk edilmiş bir robota benziyordum.

Yaşamak için hevesi olanlar, amacı olanlar, inancı olanlar. Larisa'nın servetini, yarını olanlar arasında pay etmeyi daha doğru buluyordum. Çünkü ben, her gece aklımdan, ölümün türlü şekillerini geçiren, ölümle uyuyan, ölümle uyanan, intihar hayalleri gören bir adam olmuştum. Garip bir ters döngü içindeydim maddi anlamda güçlendikçe, ruhen zayıflıyordum.

Ben neden kaçmıştım ailemin bana kurduğu düzen içinden? Orada kalmakla, bulunduğum yerde olmak arasında ne fark vardı? Mutsuz bir çocuktum eskiden şimdiyse mutsuz bir adamdım. Onca kayıp yıl içinde, büyümekten başka hiçbir şey yapamamıştım kendim için. Elimden alınanların yerine koyduklarım, yeni gelenler, gidenleri bir türlü unutturamamıştı bana. Kaybettiklerimin yükü hâlâ omuzlarımdaydı. Ne yazık ki kazandıklarım, kaybettiklerim kadar değerli olamamıştı. Ne kaybetmiş olduğumu bile doğru dürüst hatırlayamazken, neden böyle hissettiğimi de anlayamamıştım. Bir yerde bir yanlış, bir yerlerde fazlasıyla eksikler vardı. Ama ben ne olduğunu bulamamıştım.

....

Sevgili Çocuk...

Ne yaptın sen? Yine burnunun dikine gittin değil mi?

Bunu yapacağını tahmin etmek benim için hiç zor olmadı biliyor musun? Çünkü bu pist benim pistimdi. Ben oraya doğdum ve orada öldüm. Senin bildiğinden daha çok şey biliyorum. Bu âlemin, kadınını da, erkeğini de senden çok daha iyi tanıyorum. Ve sana bunu, seni kullanarak ispat edebildiğim için, gurur duyuyorum. Ben senin aksine, yaşadığım hayatla hep gurur duydum. Ölürken de gurur duyuyorum. Çünkü babamın oğlu oldum ben. Babamın geldiği toplumda erkek çocuk sahibi olmak, zenginlikten çok daha itibarlı bir durumdu. Ve babam hep bunun eksikliğini hissediyordu. O da ölürken, bana tıpkı bunun gibi bir mektup bırakmıştı. Bana demişti ki; "Sen benim oğlumsun." Bunun anlamı şuydu; "seni nasıl yetiştirdiysem, senden ne olmanı istediysem, o ol... Öyle yaşa ve öyle öl..."

Ama ben sana aynı şeyleri söylemeyeceğim.

Sen de benim için en başta sadece bir çocuktun. Ama sonradan, her şey değişti. Senin güzelliğin gözlerimi kamaştırdı. Bir de, çocuk olmana rağmen, erkek duruşun, cesaretin ve en çok da, ölüme tıpkı benim gibi gözü kara bakışın, seni herkesten farklı bir yere taşıdı. Senin içinde biraz ben vardım. Benimkinde de sen. Şu kurtlar sofrasında, güvenebileceğim pek çok adamım vardı. Ama sen... Sen herkesten ayrıldın. Sen, yaşamak için bana sarılmamıştın... Sen, karşıma çıktığın ilk geceden itibaren, benim yerime ya da benimle birlikte ölüme hazırdın.

Sana bıraktıklarımı, dağıttın değil mi? Avukatlara iki tane vasiyetname bırakmıştım. İlki, senin reddettiğindi. Ne yaptın onları? Sadık adamlarımız arasında adilce paylaştırdın mı? O geceki savaştan sağ çıkabileceğimi hiç sanmıyordum çocuk. Yanımda kimlerin gideceğini, kimleri benimle birlikte ölüme götürebileceğimi de bilmiyordum. Ama sen gelmeyecektin. Bunu çok önceden planlamıştım. Sen kalacaktın. Bu yüzden, kalanlar arasında böyle bir dağıtımı, benim yerime senin yapacağını hesaplamıştım. Benim gittiğim yerde, o servete ihtiyacım yok artık. Kime verdiğinin, nasıl dağıttığının da bir önemi yok. Benim amacım, seni bir şekilde hayatta tutmak ve yarınını güvence altına almaktı. O kirli hayatı sürdürmek istemeyeceğini, benim yerime geçmek istemeyeceğini biliyordum. Çünkü insana kıyamıyorsun. Eğer böyle bir işin başına geçeceksen, hem can almayı, hem emrini vermeyi bilmen gerek. Sen bunu yapamazsın. Bu yüzden, sana kalanları da elinde tutamazsın. İstemezsin de zaten. Bu yüzden iki farklı talimat verdim avukatlara...

Şimdi söyleyeceklerimi, can kulağıyla dinlemeni istiyorum...

Bundan önceki vasiyetnameyi unutmanı ve şimdi sana bu mektupla bıraktıklarımı tereddüt etmeden almanı istiyorum. Datça'da bir otel inşaatım var. Seni oraya götürmeyi planlıyordum, ama vaktimiz olmadı...

Ben hep, bir gün, her şeyden uzaklaşıp, seninle oraya yerleşmeyi hayal ediyordum. Belki, ellerimizi bulaştığı kirden yıkar ve seninle oraya yerleşiriz diye umuyordum. Aslında, kendimi çok fazla koyamıyordum o hayallerin içine. Ben orayı alırken, daha çok seni düşünüyordum. Senin sevgilim olduğunu değil, hayatımı borçlu olduğum o çocuk olduğunu düşünüyordum. Benim yanımdayken, yaşayacak kadar paran oluyordu... Daha fazlasını kazandığın halde almıyordun. Senin konumundaki adamlar, çok ciddi paralar kazanırlar. Bu işler can tehlikeli işlerdir. Alınan riske karşılık olarak, servetler yapılır. Kısaca Barlas, her şeyin bir bedeli vardır. Bu otel inşaatı, senin yıllardır bana verdiğin hizmetlerin karşılığıdır. Can pazarından, senin payına düşendir. Benden sana kalan değil, senin kendine kazandığındır. Boş gururu bir yana bırak. Yeniden sokaklara dönemeyeceğine göre, yeniden birilerinin fedaisi olamayacağına göre, kendine yeni bir hayat kurmak zorundasın.

Ben babamın oğlu olmaktan vazgeçemedim. Ama sen bu işlerden bir an önce kurtulmalısın. Hem Yesra'yı bulabilmek için, benim yanımdayken olduğun kadar güçlü olmalısın. O senin amacın. Onu bulmak için de, bulduğunda ona yeni bir hayat verebilmek için de. Hayatta kalmak ve zengin bir adam olmak zorundasın. Bunu kendin için değil, daha çok benim için ve Yesra için yapmalısın. O inşaatı benim için, göz alıcı bir otele dönüştür. Elinin kirini yıka ve benim hayallerimi gerçekleştir.

Eğer bunu yapmak ister ve oraya gidersen, otelin altındaki ıssız koylardan birinde, bir tekne ve bir balıkçı bulacaksın. Adamın adı Vural. Bizim camiadan kolayca sıyrılabilmek için, o oteli kendimden ve bu âlemden uzak tutabilmek için, gizli kalabilmesi için, o adamın üzerine aldım. Ben yaş tahtaya basmam bilirsin. O adam, dünyanın nimetlerinden uzak biri. Karşıma senden sonra çıkan en güvenilir insan. Zamanı geldiğinde, oteli sana devredecek. Avukat da sana yol gösterecek. Benim herkesin bildiği avukatlarımın dışında bu yeni avukat sana otel ile ilgili yardımcı olacak. Onu da kimse tanımıyor. Benim vekilim olduğunu en yakın adamlarımız, hatta gördüğün gibi sen bile bilmiyorsun. O sadece sana bu mektubu getirmek ve sonrasında sana yardımcı olmak için para aldı. Onun işi bu. Senin Datça ile ilgili resmi işlerinin hepsini o yürütecek. Orada kal. Orası senin yalnız ruhuna iyi gelecek. Orası sana benziyor. Hem çok aşılmaz bir görüntüsü var o sırtların, hem göreni kendine âşık ediyor.

Terk ettiğin hayat karşısında küçük düşmemek için, güçlü olmalısın. Benim çok sevdiğim suskunluğunu, kendini saklamak için kullanmalısın. Dünü unut, beni unut. Hatta daha kolay olacaksa, sana verdiğim adı bile unut. Ama otele koyacağın adı sakın unutma; "Dream." Çünkü eğer yaşıyor olsaydım ben bunu koyacaktım...

Kendine iyi bak çocuk...

....

Larisa'nın gizli bir avukatı olduğunu bana bu mektubu getirdiği gün öğrenmiştim. Son nefesinde, "seni bulacak" derken kimi kastettiğini ancak o zaman anlamıştım. Yıllarca yanında olduğum halde, bana bile ne kadar uzakmış meğer... Yüzünün bir yanını gösterirken, diğer yanını herkesten saklardı. Tıpkı benim gibi. O da iki isimli ve iki hayatlı bir kadındı. Bir tarafıyla yaşarken, diğer yanıyla her an ölüme hazırdı.

Avukatı dinlemeye başlamadan önce, Larisa'nın bıraktığı mektubu okumuştum birkaç kez. Sonra adama döndüğümde, kararsız ve şaşkındım.

"Ne zaman verdi size bunu?"

"Bir ay önce..."

"Ne zamandır ona çalışıyorsunuz?"

"Üç yıl oldu..."

"Bahsettiği yer, ne durumda?"

"Otel iki yıldır temelde bekliyordu Barlas Bey. Ruhsat konusunda pürüzleri vardı. Bu yüzden başladığı gibi hızlı gitmedi inşaat. Rana Hanım, ölmeden kısa bir süre önce sorunları hallettik. Artık devam edebilirsiniz. Ben size kredi bağlantılarını da ayarladım. Rana Hanım, nakit durumunu o şekilde ayarlamamızı istemişti. Daha doğrusu, sizin böyle olmasını isteyeceğinizi söylemişti. Dilerseniz, sizin üzerinize devrini yapalım hemen, sonra da adınıza kredi talebinde bulunalım."

"Otel inşaatından bahsediyoruz Avukat Bey. O kadar krediyi neye karşılık, nasıl alacağız."

"Bakın, Rana Hanım'ın söz konusu bankanın kiralık kasalarında, bu işe karşılık olacak değerde mücevheri duruyor. Banka ile görüştüğümüz konu da buydu. Dilerseniz, onları teminat göstererek kredi alabileceksiniz... Ya da onları paraya çevirip kullanabileceksiniz. Tercihi size bıraktı Rana Hanım."

Larisa'nın bu kadar ayrıntılı olarak planladığı işleri aklım bir türlü almıyordu. Hangi yana dönsem, bir şekilde yarım kalmış oteli gösteriyordu sanki bana. Beni mecbur ediyordu.

"Diyelim ki ben kredi işine tamam dedim. Peki, o kasadakiler ne olacak? Onları ne yapmamızı istiyor?"

"Onları da size bıraktı. Teminat süresi bittiğinde, kredi geriye ödendiğinde, onlar üzerinde de tasarruf hakkına sahip olacaksınız."

Larisa'nın bu işi neden bu kadar çok istediğini anlamamıştım. Yine de, çok istediğini anlamış olmam kararımı etkilemişti. Adını bile koymuştu otelin. Ve ortaya çıkması için, her şeyi hazırlamıştı. Bunun da Larisa'nın rüyası olduğunu düşünmemi sağlamıştı. Bu işi bana bırakmış olması da garip değildi. Çünkü bütün varlığını bırakacak kadar güvenmişti bana. Benim durumum ise komikti. Bıraktığı her şeyi adamları ve onun adına kurulacak vakıflara devrettikten sonra, yıkılmak üzere bir temeli kendime almaya, ileri ve uzun vadeli bir borçlanmayla, hayatımın seyrini değiştirmeye karar vermiştim. Larisa'nın istediği gibi. Gidip o tepeye yerleşmeyi seçmiştim.

Daha gördüğüm ilk gün o tepenin ıssız güzelliğine vurulmuştum. Tıpkı onun anlattığı gibiydi. İnsanın gözleri kamaşıyordu. Özellikle rüzgârının sesi, içimdeki kemikleşmiş yalnızlığa iyi geliyordu.

"Vural Kaptan siz misiniz?"

Larisa'nın tarif ettiği koylardan birinde, eski bir teknede, yere serilmiş ağları tamir eden, yaşlı bir adam duruyordu. Başını kaldırdı. Arkamdan vuran akşam güneşi yüzünden beni net olarak göremiyordu. Yüzüne tuttuğu eli de yardım edemiyordu ona.

"Evet delikanlı... Sen kimsin?"

Kaptan'ı ilk kez o gün, orada görmüştüm. Ve sadece birkaç ay sonra, onun tarafından, teknesine yarı ölü olarak çekileceğimi henüz bilmiyordum. Bir gece, umudumun son nefesini vermiştim. Ölmek benim için hep bir yoldu. O gece, o yolun sonuna gitmeyi çok istiyordum. Evimi yerleştirmeyi düşündüğüm o en yüksek tepeden kendimi denize bırakırken, birinin beni izlediğini fark etmiyordum. Tepeden kendimi bırakırken, gözlerimi sımsıkı yummuştum. Çünkü giderken, yanımda buraya ait hiçbir anıyı götürmek istemiyordum. Ve sımsıkı yumduğum o gözlerin, bir daha hiç açılmayacağını sanıyordum. Oysa açılmıştı. Uyanmıştım. Yüzümü ahşaptan yapılma bir duvara yaslamıştım. Üstümde eski bir battaniye vardı. Kıpırdamadan bile çıplak olduğumu anlamıştım. Ensemde bir nefes, bir sıcaklık hissediyordum. İçimi bulandıran bir anı canlanıyordu bulanık hafızamın derinlerinde. Bütün halsizliğime, cansızlığıma rağmen, delice bir güçle, bir solukta geriye dönüp bana dokunan eli bileğinden tutmuştum. Adamı sert zemine sırtüstü yatırmış, üzerine çökmüş ve boğazını sıkmıştım.

"Barlas oğlum dur. Evlat dur. Başının altına, ensene destek koyuyordum..."

Adamın bana yakarışlarını duyana kadar gözlerim kararmıştı. O an en korkunç kâbuslarımdan birini daha yaşıyordum. Onun kim olduğunu ayırt edecek duruma gelinceye kadar onu neredeyse öldürüyordum. Boğazını sıkan elimi hafifçe gevşetmeye başladığımda, hem onun büyümüş gözbebeklerini, hem kendi bedenimde, kırılmış kemiklerimin acısını fark ediyordum. Hissettiğim acı nefesimi kesiyordu. Dudaklarımı birbirine kenetlemiştim. Dişlerimi sıkıyordum. Yüzümün aldığı şekli saklayamıyordum elbette. Yaşlı adam hissettiğim o dayanılmaz acıyı bütün çıplaklığıyla görüyordu.

"Kırıkların var, tahmin etmiştim zaten." İki büklüm olduğum yerde kıpırdamamaya gayret ediyordum. Bir yandan da, Kaptan'a öfkeyle bakıyordum. Beni neden kurtarmıştı ki. Oysa o an, bu iş bitmiş olabilirdi. Eski, yeni bütün acılar dinmiş olabilirdi.

Nereme dokunacağını bilmeden tedirgin bir şekilde omzumu kavradı. Yere, düz zemine uzanmama yardım etmeye çalışıyordu. Nefesimin önünü kesiyordu. Kaburga kemiklerimde kırık olmalıydı. Sancı göğüs kafesimden geliyordu.

"Seni merkeze götüreceğim. Kıyıdan kısa sürede hastaneye varırız."

Bir yandan konuşuyor, bir yandan o eski yünlü battaniyeyi, özenle vücuduma sarıyordu. Ağrının dayanılmaz olduğu noktalara hafifçe dokunması bile, inlememe neden oluyordu. Özellikle damga gibi duran, üst üste geçmiş yaralarımın izleri dikkatini çekiyor, onlara bakarken, yaşlı yüzü kasılıyordu...

"Hayır."

"Delirdin mi sen? Düştün ölmedin, ama eğer düşündüğüm şeyse. Bu öldürür seni. Kırık kaburgaların da bir yerlere saplanmış olabilir."

"Bırak... Beni böylece bırak..."

"Senin derdin ne be evlat? Yoksa... Yoksa düşmedin mi sen. Kendin mi? Sen mi istedin ölmeyi yoksa? İsteyerek mi attın kendini?"

"Bırak..."

Bilincim kapanıyordu. Adamın sesi gitgide uzaklaşıyordu benden... Buna rağmen, ne kadar korkmuş olduğunu anlayabiliyordum. Onu yatıştıracak bir şeyler söyleyebilmeyi istiyordum ama... Acıyla birbirine geçmiş dişlerimi çözemiyordum. Hâlâ, sesi geliyordu. Ve bu kez, yıkık ve aynı zamanda bir şeylere teslim olmuş bir adamın sesini duyuyordum.

"Ben bıraksam ne olacak ki? Ölmeyi kolay mı sanıyorsun? Sen istediğin kadar dene.. Emrihak vaki olmadan, çilen biter mi sanıyorsun?"

Evlerine gelen, Barlas ve ailesi değil de, bayramdı sanki. Efser en yeni, en temiz giysileri içinde, gerçek bir kız annesi gibi, ağır, otoriter ve başı dimdik bir şekilde ayakta duruyordu. Her zaman sadeliğinden ödün vermediği beyaz başörtüsünü, bu akşam renkli, emekli, el oyaları süslüyordu. Efser'in inançlarına göre, asıl düğün bugündü çünkü. Sofralar hazırlamıştı, gün içinde o da kendince kutlamıştı nikâhlarını. Kimseye duyurmadığı adakları vardı Efser'in. Datça'da nikâh kıyılırken, o da kendi adaklarına karşılık hayırlar yapmıştı. Apartmanın önünde kurulan lokma tezgâhlarından gün boyu gelene geçene lokma dağıtılmıştı.

"Sütanne..."

Efser, duruşunu bozmadan sessizce elini uzatmıştı genç kadına. Usule göre, Nesil'in de Barlas'ın da önce, elini öpmesi gerekiyordu. Sonra kızına sımsıkı sarılacaktı elbette yaşlı kadın. Ama önce, kendi geleneklerine uyulmasını, saygı gösterilmesini bekliyordu. Efser'in o duruşuyla, ne beklediği ortadaydı. Tıpkı bayram sabahlarında olduğu gibiydi Efser. Mesaj aynı mesajdı. Nesil, elinde büyüdüğü kadının ne demek istediğini çoktan anlamıştı.

Genç kadın Efser'in öğrettiğini birebir, uyguladı. Kadının elini alıp, nazik ve saygılı bir üslupla öptü ve alnına kaldırdı. Efser elini çekti, sımsıcak gözleriyle genç kadına bakarak. Henüz bitmemişti, yaşlı kadın ciddiyetini bozmamıştı. Aynı şeyi Barlas da yapmalıydı ki; Efser'in büyüklüğü, kimliği, onansın. Nesil'den ayrılan sıcak bakışlar, Barlas'ı buldu kapı önündeki küçük kalabalığın içinde. Lal Ekin'i Barlas'ın kucağından almış, Barlas'ı Efser'in çağıran bakışlarıyla karşı karşıya bırakmıştı.

El öpmek...

Barlas'ın vaktiyle zorlanarak öptüğü eller, etekler aklına gelecek miydi? Yıllar sonra, yine bir el önünde eğilmek... Bunu yapabilecek miydi?

Yaşlı kadının gözlerine bakması yeterli olmuştu Barlas için. Efser'in kimliği, onda en küçük bir olumsuz işaret, en küçük bir yenilgi hissi yaratmamıştı. Hatırlamamıştı bile o zorbalık dolu günleri. Efser'in önünde eğilecek olmak, onda herhangi bir dayatma hissi uyandırmamıştı. Üstelik şimdi öpmesi için kalkan el, vaktiyle uyuduğu o serkeş uykudan uyanması için iki kez arka arkaya yüzüne inmişti. Bu bile, genç adamı olumsuz düşünceler içine itmemişti. Sırf bu yüzden bile, o el öpülmeyi hak ediyordu. Sonrasında da Efser'in desteğini, beklentisiz yakınlığını unutmuyordu Barlas elbette. Ama özellikle o tokatlar. Onlar, Barlas'ı bugüne taşıyan asıl sebeplerin başında geliyordu. Eğer Efser o gün, onu öyle sarsmasaydı, uyandırmasaydı. Belki de...

Şimdi bunları düşünmek bile, genç adama, dayanılmaz bir sıkıntı oluyordu. Evet... Efser'in eli, öpülmeyi hak ediyordu. Hem de herkesten çok. Birinin önünde, başını eğmek, önünde saygıyla eğilmek, Barlas için bu kez hiç de zor olmuyordu. Çünkü gerçekten de istiyordu bunu yapmayı. Kadının elini, tıpkı Nesil gibi, ciddiyet ve saygıyla öptü ve alnına kaldırdı. Efser Nesil'e bile yapmadığı şekilde karşılık verdi genç adama. Elini öpen eli, iki avucunun arasına aldı ve başını sallayarak, onaylayarak gülümsedi genç adamın yüzüne.

"Hayırlı, uğurlu olsun evladım" dedi nihayet sessizliğini bozarak...

"Sağolun" dedi ağırbaşlı bir şekilde genç adam Ona...

Lal de Efser'den farksızdı. O da en şık giysiler içinde, vazgeçemediği topuklu ayakkabıları üzerinde, takmış takıştırmış, hatta saçlarını bile yaptırmıştı. Nesil'in evi tertemizdi. Her yer ışıklandırılmıştı. Bu gece Lal için de özeldi. O da bu gece yanına özel birini almakta sakınca görmemişti. Küçük bir kutlama yemeği yapacaklardı. O zor yollardan geçip, mutluluğu bulan güzel insanların mutluluğuna kendi mutluluklarını katarak, ortak olacaklardı...

"Barlas Bey... Ben de tebrik ederim."

"Barlas" dedi genç adam Lal'in ona uzanan elini tutup, samimi bir şekilde gülümseyerek...

"Tamam" dedi Lal mahcup bir tavırla. "Tamam" demişti ama ona adıyla hitap etmek, Lal için şimdilik oldukça zor olacaktı. Ama belki kendini zorlarsa, zamanla alışabilirdi. Çünkü Barlas da öyle farklı bir hava vardı ki, Lal ona karşı hep mesafeli olmak zorunda hissediyordu kendini. Barlas onun gözünde, "ağır abi" dedikleri türden biriydi. Barlas'ın ciddi görüntüsünden bir an olsun saptığını görmemişti. Gülümsemesi bile kendine has ve özeldi. Hem yaşı, hem duruşu, hem tavırlarıyla, herkesle arasına doğal bir uzaklık koyan bir adamdı. Lal henüz, ondaki etkileyici duruşun sırrını, kaynağını çözememişti. Barlas'ı en başından beri, dış görünüş olarak Sorgun'a benzetiyordu. Ama Barlas'ın sırrının, salt yakışıklılık olmadığını bilecek kadar da olgundu. Onda Sorgun da olmayan bazı özellikler vardı ve asıl onlar, yüzeyde değil, derinde olanlar, Barlas'ı Barlas yapıyordu.

"Sizi... Arda ile tanıştırayım. Benim ortağım..."

"Aynı zamanda da" dedi Nesil yaramaz bir tavırla araya girerek... "Erkek arkadaşı."

Arda, biraz mahcup, ama samimi ifadesiyle, onların grubun eskilerinden biriydi. Ama artık ona da yeni bir sıfat eklenmişti. Arda ile Lal'in arkadaşlıkları, iş ortaklığı, zamanla, aşkla yer değiştirmişti. Lal'in erkekler konusundaki korkuları, geçirdiği kötü evliliğin izleri, zamanla, Arda tarafından silinmişti.

"Memnun oldum" dedi genç adam Arda'ya elini uzatarak...

Arda'nın biraz mahcup bir genç olduğu da, insan sarrafı olan Barlas'ın gözünden kaçmamıştı. Tavırları, Cem gibi değildi. Bir bilen havası yoktu ya da Cem gibi, her şeyi tekelinde tutuyormuş gibi, sahte sahiplik gösterileri sergilemiyordu. Daha çok, aralarına kabul edilmeyi bekleyen, bunu çok arzu eden, samimi ve hafifçe utangaç bir gülümsemeyle, o da elini uzatıyordu Barlas'a...

"Kutlarım sizi. Çok sevindim sizin adınıza. Nesil. Nesil benim kardeşim gibidir."

Arda'ya karşı son derece nazik bir tutum sergilerken, Cem'i hatırlamış olmaktan bile rahatsız olmuştu genç adam. Onun ansızın evin bir köşesinden çıkarak, canını sıkmasından tedirgindi. O güne kadar olan her karşılaşmada, kendini güçlükle zapt edebilmişti Barlas. Bundan sonraysa onunla işlerinin bittiğini düşünmüyordu genç adam. İçindeki hisler onu yanıltmıyorsa, Cem ile hesaplaşma zamanı da gelmişti.

"Eh... Bundan sonrasına sofrada devam ederiz artık. Haydi, bakalım, hazırlanın da yavaş yavaş geçin masaya."

Efser, kapı önü kutlamalarını bitirmiş ve herkese biraz rahatlık getirmişti. Genç adam, arabada kalan eşyaları almak için izin isteyerek kapıya yönelmişti yine.

"Ben de yardım edeyim size" diyerek onunla gitmeye hazırlandı Arda.

"Ben halledebilirim" dedi Barlas Arda'nın bu yakınlığına şaşırarak. "Zahmet etmeyin."

"Rica ederim. Zahmet olur mu hiç?"

"Haydi, oyalanmayın daha fazla evladım. Tez elden gelin alın eşyaları. Ben de yemekleri ısıtayım..."

Lal ve Nesil, iki adamın birlikte asansöre binmesini izlediler. Sonra mutlulukla birbirlerine baktılar. Ancak o zaman, konuşmadan, duygularını gösterebildiler. Sonra, yine konuşmadan sımsıkı kucaklaştılar. İkisinin gözlerinde de yaş vardı. Gülen yüzlerine rağmen, gözleri dolu doluydu.

"Lal... Bugün neler olduğunu anlatsam..."

"Hepsini anlatacaksın" dedi genç kadın merakla. "Orada olmayı çok isterdim Nesi..."

"Ben de, ben de çok isterdim, ama öyle ani oldu ki. Barlas aniden, "yarın sabah" dedi ve ondan sonra da...

"Olsun. Hem daha diğer nikâh var. Orada bir an olsun ayrılmayacağım yanından."

Lal, kucağında uyuyan Ekin'i usulca yanaklarından öptü. Ekin'in başına burnunu yasladı ve kokusunu içine doldurdu. Onlar gidince, Lal için nasıl da büyük bir boşluk olacaktı. Onlarla olmaya, onlarla yaşamaya öylesine alışmıştı ki genç kadın.

"Ben bunsuz nasıl yaşayacağım Nesi? Birkaç gün sonra temelli gidince, ben ne yapacağım?"

"Ama o babasının yanında olacak Laliş. Hep bunu istemez miydin sen?"

"Evet" dedi genç kadın hem mutlu hem hüzünlü bir tebessümle.

Yaşlı kadın mutfaktan onlara bakıyor, holde süren o neşeli sohbeti ve gülüşmeleri kesmeye kıyamıyordu. Ama onların da aklına bitirmek gelmiyordu ki bir türlü. Adamlar neredeyse dönecekti. Sanki bu akşamki telaş, heyecan, bir tek Efser'indi.

"Kapı önünde kaynatmayı bırakın yavrum. Bir şeylerin ucundan tutun siz de. Aaaa Nesil, o üzerindeki elbise mi yavrum Barlas'ın bugün aldığı?"

"Evet sütanne... Küpelerim de dâhil, üzerimdeki her şeyi o aldı."

Genç kadın kollarını iki yana açarak, kendi etrafında bir tur döndü alımlı bir tavırla. Siyah elbisesi, son derece sade ama kaliteliydi. Nesil'e yakışmıştı. Onu şık ve zarif gösteriyordu.

"Aferin. Aferin. Ben sana diyordum bu adam başka diye ama..."

Efser, ne kadar haklı çıktığını göstermek için göğsünü gere gere, kızlara bakıyordu. Nesil sadece gülümsüyordu kadının o haline. Ama Lal'in o muzip tarafı yok muydu?

"Efser abla, Barlas gittiğinde, hani tedavi için. O zaman da; "Ya bu adam, adam olup dönmezse" diyordun hatırladın mı?"

"Aaaa... Laf ebeleri... Alırım elime şimdi terliği. Korktum kızım. O zaman ben de korktum. Şu Ekinciğin babasından mahrum kalmasında korktum. Kendi kızım için korktum. Allah biliyor ya... Barlas için de üzüldüm. Yavrusu geride kalmış, gitmiş. Çıkmıştır işte ağzımdan öylesi de... Böylesi de..."

Nesil'in yüzündeki gülümseme, buruklaşmıştı. Şimdi bahsettikleri günlerdeki üzüntüler, Yusuf'un yaşadıklarının yanında nasıl da basit kalıyordu. Son günlerde içinde yeni bir yara taşıyordu genç kadın. Başkaları Barlas'tan bahsederken, o sürekli Yusuf'u hatırlıyordu. İçindeki bu yeni yarayı Barlas da dâhil herkesten saklıyordu. Belli etmiyordu, ama günlerdir, her adımda, her dakika, her nefeste Yusuf'la yaşıyordu. Barlas azıcık gülümsediğinde, Nesil, mutlu oluyordu. Çünkü Barlas'ı mutlu görmenin imkânsızlığını biliyordu. İçindeki yaraya bir tek şey iyi geliyordu. Barlas'ın hayatında, kendi yerini ve değerini artık çok iyi biliyordu. Barlas'ın dediği gibi, onu ne halde bulmuş ve ne hale getirmişti. Çünkü onu çok sevmişti. Daha da çok sevecekti. Barlas onları seviyordu, ama ne yazık ki, kendini hiç sevmemişti. Belki hâlâ da sevmiyordu... İşte bu, Nesil'i üzüyor, hatta kahrediyordu. Barlas her şeye layıktı. Çünkü içinde Yusuf gibi bir çocuk saklıyordu. Nesil onu severken, ona kendini sevmeyi de öğretecekti. Aklına koyduğunu yapmaktan hiç geri kalmamıştı o güne kadar. Şimdi de aklında bu vardı. Barlas kendiyle gurur duyan, kendini seven bir adam olmadan, asla tam anlamıyla mutlu olamazlardı.

"Getir kızım kahvelerimizi, şurada içelim Barlas'la... Konuşacaklarım var onunla."

Efser, camekânla kapatılmış olan balkona doğru yürüyordu. Gün boyu süren telaştan, koşuşturmacadan kendini yorgun hissediyordu. Buna rağmen, odasına çekilemiyordu. Gece ilerledikçe, bu yeni evli sayılan çiftin, nasıl davranacağına dair merakı da artıyordu. Barlas'ın orada bir evinin olması ilk kez Efser'i huzursuz ediyordu. Çünkü o, gün içinde yapılan nikâhı gönülden onaylasa da, kızının bu şekilde gelin olmasını istemiyordu. Nesil'in başındaki tek büyük olmak, Efser'i daha büyük sorumluluklar altına sokuyordu.

"Ne konuşacaksınız. Ben gelmeyeyim mi?"

"Gelme. Az yalnız kalalım biz..."

Efser'in kararlı ve aynı zamanda sıkıntılı hali Nesil'in gözünden kaçmamıştı. Ve Nesil'in aklına gelen ilk şey, Barlas'ın bağımlılık savaşıydı. Onunla ilgili bir konu, Barlas'ı rahatsız ederdi, üzerdi hiç yoktan. Hem daha yeni yeni gülümsemeye başlamıştı Barlas. Daha yeni yeni, yanlarında biraz daha rahat olmaya başlamıştı. Kıyamazdı Nesil. Onu bir an bile üzgün, yıkık görmeye dayanamazdı. İzin de vermezdi kimseye. Hiç kimse onun neler yaşadığını aklından bile geçiremezdi ve hiçbir akıl, Barlas'ın geldiği dünyayı kabullenemezdi. İyi ki delirmemişti Barlas. Delirmemiş miydi? O tepeden atlayarak, ölümü yaşama tercih etmek, başlı başına bir delilik anını göstermez miydi?

"Neden? Neden Sütanne? Ona kızmayacaksın değil mi? Lütfen sakın onu üzecek bir şey. O benim çok, çok kıymetlim sütanne.

Ne olur ona geçmişi hatırlatacak, o sigarayı bile bıraktı. Her şeyi bıraktı..."

Efser, o deli yürekli kızının, gerçekten bir kadın olduğunu o an fark ediyordu. Gerektiğinde sevdikleri için kanatlarını açan dişi bir kartala dönüşebileceğini görüyordu. Evet. Nesil artık, sevdasını içine gömmeye çalışan, umarsız, umutsuz ve mutsuz kız değildi. Barlas'ın gidişi, Nesil'i değiştirmişti. Kendisi bağımlılıklarıyla savaşırken, Nesil'e de bir tür hayat dersi vermişti. İkisi de birbirinden uzakta, gayret etmişti. Bir araya gelebilmek için. Ekin için. Bu geceki bu nazarlardan uzak, güzel mi güzel aile için.

Bilgelik ve annelik dolusu bir yürekle kızının yüzünü okşadı yaşlı kadın. Yüreğine bir anda doldurduğu bütün o tasayı ve gamı yine bir anda çekip almak ister gibi gözlerine baktı Nesil'in.

"Aaa neden kızayım, üzeyim yavrum? Ne yaptı ki, suçu ne adamın? Şu düğün müğün işlerini sorup öğreneceğim. Sen, ova ortasında yetişip büyümedin evladım. Senin bir annen de benim. Böyle şeyler aileler arasında konuşulur. Usul böyledir. Her işin bir adabı vardır. Barlas'ın kimsesi yoksa o var karşımda. O olgun bir adam. Karşısında bir büyük, bir yol gösteren olsun onun da. Benim ona da anne olacağımı bilsin, öğrensin diye özel konuşacağım işte. O da benim yanımda rahat etsin bundan sonra. Tamam mı yavrum? İçin rahat olsun..."

"Ne olur..."

"Ne Ona, ne de sana kıyabilirim ben kuzum. Bilmez miyim, neler çektiğinizi. Hiç böyle bir günde. İçin rahat olsun. Haydi, yap kahvelerimizi. Barlas'a da söyle gelsin yanıma."

"Nereye gelmemi istiyorsunuz Efser Hanım?"

Nesil arkasını dönmeden Barlas'ın sesini duymuştu. Genç adam mutfağa giriyordu tam o sırada.

"Hahh, gel evladım. Biz kahvelerimizi şurada içelim seninle. Kızlar sofrayı toplasınlar."

....

Eskiden olsa, günü sarhoşluk uykusunun içine gömer ve dünya ile bütün bağını keserdi genç adam. Oysa şimdi gün ona yetmiyordu. Sabaha karşı evden çıkmıştı, şimdiyse akşam olmuştu. Ama o planladığı işleri bitirmekte hâlâ zorlanıyordu. Gün boyu dur durak bilmemişti. Sadece uçakta oturduğu anlarda dinlenebilmişti.

"Sıhhatler olsun" dedi adam, boynundaki örtüyü toparlarken...

Başını salladı ve sessizce aynadaki yansımasına baktı Barlas. Saçları en son ne zaman bu kadar kısa olmuştu, onu hatırlamaya çalışıyordu. Sadece Yusuf olduğu günler olduğunun farkındaydı, ama aradan geçen yılları bir çırpıda hesaplayamıyordu. Dergâh dedikleri o yerden kaçtıktan sonra, saçlarını uzun bir süre kendi haline bırakmıştı. Bir süre zorunlu olarak asker ocağında böyle kısa haliyle dolaşmıştı. Ondan sonra, görmeye tahammül edemediği yüzünü, hep akşam karasına benzeyen saçları ile kapatmaya çalışmıştı. Şimdiyse, bütün hatlarıyla yüzünü görebiliyordu. Tırnak boyundan daha kısa kesilmiş olan saçlarıyla, yepyeni bir adam olmuştu. İç dünyasında başlattığı arınmaya, dış görünüşüyle devam ediyordu sanki. Bu ani kararın gerisinde başka bir nedeni de yoktu.

Oturduğu koltuktan kalktı. Başını her tıraştan sonra olduğu gibi, iki yana sallayarak, saçlarının normal şekline sokmaya çalışıyordu. İstem dışı, alışkanlıkla böyle davranmıştı genç adam. Oysa şekle girmesi gereken, uzun ve dalgalı saçları artık yoktu. Sıra dışı bir hafiflik hissediyordu. Sürekli aynaya bakıyor ve nasıl göründüğünü merak ediyordu. Beğenilmek istiyordu hayatında ilk defa. Kendisi beğenmişti. Yüzüne bakmak, kendini görmek artık onu mutsuz etmiyordu. Daha çok, Nesil'in ne düşüneceğini ve nasıl bir tepki vereceğini hayal etmeye çalışıyordu. Bu düşünceyle birlikte, belli belirsiz gülümsüyordu da aynadaki o yeni adama.

Özgür'ün tavsiyesiyle girdiği berberden çıkarken, saatine bakıyordu genç adam. Akşam olmuştu. Nesil'i bu gece gerçekten de büyük bir sürpriz bekliyordu. Hem dış görüntüsüyle bambaşka bir adama açacaktı bu gece kapısını, hem aklından geçirmediği başka bir olayla karşılaşacaktı. Onu mutlu etmek, Barlas'ın tek amacı olmuştu. Onu mutlu görmek, genç adamın içindeki sevginin coşkusunu da arttırıyordu. Ama bazı şeyler vardı ki. Barlas onları bir türlü kendisiyle bağdaştıramıyordu. Mesela, şu çiçekler. Şehrin en lüks mekânından satın aldığı, göz alıcı bir kâse içine yerleştirilmiş ve süslenmiş çikolatalar. Onları nasıl götürecekti o eve? Lal'den yardım isteyebilir miydi acaba? Gün içinde istemişti zaten kızın yardımını. Bir kez daha arasa Lal'i... Amaçları tek ve ortak değil miydi? İkisinin bu ittifakı, sırf birinin en sevdiği arkadaşını, diğerinin sevdiği kadını mutlu etme çabaları üzerine kurulmamış mıydı? O cesaretle bir kez daha telefonunu eline aldı genç adam. İkinci kez çalmasına bile izin vermedi Lal.

"Lal, çok oldum biliyorum ama..."

"Lütfen böyle söylemeyin. Nesil mutlu olsun diye benim yapamayacağım şey yok. Söyleyin, ne yapabilirim şimdi?"

Genç adam hiç değilse, o çikolataları Lal'e teslim etmeyi uygun görmüştü. Çiçekleri çaresiz kendi elleriyle götürüp sevdiği kadının kollarına bırakacaktı. Aslında bunu yapmayı da istiyordu, ama sadece istemekle, bazı şeyleri kolayca yerine getiremiyordu. Böyle zamanlarda bir sıkıntı, bir çekingenlik basıyordu genç adamı. Formaliteler konusundaki bilgisizliği, onu utangaç biri haline getiriyordu. Apartmanın otoparkına girdiğinde, Nesil'in evinin penceresinde perdenin hafifçe aralanmış olduğunu gördü. Lal, konuştukları gibi onu bekliyordu. Arabayı görür görmez perde kapandı. Genç kadın evdekilere belli etmeden, dışarıya çıkmanın bir yolunu arıyor olmalıydı şimdi.

Lal hiç de zorlanmamıştı bu konuda. Efser kadın namazını kılıyor, Nesil ise giyiniyordu. İki kadında yukarıdaydı. Lal ve Nesil, gün boyu çarşıda dolaşmışlardı. Nesil'in evlenirken ihtiyaç duyacağı bazı şeyler satın almışlardı. Lal, Barlas'la yaptıkları telefon konuşmasından sonra, kendini bahane ederek arkadaşını bir kuaför sokmuş, oraya götürdükten sonra, uzunca bir bakımdan geçmesini sağlamıştı. Nesil şimdi, sadece kocasının dönüşünü bekliyordu. Aklına başka hiçbir şey gelmemişti. Ne bu gece için hazırlanan sürprizden haberi vardı, ne de Barlas'ın bu aşamaya geldikten sonra böyle bir şey yapacağından.

Dış kapıyı sessizce açtı ve Barlas'ı gördüğü an, ciddi bir şok yaşadı Lal. Onu ilk kez böyle görüyordu ve tanımakta gerçekten zorlanmıştı. Onun yakışıklı yüzünün, artık simsiyah saçlarının değil, sadece koyu renkli bir gölgenin ortasında kaldığını görünce, dudaklarından hayret dolu bir fısıltı dökülmüştü...

"Ahhh siz..."

"Nesil'e belli etme olur mu?"

"Eee... Elbette."

Genç adamın uzattığı süslü kâseyi kucağına aldı ve gözlerini genç adamdan ayırmak için çabaladı Lal. Barlas, inanılmaz derecede farklı görünüyordu. Ve Nesil'in bu farklılık karşısında küçük dilini yutacağını bilerek usul usul, içten içe gülümsüyordu genç kadın. Doğrusu Barlas eskisinden bile daha yakışıklı olmuştu bu haliyle. Arkadaşının onu görünce ne hale geleceğini tahmin ediyordu.

"Ben, az sonra geleceğim" diyerek kendi dairesine döndü genç adam. Bir elinde büyük bir elbise askısını, diğer elinde Nesil'e aldığı çiçekleri tutuyordu.

Yarım saat sonra, ciğerlerindeki havayı salıverdi, boğazını temizledi ve omuzlarını dikleştirdi. Çok değil sadece birkaç gün önce, ona böyle bir resim gösterseler, o resimdeki adamın kendisi olabileceğine ihtimal veremezdi. Şu koskoca insan ömrü içinde, bazen upuzun yıllar birbirinin aynı geçip gidiyor... Bazen de sadece birkaç gün içinde hayallerin bile ötesi gerçekleşiyordu. Onun hayali, onun dileği sadece "bir melekti." Bir bebek, bir melek, yüreğinin kilitlerini açar, pasını siler, ona yeni bir kader yazabilir sanıyordu. Dileği gerçekleşmişti. Ekin gelmişti. Üstelik yalnız da değildi. Beraberinde babasına, mutluluğun asıl anahtarını, babasının, hayatına katmayı delice arzularken, kıyamadığı, iki ruhlu bir adamın, tek yürekle sevdiği, tek kadını da getirmişti. Kimi zaman Ekin olmasa Nesil'e asla sahip olamayacağını düşünürdü Barlas. Kimi zamansa, Nesil olmasa Ekin'in olamayacağını. Ama artık bu ikilik içinde dönüp durmuyordu. O birini bile bulamazken, iki meleği birden olmuştu. Ve onları kimin yazdığını, kimin gönderdiğini biliyordu...

Kapı açıldığında, genç kadının yüzündeki işaretleri okuyabilmek için dikkatini ondan ayırmıyordu genç adam. Biraz serseri...

Biraz mahcup... Nesil'in dizlerinin bağını çözen bir gülümsemeyle karısının gözlerinin içine bakıyordu. Nesil'in yüzü önce her zamanki gibi gülümsedi kocasına. Sonra alnı kırıştı, biçimli kaşları kalktı. Gözleri birer yeşil yaprak gibi büyüdü. Dudakları kıvrılıp açıldı. Bütün bu değişiklikler olurken, nefesini sımsıkı içinde tutuyordu. Sanki almıştı ve geri vermeyi unutmuştu. "Ahhhh" diye bir fısıltıyla soluklandı genç kadın. Neredeyse boğuluyordu. Elini boğazına götürüp durdu. Ardından boğazını saran elini, açılan ağzına, görünen bembeyaz dişlerine kapatarak kısık bir çığlık attı. Gözleri yerinde duramıyordu. Barlas'a tepeden tırnağa aceleyle bakıyor, giysilerinin şıklığını, kucağındaki büyük gül buketini görüyor. Sonra hızlı bir şekilde hemen yüzüne dönüyordu. Kocasının yüzüne bakmaya doyamıyordu. Onu uzun saçlarıyla da çok beğeniyordu, ama bu hali... Bu haliyle o güne kadar saçlarıyla örtülmüş, kıyıda köşede saklanmış, fark edemediği bambaşka bir güzellik duruyordu karşısında...

Şaşkınlığını, beğenisini anlatacak tek bir kelime bulamıyordu. Onu içeri almayı bile akıl edemiyordu. Bunun yerine kendisi bir adım Barlas'a yaklaştı. Yutkundu. Ağzını kapattığı elini indirdi ve birden bire genç adama sarıldı...

"Barlas... Canım, canım..."

Suskunluğu bitmişti. Hatta öyle yüksek sesle ifade ediyordu ki kendini. Evdekilerden başka, alt kattakiler bile duyabilirdi. Nesil yine etrafı unutmuştu. Onun için Barlas'ın yörüngesinde yeni bir dünya kurulmuştu. Ve bundan böyle, onu toparlamak, dengelemek, Barlas'ın görevi olmuştu. Şikâyetçi değildi Barlas. Aksine Nesil'in bu halinden apayrı bir haz alıyordu. Çünkü Nesil, toy bir genç kızın sevinçlerini, tepkilerini, duygularını gösteriyordu. Barlas artık istese de, o heyecanları yaşayamazdı. Ve Nesil'i öyle görmek, eksiklerini tamamlıyor, Barlas'ı mutlu ediyordu.

"Şişşş... Yavaş, yavaş meleğim" dedi sessizce. Barlas'ın sesindeki sükûnet, Nesil'i uyarmaya yetmişti. Sımsıkı düğümlediği kollarını genç adamın ensesinden aşağıya kaydırdı. Tıpkı kocası gibi fısıldıyordu O da...

"Tamam... Tamam... Ama bu halin ne böyle?"

Ellerini kar beyazı gömleğinin üzerinden ayırmadan duruyordu. Yine de o yakınlığı fırsat bilmiş, ara ara yükseliyor ve genç adamın tertemiz tıraşlı yüzünü öpüyordu. Bu gece ne kadar farklıydı... Onu hep koyu renk giysiler içinde görmeye alışkındı Nesil. Ama bu geceki siyah takımı her zamankinden daha siyahtı ve içindeki gömlekle göz alıcı bir zıtlık yaratmıştı. Kravat takmamıştı. Beyaz gömleğini süsleyen kol düğmeleri de siyahtı. Kemeri, ayakkabıları... "Yok yok" dedi genç kadın içinden. Onda saçlarından başka da bir başkalık vardı bu gece...

"Beğenmedin mi?" dedi genç adam kısık sesindeki yalancı sitemle...

Gözlerini özellikle baygın bir şekilde açmış ve başını arkaya atmıştı genç kadın. Söylediklerini, tavırlarıyla desteklemek için komik bir ifadeye bürümüştü yüzünü.

"Ya, tabii. Beğenmediğim için yığılıp kaldım önünde değil mi?"

"Meleklerin güzeli, alacak mısın beni içeriye?"

Ama artık komikliğin sırası değildi. Genç adam ciddi bir ifadeyle, elindeki çiçekleri uzatmıştı genç kadına. Nesil ise, bir elindeki bukete bir yüzüne bakıyordu. O çiçeklerin ona gelmiş olduğu belliydi. Ama o dakikalardır, genç adamın elindekilerle değil, kendisiyle ilgileniyordu. Üstelik... Nihayet, Barlas'ı gören, Barlas'ı seven yüreği, başka bir şeylerin daha ayırtına varacak kadar normale dönüyordu. İlk kez çiçek alıyordu sevdiği adamdan... Gerçekten de bu akşam nesi vardı bu adamın?

"Barlas... Hani bilmesem. Beni istemeye falan geldiğini..."

Kucağına bırakılan buketi taşıyabilmek için, kollarını Barlas'tan ayırmak, bir adım uzaklaşmak zorunda kalmıştı. Ne yapmıştı böyle Barlas? O kocaman, muhteşem, kandamlası kadar koyu kırmızı demetin içinde kaç tane gül vardı? Sayısı belli olmuyordu, ama ağırlığı neredeyse Nesil kadardı.

"Doğru... Bu evde, sevdiğim kadın var... Ve onu istemeye geldim."

Kapıyı açtığı andan beri süregelen şaşkınlığı her an biraz daha artıyordu Nesil'in. Yine susmak. Yine yutkunmak zorunda kalmıştı. Barlas'ın yüzündeki ifade söylediklerini doğruluyordu.

Genç adam son derece ciddi bir duruşla, içeriye kabul edilmeyi bekliyordu.

"Şaka yapıyorsun" dedi genç kadın allak bullak olmuş yüzünde, doğal ve rahat bir anlam yaratma çabasıyla. "Yani çiçekler çok güzel. Çok teşekkür ederim... Ama... Gerisi... Gerisi şaka değil mi?"

"Çok ciddiyim Nesil."

"Ama... Neden... Yani kimden..."

Genç adam Onun yüzündeki o hayranlık dolu, çocuksu ifadenin, gözlerinde bir anda beliren yaşlarla farklı bir yöne doğru kaydığını görebiliyordu. Nesil, o an yine yutkunuyor ve konuşmaya çalışıyordu. Sesindeki titreme, Onun duygusal bir rüzgâra kapıldığını gösteriyordu. Elini uzatıp, Nesil'in yanağını avucunun içiyle kavradı genç adam.

"Ben seni istemeye geldim. Sen kimi uygun görürsen... Ondan" dedi samimi, kararlı ve sevgi dolu bir fısıltıyla...

Başını hafifçe yana doğru eğerek, teslimiyetle genç adamın avucunun içine bıraktı. Gözleri, baktığı adamla tutuşan aşk alevleriyle doluydu. Öyle mutlu olmuştu ki, bunu anlatacak sözcükleri bulamıyordu. Bir gün önce kıyılan nikâhla, bütün törenlerden geçtiklerini sanıyordu oysa. Bir de, atacakları imzaların gününü bekliyordu. Ne böyle bir şey olabileceği geçmişti aklından...

Çünkü, Barlas herkes gibi değildi. Barlas herkesten çok daha güçlü ve çok daha yoğun duyguları olan biriydi. Sevmeye, sevgilere aç ve kırgın büyümüştü belki. Ama Yesra'ya beslediği sevgi, onun derinlerine sinmişti. Kendini öldürürken, içindeki Yesra'yı nasıl da yaşatmaya çalıştığını hatırladı Nesil. Barlas sevmeyi biliyordu, Barlas sevmeyi seviyordu. Sadece, fırsat verilmemişti.

"Sen var ya" dedi, hem dudaklarındaki ılık nefesi, hem gözlerindeki yaşları genç adamın avucuna bırakarak... Duygularının karmaşasına ev sahipliği yapan yüzü hem ağlıyor. Hem gülümsüyordu.

"Sen beni bir gün öldüreceksin. Sen benim... Bak... Bir gün. Ya şaşkınlıktan, heyecandan ya da aşkımdan... Ama kesinlikle senin yüzünden... Öleceğim..."

Nerede olduklarını bir süre için unutmayı seçti Barlas. Genç kadını, kucağındaki bukete rağmen kendine çekti ve sımsıkı sarıldı. Gözlerinden süzülen damlaları, sevgiyle, özenle öptü ve kuruladı. Nesil'in başını göğsüne gömerek, sakladı. Kendisi de eğildi, yüzünü karısının kulağını örten saçlarının üzerine dayadı. Birkaç saniye Onun o bildik, tanıdık, kimi zaman yatıştıran. Kimi zaman kışkırtan kokusunu solukladı. Sonra, bir söz, bir yemin fısıldadı Nesil'in kulağına.

"Biri ölecekse eğer o, ben olurum Meleğim. Senin için. Sizin için, ben ölürüm."

Orada olduğunu vurgulamak isteyen birinin, kasıtlı ve zoraki öksürüğü ikisinin de başını kaldırmasına neden olmuştu. Lal, kucağında Ekin ile birlikte durmuş, merdivenlerden ağır aksak inmekte olan Efser'i işaret ediyordu. İki âşık birbirinden uzaklaştı. Nesil, Barlas'ın ardında hâlâ açık durmakta olan kapıyı kapattı.

"Kızlar" dedi Efser, basamakların sonunu getirmeden. Sesindeki otorite, onun yine törensel bir hazırlık içinde olduğunu gösteriyordu. Efser, yine oyalı yazması ve ağırbaşlı anne edasıyla, yerini belli ediyordu.

"Misafirimizi içeriye buyur edin" dedi. Yarım kalan dualarını kısık bir sesle mırıldanmaya devam ederek, salona girdi. Doğruca en başköşedeki büyük koltuğa ilerlerken, diğerleri arkasından yaşlı kadına bakıyordu. Efser, üçlü koltuğun özellikle ortasına oturdu. Kısa boyu, sırtını arkaya yaslamasına engel oluyordu. Çünkü o zaman ayaklarını yere basamıyordu. Oysa o, kızını istemeye geldiğini söyleyen adamın karşısında, bütün olmuş bitmişe rağmen, sapasağlam ve dimdik durmak istiyordu. Böyle görmüştü Efser. Böyle biliyordu. Eğer geleneklere uyulacaksa eğer Barlas, karısı olmasına rağmen Nesil'i isteme olgunluğunu gösteriyor ve adam gibi karşısına çıkıyorsa... Karşılığında aynı saygıyı görmeyi de hak ediyordu.

Ellerindeki kahveleri yudumlarken, sanki o gün ilk kez tanışıyormuş gibi, sanki daha önceki bütün o olanları onlar yaşamamış gibi. Sanki konuya nasıl ve ne zaman gireceklerini bilemiyorlarmış gibi. Kelimelerin üzerinde dönüp duruyorlardı. Lal çok eğleniyordu bu ortamdan. Nesil ise, oğlunu kucağına almış, Efser ve Barlas'ın arasında dönüp duran bakışlarıyla, gitgide biraz daha kızıla çalan ten rengi ve hızlanan soluklarıyla oturuyordu. Derin birer deniz gibi gitgide koyulaşan gözleriyle, o ikili arasındaki hiçbir hareketi kaçırmamaya gayret ediyordu. Zaman zaman, Barlas'ın bunu başaramayacağı ve konuyu bile açmadan geceyi bitireceği fikrine kapılıyordu. Sonra hemen vazgeçiyordu bu fikirden. Çünkü Barlas, son derece kararlı görünüyordu Efser karşısında. Hafifçe çekingen dursa da, soğukkanlı ve ağırbaşlı bir şekilde sorulanlara cevap veriyordu. Kahve fincanını yanında duran sehpanın üzerine bıraktı ve arkasına yaslandı genç adam. Onun uzun boyu, Efser'in aksine, oturduğu koltuğu kaplamaya ve ayaklarını sağlam bir şekilde yere basmaya yetiyordu. Birkaç saniye sessizlik çöktü salona. Lal ve Nesil birbirine bakıyordu. Nesil'in kalbi delice vuruyor, salondaki sessizlik içinde duyulacağından korkuyordu.

Barlas karısına ve kucağında bir öne bir arkaya bir şeyler mırıldanarak sallanan oğluna baktı kısa bir an. Sonra yaslandığı yerden biraz öne doğru kaydı. Derin bir nefes aldı. Artık kahveler de bitmişti. Efser de elindeki fincanı Lal'e uzatarak, bir işaret vermişti. Lal istemeden kalktı ve az önce Nesil'in bıraktığı gümüş tepsiyi alarak boş fincanları toplamaya başladı. Salondan çıkmak ve o sahneyi kaçırmak istemiyordu genç kadın. Ancak Efser'in mesajı son derece berraktı. Lal çıkacak ve onlar yalnız kalacaklardı...

"Efser Hanım" dedi Barlas biraz tedirgin ve çatallı bir sesle. "Size neden geldiğimi biliyorsunuz."

"Evet, evladım" dedi Efser ille de bir yanıt vermesi gerekiyormuş gibi. Barlas'ın işinin kolay olmadığını biliyordu yaşlı kadın. İnsanın kendine birini istemesi çok alışılmış bir durum değildi. Bu yüzden, bu sorumluluğu ve yükü, genelde büyükler üstlenirdi. Ama Barlas'ın bunu yapacak bir ailesi yoktu. Bunu bilen Efser, genç adama, ilk günden beri gösterdiği anlayışı ve sıcaklığı, sağlamaya çalıştığı otoriteye rağmen sürdürmek istiyordu; "Biliyorum."

"Ben" dedi genç adam. Kelimeleri bir türlü düzgün bir cümle haline getiremiyordu. Belki yalnız olsalar daha kolay olacaktı Barlas için. Nesil'in gözlerinin, dikkatinin üzerinde olduğunu hissediyordu. Ve Lal'in hole vuran gölgesi onun da bir köşeden bütün konuşulanları dinlediğini gösteriyordu.

"Ben. Böyle tek başıma geldim size. Çünkü bir ailem yok." Yutkundu genç adam. "Nesil de, ailesi olarak sizi biliyor, sizi kabul ediyor."

Efser'in gözlerine bakarak sürdürdüğü konuşmasına kısa bir soluk için ara verdi genç adam. Bir kez daha döndü ve sevdiklerine baktı. Nesil, başını eğmiş, yerdeki halıyı süzüyor, oğlu keyifli oyunlarına devam ediyordu. Bakışları meleklerinden ayrılıp, bir kez daha Efser'e dönerken, daha kendinden emin bir ses tonuyla konuşuyordu genç adam.

"Bu yüzden, bize büyüklük etmek de size düşüyor Efser Hanım. Ben... Nesil'i, karımı, Allah'ın emri ile sizden istiyorum..."

Nesil yere eğilen gözlerini kaldırdı ve sevdiği adamın yüzüne baktı. Az önce sırf sesini duyuyor ve o sesin içindeki som güveni iliklerine, yüreğine kadar hissediyordu. Barlas ya da Yusuf. O bedenin içinde o an hangi adam olarak oturuyor ve hangi adam olarak onu istiyorsa fark etmezdi Nesil için. Geçmişi ne olursa olsun, adı ne olursa olsun onu seviyordu. Bu akşam yaptığıyla gözünde biraz daha büyümüştü kocası. Kendini insanlara kapatmış bir adam için, bu gece yaptığı inanılmazdı. Bir tek Nesil bilebilirdi bunun anlamını. Ne Efser ne de Lal, bu gece şahit oldukları sahnenin imkânsızlığını, onlar anlayamazdı. Barlas'ın dünyası düne kadar bir zindandı. Oysa o, o zindandan çıktığı an, sevdiği kadının mutluluğunu, toplumdaki yerini ve saygınlığını, kendi isteklerinin, arzularının önüne almıştı.

"Sen... Tek gelmiş olsan da... Koca bir orduya bedelsin. Koca bir dağ gibisin benim gözümde Barlas. Benim huzuruma gelmiş olmakla sen, benden çok, Nesil'i saydın, yarın "karım" diyeceğin kadına saygı gösterdin evladım. Ben de uzatmayacağım, yormayacağım, üzmeyeceğim seni daha fazla. Kızımı, gönül rahatlığıyla tabii ki, Rabbimin emri ve izniyle, veriyorum sana..."

Alnını secdeden kaldırdı, gözlerini kapattı. Bu kez, bu gece ve bundan sonraki hayatı için fısıldadı niyetlerini. Geçmişinden af dileyerek kıldığı namazı, geleceğini dileyerek tamamladı. Yıllar var ki bir kez bile oturmamıştı dizlerinin üzerinde. Bu geceyse, bir süredir azar azar yürüdüğü inanç yolunda bütün geç kalmışlıklarını, bütün eksiklerini tamamlamıştı Üzerine eğildiği dantel duvak, o gün ve gece boyunca, onu en güzel ifade eden renk olan beyazla, cennetten gelen gerçek bir melek gibi dolaşan, karısına aitti.

Başını usulca son selam için çevirdiğinde onu gördü. Yatağın üzerinde oturuyordu. Elleri kucağında, parmaklarını heyecanla birbirine geçirip, açıyordu. Barlas'ı beklerken, nefes bile almıyordu sanki. Elleri dışında hiçbir yeri kıpırdamıyor, başını bile oynatmıyordu. Ta ki, Barlas dizlerinin üzerinde oturduğu yerden, kalkana dek...

"Bitti mi?" dedi genç kadın da yerinden kalkarak.

Çok güzel bir gelin olmuştu Nesil. Garipti, ama bazı insanlar taşıdığı giysiyle bir bütün olabiliyordu. Ve Barlas, onu gelinliğinin içinde gördüğü ilk andan beri bunu düşünüyordu. Nesil, uzun eteklerini kendine özgü bir zarafetle tutuyor, adım atarken, ayaklarına dolaşmasına engel oluyordu. Üst kısmı tamamen dantelden yapılmış, uzun kollu, v yakalı gelinliğiyle, çok eski dönemlerden çıkıp gelmiş soylu kadınlara benziyordu. Koyu kestane rengi saçları ve zümrüt rengi gözleri, beyaz teninde, beyazlıkların içinde, farklı ve tezat ışıklar saçıyordu. Güzel yüzü asil bir tebessümle, dik omuzlarının ve narin gerdanının üzerinden sürekli sevdiği adama bakıyordu.

Başıyla onayladı ve içtenlikle gülümsedi genç adam. Özellikle bugün, ona bakmaya bile kıyamıyordu. Sol ellerinin yüzük parmaklarını saran o altın halkalar kadar değerli, sağlam ve gerçekti artık evlilikleri. Barlas sabırla ve sükûnetle, karısına olması gerekenleri tek tek yaşatmıştı. Bazı zamanlarda bunaldığını hissetmiş olsa da, bunu herkesten, özellikle Nesil'den saklamayı başarmıştı. Son günlerin koşuşturmacası, kalabalığı... O, herkesle aynı anda, aynı ortamda olmaya alışkın değildi. Çoğunlukla mutlu hissetse de kendini, içinde sadece meleklerinin olduğu yalnızlığını ve sükûneti özlemişti.

Karısının omuzlarını nazikçe tuttu ve sırtını kendine çevirdi. Toplanmış saçlarının altında, açıkta kalan ensesini öptü usulca. Zevkle ürperdi ve sessizce bekledi genç kadın. Kocasının dokunduğu yer öyle hassas bir noktaydı ki; masum bir dudak teması, insanın bedenini saran bütün sinirler üzerinde gezinen bir rüzgâr, saç diplerinden, kasıklarına, bacaklarına ve topuklarına kadar yürüyen ateşten bir yol oluyordu. Dudaklarından sonra, aynı noktada hareket eden parmaklarını hissetti. Yalnızca birkaç saniye sonra, Barlas'ın o gün taktığı incili ve pırlantalı kolye göğüslerini ayıran çatalın arasına doğru indi. Sanki sıcak ve nemli tenine buz parçaları değmişti. Derin bir nefes alarak, içinde tuttu. Çünkü bıraktığı an, nefesinin ilkel, istem dışı bir sese, bir inlemeye dönüşeceğini biliyordu. Barlas, mahrem yakınlığını her an biraz daha arttırıyordu. Ne istediğini ve nasıl olacağını bilen, kendinden son derece emin adımlar atıyordu. Ensesindeki eli ve nefesi, sırtını ve bacaklarını boydan boya örten o güçlü bedeni daha çok hissedebilmek için gözlerini sımsıkı yumdu ve ona yaslandı genç kadın. En uzak hayalleri bile bir bir gerçeğe dönüşüyordu. Günlerdir, bulabildikleri her fırsatta yakınlaşıyorlardı. Ama bu gece bambaşka bir heyecanla dolup taşıyordu, aşktan bir masal yazan yüreği. Bu gece, onların yarını, gerçek anlamda birleşiyordu.

Genç kadının boynundaki kolyeyi düştüğü aralıktan alırken, kasıtlı bir şekilde, hassas yerlerine dokunuyordu. Diğer koluyla belini sımsıkı sarıyor, eliyle karısının düz karnını ritmik bir yumuşaklık içinde aşağı yukarı okşamaya devam ediyordu.

Gelinliğinin sımsıkı oturan üst kısmını tutan minik, inci düğmelere uzandı. Ve tek tek çözmeye başladı. Sabır istiyordu. Barlas da sabrediyordu. Yusuf istemişti sabretmesini. O da Yusuf'un istediği her şeyi yapıyordu. Bu gece vurulduğu o kıza yine beyazlar içinde ancak bu kez sonsuza dek sahip oluyordu. Barlas olduğu günlerden bir tek adı kalmıştı genç adamın. Bir ruh, bir yürek, bir beden... Kendini artık iki ayrı, iki yarım adam gibi hissetmiyordu. Ve bu bütünlükten gelen güç, genç adamın, sevdiği kadına olan arzularını, tatmini mümkün olmayan bir tutkuya dönüştürüyordu.

Ayak bileklerinin etrafına yığılan beyaz kumaşın çıkardığı o belli belirsiz sesi duyduğunda, gözlerini usulca araladı genç kadın. Az önce, gözlerini yumarken gördüğü akşam, daha da koyulaşmış daha da kararmıştı. Bu kez o büyülü tepenin gecesini hapsetti gözlerinden içeriye genç kadın. Kocasının onu gelinliğinin içinden çekip alan kollarını bacaklarının altında hissettiğinde bile açmadı.

"Meleğim..."

O boğuk sesin içindeki istek, kulaklarından içeriye alevler gibi iniyordu. Susmuş dili, sevdiği adamın dudaklarının arasında dolaşıyor, orada kendi tadını ve kendi kokusunu arıyordu. O nemli karışımın kısa sürede müptelası olmuştu. Sadece Barlas'ın verebileceği zevklerin ilk işaretlerini, o lezzetin içinde buluyordu. Sonrasında, tutkunun, hazzın doruklarında dolaşacağını ve en sonunda Barlas'ın adına cennet dediği o düşten dünyanın içine gireceğini biliyordu.

Sabrın ikisi arasında yeri kalmamıştı. Sadece aç tenler değil, aç ruhlar da birleşiyordu. İkisi içinde çok, ama çok uzun zaman olmuştu. Sırlar, hesaplaşmalar, itiraflar, onları birbirine bağlarken, aşk bir köşede bu geceyi bekliyordu. Yüreklerdeki sevgi olgunlaşırken, aşk bu geceyi özlüyordu. Gelenekler, inançlar, eksikler tamamlanırken, aşk bu geceki tutkuyu besliyordu. Artık fısıltıların içinde, ne belirsizliğin getirdiği ürkeklik ne de eksiklere ağıtlar vardı. Aşkın en gizli sesleri, en cesur dokunuşlarla doğruca tene değiyordu. Ne biri istemeye utanıyor ne diğeri esirgiyordu. İkisinin de birbirinden gizlediği tek bir şey vardı. O da, ilk cennet yolculuğunun hatıralarını o an bile hafızalarından geçiriyor olduklarıydı. Özellikle o son an, düş dünyasının zirvesine ulaştıkları an...

Nesil hep istediğini yapmak için gözlerini kısa bir an için bir kez daha açtı. Çünkü aylardır, bu onun hayallerinin en özel anıydı. O gece de öyle yapmıştı. Bir yabancıyla olduğunu bile bile, o gözlerde kendisi için umut ve aşk aramıştı. Ve gördüğünü sanmıştı. Hayır, gördüğünden neredeyse emin olmuştu. O gece o kara gözlerde, kısa bir süre için umut da vardı Nesil için... Aşk da. Ama sonrasında, hemen ertesi gün yanıldığını anlamıştı...

Oysa Nesil yanılmamıştı. O gece Barlas'ın gözlerinde umut da vardı, aşk da. Tıpkı bu gece baktığı gibi bakmıştı o gece de. Belki de tam Nesil'in baktığı an kesişmişti duyguları. Biri umut ararken, diğeri olduğunu söylemişti... Biri aşk isterken, diğeri zaten olmuştu. Keşke o sabaha, Barlas değil de Yusuf olarak uyanabilseydi genç adam. Keşke o gece ömrünün en sarsıcı birlikteliğini yaşadıktan sonra bitkin, ama huzurlu bir şekilde uykuya dalan adam olarak kalkabilseydi o yataktan.

Karısına bakarken, sanki geçmiş zamanların telafisine bir yol arıyordu. O gece gözlerinde beliren umut ve aşkı ertesi güne kadar bile koruyamadığı için... Nesil'in o tepeden her küskün, her kırgın gidişi için özür diliyordu... Pek çok şey için geç kalmıştı. Zamanı geriye alamazdı, ama bu gece erken davranabilirdi. Bu gece, bir ömür için umut da verebilirdi sevdiği kadına... Aşk da...

Kocasının kollarında uzanıyor, ara ara derin bir nefes alıyor ve hızlı bir şekilde veriyordu. Barlas onun uyumuş olabileceğini düşünüyor, sırtının ve belinin çıplak kıvrımlarını usul usul okşamaya devam ediyordu. Ancak birkaç dakika sonra genç kadın başını kaldırıp, buğulu gözleriyle ona baktığında, uyumadığını anladı.

"Uyuduğunu sandım" dedi fısıltıyla.

Nesil'in buğulu gözleri giderek ıslak birer yaprağa benziyor ama genç adam, karanlıkta bu değişikliği fark edemiyordu. Konuşmuyordu da karısı. Sadece yüzüne dikkatle bakıyordu. Altında kalan kolunu karısının bedenine sardı ve onu kendine çekti. Alnından, gözlerinden ve dudaklarından öptü yeniden. "İyi misin meleğim" dedi karanlıkta kuzguni bir koyulukla parıldayan dağınık saçlarını bir yanında, avucunun içine toplayarak.

"Evet" dedi Nesil... Sonra yutkundu. Vücudunun yarısı, Barlas'ın üzerinde dururken, hâlâ sürmekte olan titremelerini fark etmesinden çekiniyordu. Ve gözyaşları, çok zorluyordu genç kadını. Bir şeyler birikmişti içinde. Onlardan nasıl ve ne şekilde kurtulacağını bilemiyordu.

"Hemen geliyorum" diyerek kollarından sıyrıldı ve bacaklarını yataktan aşağıya sarkıttı aceleyle. Gözleriyle etrafını taradı. Teninin açık renkli çıplaklığını örtecek bir şeyler arıyordu. Belki de aradığını görüyordu, ama bulamadığını düşünerek öylece kalktı. Saçları beline kadar olan kısmı kapatıyor, kalçaları ve bacakları karanlıkta fosforlu bir parlaklıkla belli oluyordu.

Banyonun kapısını kapattı. Spot ışıkların altında, tezgâha tutundu ayakta durabilmek için. Bedenindeki şiddetli sarsıntıya, hissizleşen bacaklarına söz geçiremiyordu. Yavaşça aşağıya doğru kaydı. Yerdeki küçük halının üzerine oturdu. Kollarını kendine sardı. Tutmak istiyordu. Durdurmak istiyordu içinden kaynayıp gelen o devinimin dışa vurumunu. Gözlerinden akan yaşlar birer parlak taş gibi dökülüyor, yine parlak bir yoldan süzülerek, çıplak göğüs uçlarına kadar iniyordu.

Orada Barlas'tan saklanıyordu. Çünkü ona o halde görünmek istemiyordu. Sebebini sorsa, vereceği bir cevap yoktu. O halde olmanın açıklamasını kendine bile yapamıyordu. Adını da koyamıyordu başına gelenlerin. Sadece, bir süre yalnız kalmak ve ağlamak istiyordu. Bacaklarını birbirine sımsıkı kenetledi oturduğu yerde. Kadınlığının en kuytu ve en mahrem köşelerinde hâlâ, sahip olmak istediği tek erkeğin, sıcak izlerini saklıyordu. Emsalsiz, haz dolu, hayal bile edemeyeceği bir doyumun bitkin huzurunu yaşaması gerekirken, o hâlâ sessiz çığlıklar içinde sarsılmaya devam ediyordu. Tensellikten, cinsellikten çok daha farklı yoğun ve derin kasılmalar hissediyor, çabaladığı halde bir türlü gevşeyemiyordu.

Bir süredir, imkânsız sandığı hayallerinin ağır ağır gerçekleşmesini izliyordu. Öyle bir sevinç pusu ile örtünmüştü ki, sahip olduğu şeylerin hakkı olduğunu düşünüyordu. Bir süredir, her şey normal geliyordu genç kadına. Sanki bütün o yaşananlar hiç olmamıştı. O hiç üzülmemiş, hiç ağlamamıştı. Sanki hiç umutsuz kalmamış, hiç küçülmemiş, hiç utanmamıştı. Oysa ne zor zamanlardan çekip almıştı mutluluğunu. Nelere katlanmıştı az önce gerçek anlamda karısı olduğu adam için. Oysa ne kadar da erişilmez bir rüyaydı Barlas. Ne hayalden öte hayaldi ona sahip olmak, kocam demek. O eşsiz yakışıklı, o karayel rüzgâr... Artık onundu. Sevişmenin getirdiği tatmin duygusu kusursuzdu... Ama o asıl, Barlas'a beslediği duyguları doyuramıyor, onları tatmin edemiyordu. Ona olan hasreti bitmişti. Ama yanında olmasına, üstelik bu şekilde olmasına alışmak, işte o, hiç kolay olmuyordu. Düşündükçe... Mutluluktan titriyordu. Terlemiş bedeninden yükselen o koku, burnundan içeriye arsızca, ihtirasla doluyordu. Kendine sardığı kollarını çözdü. Elini kaldırdı ve ışığa doğru yükselterek tuttu. Alyansı, biçimli ve zarif parmağını ilk boğumuna kadar kaplıyordu. Az önce ağlayan gözler, yaştan arınmış, şimdiyse aklına gelenlere gülüyordu. İçinde biriken o sağanak boşaldıkça kendini daha hafif ve özgür hissediyordu.

Kapı hafifçe vurulduğunda telaşla yerinden sıçradı. Barlas dakikalardır banyonun sessizliğini dinliyor ve artık endişeleniyordu. Nesil'in geçen o süre içinde, çıt çıkarmadan ne yaptığını merak ediyordu genç adam. Yataktan kalkarken de tuhaf görünüyordu...

"Nesil."

"Geliyorum" dedi çarçabuk gözlerini kurulayarak. Derin bir nefes aldı. Duşakabinin şeffaf camlı kapısını araladı ve suyu açtı. Onu biraz daha oyalamanın yollarını arıyordu. Orada geçirdiği zamanı kocasına nasıl açıklayacağını bilemiyordu. "Bir an, taşkın bir duygusallık yaşadım" diyemiyordu. Kısa bir duşla kendini iyice toparlayıp, sonra mutluluğunun yanına dönmek istiyordu bir an önce...

"Açabilir miyim kapıyı?"

"Hayır, uygun değilim bitanem..."

"Nesil iyi misin? Onu söyle bari."

"İyiyim... Hemen çabucak duş yapıp geliyorum. Saçlarım sıktıkları o şeylerden çalı gibi olmuş. Cadı gibiyim. Ahhh... Bu haldeyken nasıl dayanabildin sen bana?"

Gülümseyerek başını iki yana salladı genç adam. Nesil'in sesi normal geliyordu. Tuhaf bir telaş tınısı yakalıyor olsa da, onu bu geceki heyecanına veriyordu.

Hâlâ, kapının önünde duruyordu. Sol elini kaldırdı ve parmaklarını açarak yüzüğüne baktı. Başparmağıyla avucunun içinden yüzüğünü yokladı. Köşedeki abajurun kısık ışığı altında, hareket ettikçe ışıldayan halkayı, yadırgıyordu. Üçüncü kez nikâh defterine imza atmıştı bugün. Ama ilk kez bir yüzüğü oluyordu. Üstelik sadece bir sembol değildi. Görüntüde sade, ama yüreğinde ihtişamlı bir anlam taşıyordu. Çünkü onun üç kişilik yeni ve özel dünyasını anlatıyordu genç adama. Ayrı olduğu zamanlarda bile avucunun içinde tutuyordu artık onları.

"Oğlum" dedi yüreğindeki özlemi daha fazla susturamayarak; "Oğlum."

Sevdiği kadın, karısı yanındaydı. Ama oğlundan uzak kalmıştı bu gece. Gözlerini yumarak son halini getirdi gözlerinin önüne. Derin bir iç geçirdi üzülerek. Uyandığında onları yanında bulamayacaktı. Belki de ağlayacaktı. Çoktan pişman olmuştu genç adam. Ama gidip alamıyordu. Hem Nesil bir gece olsun, baş başa kalmayı istediğini söylemişti. Onu kırmak istemiyordu. Başkaları için son derece sıradan bir durumdu bu. Çocuklar kimi zaman, yakınlarının yanında kalabiliyordu. Ama Barlas için asla sıradan ya da normal bir şey olmayacaktı. Ekin'i bir an olsun yanından ayırmış olmak, genç adamı buruklaştırıyordu. Daha çok suçluluk duygusuyla gölgeleniyordu mutluluğu. Bu gece, uzun zamandır beklediği yakınlığı, aşkı ve tutkuyu yaşıyordu. Özel bir geceydi. Karısı için de kendisi için de unutulmaz olması için elinden geleni yapıyordu. Ama bir yanı eksikti. Elinde değildi. Şekli ve sebebi ne olursa olsun. Oğlunu "bıraktığını" aklından çıkaramıyordu.

Suyun sesi gelirken, tebessümle kıvrıldı dudakları. Ekin'i aklından çıkaramıyordu, ama gecenin tadını kaçırmak da istemiyordu.

Kadınlar ordusu böyle uygun görmüştü. Oğluna kavuşabilmek için sabahı beklemesi gerekiyordu. Düştüğü duruma şaşırsın mı gülsün mü bilemiyordu genç adam. Yılların kabadayısı Barlas, bir avuç kadının isteklerine harfiyen uyuyordu. Ama o an, hiç değilse birinin sözünden çıkmak geçiyordu aklından. Geriye döndü. Az önce izin için önünde beklediği kapının kolunu tuttu ve usulca açtı. Şeffaf cam ve banyo sıcak su buharıyla kaplanmıştı. Ama bu karısının göz alıcı siluetini görmesine engel olamıyordu.

....

"Unutmadan, sana vermek istediğim bir şey var."

Genç kadın gözleri kapanmak üzereyken ansızın yerinden doğruldu. Yorgunluğuna, bitkinliğine rağmen hâlâ gülümseyebiliyordu. Üzerindeki örtüyü tekmeleyerek aceleyle yerinden kalktı. Barlas da doğruldu onun ardından. Yan döndü, dirseğini yastığına dayadı. Bakışlarıyla karısını takip ederken, bir eliyle kısacık saçlarını yokladı. Kaç gün geçmişti. Hâlâ alışamıyordu genç adam. Her elini attığında, düzelteceği uzun dalgaları olduğunu sanıyordu.

"Ne oldu meleğim?"

Sabah olmak üzereydi, buna rağmen, henüz uyuyamamışlardı. Kısık seslerin, gülüşlerin, birbirlerinde buldukları huzurun, kah aşkla süsledikleri edepsiz oyunların, kah hüzünlü fakat özel anıların esiri olmuşlardı gece boyu.

"Bir dakika, şurada olacaktı."

Günlük çantasını açtı genç kadın. Barlas'ın, sadece göründüğü adam olmadığını öğrendiği gün, avucunun içine bıraktığı muskayı çıkardı. Lal ile çarşıya çıktıklarında, onu, onarılabilecek bir yere bırakmıştı. Günler sonraysa, beklediğinden, umduğundan çok daha sağlam ve güzel bir halde teslim almıştı. Görüntüsü bozulmadan, dış yüzeyine destek derileri atılmış, ipleri yenilenmiş, tamamı suya dayanıklı bir madde ile kaplanmıştı. Üzerindeki eski yazı ismin üzerinden ustaca geçilmişti. Artık silik durmuyordu. Eski yazıyı bilen biri kolayca orada yazanın ne olduğunu anlayabilirdi. Nesil okuyamıyordu, ama olsun biliyordu ya artık.

Işığı yeniden kapattı ve kocasının yanına döndü genç kadın. Geceliğinin eteğini, dizlerinin üzerinde rahatça oturabilmek için yukarıya doğru çekiştirdi. Avucunu açtı ve gösterdi. Barlas yaslandığı dirseğin üzerinde iyice doğruldu. Karısının karşısında oturdu.

"Sen, ne aralık yaptın bunu? " dedi muskasının ilk günlerindeki gibi pırıl pırıl olmuş, yenilenmiş görüntüsüne bakarken; "Biliyor musun, ben de yaptırmayı düşünmüştüm."

Gerçekten de, sürekli kullanmak için, bütün bu bakımdan geçirilmesi gerektiğini biliyordu Barlas. Ama o gece Nesil'in avucunun içine bıraktığı andan beri, onu ne yaptığını soramıyordu. Nesil'in bunu düşünmüş ve yaptırmış olması Barlas'ı şaşırtmamıştı. O artık Nesil'in kendisi için yaptıklarının, yapacaklarının bir sınırı olmadığını anlamıştı.

"Kopmuştu" dedi genç kadın kollarını uzatıp, kocasının boynuna özenle bağlarken. "Artık su da geçirmezmiş. Üzerini özel, saydam bir maddeyle kaplamışlar. 'Deri, ip zamanla yıpranabilir' dediler. O zaman bir daha yeniletiriz. Bir daha çıkarma boynundan onu. Seni benim için, bizim için korusun. Tamam mı?"

Başını yana çevirdi ve genç kadının kolunu öptü Barlas. O muska, ikinci kez, yine sevdiği eller tarafından boynuna takılıyordu. O an yüreği, hem sevinçle doluyor... Hem de... O diğer beyaz ellere olan hasretini haykırıyordu.

"Tamam" dedi dudaklarının arasında boğulan bir fısıltıyla genç adam. Sesi istese de daha güçlü çıkmıyordu. Nesil'i kucağına çekti ve ona sarıldı. Çünkü artık, sevdiği kadının beyaz elleri ona yetiyor, ona iyi geliyordu.

....

"Meleklerin güzeli."

Genç kadını bıraktığı gibi, uyurken bulmuştu. Kocasının gittiğinin de, döndüğünün de farkında olmamıştı Nesil, huzurunu koruyordu. Kolunu yanındaki yastığın üzerine uzatmış, avucunu açmıştı. Pembeleşmiş yüzünün üzerine birkaç ince tutam saç düşmüştü. Biçimli ve güzel kaşlarıyla, saçlarının rengi birbirinin aynıydı. Özellikle uyurken, olduğundan daha küçük görünüyordu. Ruhu vaktinden önce yaşlanmış olan bir adam için, gençliğin ve duruluğun inanılmaz bir resmiydi Nesil.

"Nesil."

Onu hafifçe öpüp okşayarak uyandırmaya çalışıyordu. Ama genç kadın, kocasının her seslenişine bilinçsizce gülümsüyor ve yeniden dalıyordu. Neredeyse günün ortası olmuştu, ancak Nesil, hâlâ kendine gelemiyordu. Henüz yeni arınmış bir bağımlı olarak, bunun da, bir tür akşamdan kalmalık durumu olduğunu düşünüyordu Barlas. Ona bakarken, gülmekten alamıyordu kendini.

"Meleğim, uyan artık. Yoksa bugün evimize gidemeyeceğiz."

Nesil'in de, o gün Datça'ya dönmek konusunda en az kendisi kadar sabırsız olduğunu bilerek, bu kez hafif yollu bir tehditle sesleniyordu karısına. Ve bu fikrin işe yaradığını da görüyordu. Nesil gözlerini açmamıştı, ama duyduğunu belli ediyordu.

"Yaaa, gidelim" dedi, kapalı gözleriyle, bir çocuk gibi nazlanarak.

Nesil kimi zaman olgun bir kadın oluyor, kimi zaman körpecik bir genç kızın tavırlarını sergiliyordu. İnsanı yormayan, sıkmayan, bu doğal geçişler hoşuna gidiyordu Barlas'ın. Öncesinde Nesil gibi biri olmamıştı hayatında. Nesil hem karısıydı, hem de sevgilisi. Bu gece bunu daha iyi anlamıştı genç adam. Nesil sevişmek konusunda da ezberini bozmuştu. Her kadının teninin kendine has bir lisanı vardı. Ve Barlas sevişmeye başladıktan sonraki ilk birkaç dakika içinde o lisanı çözüyordu. Tenlerin inceliklerini biliyordu. Birlikte olduğu kadının en duyarlı noktalarını gözü kapalı bulabiliyordu. Böylece, kendisi zevk deryasına akarken, yanındaki kadını da sürüklüyordu. Ama Nesil ile bu ezber değişiyordu. Barlas yine teninin üzerinden geçiyordu Nesil'in, ama bununla bitmiyordu. Duygular alıyor, duygular veriyordu. Onunla sadece bedenini baskılayan arzularını değil, özünü paylaşıyordu. Nesil toydu, acemiydi, evet. Bu haliyle, tıpkı Barlas'ın özünde duran o gence benziyordu. Nesil'le birlikteyken, sevişmeyi Barlas'ın usta elleri, dudakları yönetiyor olsa da, Yusuf'un duyguları ve Yusuf'un dürtüleriyle hareket ediyordu.

"O zaman uyan. Kahvaltıya bekliyor seninkiler."

"Seninkiler..."

Ne naz kalmıştı Nesil de, ne bir daha uykuya dalacak rahatlık. Birden gözlerini açtı. Barlas'ın bu durumdan hoşnut olduğunu, yüzündeki tatlı ve alaycı gülümsemeden anlayabiliyordu. Tıpkı kocası gibi, gülümsüyordu o da artık. Sabah olmuştu. Gecenin karanlığında yaşanan anılar, günün ışıkları altında görünüyordu. Birbirine değen gözleri, sözcüklere dökülmeyen işaretler gizliyordu. Sadece ikisinin bildiği, özel, sadece onların olan yakınlıkları, zevkleri. Gece boyu birbirlerinden aldıklarını, verdiklerini, her şeyi. Aşk, o gizli bakışmalar içinde gizli değil miydi zaten? Ya da Barlas'ın, parmağının ucuyla teninde dolaştırdığı o zarif dokunuşlarda. Ve bütün bu anlamlı işaretler onları birbirine çekmeye yetiyordu. Barlas yavaşça eğilirken, Nesil de kirpiklerinin gölgesinden onu çağırıyordu.

"Günaydın" dedi genç adam, daha fazla bekletmeden karısını... Dudaklarında, geceden kalma hazlar kıpırdanırken, dokunuşlarına yerleşmiş olan cesaret ve güven de belli oluyordu. Onlar artık, farklı sırlar paylaşıyordu. Geçmişi değil. bu günü dinliyor ve o anı yazıyordu. Nesil Barlas'ın cazibesinin önünde eriyordu geceden beri... Her bir öpüşmelerinde, daha önce olmayan bir şeyler buluyordu. İliklerine kadar süzüp alıyordu Barlas benliğini... Buna rağmen kendini azalmış değil, aksine çekici ve değerli hissediyordu. Kadın gibi. İstenen, aranan, arzulanan bir kadının gücünü buluyordu kendinde... Belki de o gücü kendisi bulmuyordu da, Barlas böyle hissetmesini sağlıyordu... Buna kafa yormak gereksizdi. Nesil için en imkânsız olan gerçekleşmişti. Nihayet, o tepenin, medeniyetten uzak, vahşi rüzgârını dizginleyebilmiş ve sadece Onun için esmesini sağlayabilmişti. Art niyetsiz bir kibirle, kocasını, dudaklarının, kollarının arasına çekti. Dayanılmaz bir davetle sırtüstü yerleşti yatağa. Ona yapamayacağı hiçbir şey yoktu. Ona açamayacağı, Ona veremeyeceği hiçbir şey yoktu Nesil'in. Mutluluk, sevinç. Deli dalgalarla gelip vuruyordu yüreğinin üzerine. Onunla karşılaştığından beri ne kadar değişmişti. Özgürlüğüne son derece düşkün bir genç kızken, aşkın hizmetinde, emrinde bir kadın olmuştu. Kendini Barlas'a sımsıkı bağlayabildiği, Ona en yakın olabildiği anların coşkusuyla kendinden geçiyordu.

"Onlar kalkmış mı?" dedi kollarını genç adamın boynundan çözmeden. Kısa sürede yakaladıkları tılsımı bozmadan, alacağı yanıtlara göre, karar vermek istiyordu. Öyle yeniydi ki Nesil için bu hazlar. Geceden beri, duygularını doyuramıyor, bu hislerin pençesinde kıvranıyordu. Konuşulacak bir şey de değildi. Bazı hislerin, kelime dünyasında birebir karşılıkları yoktu. Dilin yetersiz kaldığı bazı anlarda, aşk kendini yalnızca bedenin tepkileriyle gösteriyordu. Bir yandan kendi duygularının açlığıyla hareket ederken, diğer yandan başka bir dürtünün daha tesirinde kalıyordu genç kadın. Barlas'ın tensel anlamdaki o kabarık kariyeri, Nesil'i sık sık şüpheci bir telaşa sürüklüyordu. Bu anlamda kendini yetkin hissetmiyordu. Barlas, dört duvar arasında, o en özel anlarda, farklı yönlerden esen farklı rüzgârlar oluyordu. Kah hassas bir âşık, kah tutkulu bir zorba. Bir an ılık bir deniz meltemi, bir an kasırga... Onu tattıkça, onu yaşayıp, onunla oldukça aceleci bir paniğe kapılıyordu. Aşkın, birlikteliklerin, evliliklerin, sadece duygulara tutunarak sağlam kalamayacağını biliyordu genç kadın. Bu konuda hayalperest olamıyordu. Mutlu bir evlilik için, aşkın gerekliliği kadar, tutkunun sürekliliği de olmalıydı. Barlas'a kendini sevdirmeyi başarmıştı. Aşkına karşılık almıştı. Bundan böyle de, onun her anlamda ihtiyaç duyduğu, duyacağı tek kadın olmak, tek kadın olarak kalmak istiyordu. Onu her anlamda mutlu etmek ve mutlu görmek istiyordu. Çünkü kendi mutluluğunun da buna bağlı olduğunu düşünüyordu.

Ancak, yaşının ve yaşanmışlığının bütün tecrübesizliğiyle göz ardı ettiği bir şey vardı Nesil'in. Barlas'ın artık sadece âşık olduğu o adamdan ibaret olmadığını, tam olarak anlayamıyordu. Yusuf'un aralarındaki yerini zaman zaman hissediyor olsa da, Barlas üzerindeki gücünü tam olarak kavrayamıyordu. Onun kocası, vaktiyle Yusuf'un yüzüne kapattığı içsel dünyasının kapılarını ardına kadar açmıştı. Artık o, Yusuf olarak yaşamaya kararlıydı. Ve Yusuf, Barlas'tan çok daha güçlü bir erkekti. Nefsin terbiyesi, Yusuf için çocuk oyuncağı gibi bir şeydi. Nesil ve Ekin'li dünyasının bir tek saniyesini bile, Barlas'ın yaşadığı çirkef gecelerin içindeki zevklere değişir miydi? Nesil'in masumiyeti daha ilk gece karşılaştıklarında, Barlas'ı aşıp Yusuf'a kadar gitmemiş miydi? O Nesil'in verdikleriyle ve verecekleriyle ömrünün sonuna kadar mutlu olacak ve yetinecek biriydi. Barlas'ı bağımlılıktan kurtaran da Yusuf'un iradesiydi. Barlas yıllarca bağımlılıktan kurtulmayı denememişti bile. Çünkü o günlerde Yusuf değildi. Ne zaman ki ona yönelmiş ve yeniden o olabilmeyi geçirmişti. Yıllar sonra gönlünden, o zaman Barlas'ın önünde durabilmiş miydi içindeki şeytan?

"Bütün şehir kalktı meleğim. Bir sen hariç..."

"Ekin?"

"Oğlum kahvaltısını yaptı. Neredeyse bir daha uyuyacak."

Barlas'ın verdiği yanıtlar, tahminlere dayanmıyordu sanki. Gülümsüyordu, ama kesin vurgular içeriyordu.

"Sen, nereden biliyorsun" dedi, kaşlarını çatarak...

"Çünkü, oradaydım."

Önce gözlerini açtı hayretle genç kadın. Sonra gülmeye başladı sesli bir şekilde. Barlas da ona eşlik ediyordu. Ama onun ki, suçlu bir tebessümden öteye geçmiyordu. Kara gözlerindeki çekici ışıklarla karısından af diliyordu.

"Dayanamadın değil mi?" dedi Nesil işaret parmağının ucuyla kocasının çenesini okşayarak.

"Hayır" dedi genç adam iki yana salladığı başıyla, saklamadan.

"Aslında. Ben gece gidip alırsın diye düşünüyordum ama..."

"İtiraf ediyorum. Çok direndim kendime."

"Tamam. Ben de pes ediyorum o halde. Sizin aşkınızın karşısında, bundan böyle boynum kıldan ince."

Bu kez Barlas'ın sesi de karısınınkine karışıyordu. İkisi de, birbirlerine sımsıkı sarılmış, iç içe geçmiş bir şekilde gülüyordu. Nasıl da güzel bir yakınlıktı bu. Barlas için kadının anlamı her an biraz daha değişiyordu. Kadın, sımsıcak bir varlık oluyordu. Nesil'in aşkını damarlarında hissediyordu. Yeni bir bağımlılık yaratıyordu Nesil Barlas'ta. Geride kalan yılların boşluğunu ve anlamsızlığını gözlerinin önüne sererken, içini en derinlerine kadar dolduruyordu.

"Ya bizimkinin?" dedi genç adam, gülüşleri kesildiğinde. Nesil'in yüzünü iki yanından kavramıştı. Nesil'in sevgisinden emindi genç adam, aşkından sual olmazdı. Ama dinlemeyi seviyordu. Bu da Barlas'ın esaretini gösteriyordu. O da karısı gibi, aşkın hükmedici etkisinin altına girmişti. Bildiği halde, Nesil'in onu asla bırakmayacağını duymak istiyordu. "Senin ve benimkinin önünde..."

"Delisin sen" dedi genç kadın aşktan sarhoş bir halde kocasına. "Bir de soruyor musun? Onun önünde, seni gördüğüm ilk gün eğildim ben... İlk gün... Daha yolda. Otele gelmeyi bile bekleyemedim. Yolda. İlk an... İlk bakışta..."

"Asıl deli sensin" dedi genç adam başını usulca iki yana sallayarak. "Benimle ne işin vardı? Bulamadın mı başkasını?"

Hâlâ bütün bu olup bitenlere inanamıyordu. Bir genç kızın böyle bir şeye nasıl cesaret edebildiğini düşündükçe. Bir yanıt bulamıyordu. Aşk tamamdı. Âşık olabilirdi o genç kız, ama ya ötesi. Sonrası. Sonrasına hangi güç yönetiyordu? Kim getirmişti o gece Nesil'i ona? Bu sadece aşk olabilir miydi? Hayır. Bu mümkün değildi. Görüntüsü kadar karanlık bir adamın, kapkara dünyasına yürümek. Aşk buna cesaret edemezdi. En güçlü aşkın gücü bile yetmezdi buna.

"Başkasıyla böyle olmazdı. Seninle olduğu gibi olmazdı."

"Çok daha kolay olurdu."

"Ben zoru seviyorum. Kimsenin sahip olmayı başaramadığı bir adam sevdim ben."

"Ve canın yandı."

"Değdi. Her şeye değdi. Sen benimsin artık. Hiç kimseye hissetmediğin şeyler var içinde bana karşı. Biliyorum. Ve bu beni mutluluktan öldürüyor. Bu her şeye değiyor işte."

BÖLÜM OTUZDÖRT

"Neredesin Roni?"

"İçerdeyim aslanım. Bekliyorum seni. Geldin mi?"

"Evet."

Arabadan indi. Başını kaldırıp o tanıdık binaya ve sonra sokağa baktı genç adam. En gözde barların bulunduğu sokaklar, caddeler, gece yarısından sonra hareketleniyor, o hareketlenme sabahın ilk ışıklarına kadar devam ediyordu. O günse vakit öğlendi. Bu yüzden, ortalık son derece sakin görünüyordu. O tür mekânların, hemen hemen hepsinin bir de arka kapısı olurdu. Genel olarak mutfaklarının açıldığı bir arka bahçe ve oradan başka bir çıkış. Barlas uzun yıllar hep o arka kapılardan girdiği ve çıktığı mekânlardan birine, bu kez çok farklı bir adam olarak, normal insanlar gibi geliyordu. Kara gözleri artık, bir avcı gibi, etrafı kesmiyor, burnuna bela kokusu gelmiyordu. Bu kez ceketini, belindeki silahı gizlemek için giymemişti. Gücü de, silahı da, sevdiği kadının eliydi artık. Ve bundan sonra, korumak, kollamak zorunda olduğu tek kadın Nesil'di.

Zile dokundu genç adam. Gittiği yer bir bar olmasına rağmen, önüne gelen giremiyordu. Beklerken başını kaldırıp bir kez daha anılarında kalan o binaya baktı genç adam. Üç katlı, eski Rum evlerinden biriydi. O sokaklarda, bütün binalar birbirine benzerdi ve hemen hemen hepsi artık bu türden işletmelerdi. Dışarıdan bakılınca, sadece tarihi yansıtan o bina, içeriye girdiğinde bambaşka bir dünya oluyordu. Dekorasyon, detaylar, tepeden tırnağa değişmişti. Bardan çok, şık ve nezih bir restoran havası taşıyordu. Alt kat, sahneyi çevreleyen küçük masalardan ve bir duvarı boydan boya kaplayan uzun ve gösterişli bir bar tezgâhından oluşuyordu. Orayı, o türden diğer yerlerle birleştiren tek ortak noktayse, ortamdaki loşluktu. O loşluk, o dünyayı temsil ediyordu sanki. Bazı şeyler onun içinde gizleniyordu. Gece ya da gündüz olması, bu gerçeği değiştirmiyordu.

Kapı açılır açılmaz, tanıdık bir yüz karşılaşmıştı genç adamı. Gördüğü yüz Barlas'ı şaşırtmamıştı. Çok uzun zamandır uğramamıştı oraya, ama tanıdıklarının olacağını tahmin ediyordu. Garsonlar, çalışanlar sürekli değişiyor olsa da, kemik kadro değişmiyordu.

"Barlas Ağabey, hoş geldin..."

Başını eğip kaldırarak adama selam verdi. Tebessümü gerektiği gibiydi Barlas'ın. Ne eski bir dosta rastlamış gibi keyifli. Ne bir yabancıya bakar gibi kibirli...

"Merhaba Cihan."

Roni, Larisa'dan devraldıklarını akıllıca değerlendirmiş ve işlerini büyütmüştü. Bir gece önce düğünlerini yaptıkları, daha doğrusu, nikahla birlikte, küçük bir yemek verdikleri mekân da Roni'ye ait bir başka yerdi. Orada Özgür sahneye çıkıyordu.

"Hoş geldin Barlas."

Yılların Roni'si, yüzünde en karakteristik izini taşıyarak genç adamı kapının ardında bekliyordu. Derin ve uzun bir yara izi Roni'nin yanağını boydan boya kaplıyordu. Birkaç gün önceki karşılaşmalarında olduğu gibi, bunca yıldan sonra, eski ve güvenilir bir dostu ağırlamaktan memnun görünüyordu.

"Nasılsın aslanım?"

Onların yanında, artık unutmaya başladığı o adam olmuştu. Mekâna adım attığı andan itibaren yine o suskun ve katı adam profiline geri dönmüştü. Kasıtlı olarak yapmıyordu, sadece içgüdüsel olarak öyle davranıyordu. Onlarla anıları onu buna zorluyordu. Gülümsemeyi unutmuş o bildik Barlas duruyordu karşılarında. Sadece baş selamıyla, hem başlatıyor hem de bitiriyordu onlarla yakınlığını...

"Ofise geçelim. Ne ikram edeyim sana Cihan. Bak abine oğlum."

"Hiçbir şey istemem. Çok az vaktim var. Önce şu, dün geceki hesabı kapatalım. Sonra senden bir şey isteyeceğim Roni."

Yıllarca Larisa'yı görmeye alıştığı o büyük ofis koltuğu içeriye girdiği an dikkatini çeken ilk şey olmuştu Barlas'ın. Zaman geçmiş olsa da, bazı şeyler hafızasında durmaya devam ediyordu. Larisa, bir elinde ince sigarasıyla oturuyordu sanki orada. Bir eliyle de, masanın üzerinde sürekli çevirdiği chivas dolu bardağını tutuyordu...

"Buyur geç, şöyle otur" dedi Roni Barlas'ın bir an dalıp gittiği o koltuğu göstererek. Âlemin raconlarından birini yerine getiriyordu Roni bunu yaparak. Barlas'a saygısını bu şekilde gösteriyordu.

"Burası iyi" dedi genç adam masanın önündeki lüks deri koltuğa otururken. Roni bir an baktı genç adama. Barlas onun teklifini reddederek, onun yerini kabul etmeyerek, orada asıl patronun kim olduğunu belli etmişti. Bir anlamda Roni'ye "bu mekân senin" demişti. Roni de Onun karşısında o koltuğa geçmeyerek, Barlas'ın jestine karşılık vermişti. İkisi de eşit durumdaydı artık. Tam da Barlas'ın istediği gibiydi konumları.

"Tebrik ederim..."

"Teşekkürler."

"Barlas, geçen gece için kusuruma bakma. Yanındaki bayanın yengemiz olduğunu aklımdan geçiremedim. Takılmak istemiştim sana. Ne bileyim. Eşeklik ettim işte."

"Tamam. Unutalım artık. Acıyor mu hâlâ?"

"Elin ağır be Barlas. Acıyor tabii. Ama varsın acısın. Acısın ki, yaptığımın ne büyük terbiyesizlik olduğunu kolay kolay unutmayayım."

Genç adam arkasına yaslanarak Roni'nin dudağının üzerinde hâlâ belirgin olan ize baktı. Özgür'ü dinlemeye gittikleri gece, Roni, Nesil'in kim olduğunu bilmeden, ileri geri şakalar yapmıştı genç adama. Ve bu Barlas'ı anlık bir deliliğin ortasına itmişti.

"Sen, yanında karılarla gece âlemlerine çıkmazdın Barlas. Bu yavruyu diğerlerinden ayıran ne?"

"Neyse" dedi Barlas. "Önce şu işi bitirelim. Sonra asıl meseleye geçelim."

Ceketinin iç cebinden bir çek koçanı çıkardı. Hemen yanında duran masadan bir kalem aldı ve önündeki sehpaya eğildi.

"Ne yapıyorsun aslanım. Ayıp oluyor ama."

"İtiraz yok Roni. Başta da konuştuğumuz gibi. Karşılığını alacaksın."

Konuşurken, bir yandan da çekin gerekli kısımlarını doldurmayı bitirmiş, sadece rakam hanesini boş bırakmıştı. Başını kaldırıp Roni'ye baktı. Onun huzursuzluğunu görebiliyordu.

"Burayı sen doldur" dedi sayfayı koçandan ayırıp sehpanın üzerine bırakarak. "Gecenin hakkı neyse onu al. Eğer kendin istemiyorsan, hizmet eden çocuklar arasında paylaştır. Kimseye borçlu kalmayı sevmediğimi bilirsin."

"Beni eziyorsun, ama böyle yaparak."

"Dediğim gibi. Al ve çocuklara dağıt o zaman. Eğer vaktinde tahsil etmezsen buraya gelir ve bu kez nakit olarak öderim. Aramızdaki bağı da temelli bitiririm. Dediğimi yaparım bilirsin."

"Ulan, ne inatçı bir adamsın be, ne dediğim dedik. Eskiden de böyleydin. Hiç mi değişmeyeceksin sen?"

"Tahmin edemeyeceğin kadar değiştim hem de."

"Dediğin gibi olsun. Çeki tahsil ederim ve dün gece hizmet veren çocuklar arasında paylaştırırım. Diğer mevzuya gelelim. İstediğin yardım neyle ilgili?"

Barlas derin bir nefes aldı. Hayatındaki bütün düzen yerli yerine otururken, sıra Cem meselesini çözümlemeye gelmişti. Nesil'in geçen birkaç gün içinde o işe kafa yormamasını söylemişti Barlas. Babasının işlerinin, karısının en mutlu günlerini gölgelemesini istememişti. Sorun neyse çözecekti genç adam. Ama önce neler olduğunu tam olarak anlaması gerekiyordu. Başından beri Cem'e karşı düşmanlık besliyordu. İlk günden beri, Cem'in Nesil'in hayatındaki yerini ve değerini kıskanıyordu. Bütün bunları bir kenara koyduğunda, Cem'in güvenilmez bir adam olduğunu söylüyordu hisleri ona.

"Benzin istasyonu hesaplarından anlayan biri lazım bana. Güvenebileceğimiz, bu işi bilen biri."

"Sen mi gireceksin bu işe?"

"Hayır. Karım, karımın babasından kalan üç benzin istasyonu var. Adamın birine güvenerek bütün yetkilerini devretmiş. Adam birkaç gün önce, istifa etti ve her şeyi bıraktı. Muhasebecisi de ortadan kayboldu. Bir dolap var Roni... Muhtemelen her şey kitabına uydurulmuştur. Bu işi çözecek, o hesapların altındaki tezgâhı görecek, dikkatli gözler arıyorum. Sen bana, o gözleri bulacaksın..."

"Adamı bulsak ve ona sorsak neler karıştırdığını. Konuştursak. Bu daha kolay olmaz mı?"

"Hayır. İstediğim bu değil. Karım, ona karşı biraz haksızlık ettiğini düşünüyor. Borçlu hissediyor kendini. Ona bu adamın gerçek yüzünü gösterebilmek için, o kanıtlara ihtiyacım var. Ve tabii kendime de... Yok yere birilerinin günahına girmek istemem. "

....

Barlas'ın yüzü kapıdan girdiğinden beri son derece ciddi görünüyordu. Portmantonun üzerine bıraktığı çanta, ilk anda genç kadının dikkatini çekmiş olsa da sonradan unutmuştu. Kendisiyle ilgili bir şey olacağını tahmin bile etmemişti. Böyle bir durum, bir ihtimal olarak bile aklından geçmemişti. O an ise, Nevhis gitmiş ve Ekin uyumuştu. Genç kadın, kocasının kollarının sıcağının arasına sokulmayı düşlerken, bir çanta dolusu paranın önünde buz gibi oturuyor ve duyduklarına inanamıyordu...

"Nasıl geldi bunlar?"

"Getirdiler. O getirip teslim etmiş."

"Kendiliğinden mi?"

Barlas ellerini ceplerine sokmuş, camın önünde duruyordu. Nesil şaşkınlıkla paraya bakarken, o karısının yüzündeki hayal kırıklığını görmek istemiyordu. Ancak, artık konuşma zamanı gelmişti. Nesil, ilk şoku atlatmıştı. Genç adam karısına doğru döndü ve solgun yüzüne baktı.

"Tabii ki kendiliğinden değil Nesil" dedi sakin bir ses tonuyla. "Dolandırıcı bir adamdan bahsediyoruz. Ben bu haltı karıştırdım ve pişman oldum" demeyecekti ya?"

"O halde nasıl?"

"Defterleri incelemesi için bir adam tuttum. Altından çok şey çıktı. O ve muhasebeciniz, mecburen itiraf ettiler."

Barlas'ın geçmişi, geçmişteki işi, çevresi... Nesil'in gözleri endişeyle açılmıştı. Nasıl itiraf etmişti Cem? Ya da ne şekilde zorlanmıştı buna? Filmlerdeki o sahneleri hatırlıyordu. Kimin için endişeleniyordu genç kadın gerçekte? Cem için mi? Yoksa zaman zaman kaybetme korkusuna esir düştüğü, akşam yüzlü sevdiği için mi? Elbette asıl endişesi kocası içindi. Ama Barlas oradan hiç ayrılmamıştı. O böyle bir zorbalığa bulaşmış olamazdı. Başına bela almazdı herhalde. Geçmişiyle bağ kurmazdı bugünden sonra... Onu ve oğlunu yalnız bırakacak bir şey yapmazdı.

"Ona kötü bir şey yaptılar mı?"

Genel anlamda konuşmayı tercih etmişti genç kadın. Korkularından bahsetmemişti kocasına. Doğruca "sen bu işe bulaştın mı?" diyememişti.

"O iyi. Sana yaptığının karşılığını tam olarak ödediğini söyleyemem. Aklımdan daha kötü cezalar geçiyor, vicdanıma laf anlatamıyorum. Bu yüzden ben yüz yüze gelmek istemedim onunla. Uzaktan karar vermek daha mantıklı. Yüzünü gördüğümde, kendime engel olamayabilirim. Bunu garanti edemem sana."

Bu az da olsa rahatlatmıştı genç kadını. Barlas'ın kararı son derece mantıklıydı. Kibar ve hafifçe çıtkırıldım Cem'in, Barlas karşısında bir şansı olamazdı. Birbirine denk boyları ve yapılarına rağmen, Barlas çok daha güçlü bir erkekti. Cem'in ciddi zarar görmesiyse, Barlas'ın başının derde girmesi demekti.

"Ne olacak peki şimdi?" dedi cılız ve titrek bir sesle genç kadın.

"Kapanacak bu konu" diyerek yanıt verdi kocası. Onun sesi son derece sabit ve kararlı çıkıyordu. Çok düşünmüştü genç adam. Bu işi, bu haliyle unutmaktan başka bir çözüm bulamıyordu. Bir cana kıymak onun tarzı değildi. Bundan ötesine vicdanı izin vermiyordu. Mahkemelerde cezalandırılmasını sağlayabilirdi. Ama o, Cem'in aldığı hayat dersiyle birlikte hayatlarından silinip gitmesini istiyordu.

"Bana bunu unutmam için yardım edeceksin ki, sonradan pişman olacağım bir şey yapmayayım bu adama. Mahkeme falan da istemiyorum. O adamın adını bugünden sonra bir daha duymak istemiyorum. Bu mesele yüzünden onu aramanı ya da herhangi bir sebeple, özür mözür dilemek için... Ne bileyim işte. Hiçbir sebeple onun da seni aramasını istemiyorum. Benzinlikler çalışmaya başladı. Dilersen sağlam birilerini ayarlarız ve o şekilde devam edebilir. Dilersen devredebilirsin. Tabii zarar etmiş bir işletme olarak değil, şu haliyle devredeceksin. Bu da zararına değil, değerine devirler olacak demektir. Karar senin Nesil... İşletmeler senin..."

"Gerekli parayı sen mi karşıladın? Yani yeniden çalışır duruma geçmesi için gereken parayı sen mi verdin?"

Başını sallayarak onayladı genç adam. Nesil'e "bekle" derken, bir yandan da benzinlikleri işletmeye açmak için bağlantılar yapıyordu. Her şey çözümlenmeden, özellikle Cem'in maskesi düşmeden karısını bunlarla meşgul etmek ve sıkıntıya sokmak istemiyordu. Şimdi Nesil'in gerçekleri öğrenmesinin zamanı gelmişti. Tabii, hakkı olan ve güvendiği adam tarafından çalınan paralarıyla birlikte gelmişti o beklenen zaman...

"O zaman bunlar senin" dedi genç kadın çantadakileri işaret ederek...

Başını iki yana sallayarak, kesin ve Nesil'in itirazına aralık bir kapı bırakmayacak bir tavırla; "Onlar senin. Babanın bunca yılının ve emeğinin karşılığı" dedi genç adam.

"Senin paran, malın 'bizim' oluyor da... Benimkiler olunca neden..."

"Ben erkeğim Nesil, benim olan ne varsa sizin tabii ki. Size bakmak da benim görevim. Ben sana da oğlumuza da bakabilecek durumdayım çok şükür. Senin çalışmana, yorulmana, iş yüzünden sıkılmana gerek yok."

Duyduklarına ve içinde bulunduğu duruma rağmen hafifçe gülümsedi genç kadın. Kocasının sözleri tanıdık gelmiş ve gülümsetmişti Nesil'i. Barlas da babasına benziyordu. Karısının çalışmasını istemeyen, tipik bir Türk erkeği gibi konuşuyordu. Bazen, modern düşünceye kapalı, tutucu ve kuralcı bir adam oluyordu ve bunun farkına bile varmıyordu genç adam...

"Evinin kadını, çocuğunun annesi ol diyorsun."

Barlas da hafifçe gülümsedi karısına. Dediklerini kalıp bir cümleyle özetleyivermişti Nesil. Evet. Aslında tam da bunu istiyordu genç adam.

"Evinin kadını, çocuğunun annesi ve otelinin patronu ol diyorum sana. İkimiz birlikte çalışalım diyorum. Sen buraya, iş başvurusu için gelmemiş miydin? Sana burada ihtiyacımız var diyorum ben de sana."

Sevdiği adama bakarken gülümseyen gözleri, çantaya doğru kaydığında yeniden gölgelendi genç kadının. İçindekilere baktıkça, yutkunuyordu. Nasıl olabilirdi böyle bir şey? O Cem'e bu kadar güvenirken, hatta bir dönem hayatını onunla birleştirmeyi aklından geçirmişken. O nasıl yapabilmişti bunu? Onun parayı sevdiğini biliyordu genç kadın. Cem'in lüks tutkusunu biliyordu. Giyimiyle, yaşam tarzıyla, istekleri ve hedefleriyle, hep zengin bir erkek olmak ve o şekilde yaşamak istediğini biliyordu Nesil. Ama bu şekilde. Üstelik Nesil'e âşık olduğunu, gerekirse yıllarca bekleyeceğini, ondan başka bir kadın istemediğini, hayal edemediğini her fırsatta dile getirirken, bu kadarına nasıl cesaret edebilmişti? Ve Nesil nasıl bu kadar dikkatsiz, bu kadar saf olabilmişti?

Karısının eğik başını kaldırdı, titreyen dudaklarının kıyısına şefkat dolu bir öpücükle dokundu genç adam. Konuştukları konu yön değiştirmişti. Konu Nesil ve Nesil'in geçmişteki duyguları oluvermişti.

"Gidişattan korktuğum zamanlar oldu Barlas. Bunu inkâr edecek değilim. Özellikle, sen içki konusunda bana açıklama yaptığın ilk an ve sonrasında... Umutsuzluğa kapıldığım çok zamanlar oldu. Ama hiçbir şey sana olan hislerimi köreltmedi, azaltmadı. Sadece umutsuzluğa kapıldım, ama yüreğime söz geçiremedim. Hiç değişmedi bu. Seninle evlenmek istemememin bir nedeni daha vardı. Sanırım asıl engel de buydu. Ben. Ben de Ekin gibi evlilik dışı bir bebekmişim. Yani annemle babam evlendikten sonra doğmuşum, ama evlenmelerinin sebebi benmişim. Ben, hamile olduğumu öğrenmiştim ve annemle bir konuşma geçmişti aramızda. Onlardan saklıyordum. Hoş hiçbir zaman da öğrenemediler ya. Buna vaktimiz olmadı, kalmadı. O günlerde bir karar vermeye çalışıyordum. Öylesine zor zamanlardı ki."

"Tahmin ediyorum."

"Annem dedi ki..."

Genç kadın annesiyle yaptığı o konuşmayı, bir bir anlattı kocasına. Aralarındaki tek gizli de ortadan kalkıyordu böylece. Ne Nesil'in ne de Barlas'ın hiçbir sırrı, hiçbir saklısı kalmıyordu. Nesil konuştukça Barlas'ın kıskançlığının tetiklediği gizli öfkesi de duruluyordu. Karısını anlamaya başlıyordu. Kendi hatalarını hiçbir zaman yadsımıyordu genç adam. Çoğu konuda Nesil'e hesap sormaya, kızmaya hakkı olmadığını biliyordu...

"Baban... Eğer anneni seviyor olmasaydı... Hem annen, hem de sen hissederdiniz bunu Nesil."

"Ama babam, çok iyi bir adamdı Barlas. Mutsuz olsa da, bize belli etmezdi ki bunu."

"Mutsuz bir erkek, hayatı boyunca rol yapamaz Meleğim. Eminim baban, anneni en başından beri seviyordu. Ve hep sevdi. Hep annenin tarafından bakıyorsun. Belki de kadın olduğun için aksini düşünemiyorsun. Bir de şu tarafından bakalım olaya. Eğer annen sana hamile olmasaydı, belki de babanla evlenmek istemeyecekti. Belki bu, babanın beklediği fırsattı. Anladığım kadarıyla da öyle olmuş. Annen boş yere kuruntu yapmış bence."

Genç kadının bir süredir kederle süzülen gözleri anlık bir değişimle parlamaya başlamıştı. Barlas çok farklı bir şekilde yaklaşmıştı gerçeğe.

"Aslında hiç bu yanından düşünmemiştim. Haklı da olabilirsin. Belki de ben babam için bir fırsat olmuşumdur..."

Barlas başını salladı ve gülümsedi karısına. "Bak bize" dedi, kendilerini örnek göstererek... "Eğer Ekin olmasaydı, sen de kendi yoluna gitmeyecek miydin? Bana gelecek ve beni böyle mutlu edecek miydin? Sen beni mutluluğa mecbur ettin Nesil, başka hiçbir şeye değil. Belki baban için de durum buydu. Ekin'i elbette çok istiyordum, ama bir kadın erkeğe çok şey katar ya da kaybettirir Nesil. Erkeğin hayatını, bir çocuktan daha çok değiştirir bir kadın. Bazen ne düşünüyorum biliyor musun? Sen mi Ekin'i, yoksa Ekin mi seni kazandırdı bana? Cevabını bilemiyorum. Ama şu an bulunduğumuz durumdan öylesine memnunum ki. Geçmişteki her bir kayıp gün, sensiz her an için öylesine mutsuzum ki. Bazı şeyleri çok düşünmemek, çok irdelememek gerek Meleğim.

Ben artık şuna inanıyorum. Bazı şeyler sadece rastlantılarla gerçekleşiyor. Ve o rastlantılar da, insanın gücünde ya da kontrolünde değil. Bazı hayatlar, başkalarının varlığıyla anlam ve değer kazanıyor Nesil. Benim ki gibi, benim hayatım gibi hayatlar senin gibi, Ekin gibi mucizeler bekliyor..."

Küçük bir çocuk gibi, özenle ve sevgiyle sarıp sarmalanmıştı sığındığı kucakta. Barlas'ın çenesi, karısının alnına değiyordu. Ara ara eğilip, erişebildiği yerden öpüyordu onu..

"Seni hep sevdim ben" dedi derin bir solukla birlikte. "Ama ben öyle zor bir adamdım ki Nesil. Kemikleşmiş bir hastalıktı benimki. Öyle imkânsızdı ki duygularımı algılamam... Hissetmeyi öylesine unutmuştum ki..."

"Biliyorum. Biliyorum artık her şeyi biliyorum. Galiba, ben de Ekin'e çok şey borçluyum. O olmasaydı sana gelmeye cesaret edemezdim. Hem gelsem bile, eminim karşılık alamazdım. Benimle olmazdın değil mi?"

"Hayır" dedi genç adam kederle. "Eğer mecbur hissetmeseydim, Ekin olmasaydı, seni kendimden uzak tutardım... Ve sana karşı her ne hissediyorsam hiç düşünmeden bastırırdım."

Evet. Ekin olmasaydı, Nesil ve Barlas'ın olacağı da bundan ibaretti. Nesil ne kadar uğraşsa da, Barlas için, bastırılması kaçınılmaz hislerden öteye geçemezdi.

"O zaman Ekin, benim de mucizem" dedi genç kadın gitgide yerleşmeye başlayan neşesiyle.

Barlas'ın eli karısının karnını okşuyordu. Bütün gece bunu yapmıştı. Nesil'in sancısı sürdükçe, elinin sıcağıyla, enerjisiyle ona çare olmak istemişti genç adam. O an da buna devam ediyordu. Bir yandan da, Ekin'i taşıyan o narin bedenin içinde, kendinden bir parçanın büyüdüğünü hayal ediyordu. Yeni bir yeniden bir mucizeye hevesleniyordu...

Daracık bir sokağa girmişti. Sağlı sollu sıralanmış, birbirinin aynı renk ve malzemeden yapılmış, bir çocuğun girebileceği kadar alçak ve ancak bir çocuğun sığabileceği kadar dar kapılar… Penceresi olmayan, birbirine yaslanmış, eski evler vardı. Ses yoktu. Ne bir insan, ne çocuk gürültüsü, ne yaşam belirtisi… Terk edilmiş, izbe sokak, ışığa ve canlıya hasret kalmıştı. Alçak evlerin dış duvarları, yarısına kadar kirli beyaz kireçle, yarısından aşağısı ise çamurla sıvanmıştı. Tıpkı bastığı yer gibi… Balçık, bataklık çamur, hem duvarlara hem onun ayak bileklerine bulaşmıştı. Yürümek nasıl da zordu. Buna rağmen, adım atmaya çabalıyordu. Ayağının birini kurtardığı an, diğerini kaldırmak zorlaşıyordu. Her hamlesinde, çamur deryasının içine biraz daha gömülüyordu. Yerdeki pislik yükseldikçe, umudu azalıyor, oradan asla kurtulamayacağını anlıyordu.

Ulaşmaya çalıştığı yer o evlerden biriydi. Ancak, hangisinin aradığı ev olduğunu bilemiyordu. Dönüp arkasına baktı kuzguni kara gözlerindeki kesif korkuyla… Ne kadar zamandır orada umarsızca yürüdüğünü hesaplamak için, geçtiği mesafeyi bakışlarıyla ölçüyordu. Sadece birkaç adım mıydı hepsi? Ama gücünü son damlasına kadar kullanmıştı. Daha fazla ilerlediğini sanıyordu. Artık o korkunç ıssızlıktan çıkacağını, evini bulacağını umarken, yolun henüz başında olduğunu görüyordu.

"Yesra" dedi inleyerek…

Ses tellerine de hükmedemiyordu. Boğazını, kopmaya hazır hıçkırıklara karşı düğümlemişti. Bu yüzden, içinden geçen avaz avaz haykırışlar duyulmuyordu. Kimse yokluğunun ya da varlığının farkında değil miydi? Onu hiç kimse aramıyordu. Ne açık bir kapı bırakılmıştı döndüğünde evine girebilmesi için, ne bulabilmesi için bir işaret konmuştu. Herkes nereye gitmişti? Bu sokağa neler olmuştu? Yanlış bir yöne mi girmişti?

Korkulu ve nemli gözlerini kolundaki eski kazağın koluna sildi. Bakışlarını baskılayan buğu biraz çekilmişti. Bir kez daha arkasına döndü. Sokağın girişindeki duvara, kırmızı renkle yazılmış numaraya baktı emin olabilmek için... Yoktu... Hayır vardı. Ama belirsizdi... Renk belli oluyordu, ama silikti, okunmuyordu. Oysa o numarayı yazmak için, belediyeden gelen adamları bir film gibi seyretmeleri daha dün gibiydi. Arkadaşlarıyla birlikte ne kadar çok eğlenmişti. Bu kadar çabuk mu eskimişti? Onlar mı çabuk eskimişti? Yoksa... Yoksa o mu çok geç gelmişti?

Bir kez daha yutkundu. Şu boğazındaki darlık, şu nefesini tıkayan yoğunluk neden geçmiyordu? İlle de ağlaması mı gerekiyordu? Bir daha ağlamayacağına yemin etmemiş miydi? Birkaç çocuk ömrüne yetecek kadar yaş dökmemiş miydi?

Eğilip kendine baktı. Sabit durdukça, ayak bileklerindeki çamur, dizlerine kadar çıkmıştı. Dizleri... Bacakları ne kadar da uzundu. Uzun ve iri yapılı bir adamınkilere benziyordu. Oysa o, daha bir çocuktu. Gördükleri, bildiklerini yalanlıyordu. Dizlerinden ağır ağır ve kaygıyla yukarıya doğru yürüyen gözlerine inanamıyordu. Bir adamla karşılaşmıştı. O kendini bir çocuk sanıyordu, ama bir adamın bedeninin içinde duruyordu. Kimdi o adam? Yüzünü görmek istiyordu. Bir ayna, bir cam, bir şey, herhangi biri. Ona kim olduğunu anlatacak birileri yok muydu? Ne doğduğu sokağı, ne kendini tanıyordu. Ona ne olmuştu? O sokaktaki evlerin hiç biri ona ait değildi. O bir ev bulmaya gitmemişti oraya... O halde? Kimi arıyordu? O çamurun içinde, kimi bulmayı umuyordu?

"Yesra" dedi bir kez daha hissiz, mora çalan dudakları. Artık soğuğun bıçak kadar keskin yüzü tenine değiyordu. Bilinçsizce dökülen o isim, boğazındaki düğümü aşarak geliyordu. Kulakları buz tutmuştu. Dokunsa kırılıp parçalanacak kadar donmuştu. Ama bütün o hissizliğe rağmen, dilindeki duayı, sürekli tekrarladığı ismi duyuyordu.

"Yesra..."

Kollarını yukarıya kaldırdı. Çamurun içinde güçlükle de olsa, en yakın duran kapıya doğru gidiyordu. Sanki başının üzerinde bir şey taşıyor ve onu çamurdan koruyordu. Neden öyle yaptığını bilemiyordu. Bilincinin bir yerlerinde o sahne vardı. Sanki o, bunu yapmaya eğitimli ve alışkındı. Bir tüfeğe benziyordu, ya da bir çocuğa. Bakışlarını kaldırıp bakmaya zamanı yoktu. Bir an önce, o bataktan çıkması gerekiyordu. Bir an önce, o kapıları açması ve aradığını bulması gerekiyordu. Ama merak ediyordu. Kendisi göğsüne kadar çamura gömülmüşken, başının üzerinde ne taşıyordu? Eliyle yoklasa da, dokunsa da anlayamıyordu. Az kalmıştı. Kapıya neredeyse varmıştı. Göremiyordu, ama orada birkaç basamak olduğunu tahmin ediyordu. Bir basamağa basmıştı bile. Bir adım daha, bir daha. O yükseğe çıktıkça, bedenini saran çamur çekiliyor, ağırlığı hafifliyordu. Kollarını başının üzerinden indirdi. Ellerine baktı. Bulaşmış çirkeften başka bomboştu. Ne bir cismi ne de izi kalmıştı taşıdığı şeyin... Durduğu an kaybolmuştu.

Sırtını kapıya yasladı ve soluklandı. Başını kaldırıp ne durumda olduğunu görmeye korkuyordu. Korksa da mecburdu. Sokak her dakika biraz daha kararıyor, o biraz daha çamura gömülüyordu. Elini ardındaki kapıya vurmaya başladı. Önce bir çocuk gibi, ağır ağır, güçsüz bir şekilde... Gitgide biraz daha sert... Sonra bir adam gibi şiddetle...

"Açın" diyordu sessizce. "Açın..."

Demir bir kapının paslanmış menteşelerinin sesini duydu. O sesi hatırlıyordu. Evlerinin avlusunu sokağa bağlayan kapının sesiydi bu. Bir gün içinde kim bilir kaç kez o gıcırtıların arasından girip çıkardı evine. Birilerinin geldiğini yine o ses haber verirdi onlara. Elini vurduğu yerden çekti ve dikkat kesildi birden. Sokağa bakıyordu. Açılmış olan o kapının yerini arıyordu. Durduğu yerden en uzak köşede bir karartı. Ufak tefek bir kız çocuğu... Uçuşan, uzun etekliğini, başındaki solmuş çiçekli yazmasını seçebiliyordu. Biraz ışık, biraz daha gün aydınlığı gerekiyordu. Kara gözlerini kıstı. Sadece o gölgeye odakladı bakışlarını. Gölgenin yüzünde tek bir noktaya bakıyordu... Bir renk arıyordu... Bir çift nazar taşı... Biraz mavi...

"Yesra" dedi ayaz kurusu dudakları "Ben geldim."

Kız eğik başını kaldırmadan, onu görmeden, içeriye girmiş ve kapıyı kapatmıştı. O çelimsiz kız çocuğuna sesini duyuramamıştı. Sokak yine aynı sokak olmuş, o ise, ıssız bir dünyanın ortasında kalmıştı. Boğazındaki baskıyı serbest bıraktı. Ağlamaksa korktuğu, ağlayacaktı. çünkü bir kez daha yapayalnızdı. Yesra'ya sesini duyurabilmek her şeyden çok daha önemliydi o an. Onun Yesra olduğunu biliyordu. Ona uzun zamandır hiç bu kadar yaklaşmamıştı. Onu bir kez daha kaybetmek istemiyordu.

"Yesra benim" dedi bu kez gücünü son damlasına kadar kullanıp haykırarak... "Yesra. Yesraaaa..."

....

"Barlas, Barlas... Uyan... Sevgilim uyan..."

Ecel çökmüştü sanki göğsünün üzerine. İçindeki kasvet, nemlenmiş çıplak teninden damla damla dökülüyordu. Alnından başlayan ter tanecikleri, yanık cildinden parlak gözyaşları gibi süzülüyordu. Kâbusundan sarsıntıyla dönerken kavradığı çarşafı tutmaya devam ediyordu. Eline dokundu genç kadın önce. Buz gibiydi. Avuçlarını öylesine sıkmıştı ki, açmaya kimsenin gücü yetmezdi. Yavaşça ve sakince okşamaya başladı kocasının elini. Onu daha fazla sarsmaya gerek yoktu. Farkındaydı Nesil. Oturuyor olsa da, hâlâ kendinde değildi. Bakışları sönük, cansız ve sabitti. Bir noktaya bakıyordu genç adam. İnip kalkan göğsü ve çılgına dönmüş soluklarıyla karanlığı seyrediyordu.

"Yine kâbustu bitanem... Sadece kâbustu."

Başını salladı genç adam. Düzene girmeye başlayan kalp atışları belli oluyordu. Buna rağmen sessizliğini koruyordu. Tek kelime etmiyordu. Sanki dudaklarını sayıkladığı isimle birlikte mühürlemişti. Konuşmak istemiyordu. Parmaklarının arasına sıkışıp kalmış çarşafı salıverdi sessizce. Bacaklarını örtünün altından çekip, yere indirdi. Kollarını dizlerinin üzerine uzatarak öne doğru eğildi. Gözlerini kapattı...

Her şey bu kadar güzel sürüp giderken, neden rüyalarının kontrolünü kaybediyordu? Neden huzurla daldığı uykular haram oluyordu bazı gecelerde? Neden bitmiyordu bu çile, bu azap? Üstelik artık yalnız kalmak, kendini saklamak, kâbuslarını kuytularda bir başına yaşamak gibi bir şansı da yoktu. Bu haliyle Nesil'i de üzüyordu. Nesil'in şu bakışları... Onu dünyanın en mutlu kadını etmeye adamışken kendini. Buna gücü varken, istekliyken, birbirinin aynı kâbuslarla ona da korkulu geceler yaşatıyordu.

"Barlas, aşkım tamam canım. Tamam geçti."

Genç kadın sadece onun adını ve ne kadar sevdiğini fısıldıyordu. Böyle zamanlarda, Barlas normale dönene kadar tıpkı bir bebek gibi ilgileniyor ve kocasını avutuyordu. Bu kaçıncı kâbustu böyle? Onun bu yarı ölü hali, genç kadını kahrediyordu. Onu böyle görmeye dayanamıyordu. Ona "geçti, bitti" diyordu, ama bitmediğini, bitmeyeceğini artık Nesil de biliyordu. Barlas'ın alnında asla silinmeyecek bir yazıydı Yesra. Yüreğinin orta yerinde sessiz sessiz süren bir sızıydı. Nesil'in derman olduğu sınırların ötesi, dışıydı. Barlas tarafından korunan ve saklanan, kimsenin erişemediği, dokunamadığı bir yeri vardı. O yerin tek sahibi ve o yaranın tek ilacı Yesra'ydı.

"İyi misin?"

Başını bir kez daha salladı genç adam. Ve yavaşça doğruldu. Oturduğu yerde, karısı iki yana açtığı bacaklarının arasına almıştı onu. Arkasından sımsıkı sarılmış, yüzünü sırtına dayamıştı. Ona sürekli güç ve sevgi veren sözcükler söylüyordu. Dudaklarını genç adamdan ayırmıyor, nefesiyle, dokunuşlarıyla, buz kesmiş tenini ısıtıyordu.

"Su getireyim mi sana?"

Elini, beline dolanmış kollara uzattı. Usulca okşadı karısının tenini. Yüzüne bakmıyordu. İçindeki hasretin, yüzüne çöken acı izlerini Nesil'den saklıyordu. Biraz yalnız kalmak ve normale dönmek istiyordu yalnızca.

"Ben alırım. Sen uyu" dedi güçsüz bir fısıltıyla.

Sarmalandığı kucağın içinden sıyrılıp kalktı yavaşça. Ellerini yeniden uzamış olan saçlarının arasından geçirdi. Henüz duştan çıkmış gibiydi. Ama duşun verdiği, tazeliği, zindeliği taşımıyordu. Aksine, yorgun, bitkin, tükenmiş görünüyordu. Gözü önce banyonun kapısına ilişti. Üzerindeki bu ağırlığı kazıyıp atmak için en doğru yol, suyun altına girmekti. Ama isteksizdi. Bir süre hiçbir şeye odaklanacak ya da yapacak güçte değildi. Dönüp yatakta oturan ve dikkatle onu izleyen karısına baktı. Zoraki bir şekilde gülümsemeye çalıştı. Ancak başaramadı.

Işıkları yakmadan, yan odanın kapısından oğlunu seyretti. Onu da korkutmuş olabileceğinden endişeliydi. Ekin'in odasındaki huzur içini ferahlatmıştı. Çığlıkları oğluna kadar ulaşmamıştı. Yatak odasından çıktı ve karanlık içinde, gölge gibi merdivenlerden aşağıya indi. Mutfağa geçip, bir bardak su doldurdu. Koskoca evin içi neden bu kadar havasızdı. Neden bu kadar sıcaktı? İstediği gibi derin nefesler alamıyordu. Tıkanıp kalıyordu.

Sudan birkaç yudum aldı. İçindeki yangın azalmamıştı. Sessiz olmaya özen gösteriyordu. Alışageldiği duygusal nöbetlerinden birini daha yaşarken, sevdiklerini huzursuz ve rahatsız etmek istemiyordu. Az sonra her şeyin normale döneceğini biliyordu. Bu güçsüzlüğü, bu dengesizliği geldiği yere gömeceğini biliyordu. Bahçeye açılan sürgülü kapının kilidini yavaşça açtı ve çıplak ayaklarıyla kesme taşların üzerine bastı. Sertleşmiş gece serinliği, tenindeki nemin üzerini ince bir buz tabakasıyla sarmıştı. İçinin ürperdiğini hissetti. Buna rağmen geriye dönmedi. O şok, o keskin serinlik, ona iyi gelmişti.

Havuzun kenarındaki şezlonglardan birinin üzerine oturdu. Elindeki bardağı bacaklarının arasında tutuyordu. Bir süre ayaklarına ve bastığı yere baktı görmeyen gözlerle. Sonra başını kaldırdı. Gökyüzü, barındırdığı bütün yıldızları ortaya koymuştu. Baharın en güzel zamanıydı. Güneşli ve cıvıl cıvıl bir sabahın öncesiydi. Bu gece de, içindeki bu zifiri karanlık da bitecekti.

Başını yeniden indirirken, az önce yürüdüğü yolda karısını gördü genç adam. "Üşüyeceksin" dedi hiç düşünmeden.

Oysa Nesil, kendini değil onu düşünüyordu. Onun üşüdüğünü biliyordu. Elindeki ince sweetle ona geliyordu. Üzerinde uzun bir sabahlık vardı. Kısa geceliğinin açıkta bıraktığı her şeyi örtüyordu. Gecenin bir yarısı bile olsa, dışarıya çıkarken, Barlas'ın koyduğu kurallara dikkat ediyordu genç kadın. Sessizce kocasının yanına geldi ve elindeki pamuklu penyeyi, genç adamın başından geçirdi. Elindeki bardağı alıp kollarını geçirmesini bekledi.

Fikrini sormuyordu, itiraz istemiyordu. O an bir sevgili ya da eş gibi değil, çocuğunu korumak isteyen bir anne gibi davranıyor ve öyle hissediyordu. Böyle gecelerde, karşısındaki adamın Barlas olmadığını biliyordu. Onu Ekin'le eşdeğer tutuyor ve Yusuf olarak görüyordu.

İstediği gibi, giydirmişti sevdiği adamı. Yarıya kadar su dolu bardağı yeniden avuçlarının arasına tutuşturdu ve yanına oturdu. Sessizlikse sessizlik. Konuşmak zorunda değillerdi. O sadece yanında olduğunu anlatmak istiyordu. Onunla mutluluğu olduğu kadar, kederi ve acıyı da paylaşmak istiyordu. Böyle zamanlarda Barlas kaçtıkça o inatla peşinden gidiyordu. Çünkü bunun ona iyi geldiğini, bir süre sonra kenetlediği çenesinin çözüldüğünü, rahatladığını biliyordu. Kolunu kocasının kolunun altından geçirdi, başını omzuna yasladı ve sustu genç kadın.

Dakikalar geçti o şekilde. İkisi de kıpırdamıyordu. Sadece genç kadının parmakları, kocasının kolunun üzerinde, ağır ve hafif bir şekilde, belli bir ritimde dolaşıyordu. Dengeli ve düzenli soluklardan ara sıra hafif bir iç çekiş yükseliyor sonra yine aynı sessizlik geri geliyordu.

Barlas eğik başını kaldırdı ve tam karşıya baktı bu kez. Dudakları kıpırdıyordu. Nesil onun bir şey söylemekle, söylememek arasında kararsız olduğunu anlıyordu. Hafifçe doğruldu ve profilini gördü genç adamın.

"Çok özlüyorum" dedi bir karara varmış olan dudakları genç adamın. Ve yanaklarındaki kasların ne kadar gerildiğini fark etti genç kadın. "Öyle çok özlüyorum ki onu." Gözlerini sımsıkı yumup, başını arkaya attı ve ellerini saçlarının arasından geçirerek öylece kaldı genç adam. Kendini nasıl da tutuyordu, nasıl da sıkıyordu. Onun gözyaşlarını tutmak için çırpındığını anlıyordu Nesil.

"Özlediğini biliyorum" dedi fısıldayarak genç kadın. "Ağlamak istediğini de biliyorum. Çünkü onu çok seviyorsun. O senin kardeşin, canın Barlas."

Başını, kenetlediği ellerinin arasından salıverdiğinde, kirpiklerinin arasında kaçak birer damla yaş gördü Nesil. Sonunda içindeki zehir dışarıya akmıştı. Sonunda o kâbusları örten kabuk kalkmıştı.

"Sadece özlemek de değil bu Nesil" dedi genç adam gözlerinden süzülen başıboş yaşlara aldırmadan. "Bu başka bir şey. Yesra benim için bambaşka bir acı. Onu koruyamadım. Onu yalnız bıraktım. Eğer Yusuf olarak kalsaydım. Şimdi yanında olacaktım. Ama ben ne yaptım? Ben kaçtım Nesil. Ben kaçtım. Kendimi kurtarmak için kaçtım ben... İşte bu... Bu... Beni..."

Ellerini yüzüne kapattı, dirseklerini dizlerine yasladı ve sessizce ağladı genç adam... Ağladı. Ağladı... Hasretinin üzerini, derin bir suçluluk duygusu kaplamıştı. Yıllardır, belki de bu yüzden huzur bulamamış, sadece adını taşıdığı adam olamamıştı.

"Beni bu yüzden affetmiyor. Bu yüzden istemiyor beni. Haklı. Ben kendimi affediyor muyum ki?"

"Sen bir çocuktun o zamanlar Barlas..."

"Ben erkektim Nesil."

"Hayır. Erkek bile olsan bir çocuktun. Sana biçilen hayata bile karşı çıkacak gücün yoktu o zamanlar."

"Ben de kalabilirdim. Ben de onun gibi razı olabilirdim. O zaman. Bana böyle kırgın olmazdı. Beni hâlâ seviyor olurdu. Tıpkı benim onu sevdiğim gibi. Özlediğim gibi. O da beni."

"O çekleri göndermek yerine biz gidelim ona. Bir kez daha git ona. Olmaz mı?"

Başını acıyla iki yana salladı genç adam. Nesil'e bazı şeyler nasıl da kolay görünüyordu. Nesil, biliyordu her şeyi, ama anlayamıyordu. İçinden gelmediği bir hayatı, köklerine kadar kavramasını da beklemiyordu zaten Barlas. Nesil'in gözü karalığı, cesareti, tez canlılığı, onların dünyasında hiçbir işe yaramıyordu. Orada, hoşgörü, anlayış, hak ve hukuk, köhne bir beynin bireysel yorumlarına dayanıyordu. Sorgu sual yoktu. O beynin kararları, "Yaratan"ın emirleri sanılıyordu. Yusuf o dünyadan geliyordu. Yesra o dünyada yaşıyordu. Onlardan kaçmakla, sadece o dünyayı değil, Yesra'yı da ardında bırakmıştı. Bir daha asla bir araya gelemeyeceklerini, bir daha asla, abla ve kardeş olamayacaklarını biliyordu genç adam.

"Çekler, göründüğü gibi sadece para anlamına gelmiyor Nesil. Onlar aslında Yesra ile aramızda bir ulak. O gün Selime teyzeme; Yesra o çeklerden birini kabul ettiği gün, bana beni affettiğini söylemiş olacak dedim. O gün çıkıp geleceğim dedim. Bunu ona söyle dedim. Ben her ay onları göndererek onu sevdiğimi, özlediğimi söylüyorum. O da bana cevabını veriyor. Onları reddederek, beni de reddediyor. Yıllar oldu Nesil. Hepsi geri dönüyor. Cemil artık gönderme diyor bana. Kabul etmiyorlar nasıl olsa diyor. Ben eğer göndermezsem. Ona onu sevdiğimi, özlediğimi nasıl anlatabilirim ki. Ben yaşadığım sürece. O yaşadığı sürece o çekler her ay gidecek, gidecek ki, ben. Yesra'yı unutmadığımı. Unutmayacağımı..."

Genç kadın onun biten yaşlarının izlerinin üzerinde dolaştırdı parmaklarını. Sevgiyle ve şefkatle okşadı güzel yüzünün kederli güzelliğini. Ona nasıl kıymışlardı? Onu nasıl böyle bir hayata itmişlerdi? Öylesine sevgisiz bir yaşamdan, nasıl bu kadar sevgi dolu, sevdikleri için yas tutan bir adam meydana gelmişti?

"Belki Teyzen bunları Yesra'ya söylememiştir. Belki Yesra bilmiyordur bunun anlamını."

Kederli yüz, yine kederle baktı karısına. "Söylemiş" dedi yutkunarak. "Bunu ben de düşünmedim. Ummadım mı sanıyorsun?"

Derin bir nefes aldı ve bu hüzünlü sohbeti bitirmek üzere kıpırdadı genç adam.

"Ne demiş peki?" dedi Nesil merakla. Barlas'ın artık normale dönmeye başladığını görüyordu. Bir daha bu konuyu bu kadar açık açık konuşamayacaklarını biliyordu. Bu yüzden, ne kadar çok şey öğrenirse kar sayıyordu genç kadın. Çünkü Barlas, geçmişi konuşmak istemiyordu onunla...

"O Yusuf olarak kalsaydı... Onun kuru ekmeğine bile razı olurdum demiş. Onun gibi günahkâr bir adamın ne kendini, ne parasını. Uzak dursun benden de buralardan da demiş. Onun bir tane kardeşi varmış. O da çocukken ölmüş..."

"Buyur Yenge."

"Geldim ben Cemil."

"Çok şükür yenge, geliyorum hemen..."

Tekerlekli küçük bavuluyla otobüsün yanından birkaç adım uzaklaştı genç kadın. İçindeki heyecan dizlerinin ferini kesiyordu. Alıp verdiği soluk bile titriyordu. Planını uygulamaya koymuştu, ama korkunun baskısı altında eziliyordu. En çok, en çok Barlas'ın arkasından iş çeviriyor olmak rahatsız ediyordu genç kadını. Amacı ne olursa olsun. Barlas'ın dürüstlük konusunda ne kadar ilkeli bir adam olduğunu bile bile Nesil bundan sapmıştı. Üstelik onun en yakın arkadaşını da buna mecbur etmişti. Cemil'i de neredeyse 30 yıllık arkadaşının, can yoldaşının, yol kardeşinin önünde zor duruma sokmuştu.

Telefonu çaldığında, endişelerinin içinde kaybolmuştu genç kadın. Ve hazırlıksız bir şekilde, sıçramıştı yerinden. Cevap vermeye çekiniyordu. Sanki telefonu açtığı an, Barlas onun nerede olduğunu anlayacak ya da görecekmiş gibi geliyordu. Birden toparladı kendini genç kadın. O zaten oraya gelmişti. Asıl geliş sebebi gizli olsa da, geldiği yer konusunda doğru söylemişti. Bu yüzden az da olsa rahatlamıştı Nesil. Ve bu geçici rahatlamayla birlikte açtı telefonunu...

"Canım, indim ben şimdi..."

"İyi misin?"

"İyi, iyiyim tabii."

"Lal gelmiş mi?"

"Henüz değil. Ama gelmek üzeredir o da."

"Otele vardığında, haber ver bana meleğim."

"Merak etme. İlk iş arayacağım seni."

"Neden seni dinledim ki sanki. Sen dönene kadar bana rahat huzur yok."

"Yapma, ama böyle. Sen böyle yapınca..."

"Özür dilerim. Haklısın. Özür dilerim."

Cemil de yanına gelmişti. Genç kadın parmağını dudaklarının üzerine götürerek, sessiz olmasını işaret etti adama. Başını sallayarak başını önüne eğdi Cemil. Telefondakinin Yusuf olduğunu anlamıştı. Ahhh. Cemil'i nasıl da iki arada bir derede bırakmıştı bu kadın. Yusuf'un deli damarını biliyordu. Öte yandan Nesil'i oralarda tek başına bırakmak da içine sinmiyordu. Yarın öbür gün Yusuf gerçeği öğrendiğinde hangisine daha çok kızardı, karar veremiyordu genç adam. Nesil'i oraya yalnız göndermesine mi, yoksa onun la böyle bir plan içinde olmasına mı? Eğer Yusuf'u biraz olsun tanıyorsa, en çok karısını oralarda yalnız bırakmış olmasına kızardı. Cemil de neler düşünüyordu böyle. En çok hangisine kızarmış? Her koşulda her şeye kızacağı kesindi... Öfkenin onun kara gözlerindeki katran karanlığını en çok, en iyi o bilirdi.

"Lal'in otobüsü de geldi. Kapatıyorum şimdi."

Bir yalan daha... Bir kez başlayınca, gerisi çorap söküğü gibi geliyordu. Gelmesi gerekiyordu. Bir kez adım atınca kandırmaca dünyasına, geriye dönüş mümkün olmuyordu. Ne zordu sevdiğin insana yalan söylemek, aldatmak. Gerekçesinin dürüstlüğü ve haklılığı bile Nesil'e huzur katmaya yetmiyordu. O halde neden oradaydı? Neden oyun oynuyordu? Çünkü... Çünkü kandırmaya çabaladığı o adamı çok seviyordu. Onun içini tıpkı bir çıban gibi dağlayan o yarayı açıp, içini görmek istiyordu. Kimi, neyi, neden bu kadar sevdiğini ve özlediğini öğrenmek ve anlamak istiyordu genç kadın. Ve eğer mümkünse, kocasının suçluluk duygusuyla zehirlenmiş hasretinin bir karşılığı varsa, getirip koymak istiyordu cömert ve sevgi dolu ellerine. Ya olmazsa, ya başaramazsa, ya bir hayalle karşılaşırsa... Ya Yesra, Yusuf'un Yesra'sı, Barlas'ı tanımıyorsa. O zaman ne yapacaktı? Eli boş dönse bile, bu sırrı nasıl saklayacaktı kocasından. Nasıl anlatacaktı ya da? Onun durumu da Cemil'den farklı değildi ki... Umutla çıktığı bu yol, Nesil ve Barlas için, kötü sonuçlar yaratabilirdi. Ama ya başarırsa, ya Yesra da, Barlas ya da Yusuf, o kara gözlü çocuğu hâlâ seviyor ve özlüyorsa.

Oraya gitmekle, Barlas'a derman olduğu sınırların dışına taşmıştı genç kadın. O sabah, evden ayrılırken, kendi sınırlarının dışına çıkmış ve Yesra'nın hâkimi olduğu sınırlara adım atmıştı...

"Sen beni arabada bekle lütfen Cemil. Yalnız, kadın kadına konuşmak istiyorum onlarla."

"Yenge, bu insanlar, buralar, senin bildiğin yerlere, insanlara benzemez. Konuşmak diyorsun, ama dinlemezler seni. Anlamazlar. Yusuf'u hiç dinlemediler, hiç anlamadılar."

"Gel bir daha düşün sen. Yusuf bunu duyarsa..."

"Artık çok geç Cemil. Artık ne olacaksa olacak."

Genç kadın yanında getirdiği eşarbı çantasından çıkardı ve başını becerebildiği kadarıyla bağladı. Kıyafetleri de geldiği yere uygundu. Hazır olduğunda, arabanın camından dışarıya bir göz attı. Sokak ve gördüğü insanlar, tıpkı Cemil'in dediği gibi, Nesil'in bildiklerine, alıştıklarına uymuyordu. Barlas'ın doğduğu o sokakta olmak, tüylerini ürpertiyordu genç kadının. Nasıl da garip, nasıl da ikilik yüklü bir duyguydu bu. O sokağa ve insanlarına, sevdiği adamı ona kazandırdığı için sevgiyle ve minnetle bakamıyordu. Aksine, istemeden belli belirsiz bir düşmanlık ve kin besliyordu. O sokak ve içindekiler, Yusuf'un doğumuna tanıklık ettiği gibi, yok olup gitmesine de göz yummuştu.

"Oldu mu?" dedi kocasının en yakın arkadaşına başındaki örtüyü göstererek.

Cemil genelde gözleri eğik konuşurdu onunla. Doğruca yüzüne bakmazdı. Bu, Cemil'in inançları ve ahlak anlayışıyla ilgili bir durumdu. Ama Nesil, onu anlayabiliyordu. Aralarındaki resmiyete rağmen, Cemil'in ona değer verdiğini ve saygıda kusur etmediğini görüyordu. Bu daha çok, Yusuf'a olan saygısından ve bağlılığından kaynaklanıyordu. Yusuf'un karısını ya da kendi deyimiyle "helalini" kendi gözlerinden bile sakınıyor, uçan kuşun rüzgârından bile koruyordu.

"Oldu yenge. Dikkat çekmemek için demiştim. Beni yanlış anlama."

Nesil'e mümkün olduğunca örtünmesini Cemil söylemişti. Yanına bir başörtüsü almasını tembih etmişti. O sokakta, ondan azı dikkat çekerdi çünkü. Nesil işin boyutlarının farkında bile değildi. Ancak Cemil durumun ne kadar hassas ve tehlikeli olduğunu bilirdi. Yıllar geçse de, Yusuf, ardından kararlar çıkmış, ferman yemiş biriydi. Temkinli olmakta fayda vardı. Su uyur ama düşman uyumaz. Aldıkları eğitim sırasında, hafızalarına belletilmiş en kalıcı yazıydı...

"Şu ev değil mi?" dedi karşılarında duran yeşil badanalı evi işaret ederek genç kadın.

"Teyzesinin evi orası. Yatalak olmuş teyze. Yesra gününü onun yanında geçirip, ona bakıyor."

"Ama Barlas demişti ki. Yani, babası yasaklamıştı Yesra'nın teyzesiyle görüşmesini."

"Kadının kimi kimsesi yok başka... Rabbim bir çocuk da vermemiş. Yesra "Allah rızası için bakayım" demiş babasına. O da ses etmemiş o saatten sonra. Şansımız varsa, Yesra'yı burada buluruz."

"Evet. Vakit geldi" diyerek yanında duran çantasına uzandı ve inmek üzere döndü genç kadın.

"Yenge" dedi Cemil, ön taraftan. "Ben arabayı arka sokağa çekip geliyorum. Gözüm kapıda, camda. Olur da ters bir şey olursa. Ne olur, beni Yusuf'a veremeyeceğim bir hesabın içinde bırakma. Beni böyle bir yükün altına atma."

"Merak etme Cemil. Birkaç adım ötendeyim."

"Haydi, selametle."

Cemil'in karşısında son derece korkusuz ve kararlı dursa da, arabadan inerken, yere basarken, ayakları titriyordu. Başından sonuna kadar gözünün erişebildiği bütün o yolu birkaç saniye boyunca dikkatle inceledi. Nasıl bir yere, nasıl bir dünyanın içine gelmişti? Barlas'ın yazdıklarıyla gördükleri arasında ancak şimdi anlamlı bağlar kurabiliyordu. Oranın aynı memleket içinde bambaşka bir dünya olduğunu, ancak görünce anlıyordu. İnancın ve ibadetin her türden sembolü sokağın her bir köşesinde duruyordu. Giysiler, yüzler, erkekler, kadınlar... Bambaşka bir kültürün resmine bakıyordu. Özellikle çocuklar... Onlar nasıl da farklıydı. Daha şimdiden, dış görünüşleriyle çocuklukları ellerinden alınmıştı. Erkek çocuklar, yetişkin erkekler, kız çocuklarsa kadınlar gibi giydirilmişti. Tam da Yusuf'un anlattığı gibiydi her şey. Eski giysiler. Fakirlik. Görebildiği her ayrıntıya sefalet hâkimdi. Sanki o dünya, birileri tarafından özellikle bu hale getirilmişti. Yusuf'u o çocukların içinde hayal etti kısa bir an genç kadın. İçi titredi. Derin bir iç çekti ve hissettiği o çöküşe rağmen, omuzlarını dikleştirdi.

Dar sokakta, sadece iki adımda karşıya geçmiş ve gireceği evin kapısına varmıştı bile... Yusuf'un teyzesinin evi, diğerlerinden daha iyi durumdaydı. Yine de dış kapısında, o sokaktaki evleri sembolize eden aynılık göze çarpıyordu. Demir bir kapıdan giriliyordu eve. Yüksekçe duran zile basmak için parmak uçlarında yavaşça yükseldi. Zilin sesini duyduğunda derin bir soluk alarak geriye doğru bir adım attı. Elindeki çantanın saplarını iki eliyle birden sımsıkı kavradı ve dizlerinin üzerine indirdi.

"Kim o?"

Nefesi kesilmişti genç kadının. İşittiği, yaşlı bir kadın sesi değildi. Yesra'yı bulduğundan emindi ve bu Nesil'i heyecanlandırmıştı. Sanki o an, orada, gerçek olmayan bir hayal kahramanını bekliyordu. O güne kadar hep, yüzünü görmediği bir hayali dinlemişti Barlas'tan. Şimdiyse, nasıl biriyle karşılaşacağını ölesiye merak ediyordu.

"Selime Hanım'ın evimi aca..."

Daha cümlesini tamamlamadan, yağlı boyası yer yer dökülmüş siyah kapı, metalik sesiyle birlikte yarım bir şekilde açılmıştı. Küçük sayılabilecek, solgun ve kederli bir yüz görünmüştü. Ve o solgunluğa tezat, cam gibi saydam ve parlak bir çift mavi göz karşılamıştı Nesil'i.

"Kime baktınız?" dedi kadın, bedenini kapının ardına saklayarak. Başını da tam olarak göstermiyordu, göz ucuyla konuşurken, kapıyı her an kapatacakmış gibi duruyordu.

"Ben Selime Hanım'a, ben aslında... Siz Yesra'mısınız?"dedi sabırsız bir şekilde genç kadın.

Billur mavi bulutlar hafifçe gölgelendi ve gözleri kısıldı kadının. O dakikaya kadar kadının Yesra olduğundan emin değildi

Nesil. Ancak o kaşların çatıldığında aldığı şekli, nerede görse tanırdı. Kocasının ve oğlununkilerde tıpkı öyle olurdu.

"Siz kimsiniz?" dedi karşısındaki kadın...

"Açıklayacağım, ama lütfen önce siz söyleyin bana. Siz Yesra'mısınız?"

Cemil'in söylediklerini hatırlıyor ve elinden geldiğince temkinli olmaya çalışıyordu. Onun Yesra olduğunu hissetmiş olsa da, doğrulanmadan, Yusuf'un adını anmak, Ondan bahsetmek istemiyordu.

"Evet... Ama ben sizi tanımıyorum."

Derin bir soluklą birlikte, her şeyi oluruna bıraktı Nesil. O dakikadan itibaren bütün dikkati, sevdiği adamın umutsuz yarasına odaklanmıştı. Az öncesine kadar taşıdığı tedirginlik ve korku çekilmiş. Yerini sonsuz bir sevince bırakmıştı.

"Ben Yusuf'un" dedi aceleyle ve her daim gülen gözleriyle. "Sizin kardeşiniz Yusuf'un..."

O zamana dek bedenini kapının ardında tutmaya, etraftan sakınmaya çalışan kadın, inanılmaz bir çabukluk ve çeviklikle öne doğru atıldı. Bir eliyle genç kadını bulunduğu yere, demir kapının iç tarafına çekerken, diğer elini Nesil'in dudaklarının üzerine sımsıkı bastırdı.

"Sus" dedi acı içinde. Karışmış ve bir sürü çizgiyle kırışmış ifadesiyle birlikte, nefes nefese fısıldıyordu genç kadının kulağına. "Sus, söyleme, söyleme..."

Demir kapının gerisinde, çiçekli bir divan örtüsünün süslediği tahta bir divan ve sıra sıra eski tenekeler içine ekilmiş süs biberleri duruyordu. Nesil'in iri birer zümrüt parçası gibi açılmış gözleri, Yesra'nın omuzlarının üzerinden ancak bu kadarını görüyordu. Kapıyı titizlikle kapatıncaya kadar, Nesil'in ağzını sımsıkı örten elini kaldırmadı Yesra. Sonra derin ve endişeli bir nefesle birlikte salıverdi kardeşinin karısını... Doğruca, camın önüne gitti. Perdeyi kaldırmadan, sokakta bekleyen arabaya baktı.

"O burada mı? Arabadaki o mu?"

Direksiyonda oturan bir erkek görebiliyordu. Adamın yüzünü seçemiyordu. Seçse bile, onun Yusuf'u olup olmadığını anlayamazdı ki Yesra. Anlayabilir miydi? Kardeşini sokakta görse, tanıyabilir miydi? Ne çok düşünmüştü bunu. Ne çok hayal etmişti. Zamanla, çocuklar büyüdükçe, boyu, tipi, ifadesi, her şey değişirdi. Ama ya gözler. Yusuf'un kara elmas gözleri, onları çevreleyen kıvırcık, gür ve uzun kirpikleri, o ışıltılı bakışları. Yesra'ya bakarken, uzakta bile olsa, sevgiyle eğilen boynu ve sadece, sadece ablasına gösterebildiği nazlı, şımarık, ama sevdalı tavırları. Onları asla değiştiremiyordu Yesra. Yıllar yılı, gözbebeklerinden öte, yüreğinde taşıdığı o görüntüyü, hafızasından silemiyordu. Zaman geçmiş, anne olmuştu Yesra. Ama herkesten sakladığı, küçük bir oğlu daha vardı genç kadının. Üzerinden kaç mevsim geçerse geçsin. Onu büyütemiyordu.

"O değil" diyerek kendi kendine mırıldandı Yesra. Hem rahatlamış, hem içten içe derin ve amansız bir hayal kırıklığı daha yaşamıştı. Arabadaki adam onun Yusuf'u olamazdı. Dikkatle bakınca, sırf saçlarının renginden bile bunu anlamıştı.

"Adını bile söyleyemiyorsunuz" dedi Nesil kırgın bir ifadeyle. Yutkundu. Bir yabancı olmasına rağmen, bu karşılama şekli incitmişti genç kadını. Yesra'nın çatık kaşları, bir türlü yumuşamıyor, olabildiğince sert bakıyordu. Yusuf'un neler hissettiğini, nasıl incindiğini az da olsa anlamaya başlıyordu. "Oysa O... O hep... Sizin adınızı sayıklıyor uykusunda..."

"Yesra. Kim geldi kızım?"

İçeriden gelen sese çevirdi bulutlu gözlerini. Teyzesi kimin geldiğini merak etmişti. Ancak henüz, normale dönememişti Yesra, henüz teyzesine bir yanıt verecek kadar toparlayamamıştı kendini. Dili de, duyguları da, hareketleri de felç olmuştu. Ansızın karşısına çıkan o genç kadın, Yusuf'un karısı mıydı? Onun uykularında sayıkladığını söylüyordu. Bu doğru muydu? Yine de soğukkanlılığını korumak istiyordu Yesra. Gerçekte kimin karşısında durduğunu ve onun Yusuf'un dostu mu yoksa düşmanı mı olduğunu anlamaya çalışıyordu.

"Karısı mısın?" dedi fısıldayarak.

"Evet..."

Onca zaman boyunca hep sormuştu kendine Yesra. Öldüğünü bilmek mi zordu, yoksa habersiz kalmak mı? İnsan, sevdiği biri öldüğünde, ardından yasını tutardı? Canı yanardı. Ama bilirdi, umudunu keserdi, bir süre sonra, kabullenirdi. Acı azalır, yara sağalır. Çünkü ölüm Allah'ın emriydi. Canı veren, günü geldiğinde de alırdı. Ama ya kayıp ya yitik? Ne öldüğünü bilirsin, ne yaşadığını, ne güldüğünü bilirsin, ne ağladığını, ne yasını tutabilirsin. Ne yüzünü görebilirsin. Ne açlığını, ne tokluğunu. Düşündükçe, acı artar, yara azar. Her gün başka bir kader yazarsın kaybına. Ve o kaderin içine asla iyi olanı, güzel olanı koyamazsın. Elinden gelmez. Dilin iyi olanı dilese de, yüreğinin kanayan yanı bu duymaz. Duysa da ikna olmaz. Yusuf'tan habersiz olmak, habersiz kalmak da Yesra'yı tüketmişti. Habersiz olmak, Yesra'ya ölümden zor gelmişti. Teyzesinden onun geldiğini duyduğu gün, Yesra'nın bayramı olmuştu. Gülmeyen yüzü gülmüştü. Çünkü kaybettiği yavrusunu bulmuştu. Uzun zamandır, Yusuf'un yaşadığını biliyordu. Onca belirsiz yıldan sonra, bu bile yetiyordu Yesra'ya.

"O... O iyi mi? Bir şeyi yok değil mi? Başına bir şey..."

Cümlesini tamamlayabilmek için gayret gösteriyordu. Ancak, kısık sesi gitgide azalıyordu. Yesra'nın yıllar yılı en büyük korkusu neydi? Yusuf'u özlemek dışında... En çok bildiği duygu neydi? Korku... Bildi bileli hep aynı korkuyla yaşıyordu. Yesra'da uykusunda sayıklıyordu. Yesra da kimi gecelerde kan ter içinde uyanıyordu... Yusuf'un kötü haberi, kara haberi de, Yesra'nın en korkunç kâbusuydu. Yesra da saklıyordu. Yesra da saklanıyordu. Yesra'yı da duyan biri yoktu. Yesra içindeki hasreti, duyurmaktan bile korkuyordu.

"Korkulacak bir şey yok. O iyi."

Kaygının, insanın içini titreten, soluksuz bırakan yoğunluğunu, içinde biriken nefesle dışarıya bıraktı Yesra. Başını usulca hareket ettirdi, duyduğunu anladığını belirtmek ister gibi. Eliyle, içeriye girilen ahşap kapıyı işaret etti. Nesil'in önden gitmesini beklerken, ardından bakıyordu. Yusuf'un karısı olduğunu söyleyen kadını inceliyordu. Güzel bir kadındı. Genç ve çok alımlıydı.

İçinde tuhaf bir sahiplik duygusu boy verirken, olduğundan faklı görünmeye çalışıyordu. Onu sımsıkı kucaklamamak, karısının teninde kardeşinin kokusunu aramamak için zor tutuyordu kendini.

Oturma odası gibi bir yere girdi Nesil. Çift kişilik olmasına rağmen, küçük bir karyolada yatmakta olan teyzeyi gördü. Tertemiz bir evdi. Kadının uzandığı çarşafların beyazlığı gözünü alıyordu. Camlardaki delik işi beyaz ve nakışlı perdeler de en az çarşaflar kadar beyazdı. İnsana huzur veren bir havası vardı evin. Çocuk Yusuf'un neden o eve hayran olduğunu şimdi daha kolay anlıyordu Nesil. Her şey nasıl da yazdığı gibiydi. Üzerinden bunca zaman geçmiş olmasına rağmen, Yusuf'un hayat hikâyesindeki satırların arasına gizlenmiş detaylar nasıl da gerçek görünüyordu. Sanki her şey Yusuf'un bıraktığı ya da hatırladığı gibi duruyordu.

"Yusuf'un karısı geldi teyzem" dedi Yesra...

Nesil'in arkasında durmaya devam ediyordu. Kimseye belli etmeden birkaç kez ardı ardına inip kalktı kirpikleri. Adını anarken bir kez daha gözyaşı baskınına uğramasına engel oldu gözlerinin.

"Kim. Kim, kim dedin?"

Nesil, tekli bir koltuğa otururken, teyzesi, uzandığı yataktan Yesra'nın desteğiyle doğrulmaya çalışıyordu. Sırtına konulan yastıklara yaslanmak için gücünü sonuna kadar kullanıyordu. O zor ve zahmetli uğraşın içindeyken bile, gözlerini Nesil'den ayırmıyordu. O farklı bakıyordu. Tıpkı Yusuf'un yazdığı satırlarda anlatılan kadına benziyordu.

"Demek evlendi Yusuf'um. Demek bir ailesi oldu sonunda. Analı babalı öksüzüm Yusuf'um. Ahh Yusuf'um."

Nesil sevgi dolu ve yumuşacık bakan gözler hayal etmişti hep Selime teyzede. O an da hayal ettiği bakışları görüyordu. Nemliydi kadının gözleri. Mutlu görünüyordu, ama ağır ağır, tane tane, iri ve parlak yaşlar döküyordu.

"Sefa geldin hoş geldin evime gelin kızım. Ama kötü bir haber getirmedin değil mi bize? İyi mi Yusuf? Kötü bir şey yok değil mi?"

"Hayır. Barl... yani Yusuf iyi."

Teyzeyle konuşurken, göz ucuyla sürekli Yesra'ya bakıyordu genç kadın. Barlas'ın yapılı bedeniyle uzaktan yakından ilgisi yoktu. Boyu kısaydı... Ancak, kiloluydu. Güçlü ve kuvvetli görünüyordu. Teyzesini kucakladığında, onu sarsmadan, yormadan hareket ettiriyordu. Neden hiç gülmüyordu yüzü? Kapı önünden içeriye adım attıkları andan beri Nesil'e bakmıyor, konuşmuyor ve susuyordu.

"Çocuk mu, çocuğunuz?"

"Bir oğlumuz var."

"Kaç yaşında?"

"İki gün sonra bir yaşında olacak."

O an, Yesra'nın, teyzesinin ayak ucuna oturduğunu ve derin bir nefes alıp verdiğini gördü genç kadın. Sanki duyduklarının tesirinde kalmış gibiydi. İçeriye girdiklerinden beri ilk kez o an, bir şey söyleyecekmiş gibi gelmişti Nesil'e. Belki de sadece titriyordu dudakları. Çünkü sessizliğine devam ediyordu, başını yere eğmekle yetiniyordu.

"Yesra, sorsana kızım aç mı tok mu gelin kızımız. Uzak yoldan geldi."

Yesra ise kederli gözlerini yerden kaldıramıyordu. Bu soğuk tavırlar için Nesil'den utanıyordu. Çünkü onu el gibi göremiyordu. İçinden koşup bağrına basmak ve uzun uzadıya sormak geliyordu. Yusuf nasıldı? Nasıl bir erkek olmuştu? Kime benziyordu? Ya oğlu demek bir yıl önce baba olmuştu. Yusuf babalığı biliyor muydu? Babasız bir çocuk değil miydi Yusuf? Şimdi babalığı kimden öğreniyordu?

"Aç değilim teşekkür ederim Selime Hanım. Ben, ben zaten burada bir otelde kalıyorum. Sizi görmeye geldim. Çok kalmayacağım."

"Teyze de yavrum, teyze de bana."

"Nasıl buldun bizi? Yusuf mu verdi adresi?"

Nihayet Yesra'nın kilitli ağzı açılmıştı. Başını eğik tuttuğu yerden kaldırmış ve Nesil'in yüzüne bakmıştı. Öyle bir bakmıştı ki hem de... Bir daha ayrılacak gibi görünmüyordu. Sanki

Nesil'in yüzüne baktıkça başka birini arıyordu. Daha fazla tutamamıştı kendini Yesra.

"Onun buraya geldiğimden haberi yok. Ben, ben kendim buldum adresinizi."

"Neden yaptın bunu?"

"Neden mi?"dedi genç kadın sitemle...

Yesra'yı anlayamıyordu. Değişken tavırlarına bir anlam yüklemek Nesil için çok zordu. Ne kayıtsız duruyordu Yesra, ne de en küçük bir yakınlık gösteriyordu. O solgun yüz, ne anlatmaya çalışıyordu? Ne söylüyor ya da daha da önemlisi, ne söyleyemiyordu?

Çantasından evden gelirken, Barlas'a belli etmeden yanına aldığı kâğıt parçalarını çıkardı genç kadın. İkiye katlanmış o hayat... Yusuf'un ve Yesra'nın hayat hikâyesinin kendilerinden başka tek tanığı olan o sızılı satırlar. Bir kez daha, titreyen ellerinde duruyordu.

"Şurada anlatılan kızı aramaya geldim ben" dedi kâğıtları yavaşça Yesra'ya uzatarak. "Şu kâğıtlarda, kocamın, yıllar yılı hasret çektiği küçük bir kız var. Ama sadece o kâğıtlarla sınırlı değil o hasret. Kâbuslarında, rüyalarında da var o kız... Ben, onu öyle görmeye dayanamıyorum. O özlemle seni sayıkladıkça ben ölüyorum. O seni çok özlüyor Yesra. Adını anarken bile..."

Nesil'in sesi de tıpkı elleri gibi titriyordu. Gözleri dolarken, boğazındaki sızı ağlamaya başlayacağını işaret ediyordu. Buna rağmen kendine direniyordu. Yesra'nın tıpkı bir buz dağını andıran görüntüsünün altında bambaşka bir kadın durduğuna inanmak istiyordu. Bu gördüğü, Yusuf'un Yesra'sı olamazdı. Bu gördüğü kadın, Barlas'ın yüreğindeki saplantının karşılığı olamazdı. Yesra onu hayal kırıklığına uğratmıştı. Ve Nesil umutsuzluğa kapılmaya başlamıştı an be an. Eli boş döneceğini hissediyordu. Ve Barlas'a bu ziyareti nasıl açıklayacağını, nasıl anlatacağını bilemiyordu.

"O senin adını anarken bile kahroluyor. Sen ona karşı nasıl bu kadar kayıtsız olabiliyorsun? Ben, Yusuf'un hikâyesini dinlerken, onun ablasına olan sevgisine, aşkına hayran oldum. Saygı duydum, imrendim. Sen nasıl oluyor da, onu başkalarının işlediği bir günahtan sorumlu tutuyor ve cezalandırıyorsun? Yetmedi mi

Yusuf'un çektiği? Onun nasıl bir hayat yaşadığını biliyor musun? Neler olduğunu. Başına neler geldiğini hiç mi merak etmiyorsun?"

Yesra'nın gözleri de Nesil gibi dolu doluydu. Eline tutuşturulan kâğıtlara bakıyordu boş gözlerle. Bunları konuşmak kolay mıydı? Bunları anlatmak, hissedilenleri sözcüklerin o dar kalıplarının içine kapatmak kolay mıydı? Onların içinde biriken zehri atmak kolay mıydı?

"Ben, ben bunları okuyamam. Bu yazıyı okumayı bilmiyorum" dedi elindekileri yeniden Nesil'e doğru uzatarak. Elleri yanıyordu kadının. Her daim üşüyen elleri ateşe değiyordu sanki o an...

"Tamam, eğer istersen ben okuyabilirim sana."

"Hayır" diye fısıldadı Yesra ve yerinden kalktı usulca. Odadan çıkmak için birkaç adım attı. Sonra arkasına dönmeden durdu. Nesil Yusuf'u seviyordu, onu koruyordu. Nesil, Yusuf'un kaybettiği ne varsa, kim varsa, herkesin yerine geçecek kadar cesurdu. Bu bile Yesra için bütün o karanlığın içinde hiç tükenmeyecek bir ışık olmuştu. "Hemen git buradan" dedi... "Git ve ona şimdi olduğun gibi hep sahip çık."

"Yesra" diyerek araya girdi Teyzesi. "Yesra, yapma kızım... Yusuf'a yaptığını, ona da yapma."

"Teyze" dedi Yesra, artık tutamadığı yaşları salıverirken; "Neden yaptığımı bilmez gibi konuşuyorsun."

"Ona anlat. O da bir kadın nihayetinde. O seni anlar. Bak ne diyor? Anlamadın mı niyetini. Yusuf'un yarasına merhem arıyor Yesra. Hiç değilse ona anlat her şeyi."

"Yesra" diyerek Nesil de ayağa kalktı. İçgüdüleri, teyzesi ve Yesra arasındaki konuşma... Nesil'in gözlerini açmıştı. Neden bahsediyordu bu iki kadın böyle? "Sen onu mu koruyorsun?"

"Git, buralara geldiğini, bizi bulduğunu unut. Onu sakın buralara umutlandırma. Unutmasını sağla. Onun yüzünü buralara döndüren bir tek ben varım, bir ben kaldım. Beni unutmasını sağla. Beni dinle ablacığım dinle. Eğer sen de onun iyiliğini istiyorsan. Buradan gidecek, susacak ve onu koruyacaksın."

Başını iki yana sallayarak duyduklarına bir anlam vermeye çalışıyordu Nesil. Ağır ve ürkek adımlarla biraz daha ayaklaşıyordu

Yesra'ya... Yanına vardığında, kadının koluna dokundu hafifçe. Ötesine cesaret edemiyordu. Yesra uzak durdukça, o da çekiniyordu... Yine de herkesi bir bakışına hayran eden gözlerini esirgemiyordu Yesra'dan... Ona da sevgiyle ve umutla bakıyordu.

"Ama o, onu korumanı istemiyor Yesra. O, o çocuk değil. O güçlü bir erkek artık. Kimseden korkusu yok onun. O seni istiyor. Bir kez görse, eminim içindeki o yara iyi olacak. Neden esirgiyorsun bunu ondan?"

"O istediği kadar güçlü olsun" dedi genç kadın nihayetinde. Onun gözlerindeyse, Nesil'in berrak ve sevecen ifadesi yerine, nefretin kör kuyuları duruyordu. Ama Nesil'e değildi o bakışlar. Babasından bahsederken, beslediği o sessiz ve gizli nefretin etkisinde kalıyordu. "Babam sağ olduğu sürece, Yusuf'un başka bir düşmana ihtiyacı yok."

Yesra artık duygularının taşkınlığını bastıramıyordu. Nesil'in karşısında, parçalara ayrılmış bir taş gibi, un ufak olmuş dökülüyordu. Hislerini saklamak öylesine zor ve öylesine ağır geliyordu ki artık kadına. Yusuf'a bu kadar yakın olup, böylesine uzak yaşamak. Sadece Yusuf muydu suçluluk duygusuyla inleyen, sadece Yusuf muydu kardeşini özleyen? Ya Yesra? Yusuf'a kesilen cezaları, biçilen ezaları her gün duyup da sessiz kalmak, bir kez bile, gözlerine baka baka. Babasına ya da kocasına; "asıl günahkâr sizsiniz. Siz beni de, onu da birbirimizden kopararak, birimizin kolunu, diğerinin kanadını kırarak, bakmaya doyamadığımız yüzlerimizi bize yasak ve imkânsız kılarak günahı siz işlediniz diyememek... Susmak, hep susmak zorunda olmak...

"Babam, yıllar yılı başkalarına yaptıramadığını, şimdi benim oğluma yaptırmak istiyor. Anlamıyor musun ablacığım? Yusuf'un en büyük düşmanını, ben doğurmuşum. Benim oğlum, Yusuf'un adını verdiğim oğlum. Babam tarafından, dayısına düşman yetiştiriliyor. Yesra demek, iki Yusuf'umun, iki canımın birden yanması demek şimdiden sonra. Bugüne kadar olanlar bile bundan sonra olacakların yanında hiç kalır."

Nesil'in tüyleri diken diken olmuştu. Yesra'nın söylediklerini, anlamlandırmaya çalışıyordu. Ancak aklı da, yüreği de anlamayı reddediyordu. Yıllar geçmişti. Yesra'yı da Yusuf'u da tüketmişti o geçmiş. Ancak hâlâ bitmemişti. Hâlâ kapanmamıştı. Barlas için en büyük kötülükler hâlâ doğduğu sokakta duruyordu. Onun en amansız düşmanları onu dünyaya getirenler olmuştu. Bu nasıl bir inanıştı? Ya da bu nasıl bir aldanıştı? Nesil Barlas'ı ailesine yakınlaştırmaya çalışırken, yeniden ateşe atmak üzere olduğunu nihayet kavramıştı...

"İnanamadın değil mi? inanılır gibi değil, değil mi? Ama gerçek bu Nesil. Eğer onu benden uzak tutmazsam, çıkıp gelmez mi bana. Durur mu? Sen karısısın, bilmez misin onun huyunu. Ucunda ölüm var desen de, gelip bulmaz mı beni?"

"Bir yolu olmalı. Hiç değilse bir kez. Seninle konuşabilse. Sana hasretini giderebilse... Yesra, okuyamam dediğin o kâğıtlarda, çocukluğundan beri sana olan hislerini yazmış. Sen olmazsan, seni bir kere olsun görmezse... O asla mutlu bir erkek olamayacak... Asla, o kâbuslardan kurtulamayacak. Bir yolunu bulmak zorundayız. Hiç değilse, şimdiden sonra, onun mutlu olmasını sağlayabiliriz Yesra... İliklerine işlemiş bu hastalıktan kurtulmasını sağlayabiliriz. Ona da anlat bunları. Senin onu istemediğini düşünerek her gün ölüp diriliyor o. Yardım et bana. Onu senden ve benden başka kim bu kadar düşünebilir. Kim sevebilir bizim gibi Yesra..."

"Bu imkânsız. Ben ben bunu yapamam. Beni kapı dışarı çıkarmıyorlar. Kocam öldü, ama adamları, akrabaları, babam, oğlum, kızım... Beni bir an olsun boş bırakmıyorlar..."

"Ya annen Yesra? Annen yaşıyor mu?"

"Evet."

"O da baban gibi mi düşünüyor?"

"O hiçbir şey düşünmez ablam. O hiç bir şey söylemez. Babam ne derse, odur."

"Seninle de mi konuşmaz? Özlemez mi Yusuf'u? Hiç mi aklına gelmez, bir kış gecesi, oğlunun yüzüne kapattığı perde... Hiç mi düşünmez, o andan sonra ona neler olduğunu?"

"Perde mi çekmiş annem. Ne zaman? Nerede?"

"Yusuf, gönderildiği yerden kaçtıktan sonra, seni aramak için evinize gelmiş. Annenle konuşmuşlar. Ama annen, ona gitmesini söylemiş. İçeriye almamış..."

"Ne? Neden?"

Yesra'ın yüzü, yeni bir acıyla kasılırken, Nesil elini uzattı ve yanağına dokundu. Yesra'yı beklemeden o ilk adımı atıyordu. Kadının azalmış yaşları, o an öğrendikleriyle yeniden oluk oluk dökülürken, Nesil okşayarak silmeye çalışıyordu.

"Yesra, Yusuf'un yaşadıklarını sana anlatmamı ister misin? Belki o zaman, onun için ne demek olduğunu anlarsın. Belki o zaman benim neden burada olduğumu anlarsın... Dinler misin beni?"

Avludaki kuzine sobanın önüne, tahtadan yapılmış alçak oturağı çekti. Üzerine ince bir sünger minder yerleştirdi ve oturdu. Yine dalgındı. Etrafında olup bitenleri, konuşulanları algılamıyor, sadece düşünüyordu. Hayatında ilk kez, kendi dilinin ve düşüncelerinin ve hatta hislerinin tehlikeli baskısını fark ediyordu. Susmasını, o güne kadar süregeleni tekrarlamasını telkin eden içseslerindeki ürkek kadını duymak ve bildiklerini uygulamak gitgide zorlaşıyordu. O içseslerin yerini, artık tahminden öteye geçmiş olan gerçekler almıştı. Gerçeğin sesi, Yesra'nın kaygılarının, temkinli davranışlarının, kendince yaptığı fedakârlıkların üstünü örtmeye başlamıştı. Diğer yandansa, Yesra'nın çocukluğundan itibaren, içine düştükleri duruma kör edilmiş gözleri sanki yeniden açılmıştı. Değiştiremeyeceği kadar kara, düzeltemeyeceği kadar yanlış bir yazgısı vardı. Ancak, kendini alıştırmaya çalıştığı hasreti, eskisinden daha koyu ve daha inatçı bir şekilde ortaya çıkmıştı. Eskiden hep bir hayalden ibaretti Yusuf. Hep Yesra'nın yarattığı düşsel bir kalıbın içinde gelip giderdi gözlerinin önüne. Duruşu, bakışı, tavrı, gülüşü, hüznü... Hep Yesra'nın yüreğiyle çizdiği karayağız bir erkek modelinin içinde kalırdı. Yüzünü göremezdi çoğu kez... Sadece uzun boylu biri olurdu o hayal... Bir de gözlerinin rengini bilirdi.

Şimdiyse...

Nesil'in getirdiği resimleri gördüğü andan beri, hayalindeki o küçük çocuğun bir yüzü olmuştu. Gözlerinin önündeki o resmi silemiyordu. Silmek de istemiyordu. Siyah değildi Yusuf'un gözleri. Bunca yıl bildiğini sandığından, hatırladığından bile daha koyuydu. Hayatlarının, yarınlarının, birbirlerine karşı hâlâ sakladıkları sevgilerin üzerine çökmüş olan kara bir dumana benziyordu.

Dün çok daha derinlerine gitmişti Yesra o gözlerin. Yusuf'un bakışlarında, onlardan başka hiç kimsenin göremeyeceği bir şeyi, kendilerini görmüştü. O andan itibaren, içindeki özlem dolu acının da katmerlendiğini hissediyordu. Artık yüreği, kardeşinin ete ve kemiğe bürünmüş görüntüsünün hasretiyle yanıyordu. Dün olduğundan daha çok özlüyordu Yusuf'unu. Düşünürken bile gözlerinden süzülen yaşları tutamıyordu. Hep ağlardı Yusuf'una, ama artık göğsü, içindeki özleme dar geliyordu. Onun netleşmiş yüzüne dokunmak istiyordu. Nesil'in getirdiği resimler. Adına sık sık Barlas dediği o adam. Sanki Yusuf'un yaşadığına yeni inanmıştı Yesra. Onu ve oğlunu gördüğü andan itibaren, çok istemesine rağmen onlara kayıtsız ve uzak kalamayacağını anlamıştı. Gece gözünü bile kırpmamıştı Yesra. Sabah namazına kadar, pencerenin önünde oturmuş ve elindeki tespihin taşlarını kaç kez yeniden çektiğinin bile farkına varmamıştı. Dili, sessizce dua mırıldanırken, aklından bir an olsun kardeşini ve onun küçük bebeğini çıkaramamıştı. Bir kez, sadece bir kez olsun onları görebilmek için, onlara sarılmak, dokunmak için neler vermezdi. Ama... Ne kendi hayatı vardı Yesra'nın, ne tercihleri, ne hakları, ne sesi, ne soluğu... O güne kadar neyi, neden ve kimin için yaşadığını ya da yaşayamadığını bile anlamamıştı.

"Ahhh" diyerek acıyla inledi birden... Öylesine dalgındı ki, sobadan düşen köz parçalarından birini çıplak eliyle tuttuğunu ancak yandığı zaman farkına varmıştı.

"Ne yaptın kızım? Ne oldu?"

"Hiçç" dedi annesine... Dünden beri annesine karşı da nefrete benzeyen bir şeyler filizleniyordu içinde. Oysa o güne kadar babasını ayrı, annesini ayrı bir yere koyardı Yesra. Annesini, kendine benzetirdi. Babasının ve kocasının dediklerinden bir adım çıkmak, onların aldıkları kararları bir an olsun sorgulamak, itaatsizlik etmek nasıl kendi aklından geçmemişse, annesinin de aynı düzenin kadını olduğunu kabullenmişti. Onun da ses çıkaramayacağını bilirdi. Yine de içindeki kırgınlığı inkâr edemezdi. Bildiklerine rağmen, içindeki kırgınlığı yok edemezdi. Babasına karşı hisleri daha çok nefrete benzerdi. Ancak, annesine olan hisleri gizli bir kırgınlıktan öteye geçmemişti onca yıl. Dünden beri ise, Yusuf'u geri çevirdiği için, Onu o soğuk kış gecesinde kaderine terk ettiği için, en çok da bunca yıl boyunca bunu sakladığı için annesini de yavaş yavaş babasına beslediği duyguların yanına koymaya başlıyordu. O ikişi dünden beri, Yesra'nın dünyasında birbirine yaklaşıyordu. Artık onları, birbirinden ayırmak ve ikisini farklı birer insan olarak görmekte zorlanıyordu genç kadın. Artık Yusuf'u daha iyi anlıyordu. Elinden gelse, imkânı olsa, şimdi ya da yıllar önce, belki o da erkek olsa... O da tıpkı Yusuf gibi, kaçıp giderdi belki... Gider miydi? Erkek olsaydı... Belki...

"Fatma'ya söyleseydin de oyalanmasaydı teyzende. Baban gelip evde görmezse ikimize de kızar."

Başını kaldırıp yaşlı gözleriyle avluda işlenen annesine baktı usulca. İçindeki karmaşa azalacak, bitecek gibi değildi. Onlarsız bir hayat, anne ve babasından, kocasından ve onların çizdiği sınırlardan dışarıya adım atmak, tıpkı Barlas gibi... Yeniden bir ad, yeni bir dünya, yeni bir hayat kurmak... Nasıl bir şey olabilirdi ki acaba? Ama Barlas olmak Yusuf'u mutlu etmeye yetmemişti. Nesil, öyle demişti. O halde onları, gülümsemeyi bilen, sevgi dolu, mutlu çocuklar haline getirecek olan şey neydi? Yeniden eski Yesra ve Yusuf olmak için, yeniden birbirlerini görebilmek için... Yeniden kardeş olduklarını hatırlayabilmek için ne yapmaları gerekiyordu? Bu istek, herkes için doğalken, onlar için neden bu kadar zordu?

"Yusuf" dedi annesine bakarak genç kadın. Artık susmak, hiç değilse annesine karşı susmak imkânsız geliyordu Yesra'ya. "Hiç geldi mi buraya anne?"

"Dedi ya giderken... Birkaç ay kalacakmış amcasının yanında..."

"O değil. Onu demiyorum. Oğlumu demiyorum anne... Kakar, kardeşim Yusuf'u sordum ben."

Yaşlı kadın kızının yüzüne baktı önce. Ardından, derin bir nefes çekti ve elindeki su testisiyle, çiçeklerini sulamaya devam etti. Sessizliği, Yesra'nın gergin sinirlerini tetiklemeye yetmişti. Acısını, hırsını, bunca yılın parça parçalığını sonunda birinin yüzüne haykırmamak için güçlükle tutuyordu kendini. Yusuf'un düşlerine, kâbuslarına giren atlas gözleri hem yaşlar hem ateşler altında parlıyordu. Su ve ateş... Her ikisi birden birbirine karışmadan salınıyordu Yesra'nın gözlerinde.

"Ona da böyle mi yaptın anne? Böyle yüz mü çevirdin kapıya geldiğinde? Böyle sustun mu? Hiç gelmedi, hiç aramadı bizi demiştiniz. Hani kaçıp gitmişti oradan..."

"Sus kızım. Yesra sus... Baban."

"Babam... Babam... Babam" dedi genç kadın. Daha önce hiç bu denli isyankâr olmamıştı. Hiç bu kadar yükseltmemişti sesini. Hiçbir zaman konuşan biri olmamıştı... Etrafındakiler Yesra'nın sesinin tonunda isyan sancılarını duymamıştı. "Hep babamın ne istediği, ne düşündüğü... Ya Yusuf anne... Ya Yusuf? Anne... Ya Yusuf?"

"Sen onu mu gördün? Buraya mı geldi Yusuf'um?"

"Yusuf'um mu? Sen ona Yusuf'um mu diyorsun hâlâ anne."

Yaşlı gözlerine rağmen, alaycı bir tebessüm yerleşti Yesra'nın yüzüne. O gün, düşündüklerini ve hissettiklerini hiç kimseden saklayamıyordu. O gün, kendinden ve Yusuf'tan başkasına hak veremiyordu.

"Diyorum elbette. O benim oğlum. Onu unuttum mu sanıyorsun? Sen de anasın artık. İnsan ne olursa olsun, evladını unutur mu? Niye böyle konuşuyorsun benimle? Aç bak şuramı. Aç bak bakalım neler var. Ne göreceksin... Ama o bizi unuttu. O bizi sildi, gitti."

Annesi de ağlamaya başlamıştı. Yesra onun dökülen yaşlarına zerre kadar aldırmıyordu. İçinde neden böyle bir duygu kök salmıştı birden bire? Neden annesine hak veremiyordu artık? Başını iki yana sallarken, boğazına sıralanmış dikenler hissediyordu genç kadın. Nesil'in anlattığı, zaman zaman da okuduğu satırlar aklına geldikçe, annesinin de canını yakmak için delice bir istek duyuyordu. Birilerinden intikam almak istiyordu Yesra. İntikam duygusu taşımanın günah olduğunu bile bile yapıyordu üstelik bunu. Annesini de, babasını da kendi iç dünyasında kurduğu mahkemede yargılıyordu. Ve bunu yıllar yılı zaten yapmakta olduğunun farkına da varıyordu o an.

"Anne... O gece... Senin onu kucaklamanı beklemiş... Eğer sen ona öyle sırt çevirmeseydin... Eğer sen öyle yapmasaydın. Belki. Belki şimdi yanımızda olurdu. Belki hâlâ bizim olurdu... Hâlâ bizim Yusuf'umuz olurdu anne."

Annesinin elindeki testi avlunun beton taşının üzerine düştü. Kırmızı killi toprak dağılırken, içindeki su da dökülmüştü. Yıllar var ki; Saliha'nın gözünün önünden gitmeyen bir geceydi o. Yusuf'a sarılmayı o da istemişti. Evladının kokusunu her anne gibi o da özlemişti. Ancak, kocasının sözleri, birer emirdi Saliha için. Ve doğurduğu hiçbir çocuk, kendinin değildi. Onların çocukları, inançlarına itaat ve hizmet için dünyaya gelmişti. İkisi içinde en hayırlı olacak kararlar verilmişti. Bu böyle kazılmıştı aklına, zihnine bu belletilmişti. Vicdanındaki sızı ve yüreğindeki kayıp evlat acısıyla birlikte usulca yere çöktü yaşlı kadın. Az önce ıslanan betonun üzerine oturdu. Gözlerini kaldırıp Yesra'nın bakışlarıyla karşı karşıya gelemiyordu. Yere bakıyordu Saliha. Pişmanlıkla eğiliyordu yüzü. Yıllarca yaptığını, yine yapıyordu. Sanki bakışlarını yerden kaldırırsa bir yerlerden ona bakan Yusuf'u görecekmiş gibi hissediyordu. Bilmiyordu ki Yusuf, bilmiyordu ki Yesra. O geceden sonra, nefes aldığı her gece, o perdeyi kaldırıyor ve avluya bakıyordu. Bir kez daha gelse... Bir kez daha gelse, onu geri çevirmeyeceğinden emin bakıyordu. Ancak, korkuyordu da... Olmayacak, olsa bir gün... Ve Yusuf gelse... Yüzüne nasıl bakacağını da bilemiyordu yaşlı kadın.

"Geri gider sandım. Benden yüz bulamazsa, yerine döner sandım. Baban duysaydı... Baban görseydi kötü olacaktı. Ben böyle olacağını düşünemedim. Temelli gideceğini bilemedim. Seni sordu bana. Seni aramaya gelmişti. Senin için gelmişti."

Yesra, başını önüne eğdi. Öylesine derin bir sessizlik hâkimdi ki evin avlusuna. Yesra'nın yüreğindeki köz, önündeki kuzine sobanın ateşinden çok daha yakıcıydı. Genç kadın sadece bunu hissedebiliyordu. Ne annesinin ağladığını, ne sessizce dizlerini dövdüğünü... Kendi özleminden, kendi acısından başka hiçbir şey duyamıyor ya da göremiyordu.

"O beni hiç unutmadı, ömrünün her saniyesine beni yazdı, beni karaladı Yusuf. Çocukken de, şimdi de... Ama ben... Ben onun için mi korktum anne yoksa kendim için mi? Onu mu korudum uzak durarak yoksa kendimi mi? İşte bu acı da beni öldürecek anne. Eğer Yusuf'u görmeden ölürsem, imanım da, inancım da eksik olacak."

....

İçten içe, yorgun, dalgın, kırgın, hatta fazlasıyla tedirgin bir kadın olmuştu Nesil. Otobüsten indiğinde, onu bekleyen kocasını ve oğlunu gördüğünde gözyaşlarına engel olamamıştı. İçindeki bütün hayal kırıklığını, özlem mazeretinin ardına saklayarak yol boyu, zaman zaman Barlas'tan gizli, zaman zaman uluorta sessizce ağlamıştı. Giderken, umutla doluyken, dönerken derin bir karamsarlığa kapılmıştı. Bir an önce bu iki günü unutmak ve unutturtmak istiyordu kendine ve kocasına. Çok düşünmüştü. Anlatamayacaktı. Barlas'ı bir kez daha mutsuz etmeye, yıkmaya dayanamayacaktı. Onu yok eden o sokaktan ve insanlardan, yeni bir reddediliş daha taşımayacaktı Barlas'ın dünyasına. Gerçeği öğrendiğinde Barlas'ın göstereceği tepkiden delice korkuyordu. Ancak onu, bu ziyaretin asıl sebebini gizlemeye iten, yalnızca korkusu değildi. Yusuf'u bir kez daha acılarıyla, hasretleriyle yüzleştirmek ve bildiklerini bir kez daha hatırlatmak istemiyordu. Kendi varlığıyla, kendi elleriyle, kocasının kâbuslarına yeni bir sahne, yeni bir hayal kırıklığı daha eklemek istemiyordu.

"Gitme bir daha" dedi Barlas arkadan beline sarılarak. Karısının karnını okşarken, yüzünü, boynunun çukuruna gömmüştü. Nesil, Ekin'in yatağının başında durmuş, melek gibi uyuyan oğlunu seyrediyor, yine ve yeniden, verdiği kararı düşünüyordu.

"Özledin mi beni?" dedi Barlas'ın kollarının çemberini bozmadan ona doğru dönerek. Onun yüzüne bakmak bile, Nesil'i üzüyordu. Her an yeni ve sıcak yaşlar dökmemek için direniyordu kendine. Neden Nesil bu kadar severken, kanından ve canından insanlar ona sırtını dönüyordu? Barlas dış görünüşüyle dünyanın en güzel insanlarından biriydi ve artık Nesil, onun iç dünyasının da dışına eş olduğunu biliyordu. Ona neyin diyetinin ödetildiğini, neden böyle yaşamak zorunda bırakıldığını anlayamıyordu genç kadın. Şimdi bile kendine bakan kuzguni bakışların irislerinde, som sevgiyi ve tutkuyu görebiliyordu. Barlas onu düşüncelerinde yanıltmamıştı. Barlas sevmeyi biliyordu. Aldığı her damlaya karşılık, çağlayarak seviyordu.

"Gitmeyeceksin bir daha. Neresi olursa olsun, beni bırakıp gitmek yok."

Bir eliyle belinden, boynuna kadar zarifçe okşadı genç kadını. Serbest bırakılmış saçlarını bir avucunun içine toplayarak boynunu ve ensesini açtı. Burnunu ve dudaklarını özlediği kokusu üzerinde dolaştırırken, gözlerini kapatma ihtiyacı hissediyordu genç adam. Çünkü o vakit, o kadının Nesil olduğuna daha çok inanıyordu. Hayatında çok fazla boşluk vardı Barlas'ın. Her türden sevgiye, her türden yakınlığa aç kalmıştı. Alıştığı ve sevdiği kokularla yaşama şansı olmamıştı. Nesil ve Ekin bu anlamda Onun için ilklerdi. Onu seven ve onun olan bu kokular, Barlas için artık vazgeçilmezdi. O an kokladığı o ten, Barlas için, çok şey demekti. Aşk, sevgi, ev, huzur, anlayış, gülen gözler, neşe... Tek bir kadın, ona ne çok şey vermişti. Ve o kadının kokusu, sadece uyuduğu çarşaflara, seviştiği tene değil, önce yaşadıkları hayata, sonra Barlas'ın bütün varlığına sinmişti.

"Beni özledin mi dedim?"

Kollarını sevdiği adamın boynuna doladı ve biraz daha sokuldu bedenine. Boynuna eğilmiş başını, saçlarını okşarken, Nesil de kapattı gözlerini. Barlas'ın Onu özlediğinin farkındaydı. Kocasının yakınlığının içinde elbette çok sevdiği şehvetli oyunların işaretleri de vardı. Ancak tavırları bununla sınırlı ve aceleci değildi. Bu iki günlük ayrılık, Barlas'ı daha çok dokunmaya, daha çok hissetmeye itmişti. Nesil de onun gibiydi. Ve bir yandan da içindeki inatçı kız harekete geçmişti. Az konuşan kocasını tatlı itiraflara zorlamak için bir fırsat yakalamıştı yine. Barlas'ın söylediklerini duyduğu halde, yanıt vermiyordu. Bunun yerine, kendi sorularıyla sıkıştırıyordu genç adamı. İnatlaştıkça, ortaya ikisini de gülümseten, tarafı olmayan, sevimli bir rekabet çıkıyordu.

"Duydun mu beni? Gitmek yok..."

"Özlemedin mi?"

Genç adam başını gömdüğü çukurdan kaldırdı. Karısının saçlarını serbest bıraktı ve iki eliyle yüzünü iki yanından kavrayarak bakışlarını kendi bakışlarına sabitledi.

"Nesiiilll, duydun mu dedim sana?" dedi, hafif bir uyarı tonlamasıyla. Nesil'in ise, gülen gözlerine rağmen pes etmek gibi bir niyeti yoktu. Çünkü bu oyunlar hep onun istediği gibi sonlanıyordu. Barlas baskıcı bir adam gibi görünse de, sonunda karısının inadına yeniliyordu. Ve o sona çok yaklaştığını biliyordu genç kadın. Küçük çenesini kaldırıp, kocasının iri elleri arasında kalan ve ışıldayan yüzüyle gülümsedi.

"Ben de sana, 'beni özledin mi' dedim Barlas..."

Genç adam da dayanamadı daha fazla. O da gülümserken, başı her zaman olduğu gibi, iki yana doğru sallanıyordu. O küçük ve inatçı kadını çok seviyordu. Onun böyle gülümsemesine hiçbir zaman dayanamıyor, en durgun ya da en sıkıntılı olduğu anlarda bile karşılık veriyordu.

"Özledim" dedi.

"İşte böyle... Ben de duydum seni. Gitmeyeceğim bir daha, hiçbir yere sensiz gitmek yok artık. Bu ilk ve son olsun. Ben de çok özledim seni."

İstediğini elde etmiş bir kadının zafer dolu tebessümüyle kocasının dudaklarını uzun ve aşk dolu bir öpücükle ödüllendirdi. Ve bütün ruhuyla hissedebildiği bir karşılık aldı ondan.

Şezlongun üzerinde günün yorgunluğunu atmaya çalışıyordu genç kadın. Bütün gün Barlas'la dolaşmış, Ekin'in doğum günü için hazırlık yapmışlardı. Barlas bugün onu hiç bilmediği bir kır lokantasına götürmüştü. Israrcı bir tavırla, ne var ne yoksa yedirmişti karısına.

"Telefonun çalıyor meleğim."

Çalan telefonu Nesil de duyuyor, ama duymazdan geliyordu. Öylesine ağırlaşmıştı ki adım atmaya bile üşeniyordu. İsteksizce yerinden kalktı ve masanın üzerindeki çantasını açtı. Arayanın kayıtlı olduğu adı görünce, ürperdi genç kadın. Ürkek bir tavırla, telefonuna ve arkasında duran kocasına baktı sırayla. Barlas bahçede Ekin'le ilgileniyordu. Ancak Nesil'in duraksadığını fark etmişti. Bu yüzden bakışlarını karısından da ayırmıyordu.

"Kim?" dedi çatılmış kaşlarıyla...

Barlas'ın teyzesinin ev numarasını, "ablam" diyerek telefonuna yazmıştı genç kadın. Barlas'ın görmesi durumundaysa, Efser'in kızı olduğunu söyleyecekti. Her şeye rağmen yeni bir yalana daha hazırdı.

"Ablam. Yani sütannemin kızı."

"Neden açmıyorsun?"

"Açıyorum" dedi aceleyle. Henüz tek kelime etmeden yavaşça evin kapısından içeriye girdi. Doğruca merdivenlere yöneldi.

"Efendim" dedi sessizce.

Basamakları adımlarken, karşı tarafın da aynı şekilde sessizce konuştuğunu fark ediyordu. İki tarafta birilerinden saklanıyordu konuşurken.

"Nesil, benim ablam."

"Yesra, ben, ben beklemiyordum. Barlas yanımdaydı... Ben, ondan uzak bir yere doğru..."

"İyi mi o ablacığım?"

Yesra'nın yüreğindeki özlem, telefonun ucundan bile ulaşıyordu Nesil'e. Hissedebiliyordu genç kadın. Yesra'nın neden Yusuf'tan uzak kaldığını anlayabiliyor ve hak veriyordu. Ama her şeyin bir çaresi bulunmaz mıydı? Yesra öylesine korkuyla yaşamıştı ki yıllar boyu. Nesil'in çare olarak önüne sunduklarına bile dönüp doğru dürüst bakmamıştı. "Hayır" demişti hep. "Hayır, olmaz..."

"İyi, iyi evet."

"Ya bebek? O da iyi mi?"

"O da iyi. İkisi bahçedeler şimdi."

Peki, şimdi değişen ne vardı? Neden şimdi aramıştı Yesra? Nesil'in bir gün önce solan umudu, bir anda yeniden canlanmış ve açmıştı.

"Ya sen ablam? Sen nasılsın? Kızgın mısın bana?"

"Yok, ama ben, ben çok üzüldüm."

Yesra'nın "Haklısın, haklısınız" diyerek kendi kendine mırıldandığını duydu genç kadın. Sesini çıkarmadı. Bunun yerine, kocasının yüreğinde kök salmış olan o küçük kızın neden aradığını duyabilmek için bekledi.

"Nesil. Ben çok düşündüm. Ben, ben onu görmek istiyorum. Dayanamayacağım daha fazla. Ne olacaksa olsun, bir kez olsun görmek istiyorum onu."

Odadaki aynada kendi yüzünü gördü Nesil. Ağzı şaşkınlıkla açılmış, yüzü mutlulukla parlamış ve gözleri sevinçle ıslanmıştı. Yanında olsa, Yesra'yı sımsıkı kucaklayabilirdi o an. Barlas için düşlediği hediyeye, kocaman bir adım yaklaşmıştı. İnanamıyordu. Barlas için bunun ne demek olduğunu düşündükçe, bunun gerçek olması için içten içe yalvarıyordu.

"Ne? Sahi mi? Sahi mi Yesra? Sahi mi söylüyorsun?"

"Evet. Selime teyzem yarın şehirdeki hastaneye yatıyor. Ben de onunla gideceğim. Bu fırsat bir daha elimize geçmez Nesil."

"Selime teyzeyi kullanacağız. Evet... Tek şansımız bu. Ben biraz düşünüp arayacağım seni. Orada kal biraz... Ayrılma sakın tamam mı?"

Aklına gelen ilk kişi Cemil olmuştu genç kadının. Ondan başkasından yardım alamazdı. Cemil onun Yesra konuda sırdaşı ve suç ortağıydı. Hızlı bir şekilde, Barlas'a duyurmadan onu aradı. Tamamdı. Cemil bir plan yapacak ve Barlas'ın hasretini vuslata taşıyacaktı.

Boğazı, yüreğine kadar inen kızgın bir demirle dağlanıyordu. Yıllardır adını sayıklıyordu. Ama şimdi, Ona bakarken, sadece yutkunuyor, sesini duyuracak güç bulamıyordu. Ona bakarken, kaybedilen koca bir ömre lanet ediyordu. Aynı tabaktan yediği, çoğu kez kendi payını onun önüne ittiği yemeği, aynı bardaktan önce ona içirdiği suyu, gök gürültüsünden korktuğu gecelerde kucağına sokuluşunu, bir türlü iliklemeyi beceremediği düğmelerini, dalgalı saçlarını, yanağına konan sevgi dolu öpücüklerini. Onun ablası olduğu günleri hatırlıyordu Yesra, yıllar sonra. Onunla yaşadığı, kardeş oldukları günler, bir bir gözlerinin önüne seriliyor ve her bir sahne birer damla yaşla can bulup, can olup akıyordu göz pınarlarından...

Dudakları kıpırdıyor ancak, soluk yerine özlem zehri geliyordu, parça parça olmuş yüreğinden dışarıya. Unutmak zordu, ama unutmaya çabaladığını yıllar sonra görmek daha da zordu. Neden unutmak zorunda bırakılmıştı ki? Neden elinden alınmıştı ki? O söylemişti. "O daha bir çocuk" demişti dilinin döndüğünce... "Onu göndermeyin" derken, "Onu benden almayın" demek istemişti daha çok, ama duyan olmamıştı, duyuramamıştı sesini. Hiç söyleyememişti Yusuf'a, ablasının yıllar yılı onu unutmayı beceremediğini, hatta bunu istemediğini. Uzaktan da olsa, onu sevmeyi sevdiğini, hiç söyleyememişti Yesra. Ne o günlerde dile getirebilmişti abla sevgisini, ne de sonrasında buna fırsatı olabilmişti.

"Yusuf" diye fısıldadı güçlükle. Bekledikçe, kendini, suçlu, kendini utanç içinde ve bitik hissediyordu. Bekledikçe, geçen onca yıl, daha ağır bir yükle biniyordu omuzlarına. Onun sırtı dönük oturuşuna baktıkça, kırgınlığını, yalnızlığını hissediyordu. İçi eriyordu genç kadının. Artık buruk durması gerekmiyordu Yusuf'un. Artık kimsesiz değildi. Ablası gelmişti. Ablası, elinden almakla, gönlünden koparamadıkları o kayıp çocuğu arıyordu. O kayıp çocuğu seviyordu. Çok seviyor ve çok çok özlüyordu onu. Onu bir kez daha görmeden, sarılmadan, koklamadan yaşamak da ölmek de istemiyordu...

"Ablam...."

Başını eğdi ve eline baktı genç adam. Bardağın içindeki su, sallanıyordu. Ama kendi kendine olmuyordu bu. Bardağı tutan eline söz geçiremiyordu. Kulağına en eski sevdasının ılık sesi, çocuk sesi esip girmişti sanki. Beslediği özlem, sonunda akıl oyunları mı oynuyordu? Oğlunun doğum gününde, kendisi için de bir dilek tutabilmeyi ve Yesra'yı dilemeyi nasıl da istiyordu. Bu akıl oyunlarına şaşırmaması gerekiyordu aslında. Bugün öylesine çok düşünüyordu ki onu. Yüzü gözlerinin önünden silinmiyordu. Kulağında sesini işitmek de tuhaf gelmiyordu genç adama. Ama acı veriyordu. Yetişkin bir erkeğin kalıbına yakışmayacak kadar çocukça bir hasret saklıyordu içinde. Ve sık sık duygusallığına yeniliyordu.

"Yusuf'um..."

Artık bardaktaki su sallanmıyordu. Sımsıkı tuttuğu cam parçasını hissetmiyordu da. Artık, ne bedenine, ne ellerine, ne de ellerinin boşluğa bıraktığı bardağa sahip olamıyordu. Yere düşüp parçalanan cam sesi, yüreğinin seslerinin arasında kaybolup giderken, yavaşça ve renksiz bir yüzle ayağa kalktı ve durdu. Yavaşça arkasına dönerken, bembeyaz olmuş yüzüyle tıpkı bir hayalete benziyordu. Sanki bir hayalete bakıyordu. Gözlerini sımsıkı yumdu, ama dayanamadı, aceleyle açtı bir daha...

"Yesra" içinden mi yoksa dışından mı olduğunu bilemediği bir yakarışla. Gözlerini kırpıştırdıkça, yerinde duruyordu hayal. Hiçbir yere gitmiyordu. İlk kez onu bu halde görüyordu. Hayallerinde kalan o kıza pek benzemiyordu. Başka biri gibi olsa da, onu tanıyordu Barlas. Yesra gibi bakıyordu. Tıpkı o gece onu yolcu ederken, ağladığı gibi ağlıyordu yine...

"Yes..." adını söylemek isterken, göğsüne hançerler iniyordu. Solukları hızlandıkça, göğsündeki sıkışma da artıyordu. O eski ve amansız acı, yine can evinden vuruyordu genç adamı.

"Ablam" diyen bir inilti yükseldi Yesra'nın sırılsıklam olmuş dudaklarının arasından. Emin olmuştu Barlas. O bir hayal değildi. Gözleri... O maviş çiçekli gözleri... Ahh O gözleri! Yabancı bir bedenin içinde, çocuksu düşlerinin en güzeli... Yusuf'un yarası... Barlas'ın ezeli... Her şey değişebilirdi. Ama o gözler değişmemişti, tıpkı eskisi, tıpkı onun Yesra'sı gibiydi...

"Yesraaaaa..."

Yesra'ya attığı her adımda, hayatının en karanlık günleriyle yüzleşiyordu. Kâh bir gece vakti sallanan bir tren vagonu içinde gidiyor, kâh bir ranzanın alt katında ağlıyordu... Kâh okunmayan mektuplar yazıyor... Kâh onları ateşlere atıyordu... Kâh uzak ve ufku olmayan yollara bakıyor... Kâh onu evine götüren rüyalar görüyordu. Kime yürüyordu o an? O günlere mi? Gözlerinden dökülen yaşları tutamıyordu. Yesra'ya atılan her adımla, o günlerdeki Yusuf'a biraz daha yaklaşıyordu. Yusuf biraz daha netleşiyordu. Kollarını açmış onu bekleyen kadına sarıldığında, ölmüş bir çocuk diriliyor, kayıp bir çocuk bulunuyordu. Yusuf ile Yesra'nın kaderi bir anlığına olsa bile değişiyordu. Artık yollayamadığı mektuplar Yesra'nın eline ulaşmıştı. Çünkü Yusuf, ona yazdığı ne varsa, yüreğinde saklamıştı.

"Yesra" diyerek inleyen sesini susturamıyordu. "Yusuf'um" diyordu Yesra... "Yusuf'um" Yesra'ya sarıldıkça, Yesra'yı duydukça, olması gereken adam oluyordu. Onun adı Yusuf'tu. O bir mezar taşına rastgele yazılmış bir isim olmak istememişti. O Yusuf olarak doğmuştu. Yesra biliyordu bunu... O biliyordu...

Bu kadar çok mu olmuştu? Kucaklayıp, taşıyabildiği. Sarıldığında esmer yüzü, kara kafası, yerleri henüz belli olan, yeni yeni filizlenen minicik göğüslerine değen, o küçük çocuk muydu bu adam? Nasıl da kuvvetli, heybetliydi... Nasıl da uzundu... Artık, yüzüne bakmak için, başını kaldırmak ve arkaya atmak zorunda kalıyordu. Barlas'ın yarısı kadar ya var ya da yoktu genç kadın. Vaktiyle kollarının arasından salıverdiği o çocuğun, böylesine büyümüş olmasını yadırgıyordu. Tanıklık etmemişti, o büyürken, ondaki değişiklikleri görmemişti. Baktıkça kalbindeki sızı çoğalıyordu. Ne kadar değişmişti. Yüzüne keskin ve sert çizgiler inmişti. Anlıyordu ki; o yıllar, Yusuf'un pırıl pırıl çocuk tebessümünü de alıp gitmişti. Yine de, yabancılık çekmiyordu Yesra, yüzünü herkesten sakınırken, ona bütün varlığıyla sokuluyordu. Dokunuyor, sarılıyor, kokluyor, öpüyor ve onun da bunları yapmasına izin veriyordu. Yıllar önce, kafeslerinden salıverilen iki küçük, savunmasız ve günahsız kuştu onlar. Her ikisi de yıllar sonra geriye dönüyor, buna rağmen özgürlüğü yeni bulmuş gibi hissediyordu.

"Yesra. Yesra'm iyi misin?"

"Gücüm tükendi Yusuf'um. Gücüm bitti..."

Sevinç, keder, acı, sızı... İlk büyük darbe, ilk şok yavaş yavaş üzerinden akıp giderken, ablasının renginin sarardığını, solduğunu, kollarının arasında yığılmak üzere olduğunu da fark ediyordu. Onu bedeninden ayırmadan, bir kolunu beline sarıp diğer eliyle yüzünü göğsüne bastırarak koltuğa doğru götürdü. Onu yavaşça oturttu ve yanına oturdu. Yaşlı gözleriyle birbirlerine bakmaya devam ettiler. Dudaklar sustukça, gönüller, gözler konuşuyordu. Öyle ki; onlar için, ne "özlem" yeterli bir ifadeydi, ne başka bir sözcük onca yıl boyunca hissettiklerini anlatabilirdi. Ne söz, ne de satır, o anki bakışların emsali, dengi olabilirdi. Durdukça, baktıkça yeniden sarılıyorlardı birbirlerine... Bir daha... Bir daha... Bitmiyordu o dokunuşlara hasret...

"İyisin" dedi genç kadın titrek bir nefesle... "Allah'ıma şükürler olsun, iyisin."

İki dudağını birbirine sımsıkı bastırarak, kederli ve yapay bir gülümsemeyle başını salladı genç adam. İyiyim demek yerine, yutkunuyordu. İyi miydi? İyilik neydi? Zengin olmak, güçlü olmak, yoksa henüz ölmemiş olmak mıydı, iyilik? İyi olmayı, iyi hissetmeyi henüz yeni yeni Nesil ve Ekin'le öğreniyordu o. Oysa Yesra, onun için bambaşka duyguları temsil ediyordu. Canından çok sevdiği o küçük kız, sararmış eski bir resim gibi karşısında dururken. Yürekleri, coşkusundan, hevesinden olmuşken, yıl yıldan, iş işten geçmişken, nasıl "iyiyim" diyebilirdi ki bir çırpıda, kaygısızca?

"Gözlerin" dedi kaskatı durmaya çabalayarak. "Hâlâ aynı" Sanki içinden bir nehir akıyor, dışarıya bir yol arıyordu. Döktükleri yetmemiş gibi, öylesine baskı hissediyordu göz pınarlarının gerilerinde. O koca bedene, ağlamak yakışmıyordu, ama ağlamadan da göğsündeki sancı azalmıyordu. Ağlamamak için susmak zorundaydı. Susup, çenesini ve dişlerini sıkmak zorundaydı. Oysa söylenecek, konuşacak ne kadar çok şey vardı. Bu nasıl bir acıydı? Bunca zaman bu acının tek ilacının Yesra'yı görmek olduğunu sanırken, gördüğü an azalmak yerine daha da artmıştı. Ona bakarken, kaybolan yıllar, bütün karanlığıyla ortaya çıkmıştı.

"Kızımınkiler de aynı" dedi Yesra, dayılarına kendi çocuklarından bir şeyler anlatabilmenin heyecanıyla. İlk kez bu zevki tadıyordu. İlk kez, çocuklarının bir dayısı olduğunu böylesine net hissediyordu o an. "Oğlum da aynı sen..."

"Biliyorum" dedi genç adam. Parmağının ucuyla, ablasının elmacık kemiğini özenle okşadı. Aslında, saçlarına dokunmak istiyordu. Sanki bir çocuktu. Çok eskiden olduğu gibi, o sarı perçemleri, parmak uçlarına dolamak, onlarla oynayarak uykuya dalmak istiyordu. Ancak, Yesra'nın başörtüsü, başak sarısı olduğunu hatırladığı saçlarıyla birlikte, yüzünün büyük bir bölümünü de örtüyordu. Üzerindeki siyahlar, her yerini saklıyordu ablasının. Yine de, yumruk büyüklüğündeki bembeyaz yüzünde, bulutsuz gökyüzü gibi duran gözleriyle, bütün o karanlık örtülere meydan okuyordu. İnsanın ruhuna huzur veriyordu. Yusuf'un hatırladığı kadar mavi, Barlas'ın düşünemeyeceği kadar güzeldi. Yesra'ya has, Yesra'ya özeldi.

"Resimleri var bende. Fatma'nın da, Yusuf'un da resimleri var."

İnanıyordu Yesra. Yıllardır, ondan bir işaret bekleyen kardeşinin, bir an olsun onların peşinden ayrılmayacağını biliyordu. Reddedildiğini düşünerek uzak duruyor ve görünmüyordu belki Yusuf. Ama uzaktan uzağa, onları izliyor olduğunu tahmin ediyordu hep. Çenesinin ucunda sımsıkı tutturulmuş siyah örtüyü hafifçe gevşetti genç kadın. Heyecandan, sevinçten, korkudan ve mutluluktan öylesine darmadağın olmuştu ki ruhu... Bedeninden dışarıya oluk oluk ter iniyordu. Boncuk boncuk terlemiş alnını Barlas da fark etmişti. Sessizce sehpanın üzerindeki kumandayı alarak, klimayı açtı. Yeniden ablasına döndüğünde, iki küçük elini birden kendi avuçlarının arasına aldı ve doyamadığı, asla doyamayacağı yüzüne bakmaya başladı.

"Nasıl buldun beni?" dedi yavaşça. Söylenecek onca sözü varken, en çok bunu merak ediyordu. Yesra'nın yıllar yılı yüz çeviren varlığının nihayet ondan yana dönmüş olmasını da anlayabiliyordu, ancak, oraya kadar gelmiş ve onu bulmuş olmasını hiçbir mantıklı kalıba uyduramıyordu. Yesra gibi kilit altında tutulan bir kadının, tek başına bunu başarmış olması mümkün görünmüyordu Barlas'a. O anki sevincine rağmen, ona bir zarar gelmesinden ya da gelmiş olmasından korkuyordu genç adam...

"Nesil" dedi Yesra bekletmeden. "Nesil getirdi beni..."

Yesra'nın ıslak gözleri, geldiğinden beri, Yusuf'u gördüğünden beri, hatta çok uzun zamandan beri ilk kez o derece ışıldarken, genç adamın ifadesi değişiyordu. Alnı kırışıyor, soran gözleri kısılıyordu. Yeni bir şaşkınlık, yeni bir şok daha yaşıyordu Barlas. Yesra ile Nesil arasında, düşüncelerinde bile, olası bir bağ, bir köprü kuramıyordu.

"Nesil mi? Sen Nesil'i nereden biliyorsun. Nasıl?"

Genç kadın başını çevirip salonun kemerli girişine bakarken, Nesil'in oralarda bir yerlerde olabileceğini düşünüyordu. Oysa derin bir sessizlikten başka hiçbir şey yoktu. Yeniden kardeşine döndüğünde, o da şaşırmış görünüyordu...

"Şimdi ben içeriye girerken arkamdaydı sahi nereye kayboldu?"

"Dur bir dakika abla, dur" dedi. Yerinden kalkıp, Yesra'nın baktığı yere, evlerinin girişindeki geniş hole doğru yürürken, bir yandan da gözlerini Yesra'dan ayırmıyordu. Nesil Barlas'ın meleğiydi, ancak geçmişindeki insanları, okuduğu satırlar dışında tanımıyordu. Onların nerede olduklarını bile bilmiyordu. Boş hole ve evin açık kapısına baktı genç adam. Ardından bahçeye çıktı...

"Nesil" dedi seslenerek. Birkaç kez haykırdı adını, ancak meleğinden yanıt alamıyordu. Yesra'yı eve bıraktıktan sonra yeniden otele dönmüş olmalıydı. Barlas ancak o an, girdiği şok dalgasından uyanıyordu. Onu eve Nesil göndermişti. Ekin için bir şeyler gerektiğini söyleyerek gitmesini istemişti. Barlas eve girdiğindeyse, telefon etmiş, kendisinin de yolda olduğunu ve onu orada beklemesini söylemiş, kısa bir süre yalnız kalmak istediğini ima etmişti. Gülümsemişti Barlas ve asıl sürprizden habersiz bir şekilde beklemişti evde. Ta ki, Yesra gelinceye kadar.

Evet, ama nasıl? Nesil, nasıl olup da Barlas'ın tahmin bile edemeyeceği bir şeyi biliyordu? Geriye çözülmesi gereken yeni bir bulmaca kalıyordu. Bunun sabırsızlığıyla yeniden eve girdi ve kapıyı kapattı genç adam... Salona girdiğinde Yesra, başındaki siyah kalın örtüyü çıkarmış, altındaki ince örtüyle kalmıştı.

"Yok mu?" dedi kardeşine merakla...

"Yok" dedi genç adam az önce kalktığı yere, ablasının yanına yaklaşarak.

"Ekin'in doğum günü var demişti. Oraya döndü herhalde... Seni de alıkoydum, Nesil oraya gelmemi istedi, ama kalabalıktır orası..."

Üstündeki çarşafa benzer kıyafeti işaret etti bakışlarıyla genç kadın. Hem onu görecek olanlar, hem de kendi inançları açısından bunun uygun olmadığını anlatmak istiyordu kardeşine. Çünkü onlar giyinmiyordu, onlar örtünüyordu. Yusuf'un artık Barlas olduğunu ve bambaşka bir dünya kurduğunu biliyor, kardeşine görünüşüyle sıkıntı yaratmak istemiyordu. Oysa Barlas'ın umurunda bile değildi bu durum. Onun için ablasına, Yesra'sına kavuşmuş olmak dışında hiçbir şeyin bir anlamı ya da önemi yoktu. Yesra, Barlas'ın doğduğu ve büyüdüğü kültürün içinden geliyordu. Bu gerçeği ya da ablasını, kimseden saklamayı aklından bile geçirmiyordu genç adam...

"Yesra" dedi Barlas, "Nesil seni nereden getirdi?"

"Evden Yusuf'um. İki gün önce oraya geldi Nesil. Bizim sokağa, teyzeme geldi. Beni buldu, teyzemi gördü..."

Boynundaki kravatı çıkarıp, gömleğinin üst düğmelerini açarken, ablasına sevgiyle gülümsüyordu. Artık rahatlamıştı genç adam. Yesra'nın oraya nasıl ve neden gelmiş olduğunu öğrenmişti. Nesil'in mezunlar buluşması bahanesiyle, Cemil ile birlikte giriştiği oyunu dinlemişti ablasından. Yesra bildiği kadarını anlatmıştı, ama Barlas yeri ve zamanı geldiğinde, bütün ayrıntıları Nesil'in kendisinden dinleyecekti.

Bunun için Nesil'e kızsın mı, yoksa bu kez önünde eğilmek yerine ayaklarına mı kapansın henüz bilemiyordu genç adam. Bildiği bir şey vardı, Nesil'in hayatındaki yerini ve değerini bütün çıplaklığı ve aydınlığıyla bir kez daha görmüş ve anlamıştı.

Açılan düğmelerinden, aylardır boynunu süsleyen, gece gündüz üzerinde taşıdığı muska görünüyordu. Yesra sanki donmuş gibi, inanmayan gözlerle bakıyor, sanki asırlarca uzak bir yerlerden sesleniyordu kardeşine.

"Bu muska... Bu... Bu benim sana..."

Genç adam, kederle gülümsedi. "Evet o" dedi fısıldayarak. Muskasını avucunun içine alıp, yumruğunu sıktı. Bunu sık sık yapıyordu. Ne zaman Yesra aklına gelse, onu özlediğini hissetse, muskasına tıpkı oymuş gibi sarılıyordu.

"Takıyor musun hâlâ? Ben sana verdiğimi bile unutmuşken. Sen saklıyor musun hâlâ?"

Genç adam, elindeki muskayı bıraktı ve ablasının yanağını okşadı yavaşça. Süzülen yaşlarını kuruladı, bitmeyeceğini bilerek... Durmaksızın akan nehirler artık yolunu biliyordu. Her bir başlangıçta, her bir sonda gözlerden, yanaklara iniyordu. Bu gece ağlamak için öyle çok sebepleri vardı ki. Durdurmak, dindirmek ellerinden gelmiyordu.

"Hep sakladım, hep taşımadım boynumda, ama hep sakladım..."

Bir an yutkundu ve sustu... Ardından başını kaldırdı ve Yesra'sının karşısında dimdik tuttu bakışlarını. Barlas'a yıllar yılı huzur vermeyen, onu hayattan ve kendinden eden, uçurum kenarlarına kadar sürükleyip götüren ve ölüme iten duygular, artık gömdüğü yerden kurtulmuştu, dilinin ucunda dolaşıyordu. Nihayet bir fırsat geçmişti eline ve artık susamıyordu genç adam.

"Çünkü ben seni terk etmek istemedim Yesra. İstemedim. Ben senden kaçmamıştım. Ben aslında, sana gelmek için, seni bulmak ve..." Sesiyle birlikte titreyen nefesine aldırmadan devam etti. Ancak bakışları, tıpkı başı gibi eğikti o an. "Ama hiç birini yapamadım, seni koruyamadım, seni bulamadım. İşe yaramaz bir adam oldum Yesra. Beni affet. Beni affet..."

Yesra kardeşinin eğik yüzünü iki eliyle kavrayarak kaldırdı. Kim kimden utanmalı, kim kimden af dilemeli ve helallik almalıydı? Kim büyük, kim küçüktü? Kim kimi korumalıydı? Onlar masum, onlar herkesten çok daha günahsızdı bu yazgıda. Buna rağmen, öylesine derin bir sevgi nakışlanmıştı ki yüreklerine. Alınlarındaki yazıya rağmen, o nakış bozulmamıştı. Onlar sevgilerin, yalan yanlış inançlara kurban edildiği bir dünyaya açmışlardı gözlerini. Saplantılı inanışlarla, anne ve baba şefkatinden bile mahrum edilmişlerdi. Birer demir gibi işlenmiş, aynı kor ateşlerin içinde, yanarak şekillenmişlerdi. Belki de bu yüzden, birbirlerini, başka hiç kimseyi sevmedikleri kadar çok sevmişlerdi.

"Sen affet beni. Asıl ben, ben ablan olamadım. Sen küçüktün, ben büyüklük yapamadım sana ablam. Yapamadım."

Barlas için yutkunmak da bir işe yaramıyordu. Gözlerinden bir kez daha kendiliğinden süzülüp geliyordu yıllardır içine attığı her şey. Ona uzanan sevgi dolu eller de engel olamıyordu buna. Yaşlarını öpen o küçük anne dudaklar da durduramıyordu onu. Çünkü Yesra'yı gördüğü andan beri, Yusuf geri gelmişti. Küçük Yusuf... Çocuk Yusuf... Barlas'ın o katı gücünü, sarsılmaz suskunluğunu yenmişti. Barlas'ın insanlarla arasına koyduğu en son sır duvarı çökmüştü. Yüreğinde saplı duran, suskunluğuna sebep hançer, yerinden çıkmıştı.

"Bir an olsun unutmadım seni ben Yesra... Bir an bile aklımdan çıkaramadım seni. Hep boştu, her yer, her şey boştu. Çünkü Yesra'm yoktu."

"Ben unuttum mu? Ben unuttum mu gözümün bebeğini. Ben Yusuf'umu çıkarabildim mi aklımdan? Sana sırt çevirdiysem, seni unuttuğumdan değil. O zaman yapamadığımı şimdi yapmak içindi Yusuf. Seni korumak içindi. Dedi ki Nesil. Sen onun adını bile söyleyemiyorsun, oysa o hâlâ seni sayıklıyor uykusunda. Diyemedim ona. Ben onun adına kurban olurum, söylemiyorsam bir sebebi var, diyemedim. Benim uykularımda onunkilerden farklı değil diyemedim. Git dedim ona da. Sana benden bir zarar gelmesin diye Yusuf'um. Onlar seni öldü bilsinler, ben öğrendim ya, ben bildim ya sağ olduğunu, yeter dedim içimden..."

"Bana kırgın değil misin?"

"Asla... Ya sen... Sen kırgın mısın bana?"

"Asla."

"İkimizin de elinden başka türlüsü gelmedi o gün Yusuf. İkimiz de çocuktuk. Kimse bize ne istediğimizi, ne istemediğimizi sormadı ki. Sen hayatta kaldın ya, bu bana yapabileceğin en büyük iyilikti işte."

Dış kapının sesiyle birbirlerine dönük dikkatleri dağıldı bir an için. Barlas yerinden kalkarken, duvarda asılı olan saate baktı. Oğlunun doğum gününün son anlarını kaçırmıştı, ama önlerinde upuzun yıllar ve çok kutlamalar vardı. Ekin, eğer anlayabilecek yaşta olsaydı, babasına hak verirdi. Onu yanında olmadığı o dakikalar için hoş görür ve affederdi. Çünkü halası gelmişti. Çeyrek asırlık bir hasretin ardından, iki kardeş birbirini daha yeni bulabilmişti. Ve halası, onca zamandan sonra gelmek için, Ekin'in doğum gününü seçmişti. Bu bile Barlas'ın yaşa alışmış gözlerinin yeniden dolmasına neden oluyordu. Bu bile genç adamı gitgide daha duygusal ve sulu gözlü bir adam olmaya itiyordu. Özellikle bugün, Yesra'yı nasıl da yanında istemişti. Bunu bir de Ekin'in varlığını öğrendiği gece aynı yoğunlukta hissetmişti genç adam. Sevincini paylaşacak başka kimsesi yoktu Barlas'ın. O gece de, duyamayacağını bile bile oğlunu halasına müjdelemişti. O gece de, Yesra'nın, yüreğindeki yerine seslenmişti.

Holde karşıladı karısını genç adam. Nesil'in başı eğik duruyordu. Oysa Barlas onun gülen gözlerini ve melekler kadar temiz ve güzel yüzünü arıyordu bakışlarıyla. Evinin içinde hiçbir eksiklik yoktu artık. Bu gece, gönlündeki bütün sevgiler, yanı başında duruyordu. Hepsini görüyor, hepsine dokunabiliyordu. Nesil'in kollarının arasından, uyuyan oğlunu çekip alırken, yanağına dokundu dudaklarıyla usulca.

"Özür dilerim" dedi fısıltıyla. "Gelip sizi alacaktım ama..."

Genç kadının eğik başı kendiliğinden kalkarken, yanağını kocasının dudaklarının sıcaklığından ayırmak zor geliyordu.

Ondan nasıl bir tepki beklediğini, o ana kadar bilmiyordu genç kadın. Ve bu gece ne yapması gerektiğini de bilmiyordu. Otelde kalıp, onları gece boyu yalnız bırakmak da uygun olurdu aslında. Ancak, Barlas'ın buna izin vermeyeceğinden de emindi. Bu yüzden, misafirlerini odalarına gönderdikten sonra, uyumuş olan oğlunu alıp eve dönmek en doğrusu gibi gelmişti genç kadına. Hem, Barlas'ın sonradan bu konuda ifadesini alacağını bile bile, kocasının bu geceki mutluluğunu kendi gözleriyle görmek ve bu hasretin noktalandığı ana tanıklık etmek de istiyordu.

"Nesil mi geldi Yusuf'um?"

"Evet" dedi beklemeden genç kadın. Barlas'a fırsat vermeden o yanıtlıyordu Yesra'yı. Salondan gelen ses, onların hesaplaşmalarının bir süre ertelenmesi gerektiğini anlatıyordu. Gülen gözleri, daha eğildiği yerden kalkarken, her daim olduğu gibi aşkla bakıyordu kocasına.

"Keşke Ekin'i uyumadan görebilseydi. Ama oraya gelmek istemedi."

Oğlu kollarının arasında, öylece bakıyordu karısına. Ona da söylemek istediği o kadar çok söz vardı ki Barlas'ın. Ama böyle olmazdı. Böyle anlatamazdı. Nesil, çok özel bir kadındı. Onun özelliği, bütün güzelliği, kocasına sonsuz bir aşk taşıyan yüreğinde saklıydı. O nasıl yüreğindeki aşkı kendine kılavuz ederek, Barlas'ı dünyanın en şanslı ve en mutlu erkeği yapmıştı, Barlas da aynı şekilde, ilk fırsatta, onunla yalnız kaldığı ilk anda. Ona içindeki Nesil'in, yüreğindeki kadının, omzundaki meleğin, yerini ve değerini anlatacaktı. O an için sadece, yüzüne bakıyordu. O çam gölgeli deryalar içinde, bir çift göz bebeğinde, hem kendi yansımasını hem ona kendini adamış olan kadını görerek duruyordu. Dudakları belli bile olmayan bir tebessümle aralanırken...

"Gel meleğim" dedi karısına. Ekin'i ablasına götürürken, Nesil'in de yanında olmasını istiyordu.

"Bak bu, bu benim... Bu benim küçük mucizem, küçük meleğim, Ekin'im Yesra..."

Genç kadın kollarının arasına uzatılan bebeği alırken, dudakları kıpırdıyor ancak neler söylediği duyulmuyordu. Nesil ve Barlas kadının iki yanına oturdu. İkisi de sessizlik içinde Yesra'nın dikkatini dağıtmadan bekliyordu. Çünkü yaklaştıklarında anlamışlardı, Yesra'nın Ekin'in yüzüne bakarak mırıldandıkları, birbirine eklediği dualardı. Yesra Ekin'e süslü sözler etmiyor, sevinç gösterilerinde bulunmuyordu. Onun için de Ekin bir melekti... Ve bir meleği kollarının arasında tutarken, bildiği ve inandığı gibi davranıyordu...

"Âmin" diyerek arkasına yaslandı ve Ekin'in yüzüne daha dikkatle bakmaya başladı genç kadın. Parmaklarının uçlarıyla, sevgiyle, şefkatle okşadı Ekin'in tenini. Siyah saçları dalgalıydı. Uykuda olmasına rağmen gür ve siyah kaşları hafifçe çatılmıştı. Kapalı gözleri, birbirine geçmiş kirpiklerinin altında kalmıştı. Resimlerinden daha büyük görünmüştü Yesra'ya. O aylarda bebeklerin büyük bir hızla büyüdüğünü ve değiştiğini biliyordu. Yine de, resmini ilk gördüğü an düşündüğünü düşünüyordu genç kadın. Nesil bilmiyordu elbette, ama Yesra kardeşinin küçüklüğünü hatırlıyordu. Ekin inanılmayacak kadar çok benziyordu Yusuf'a.

Yesra ve Nesil, Ekin üzerine konuşurken, Barlas'ın yüzündeki ifadeyse farklılaşmıştı. Oğlunu ablasının kucağında hiç hayal etmemişti genç adam. Bu yüzden o an tanık olduğu, izlediği sahne Barlas için hayallerden daha uzaktı. Ama gerçek olmuştu. Artık, Nesil'le birlikte sahip olmaya başladığı mutluluğun, son taşı da yerine oturmuştu. Onlara bakarken bir yandan da aklından anne ve babası geçiyordu genç adamın. Bir yandan da kalbinden gelebilecek sesleri bekliyordu. Belki... Her şey değişirken, o da değişebilirdi? En son olarak nefretle tükenen, ölen bağları bir daha yeşerebilirdi? Belki, anne ve babası olduğunu hissedip, hatırlayabilirdi bir daha...

Ama... Hayır... Kalbinde tek bir kıpırtı bile olmuyordu. Yusuf için, hayatın resmi bu gece tamamlanmıştı. Hiçbir boşluk kalmamıştı. Bu ne anlama geliyordu? Evinden ayrılırken yanında götürdüğü sevgiler, bu uzun ve çetin yola dayanamamıştı. Günden güne, yıldan yıla körelen yüreği, yalnızca, en sağlam olan ve en derinde duran adı saklamıştı. Yesra'yı. Anne ve babasından hiçbir iz yoktu, onları unutmayı başarmıştı. Ne acıydı... Neden böyle olmuştu? Bunu hatırlamak zorundaydı genç adam. Çünkü vicdanında o gece hissettiği o yeni sızıyı yadırgamıştı. O unutulmuştu. Buna rağmen, unutmuş olmayı acı bulmuştu.

Bir süre sonra, Nesil Ekin'i alıp yukarıya çıkarken, o anılarını sakladığı o fakir servete doğru yürüyordu. O kutuyu, ara sıra açtığı olurdu. Ancak içinde öyle bir şey vardı ki... Onu açmaya eli de yüreği de ermiyordu. Şimdi tam sırasıydı. O mektup Yesra'nındı... Yesra onu okurken, Barlas da neden böyle bir adam olduğunu hatırlayacaktı. Vicdanındaki sızı mı, yoksa o mektubu yazan çocuk mu daha haklıydı? Bu ortaya çıkacaktı bu gece...

"Allah'ın selamı üstüne olsun Yesra...

Nasılsın? Canım ablam nasılsın? İyisindir umarım. Annem ve babam nasıllar? Ya teyzem? Mahalleli çocuklar? Beni soracak olursan...

İyiyim ben. Yalnız, tatil olmuyor burada. Geleceğimi sanıyordum, ama gelemiyorum. Olsun. Zaten, çok mutluyum. Sokağımızdaki çocuklardan bile çok arkadaşım var. Derslerimiz bitince, onlarla zaman geçiriyorum. Güzel bir yer burası. Burayı seviyorum. Düğmelerimi iliklemeyi öğrendim. Saçlarımı da senin istediğin gibi yıkayabiliyorum artık. Karnım da aç kalmıyor. Yemeklerimi yiyorum. Endişelenme benim için. Kendime bakmayı beceriyorum. Yalnız... Ben...

Cemil'i biliyor musun? Bizim oradan. Benimle aynı gece geldi buraya. Aynı trendeydik. İki sokak arkamızda oturuyorlarmış. Ama bizim orada hiç görmemiştim onu. Sen tanıyor muydun? Biz yolda tanıştık, iyi bir çocuk. Biliyor musun en çok neyi merak ediyorum Yesra? Cemil, bir gün evimize döneceğimizi söylüyor hep. İnanıyor buna. Sence de doğru olabilir mi? Bir gün, bu okul bitebilir mi? Sen her şeyi bilirsin diye soruyorum sana. Gelir miyim sence bir daha oraya? Tamam, burada da mutluyum... Ama...

Dün, çok önemli bir sınavımız vardı. Ben birinci oldum. Buradaki büyüklerimiz beni çok seviyor. Bütün çocuklardan daha güçlü ve daha başarılı olduğumu söylüyorlar. Sana döndüğümde burada neler yaptığımızı anlatırım. Şimdi yazamıyorum. Burayı anlatan bir şeyler yazmamız yasakmış. Mektuplarınızda buradan ve burada neler yaptığımızdan bahsetmeyin dediler. Aslında bunu sana söylemem de yasak, belki sırf bu yüzden bile bu mektup bana geriye dönebilir, ya da onlar bana vermeden, habersizce yırtıp atabilirler... Belki de beni hücreye...

Düşündüm de Yesra... Bu mektubu onlara hiç vermeyeceğim. Yazıp saklayacağım. Eğer günün birinde gelebilirsem, ya da sen beni görmeye gelirsen, o zaman vereceğim.

Sana bugüne kadar yazdığım ve eline geçmeyen onlarca mektup var. Çünkü hiç birini göndermeme izin vermiyorlar. Burası bir okul değil Yesra ve ben burada mutlu değilim. Sana yalan söyledim. Sen üzülme diye hep yalan yazdım. Ama dayanamıyorum daha fazla. Sizi çok özledim. Seni, annemi, teyzemi, hatta babamı bile... Sokağımızı, arkadaşlarımı, eski okulumu... Sütçü dayıyı... Deli Sülo abiyi... Evimizi... Yatağımı... Karabaş'ı, Pamuk'u... Her şeyi öyle özlüyorum ki Yesra...

Trenden indiğimde, karşılayan adamlar, üstü çadırla kapanmış bir arabaya doldurdular bizi. Saatlerce yol gittik. Geldiğimden beri, duvarların üstünden bakıyorum etrafa. Bizden başka hiçbir şey, hiç kimse göremiyorum. Yol da yok. Burası neresi bilmiyorum Yesra. Ben neredeyim? Neden buradayım, neden eve dönemiyorum? Annemle, babam, siz neden hiç gelmiyorsunuz? Babam, bunun bir şans olduğunu söylüyordu hep. Annem de şükrediyordu ya durmadan. Yesra, ben kendimi kaybolmuş hissediyorum. Keşke gelsen, keşke alsan beni buradan. Yine evimizde olmak, seninle uyumak istiyorum. Burayı sevmedim Yesra. Ben eski okuluma gitmek istiyorum. Eski arkadaşlarımı istiyorum... Ben artık hep ağlamak istiyorum Yesra. Konuşmak istemiyorum, buradaki kimseyi görmek ve duymak istemiyorum.

Burada bir yer var. Bazen tek başıma oraya kapatıyorlar beni. Korkmuyorum artık hiçbir şeyden. Buradan, bana verdikleri cezalardan hiç korkmuyorum. Ama... Oraya her girip çıktığımda, kendimi daha kötü hissediyorum.

Sana topumu sakla demiştim ya, vazgeçtim, saklama artık. Murat'a ver. O benim en yakın arkadaşımdı. O oynasın benim yerime. Çünkü ben, ben artık top oynamak istemiyorum. Canım en sevdiğim şeyleri bile çekmiyor artık. Yok... Bak yine yalan yazdım sana. Bir tek şey çekiyor. Hani benim geldiğim gece, evde yemiştik ya. O yemeğin tadı hâlâ damağımda, kokusu burnumda...

Yesra... Bana neler oluyor? Beni hiçbir şey mutlu etmiyor... Büyümek bu mu Yesra? Ben büyüdükçe, içimdeki özlem de büyüyor, büyüyor. Ne içime sığıyor artık, ne bu duvarların ardına. Kötü şeyler oluyor Yesra. Cemil inanıyor, ama ben inanmıyorum. Hiçbir zaman dönemeyeceğim değil mi? Bu yüzden, sana sorduğumda; "döneceksin ablacığım" diyemedin. Keşke söyleseydin. Keşke bilseydim. O zaman daha sıkı sarılırdım sana. Daha çok öperdim seni. "Yesra" derdim sana. "Yesra beni hiç unutma."

Bir kez daha saatine baktı ve yatak odasından dışarıya çıktı genç kadın. Bu gece, yılların hasretini sayılı saatlere sığdırmaya çalışan o iki kardeş gibi, o da uykusuz, o da yorgundu. Ancak asıl yorgunluğu fiziksel olmaktan çok duygusallıktan kaynaklanıyordu. Onları Barlas izin verdiği sürece baş başa bırakmaya çalışıyordu. Ancak, ne garip bir adamdı Barlas. Yesra'yı gördüğü an, gözü dünyadaki her şeye kapanır sanırken, yanıldığını anlamıştı Nesil. Barlas'ın geç uyanan yüreğinde, her türlü sevginin ve bağın kendine özgü ve apayrı yerleri vardı. Bu gece zamanı Yesra için yaşarken, Nesil ve Ekin'i de bir an olsun aklından çıkarmıyor, gözünün önünden ayırmak istemiyordu. Ara sıra yukarıya çıkıp, birkaç saniyeliğine bile olsa, onları seyrediyor, sonra ablasının yanına, geçmişin hesaplarına, bu günün hüzün, sevinç dolu eşsiz tadına ve yarının Yesra ile Yusuf için küçük umutlarla dolu yeni anlamına geriye dönüyordu.

O anlarda, uyuyor gibi davranıyordu Nesil. Yusuf ile Yesra'nın birbirlerine. Sadece birbirlerine söyleyecek çok sözleri olduğunu bilerek, onları başka hiç kimsenin yanında olamayacakları kadar rahat ve özgür bırakmayı doğru buluyordu. Bir ömür sonra, sayılı saatler içinde, yalnızca birbirlerine ait olmalarına, kendileri gibi olmalarına. Ya da gerçekte oldukları gibi görünebilmelerine imkân veriyordu. Ama artık, vakit tükeniyor, her güzel şeyin olduğu gibi, bu kavuşmanın da sonu geliyordu.

Merdivenlerin başında durdu. Basamakları yavaş yavaş adımlamadan önce, kulağına kadar gelen o hararetli konuşmanın ara vermesini ya da bitmesini bekliyordu.

"Ben onu seviyorum Yesra. O senin oğlun, benim canım. Beni tanırsa, bunu ona da anlatırım."

"Anama, babama sevgini anlatabildin mi Yusuf'um? Bizim dünyamızda sevgi kadar değersiz başka ne var ki?"

"Kanıma dokunuyor Yesra, ağırıma gidiyor..."

"Gitmeyecek."

"Ama gidiyor Yesra..."

"Beni iki canımın acısıyla yakma Yusuf. Oğlum seni, onların anlattıklarından biliyor. Sana bir zararı olursa, bir kötülüğü dokunursa, ben ne yaparım o zaman Yusuf? Ben hangi birinize yanarım o zaman?"

"Seni bir daha kaybetmek istemiyorum. Bir kez daha nasıl dayanırım buna?"

"Bir daha eskisi gibi birbirimizden habersiz kalmayacağız ki. Ben fırsat buldukça arayacağım seni. Sesimi duyuracağım sana, sesini duyacağım. Acımı, sevincimi paylaşacağım seninle. Biz birbirimizden kopmadık bunca yıl. Şimdiden sonra mı yapacağız bunu? Sen beni sakla gönlünde, ben de seni. Hani mektubunda demiştin ya... "Yesra beni unutma." Hiç unutmadım. Hiç de unutmayacağım Yusuf'um."

"Arar mısın beni?"

"Her fırsatta... İmanımın üzerine yemin ederim, her fırsatta, arayacağım. Artık, fırsat ayağıma gelsin diye de beklemeyeceğim. O fırsatları kendim koşturacak, kendim yaratacağım. Ant olsun akşam gözlüm. Ben senin sesini duymadan durabilir miyim bundan böyle? Arayacağım, seni... Ekin'i, Nesil'i soracağım senden. Fatma'mı, Yusuf'umu anlatacağım sana."

"Ya ben seni? Ben seni aramayacak mıyım?"

"Sen beni aramayacaksın. Sen zamanını bilemezsin. Sen benim için bir tek şey yapacaksın. Kendini bizim dünyadan uzak tutacaksın. Benim için, kendini, yavrunu, ocağını koruyacaksın. Artık, tek değilsin. Ekin'i düşüneceksin herkesten çok. Kendinden, benden çok Ekin'i düşüneceksin. Yavrun için doğru olanı yapacaksın. Rabbim izin verdiği sürece, ona bir baba nasıl olmalı, göstereceksin Yusuf'um. Biz geldik gidiyoruz. Ben bu kadarını bile hayal edemezdim. Allah bin kere razı olsun Nesil'den. Geldi, buldu beni. Salladı, kendime getirdi, cesaret verdi bana. Ama beni bunu yaptığıma pişman etme. Eskiden hep senin kötü haberin gelecek diye, korkulu düşler görürdüm. Şimdi içim rahat. Evini, yuvanı gördüm. Nesil'i, Ekin'i gördüm. Seni böyle gördüm ya dünya gözüyle. Daha ne isterim? Artık huzurluyum. Yeniden korkulu düşler gördürme bana ablacığım. Bunca yıldan sonra, bu huzuru çok görme bana."

"Yesra..."

"Söyle ablam, söyle sesine, bakışına hasret kaldığım..."

"Beni yine sana hasret bırakma. Beni merakta bırakma. Yoksa."

"Rabbim bu nefesi bu bedende tuttukça... Bir daha habersiz kalmak, bir daha böyle yanmak yok Yusuf'um..."

Nesil, onları dinledikçe, konunun, geceden beri süregelen ve iki kardeşin bir türlü uzlaşma sağlayamadıkları tek konu olduğunu anlıyordu. Barlas'ın en amansız yarasının bu kez gerçekten kabuk tutmasına, iyileşmesine sebep olacak bu buluşmanın mimarı olarak, kendiyle nasıl gurur duyuyorsa, aynı ölçüde de tedirginlik hissediyordu. Artık, Yusuf'un geçmişiyle Barlas arasında küçücük bir köprünün bile ne kadar tehlikeli olduğunu daha iyi anlıyordu. Onları dinledikçe, daha önce ucundan kıyısından görebildiği, yetiştiği kültür şartlarında aklına bile getiremeyeceği bir dünya ile yüz yüze geliyordu. Yıllar geçse de, Yusuf için verilen kararlar hâlâ geçerliliğini koruyordu. En başta babası, öz babası, Yusuf'un hayatını, onu köle etmek istediği inanca kurban veriyordu. Tıpkı Yusuf çocukken olduğu gibiydi. Her şey, insanlar ve hayatlar değişirken, bir tek bu gerçek değişmemişti, değişecek gibi de görünmüyordu. Yine Yusuf'un ne evlat olarak, ne insan olarak bir değeri vardı. Hatta artık, Yusuf'un itaatsizliği, kaçışı ve resti, bedeli olan bir aykırılık ya da aşırılık olarak değerlendiriliyordu. Ve o bedel, ne acıydı ki; hâlâ, Yusuf'un canına kastediyordu. İşte bu gerçek, Nesil'in bu geceki mutluluğunu, tıpkı bir engerek gibi, durmadan zehirliyordu. Âşık yüreği, korkunun pişmanlık hissettiren soğuk ellerinin arasında titriyordu.

Derin bir nefes alarak salon kapısının önünde durdu. İçindeki karmaşayı ve tedirginliği yüzünden silerek, gecenin başındaki o kadın oldu yeniden. Neden, böyle olması gerektiğini düşünüyordu ki? Korkuyordu. Neden saklamak zorunda hissediyordu ki kendini? Tıpkı Yesra gibi o da. Yusuf ya da Barlas, iki kimlikli o tek erkeği, akıl, sır ermeyecek kadar çok seviyordu. Belki de, Yesra'dan bile çok seviyordu. O herkesten çok seviyordu onu.

"Nesil gelsene meleğim."

Kocasının, oturduğu yerden ona uzanan elini görüyor ve ağlamamak için zor tutuyordu kendini. Onlar, Yusuf'suz yaşayabilmişlerdi bunca yıl. Ama O… Barlas olmadan…

"Yusuf'um sabah oluyor artık. Ben. Ben nasıl gideceğim? Cemil mi götürecek yine?"

Nesil'in gelişiyle, sanki zaman kavramına geriye dönmüştü Yesra. Başını çevirip, camdan görünen karanlığa, sonra duvardaki saate baktı. Gün, az bir süre sonra görünmeye başlayacaktı. Ayrı ayrı yaşadıkları hayatlara, bağlı oldukları kurallara ve süregelen sorumluluklara dönmek zorundaydı. Kaderlerine, koca bir çiçek tarlası gibi renkli ve kokulu bir sayfa açmış, gece boyunca içlerinden gelen ne varsa o sayfaya yazmışlardı. İstedikleri zaman açıp okuyabilecekleri, açıp koklayabilecekleri öylesine güzel bir yaprak olmuştu ki. Darlıktan geçip gelmiş insanların, bolluğa ve berekete ermesi gibiydi hisleri. Bu kadarı bile onlar için şükretmeye sebepti. Bu kadarı bile, onları gece boyu ağlatırken, içten içe gülümsetmeye yetmişti. Bu gece, onlar için yeni çekilmiş bir resimdi. Onların çocukken çekilmiş resimleri olmamıştı. Her şey anılara çizilmiş ve orada saklanmıştı. Şimdiyse, iki yetişkin olmuşlardı ve o anıların yanına birbirlerinin bu yeni suretlerini koymuşlardı. Bu kadarı bile, daha dün sabah ikisi için de nasıl da imkânsızdı.

"Ben götüreceğim seni, ama daha erken değil mi?"

"Yol uzun ablam. Sabah erkenden hastanede olayım. Sen gelme, yine Cemil götürsün beni."

"Ben götüreceğim Yesra."

"Ama Yusuf."

"Yesra… Ben götüreceğim dedim."

Onlar ayağa kalkarken, Nesil kocasının ses tonunda itiraza açık hiçbir delik bulamıyordu. Bu yüzden susuyor ve sadece yüzüne bakıyordu genç adamın. Yine o katı ve kuralcı adam tavrına bürünmüştü Barlas. Dediğim dedik, bir adım bile geriye atmayacak, söylediğinden dönmeyecek. Zaten arabanın anahtarlarını eline almış ve merdivenlerden çıkmaya başlamıştı bile. Nesil onun neden yukarıya çıktığını biliyordu. Yola çıkmadan önce Ekin'i görmek istediğini anlıyordu. İtiraz etmek için, "sen gitme" dememek için zor tutuyordu kendini genç kadın. Ama geç kalmıştı. O da, Yusuf'un korku dolu yıllarının ve korkuyu mesken tutmuş hayatının bir parçası olmuştu artık. Üstelik ondan gizli, onun onayını almadan, kendi ayaklarıyla gidip, girmişti o dünyanın içine. Yusuf uzak dururken, Nesil, kendi elleriyle sürüklemişti onu şimdi gitmesinden korktuğu, çekindiği yere. Geç kalmıştı Nesil, korkmak için, çok geç...

"Yusuf'um önce Allah'ıma, sonra da sana emanet."

Yesra'nın sesiyle, kendine geldi genç kadın. Barlas'ın ardından bakmaya devam ettiği yerden Yesra'ya çevirdi gözlerini. Genç kadın yine geldiği gibi, siyah çarşaflar içine girmişti. Yüzünün bile büyük bir bölümünü o örtülerin ardına gizlemişti. Ama sevgiyle gülümsüyordu ve hiçbir örtü ya da perde, Yesra'nın gözlerinin minnet ve teşekkür dolu güzelliğini gölgeleyemiyordu. Nesil de içindeki bütün sıkıntıları bir yana bırakarak, ona gülümsedi. Yesra kollarını ona açtı. Nesil ise hiç tereddüt etmeden, Barlas'ın ablasının kollarının arasına girdi. İki kadın birbirine sarıldı. Onlar birbiri için hâlâ iki yabancıydı, ancak onları bağlayan bağ öylesine sağlam ve derindi ki. İkisini de, aynı erkek için, farklı sevgiler taşıyan engin yürekleri vardı. Biri Yusuf dolu bir geçmişe, diğeri Barlas dolu bir geleceğe sahipti. Ancak, ikisinin korkusu da, mutluluğu da tekti. İçlerindeki endişe, Yusuf'un kılına zarar gelmesiydi.

Yesra kucaklaşmaları bittiği halde, ellerini Nesil'in kollarından ayırmadan, genç kadının yüzüne bakıyordu. Onun bir şeyler söylemek istediğini anlayan Nesil ise, bakışlarıyla Yesra'ya cesaret veriyordu.

"O, ona hâlâ kin besleyen, düşman olanlar gibi değildir Nesil. O çok küçükken, her şeyden önce, sevmeyi öğrendi. Sevmeyi benden öğrendi. Sevmeyi bilenden, kimseye kötülük gelmez. Sen de onu hep çok sev kardeşim. Yusuf'um, bir daha sahipsiz kalmasın. Bir daha, yalnızlık nedir bilmesin..."

"Merak etme. Yüreğimde ona karşı öyle bir aşk var ki Yesra. Bu hiçbir kula, hiçbir erkeğe nasip olmaz."

"Bizim sevgimize, anamızdan, babamızdan daha çok değer verdin, daha çok sahip çıktın. Hakkını helal et Nesil"

"Helal olsun."

Vedanın hüznüyle yüklenmiş bulutlu gözleriyle birbirlerine baktılar. Arkalarından gelen ayak sesleriyle bir kez daha kucaklaşarak ayrıldılar birbirlerinden. Hole doğru yürürken, Yesra birden döndü ve oturduğu koltukta kalan eski zarfı eline aldı. Onlara arkasını döndü ve giysilerinin içine, koynuna yerleştirdi kardeşinin eski yazı satırlarını. O satırlar, Yesra'nın özlem dolu yüreğini iyice dağlamıştı. Yusuf'un, Yesra'ya olan bağını ve sevgisini bir kez daha anlatmıştı. En çok, o mektubun, anne ya da babasına değil de, Yesra'ya yazılmış olması yakmıştı genç kadının içini.

"Kapıyı güzelce kilitle meleğim. Sabah olmak üzere, korkmazsın değil mi?"

Yesra'yı beklerken, Barlas ve Nesil de dış kapının girişinde sessizce vedalaşıyordu.

"Korkmam. Ama..."

Genç adam karısının kederli ve tedirgin yüzüne baktı. Elini uzatıp yanağını okşadı yavaşça.

"Ama ne?"

Genç kadın o el temasıyla yetinecek gibi değildi. Kendini tutamayacaktı daha fazla. Birden gözyaşlarıyla birlikte kaskatı olmuş bedenini de serbest bırakarak kocasına sarıldı. Yüzünü, boynunun çukuruna gömerek kokusunu içine çekti. Barlas ona sarılmaya fırsat bulamadan, yine ansızın geriye çekildi.

"Neden ağlıyorsun meleğim?" dedi Barlas kaşlarını çatarak. Ne olmuştu bu kadına böyle? O şaşkınlıkla Nesil'in yüzünü iki eliyle, iki yanından kavrayarak endişeyle baktı karısına.

"Korkuyorsan... Sizi de götüreyim Nesil... Neden ağlıyorsun?"

"Barlas" dedi genç kadın... Bu kez hafifçe tebessüm etmeyi başarmıştı. "Bizim burada olduğumuzu ve seni beklediğimizi aklından çıkarma olur mu? Bizi bir anlığına bile unutup, sakın olmayacak bir şey yapma."

Ama sesinin tonundaki dalgalanmaya ve gözlerindeki kaygıya engel olamamıştı. Barlas'ın dikkatli gözlerinden ve hassas yüreğinden kaçmamıştı bu...

"Nesil" dedi genç adam endişe ve merakla. "Neler oluyor? Neden böylesin?"

"Korkuyorum Barlas. Bana korkmam için bir neden olmadığını söyle. Yesra'yı bırakıp, bize geriye döneceğini söyle. Sen artık, onların Yusuf'u değilsin. Sen Ekin'in, benim... Sen benim her şeyimsin Barlas... Bana geri gel, tamam mı?"

"Tamam, benim küçük, sulu gözlü meleğim... Tamam, bir erkek, aklı olan herhangi bir erkek, böyle hisseden bir kadına geri gelmez mi?"

....

"Geldim" dedi genç adam gülen gözleriyle... "Söz verdiğim gibi. Sana geldim"

"Canım" dedi ve elini kalbinin üzerine koydu genç kadın. İçten içe teşekkür ediyordu. Ama o teşekkürün asıl sahibi kimdi, işte onu bilemiyordu. Tanrı'ya mı, o dakikaya kadar tahammülle atmaya devam eden yüreğine mi? Yoksa artık benliğine sığdırmakta zorlandığı adama, yani Barlas'a mı? Muhatabını, sahibini bilemiyordu içindeki şükranların. Ama "geldim" diyen kocasına koşarken, kahkahalarla gülmeyi beceriyordu. İçindeki bütün endişeyi, bütün korkuyu, sevinçle attığı kahkahalarla birlikte dışa vuruyor ve an an biraz daha rahatlıyordu. "Canımsın sen benim... Canım, birtanemsin, aşkımsın. Her şeyimsin sen... Sen benim kocamsın... Sen..."

Barlas ise, yüzündeki mutlu ve hatta biraz da şımarık ifadeyle karısına bakarken, halinden son derece memnun görünüyordu.

"Dur, dur, ben bunların hepsine nasıl karşılık vereceğim şimdi... Aklımda tutamadım ki... Yavaş yavaş, bir daha söyle."

"Dedim ki, canımsın, bitanemsin, tatlım, sevgilim, koc..."

"Yorulmuşsundur" dedi genç kadın yanına oturup, Barlas'ın elini tutarak. Bir yandan da yüzüne bakıyordu. Çünkü hem yorgunluğunun belirtilerini orada görebilirdi, hem de çevirdiği gizli saklı işler konusunda ne düşündüğünü, neler hissettiğini anlayabilirdi belki. Oysa buna gerek yoktu. Barlas da zaten bu konuyu konuşmak istiyordu karısıyla.

"Neden yaptın bunu?" dedi soran gözleriyle.

"Senin için" dedi karısı.

"Mezunlar buluşması, orada yapılıyor olması... Hepsi bir yalan mıydı?"

"Evet."

Başını salladı genç adam. Bunu da tahmin etmişti. Bu sorunun yanıtı da onun için sürpriz değildi.

"Lal hiç yoktu planda. O hiç gelmedi oraya."

Bu kez başını iki yana usulca sallayan, ancak, gözlerindeki teması bozmayan Nesil'di.

"Ne zaman karar verdin peki buna?"

"En son kâbusunun ardından. Sen onu ne kadar özlediğini, ilk kez itiraf etmiştin bana."

"Ya Cemil? Onu nasıl ikna ettin?"

"İşin en zor kısmı buydu işte. Çok zor oldu. Sana öyle bağlı ki. Senin için bile olsa, senden habersiz iş yapmak. Cemil mecbur kaldı. Eğer sen gelmezsen ben yalnız gideceğim dedim. Biraz blöf yaptım. Sen beni götürmezsen, ben oraya gidip, gerekirse kapı kapı dolaşıp arayacağım dedim. Korktu o zaman. Hem beni yalnız göndermekten korktu, hem de seni açık edeceğimden."

Kocasının gözlerinin içine bakamıyordu artık. Aklına gece boyu kurduğu olumsuz ihtimaller geliyordu. Kendilerini nasıl bir tehlikenin içine attığını düşündükçe, utanıyordu. Başını eğmesinin bir başka nedeni daha vardı. Bunu ifade ederken de zorlanıyordu. Yusuf'un dünyasında, Yusuf'un hatırasına bile düşmanlık vardı. Bunu konuşurken bile, Barlas'ın gözlerine bakmak yerine başını eğiyordu. Çünkü o gözlerde ne göreceğini biliyordu. Acı...

"Ben senin için verilen kararların hâlâ geçerli olduğunu hiç düşünmemiştim. Yani babanın ve diğer adamların, hâlâ sana kin güttüklerini tahmin etmemiştim. Ben galiba, boyumu aşan bir işe giriştim. Çok korktum sonradan. Sana bir zarar gelecek diye. Üstelik buna ben neden olacağım diye..."

Genç adam ise Nesil'in söylediklerini düşünüyordu. Haklıydı genç kadın. Yesra da haklıydı. Babası yaşadığı sürece, Yusuf'un başka bir düşman kazanmasına gerek yoktu. Babası, aşınmış zihni ve taş kesmiş yüreğiyle, hâlâ kör ve kötülük dolu bir zihniyete hizmet ediyordu. Ne sevgi vardı onun lügatinde, ne bir cana ihtimam. Oysa Allah birdi. Her türlü inancın temelinde, onun hoşgörüsü ve bağışlayıcılığı vardı. İnsanı insan yapan, güç veren, gönül alan da bu değil miydi? İnançlı insan, merhameti bilen değil miydi aynı zamanda? O halde, babasının ve diğerlerinin inancına nasıl itaat edebilir, nasıl gösterdikleri yoldan gidebilirdi Yusuf? Dün korkmamıştı onlardan, bugün de korkmuyordu. Onların bağışlamasına ihtiyacı yoktu. Bir can demişti vaktiyle ölümle arasında durana; bir nefes, bir soluk... Ama onu da ne onlar alabilmişti bu güne kadar, ne de çok istediği halde kendi verebilmişti. Çünkü Rahmet tek bir elden gelirdi. Ve bunun vaktini bir tek "O" bilirdi... Vaktiyle düştüğü yanılgıdan nihayet dönmüştü genç adam. Şimdi yalnızca ondan korkuyordu. Ona sığınmış, Onun bağışlayıcılığının önünde eğilmişti. Onun inancı babasının ki gibi değildi...

"Sence ben, çok heyecanlı bir aptal mıyım Barlas? Neden önünü ardını düşünmeden hareket ediyorum böyle? Sanki hayal dünyasında yaşıyormuşum gibi davranıyorum bazen."

Karısının sesiyle düşündüğü kuytulardan geriye döndü genç adam. Bütün o karanlıklardan onu çekip çıkaran o billur tınılara tutundu bir kez daha. Dalıp gittiği yerlerde bir işi yoktu bundan böyle. Onun bir evi, sevdiği bir kadını, can kadar tatlı ve candan değerli bir bebeği, etrafında sırf onun gülen yüzüne bakmakla yetinen anne ve baba benzeri insanları ve artık, düşlerinin küçük annesi, ablası, çocuk kalbinin ilk sevgilisi Yesra'sı vardı...

"Barlas… Beni duydun mu? Sence ben…"

Sessizce seyrettiği o yüz, o hareket eden o minik ve biçimli dudaklar.

"Sen nesin biliyor musun Nesil?"

"Bir melek, sen öyle olduğumu söylüyorsun…"

"Sen benim, senden önce hiç bilmediğim bir şeysin… Sen 'mutluluksun' Nesil… Sen benim… Mutluluğumsun…"

Öğleden sonra bastıran bahar yağmuruna bakıyor, evdeki sessizliği dinliyordu. Camın önündeki koltukta oturmuştu. İçinde bir sıkıntı, huzursuz bir daralma. Sebebini, havanın bir anda kapanmış olmasına yoruyordu. Günlerdir alıştıkları güneşli ve neşeli hava, bugün ansızın bozulmuştu. Oğlu ve karısı, uzandıkları, sohbet ettikleri yerde uyuyakalmıştı. Barlas da bir süre onların yanındaydı. Ancak uyuyamamıştı o. Aşağıya inmiş ve kendine bir kahve yapmıştı. Elindeki fincandan bir yudum daha alarak yerinden kalktı. Cama yaklaştı. Perdeyi iyice yukarıya topladı. Gökyüzü nasıl da kararmıştı. Datça'nın kışında bile böylesine iri taneli yağmurlar olmazdı. Bugün bir garip başlamıştı. Derin bir nefes aldı. Karamsarlığa kapılmaya nasıl da hazırdı. Buna izin vermemeliydi. Sıradan bir yağmuru kendine sıkıntı edinmek de neyin nesiydi? Kendine hafifçe çıkışıp, aklını güzel şeylere vermek gayretiyle döndü. Ekin'in çizgi filmlerinden birini koyup izleyebilirdi. O zaman aklını dağıtıp, karısı ya da oğlu ikisinden biri uyanıncaya kadar, kendini oyalayabilirdi. Ya da... Nesil ile birlikte izledikleri filmlerden biri de olabilirdi. Aslında sorunun kaynağında yalnızlığa olan nefreti duruyordu. İçten içe de olsa, dışarıdaki yağmura çıkışması da bundandı. Kapalı havalar, yalnızlıkla birleştiğinde, nefes almakta zorlanıyordu. Küçük ve basık bir mekânda, kapalı kalmış gibi hissediyordu kendini. Oysa ilgisi yoktu. Bütün bunlar biteli çok olmuştu. Geçip gideli. Unutalı... O halde, bugün neden böyle hissediyordu?

Telefonun sesi derinlerden bir yerlerden geliyordu. Ama yerini tam olarak bilmiyordu. Ekin'in elinde görmüştü son olarak. Koltuk minderlerinin aralarında olmalıydı. Çünkü zil sesi yumuşak bir engelle baskılanmıştı. Ellerini döşemelerin arasına sürerek, kısa sürede aradığını buldu. Acele ediyordu, çünkü artık telefonunu yanından hiç ayırmıyordu. Yesra, fırsat bulduğu her an, arıyordu onu. Ne zamanı ne de yeri belli oluyordu. Az öncecine kadar asılan yüzü, gülümsemeye başladı birden. O numarayı artık ezbere biliyordu genç adam. Teyzesinin telefonu, onları bir araya getiriyordu...

"Yesra..."

"Benim ablam. Nasılsın?"

"İyiyim, ya sen? Sen nasılsın? Arayacak fırsatın olmadı galiba... İki hafta oldu."

"Olmadı ablam, hastamız vardı. Teyzeme de gelip gidemedim o yüzden."

"Kim hastalandı. Sen mi yoksa?"

"Yok, hamd olsun ben iyiyim."

"Çocuklar mı?"

"Yok yok onlar da iyiler."

"Yesra, doğruyu söyle bana. Sen, sen hastaydın. Sen hastasın değil mi? O yüzden gelemedin teyzeme..."

"Yusuf..."

"Saklama benden. Ne ise onu söyle Yesra."

"Yusuf'um. Babam..."

Genç adam ısrarına pişman olmuştu. Babasıyla ilgili en küçük bir şey bile duymak istemiyordu. Ne hastalığı, ne sağlığı, elinde değildi Barlas'ın. Ondan bahsedildiğinde, göğsü, aldığı derin soluklarla kabarıyor ve sesli bir şekilde iniyordu. Nefeslerinin seyri, seferi bozuluyordu sanki. Neden? Niye böyle hissediyordu bunca zaman sonra hâlâ?

"Sen ve çocuklar iyi olun da" dedi fısıltıyla.

Gerisini duymak istemediğini, anne ve babasından bahsetmek istemediğini başka nasıl anlatabilirdi ki?

"Yusuf'm, sana bir şey diyeceğim" dedi Yesra durgun bir ısrarla. "O yüzden geldim teyzeme... babam..."

"Yesra, lütfen" dedi genç adam ablasına acıyla. Neden üzerine geliyordu bu kız? Neden anlamıyordu duymak, dinlemek istemediğini?

"Babam... Hakkın rahmetine kavuştu Yusuf'um."

Gözlerini yumdu, göğsünü en derin çukurlarına kadar dolduran bir nefes aldı ve sımsıkı içinde tuttu. Başını, yukarıya kaldırdı.

Bedenini ayakta tutan her kemiğin tek tek sızladığını hissediyordu. Fiziksel bir gerginlikti bu. Duygusuzdu. Az önce hangi filmi izleyeceğini düşünürken, şimdi bulmuştu işte. O an, ıssız, soğuk ve karanlık bir kuyuya hapsedilmiş görüntülerden ibaret bir film izliyordu. Sıcak bir ses, bir bakış, sıcak bir anı yoktu. Babasını hatırlamaya çalışırken, o ıssız ve soğuk çukura gömülüyordu. Onu son gördüğü yerdeydi. Zihni ona babasından kalan son sözleri tekrarlıyordu.

"Bir daha beni utandıracak, büyüklerimizin önünde küçük düşürecek olursan, beni bir daha böyle utanç verici sebeplerle buraya getirtecek olursan... Seni bu yola kurban ederim haberin olsun Yusuf."

"Ettin baba" dedi dilindeki fısıltı ve yüreğindeki acıyla... "Ettin. Gazan mübarek, kurbanların kabul olsun."

"Yusuf'um orada mısın ablam? Kapandı mı telefon yoksa? Yusuf."

Göğsünü saran kırgınlık ve sitem dolu nefesi salıverdi, gözlerini açtı genç adam. "Buradayım Yesra" dedi yavaşça; "Buradayım."

"Bugün ikindi de kaldıracağız. Haberin olsun dedim. Ne bileyim. Neden dediysem. Bil istedim işte. Babamızdı nihayetinde. Var mı bir diyeceğin ablam?"

"Allah günahlarını affetsin."

"Âmin..."

İki evlat olarak, babaları için en iyi dilekleri bundan, bu kadardan ibaretti. İkisi de daha fazlasını söyleyememişti. Söyleyemezlerdi de.

"Ben gideyim artık. Ev, sokak kalabalık, fark edilmesin yokluğum..."

Telefonu kapattı ve sehpaya bıraktı. Yeniden cama yaklaştı ve dışarıya baktı. Yağmur yağmaya devam ediyordu. Her damla, havuzu dolduran suyun üzerine bir mermi gibi iniyordu. Başını camın çerçevesine yasladı. Kollarını göğsünde kavuşturdu. Babasının öldüğünü söylemişlerdi. Ama onunla ilgili en ufak bir acı bile hissetmiyordu. İçinde acı vardı evet. Ama çok farklıydı.

Ölüm acısına benzemiyordu. Doğduğu evde büyüyememiş, anne ve babasına, kız kardeşine doyamamıştı. Onlar, hiçbir zaman bir aile olamamıştı.

"Biz geldik aşkım. Uykucu meleklerin geldi."

Ne kadar öyle kaldığının, ne kadar dinen yağmurun ardından hep aynı noktaya baktığının farkında değildi. Ama arkasından gelen sesleri sabırsızlıkla bekliyordu. Çünkü onlar, kaybolduğu her an, ona yol gösteren şimal yıldızı oluyordu. O iki varlık, aradan geçen yıllara rağmen, hâlâ efsunlu güzelliğini koruyordu onun için. Onlar bu dünyaya ait değilmiş gibiydi. Sanki Barlas'ı da bu dünyadan almış ve kendi evrenlerine götürmüşlerdi.

Göğsünde uyuşmuş kollarını çözdü. Ellerini iki yana açarak olduğu yere çöktü. Ekin'i kucaklayarak yavaşça ayağa kalktı. Sevdiği kadını da aldı sevgisinin sıcak kollarına. İşte onun yıllar yılı olamadığı buydu. Bir aile. Özlem dolu bir sarılma, sevgi dolu bir söz, candan bir kucaklaşma. Onun yıllar yılı doyamadığı buydu...

Bir kadın ve bir çocuk, bir çocukla umuda yolculuk. Bir kadınla mutluluk...

Barlas için Bütün bunlar, yeryüzüne has, var olabilecek anlamlar ya da kavramlar değildi. Bu yüzden, Barlas'ın yeni evi gökyüzü, yatağı bembeyaz bulutların arası, inançlarıyla tutunduğu yerse göğün en yüksek katıydı. Ayakları yerden kesilmişti genç adamın. Güç insanın içindeydi. Güçlü insan, acıyı özümseyen, acıya rağmen ayakta kalabilendi. Artık aynalara baktığında içindeki gerçeği görüyordu. Kendinden korkmuyor, kendinden kaçmıyordu. Kaybolmuş kimliğini, yitik benliğini, yine kendinde buluyordu. Küllerini göre göre yok olacağını bile bile, alevler içinde yandıkça yanan o adam, artık yoktu.

Kendi ölümünü görmüş, sonra yeniden doğmuştu. O artık, Zümrüd-ü Anka olmuştu...